H. H. Entringer Pereira

URUCUMACUÃ

M.N.O.P.Q.R.S.
I.N.R.I.

GERENTE EDITORIAL
Roger Conovalov

PROJETO GRÁFICO
Lura Editorial

REVISÃO
Jaci Albuquerque

ILUSTRAÇÃO E CAPA
Pedro Jr
IlustraDesign - Goiânia-GO

Lura Editoração Eletrônica LTDA
Rua Rafael Sampaio Vidal, 291
São Caetano do Sul, SP – CEP 05550 -170
Tel: (11) 4221-8215
Site: www.luraeditorial.com.br
E-mail: contato@luraeditorial.com.br

Catalogação na Fonte do Departamento Nacional do Livro
(Fundação Biblioteca Nacional, Brasil)

Pereira, H. H. Entringer
Urucumacuã / H. H. Entringer Pereira – 1ª ed. – São Paulo: Lura Editorial, 2018

ISBN: 978-85-5849-145-7

1.Ficção 2. Literatura Brasileira I. Título

CDD-B869

Índice para catálogo sistemático:
1. Literatura Brasileira .B869

H. H. Entringer Pereira

URUCUMACUÃ

LURA EDITORIAL

Gratidão a Deus e ao Mundo,
aos meus pais, Ramiro e Didinha (in memoriam);

Dedico:

Ao meu marido Salvador;
Aos filhos Rodolpho, Tarsila, Guilherme e Carol;
Aos genros Adriano Crosara e Tushar Wahab e às noras Jeyme e Adriana;
Aos netos Emília, Constantino, Joaquim, Vicente, Aurora, Stella e Catarina;
Aos meus irmãos Zé Rui, Tereza, Márcia, Nara, João Batista e Suzana;
Aos colegas de trabalho do Tribunal de Justiça do Estado de Rondonia.

Homenagem póstuma:

Aníbal Crosara – um homem com a extraordinária capacidade de, literalmente, concretizar sonhos;

Apoio sentimental:

Cleuza da Cunha Prado Correia Pereira, Ana Cláudia Justus Pereira, Núbia Rodrigues, Marcela Sechenel e Leandro Pandolpho.

Apoio material:

Adevania Silveira (Sicoob Credisul - Agência Vilhena/RO)

NOTA DA AUTORA

No final de 2012, numa manhã de primavera, recebi em minha casa a visita do amigo, escritor, poeta, ator e diretor teatral, Braz Divino. Veio para o café da manhã, o que me acrescentava uma alegria a mais, e trazia-me uma proposta visivelmente tendenciosa: pediu-me que escrevesse umas poucas linhas, coisa de uma ou duas páginas, para uma revista que intentava editar. A propósito, a revista em tela seria "Rumores", o número zero de um projeto que futuramente seria rebatizado "Urucumacuã".

Começamos a prosa entre um copo e outro de açaí. Fazia tempo que eu não produzia texto algum e me sentia desmotivada a empreender uma **tarefa** daquele calibre. Indaguei a respeito do assunto que gostaria que escrevesse. Quando me revelou, no primeiro momento, pensei em descartar o plano da minha colaboração, pois o tema proposto me pareceu absolutamente insólito. O que poderia eu escrever a respeito de um personagem que residia no mundo dos mitos e cuja transitoriedade era tão efêmera quanto improvável? Ah, tudo bem, teria deixado um legado incógnito, um fabuloso tesouro e uma obscura biografia, que somente acrescentava aos seus dados a hipotética existência de um irmão gêmeo. Era tudo o que eu sabia, até então, a respeito do Príncipe Urucumacuã – O Pássaro de Fogo – sobre quem teria de escrever pelo menos duas páginas de revista.

Que desafio!

Propus-lhe que escreveria, então, no formato de cordel, um jeito mais simples e poético de transmitir o que minha imaginação ditasse. Braz Divino passou-me a bola, conversamos trivialidades e nos despedimos. Ele com a esperança de que eu entregaria o texto pronto em no máximo uma semana. Eu com a certeza de que teria que inventar, imaginar, criar, dar vida ao meu *Pássaro de Fogo*, pois já havia me apropriando e facilmente estabelecera laços de amor com o misterioso personagem.

Inventei Urucumacuã ao meu gosto e sabor. Uma culinária que não me parecia mais difícil do que elaborar um bom prato, com sabores tropicais, regado a tucupi e folhas de jambu. Qual o quê... em poucos versos e algumas estrofes, esgotei-me. Não conseguia avançar, por absoluta ausência de inspiração. Passaram-se dias, nem um verso, nem uma estrofe. Urucumacuã permanecia inerte, a bordo de uma embarcação que singrava os mares em busca do Oriente...Natal de 2012, precisamente noite de 26 para 27 de dezembro. Numa rara ocorrência de insônia, reiniciei contar pra mim mesma o que já havia escrito do Príncipe dos cabelos de fogo e olhos de esmeralda. De repente, um milagre: abre-se um portal mágico. Mergulho profundo numa época em que passado e presente se abraçam. Vem à tona uma personagem de boa memória. Encontrei Rainha Alzira, a quem devo todas as lembranças da história de Urucumacuã e de todas as outras histórias tributárias dessa maravilhosa saga... Nós já nos conhecemos faz tempo.

Liguei para Braz Divino e solicitei que me visitasse. De pronto recebi sua bem-vinda visita. Expliquei-lhe que não escreveria mais uma ou duas páginas de sua pretensa revista. Meu amigo olhou-me entre pasmado e aflito, indagando: “E agora, o que vamos fazer?”. Sem muita explicação, acrescentei por resposta: “Vou escrever um livro. Duas páginas de uma revista são insuficientes para contar toda a história do Príncipe Urucumacuã”. Ele me compreendeu, brindamos à ideia com uma taça de açaí caprichada, alinhamos alguns pensamentos e prometi que um dia haveria de publicar a história completa. Assim se fez.

Gratidão a Braz Divino.

H. H. Entringer Pereira
Vilhena/RO – Outono de 2018.

APRESENTAÇÃO

Pessoa não fosse. Nem tivesse sido. Agora. Haveria de sê-lo. Se (não) em sonho, fantasia, pelo menos. Ilusão não seria. Quimera. Mera, quem sabe metamorfosear-me-ia em "Pássaro de Fogo" (.) *Urucumacuã*, em língua ancestral, por encantamento e de repente merecimento ter: o de ser escrito por Helô Pereira.

Pessoa traduz meu paladar literário, principalmente no *Livro do Desassossego*, em que ele fala o que eu diria. Caso ele não tivesse escrito, "Sim, porque a ortografia também é gente. A palavra é completa vista e ouvida. E a gala da transliteração greco-romana veste-ma do seu vero manto régio, pela qual é senhora e rainha" (F. P).

Helô Pereira tem esse cuidado despretensioso para facilitar a imersão do leitor, nesse momento tão importante, na leitura. Exatamente um mergulho em suas caixas mágicas da imaginação. Em busca do objetivo. *Urucumacuã*.

Penso que, ainda que eu relesse a obra de Helô Pereira, por mais 33 dúzias de vezes, não atingiria a essência esculpida, palavra por palavra, em linguagem apetecível aos olhos e ao intelecto. Pessoa, o Fernando, no *Livro do Desassossego*, texto 259, disse: "Gosto de dizer. Direi melhor: gosto de palavrar. As palavras são para mim corpos tocáveis, sereias visíveis, sexualidades incorporadas. Talvez porque a sensualidade real não tem para mim interesse de nenhuma espécie — nem sequer mental ou de sonho —, transmudou-se-me o desejo para aquilo que em mim cria ritmos verbais, ou os escuta de outros. Estremeço se dizem bem."

Ai de mim, se esforço não tivesse feito, para atirar-me de corpo e alma em universo que acesso só pode ter de fato, depois de degustar *Urucuma-*

cuã, livro inaugural da literatura equilibrada de Helô Pereira. Até então, não passava de uma utopia. Era tudo então, nada mais nada menos que uma miração. Um mito do inconsciente coletivo, há muito, quase arquivado na memória.

Acompanhei de perto o surgimento dessa obra *lítero-iniciática*, por assim dizer, que resgata, não um mero mito ou lenda, mas um personagem humanamente real. Distante do conhecimento da humanidade atual. Que nos primórdios da alquimia, da magia, do magnetismo e todas as ciências metafísicas, quânticas e espirituais, ele foi um dos exemplos mais próximos a inspirar magos, bruxos e templários distantes da essencial verdade conferida ao Príncipe, com seus verdes olhos incrustados em uma face cor de canela, de beleza impecavelmente ímpar. Sem contar suas madeixas vermelhas da cor de fogo. Urucumacuã definitivamente está longe de ser uma invenção histórica, como se vê grafado nos livros de história que discorrem sobre o tema.

Temos hoje o conhecimento das Minas que trazem seu nome — uma lenda que povoa o imaginário coletivo antes do período da colonização espanhola na Amazônia. Porque até onde se sabe essas "minas" seriam as mesmas do "Rei Salomão". Inclusive, o nosso desbravador Marechal Rondon não teria vindo simplesmente para estender uma linha telegráfica de Porto Velho a Cuiabá com a finalidade de estabelecer comunicação entre índios "selvagens" e uma população a caminho do desenvolvimento.

Existindo tempo de plantar e de colher, logo estamos na era da colheita de uma época que não se repetirá. Ficaremos tão somente com uma das artes mais elegantes de todos os tempos, a literatura — capaz de revelar muito mais do que aquilo que se vê com assustadora propriedade.

Helô magistralmente desmistifica, em *Urucumacuã*, um momento único da humanidade, em que se consegue ver as causas das transformações, do ser puro em objeto de disputa. A autora aproxima o passado do presente, com o aparecimento das coisas, dos seres, dos objetos, das palavras, das pessoas — revela a origem de uma civilização ainda por ser descoberta.

A leitura subliminar da obra nos leva por labirintos até o universo místico, mágico e sublime da "eterealidade" que cada indivíduo vem investigando.

O momento é ideal para testarmos a nossa capacidade de discernir entre o real e o fictício agora. Conferindo a realidade com os encantamentos de uma trama de milhares e milhares de anos, em meio às florestas mais densas que se soube existir um dia. Sentimos ainda em nosso íntimo a imperiosa necessidade de compreendê-la como a nós mesmos.

Urge que se tome conhecimento dessa obra única, antes que tentem reinventá-la de acordo com o interesse pernóstico dos desbravadores atuais da literatura.

Ao coração sensível. Bem me faria ser Pessoa para falar em *Urucumacuã*. Ou ser *Urucumacuã* e ser escrito por Heloiza Pereira.

Braz Divino Ferreira da Silva

PREFÁCIO

Sabendo que ao ler *Urucumacuã* iria adentrar num mundo imaginário, repleto de tramas, feitiços, encantamentos, vesti-me como se fora enfrentar aventuras perigosas e ao mesmo tempos fantásticas, com armadura de ferro, alando meus pés para poder voar baixo, observar de bem perto, sem na terra encostar, os intrincados caminhos do inatingível, tornando-o palpável. Um tapete escarlate então se abriu a minha frente, como se fora um enunciado dramático de tudo o que iria encontrar — entrega, fascínio, tragédia, amor, lascívia, transformação e dor. E me camuflei em uma figura invisível para, sobretudo, não me machucar com tantas estripulias extraordinárias, criadas pela Autora, que de uma maneira exuberante, fascinante, criativa, nominou tudo e todos de um modo em que alia a fauna, a flora, a natureza, enfim, toda a vivência.

E me enredei em cada passo, em cada compasso da trama, e me senti na corte, observando tudo e perquirindo — aonde ela (a Autora) quer chegar? Senti-me qual um Avatar, uma personificação de Deus, com a finalidade divina de aceitar e explicar o poder do imaginário que escorre dentre os dedos da Autora, que tenho certeza escreveu tudo isso sorrindo, de suas próprias ideias, de suas figuras de linguagem, fazendo-me sorrir também.

E a maneira descritiva dos ambientes internos e externos, dos adornos, das indumentárias, leva-nos até a sentir a fragrância das flores, ver o nascer do sol, ouvir as águas dos rios e os pássaros cantarem, além de apreciar o *décor* e até notar o farfalhar dos tecidos e admirar suas cores. E continuei no encalço do Príncipe Urucumacuã, atrás de seu mistério, mergulhando fundo nas alquimias, profecias, bruxarias, encantos que permeiam o Império do Elo Dourado e outros reinos vizinhos, trançando meus passos com reis, príncipes, magos, duques, condes, marqueses, bruxos, vassalos e plebeus, mergulhando nos encantamentos fantásticos de sagas que foram misturadas com lendas urbanas, amazônicas e folclóricas.

E eis que um Pássaro de Fogo, encarnação do príncipe de cabelos vermelhos e olhos verdes, voou pra longe, trincando o meu coração, após desvendar seu segredo. Ave, URUCUMACUÃ!

Leitura estimulante que tem o condão de nos levar até o epílogo, para descarregar toda a nossa emoção de uma só vez, no final. Valeu, HELÔ PEREIRA! Agora só resta ler, se encantar, rir e chorar...

Júlia Trindade
Poeta e escritora

LIVRO I

A CÂMARA DO GRAU

O DIA AMANHECERA RADIANTE, INUNDANDO de luz dourada o grande pátio do Palácio Fortaleza. O imperador, Rei Médium, levantara-se mais cedo, cuidando em não fazer barulho para que a imperatriz, Rainha Gônia, continuasse repousando tranquila. Em silêncio, foi até o vestíbulo, compôs-se como de costume, subindo em seguida as escadarias secretas que ligavam seus aposentos à Câmara do **G**rande **R**eflexo **A**uto **U**nificado (GRAU), abstraindo-se em profunda e demorada meditação. Aquele era o dia em que, conforme profetizara o Mago Natu durante a celebração lunar de seu casamento, há exatamente três anos passados, nasceriam os filhos gêmeos: Príncipe Urucumacuã e Príncipe Kurokuru.

Consultando apontamentos e anotações astrológicas num rolo de pergaminho, constatou ser aquela data o solstício de verão, quando o Sol entraria na Casa Astral de Gêmeos, exatamente como Mago Natu anunciara. Sobre um aparador de madeira entalhada e marfim incrustado de ouro, estava a grande caixa preta, ao lado do molho de sete chaves de metal que recebera de presente do Mago Natu assim que concluíra aquela predição.

Ao mesmo tempo em que fitava pensativo o Espelho Universal (EU), prestava atenção àquele misterioso objeto, querendo desvendar quais segredos ali se continham, lembrando que Mago Natu dissera que "*aquela caixa estava trancada por dentro e só seria aberta pelo próprio Tempo, na hora em que os príncipes gêmeos nascessem*".

Um raio de sol incidiu diretamente sobre a caixa, realçando as inscrições em letras douradas sobre a tampa, chamando ainda mais a atenção do Rei Médium. Pelo espelho, enxergou cada uma das letras, como se fossem partes vivas de uma composição, pronunciando-as em voz alta: M.N.O.P.Q.R.S. – I.N.R.I.

Ao dizê-las, olhou instintivamente na direção do espelho e viu quando os ideogramas dourados, um a um, deslocavam-se da caixa para o espelho, projetando-se no reflexo, alinhando-se, recompondo-se na mesma ordem em que formavam a inscrição sobre a tampa da misteriosa caixa. Por alguns instantes, Rei Médium ficou absorto, admirado com a fantástica miragem. Ainda quieto, concentrado, viu também quando a imagem da caixa preta igualmente se projetou no fundo do espelho, solta, como se flutuasse, independente do móvel onde estava pousada. Buscando compreender o significado daquilo, lembrou-se de que sua mulher, a Rainha Gônia, deveria dar à luz dentro de algumas horas.

O Palácio Fortaleza já estava preparado para a grande festividade do nascimento dos dois príncipes, com todas as suas acomodações repletas de visitantes — quase todos que compareceram à festa do casamento do Rei Médium com a Rainha Gônia, à exceção do casal primo Rei Naldo e Rainha Araci, do Reinado de Avilhanas, porque também a Rainha Araci aguardava o nascimento de sua segunda filha, a Princesa Irina.

Desejando a presença do Mago Natu ali, naquele instante, para que pudesse mostrar ao amigo a miraculosa projeção que ainda se conservava no Espelho Universal, Rei Médium fechou os olhos, buscando-o pelo pensamento. Um súbito destrancar da porta o empalideceu. Mirou novamente o espelho e lá estava refletida a imagem do próprio mago, que o cumprimentava sorridente e cordial. Logo o reflexo se desvaneceu. Mago Natu apresentou-se, então, diante dele, usando a roupa costumeira sob o avental branco que continha duas fileiras de letras repetidas, bordadas em fios de ouro: M.N.O.P.Q.R.S.

— Chamastes? Perguntou o mago, saudando-o.

— Sim, Mago Natu. Preciso que me expliques algo.

— Quereis saber os segredos e o mistério da caixa preta, correto?

— Exatamente. Sei que hoje, à hora em que os príncipes nascerem, ela irá se destrancar. Recordo-me de que no dia do meu casamento, quando me entregastes a caixa de madeira preta e o molho das sete chaves de metal à Rainha Gônia, dissestes a ela que cada uma das chaves abriria a caixa de metal correspondente à chave...

— Sim. É isto.

— Pois bem — asseverou o Rei Médium —, disseste-me ainda que só poderia abrir uma caixa a cada dia a partir do dia do nascimento e que, quando abrisse, saberia o que fazer...

— Perfeitamente. As instruções estão contidas dentro de cada uma delas — repetiu sorrindo.

— Entendi. Então, hoje, a primeira das caixas de metal será aberta?

— Não. Hoje apenas a caixa preta irá se destrancar. A primeira caixa de metal, a de ferro, deverá ser aberta amanhã, ao alvorecer, porque o primeiro menino nascerá nesta manhã, mas o segundo só nascerá ao cair da noite!

— O que farei agora? Esperarei até a grande caixa preta se abrir, ou descerei até o salão onde meus convidados aguardam notícia do nascimento dos gêmeos?

— Vá para os vossos aposentos. Rainha Gônia já se levantou, e a Senhora Natividade da Luz está cuidando do quarto, preparando-o para os nascimentos.

— E meus convidados? Deverei atendê-los pessoalmente?

— Fique ao lado de sua rainha até o primeiro filho nascer, porque o segundo só virá no cair da noite. Não se preocupe, que a Professora Plínia cuidará das recepções e da hospedagem dos vossos convidados. Afinal, nossa cerimonialista é competente e primorosa. Estarei com ela para auxiliar nas tarefas. Até breve.

Rei Médium tranquilizou-se. Outras perguntas ainda o inquietavam: "*Por que os filhos gêmeos haveriam de nascer em horários tão diferentes? Como o Mago Natu sabia que eram dois meninos?*". Todavia, preferiu esperar que o tempo lhe desse as respostas a mostrar-se impertinente ou inoportuno com o amigo. Confiava nele e tinha convicção de que suas predições eram exatas. Precisava um pouco mais de paciência para obter as respostas. Chegando à janela da Câmara do GRAU, sentiu uma agradável brisa a desalinhar seus cabelos. Olhou para o firmamento, admirando-se do tom azul brilhante, sem qualquer nuvem àquela hora da manhã. Dirigindo ao Grande Sol Central uma prece de gratidão, quando volveu o olhar em direção ao Espelho Universal, que refletia a fisionomia do Grande Rei. Fez uma reverência respeitosa, dobrando levemente os joelhos, dizendo para si e para o espelho: "*Sei que não virás a esta comemoração, pois o dissestes aqui no meu casamento. Peço-vos, então, em nome do Grande Sol, assiste à Imperatriz Gônia na hora de dar à luz aos filhos".*

Um movimento diferente formou-se no pátio central do Palácio Fortaleza. Rei Médium não esperava retardatários, pois os convidados que haviam confirmado presença à grande festa de nascimento dos príncipes haviam chegado conforme previsto e já estavam todos confortavelmente hospedados no palácio e nas casas nobres da cidade do Elo Dourado. Intrigado com a aglomeração repentina, fechou a janela, cobriu o espelho com a manta de seda vermelho-púrpura e desceu as escadarias rapidamente, até o pátio da entrada principal.

A comissão de anfitriões do Palácio Fortaleza recepcionava um adolescente, de aproximadamente quinze anos, negro, muito sorridente, cujo nome anunciado pelo arauto real não constava das listas de convidados da Professora Plínia. Revisando suas pranchetas de anotações, convenceu-se de que não anotara mesmo aquele nome. Perguntou ao recém-chegado:

— De que reino vieste?

Muito simpático, o jovenzinho negro tinha uma particularidade que a todos causava admiração: só possuía uma perna. No entanto, era lépido como um coelho, bem-disposto e brincalhão. Com muita desenvoltura, sem acanhamentos, identificou-se, entregando à Professora Plínia um rolo de pergaminho vegetal — suas credenciais e identificação.

— Sou Sacipe Ererê, venho com minha comitiva do distante Reino de Eirunepé. Em nome do meu honrado e mui bondoso soberano, o Rei Vel, e sua distintíssima esposa, Rainha Candelária, saúdo o grande Imperador do Elo Dourado, Rei Médium, sua virtuosa esposa, Rainha Gônia, toda a sua nobre Corte e trago-vos estes presentes!

Rei Médium aproximou-se do rapaz, afastando-se da aglomeração, abriu passagem entre os cortesãos, pegou o rolo de pergaminho das mãos da Professora Plínia, olhou-o por instantes e pronunciou-se:

— Bem vindo, Sacipe Ererê e também sua comitiva. Estejam à vontade na Corte do Elo Dourado. Grato ao vosso rei pelos presentes que trouxestes. Professora Plínia, por gentileza, acomode nosso jovem hóspede e seus acompanhantes na mesma ala em que estão os corredores de Numpessó. Cuide para que nada lhes falte.

A maioria das pessoas riu. Julgaram que o imperador estivesse a troçar do recém-chegado. Rei Médium, circunspecto, esclareceu:

— Sacipe Ererê vem do Reino de Eirunepé, representando o Rei Vel e a Rainha Candelária, que não puderam comparecer. Ele é um dos corredores que representará seu reinado na Corrida Numpessó. Conte-nos tua história, Sacipe Ererê. Por que só tens uma perna?

— Senhor imperador, prezados nobres, nasci assim. Quando minha mãe estava gestante de poucos meses, uma feiticeira poderosa que vivia no Reinado de Eirunepé entrou em demanda com o Rei Vel e a Rainha Candelária. Derrotada no embate, para se vingar, lançou uma maldição sobre todas as mulheres grávidas do reinado. Alguns meses depois, os bebês de Eirunepé nasceram todos desse jeito, assim que nem eu... Hehehehehehe.

— Ooooh! — exclamaram em uníssono.

Um dentre os ouvintes perguntou:

— Quem era a feiticeira maligna? Ainda mora por lá?

— Taruga Quelônia, a Tal Taruga... mas faz tempo que não ouvimos notícias dela. Dizem que se mudou, depois que se casou com um bruxo famoso deste reinado, o Bruxo Neno.

Rei Médium se adiantou, explicando:

— Viviam aqui, Sacipe Ererê. Bruxo Neno atualmente mora no Reinado de Trindade. É súdito do Rei Mor. Já se casou com outra mulher, a bela serva de Mor, a Murmur, desde que Taruga Quelônia, a Tal Taruga, encantou-se num réptil.

— Quem fez o encantamento? — quis saber Sacipe Ererê, demonstrando aflição.

— Não se aflija — tranquilizou-o Rei Médium —, a Tal Taruga encantou-se num animal totalmente inofensivo e indefeso. Desde a festa do meu casamento, há três anos passados, que ela vive a andar pelas praias do Elo Dourado, cavando e enterrando ovos na areia. Não fará mal a ninguém mais... Amigos, fiquem à vontade. Logo teremos notícia do nascimento dos príncipes Urucumacuã e Kurokuru.

Desfeito o burburinho com a chegada da comitiva de Sacipe Ererê, o imperador recebeu os brindes mandados pelo Rei Vel, passou ligeiramente pelo Salão de Refeições saudando os nobres que degustavam o desjejum e voltou aos seus aposentos.

No pátio do palácio, duas criadas vindas de direções opostas encontraram-se no meio do jardim. Saudando-se alegremente, olharam ao mesmo tempo para o céu. Viram quando uma enorme ave branca, de bico longo, desconhecida, desenhou um círculo no espaço, pousando elegantemente na janela dos aposentos reais. Admiradas com a acrobacia do grande pássaro, uma perguntou à outra:

— O que é aquilo?

— Ora, ora, então não te lembras?

— Lembrar-me do quê?

— Do vaticínio do Mago Natu, no dia do casamento do Rei Médium com Rainha Gônia:

"... *No dia em que Sol e Lunes estiverem na Casa Gemini, um grande pássaro branco, desconhecido neste reinado, pousará na janela dos aposentos reais. Então, a rainha dará à luz filhos gêmeos: Príncipe Urucumacuã e Príncipe Kurokuru.*"

— Ah, já sei. É Gônia dando à luz... isso mesmo, o grande pássaro branco... deve ser Gônia dando à luz!

Naquele mesmo instante ouviu-se o choro de um recém-nascido. Na Câmara do GRAU, um forte estrondo ecoou feito trovão. Rei Médium atemorizou-se com o barulho, dirigindo-se imediatamente ao compartimento secreto. Abrindo a porta, com cautela, viu quando a manta de seda que cobria o Espelho Universal deslizou até o piso, refletindo a imagem da misteriosa caixa preta se destampando.

O rei, cauteloso, aproximou-se do objeto, cuja tampa desaparecera, e sentiu uma energia fora do comum a lhe percorrer o corpo. Dentro da caixa preta, forrada de seda azul brilhante, havia uma caixa de ferro, ainda fechada. Teve ímpetos de buscar o molho de chaves pendurado num cabideiro ao lado do espelho. Algo inusitado prendeu sua atenção: a imagem do Mago Natu refletida no espelho, que o observava advertindo:

— Hoje, não! Só abrireis a primeira caixa de metal amanhã, no raiar do dia.

— Amanhã!? — surpreendeu-se o Rei Médium.

— Sim, amanhã! Dentro desta caixa de estanho está a caixa de chumbo; dentro da caixa de chumbo, a de ferro; dentro da caixa de ferro está a caixa de cobre; na caixa de cobre, a caixa de bronze; na caixa de bronze, a caixa de prata; e dentro da caixa de prata, a caixa de ouro. Cada dia abrireis uma delas e, então, sabereis o que fazer em cada um dos sete dias.

— Hoje, o que farei?

— Aguardareis. Vosso segundo filho ainda está por nascer.

— Estais convicto de que há mesmo um segundo filho?

— Certamente. Príncipe Kurokuru nascerá ao cair da noite. Acreditais em mim?

— Se dizeis assim, assim será, Mago Natu!

A imagem refletida no espelho esvaneceu. Rei Médium cerrou as cortinas e olhou pela derradeira vez a caixa de ferro dentro da caixa preta de madeira. Em obediência às recomendações do mago, retirou com grande esforço o objeto de metal, liberando-o da caixa de madeira, admirado de seu peso, pois sabia que dentro dela continham-se outras seis caixas. Examinando o interior forrado em seda azul brilhante, viu que em nenhum dos lados, tanto fora quanto dentro, havia marcas de ferrolho ou tranqueta. Perguntou a si: "*Como permaneceu trancada esse tempo todo, se não há com que trancá-la? Onde foi parar a tampa com as inscrições douradas?*".

Dissuadido de compreender o enigmático presente, optou por deixar a sólida caixa de estanho sobre o aparador. Certificando-se de que o forro de seda azul nada simbolizava ou tivesse de incomum, constatou que a caixa de estanho possuía apenas uma abertura no formato da chave pela qual seria aberta. Contendo-se para não abri-la antes do momento autorizado, pousou sobre ela o molho das sete chaves e se retirou. Precisava ver e abençoar seu primogênito nascido àquela hora.

Não demorou um minuto, troou pelo amplo espaço do pátio do Palácio Fortaleza o repique de um grande sino. Ouviu-se na sequência a trombeta do arauto real, solene e auspiciosa, anunciando aos quatro cantos do palácio o venturoso nascimento do Príncipe Urucumacuã. No parapeito da janela dos aposentos reais, a grande ave branca, denominada *cegonha*, ergueu majestoso voo e despareceu para nunca mais ser vista na imensidão daquele céu azulado.

À tarde, enquanto os convidados do Rei Médium se preparavam para cear e depois se divertir com os jogos de mesa e tabuleiro preferidos pela maioria dos reis e rainhas, em alegre e efusiva movimentação, mais uma vez o arauto real tocou bem alto o sino de bronze, conclamando a atenção de todos com o troar afinado da trombeta, alardeando outro nascimento.

Cumpria-se a profecia do Mago Natu, dita há exatos três anos: a imperatriz Rainha Gônia, ao anoitecer, dera à luz seu segundo filho gêmeo, Príncipe Kurokuru.

ABRINDO AS SETE CAIXAS

No alvorecer do dia seguinte, Rei Médium subiu à Câmara do GRAU. Quando abriu a porta, encontrou-se com o Mago Natu:

— Estava a vossa espera... bom dia!

— Bom dia, Mago Natu. Vim abrir a caixa de estanho. Devo?

— Certamente. Só vós podereis fazê-lo. Eis a chave.

Mago Natu, com o molho de sete chaves na mão, retirou com cuidado a chave de estanho presa às amarras de fitas coloridas, entregando-a solenemente ao imperador.

— Gire-a uma vez à esquerda e duas vezes à direita.

Ouviram um breve clique e outros dois mais prolongados. A tampa da caixa abriu-se instantaneamente, ao tempo que um rápido clarão refletiu-se no espelho. Rei Médium sondou o interior da caixa de estanho como se procurasse algo secreto. Nada havia além de outra caixa — a de chumbo. Removeu a caixa de chumbo, separando-a, colocando a caixa de estanho aberta e vazia entre a de madeira preta destampada e a de chumbo ainda lacrada. Sem entender o que se passava, perguntou ao mago:

— Que farei com isso, agora?

— Olhai o espelho e compreendereis.

A imagem de uma reluzente e portentosa gata pintada a espreguiçar-se projetou-se em primeiro plano, de frente ao Rei Médium. A beleza sedutora e a aparente ferocidade do animal provocaram ao mesmo tempo admiração e temor. O olhar lascivo da fera parecia magnetizar o rei. Dando um passo atrás, esquivando-se da ameaçadora e sedutora miragem, perguntou ao mago:

— É a Marquesa de Sonça, a senhora Pan Thera, aquela que o Bruxo Neno e o Conde Rasku transformaram nessa fera pintada, na noite seguinte ao casamento do conde?

Mago Natu, assentindo com a cabeça, segredou ao imperador:

— Perfeitamente. Preciso vos alertar sobre cuidados que adotareis quando vossos convidados saírem a caçá-la.

— Deveremos então organizar uma caçada?

— Sim. Todos os vossos convidados, reis e acompanhantes que desejarem, deverão sair para caçar a fera pintada.

— Mas não temos tradição de caçadas no Império do Elo Dourado, desde que essa fera encantada começou a aterrorizar os caçadores, argumentou.

— Não se trata de uma caçada igual às outras. Precisamos capturá-la apenas, não matá-la, para retirar-lhe uma joia que carrega presa ao pescoço e desencantá-la!

Aquela descomunal fera pintada vagava livremente por todos os florestais. Encontrar-se com ela era um dos maiores riscos a que os caçadores se sujeitavam, ainda que muitos o desejassem, por curiosidade ou paixão. Embora tivesse a aparência de animal feroz, não era a ferocidade seu maior perigo. Sua magia e beleza fascinavam, deslumbravam, atraíam fatalmente homens e mulheres.

Ainda que tivesse aspecto aparente de animal, exalava aromas exóticos tão sedutores que levavam os que não estavam preparados para resistir aos seus encantos à lascívia, à loucura ou à morte. Muitas histórias de caçadores iludidos, desaparecidos ou encontrados mortos, sucumbidos à atração da sensualidade da fera pintada, eram descritas por causa do desejo e da curiosidade que despertava nos que tencionavam possuí-la.

— Meus convidados terão obrigatoriamente que aprisioná-la?

— Exatamente. Deverão resistir, no entanto, ao magnetismo sedutor dos seus olhos agateados, não deixando que seus olhares se cruzem diretamente. A armadilha para atraí-la será de paus e cordas com isca de flores de jasmim. Após aprisioná-la, cortem-lhe as garras, trazendo-me para que possa desfazer o feitiço e transformá-la novamente na bela e sedutora senhora Pan Thera.

— Mago Natu, vós mesmo desfareis o encantamento?

— Sim, desde que consigam trazer-me as aparas de suas garras afiadas.

— Se não conseguirem?

— A marquesa continuará encantada, até que o Príncipe Urucumacuã cresça e adquira conhecimento para cumprir ele mesmo essa tarefa, desfazendo não apenas esse como tantos outros encantamentos que existirão neste reinado.

— Referi-vos, inclusive, àqueles que o Bruxo Neno provocou durante a festa do meu casamento?

— Alguns deles. Nestes próximos sete dias em que se abrirem as caixas de metal, principalmente hoje, amanhã e depois de amanhã, agiremos no sentido de encontrar as criaturas que continuam encantadas sobre a Terra, no reino das águas ou no espaço celeste, para que retornem às próprias essências, aos seus elementos originais, garantiu Mago Natu.

— Quanto ao Kaiporã, aquele ente que acreditamos tenha sido parido pela fera pintada, a Pan Thera encantada, deveremos também aprisionar para desencantá-lo?

— Não, o Kaiporã, cria parida pela Sonça Pintada, transformou-se num guardião do florestal. Cuidai para que nenhuma mulher participe dessa caçada, porque o resultado poderá vos surpreender — advertiu o mago.

— Podereis me explicar melhor?

— Claro. Mas cuidemos disto antes que se cumpra essa primeira das sete tarefas mágicas. Teremos muito trabalho a realizar. Depois explicarei os porquês de tudo!

Rei Médium confiava na extraordinária capacidade e no conhecimento do Mago Natu a respeito das Ciências dos Mistérios e Magia. Acreditava firmemente que ele dominaria com agudeza de espírito e argúcia as forças ocultas manipuladas pelo Bruxo Neno, para sobrepô-las, desfazendo as incontáveis feitiçarias que, desde a festa de seu casamento com a Rainha Gônia, dividiram a população do Elo Dourado e avivaram intrigas, azedando o ânimo entre os reinados, tornando insuportável a vida de muitos súditos nos lugarejos de beira-rio.

Entretanto, algo inexplicável desassossegava o coração do Rei Médium. Sentia que alguns dos encantamentos provocados pelo Bruxo

Neno estavam irremediavelmente condenados a se perpetuar ao arbítrio do tempo. Não ousava, porém, desobedecer nem contrariar os ditames do mago, ainda que custasse a admitir a possibilidade de que seus amigos enfeitiçados e transformados em peixes e répteis, há três anos passados, desde o dia do seu casamento, voltassem aos formatos naturais humanos, sem prejuízo das faculdades de ponderar ideias e raciocínios, ou, simplesmente, lembrar-se das circunstâncias vividas sob outras formas, noutras essências. Se houvesse possibilidade de qualquer sequela permanente em suas memórias assim que se desfizessem os feitiços, incluindo transtornos mentais, melhor seria permanecessem encantados para sempre.

Mago Natu perguntou ao Rei Médium se ele conhecia os pormenores e os motivos pelos quais o Bruxo Neno se apropriara do bridão de ouro encantado que pertencera ao Rei Albe, o Rico, utilizando-o para transformar a senhora Pan Thera, Marquesa de Sonça, na deslumbrante fera Pintada. Comentava-se que o bruxo, quando a encantou, tencionava apenas libertá-la da dolorosa tortura infligida pelo marido, o belo e cruel Conde Rasku, que flagrou-a, em sua primeira noite de casados, em pleno ato com o bruxo e, para se vingar da mulher traidora, marcou seu corpo nu, coberto de pó de ouro, com golpes de ferro em brasa!

— Ouvi rumores... tia Alzira falou algumas coisas na derradeira visita que nos fez, logo que a imperatriz ficou grávida.

O imperador recordava que, mais ou menos à época daqueles acontecimentos, sua tia-avó Rainha Alzira, já viúva do Rei Albe, o Rico, visitou-o no Palácio Fortaleza, assim que soubera que a Rainha Gônia engravidara dos príncipes gêmeos.

Naquela visita da tia do Rei Médium, Rainha Alzira, à imperatriz, trouxe notícias do Reinado de Avilhanas, contando detalhes do nascimento de seu primeiro neto — o Príncipe Gesu Aldo, primogênito do Rei Naldo e da Rainha Araci, já com dois anos de idade à época. Relatou também sobre os despautérios e extravagâncias do incorrigível filho Conde Rasku e seu excêntrico casamento; coisas secretas que haviam acontecido entre Rasku e a nora, Marquesa de Sonça, transformada e encantada numa fera pelas artes mágicas do Bruxo Neno. Justificou, no entanto, que ela mesma não poderia vir à festa de nascimento dos príncipes Urucumacuã e Kurokuru, pois a Rainha Araci estava novamente grávida e daria à luz, naquela mesma época, à Princesa Irina, sua segunda neta, conforme as predições do Mago Natu, a prometida em casamento ao Príncipe Urucumacuã antes mesmo de nascer.

— Conde Rasku chegou de Avilhanas anteontem — informou o Rei Médium ao Mago Natu —, entregou-me mensagem mandada pelo primo, Rei Naldo, dando conta de que a Princesa Irina nasceu, felizmente. Por isso não pode vir a esta comemoração.

Conde Rasku também se limitou a repassar os recados do irmão, respondendo sucintamente o que o imperador perguntara. Sequer tocou no nome de sua mãe, Rainha Alzira, e de sua cunhada, Rainha Araci; tampouco relatou acerca dos acontecimentos envolvendo sua mulher, a Marquesa de Sonça, com o Bruxo Neno, depois da traiçoeira armadilha que os dois enredaram no dia seguinte às bodas.

— Nem espere, nem queira ouvir do Conde Rasku sobre aquilo, meu amigo. São raras as pessoas que sabem do misterioso incidente, além de uns poucos lacaios da Marquesa de Sonça, mantidos de boca fechada sob ameaça de morte pelo próprio conde.

— E quanto a vós? Como soubestes do ocorrido?

— Tenho minhas fontes de informação, amigo!

— E que fontes, Mago Natu, que fontes!

— Garanto-vos que Conde Rasku estará entre os primeiros dos interessados a se inscrever para capturar a Sonça Pintada. Não por vontade de desencantá-la e de tê-la como mulher novamente, mas por desejar avidamente tomar-lhe a joia que está no pescoço. Ele não percebeu que o Bruxo trocou rapidamente a peça, deixando no pescoço da fera o falso bridão e ficando com aquele verdadeiro, que pertenceu ao vosso tio-avô.

— Podereis contar-me sobre o acontecido, Mago Natu?

— Certamente. Antes que nossos caçadores capturem a Sonça Pintada e seu falso bridão encantado, sabereis como tudo aconteceu...

— Por que não utilizareis as mandrágoras que recebestes do Grande Rei para desfazer de uma só vez todos os feitiços e encantamentos provocados pelo Bruxo Neno?

— Não servem para isso, especificamente. Ganhei-as do Grande Rei com a recomendação de somente utilizá-las em benefício de toda a população do Elo Dourado. Cada uma das três mandrágoras possui uma utilidade específica. A primeira é só para curar epidemias; a outra para restaurar a fertilidade dos casais neste reinado e a terceira para livrar nossa população da escassez de alimentos, quando e se houver.

— Haverá, então, motivos para usá-las?

— Quem sabe, amigo, quem sabe?

— Dizei-me agora, Mago Natu, quando, como e por quê a Marquesa de Sonça se transformou naquela fera Pintada?

— É uma longa história, prezado Rei Médium. Preciso mesmo vos contar. Voltemos no tempo, desde a época da festa do vosso casamento, há três anos passados, quando o Conde Rasku anunciou seu noivado com a Marquesa de Sonça e, algumas luas depois, realizou suas bodas lá em Avilhanas. Naquele tempo, exatamente, passeavas com a Rainha Gônia visitando o Reino da Madeira, e eu andava pelo Reinado da Perfeição, hospedado no Palácio do Grande Rei. Lembremos, pois...

O SUPLÍCIO DA MARQUESA

A CONTRAGOSTO DA MÃE, RAINHA ALZIRA, e mais ainda do irmão, Rei Naldo de Avilhanas, em razão dos procedimentos desregrados que contrariavam muito à família, escandalizando tanto nobres quanto plebeus, o casamento do Conde Rasku realizou-se no Palácio das Esmeraldas, em cerimônia oficiada pelo próprio irmão, Rei Naldo. A parte festiva da ritualística lunar, entretanto, teve lugar no Solar da Marquesa de Sonça, a noiva, presidida pelo Bruxo Neno, conforme combinado e anunciado bem antes, durante a festa de casamento do imperador Rei Médium com a imperatriz, Rainha Gônia, no distante Reino do Elo Dourado.

Rainha Alzira dissera francamente ao filho, Rei Naldo de Avilhanas, desaprovar aquele casamento, porque tanto a noiva quanto o noivo, apesar de muito belos, possuíam hábitos e comportamentos que não condiziam com os padrões de virtudes necessários à construção de famílias modelares. Embora não fossem apenas esses argumentos as principais objeções às núpcias do Conde Rasku com a Marquesa de Sonça, Rainha Alzira não economizava na implicância com a noiva, porque se aborrecia com a desmedida ambição dela por ouro e ao próprio filho abominava as atitudes licenciosas e cruéis, combinação em ambos que, no seu entender, fatalmente os conduziria à ruína.

Quanto mais exortava o filho a modificar seus desregramentos e a ambos a abandonarem a devassidão a que costumeiramente se entregavam, menos ouviam seus conselhos. Tanto que a rainha-mãe preferiu desmembrar considerável parte das terras do Reino de Avilhanas, próximas às herdades da senhorita Pan Thera, a Marquesa de Sonça, para que os dois pudessem viver suas estroinices como melhor lhes aprouvesse, assim evitando escândalos, bem longe da cidade de Avilhanas, posto que nenhum deles era exemplo de inclinação à prática do bem ou ao exercício das virtudes.

Pela consideração que alguns outros monarcas devotavam à Rainha Alzira de Avilhanas e ao seu sucessor e bem-educado filho, Rei Naldo, e sua mulher, Rainha Araci, prestigiaram em grande número, com suas famílias e alguns súditos, as festividades das bodas do Conde Rasku com a Marquesa de Sonça.

O Palácio das Esmeraldas, residência dos soberanos de Avilhanas, foi ornamentado com muito bom gosto e pompa para acolher as cortes convidadas, incumbência dada pela Rainha Alzira à Professora Plínia e toda a sua habilidosa equipe de assessoramento em organização e ornamentação festiva, com intuito de agradar ao filho Rasku, para que não se sentisse desprestigiado nem enciumado do irmão, Rei Naldo — apelidado Calico—, cujo casamento foi somente comparado em luxo e beleza ao casamento do Rei Médium, evitando, com isso, motivos para causar-lhes problemas e desgostos.

O convite do Conde Rasku ao Bruxo Neno para celebrar o ritual lunar do casório fermentou as objeções da Rainha Alzira, que se negava a receber o bruxo em sua corte, no Palácio das Esmeraldas. Caberia ao Mago Natu, pelas tradições daquela estirpe real, presidir e direcionar essa parte do ritual. A recusa de sua mãe de hospedar o Bruxo Neno obrigou Conde Rasku a providenciar outras acomodações para recepcioná-lo, providência que visava aplacar a indignação da Rainha Alzira. Bruxo Neno foi o único convidado forasteiro a acomodar-se no Solar da Marquesa, a própria noiva.

Conde Rasku tentara justificar o convite feito por sua conta ao Bruxo Neno para celebrar a parte lunar de suas bodas, porque na oportunidade o Mago Natu ainda estaria ausente, viajando pelas terras de além-mar. Restou-lhe, no entanto, como única opção, incumbir o Bruxo Neno de dirigir aquele ritual, pois a Feiticeira Zureta, a Sacerdotisa das Sombras, mãe do bruxo, que também oficiava aquelas cerimônias havia algum tempo , expulsara Rainha Alzira de seus domínios e proibira sua presença em qualquer parte do reinado de Avilhanas, sob pena de execução.

Diante da argumentação, Rainha Alzira aquiesceu contrariada, mas antipatizava com o Bruxo Neno na mesma intensidade com que continuava odiando a mãe dele, Feiticeira Zuzu, por conta de acontecimentos passados.

No dia do casamento, findas as celebrações matinais no Palácio das Esmeraldas, pouquíssimos convidados quiseram acompanhar os noivos até o Solar da Marquesa para prestigiar a complementação dos ritos matrimoniais. Uns não foram porque também não simpatizavam com as *mandraquices* do Bruxo Neno; outros porque andavam temerosos de suas bazófias e engrimanços, além de acanhados de se misturarem com os desavergonhados adeptos, que não só aplaudiam como praticavam os mesmos desregramentos dos noivos, pouco se importando com os comportamentos pavonados, demonstrados à exaustão por onde quer que o Bruxo Neno pontuasse com sua prosápia burlesca e zombeteira.

A cerimônia lunar do casamento começou assim que anoitecera. Na misteriosa clareira do Bosque do Iludido, relativamente próxima do Solar da Marquesa, mesmo local onde há alguns anos o Rei Albe, o Rico, marido da Rainha Alzira e pai do Rei Naldo, o Calico, enforcou-se pelo pé no bridão de sua mula "Tá", Bruxo Neno, paramentado com uma túnica de brocado vermelha, sob capa preta e dourada, iniciara o ritual mais extravagante do que tudo quanto os adeptos e participantes daquela solenidade haviam compartilhado.

A Senhorita Pan Thera, Marquesa de Sonça, parecia deslumbrada, inebriada com os bordados em fios de ouro dos paramentos usados pelo Bruxo Neno naquela despudorada liturgia, enquanto o Conde Rasku, diferentemente de como se comportara na primeira parte da celebração no Palácio das Esmeraldas, irradiava simpatia e volúpia, também hipnotizado, em profunda satisfação, participando com intensidade daquele festim licencioso.

Todos os adeptos daquela orgia ritual, formando grande círculo, foram instados primeiramente a abandonarem suas vestes, para melhor fruição das energias telúricas invocadas e, depois, a aceitarem a comunhão dos jogos eróticos sugeridos. Alguns poucos convidados recusaram-se a acompanhar os pedidos e instruções do Bruxo Neno, porque não faziam ideia do tipo de ritual que presenciariam. Estes foram imediatamente encorajados a abandonar o local. Conde Rasku, zombeteiro, os excluiu:

— É intolerável que pessoas aptas ao desfrute destes prazeres não deem importância nem desejem conhecer outras delícias que privilegiam os homens como únicos animais a quem se reserva o deleite de gozar sem procriar. Com isso, perderão a oportunidade de sentir a fruição de um prazer superior. Que fiquem aqui, então, somente os que desejam ardentemente esse banquete privativo dos deuses!

À exceção dos adeptos às mesmas extravagâncias e dos que alimentavam a curiosidade de ver o que mais aconteceria no decurso daquela bacanália, os casais afastaram-se escandalizados, pois não imaginavam a que ponto chegaria a falta de pudor do Bruxo Neno, do Conde Rasku e da Marquesa de Sonça. Melhor não se contaminar com a pouca-vergonha do casal, correndo o risco de adquirir a idêntica fama dos seus sequazes.

Os que ficaram, instruídos a acompanharem o Bruxo Neno nas evocações iniciais, saudavam-se em uníssono com um estribilho cadenciado de "halauê, halauim", enquanto o dirigente, buscando a noiva pela mão, conduziu-a nua, com todo o corpo besuntado de pó de ouro, coberta apenas por finíssimo e transparente véu dourado, coroada por um solidéu de flores de laranjeira: espetáculo visual que causou admiração aos espectadores masculinos e inveja às outras mulheres, por sua rara beleza e sensualidade.

Levando a noiva de olhos vendados até o centro do círculo, deitou-a sobre um altar de pedras, no formato de mesa baixa, forrada por um espesso colchão de flores silvestres. Em seguida, sete belas e jovens mulheres nuas, de par com sete belos mancebos, igualmente nus, trouxeram em bandejas de prata oferendas de bebidas elaboradas de ervas afrodisíacas e outros manjares, que serviram um por um aos partícipes daquela comunhão, entoando cânticos melancólicos, cadenciados no compasso marcado por chocalhos, enquanto o bruxo recitava uma ladainha de versinhos eróticos e românticos.

Todos fartos, inebriados pelos efeitos excitantes das bebidas e poções preparadas especialmente pelo bruxo, sentiam-se à vontade para prosseguir obedecendo aos comandos rituais, praticando as inovações introduzidas e as obscenidades, que até ao bruxo já pareciam demasiado ousadas, porque precisavam brindar aos noivos, por lhes conhecer os pendores à devassidão, com algo mais do que um recatado e pudico cerimonial à luz da lua, realçado pelo estribilho inofensivo de cigarras ou o arrulho de pássaros noturnos perdidos no meio da garrulice insistente dos bacuraus entre as árvores daquele parque soturno.

Da mesma maneira que conduziu a noiva, entronizou o noivo, também de olhos vendados, deitando-o nu no altar propiciatório. A beleza de ambos, ela toda coberta de dourado e ele fisicamente perfeito, contrastando seus cabelos fartos e alourados com a pele bronzeada, iluminados sob prateados raios do luar, produziam efeitos de inacreditável êxtase visual, contribuindo para aumentar mais ainda o clímax de excitação nos adeptos e curiosos.

Propositadamente, o bruxo recitava versos eróticos, entoava melodias sugestivas para propiciar a todos o máximo de liberdade e prazer ilimitado, sem constrangimentos, pudores ou timidez. Cobrindo o casal com uma manta preta e dourada, bordada com os mesmos motivos de sua capa, Bruxo Neno não se manteve indiferente diante da visão daqueles dois corpos esculturais nus, oferecidos e passivos aos ritos do amor, incentivando os dois a praticar todas as possíveis gradações de lascívia e lubricidade debaixo do manto, para selar o casamento perfeito.

Controlando-se para se manter indiferente aos apelos erotizantes que ele mesmo inventara, porque era todo excitação, Bruxo Neno precisava pensar em algo que também o incluísse nas sobras daquela celebração de sensualidade. Não tardou a concluir o ritual, depois que todos os corpos ainda enlaçados ou já distanciados quedaram-se débeis, exaustos daquele festim, desejosos de voltar às acomodações do luxuoso Solar da Marquesa de Sonça para dormir até o Sol aquecer seus leitos.

Ainda nua, tal qual uma estátua áurea de formosa deusa selvagem, nadando sobre a onda de flores de seu altar nupcial, a Marquesa de Sonça se levantou, espreguiçando-se ao lado do marido, Conde Rasku, exibindo ambos seus melhores e generosos dotes com que lhes favoreceu a natureza: a ela, um belo par de seios túmidos e um corpo escultural; a ele, um membro de proporções avantajadas, mas harmonioso com seu corpo másculo, esteticamente perfeito.

Levando diante de si, amorosa e sensual, um colorido buquê de flores campestres, a Marquesa de Sonça seguia com as outras mulheres, que também se recompunham, enfileiradas e ordenadamente procurando seus vestidos. Junto de seus pares, elas buscaram assento nas carruagens. Em poucos minutos, todo aquele cortejo abria caminho entre os arvoredos do bosque, enquanto os pássaros já anunciavam o arrebol da madrugada e o lumaréu das fogueiras extinguia-se lentamente, deixando no local evocações de languidez e nostalgia.

Enquanto o Bruxo Neno, soturno e solitário, divagava sentado no banco de trás de sua confortável carruagem, lembrava-se do dia do próprio casamento com a igualmente bela Murmur. Fustigado por resquícios de sentimento de vingança e mágoas que ainda alimentava contra o Rei Mor por ter sido obrigado a deixar que este, e não ele, usufruísse das primícias de sua virgem, meiga e bela mulher, Bruxo Neno imaginava um jeito de também ludibriar o Conde Rasku, como fizera o Rei Mor, e desfrutar antes do marido das primícias da fogosa marquesa nos macios lençóis nupciais.

Uma incontrolável tentação de usufruir da gratuita luxúria e da lascívia da consorte do amigo produzia-lhe devaneios oníricos, pois, durante o erótico ritual que celebrara, mantivera-se incólume, resistindo a misturar-se aos adeptos, apenas assistindo e dirigindo porque estava desprovido de parceira. A condição de celebrante da orgia aconselhava e exigia autocontrole total. Precisara administrar aquela esbórnia improvisada para emprestar seriedade, reverência e veneração aos exercícios do amor, como prática tradicional e secular dos mais afamados bruxos, no sentido de invocar e agradar às forças invisíveis protetoras dos casamentos para perenizá-los, protegê-los e torná-los fecundos.

Todavia, concluída a cerimônia, não se reconhecia mais o indiferente celebrante, controlado, infenso aos reclames da volúpia. Agora eram os desejos de homem comum que o atormentavam, necessitado de satisfazer seus insidiosos instintos. Algo mais o atraía na Marquesa de Sonça, além de seu próprio corpo e da irresistível sensualidade: estava com ela o objeto de magia e poder pelo qual ele pagaria qualquer preço para ter consigo.

Bruxo Neno arquitetou, com minúcias, no trajeto do Bosque do Iludido até o Solar da Marquesa, um plano para deixar o Conde Rasku fora de ação e conseguir, de uma vez, seus dois maiores anseios: apossar-se do verdadeiro bridão de ouro encantado, que ele tinha certeza estar de posse da marquesa, e deitar-se, por algumas horas que fossem, no leito macio e perfumado da Senhora Pan Thera.

Bruxo Neno só pensava naquilo. Todas as ousadias que incentivara aos nubentes experimentar, em nome de uma ritualística sensual e improvisada, ferviam-lhe o sangue, esquentando seu corpo, propriedade ardente do desejo de saborear, ele mesmo, as quimeras do amor. Devia, é certo, fidelidade à própria esposa Murmur, mas sentia que ela nunca o desejara, rejeitando-o, indiferente às suas expressivas manifestações de afeto, porque casara-se apenas para cumprir ordens de seu soberano e senhor, o Rei Mor, a quem servia desde pequena, leal e conformada.

Murmur não o acompanhava aonde quer que fosse. Não participava de seus rituais celebrados nas noites enluaradas; não reverenciava as entidades sobrenaturais às quais ele prestava culto e devoção; tampouco se importava se o marido mantivesse fidelidade total ou parcial. Bruxo Neno se apaixonara por Murmur porque sua singela e meiga beleza faziam-na diferente da maioria das mulheres que já possuíra. Algo de intuitivo o alertava também de que, ao voltar para casa, no Reino de Trindade, receberia a notícia de que Murmur engravidara. Quiçá, a mulher do Rei Mor, Rainha Sissu, também. Com esse pensamento, riu de si mesmo; julgou-se, além de bruxo, filósofo e disse em voz alta, para si mesmo:

— Todo homem, por mais enigmático que seja, somente quando se torna meditabundo, excêntrico ou ridículo pode sentir na alma, com profundidade, o verdadeiro sentido das coisas. Hehehehehehe!

Amanhecendo no Solar da Marquesa — uma esplêndida e antiga construção em adobe, de vinte e quatro cômodos, cor de barro natural, cercada de jardins exóticos e fontes artificiais, no meio de um bosque denso a uma légua de distância da cidade de Avilhanas —, os serviçais das baias e da cozinha movimentavam-se para cumprir suas tarefas rotineiras.

Os convivas dos recém-casados, esgotados da noitada de esbórnia e bebedeira, sentiam mais vontade de dormir do que de comer. Alguns preferiram logo se recolher com seus pares, buscando o aconchego e o isolamento dos aposentos, para curar-se da ressaca libidinosa, enquanto alguns poucos foram primeiro ao salão de refeições. Comeram fartamente do que lhes agradava, à disposição numa bem-arrumada e colorida mesa, para em seguida repousar.

Bruxo Neno, sozinho, ligeiramente melancólico, escolhia entre frutas e petiscos variados os que mais lhe apeteciam. Não estava propriamente com fome porque seus pensamentos, em turbilhões, ainda não haviam encontrado o jeito de se aproximar da Marquesa de Sonça. Precisava achar um meio de envolvê-la, afastando por um bom tempo o Conde Rasku, distraindo-o noutras atividades, deixando livre, principalmente, o acesso aos seus aposentos.

Por sua vez, como se estivesse a pressentir perigo iminente, o recém-casado não abria a guarda, deixando a mulher a sós. O tempo disponível do Bruxo Neno para intentar seus secretos propósitos entrara em contagem regressiva: no dia seguinte, retornaria ao distante reinado de Trindade, onde residia. Jamais deixaria escapar a oportunidade de meter-se no quarto da Marquesa de Sonça, ainda que não lograsse propriamente êxito em se deitar com ela. Mais do que o desejo de possuí-la, precisava com urgência efetuar a troca dos bridões de ouro, famosas rédeas encantadas que lhe permitiriam usar e abusar dos poderes inerentes aos bruxos e feiticeiros. De lambuja, provaria das delícias daquele corpo sedutor, talhado sob medida para os desfrutes amorosos.

Cabisbaixo, meio tristonho, Bruxo Neno não se deu conta da aproximação do Conde Rasku e da Marquesa de Sonça, já recompostos, de banho tomado, vestidos elegantemente, recendendo ao frescor das Barra Alimpa, os sabonetes de jasmim e manacá. Surpreso com a presença dos recém-casados naquele momento no salão de refeições, a voz do Conde Rasku soou estrondosa, assustando-o, quase a engasgá-lo, tão concentrado estava:

— Bruxo Neno, por que ainda estais acordado? — perguntou-lhe Conde Rasku. — Precisais de algo?

— Ahn, humm, não, não... estava a fazer meus planos de viagem. Antes de voltar para Trindade, quero passar pelo Reinado de Caxixi, tenho negócios a tratar com o Rei Boio.

— Diga-me, então, quanto vos devo pelas despesas que tivestes para vir até aqui?

— Bem, quero dizer, não quero vos cobrar pelas despesas... quero ainda vos oferecer um outro serviço, que não tratamos ainda.

A Marquesa de Sonça inquietou-se, adiantando-se ao marido, e perguntou:

— Que tipo de "outro" serviço pode um bruxo propor que ainda não conheçamos? Tens algo mais novo a ofertar?

Conde Rasku esperou pela resposta, examinando o que ainda não haviam feito ou desconhecessem daquele variado cardápio de obscenidades propostas pelo bruxo.

— Ah, sim, não pensam em ter filhos?

— Sim — responderam juntos.

— Então, não incluí no ritual celebrado ontem à noite algo que propicie a realização deste desejo. Preciso fazer um trabalho especial na vossa alcova, para que procriem rebentos sadios, fortes, inteligentes e belos. Que tal?

A Marquesa de Sonça empolgou-se, manifestando-se de imediato:

— Ainda há tempo de fazer o trabalho antes que regresses a Trindade?

— Sim. É exatamente este o tempo que tenho, de hoje para amanhã. Quereis também, Conde Rasku, que realize a magia? Não lhe custará mais do que já me pagarias...

— Neste caso, diga-me: do que precisas?

— Ao meio dia em ponto, sairás cavalgando pelos campos. Irás até o local onde fizemos o sabá matrimonial na noite passada. Ficarás por lá até o entardecer. Quando ouvir o primeiro pio do urutau, cuide de aprisioná-lo.

— Não me parece tão fácil prender um urutau — objetou Conde Rasku.

— É mais fácil do que imaginais. Se atenderdes minhas recomendações, o indefeso pássaro pousará nas tuas mãos. Caso não consiga o intento da primeira vez, persista. Espere ouvir o segundo canto e repita todo o procedimento.

— Que tipo de procedimento? Podeis ser mais explícito, Bruxo Neno?

— Sim, sim, preciso que vossa esposa não ouça essas recomendações... Senhora Marquesa, por obséquio, permita-nos ficar a sós.

— Mulher, vá para o quarto, tranque-se por lá, até irmos buscá-la — ordenou o marido, para regozijo do bruxo.

O plano começava a dar certo. Conde Rasku, a despeito de toda sua sagacidade, não atinara para o ardiloso intento do astuto bruxo. Seria essa a melhor oportunidade de descobrir a localização dos aposentos do casal, porque a ala de dormitórios do Solar da Marquesa parecia um labirinto de corredores e pátios internos. Acompanhar a marquesa até seu dormitório era a melhor das estratégias para entrar e sair com facilidade daquele cobiçado tabernáculo de intimidades. De pronto, Bruxo Neno ofereceu-se:

— Senhora Marquesa, muito me apraz acompanhá-la até vossa alcova para que eu tenha certeza de que estais a obedecer vosso marido.

— Por favor, Bruxo Neno, vamos com ela.

Um tanto a contragosto, a Marquesa de Sonça foi com os dois até seus aposentos. À porta, Bruxo Neno falou no ouvido do Conde Rasku, para aumentar o clima de suspense com relação aos comandos que careciam observar. Conde Rasku deu um sorriso malicioso e correspondeu:

— Agora mesmo. Já, já eu te encontro na sala de música.

— Não se esqueça de me entregar o que pedi. E cuide para que seja exatamente da parte que vos falei. Hehehehe!

Conde Rasku chegou ao local da confabulação e entregou ao Bruxo Neno três pelos extraídos do corpo da marquesa: um de cada uma das axilas e outro das intimidades. O bruxo os pegou e, colocando-os num pequeno saquinho de seda vermelha, concluiu o restante da recomendação e do pedido:

— Vá até a clareira e aprisione o primeiro urutau que ouvir cantar. Arranque duas penas do sobrecu. Solte o passarinho e acompanhe seu voo até o galho em que ele pousar. Se ele pousar de costas para ti, volta imediatamente pra casa. Preciso despachar as penas junto com os pelos, no buraco do mesmo formigueiro.

Mesmo cismado com as instruções do bruxo, Conde Rasku não ousava desafiá-lo, nem contradizê-lo, porque sabia de seu ânimo irascível e arrebatado. Tanto mais porque também conhecia a si próprio, seu temperamento nada generoso, seu gênio perverso, índole violenta, capaz de numa possível escaramuça utilizar-se da espada para aniquilar o causador da controvérsia. Matar Bruxo Neno não estava nos seus planos porque não era um adversário qualquer. Melhor tê-lo em conta de amigo do que inimigo.

— Bruxo Neno, preciso de algumas instruções a mais. Como farei se não conseguir aprisionar o urutau e arrancar-lhe as ditas penas? Servem penas de outro pássaro, uma coruja ou um bacurau, por exemplo?

— Absolutamente — respondeu o bruxo convicto —, para conseguir o que queremos, não pode haver falhas, senão... o resultado será desfavorável!

— Caso anoiteça e eu não consiga, volto pra casa sem as penas?

— Se até o cair da noite não aprisionares nenhum urutau, volte assim mesmo. Mas não poderei garantir o completo sucesso do feitiço. Não desistas antes do anoitecer. Preciso desse material para garantir que tua mulher te dará filhos belos e inteligentes. Belos como tu, inteligentes como a mãe. Garanto também que ela vai ficar ainda mais bela e fogosa, mesmo depois de parida.

A promessa do Bruxo Neno acendeu no Conde Rasku o pavio da imaginação. Já lhe passara pelo pensamento que, embora a marquesa fosse estonteantemente bela e sedutora, o tempo conspirava contra ela mais do que contra ele: era alguns anos mais velha. A maternidade tardia, certamente, causar-lhe-ia grandes danos estéticos. Para ele, que considerava a beleza física seu mais valioso cabedal, perdê-la significava derrocada irreversível, pois não suportaria conviver com uma mulher de faces enrugadas, tampouco com seios flácidos, bochechas frouxas, caindo em pregas sob um queixo de papadas moles e adiposas. Faria qualquer sacrifício para afastar aquela terrível ameaça!

O bruxo entregou ao Conde Rasku um saquinho de seda roxa, com um cordãozinho de fios de ouro que lhe selava a boca, recomendando, meio irônico:

— Isto é pra você não perder a pena do rabo. Traga tudo dentro deste saquinho!

O conde montou seu fogoso e bem domado cavalo negro de longas crinas, presente especial que ganhara da mãe, Rainha Alzira, no dia anterior ao casamento, agasalhado numa capa preta de forro amarelo, sacudida ao vento provocado pelo galope elegante do garanhão.

À criadagem que assistia a cena não faltava admiração conjugada à vontade de aplaudir a elegância e o garbo das harmoniosas proporções daquele conjunto formado por cavalo e cavaleiro. Afastando-se rapidamente em tropel pela arroxeada alameda de jambeiros, colorida de flores que cobriam o solo transformando-o num extenso tapete perfumado, em poucos minutos, desapareceram entre os arvoredos.

Sorrateiramente, Bruxo Neno vigiava os movimentos do conde, invejoso da distinção de seu porte e galhardia. Consolado, em parte, pela sorte que também lhe acenara casar-se com uma bela mulher, a serva Murmur, mesmo assim, se considerava em desvantagem com relação ao objeto de sua comparação: não era tão bonito feito o Conde Rasku, porque este era exageradamente belo, mas, em contrapartida, julgava-se capaz de conquistar a mulher que bem entendesse, porque se considerava imbatível nas artimanhas da sedução. Isso o confortava.

Enquanto sua fértil imaginação urdia conjeturas e frias lucubrações para se vingar da humilhação que sentira quando Rei Naldo de Avilhanas, a pedido da mãe, Rainha Alzira, negara-lhe hospedagem no luxuoso Palácio das Esmeraldas, Bruxo Neno, com o amor-próprio ferido e desgostoso pelo não reconhecimento de seus atributos e aptidões na qualidade de bruxo experiente, escolheu o Conde Rasku, irmão do Rei Naldo, como alvo predileto para descarregar sua recalcada vindita, qual rancoroso furacão de volúpia.

Ao levantar os olhos na direção da ala esquerda do Solar da Marquesa, Bruxo Neno viu de pé, diante de si, tal qual uma deusa surgida das sombras, a própria Marquesa de Sonça, trajada com uma diminuta alva transparente, cingida pela cintura com um grosso cordão de ouro e sobre a fronte um diadema de brilhantes. Era a mais bela representação exposta da sensualidade feminina. Atordoado pela visão nos primeiros momentos, nem se apercebeu de que a Marquesa de Sonça passara aquele objeto à volta da cintura, premeditadamente, no intento de seduzi-lo. O ambicionado bridão de ouro encantado, tal como isca irresistível, atrairia o bruxo até seus aposentos. Abrindo e fechando os olhos rapidamente, para se certificar de que não era miragem o que contemplava, Bruxo Neno, disfarçando suas inconfessáveis intenções, perguntou à marquesa:

— Por que deixastes o vosso quarto? Acaso não ouvistes que só deveríeis sair de lá quando vosso marido e eu fôssemos buscá-la? — perguntou, fazendo-se de desinteressado.

— Não suportei a solidão, Bruxo Neno... Podeis me acompanhar até lá, novamente? — implorou, langorosa.

O bruxo inspirou e expirou profundo, repetidamente. Tomou a marquesa pela mão, acariciou seus dedos longos e sedosos, ornados de valiosos anéis, reparando nas suas pontudas unhas, garras sedutoras e afiadas. Como se conduzisse uma oferenda ao altar de sacrifícios, caminhou vagarosamente pelo comprido corredor. A tarde já projetava sombras oblíquas nas namoradeiras das janelas. A marquesa abriu a porta de seu aposento, naquele final de corredor, pela ordem, o quarto cômodo, destrancando o ferrolho de ouro. Um cenário deslumbrante se descortinou, convidativo aos prazeres de alcova.

O bruxo, não resistindo, ergueu a marquesa nos braços e colocou-a como quem deposita um objeto precioso sobre o leito coberto de sedas e linhos, rescendendo perfume de flor de laranjeira. Quando começou a despi-la, percebeu que a cinta de ouro que lhe cingia os quadris parecia exatamente o cobiçado e encantado bridão de ouro que pertencera ao Rei Albe, o Rico, principal objeto de sua busca, bem ali diante de seus olhos, ao alcance de suas mãos... Estava tudo perfeito. Mais fácil e melhor do que pensara. Não contendo a euforia, pronunciou alto, numa linguagem própria dos bruxos, algo que a marquesa não compreenderia:

— Uaulelauê, macacos me mordam! Pelas cascas das mandrágoras!

— Faça comigo o mesmo que Rei Albe fez com a mula "Tá"! — pediu a marquesa, sem qualquer pudor.

— Só se me cederes o bridão de ouro encantado. Aí, sim, farei coisas muito melhores até do que o Rei Albe, o Rico, deve ter feito com a mula "Tá", entendestes?! — retrucou o bruxo.

— Mostra-me, então. Toma o bridão. Fica com ele, mas só até que meu marido chegue!

Ao tocar no objeto encantado, Bruxo Neno sentiu um estremeção arrepiando os cabelos, instante em que foi possuído por um desejo incontido, um frêmito avassalador de prazer, algo semelhante à vertigem que teve quando participou do seu primeiro ritual de magia sexual, dirigido por sua mãe, a Feiticeira Zuzu — Inesquecível sabá numa cálida noite de lua cheia, nos tenros dezessete anos de idade.

— Tens ouro em pó? — solicitou à marquesa.

— De quanto precisas?

— Do suficiente para besuntar-te toda — resumiu Bruxo Neno, abraçando-a por detrás.

Imediatamente, a Senhora Pan Thera abriu uma cesta larga de fasquias trançadas, forrada de acolchoado escarlate, e ergueu um pequeno, mas pesado, baú de metal. Abrindo-o, mostrou ao bruxo uma porção do mais puro pó de ouro, despertando desmedida ambição pela preciosidade. Intencionando ludibriar a marquesa sob disfarce de ardiloso expediente, Bruxo Neno, sagazmente, acenou uma proposta sedutora e fantasiosa, convencendo-a facilmente a despir-se:

— Vou transformar-te numa deslumbrante gata pintada. Serás minha gata, Pan Thera dourada, até que vosso marido chegue! Queres?

— Oh, meu honorável e poderoso bruxo. Fazei de mim o que pretendeis! — replicou, entregando-se languidamente.

Usando de artifícios rebuscados e pronunciando frases curtas e reclames monótonos, repetidos em sonoridades crescentes, o bruxo esfregava prazerosamente punhados de pó de ouro na pele alva e macia da marquesa, convertendo-a repentinamente em dourada estátua de deusa calipígia, propensa a entregar-se sem demoras ou censuras à volúpia dos sentidos.

No paroxismo do envolvimento de amantes e cúmplices, alheios ao passar do tempo e ao contar das horas, a tranca do ferrolho girou abruptamente, abrindo-se a porta. Não houve tempo de modificar, sequer disfarçar, o enlace dos corpos reluzentes de suor misturado ao pó de ouro. Na paralisia repentina causada pelo estupor do elemento surpresa, o bruxo nu, em posição vantajosa, saltou de lado, postou-se de pé, diante do terceiro elemento, intruso: o marido traído que chegara.

Ambos atônitos, atordoados pelo sobressalto do inesperado, olharam-se sem ação, emudecidos. Ao bruxo não ocorriam palavras ensaiadas para justificar aquele insensato despautério. Ao Conde Rasku, pego de supetão, não correspondeu ação imediata para desforrar-se da insidiosa desonra. Paralisada de medo e pasmada diante da inesperada intromissão do marido, coração palpitando acelerado quase a romper-lhe as veias do pescoço, a Marquesa de Sonça preferiu forjar comovente desmaio por alguns minutos.

Antes que o Conde Rasku manifestasse reação adversa e violenta, descarregando a tensão raivosa para se vingar do indecoroso flagrante, Bruxo Neno, também respirando ofegante, em calafrios, buscou um jeito rápido de dominar a situação para impedir o esperado revide, justificando sua audácia com explicação calcada nas práticas da bruxaria e nas funções da magia, demonstrando e provando o direito a ser considerado. Então disse o Conde Rasku, interrompendo a explicação do bruxo:

— Ah, então, a marquesa quer se transformar numa gata encantada? Faremos o que ela quer agora mesmo! — Disse o Conde Rasku, interrompendo a explicação do bruxo.

Irado e colérico, Conde Rasku, possesso, desembainhou a espada num piscar de olhos, espetando a ponta aguda e afiada da arma sob o queixo do desafeto.

— Afasta-te, Bruxo Neno! Ou arranco teus ovos pela boca!

Bruxo Neno deu um passo atrás, desconcertado, mantendo-se, no entanto, de posse do bridão de ouro encantado. Pegou seus trajes desajeitadamente, recompôs-se o mais ligeiro que pode, sempre com a espada a lhe incomodar no pescoço. Sem desviar os olhos do rival, acompanhou cuidadosamente seus movimentos, mantendo-se firme para contra-atacar, caso precisasse. Com a espada em riste, Conde Rasku também se protegia para não ser atingido pelas emanações fluídicas que o bruxo irradiava. Embora ambos estivessem vulneráveis — o bruxo à zanga do Conde Rasku e este às altercações *mandraqueiras* do bruxo —, mediam forças para sobrepor-se ao domínio um do outro. Conde Rasku, em ligeira vantagem, de posse da espada e exímio no seu manejo, ordenou ao traidor:

— Pegue esta corda. Amarra a senhora Pan Thera com a força que tiveres na grade da cabeceira da cama!

Sob a ameaça da espada, o bruxo não teve opção. Fez conforme Conde Rasku mandara.

— Vamos começar uma festinha diferente, outra brincadeirinha! Vejo que és adepto das novidades, não é, Bruxo Neno? Então, agora, celebraremos um ritual pouco mais extravagante. Eis aqui a pena do rabo do urutau que fui buscar. Aproveite e faça logo a mandinga que me prometeste.

Sob ameaça constante da espada no pescoço e o intimidativo olhar odioso, rutilando de fúria, Conde Rasku proferiu sua derradeira promessa de castigo ao feiticeiro:

— Se a marquesa não engravidar hoje ainda, nosso próximo encontro poderá ser muito desagradável, frustrante para um de nós, ou para nós dois… quem sabe?

Bruxo Neno conhecia a fama e a perversidade do Conde Rasku. Preferiu não ir de encontro aos seus ditames, enquanto ganhava tempo para se safar do crescente ataque de ira e da cruel impetuosidade, dominantes no rival.

A marquesa nua, completamente dourada, amarrada às grades da robusta cabeceira de madeira e metal de seu leito, inspirava todas as possibilidades de convite à perversão dos sentidos. Conde Rasku, mantendo Bruxo Neno sob a mira da afiada lâmina, tomou-lhe o bridão de ouro encantado das mãos, afastando-o do quarto, levando-o adiante até um compartimento escuro, com grades de ferro nas aberturas das paredes à guisa de escotilhas. Trancando-o, sentenciou:

— Jamais sairás daqui, a não ser que eu deixe! Não permitirei que vivas, mas… morra!

Aprisionando o Bruxo Neno na masmorra, Conde Rasku, sorrateiramente, esgueirou-se até as forjas e galpões das oficinas pelos atalhos sombrios dos pátios ao redor do Solar da Marquesa. Dominado pela ira, possuído por incontido desejo de vingança, trouxe consigo um maçarico e boleadeiras de ferro.

No aposento onde a luxuriosa Marquesa de Sonça se encontrava imobilizada, amarrada à cabeceira da pesada cama, suando frio, trêmula de medo, chorando, implorando a compaixão e a piedade do marido furibundo, com o corpo cintilando ainda mais sob o brilho da fina camada de ouro que lhe cobria a pele, Conde Rasku iniciou um sinistro ritual de tortura, nunca dantes praticado, sob invocações blasfemas e ultrajantes contra a mulher, conspurcando de ignomínia seu matrimônio recentemente inaugurado.

Enquanto aquecia as boleadeiras no maçarico até se tornarem incandescentes, Conde Rasku entupiu a boca da marquesa com buchas de tecido, amordaçando-a fortemente para evitar que seus gritos se propagassem, chamando a atenção da criadagem e de alguns poucos hóspedes ainda remanescentes do festim do casamento.

A marquesa, imóvel e indefesa, assistia tudo de olhos esbugalhados, aterrorizada diante dos preparativos que o marido ia descrevendo com minúcias e sarcasmo, amedrontando-a e a humilhando, para aumentar o sofrimento que, ela adivinhava, seria o mais cruel dos tormentos que teria que suportar.

Com as boleadeiras incandescentes, Conde Rasku veio ao encontro da mulher paralisada de terror, encostando-lhe impiedosamente o metal em brasa sobre a pele dourada, produzindo queimaduras profundas e marcas escuras disseminadas por todo o corpo, extraindo-lhe gemidos de dor abafados pela mordaça, o que muito o excitava, mais e mais à medida que carimbava todo o corpo dela de queimaduras como grandes pintas negras e arredondadas.

Os gritos contidos e os soluços da marquesa, reprimidos e sufocados pelas buchas de tecido, não demorariam a se transformar em espasmos convulsivos. Com o corpo quase todo coberto por manchas negras entre pequenos espaços da pele dourada, a Senhora Pan Thera estertorava, num esmorecimento agonizante, enlouquecida pela dor. Ao final do suplício, lânguida e extenuada, como fera abatida, desmaiou novamente, depois de resistir ao esgotamento quase completo.

A crueldade do Conde Rasku, aumentada pelo prazer que lhe proporcionavam os lancinantes gemidos da mulher, logo se transformaria numa excitação incontrolável. Abandonando os instrumentos que utilizara para torturá-la, ansiava por seviciá-la, maltratando-a ainda mais, violentando-a, antes de aplicar-lhe o golpe fatal, para finalmente esganá-la no próprio bridão de ouro encantado.

Impossibilitado de tomar qualquer atitude em defesa da Marquesa de Sonça, Bruxo Neno estudava o jeito de livrar-se do cativeiro por seus próprios recursos. Buscava se lembrar dos métodos da magia que aprendera durante seu tempo de iniciado nas artes da bruxaria. Para resgatar a marquesa das garras do pervertido marido, certamente sacrificaria qualquer um de seus poderes mágicos em benefício daquela que acendera seu mais ardente desejo e lhe proporcionara momentos arrebatadores de deleite, prazerosamente experimentados e vividos até então.

Sem conseguir imaginar o que ocorria do outro lado da casa, especificamente lá na alcova dos recém-casados, desconfiava de que algo anormal e grave estava sucedendo, pois o bridão de ouro encantado nas mãos do Conde Rasku não seria um instrumento inócuo, caso utilizado por brincadeira ou deboche, sem resultar embaraços aos incautos e desavisados.

Bruxo Neno, prestes a se render, quase desistindo, não conseguia lembrar a fórmula exata, composta de palavras mágicas que corretamente pronunciadas em sequência, qual uma senha, poderiam desmaterializá-lo por alguns segundos para que transpusesse paredes ou a pesada porta da masmorra, desejoso que estava de liquidar de vez com o arrogante e implacável Conde Rasku.

Antes que terminasse de pronunciar a derradeira sequência de sílabas mágicas para escapar da masmorra, Bruxo Neno foi interrompido com gritos desesperados, assustadores, seguidos do rangido da pesada porta de madeira do cárcere que se abrira de fora:

— Socoooooorro, Bruxo Neno, me acuda! Transformei minha mulher numa gata feroz, a Sonça está virada numa fera pintada!

Refugiando-se na masmorra para se proteger o mais rápido que podia, Conde Rasku, apavorado e nu, adentrou o recinto sem ter tido tempo de trancar a porta atrás de si. Uma força maior que a dele escancarou a pesada porta, forçando-a com um estrondo para dentro, ao passo que uma fera de porte gigantesco, semelhante a uma gata de pelagem dourada reluzente com pintas pretas, trazendo o bridão de ouro pendurado ao pescoço, saltou sobre ele, derrubando-o, imobilizando-o entre suas garras. Aos berros, Conde Rasku, preso, implorava:

— Bruxo Neno, socoooorroooo! Tira-me daqui, livra-me desta fera!

Já ciente do que acontecia, Bruxo Neno aproximou-se corajosamente e puxou para si o bridão de ouro encantado de Pan Thera, desvencilhando-o do pescoço da fabulosa gata pintada, ao mesmo tempo em que sorrateiramente colocou no mesmo lugar o falso bridão que mantinha oculto consigo, sem que o conde percebesse a manobra, tão apavorado ficara. Com voz firme, pronunciou palavras mágicas, ordenando que a fera soltasse o Conde Rasku, sem contudo desfazer o encantamento.

Liberto, mas com o peito todo lanhado das garras afiadas da gata feroz, que rugindo alucinada de um salto jogou-se através da janela, sumindo floresta adentro, Conde Rasku, já refeito do susto, percebeu que o Bruxo Neno estava de posse do bridão de ouro e logo concluiu que ele havia trapaceado outra vez, ao mesmo tempo em que se aproveitara da oportunidade para escapar do cativeiro, já fugindo pelo mesmo lugar onde a gata pintada escapara. Aproveitara-se da oportunidade, porque, com certeza, era sua última e única chance de livrar-se da crueldade do Conde Rasku. Fugira carregando o objeto encantado, prêmio e recompensa de sua ambição e razão de toda aquela balbúrdia. Precipitara-se pela janela frontal da masmorra, por onde a fera pintada também desaparecera.

Ainda despido, meio atordoado com o desfecho do acontecimento, Conde Rasku, empunhando a espada, pisando sobre os mesmos rastros, partiu em perseguição ao bruxo. Levando vantagem por conhecer melhor todos atalhos e veredas dos bosques do Solar da Marquesa, logo o alcançou, atirando-se sobre ele, certo do golpe que fatalmente traspassaria seu peito ou lhe cortaria a garganta.

Muito ágil, treinado nos embates de corpo a corpo com espadachins dos reinados que amiúde visitava, Bruxo Neno apenas se defendia, escapando ileso, sem abrir mão do bridão de ouro. A despeito de toda a sua destreza e impecável agilidade, na claridade da noite de luar, um golpe certeiro quase o aniquilara. Não lhe restavam opções: ou acionava os poderes mágicos do bridão para tirar o Conde Rasku de cena ou teria o peito aberto naquela escaramuça fatal. Aproveitando-se numa fração de segundo da desatenção do Conde Rasku, distraído pela sombra projetada no voo salvador de um urutau e ao soturno piado da ave agourenta anunciando meia-noite em ponto, Bruxo Neno lançou o bridão sobre a cabeça do rival e gritou o mais alto que conseguiu:

— Sou Bruxo Neno, sou o tinhoso! Tenho tinhanha, tintonho burundanga timbobo, Conde Rasku! De dia homem, de noite lobo! Auauauauauuuuuuuuuu...

Ao ouvir as palavras de encantamento proferidas pelo Bruxo Neno, Conde Rasku, paralisado, estremeceu, largando a espada. O bruxo, apoderando-se da arma rapidamente, invocou a proteção das entidades noturnas, desencadeando a metamorfose do adversário, que sob os efeitos de sua magia, contorcia-se no chão, bufando e babando enquanto se cobria de pelos: em poucos minutos convertera-se num gigantesco lobo raivoso.

Dominando-o pelos efeitos da afiada lâmina de prata, Bruxo Neno o afugentou, submisso às suas ordens, sob a lânguida claridade da lua, deixando-o à própria sorte, notívago, uivando em vão como fera carniceira, sem consolo, sem abrigo, esgueirando-se entre as árvores do Bosque do Iludido, até o romper da aurora, quando desfez-se o feitiço e pôde retornar ao seu estado natural. Acordando de um pesadelo, herdeiro da maldição que o acompanharia errante pelo resto de sua vida, Conde Rasku voltou ao Solar da Marquesa, sem se lembrar do que acontecera. Pelo resto de sua vida, em todas as noites de lua cheia, a maldição o acompanharia. Transformava-se num grande lobo errante pelos bosques e florestas, sempre à procura da mulher Pan Thera e de acertar as contas com o bruxo.

PRIMEIRA CAIXA – DIA DA CAÇA

Boquiaberto com a longa narrativa do Mago Natu, o imperador Rei Médium tinha vontade de fazer perguntas e perguntas. No entanto, precisava de instruções para que pudesse convocar a Professora Plínia e delegar providências para a organização da caçada à Sonça Pintada. Uma pergunta, todavia, não saía do seu pensamento. Antes que a formulasse, Mago Natu lhe respondeu:

— Queres saber se Conde Rasku ainda vira lobo nas noites de lua cheia e se ele irá se inscrever para participar da caçada?

— Exatamente, Mago Natu.

— Pois bem, um dia aquela maldição será desfeita, não por mim, mas pelo Príncipe Urucumacuã. Porém deixemos que as coisas sigam seu curso natural, sem interrupções. Se ele quiser ir à caçada, ninguém o impeça.

Professora Plínia, sempre eficiente, já anotava num rolo de papiro os nomes dos nobres valentes e corajosos plebeus que se dispunham sair à caça da misteriosa fera pintada. Cada inscrito ouvia instruções, uma lista cheia de normas de procedimento e cuidados específicos para que o aprisionamento do fantástico animal não lhes causasse danos. Quando o grupo de doze caçadores, seis reis e seis vassalos, já se dispersava para iniciar a empreitada, ouviu-se uma voz feminina se erguer dentre o burburinho:

— Também vou. Quero fazer minha inscrição!

A ousadia foi de pronto identificada. Era a Rainha Tranha, mulher do Rei Manso, o líder dos caçadores. Ela, notável pelas participações em afamadas temporadas de caça que ocorriam todos anos no seu reinado.

Exímia caçadora, Rainha Tranha também queria acompanhar o marido junto dos outros caçadores.

Em vão tentaram demovê-la da ideia de arriscar-se em tão perigosa e inusitada empreitada. Irredutível, vestindo um gibão elegante e empunhando com galhardia arco e flecha, conseguiu autorização do anfitrião e do Mago Natu para seguir com a comitiva. Deveriam, independentemente do resultado, retornar ao Palácio Fortaleza impreterivelmente antes de anoitecer. Ao soar das buzinas, nobres e destemidos caçadores, segurando pelas coleiras cães especialmente adestrados, saíram cavalgando suas garbosas montarias. Logo despareceriam florestal adentro.

Quase anoitecendo, quando os serviçais do Palácio Fortaleza iniciavam o ritual de acender os archotes do pátio interno, ouviu-se o soar da buzina dos caçadores seguido do toque inconfundível do trombeteiro real.

Com grande alarido, aglomeraram-se no pátio de serviços os que queriam recepcionar a corajosa comitiva, todos ansiosos por novidades, desejosos de conhecer finalmente, ao vivo, a fera encantada para certificar-se de que realmente tratava-se de uma enorme gata de pelo dourado, com pintas negras espalhadas por todo o corpo, portando um diadema de brilhantes na cabeça e um grosso colar de ouro no pescoço, objetos que testificavam ser a fera encantada a mesma Marquesa de Sonça ou Senhora Pan Thera.

Os caçadores chegaram sem alardes, cabisbaixos, e logo se dispersaram, puxando pelo cabresto em direção às baias um cavalo arreado, sem cavaleiro. Constatou-se que a jaula onde deveria estar aprisionada a fera encantada voltou com algo em seu interior, semelhante a uma pessoa deitada, encoberta por um manto real. Abrindo espaço entre os nobres e a turba que se aglomerava querendo saber se a fera encantada já havia se convertido novamente em pessoa, Rei Manso, visivelmente transtornado e aflito, desceu da montaria calado, passou à frente de todos e solicitou em voz baixa aos auxiliares de ordens do Palácio Fortaleza que retirassem o corpo estendido de dentro da jaula de ouro e o levassem imediatamente à presença do Mago Natu e do imperador.

Os espectadores e recepcionistas da comitiva, quase explodindo de curiosidade, indagavam:

— Cadê a fera encantada?

— Quem morreu na caçada?

Os mais observadores notaram que a montaria que voltou sem cavaleiro era da Rainha Tranha, a única mulher a participar da empreitada e que, certamente, seria a mesma pessoa de dentro da jaula embrulhada no manto do Rei Manso e retirada como morta.

— Rainha Tranha... só pode ser!

Assim que o burburinho se desfez, os cavaleiros deixaram o pátio, levando as montarias para as baias e a matilha de caça aos canis, sem comentar ou responder às perguntas dos serviçais do palácio.

Circunspecto, Rei Manso não disfarçava seu desatino. Foi ter com o imperador e o Mago Natu, que de pronto vieram ao seu encontro, conduzindo-o à Sala do Rei, onde lhes confidenciou, privativamente, longa narrativa. Ambos ouviram em silêncio. Mago Natu porque já adivinhara tudo e o imperador porque não desconfiara de nada.

— Senhor Imperador, reverendo Mago Natu, alcançai a dor profunda que me constrange — disse-lhes como a implorar solução, ao mesmo tempo em que buscava consolo para o que narraria confidencialmente.

— Não nos poupe detalhes, Rei Manso, por gentileza — pediu o imperador.

— Não se aflija. Tudo o que aconteceu teve um propósito, uma razão de ser. Conte-nos o que viu — Mago Natu reforçou o pedido.

Respirando fundo, Rei Manso, com a voz trêmula, ainda assustado, revelou aos dois amigos:

— Por favor, ela está como morta! Digam-me que ela não morreu!

— Acalme-se, ela não morreu. Está em transe, mas seja forte, pois ficará nesse estado de torpor por três dias. Depois que expulsar aquilo que está em Tranha, voltará a viver, porém de nada se recordará.

— Vamos ao ocorrido, Rei Manso. Fale, por favor — pediu Rei Médium, também ansioso de conhecer a verdade.

— Chegamos ao local onde nos foi instruído iniciar a caçada à encantada Pan Thera e de lá nos dispersamos. Cada um de nós tomou uma direção. Combinamos que a Rainha Tranha ficaria ali, naquele ponto central, na qualidade de guardiã da jaula de ouro. Evidente que, se a

Sonça Pintada circulasse pelos arredores, Rainha Tranha estava devidamente instruída e preparada para capturá-la. Já tínhamos ouvido falar do filho que a fera encantada havia parido na floresta, mas duvidávamos da veracidade daquela história.

— Então não vos alertaram quanto aos perigos de encontrar a criatura parida pela Sonça Pintada, o temível Caipora, o morador do mato? — Rei Médium interrompeu.

— Achávamos que era apenas conto de caçadores.

— Pois bem, prossiga — pediu o imperador, enquanto Mago Natu apenas ouvia.

— Vê bem, Rei Médium, passado o tempo que combinamos de nos reencontrar, chegamos todos de volta ao ponto de onde nos dispersamos. Surpreendentemente vimos uma criatura diferente, nua, de corpo peludo, cabeça grande, pés redondos, montado num enorme porco-do-mato que desapareceu tão depressa, deixando um cheiro horrível, antes que pudéssemos cercá-lo com os cachorros e tentar aprisioná-lo. Foi então que avistamos a cena mais constrangedora que já vi. Dentro da jaula, completamente despida, ao lado de suas vestes destruídas, a Rainha Tranha desmaiada, com o corpo todo melado de um visgo esbranquiçado... Oh, que vergonha, Senhor Imperador! Será que ela foi possuída por aquela criatura horrorosa?

— Ouviram gritos? Pedidos de Socorro? Tem marcas de violência ou luta pelo corpo? — interrogou o imperador.

— Não, absolutamente, ela só estava desmaiada. Deve ter sido de susto! Reverendo Mago Natu, diga-me, o que faremos? O que será da minha rainha agora?

— Levem seu corpo para os mesmos aposentos onde a imperatriz, Rainha Gônia, deu à luz aos príncipes Urucumacuã e Kurokuru. Deixem-na sob os cuidados da Senhora Natividade da Luz e não permitam que seja visitada. Dentro de três dias, tudo se resolverá. Não comentem nenhures nem alhures — recomendou Mago Natu.

O imperador, no entanto, queria também ouvir o relato da caçada à Sonça Pintada, mas julgou inconveniente prosseguir o interrogatório ao Rei Manso, dado seu estado emocional abalado e constrangido. O próprio Rei Manso, porém, concluiu o relatório:

— Senhor Imperador, todos nós, os doze caçadores, sentimos que a fera encantada estava rondando, nos arrodeando; os cães ladravam e até nos posicionamos em círculo, fechando em rota convergente, mas sequer a avistamos. Sentimos até o cheiro dela, ouvimos seus esturros langorosos, mas ninguém a localizava. Parecia mais de uma, multiplicada, em todos os lugares ao mesmo tempo. Ficamos horas andando em círculo, sem êxito na empreitada, até desistirmos. Convencemo-nos de que é mesmo uma fera encantada e admitimos nosso total fracasso nesta primeira tarefa.

— Não se preocupem, teremos ainda outras seis caixas para abrir. Veremos as outras surpresas que nos trarão. Continuemos nossa festa. Creio que devemos nos encontrar no Salão de Jantar dentro de alguns momentos.

— Até breve, senhores, despediu-se o Mago Natu.

Foi providenciar a acomodação da Rainha Tranha nos aposentos da imperatriz.

No clarear do dia seguinte, Mago Natu encontrou-se com Rei Médium na Câmara do GRAU. A despeito da apreensão que o imperador sentia quando descobriu o Espelho Universal (EU), retirando a manta púrpura, o mago o encorajou, dizendo-lhe:

— Não temas. O que tiver de ser, será. Cada dia é único. Ontem já se foi, amanhã não nos pertence... vamos, abra a segunda caixa.

Com a chave de chumbo à mão, temeroso pela surpresa que os aguardava, o imperador girou-a cuidadosamente e ouviu o clique destravando a fechadura. Abriu a caixa, constatando que, semelhante à primeira caixa, ela continha apenas outra caixa, a de ferro, que seria aberta no terceiro dia. Olhou para o Mago Natu e, antes que lhe perguntasse algo, recebeu a ordem:

— Olhe para o EU. Consegue ver o que deverá fazer hoje?

Ao direcionar os olhos ao Espelho Universal, Rei Médium imediatamente foi transportado no tempo, e viu refletirem-se cenas repetidas de acontecimentos registrados durante os festejos do seu casamento com a Rainha Gônia, há três anos passados.

— Entendes o que estás vendo? — inquiriu o mago.

— Perfeitamente. Lembro-me quando os príncipes Surubim e Pintado e a Princesa Kaxara foram transformados em três peixes, pelas artimanhas do Bruxo Neno, enfeitiçando a joia de camafeus de rubis da Tia Ara. E depois, também, quando a Rainha Zomba transformou-se no peixe Pirarara e o Rei Negro Norato na Cobra Grande...

— Sim, exatamente. Aquelas duas, Rainha Zomba mais a filha, Princesa Kaxara, por não terem derramado sangue durante o encantamento, ainda têm possibilidades de voltarem ao que eram antes, bem assim, a Rainha Trapa porque transformou-se na Enguia, o peixe-elétrico, num episódio diferente dos outros, lembrou o mago. Porém o Rei Negro Norato talvez fique para sempre encantado na Cobra Grande, pelos golpes da adaga com que foi ferido.

— O que deveremos fazer? Chegou a hora de desencantá-los, é isso?

— Bem, é... e não é! Se conseguirmos pescá-los, tirando-os da água, capturando-os em redes...

Rei Médium não esperou que o Mago Natu concluísse sua fala:

— Como conseguiremos?

— Organizando uma grande pescaria. Será essa a tarefa do segundo dia, determinada pela abertura da segunda caixa de chumbo. Todos que quiserem, independentemente de quantidade, poderão ir, especialmente o Rei Mende, porque sua mulher, a Rainha Trapa, continua encantada em peixe-elétrico, a Enguia. Os pais do Príncipe Ur, o *Surubim*, Rei Kórnio e Rainha Bisca, além dos pais do Príncipe Pintado, Rei Boio e Rainha Ália, também deverão ir, caso queiram.

SEGUNDA CAIXA – DIA DA PESCA

Ainda temeroso pelo resultado do dia anterior, o DIA DA CAÇA, o imperador convocou a Professora Plínia para que, com o apoio do seu infalível amigo, Mago Natu, tomasse todas as providências e precauções no sentido de evitar aborrecimentos ou surpresas parecidas com o sucedido à Rainha Tranha. Mesmo desejando saber o que seria da jovem rainha, Rei Médium evitara perguntar sobre seu estado ao Mago Natu, temendo que a única resposta possível o desapontasse ainda mais e entristecesse toda a Corte do Elo Dourado. Sempre se adiantando ao que o imperador apenas pensara, Mago Natu manifestou-se:

— Prezado amigo, Rainha Tranha continua em transe. A Senhora Natividade da Luz foi devidamente orientada quanto aos procedimentos e cuidados com ela. Vou dizer, mas mantenha o que ouvireis em sigilo, porque o Rei Manso ainda não está preparado para aceitar as consequências do episódio de ontem.

— Diga-me de uma vez — pediu o imperador —, ela sobreviverá?

— Certamente, mas amanhã ao anoitecer irá parir uma criatura cujo pai é o Kaiporã, o Homem do Mato!

Rei Médium tomou um susto, seguido de um pressentimento incômodo. Não resistindo, prosseguiu perguntando:

— Como assim? Ela está grávida daquela criatura encantada que dizem ser o filho do Bruxo Neno com a Marquesa de Sonça, parido depois que a traidora Pan Thera se encantou na Sonça Pintada?

— Exatamente. Venho, neste momento, dos aposentos da imperatriz. Conversei com a Senhora Natividade da Luz. Não estive com a rainha pessoalmente, mas a Senhora Natividade me confirmou que, de ontem para hoje, Rainha Tranha apresentou uma barriga demasiadamente crescida, semelhante à de uma grávida de sete meses. Amanhã, antes que surja a lua cheia, certamente nascerá dela um rebento que ficará conhecido com o nome de *Kurupirá*, a *Criatura ex-Tranha*.

— E daí, o que sucederá, Mago Natu?

— Veremos, veremos. Ocupemo-nos agora dos pescadores. Preciso organizar o necessário para as atividades de hoje.

Um leve toc-toc à porta e Professora Plínia apresentou-se, disposta a cumprir o que lhe fosse determinado.

— Professora Plínia, organize uma grande pescaria hoje. Explique aos pescadores, principalmente ao Rei Boio e ao Rei Kornio, que deverão capturar os peixes que eram seus filhos, os príncipes Pintado e Surubim e também a Princesa Kaxara, encantados pelo Príncipe Andy Suruba, depois que Bruxo Neno enfeitiçou a joia da Tia Ara. Além destes, também deverão trazer fora d'água Rainha Zomba, encantada na Pirarara, e Rainha Trapa, encantada na Enguia, tomando o máximo cuidado para não tocar diretamente nesta última.

Mago Natu também fez à irmã uma recomendação:

— Professora Plínia, se alguma mulher, principalmente as rainhas, quiserem participar da pescaria, não as impeça, deixe-as ir.

Pouco mais de um quarto de hora e os aficionados por pescaria estavam reunidos no Salão de Esportes do Palácio Fortaleza fazendo inscrições. Receberam excelentes materiais e equipamentos adequados, assim que aceitaram os regulamentos do campeonato, comprometendo-se a capturar as *rainhas* e *príncipes-peixes* sem feri-los ou maltratá-los.

Rei Kornio estava especialmente animado, esperançoso de ver novamente o filho Príncipe Surubim, o *Ur*, virado gente, ainda que isso lhe custasse ou exigisse algum sacrifício. Rei Boio, pouco menos entusiasmado com a pescaria, mas desejoso de se aproximar da Rainha Bisca, mulher do amigo Rei Kornio, aproveitou a oportunidade e investiu:

— Rainha Bisca, veja como vosso marido está feliz com esta oportunidade de ver o Príncipe *Ur* virar gente. Anime-se também e vamos à pescaria.

Rainha Ália ouviu o convite do marido à mulher do amigo e, enciumada, admoestou:

— Boio, presta atenção! Isto não é adequado para nós, mulheres. Eu mesma não irei. Cuide-se porque tu não sabes nadar!

O Bruxo Neno observava meio escondido, de longe, sem opinar. Tampouco se prontificaria a participar das ações cuja finalidade era desfazer os feitiços e encantamentos provocados por ele nos dias em que festejaram as bodas do Rei Médium com a Rainha Gônia, três anos passados.

Decidido a não colaborar para que desfizessem seus próprios encantamentos porque perderia fama e poder, além de comprometer sua reputação de bruxo, viu na Rainha Ália um trunfo precioso. Precisava desencorajá-la de acompanhar o marido, tornando-a *aliada* antes que ela percebesse ou desconfiasse de suas intenções. Ao mesmo tempo, precisava incentivar Rainha Bisca ao inverso. Gesticulando para a Rainha Bisca, chamou-a discretamente, instruindo:

— Rainha Bisca, admiro vossa coragem e determinação, o que não vejo em vossa amiga, Rainha Ália. Porém, para que tenhas êxito no que ireis fazer, levarás contigo este talismã. Este outro entregareis secretamente ao Rei Boio, cuidando para que ninguém mais veja. Dê um jeito de distrair a atenção das pessoas, afastando-vos disfarçadamente. Depois de colocar vosso talismã no pescoço, ponha este outro no pescoço do Rei Boio e verás que resultado maravilhoso!

— Por que terei de colocar o talismã no Rei Boio? Por que não no meu marido? Não ficará ele zangado comigo? — indagou Rainha Bisca.

Precisando rapidamente de uma resposta, Bruxo Neno falou a primeira coisa que lhe veio ao pensamento:

— Basta que somente um de cada casal use o talismã. Já tens o teu e, como a Rainha Ália preferiu não ir, entregue tu mesma ao Rei Boio o outro talismã.

— Por que não entregas diretamente a ele?

— Porque Rei Boio me odeia. Eu também não simpatizo com ele. Só estou fazendo isso por dó da Rainha Ália. Além do mais, Boio nunca vai acreditar que minha intenção é simplesmente colaborar. Só eu, somente eu mais eu, está entendendo, pode desfazer o feitiço que encantou os príncipes e as rainhas em peixes.

— Por que não entregas também um talismã igual ao Rei Mende? Parece que ele está esperançoso de ter a Rainha Trapa de volta.

— Não entendes de feitiço, minha cara. Nesses casos, só dois talismãs podem ser usados. Se quiseres, dê o seu ao Rei Boio e o outro ao Rei Mende.

— E eu terei meu filho de volta sem o talismã?

— Não posso garantir nada neste caso.

— Prefiro meu filho *Ur* gente... Se fizer do jeito que me dizes, garantes o resultado?

— Garantido que sim. Palavra do Bruxo Neno. Depois me conte!

Rainha Bisca foi a única mulher que se inscreveu à pescaria. Ocultando os dois talismãs de pedra preta, no formato de dois peixinhos amarrados por uma cordinha fina, entre as dobras de suas vestes, já imaginava o momento em que colocaria um dos objetos encantados em si mesma e o outro no pescoço do Rei Boio... Pensamentos extravagantes começaram a assaltá-la. Querendo desviar o foco das tentações esquisitas que começara a ter, Rainha Bisca aproximou-se do Rei Manso, notando sua tristeza:

— Por que não queres ir à pescaria? Não pretendes te divertir?

Rei Manso olhou-a sem muito interesse e, cabisbaixo, respondeu:

— Uma coisa ruim está em Tranha. Algo terrível terá de sair dela. Quero ficar por aqui mesmo. Além de tudo, não tenho filho algum virado peixe... Prefiro ficar aqui por enquanto!

Rainha Bisca, não entendendo o que Rei Manso dizia, mudou o assunto e perguntou se ele se lembrava dos acontecimentos de três anos passados, na festa do casamento do imperador com a imperatriz, produzidos pelas artes malignas do Bruxo Neno, depois da inesquecível corrida Numpessó. Príncipe Niko venceu aquela prova e o Príncipe Andy Suruba, o "Y", filho do Rei Mende e da Rainha Trapa, aproveitando-se do grande alvoroço estabelecido entre os hóspedes do palácio pela vitória do Príncipe Niko, furtou disfarçadamente o diadema de camafeus e rubis da Rainha Gônia, a pedido do Bruxo Neno, levando-o para que ele o enfeitiçasse. Antes de entregar a valiosa joia à sua tia, Rainha Sissu, mulher do Rei Mor, cujo propósito era engravidar se conseguisse ficar com a peça sobre a cabeça algumas horas; desconhecendo o poder mágico que o bruxo produzira naquele diadema, concorreu para o encantamento de dois príncipes e uma princesa em peixes e, no final do caso, sua própria mãe, a Rainha Trapa, se transformaria no peixe-elétrico, a Enguia, por também cobiçar a joia de camafeus de marfim e rubis enfeitiçada.

— Não recordo exatamente como tudo aconteceu — lamentou-se o Rei Manso —, só sei que o Príncipe Surubim, Príncipe Pintado e a Princesa Kaxara estão até hoje nadando pelas águas do rio Aguaporé. Meus filhos não estavam com eles naquela comemoração... Como é mesmo que se deu o encantamento?

Detendo-se nos acontecimentos que fariam o Rei Manso se lembrar da confusão vivida naquele dia, Rainha Bisca discorreu sobre o acontecido.

O FEITIÇO DAS TRANSFORMAÇÕES

Minutos após o Imperador Médium, a Imperatriz Gônia e o Mago Natu voltarem ao Grande Salão de Diversões do Palácio Fortaleza, Rainha Bisca iniciou o relato contando que o Grande Rei jogava uma animada partida de gamão com a Rainha Alimpa, sobre aquele estojo-tabuleiro, ornamentado de madrepérola e jade, quando ouvimos um grande burburinho no pátio externo.

Rainha Alimpa se distraiu e o Grande Rei, num lance de dados magistral, retirou todas as suas pedras restantes das casas do tabuleiro. Inconformada com as constantes derrotas no gamão para o seu mais poderoso adversário, levantou-se, voltou as costas ao tabuleiro e, um tanto desconcertada, disse:

— Revoltante! Como este jogo conspira contra quem estava com sorte!

O Grande Rei sorriu de seu amadorismo e emendou:

— Não é o jogo que conspira contra quem estava com sorte, é a sorte que conspira contra quem não estava jogando!

Colocando todas as peças de volta no estojo, Rainha Alimpa sorriu, dobrou o tabuleiro, fechou e o devolveu ao Rei Médium.

O ruído do grande tumulto, instantaneamente formado no pátio do Palácio Fortaleza pela aglomeração repentina dos convidados ao casamento, fez com que o Grande Rei, Mago Natu, o imperador, a imperatriz e a Rainha Alimpa — também chamada de Sacerdotisa Alimpa — viessem ao pátio saber do que se tratava.

Não lhes causou admiração porque imaginavam ser o burburinho e a aparente desordem remanescentes das comemorações pela vitória dos príncipes Niko, Surubim e Pintado na corrida de Numpessó. Porém a alegria barulhenta de alguns reis e rainhas contrastava com o pranto desesperado de outros no meio do alarido.

O arauto real apressou-se e, adiantando-se, abriu caminho entre a aglomeração e o tumulto formado, chegando até onde estava o imperador, anunciando ofegante e aflito:

— Senhor Imperador, uma inusitada desgraça aconteceu! Peço-vos que convoque Rei Kornio e Rainha Bisca, o Rei Mende e a Rainha Trapa, Rei Boio e Rainha Ália, o Rei Negro Norato e a Rainha Zomba para que relatem pessoalmente o ocorrido!

— Assim farei. Fiquem tranquilos — disse o imperador.

Dirigindo-se ao Mago Natu e ao Grande Rei, solicitou que fossem até a Sala da Rainha e lá o aguardassem.

— Por gentileza, nobres senhores... senhores, acalmem-se...

E, mencionando os nomes que o Arauto Real lhe dissera, conclamou-os:

— Por favor, senhores reis, senhoras rainhas, sigam-me. Vamos ao Salão da Imperatriz. Precisamos ver Gônia!

No Salão da Imperatriz Gônia, as quatro rainhas e os quatro reis, emudecidos, pareciam desnorteados, em estado de choque.

O imperador e a imperatriz iniciaram um inquisitório, assistidos pelo Grande Rei e pelo Mago Natu, que se mantinham calmos, observando quietos, antevendo todo o desenrolar do episódio.

— Senhores, senhoras, pela ordem. Quem quer falar primeiro? — perguntou o Imperador Médium.

— Eu, disse o Rei Kórnio.

— O que aconteceu? Explique-se de uma vez — solicitou a imperatriz.

— Meu filho, Príncipe Surubim, o *Ur*, virou um peixe liso e gosmento.

— Um peixe? Como assim? — surpreendeu-se a imperatriz.

— E o meu filho, o Príncipe Pintado, idem — disse Rei Boio.

— E a minha filha, a Princesa Kaxara, também — lamentou-se, banhada em lágrimas, a Rainha Zomba, não mais conseguindo sorrir, enquanto o Rei Negro Norato, inconformado e enfurecido, acusava o Príncipe Andy Suruba, o "Y", e sua mãe, a Rainha Trapa, por todo aquele infortúnio.

— Tudo por causa da maldita joia da tua Tia Ara, roubada e enfeitiçada pelo Bruxo Neno!

— E também por causa desses terríveis sabonetes — vociferou o Rei Negro.

Ao ouvir falar as palavras "tiara roubada", Rei Médium aguçou os sentidos. A imperatriz Rainha Gônia interessou-se amiúde e autorizou o Rei Negro Norato a prosseguir relatando o que sabia.

— Depois que os vencedores da Corrida Numpessó receberam a premiação — Rei Negro Norato relatava o episódio aflito, suando frio, espumando pelo canto da boca, enquanto os outros ouviam calados —, o Príncipe Surubim, o Ur, e o Príncipe Pintado chamaram minha filha Kaxara para irem se banhar no Poço dos Desejos e das Transformações, usar os sabonetes, as *Barra Alimpa*, que ganharam da Rainha de Sabom. Princesa Kaxara foi sem autorização, burlando a vigilância, sem nossa permissão. Quando chegaram ao Poço dos Desejos, mergulharam. Molhados, saíram da água para esfregar as *Barra Alimpa*, os tais *sabonetes inebriantes*, uns nos outros. Começaram por gostar da brincadeira. Resolveram, inocentemente, tirar a roupa pra esfregar-se melhor pelo corpo inteiro. Entraram no mato porque ficaram temerosos de serem vistos nus, se ensaboando... Nisso, o Príncipe Surubim, o Ur, avistou o Príncipe Andy Suruba, filho do Rei Mende e da Rainha Trapa, o tal "Y", escondido no mato, cavando e desenterrando um objeto da areia.

— Era uma joia de camafeus? — interrompeu o imperador. "Prossiga."

— Era — continuou Rei Negro Norato —, mas ele tentou escondê-la dos três. Quando os três se aproximaram, não teve como disfarçar e lhes propôs uma brincadeira que chamou a *brincadeira do Suruba*. Pegou a peça, a tal joia da Tia Ara, colocando-a sobre a cabeça um a um dos três, passando-lhes sabonete no corpo e esfregando-os. Falou umas palavras de magia, como se estivesse celebrando um outro ritual, ordenando que rolassem pela areia até dentro d'água, enquanto ele dizia:

— Esta é a magia do Suruba. Quem a "tiara" usou, caiu n'água, sendo peixe, gente virou; sendo gente, peixe virou!

— Assim que os três tocaram n'água, transformaram-se imediatamente em peixes. Um, o Príncipe Pintado, ficou cheio de manchas pequenas e pretas por conta das pedrinhas redondas que colaram no corpo enquanto ele rolava na areia; o outro, Príncipe Surubim, o Ur, ficou com as manchas dos gravetos secos que grudaram na pele ensaboada; e a outra, minha filha Kaxara, ficou com as marcas das folhas secas agarradas à pele, também ensaboada.

Os que ouviam o relato, perplexos, nada compreendiam. Muito sério, o Grande Rei e o Mago Natu acompanhavam atentos o relatório, sem se manifestar. O imperador quebrou o silêncio, interrogando:

— Como sabes se foi mesmo desta forma que os encantamentos ocorreram?

— Porque o Rei Mende e a Rainha Trapa testemunharam, quando saíram à procura do filho, Príncipe Andy Suruba, o "Y", que havia desparecido, antes de começar a Corrida Numpessó, juntamente a Bruxo Neno, Rei Mor e Rainha Sissu. Quando eles o encontraram nas imediações do Poço dos Desejos, lá na Fonte da Lua de Mel, chegaram bem no momento de presenciar o desfecho do caso, e o próprio "Y" contou a parte que eles não viram.

— Ficamos de longe observando, quando avistamos a princesa e os príncipes nus, ensaboados, e o Príncipe "Y" de posse da joia de camafeus da Tia Ara, pronunciando palavras esquisitas, semelhantes àquelas que a Bruxa Bizarra dizia. — confirmou o Rei Mende.

Rainha Zomba, em desespero, pediu ao Mago Natu:

— Mago Natu, eles foram enfeitiçados. Por misericórdia, faça algo para que minha filha, Kaxara, o Príncipe Pintado e o Príncipe Ur voltem a ser gente!

As outras rainhas, mães do Príncipe Surubim e do Príncipe Pintado, igualmente exigiam que o encantamento fosse desfeito, enquanto a Rainha Trapa, mãe do Príncipe "Y", arrependida, confessou todo o seu plano: além de mandar o filho furtar a *tiara* de camafeus da Imperatriz Gônia, ela mesma também havia tirado um garfo, uma faca e uma taça, enquanto *ceava*, atendendo solicitação do Bruxo Neno. Desejava que ele fizesse um feitiço para sua irmã, Rainha Sissu, poder engravidar, e que o filho, Príncipe "Y", pegara escondido a joia da Tia Ara antes da cerimônia lunar do casamento, atendendo a sua própria ordem:

— Eu pedi ao Andy Suruba que levasse a joia de camafeus da noiva para que o Bruxo Neno a enfeitiçasse. Iria entregá-la à minha irmã, Rainha Sissu, que a usaria por pouco tempo, secretamente, porque ela precisava engravidar. Assim que a Rainha Sissu engravidasse, realizando seu maior desejo e do marido Rei Mor, juro que daria um jeito de devolver a maldita joia da Tia Ara!

O Grande Rei permaneceu calado, mas o Mago Natu se pronunciou:

— Rainha Gônia, a tiara está mesmo enfeitiçada! Não a queira de volta. Quanto ao encantamento feito pelo Príncipe Andy Suruba, só ele poderá desfazê-lo. Ou não. Chamem o Príncipe "Y" aqui.

O Rei Mende, temendo pelas consequências do pesadelo provocado inadvertidamente pelo filho, antecipou-se e sugeriu:

— "Y" não sabe o que fez. Se sabe, não sente! "Y" não sente...

Sem muitas explicações, parecendo não se importar com o desespero das mães e o inconveniente causado pelo Bruxo Neno, Mago Natu pediu licença e se ausentou do salão, falando consigo: "Essa brincadeira vai longe..."

O ARDIL PARA NÃO DESFAZER O FEITIÇO

Rei Kornio, incumbido de liderar as equipes, fez pessoalmente a distribuição dos petrechos para capturar os *peixes encantados*. Confiou à sua esposa, Rainha Bisca, providenciar quitutes e petiscos para alimentação dos pescadores. Hábil na preparação das guloseimas, rapidamente Rainha Bisca apresentou algumas novidades para se alimentarem enquanto durasse a excursão pelo rio Aguaporé. Pela ligeireza com que foram feitas, as doces guloseimas à base de fécula de mandioca ganharam o nome de *brevidades*.

Uma hora após zarparem do porto do Elo Dourado, os pescadores chegaram ao local onde estrategicamente armariam redes para capturar os encantados príncipes-peixes, Pintado, Surubim e Kaxara; e as rainhas-peixes, a *Pirarara*, Rainha Zomba, e a *Enguia*, Rainha Trapa. Cumprindo algumas recomendações diretas do Mago Natu e do imperador, Rei Médium, os participantes dividiram-se em quatro grupos de seis elementos, liderados pelos reis Mende, Kornio, Boio e Buriti. Cada grupo recebeu uma grande rede tecida especialmente pelo Senhor Frutuoso, o proprietário da Frutaria Real que passava seu tempo a cardar lã com fibras vegetais para tecer redes de pesca, as mais resistentes produzidas no Elo Dourado.

Rainha Bisca não foi escolhida integrante de nenhuma das quatro equipes. Rei Kornio, o cuidadoso marido, para não deixá-la sozinha às margens do caudaloso rio, iniciou a construção de um abrigo coberto de folhas gigantes sob uma frondosa árvore de angico, recomendando que não se afastasse em hipótese alguma dali até que ele retornasse com a missão cumprida. Corajosa, a rainha aceitou advertências do marido, aguardando silenciosamente a oportunidade de entregar secretamente ao Rei Boio o talismã enfeitiçado que guardava consigo. Rainha Bisca acreditava que o Bruxo Neno confiara aqueles objetos encantados sob recomendação explícita de que não permitisse a nenhum outro participante da pescaria vê-los ou saber que os possuía, para que fosse assegurado completo êxito na empreitada.

Solidário à desdita dos amigos, Rei Kornio e Rainha Bisca, que também tiveram o filho Príncipe Surubim encantado num peixe, Rei Boio ofereceu-se de muito bom grado para concluir a feitura do abrigo onde a rainha deveria esperá-los à margem do rio Aguaporé, com as *brevidades* e as outras guloseimas que comeriam tão logo voltassem.

Completamente envolvidos com os estratagemas da pescaria, nenhum dos participantes se prontificara a colaborar com o Rei Boio na conclusão do abrigo. Três das embarcações com suas equipes já haviam zarpado, afastando-se para os locais onde armariam as redes, enquanto os cinco componentes da equipe do Rei Boio esperavam por ele já embarcados, mas ainda atracados no porto.

A sós, Rainha Bisca e Rei Boio conversavam sobre a excursão, até que ela mostrou o objeto encantado ao rei e ingenuamente lhe entregou:

— Este é vosso. Colocai-o no pescoço. Bruxo Neno me garantiu que terei de novo meu filho Ur gente e que o vosso filho e os outros voltarão a ser como eram... príncipes, reis e rainhas!

Rei Boio, solícito e obediente à Rainha Bisca, mulher de seu dileto amigo Rei Kornio, passou o colar com o mágico talismã pela cabeça ao mesmo tempo que a Rainha Bisca. No imediato contato com o objeto enfeitiçado os dois sentiram um forte arrepio e, tomados por uma força misteriosa, voltaram-se um ao outro, abraçando-se fortemente. Sem se aperceberem, um libidinoso frenesi os envolveu e, por sentirem incontido desejo, despiram-se, entregando-se totalmente ao império dos sentidos, num arrebatamento amoroso semelhante a uma primeira vez. Quanto mais se envolviam, mais ardiam de desejo e, assim, completamente entregues ao feitiço erótico do talismã, abandonaram-se, perdendo a noção do tempo.

Os cinco elementos da equipe que aguardava o Rei Boio voltar, impacientes com sua demora, concordavam que já se passara tempo suficiente para que ele retornasse. Dois deles, com o consentimento dos outros três, desembarcaram e escalaram a barranca da margem do rio em direção ao local onde a Rainha Bisca deveria estar. Procurando pelo Rei Boio, antes de avistá-lo, preocuparam-se diante da possibilidade de o encontrar ferido ou atacado por algum animal feroz. Ao avistarem a pequena cabana de palhas habilidosamente construída para abrigar a Rainha Bisca, achegaram-se devagar. À medida que se aproximaram, ouviram gemidos e sussurros idênticos aos arrulhos das juritis e dos pombos envolvidos em ritual de acasalamento. Curiosos, logo flagraram a cena que imaginavam: o rei e a rainha nus, completamente entregues ao delírio amoroso, deleitando-se no chão sobre suas vestes, alheios a tudo quanto se passava em redor.

Perplexos e escandalizados com a inusitada cena, gritaram com os dois:

— Rei Boio, Rainha Bisca, que desonra é esta? Terão coragem de ver Gônia depois disso?

Despertados e interrompidos como se tivessem levado um choque, os dois se levantaram, deixaram seus trajes no mesmo lugar e correram juntos em direção à barranca do rio. As duas testemunhas do episódio tentaram contê-los, mas não conseguiram. Os dois se jogaram abraçados, atirando-se nas águas profundas e calmas do rio Aguaporé... num desatinado desvario, pois nenhum dos dois sabia nadar.

Sem reação, os dois interceptores do colóquio amoroso sentaram-se, olhando para a onda d'água que se propagava, crescentemente formada a partir do ponto em que os amantes se precipitaram. Um deles disse ao companheiro:

— Os dois *co-pularam*... e vão morrer, os coitados não sabem nadar.

— Infelizmente, não podemos fazê-los nadar.

Interrompendo o companheiro antes que concluísse sua frase, o outro mostrou, apontando o local em que se formava a onda em que se atiraram, dois corpos cinzentos e roliços vindo à tona. Surpresos, assim que avistaram aqueles corpos semelhantes a animais aquáticos, que em nada lembravam pessoas, totalmente diferentes dos amantes que caíram n'água, desconhecidos de todos os outros animais e peixes que povoavam o rio Aguaporé, logo concluíram que eram os corpos do rei e da rainha, agora dois animais aquáticos miraculosamente transformados em exímios nadadores. Muito admirado, um deles constatou:

— Olha ali, Rei Boio e Rainha Bisca também viraram peixes! Tenho certeza de que um peixe é Boio e o outro peixe mulher! Peixe Boio e Peixe Mulher!

Disfarçando seu medo em assombro, o outro sugeriu:

— Voltemos pro nosso barco. Também precisamos pescar.

— Vamos avisar aos companheiros que temos mais dois peixes encantados para capturar.

— Você tem coragem de contar ao Rei Kornio o que aconteceu?

— Nós dois temos de contar.

— Será que ele vai nos acusar de assassinos ou que inventamos esta história só para termos um álibi?

— Não, as roupas dos dois estão aqui, não tem nenhuma marca de sangue, nem sinais de terem sido tiradas à força.

— Então vamos logo, porque o peixe Boio e o peixe-mulher estão nadando em direção ao barco.

— Veja, olhe aquilo... são milhares de peixinhos em volta deles.

— Incrível! Parecem aumentar de tamanho, sem parar.

— Vamos, precisamos avisar aos nossos companheiros... Temos uma boa história de pescador para contar. Hehehe!

Pegaram as roupas do Rei Boio e da Rainha Bisca e levaram consigo. Margeando o rio em direção ao local onde estavam aportadas as outras duas embarcações, observaram que os peixes *encantados* também os seguiam, e com eles o recém-surgido cardume de peixinhos que crescia rapidamente, aumentando de tamanho diante de seus olhos. Próximo dos barcos aportados, gritaram aos companheiros:

— Vejam isto, estes dois peixes diferentes e este cardume de peixinhos que não para de crescer...

— Sim, estamos percebendo — confirmaram.

— Nós dois vimos como tudo aconteceu.

Contaram, com pormenores, tudo que haviam presenciado.

Diante da incredulidade dos companheiros, lançaram a primeira rede para começarem a captura do peixe Boio e do peixe-mulher. Assim que a rede os cercou, o enorme cardume que cresceu rapidamente, já medindo dois palmos de tamanho, atacou em direção à rede e devorou num instante as malhas, com voracidade nunca vista. Os pescadores, cheios de espanto, recolheram logo o que sobrou delas, acreditando no relato que os dois amigos haviam testemunhado. Só não conseguiam entender por que e de onde havia surgido aquele cardume tão voraz e como os peixinhos cresceram tão depressa, acompanhando o peixe Boio e o peixe-mulher.

— Pra isso não tem explicação, pode acreditar que tem o dedo ou a mão toda do Bruxo Neno nessa história... E esse cardume só pode ter se formado das sementes que o Rei Boio ejaculou na água. Como ele *traíra* a Rainha Ália e a Rainha Bisca *traíra* o Rei Kornio, são peixes *traíras*, sem dúvida.

Sem condições de continuar a pescaria, o grupo desceu o rio para se encontrar com os outros pescadores e, principalmente, com o Rei Kornio, para informá-los do inusitado acontecimento. O enorme cardume de *traíras* seguiu junto. Ao avistarem os amigos pescadores, que pareciam pelejar para recolher as pesadas redes, sinalizaram para que tirassem-nas o mais rápido que pudessem da água. Antes que conseguissem, sofreram um devastador ataque das traíras, que também devoraram todas as outras armadilhas, deixando-as impróprias e sem condições de capturar os peixes encantados que já se encontravam aprisionados.

Não demorou para que os pescadores, cansados e desanimados, aportassem às margens do rio, enquanto o Rei Mende se dispunha, com muito otimismo, a consertar as tralhas danificadas, e, assim, prosseguir a pesca, até que o Rei Kornio, ciente de tudo, resolveu desistir. Desesperado e, mais ainda, desmotivado, Rei Kornio não parava de lastimar a desonra e a traição de sua mulher com seu melhor amigo, também agora castigados e transformados em peixes e, pior ainda, causadores do aparecimento das perigosas e vorazes *traíras*, que infestavam as águas límpidas e tranquilas do rio Aguaporé. Visivelmente entibiado e deprimido, convidou seu grupo a bater em retirada.

— Ficai, se quiserem. Pra mim, está tudo acabado. Não tenho mais desejo de desencantar o que quer que seja. Por mim, continuarão encantados *per omnia saeculorum.*

Jogou todas as suas tralhas de pesca n'água. Chamou seus lacaios. Silentes e compreensivos à dor de seu rei, remaram sua chalana entoando melancólicas cantigas rio acima.

O Rei Mende, compartilhando da dor do amigo, achou melhor voltar com eles. Porém garantiu que, quando chegassem ao Palácio Fortaleza, consertaria todas as redes danificadas e, assim, estaria criada a Liga da Confraria do Peixe, para os que desejassem voltar no dia seguinte a fim de cumprir a missão que lhes foi proposta. Não queria desistir da tentativa de amenizar o sofrimento causado a todos pelo encantamento dos amigos em peixes, além de desfazer a vingança maligna que Bruxo Neno perpetrara dessa vez contra o Rei Boio e o Rei Kornio.

A tarde já findava quando os pescadores aportaram no bucólico cais do Palácio Fortaleza. Dois dos sete serviçais que os recepcionavam, percebendo que algo diferente acontecera, não visualizando entre eles o Rei Boio, a Rainha Bisca nem os *príncipes-peixes encantados,* discretamente retrocederam, saindo à procura de Mago Natu.

O silêncio dos pescadores, o rosto triste e cabisbaixo do Rei Kornio, seus olhos turvados de lágrimas e seu estado emocional aparentemente humilhado eram indícios incontestes de que outra desgraça pairara sobre eles, semelhante talvez à dos caçadores da encantada Pan Thera, a Sonça Pintada, no dia anterior.

Quando o Rei Kornio saiu da embarcação e pisou o portaló, levantando os olhos, encontrou-se com o Mago Natu:

— Preciso ver Neno — disse-lhe o Rei Kornio.

— Antes teremos com Rei Médium. Depois, é melhor ver Gônia do que ver Neno! — disse, laconicamente, Mago Natu, abraçando-o e confortando, conduzindo-o diretamente aos aposentos do Rei Médium na Câmara do GRAU.

Rei Médium, observando o estado lastimável do amigo, perguntou-lhe se desejava que buscassem os dois pescadores da equipe do Rei Boio para relatar o que haviam presenciado. Com a voz roufenha, fazendo grande esforço para se expressar, disse que não, mas solicitou ao Mago Natu que trouxesse também à presença deles a Rainha Ália, mulher do Rei Boio, para que compartilhassem sua má sorte e infortúnio.

Sem demora, Rainha Ália chegou diante dos três. Mago Natu esclareceu o que se passava. Contou com detalhes, poupando a rainha do constrangimento de ouvir diante dos dois reis a minuciosa descrição das intimidades em que os *amantes traíras* se envolveram. Como se já estivesse esperando, preparada para ouvir tudo aquilo, Rainha Ália, mantendo-se passiva e tranquila, apontou uma solução. Queria evitar que o amigo fosse alvo dos escarnecedores, livrando-o das humilhações e constrangimentos que o caso ensejava.

— Senhor imperador, também me sinto atingida pelo mesmo vendaval de infortúnio. Não me resta motivo para voltar ao meu reinado, pois meu único filho, o Príncipe Pintado, foi condenado a viver como ente das águas. Igual sorte aconteceu a vós, Rei Kornio. Proponho-vos, então, que somemos nossas desventuras e nos mudemos para bem longe daqui. Noutras terras distantes, que existem a Norte e Leste d'além-mar, reconstruiremos nossos reinados. E vós, imperador, podereis encampar meu reinado com todos os meus súditos, desde que me forneça provisões suficientes para a grande travessia.

— Estais me propondo casamento, Rainha Ália?

— Sim, meu amigo, a menos que não queiras.

— Quanto a vossa filha, Princesa Ti? Irá conosco?

— Melhor que fique por aqui. Querendo, poderá se casar, voltando para o reinado de Boio, refazendo nossa linhagem.

— Assim seja, então.

Mago Natu esboçou um sorriso. Rei Médium também dissimulou seus sentimentos porque, apesar daquela tragédia, considerou a solução apresentada pela Rainha Ália prática e decisiva pelo desapego.

— Então, Rei Kornio, que dizeis? Se estiverdes de acordo, agora mesmo ordenarei aos meus lacaios que providenciem os meios necessários a vossa mudança e viagem — propôs o imperador.

— Eu aceito, senhor imperador. Preciso da minha "aliada"!

Mago Natu, naquele momento, abriu um armário esculpido num bloco de alabastro e retirou dali a última espada fabricada pelo ferreiro e joalheiro real, Kalibur, falecido há pouco tempo. Na semana em que morrera, Kalibur entregara ao Rei Médium sua última encomenda: as espadas dos príncipes Urucumacuã e Kurokuru, cujo nascimento se aproximava. O exímio artesão também deixara com o imperador uma outra espada. Aquela se destinava ao seu próprio filho, cujo nascimento era esperado em breve. Dias depois, Kalibur foi encontrado dormindo para sempre entre as ferramentas e forjas de sua oficina. A última espada fabricada por ele permaneceu sob a guarda do imperador.

Retirando o precioso e raro objeto do armário, Mago Natu reverentemente olhou para o Rei Médium e, num aceno consensual, obteve dele a permissão para selar o compromisso entre o Rei Kornio e a Rainha Ália, entregando-lhes a consagrada espada mágica, para que pudessem recomeçar suas vidas, fundando um novo reino, em terras pra lá de distantes.

Prostrados diante do Rei Médium e do Mago Natu, juraram fidelidade mútua, amparo na adversidade e preservação dos conhecimentos rituais e dos segredos da magia e dos antigos mistérios das Ciências Ocultas, nos quais eram iniciados. Mago Natu celebrou a cerimônia, concluindo:

— Eis a última espada de Kalibur! Uma autêntica *Ex-Kalibur*! Fincai-a sobre a grande rocha negra em que havereis de edificar um novo reino. Aquele que conseguir arrancá-la, herdará para sempre o reino encantado de Kornio e Ália.

Na madrugada do dia seguinte, duas suntuosas embarcações trirremes zarparam do cais do Elo Dourado, silenciosa e discretamente, com destino às desconhecidas terras nórdicas de além-mar. Rei Kornio levava consigo, além de considerável carregamento de ouro e pedras preciosas, um casal de sua criação de unicórnios acompanhado do mais recente rebento; e a Rainha Ália, além de seus majestosos pertences, grande estoque de paninhos para secar as mãos, bordados caprichosamente : as toalhas.

Entristecido com a partida dos amigos, Rei Médium convidou Mago Natu para irem à Câmara do GRAU. Precisava abrir a terceira caixa, a caixa de ferro. Cauteloso e apreensivo, perguntou ao amigo:

— Qual será a surpresa de hoje?

Mago Natu olhou-o compassivamente, deu-lhe um tapinha nas costas, incentivando-o:

— Não vos atormenteis, meu amigo. O que tiver de ser, será. Abra a caixa de ferro. Depois visitaremos Imperatriz Gônia e Rainha Tranha, porque ainda não sabeis das outras surpresas que vos aguardam.

— Surpresas? Outras?

Manifestou-se perplexo o imperador. Não fora informado ainda do que sucedera no decorrer da noite, enquanto providenciava o necessário para a grande viagem do Rei Kornio e da Rainha Ália.

Depois de abrir a terceira caixa — a de ferro —, nada havia de diferente dentro dela, além da quarta caixa — a de cobre —, que abririam no dia seguinte. Sem comentário, o imperador olhou para Mago Natu, replicando o mesmo gesto que fizera nas vezes anteriores e, em seguida, dirigiu-se ao Espelho Universal. Pela imagem refletida, entendeu que, naquele terceiro dia, deveria organizar uma grande excursão aos campos e campinas para que fossem coletadas frutas e frutos silvestres. O participante que conseguisse apanhar a maior quantidade e variedade de frutos seria agraciado com um objeto no formato de um enorme chifre, esculpido em pedra jade, deixado de presente pelo Rei Kornio: uma espécie de réplica do original que recebera do Grande Rei, na celebração das bodas do Rei Médium e da Rainha Gônia.

O condão daquele objeto mágico era proporcionar fartura e prosperidade a quem o recebesse. Rei Kornio não estaria presente para entregá-lo pessoalmente, mas o Rei Médium solicitara ao Mago Natu que o fizesse no lugar dele. Quem desempenhasse melhor a tarefa do terceiro dia mereceria, assim, a cópia do grande talismã do Rei Kornio — a Kornio-cópia.

Decidido quanto a quem entregar a Kornio-cópia, o imperador convocou Mago Natu:

— Vamos, preciso ver agora a minha rainha!

Desde que a imperatriz dera à luz ainda não recebera visitas. Mantinha-se recolhida, isolada em seus aposentos, alheia a quaisquer acontecimentos exteriores ao seu espaçoso e confortável quarto, conforme rezava a antiga tradição e o costume dos ancestrais, aguardando até que se passassem sete dias e ocorresse mudança na fase lunar. No sétimo dia, a imperatriz, já passado o puerpério, vestir-se-ia de branco, mostrando-se com seus dois rebentos, numa cerimônia para todos, convidados e súditos, para a purificação e consagração dos recém-nascidos aos elementos Fogo e Ar, Terra e Água.

Seria também coroada mãe com a mesma joia que deveria ter usado no ritual lunar do seu casamento, se o precioso diadema de camafeus e rubis — a joia da Tia Ara — não tivesse sido roubado pelo Príncipe "Y" e depois enfeitiçado pelo Bruxo Neno. Ainda que Mago Natu houvesse recuperado a cobiçada joia naquela oportunidade, decidiu por destruí-la, utilizando-se de outro encantamento. Rei Médium, dias depois do casamento, encomendou ao joalheiro da Corte, Kalibur, outra peça de igual beleza para que a rainha pudesse se apresentar naquele ritual da purificação.

O imperador, Mago Natu, Professora Plínia e Senhora Natividade da Luz, além das camareiras, eram a únicas pessoas que entravam e saíam livremente dos aposentos da parturiente antes de celebrada a consagração dos rebentos e a purificação da mãe. Davam àquele período de resguardo o nome de *Boa Esperança*, cujo término marcava-se com as comemorações festivas do *Dia da Conferência*, ou *Celebração dos Sete Dias*.

A tradição ritual do resguardo, no entanto, foi quebrada pela Rainha Ália e pelo Rei Boio naquela oportunidade. Ambos solicitaram ao Mago Natu e ao imperador que lhes autorizassem despedir-se da imperatriz, porque partiriam sem previsão de retornar àquele reinado. Pressentiam que jamais voltariam e, talvez, fosse aquela a última oportunidade de ver a imperatriz e conhecer seus bebês. Não houve obstáculos da parte do imperador que o casal de amigos visitasse a Rainha Gônia e os pequeninos príncipes. Mago Natu, no entanto, advertiu-os de que tivessem cuidados durante a visita, explicando-lhes:

— Sabeis que os recém-nascidos ainda não foram consagrados aos elementos que os protegerão dos infortúnios, mas também não vos impedirei de ver Gônia. Lembrai-vos: não deveis revelar vossa desdita à imperatriz, tampouco direis a outrem o que vereis nos aposentos da rainha. Guardai convosco aquele segredo!

A DESPEDIDA DE KORNIO E ÁLIA

Rainha Gônia recebeu o marido e o Mago Natu alegremente, mas aflita. Queria saber por que Rei Kornio e Rainha Ália passaram pelo seu aposento para se despedir, dizendo que partiriam para muito distante, naquela madrugada, antes mesmo da celebração do ritual de apresentação e consagração dos gêmeos, contrariando a tradição do resguardo da *Boa Esperança*. A rainha quis saber:

— O que está acontecendo com a Rainha Tranha? Por que foi isolada nos aposentos ao lado e não posso vê-la?

A Senhora Natividade da Luz desde a meia-noite estava cuidando de uma criatura parida pela Rainha Tranha. Não permitiu que a imperatriz visse o rebento nem explicou como ela dera à luz sem ter ficado grávida os nove meses. Confidenciou com a imperatriz que o menino nascido era diferente dos outros. Genuinamente uma criatura ex-Tranha!

Mago Natu e o imperador olharam-se sem resposta. Rei Médium temia contar a verdade à Rainha Gônia e lhe alterar a saúde naquele delicado período. O mago, entretanto, não poderia omitir a verdade, ainda mais sabendo que a criatura ex-Tranha não ficaria oculta por muito tempo. Fazendo uma preleção tática, acalmou a Rainha Gônia e levou ao colo um dos gêmeos, admirando as diferenças de fisionomia:

— Nascidos da mesma mãe, filhos do mesmo pai! Um, com os cabelos vermelhos como o fogo e olhos verdes como esmeraldas. Este é Urucumacuã. O outro, de olhos pretos como a noite e moreno como a terra. Este é Kurokuru!

Rei Médium também não fazia ideia do que havia acontecido à Rainha Tranha desde que foi levada como *bela adormecida* para aquele isolamento, ficando sob os cuidados da Senhora Natividade da Luz. Andava excessivamente ocupado com os convidados e pensativo quanto aos extraordinários acontecimentos registrados desde o *Dia da Caça*, quando abrira a caixa de estanho.

Mago Natu convidou Rei Médium e Rainha Gônia a acompanhá-lo pelo corredor interno dos aposentos até onde se encontrava Rainha Tranha. Abrindo a porta devagar, avistaram-na no leito, inerte, como desacordada. Com a fisionomia aparentemente tranquila, a rainha parecia uma bela estátua de cera. Ao seu lado, na mesma jaula de ouro que fora usada pelos caçadores quando saíram para aprisionar a Sonça Pintada, um menino com características diferentes estava trancado. Ligeiramente assustado ao vê-los, arregalou ainda mais os grandes olhos negros, eriçou os cabelos vermelhos qual porco espinho, arrepiando a grosseira pele esverdeada, sapateando com os dois pés de calcanhares voltados para frente e dedos para trás, emitindo guinchos iguais a de animal silvestre. Rei Médium e Rainha Gônia surpreenderam-se com a despropositada visão:

— Que menino é este?

— De onde o trouxeram? — perguntaram ao Mago Natu.

— Acalmai-vos. Explicarei agora. Esta é a criatura gerada em Tranha. Criatura ex-Tranha: é Kurupirá, filho de Kaiporã, aquele ser gerado e reproduzido pela força mágica no dia em que o Bruxo Neno se deitou com a Senhora Pan Thera, a Marquesa de Sonça, momentos antes de ela se transformar na gata Pintada!

— Inacreditável! — admirou-se Rainha Gônia —. Como pode já estar deste tamanho?

— Parece-me que ele ainda está crescendo — observou Rei Médium.

O menino, de aparência horrenda, olhava-os ternamente, apesar de arisco e amedrontado. Virando as costas aos observadores, forçava o corpo por entre as grades da jaula, aparentando força descomunal. Rainha Gônia, assustada com a demonstração do menino, não tinha palavras para expressar admiração e espanto. Rei Médium jamais vira criatura parecida, mas conhecia os porquês de sua origem, contada pelo Mago Natu.

— Que faremos com ele? Deve ser perigoso. Vamos mantê-lo aprisionado, Mago Natu?

— Não. Ele é um menino gerado por efeitos de encantamento. Deveremos libertá-lo para que cumpra sua função e vá viver como guardião das florestas, em companhia do pai Kaiporã e da Sonça Pintada.

— E a Rainha Tranha, vai continuar desacordada? O que faremos para que ela volte ao normal?

— Meu amigo, precisamos trazer o Rei Manso até aqui e contar-lhe toda a verdade. Só então poderei tirar a Rainha Tranha deste transe e libertar Kurupirá para cumprir seu destino.

— Mago Natu, o senhor acha que ele suportará saber que a mulher, possuída por um horripilante ser encantado, em três dias gestou esta criatura em total estado de inconsciência? E que, depois de algumas horas de nascido, Kurupirá, já crescido como um menino, deverá voltar para a floresta porque não pode viver conosco?

— Sim, meu nobre amigo, o Rei Manso precisa saber de tudo. Rainha Tranha jamais se lembrará do ocorrido; também não lhe contaremos. Quando ela acordar, será como se nada houvesse acontecido!

Rainha Gônia, ouvindo o diálogo do marido com Mago Natu, conseguiu se manifestar:

— Peço-vos, Mago Natu, não mostreis a criatura ex-Tranha ao Rei Manso. Antes, levem Kurupirá para a floresta. Se Rei Manso souber da verdade, rejeitará a mulher por algo que ela não é culpada. É melhor que ele continue pensando que sua mulher sofreu o ataque de algum ente sobrenatural e, com o susto, perdeu a memória

— Amada Rainha, nada me custaria vos atender, mas a única pessoa que poderá levar o Kurupirá à floresta é o próprio Rei Manso! Nenhum outro. Qualquer um que quiser acompanhá-lo será ferozmente atacado pela Sonça Pintada ou morto pelo próprio Kaiporã, o legítimo pai de Kurupirá.

— Neste caso, Mago Natu, ordeno que o Rei Manso saiba de tudo e conduza o menino Kurupirá o mais rápido possível ao seu verdadeiro *pai*. Depois, organizaremos a excursão aos campos e campinas para coleta de frutos silvestres.

— Faça isso, nobre amigo. Aproveitai para incumbir Professora Plínia das providências para o convescote de hoje.

Rainha Gônia chegou mais perto da jaula onde estava Kurupirá. Com a voz muito meiga, disse à criatura ex-Tranha:

— Olá, Kurupirá. Tu me ouves, me compreendes?

O menino olhou-a interrogativamente, emitiu um guincho estridente, virou-lhe as costas e sinalizou em direção à porta do corredor, forçando ainda mais o corpo de encontro às grades da jaula de ouro.

Na tentativa de consolar Rainha Gônia para que compreendesse o que era preciso ser feito com o menino, Mago Natu explicou:

— Rainha Gônia, Kurupirá está apontando na direção que deseja ir. Jamais aprenderá nossa linguagem, tampouco se adaptará aos nossos costumes. Assim que o Rei Manso estiver preparado para levá-lo, alcançará a liberdade necessária para cumprir seu fadário de pequeno guardião dos animais silvestres, assim como seu verdadeiro *pai*, Kaiporã.

Em poucos minutos, Mago Natu, Rei Médium e Rei Manso encontravam-se reunidos na Câmara do GRAU. Sem entender ao certo porque fora conduzido até ali, porquanto naquele compartimento somente o mago e o rei entravam ritualmente, admirado com a mobília e perplexo diante do misterioso Espelho Universal, pois não conhecera nada que se assemelhasse, permaneceu silencioso e sorumbático, remoendo tristonho as causas da desventura que culminaram no estado cataléptico em que sua mulher continuava mergulhada.

Esperando que o Rei Médium e o Mago Natu acenassem a possibilidade de reversão daquele quadro enigmático, ficar calado, por enquanto, não o aborrecia. Passivo e indiferente, cumpriria de bom grado qualquer prescrição ofertada sob a promessa de tirar a companheira daquele estado lastimável.

Mago Natu, dobrando cuidadoso a manta de seda púrpura que retirara de cima do espelho, discretamente convidou o Rei Manso a olhar com atenção o que se apresentaria refletido no objeto mágico. De imediato, reconheceu o local onde estivera há três dias passados na caçada à Sonça Pintada. Reparou no momento preciso em que a Rainha Tranha se afastava do grupo de caçadores e, ao deparar-se com uma criatura agigantada, de feições medonhas, corpo peludo, pés virados para trás, que se aproximou sorrateiramente às costas da rainha. A visão daquele ente encantado de aspecto medonho causou tamanho estupor que não conseguiu gritar e desmaiou.

Extremamente atordoado com aquela visão absolutamente real, Rei Manso colocou o rosto entre as mãos e implorou ao Mago Natu:

— Por favor, Mago Natu, poupe-me de ver o restante da cena... Já entendi o que aconteceu... Tranha não tem culpa de nada!

— Rei Manso, tranquilizai-vos. Preciso que vejais outra coisa. Creio que agora suportareis saber como tudo ocorreu. Venha comigo, por favor.

Rei Médium, não menos perplexo, de súbito, recorreu a um expediente astucioso para tirar o amigo daquela difícil situação:

— Aproveitai que estão todos envolvidos com a excursão aos campos e campinas para a coleta de frutos e levai a criatura gerada em Tranha de volta à floresta. Ninguém saberá o que aconteceu, a não ser que vós mesmo quereis contar.

Rei Manso, ciente dos misteriosos acontecimentos, confortado pelo Mago Natu, ouviu todas as instruções e submeteu-se aos procedimentos rituais aplicados pelo mago para levar Kurupirá ao florestal. Submeteu-se a uma demorada sessão de defumadura com raízes e ervas aromáticas, principalmente de folhas de tabaco e cascas de mandarina, próprias para afastar o perigo de ser abordado por outros entes maléficos encantados da floresta e, especificamente, por Kaiporã. Recebeu pintura no rosto e nos braços com tabatinga branca, flores de jenipapo e um emplastro nos cabelos, produzido com gordura de pata branca selvagem.

Nada, até então, despertara a rainha do transe. Permanecia bela, adormecida, imóvel, com a pele lívida, só não estava morta porque respirava suavemente. O ligeiro rubor das faces e dos lábios eram únicos indicativos de que seu corpo mantinha-se aquecido e vivo. Olhando para a mulher que muito amava, Rei Manso fez a pergunta que Mago Natu esperava:

— Ela voltará ao normal? Lembrará o que aconteceu?

— Certamente. Assim que retornares da floresta ela despertará. Estará bem-disposta, sem se lembrar de nada, porém terá vaga recordação de ter saído à caça, algo parecido a um sonho, nada mais que isso. Tranquilizai-vos. Jamais lhe contareis sobre o que fizestes. Se ela por acaso descobrir, provavelmente se encantará também, fugindo para a floresta à procura do "filho" Kurupirá, e nunca mais a vereis. Portanto guardai convosco este segredo. Vamos, tudo será consumado!

TERCEIRA CAIXA: DIA DE ABASTECER

A proficiência da Professora Plínia resultara na completa organização de todos os detalhes e cautelas para garantir êxito aos participantes do grande convescote em busca de frutos silvestres. Cercadas de cuidados e recomendações, cada uma das equipes lideradas pelos reis tomaria direções opostas para coletar a maior quantidade possível de frutos. Quem apresentasse melhor desempenho, trazendo, além de maiores quantidades, algum fruto ainda desconhecido, ganharia o troféu esculpido por Rei Kornio, em pedra jade e magnetizado pelo Mago Natu — a *Kornio-cópia* —, para que sempre gozasse vida de fartura e abundância.

No entardecer, o alvoroço dos cães sinalizava o retorno dos colhedores de frutos. Búfalos, treinados na lida do transporte de cargas, vinham dispostos em juntas, vagarosos, mas ritmados sob o comando dos berrantes, lotados de cestos com cupuaçu, gabiroba, araticum, bocaiuva, araçás, grumixamas e bacuris. No final da comitiva, Rei Abas e Rainha Teci estavam em escancarada euforia: além da enorme quantidade de frutos que haviam coletado sozinhos, encontraram também uma espécie da casca verde, carnuda, com um grande caroço redondo, nem doce nem suculenta, de aroma discreto e macia, sem nome que a identificasse. Na hora da conferência, Rei Abas e Rainha Teci venceram dois quesitos da campanha — tanto coletaram a maior quantidade de frutos, quanto apresentaram uma variedade ainda desconhecida.

Explicando ao imperador o local onde haviam colhido aquela espécie incomum, Rei Abas revelou os detalhes de sua colheita abundante:

— Rei Médium, separei-me do grupo mais ou menos na direção da chácara onde residiu o Senhor Frutuoso. Fui ao mesmo local onde, no ano passado, um bando de malfeitores ateou fogo à casa e à propriedade. Tudo lá se encontra abandonado. Lembrei-me de que na época do vosso casamento foram presenteadas ao Senhor Frutuoso algumas sementes e caroços de espécies que ainda não haviam nesta região, trazidas pelo Grande Rei, lá das distantes terras do Oriente. Encontrei, então, estes frutos, e minha mulher me pediu: "*Abas, cate todas*". Assim enchi todos estes cestos. Enquanto isso, minha mulher colheu outras frutas noutras árvores. Perguntei-lhe o que eram, ela me respondeu: "*Parecem com os Goi, Abas!*". Assim, conseguimos esta grande quantidade de frutas.

Feliz com o desempenho da tarefa do terceiro dia, Rei Médium anunciou o nome do vencedor do certame, declarando ainda que as frutas trazidas pelo rei Abas e sua mulher, Rainha Teci, seriam denominadas *Abascate* e *Goiabas*!

Ao entregar ao Rei Abas o troféu de jade deixado de lembrança pelo Rei Kornio, o imperador relembrou dos desventurados amigos, que àquela hora navegavam rumo às terras do outro lado do grande mar, para além das bandas onde alguns de seus antepassados, em tempos remotos, refugiaram-se, tão logo foram avisados da enorme catástrofe que submergiria a ilha em que habitavam.

Ao receber a *Kornio-cópia* de jade, Rei Abas e Rainha Teci pediram ao Rei Médium que chamasse o Senhor Frutuoso e entregasse a ele aquele troféu, justificando:

— Senhor imperador, nós apenas tivemos a ideia de ir ao pomar onde o senhor Frutuoso residia, porque soubemos de seu infortúnio. Desde que a casa foi incendiada, ninguém mais voltou ao local, por isso tivemos a sorte de encontrar tantas frutas. Na verdade, ele é o legítimo merecedor deste troféu.

— Bem lembrado, Rei Abas. Tragam aqui o Senhor Frutuoso.

Feliz com a honraria, o Senhor Frutuoso, assim que recebeu o prêmio, pediu ao imperador que o autorizasse a voltar a sua antiga chácara. Queria relembrar os tempos em que cultivara seu belo pomar. O imperador autorizou e ainda ordenou que alguns guardas o acompanhassem para garantir que não passasse por nenhum outro dissabor. Justificou o cuidado com seu súdito alegando que era questão de honra zelar pela integridade do Senhor Frutuoso, que sofrera um atentado há dois anos passados, quando uma quadrilha de malfeitores incendiou a propriedade, queimando sua moradia. Por pouco não o assassinaram para que entregasse uma preciosa e rara joia que havia encontrado dentro de uma caixa de frutas no seu comércio.

Rei Abas e Rainha Teci não sabiam daquele episódio. Pediram ao Senhor Frutuoso que, se quisesse, contasse o que acontecera. Muito emocionado, começou relatar o ocorrido a partir do dia em que encontrou um magnífico e incomparável anel de brilhantes.

O SENHOR DO ANEL SEM LEMBRANÇA

Terminadas as movimentações das festas do casamento, logo depois que os convidados do Rei Médium e da Rainha Gônia regressaram, deixando o reinado mergulhar em sua rotina de quietude e paz, o imperador recebeu a primeira visita de um súdito em palácio: o Senhor Frutuoso. Embora aparentasse semblante tranquilo e alegre, não passou despercebido ao rei que algo o inquietava.

— O que o aflige, Senhor Frutuoso?

— Senhor Imperador, encontrei, entre as caixas de frutas do meu comércio, um precioso objeto.

— Do que se trata?

— Ei-lo. Não sei avaliar o exato valor, mas acredito que se trata de objeto muito precioso. É provável que pertença a algum dos nobres que estiveram por aqui durante o vosso casamento e passaram pela minha frutaria. Algum deles reclamou convosco a perda de algo?

— Não que me dissessem, Senhor Frutuoso. O que pretendeis fazer?

— Quero entregar-vos este anel, pois quem o perdeu, certamente virá reclamá-lo convosco!

— Senhor Frutuoso, Rainha Gônia e eu estamos nos preparando para uma longa viagem. Passaremos uma temporada no Reino da Madeira, e o reinado do Elo Dourado ficará sob a responsabilidade do Senhor Regente. Não convém que outros saibam que esta joia tão preciosa está com o Senhor Regente à espera do dono. Poderão surgir interesseiros e oportunistas capazes de tudo para consegui-la. Portanto sois vós a pessoa que deverá ficar com ela, até que o legítimo dono a procure. Evite falar a qualquer que seja sobre a posse deste objeto. Eu mesmo farei discretamente algumas investigações. Se descobrir quem é o verdadeiro dono, mandarei buscá-lo consigo, que o entregarás mediante uma senha.

— Já podeis me revelar qual a senha?

— Sim, perguntareis a quem se apresentar reclamando a posse do anel: "*Fui à baía, onde deixei meu anel?*".

— O que a pessoa deverá me responder?

— Deixei com as cascas na caixa de pregos!

— Humm, parece uma boa senha: "*Deixei com as cascas na caixa de pregos!*".

Algumas luas se passaram e ninguém veio à casa do Senhor Frutuoso reclamar a posse do valioso anel de brilhante. Temendo deixá-lo em local muito fácil de encontrar, cuidou de guardá-lo no sótão de sua casa, no falso fundo de uma caixa de pregos e ferramentas. Passado algum tempo, o Senhor Frutuoso, ocupado com o cultivo de suas fruteiras e hortaliças, absorvido totalmente pelas atividades de seu bem frequentado comércio, esqueceu-se completamente do precioso objeto que mantinha sob guarda.

Passara-se mais de ano que Rei Médium e Rainha Gônia viajaram para o Reino da Madeira. Chegaram notícias recentes trazidas pelos mensageiros reais, dando conta de que o preceptor da imperatriz quando jovem rainha do Madeira, o Senhor Gaio, havia se *encantado* numa ave faladora de plumagem verde brilhante, o que deveria prolongar ainda mais a estadia do casal real na sede daquele reinado. Só voltariam quando encontrassem outro regente para gerir finanças, manter a ordem e estabelecer a justiça no reinado, os moldes de como era feito no Elo Dourado.

No Elo Dourado, o período era de paz e progresso. Um competente conselheiro regente administrava os negócios na ausência do casal imperial, até que uma notícia desagradável chegou ao palácio, trazida por um camponês vizinho de propriedade do Senhor Frutuoso. Muito assustado e aflito, veio em visita ao conselheiro real com a novidade terrível:

— Senhor, a chácara do Senhor Frutuoso foi invadida ontem à noite por malfeitores. Atearam fogo à residência dele. Nós vimos o clarão e a fumaceira. Meu filho e eu saímos para prestar socorro. Encontramos o

Senhor Frutuoso desmaiado, muito ferido, amarrado ao tronco de uma grande fruteira!

— Oh, céus, que barbárie, já sabem quem foram os malfeitores?

— Não fazemos ideia.

— Como está o Senhor Frutuoso?

— Nós o trouxemos e internamos na Casa da Saúde. Ele estava ainda em estado de choque, mas aos poucos vem recobrando os sentidos. Logo, logo esperamos que se recorde do que aconteceu. Queimaram-se todos os seus bens. Da casa só restaram escombros.

— Hoje ainda irei visitá-lo. Assim que o Rei Médium e a Rainha Gônia chegarem tomaremos as providências que o caso requer. Até lá, depois que estiver sarado, o Senhor Frutuoso poderá morar na ala dos hóspedes deste palácio.

— Fico imensamente grato por ele, Senhor Regente!

— Cumpro apenas meu dever, amigo. A propósito, tem ideia, ou o Senhor Frutuoso falou algo que possa nos dar pistas para descobrir quem foi ou quem foram os malfeitores?

— Sim, Senhor Regente. Disse-nos que eram seis elementos. Dois o seguraram e amarraram à árvore, dois o açoitaram e dois atearam fogo à propriedade. Depois fugiram montados em cavalos negros e alazões.

— Humm, menos-mal. Não são súditos deste reinado. Devem ser forasteiros, desordeiros vindos de Avilhanas, Trindade, ou de outros reinados onde se criam cavalos negros e alazões. Nenhum deles foi reconhecido?

— Usavam túnicas idênticas e estavam encapuzados, Senhor Regente!

— Aguardemos o Senhor Frutuoso lembrar detalhes para começar investigações. De qualquer forma, designarei sentinelas a vigiarem os portais deste reinado.

— No que puder, podeis contar comigo. Já andei olhando pela cidade e vi cavaleiros desconhecidos montando zainos, baios e alazões. Não tenho certeza, mas entre eles identifiquei o Conde Rasku.

— Conde Rasku? Humm, precisamos investigar... Não sabia que Rasku estava no Elo Dourado. Por que não anunciou sua vinda, nem veio ao Palácio se hospedar? Preciso me informar do que está acontecendo.

As exatas razões do atentado, o Senhor Frutuoso levou tempo para recordar. Ainda que precisasse lembrar de tudo para auxiliar no deslinde do caso, sua memória não trazia elementos que acrescentassem informações relevantes. Reforçava, quando indagado sobre o sinistro, que não possuía desafetos, nunca tivera inimigos, nem credores, nem devedores, o que ninguém contradizia. Sempre fora um homem honrado e honesto. Exemplo de bom súdito e cidadão. Por essas e outras razões, mereceu o direito de residir na ala de hóspedes do Palácio Fortaleza, vivendo às expensas do tesouro real.

VOLTANDO A MEMÓRIA

Os olhos do Senhor Frutuoso brilharam de alegria e se encheram de comovidas lágrimas quando a guarda real se apresentou para escoltá-lo até sua antiga propriedade, abandonada e nunca mais pisada por ele, desde o fatídico sinistro. Confiante de que teria, finalmente, oportunidade de lembrar-se com clareza do que acontecera, montou um garboso corcel, ricamente arreado, cedido pela generosidade do Rei Médium, com a intenção de proporcionar momentos de emocionantes lembranças.

Muitos dos participantes do torneio da coleta de frutos e frutas não sabiam ainda o que sucedera ao Senhor Frutuoso. Ignoravam completamente que ele portava um valioso anel de brilhante, deixado entre as frutas de seu comércio que, de tão bem guardado, ficou esquecido por ele mesmo entre os seus pertences. Naquele dia, porque o Rei Médium e o Senhor Regente contaram cada um a parte que conheciam sobre o episódio do misterioso anel, cujo dono até aquela data não se apresentara, a maioria dos convidados ficou sabendo. O imperador há tempos suspeitava que o Conde Rasku tivesse participado daquele crime, mas como ninguém conseguira provar e o Mago Natu não revelara quem seriam e de onde vieram os seis malfeitores, o caso permanecia em sigilo.

O assunto do anel misterioso ganhou destaque em todos os salões e corredores do Palácio Fortaleza. Versões diferentes se ouviam e falavam, algumas dando conta de que o *anel sem dono* era uma invenção do Senhor Frutuoso para angariar a simpatia e chamar atenção do imperador. Os que não tinham motivos para duvidar do segredo que o chacareiro confiara ao rei, cogitavam quão surpreendentes são alguns acontecimentos que escapam à vã compreensão das pessoas comuns, atribuindo a propriedade de tão preciosa joia a ninguém menos que o Grande Rei, que, provavelmente, o deixara de propósito na caixa de frutas.

Momentos antes de permitir que o Senhor Frutuoso voltasse à sua chácara, Mago Natu o interpelou:

— Meu bom amigo, *fui à baía, onde deixei meu anel*?

Surpreso com a indagação, porque aquela era a parte da senha que ele mesmo deveria interpelar ao verdadeiro pretendente do anel, respondeu:

— Essa pergunta eu mesmo teria que vos fazer!?

— Então, eu mesmo lhe darei a resposta: "*deixei com as cascas das frutas na caixa de pregos!*". Vá e encontrareis o anel.

Poucas horas mais tarde, o Senhor Frutuoso retornou ao Palácio, escoltado pela guarda real, exibindo muita alegria e felicidade, sentimentos que não o visitavam desde o dia do sinistro. Pediu para se avistar com o Rei Médium. Ao entrar na Sala Real, numa reverência humilde e respeitosa, anunciou:

— Senhor Imperador, meu amado rei, trago-vos a melhor notícia que poderia me felicitar. Regressei à chácara e, revolvendo entre os escombros, encontrei o anel no meio dos pregos e das ferramentas que o incêndio não destruiu. Ei-lo, intacto. Quero devolvê-lo ao legítimo dono.

— Legítimo dono? Então encontrastes também o verdadeiro proprietário?

— Sim, Senhor Imperador! Trata-se de ninguém menos que o Mago Natu. Afinal, ele tanto disse a minha parte da senha, quanto a dele próprio!

— Humm, Mago Natu e suas surpreendentes lições. Precisastes perder tudo quanto tinhas para reencontrar teu verdadeiro tesouro. Vamos entregá-lo ao Senhor do Anel, então!

Mago Natu, de posse do anel, examinou, olhando-o fixamente. À medida que o fitava, a joia irradiava um brilho fulgurante, transcendente, jamais produzido noutro objeto semelhante. Cada vez mais o anel jorrava um esplendor coruscante, iluminando o rosto do mago até que ele, num processo presenciado somente pelo rei e pelo Senhor Frutuoso, pronunciou três palavras compassadas e incompreensíveis. O anel retomou seu estado anterior, emitindo apenas seu brilho normal.

Entregando-o ao Rei Médium, pediu que passasse o misterioso anel como prêmio ao vencedor do evento programado para a abertura da quarta caixa de cobre, na manhã seguinte. Rei Médium aceitou a oferta, tomou para si o anel e, como galardão à honestidade e fidelidade do Senhor Frutuoso, recompensou-o com uma grande quantidade de ouro, equivalente ao valor do brilhante do anel, para que pudesse novamente restaurar sua chácara, retornando ao seu especial comércio de frutas. Mago Natu explicou também:

— Este anel, de agora em diante, dará ao seu portador o dom da imortalidade, tão logo o coloque no dedo, desde que pronuncie as palavras necessárias que ouvirá de mim, na hora certa.

QUARTO DIA: A CAIXA DA COMPETIÇÃO

Feliz com o desfecho da história do anel sem dono, o imperador chegou mais cedo à Câmara do GRAU, no quarto dia, para abrir a caixa de cobre. Das três caixas já abertas, pelo menos uma trouxera resultado feliz. Reencontrar o anel do Senhor Frutuoso foi, sem dúvida, o melhor acontecimento daqueles dias. Todavia, não foi suficiente para afastar a apreensão que o imperador sentiria no momento da abertura da próxima caixa.

Com gestos calmos, respirando profundamente, pensando no Mago Natu, girou a chave de cobre, atada à fitinha verde. Ouviu o clique idêntico ao das outras que já havia aberto. Ao levantar cuidadosamente a tampa da caixa de cobre, a porta da Câmara do GRAU se abriu simultaneamente:

— Bom dia, Senhor Imperador! Pensando que eu não viria?

— Certamente, Mago Natu. Julguei que iria vos encontrar aqui.

— Então, o que temos para hoje? O que vos diz a caixa de cobre?

— Sinceramente, estou receoso de olhar. Espero que tenhamos melhor sorte do que nos dias anteriores, ou pelo mínimo, que seja igual a ontem.

— Vejamos, Senhor Imperador.

Mago Natu removeu lentamente a cobertura de seda púrpura sobre o Espelho Universal. Rei Médium, mais tranquilo, retirou a caixa de bronze que estava dentro da caixa de cobre, constatando que esta se diferenciava das outras já abertas apenas pelo tamanho e pelo metal. Todavia, o movimento que se projetava no espelho obedecia ao mesmo ritmo dos anteriores. Assim que a caixa fechada era deixada sobre o aparador ao lado da caixa aberta, projetavam-se no misterioso espelho imagens que aludiam às tarefas específicas a se cumprir durante aquele dia. Buscando compreender qual seria a próxima empreitada, Rei Médium manifestou-se:

— Ao que me parece, teremos hoje a Corrida Numpessó?!

— Exatamente, nobre amigo. Procuremos os melhores corredores entre os que nos visitam para que nos proporcionem uma tarde de boa diversão e lazer.

— Que tal convidarmos o *rapazito* negro que veio do Reinado de Eirunepé?

— Sim, o Sacipe Ererê, aquele que tem uma perna só?

— Esse mesmo! Será um adversário à altura para concorrer com o Príncipe Niko e bater suas marcas.

Em menos de uma hora, Professora Plínia arregimentou os interessados na Corrida Numpessó. Por se tratar de uma prática esportiva muito apreciada no Reino do Elo Dourado, a população se movimentava com estardalhaço, delimitando o percurso com fitas coloridas e apostando palpites: uns no favoritismo ao Príncipe Niko, outros na invencibilidade presumível de Sacipe Ererê. Representando diversos reinados, muitos se inscreveram interessados nos prêmios anunciados. Ao vencedor seria entregue uma grande taça de ouro, cravejada de brilhantes, um garboso corcel, o único exemplar negro da criação de corcéis brancos do Rei Médium, um maravilhoso anel mágico e uma carapuça vermelha encantada. O anel daria ao usuário poderes de imortalidade, e o gorro vermelho a magia da invisibilidade.

O pai do Príncipe Niko, Rei Pindaíba, alardeava e exaltava as qualidades do filho, já antecipando e cantando sua vitória, baseado nas experiências anteriores, lembrando principalmente de seu derradeiro desempenho há três anos passados, durante a festa do casamento do Rei Médium. Acenando com propostas tentadoras, desafiava e incitava os outros reis a apostar o peso corporal de seus candidatos contra o peso de seu filho em ouro, julgando não haver corredores mais ágeis ou mais resistentes, capazes de obscurecer o brilho e o talento do Príncipe Niko, pois que, nesta corrida, os dois outrora concorrentes mais fortes, Príncipe Pintado e Príncipe Surubim, estavam fora, porque continuavam encantados em peixes desde a corrida passada.

Rei Buriti ouvia circunspecto a fanfarronice do Rei Pindaíba e o advertia:

— Meu amigo, não menosprezeis adversários desconhecidos, nem aparentemente mais fracos. Temos muito sangue novo para esta corrida. Cuideis do vosso ouro com mais temperança e moderação!

— Ora, vejam só, quem está a me dar lições de prudência e economia! Não aceitais meu desafio por que não tendes o peso do vosso filho em ouro para me pagar?

— Não cuido disso, Rei Pindaíba. Se tivesse que apostar, não apostaria no meu próprio filho nessa corrida. Pagaria o peso em ouro apostando no menino Sacipe Ererê. Naquele sim, sou capaz de aceitar vosso desafio!

— Então negócio fechado! Vamos ver o peso do magricela Sacipe Ererê! Se vós perderes, quero só o peso do Sacipe Ererê. Se eu perder, pagarei o peso do meu filho Niko.

Com o testemunho de alguns expectantes simpáticos às molecagens do endiabrado Sacipe Ererê, saíram à sua procura para levá-lo à balança e *ver o peso*. Sabendo que era motivo de apostas, o moleque Sacipe Ererê não se fez de rogado. Sentou-se no grande prato de um lado da avantajada balança, enquanto o Rei Pindaíba ia enchendo o outro com suas moedas de ouro. Quando os pratos se nivelaram, abarrotaram com as patacas de ouro um baú de madeira marchetada, cunhadas pelo irmão da mulher do Rei Pindaíba, Rainha Tapera, artífice oficial da prata e do ouro daquele reinado, conhecido pelo codinome de *Cunhador*.

Sacipe Ererê não imaginava que seu peso estava cotado ao equivalente a cinquenta quilos em moedas de ouro, contra os setenta do atlético Príncipe Niko. Alegre e peralta, continuava saltitante com sua única perna, fazendo caretas impagáveis, esbugalhando os olhos, assobiando, mostrando a língua, ostentando duas fileiras de irrepreensíveis dentes brancos. Exibindo gratuitamente suas excêntricas habilidades motoras, a despeito da desigualdade física, prometeu ao Rei Buriti, dando cambalhotas arrematadas de piruetas acrobáticas, divertindo muito os espectadores, fazer "bonito e o impossível" para ganhar a corrida, recompensando-o pela confiança e crédito, com qualquer um dos quatro prêmios que viesse a receber. Rei Buriti gostou da proposta porque tinha especial interesse, não no anel mágico, nem no gorro vermelho encantado, nem na taça de ouro, mas no corcel negro da maravilhosa criação do Rei Médium.

O Príncipe Niko, conhecedor de que seu maior concorrente seria o moleque negro da perna só, gargalhava da insuficiência física do adversário e incentivava o pai a arriscar mais apostas, tamanha autoconfiança e segurança de vencer o certame e conquistar os prêmios da imortalidade e da fama que tanto almejava. Rei Pindaíba refez cálculos, repesou suas reservas, projetando quadruplicar sem qualquer esforço, apenas num lance de sorte, a quantidade de ouro que trazia consigo. Tanto mais exaltado do que todos os outros reis, anunciou orgulhoso e falastrão:

— Desafio a quem mais ousar lançar apostas no Príncipe Niko: seus setenta quilos de ouro bem pesados, contra os magricelos cinquenta do moleque perneta! Quem se atreve?

— Eu aposto — disse Rei Inci.

— Dobro a oferta — retrucou Rei Mende.

— Triplico o páreo — arrematou Rei Abas.

O único rei que ficou de fora da disputa foi Rei Manso, porque não se recuperara ainda do episódio da caçada em que sua mulher, a Rainha Tranha, gestara em três dias uma criatura que recebera a denominação *Ex-Tranha de Kurupirá*.

Rei Manso preferia se manter distante dos outros movimentos depois que retornara da floresta onde *soltou a Criatura ex-Tranha*. Observou de longe a empáfia do Rei Pindaíba, desaprovando-o intimamente, pensando consigo: "*Há de ser esta a oportunidade de dar-lhe uma boa lição de humildade!*", esquivando-se da aglomeração.

Feitas as contas, ao final, haviam seiscentos quilos de moedas de ouro depositados em favor de Sacipe Ererê contra oitocentos e quarenta quilos de reluzentes moedas douradas produzidas pelo *Cunhador*, porfiados pelo Rei Pindaíba.

O pai do Príncipe Niko, lançando à sorte todo seu carregamento de moedas de ouro, apostara tudo que possuía numa só parada.

A CORRIDA NUMPESSÓ

Em menos de uma hora, a cidade do Elo Dourado experimentava um rebuliço de cavaleiros, carruagens, embarcações de todos os tamanhos e modelos só comparável ao registrado durante as festividades do casamento do Rei Médium com a Rainha Gônia. Os preparativos para a grande corrida Numpessó estavam concluídos, e a Professora Plínia acertava com o imperador pormenores para garantir que a entrega dos prêmios ao primeiro e segundo colocados obedecesse ao ritual proposto pelo Mago Natu.

Acercando-se de cuidados para que a tragédia provocada pela interferência do Bruxo Neno não se repetisse, evitando que outros príncipes pudessem ser atingidos por feitiços recorrentes e influências mágicas irreversíveis, o imperador ordenou que seus guardas vasculhassem a cidade do portal norte ao sul, de um lado a outro do cais do porto, à procura de suspeitos desordeiros e do próprio bruxo, que não fora visto naquele dia circulando no meio dos convidados, mas sabia-se que estava no Elo Dourado.

Outra presença não menos preocupante, o Conde Rasku, exigia do imperador tanto maior de atenção, ainda mais que pesava sobre ele a desconfiança de ter liderado o bando que invadira a chácara do Senhor Frutuoso, quase o matando, na tentativa de extorquir-lhe o *anel sem dono*. Todavia o Conde Rasku se mantinha distante, algo taciturno, evitando contatos demorados com os outros nobres, esquivando-se dos possíveis questionamentos sobre o medonho e trágico desfecho de seu efêmero casamento, rematado em escândalo, com o saldo extraordinário da mulher encantada em fera, ele próprio amaldiçoado todas as sextas-feiras de lua cheia num lobo horripilante e sanguinário e o Bruxo Neno declarado seu inimigo figadal. Tanto Bruxo Neno quanto Conde Rasku temiam se encontrar, pois haveria, decerto, luta entre eles.

Rei Médium foi pessoalmente certificar-se nas baias de que o único exemplar de corcéis que nascera negro, na noite de seu casamento, estava convenientemente arreado e ornamentado para o grande evento. Encontrou o animal bem escovado, crinas trançadas à moda exclusiva dos cocheiros do Elo Dourado, cascos tratados com tintura de jenipapo e óleo de mamona, reluzentes como uma pedra ônix. Admirado com a visão do garboso corcel, ouviu do cavalariço a seguinte ressalva:

— Senhor imperador, Tição não está completamente dócil ainda. Fizemos o possível para domá-lo, mas sua natureza intrépida custa a se modificar. Ele é diferente em tudo por tudo dos outros cavalos do vosso haras.

O imperador aproximou-se do exuberante corcel negro de crinas longas e lustrosas, carinhosamente o afagou e disse baixinho à orelha:

— Comporte-se como um nobre!

À hora prevista, toda a população do Elo Dourado, incluso mulheres e crianças, além das centenas de convidados, aglomeravam-se nos dois lados da pista de Numpessó, procurando melhores lugares para apreciar o certame. Mais de cinquenta corredores inscritos, usando roupas muito coloridas e apropriadas, colocaram-se a postos.

Na primeira fileira, Príncipe Niko, avesso a qualquer tipo de discrição ou modéstia, acenava aos pais, agitando com veemência a bandeira de seu reinado, gritando refrãos que faziam eco entre os conterrâneos e súditos do Rei Pindaíba. A Rainha Tapera, exibindo pesadas joias, não menos entusiasmada e confiante na superioridade do filho, empoleirou-se sobre um grosso galho de árvore, para alcançar maior amplitude de visão. Queria prestar atenção em todos os passos dos corredores, para que não *passassem a perna* no favoritismo do filho. Ao descobrir o propósito, Rainha Teci, a generosa mulher do sensato Rei Abas, dirigiu-lhe uma provocação:

— Não se preocupe, Tapera! O maior rival do seu filho só tem uma perna! Nem querendo poderia *passar a perna* no Príncipe Niko e continuar de pé! Fique calma.

— É certo que ele tem uma perna, mas em compensação, tem duas mãos, minha amiga! Se quiser empurrar o Príncipe Niko para derrubá-lo...

— Aposto que Sacipe Ererê não precisará disso.

— É o que veremos!

Ao soar das trombetas, os corredores se concentraram, atentos ao sinal da largada, marcado pelo tinir de um grande sino de bronze. Enquanto os outros concorrentes buscavam as posições dianteiras para facilitar a saída, empurrando-se e conquistando à força os melhores espaços, Sacipe Ererê, humildemente, distanciou-se da aglomeração, postando-se atrás de todos. Rei Abas ficou apreensivo com o posicionamento do seu favorito, mas, confiante na preeminência e na humildade do garoto, não lhe fez qualquer tipo de recomendação. Rei Pindaíba exultou ao identificar o menino negro de uma perna só, lá atrás, na última fileira, cedendo a dianteira sem resistência ao seu protegido e valoroso filho.

Quando o tinido estridente do bronze ecoou, o coração dos espectadores bateu mais forte. Em menos de meio minuto, Sacipe Ererê emparelhara com o rival mais poderoso e prosseguiu acompanhando-o paralelamente, poupando, assim, energia e desempenho para os quinhentos metros finais da reta de chegada. Nos primeiros mil metros da corrida, a companhia constante de Sacipe Ererê ao seu lado, aparentando tranquilidade e pouco esforço, não tardaria a deixar o soberbo Príncipe Niko desarmonizado. Não se contendo, forte desejo de vingança o envolveu e, irado, atirou-se de um pulo à frente de Sacipe Ererê no intuito de atropelá-lo, jogá-lo ao chão para desclassificá-lo. Muito mais ágil, Sacipe Ererê elegantemente esquivou-se do adversário resvalando para a lateral, adiantando-se de maneira inacreditável. Abrindo metros e metros de vantagem, deixou o rival para trás, definitivamente, assim como todos os outros corredores. Chegou ao final do trajeto em tempo nunca antes registrado, causando notório rebuliço. Ovacionado calorosamente, foi carregado entusiasticamente pelos torcedores e apostadores. Longamente aplaudido, sem demonstrar sintomas de fadiga ou exaustão, mantinha-se saltitante, esperando pelo segundo colocado e os demais, plantando bananeiras, dando cambalhotas e divertindo a assistência à mercê de sua simplicidade e simpatia.

Minutos depois, quando viu o Príncipe Niko se aproximando, foi-lhe ao encontro e, num gesto de pura cordialidade, veio pulando ao seu lado, deixando o rival enfurecido com tal atitude, tomada por deboche e humilhação. O segundo colocado, bufando e babando de cansaço, completado o trajeto, caiu no chão, estirando-se, esgotado. Sempre saltitante, Sacipe Ererê, num gesto de amizade, estendeu-lhe a mão. O insolente Príncipe Niko não só recusou gentileza como também cuspiu-lhe no rosto, xingando-o de "*molambo fedorento!*". O negrinho limpou a cusparada do rosto, sem zangar-se, abraçou o príncipe e disse-lhe ao ouvido:

— Com um pé, "Tição" ganhei! Hahahahahaha! — Referindo-se ao cobiçado corcel negro, ricamente arreado, que receberia pela conquista com outros prêmios.

Debulhado em lágrimas, quase sem fôlego, fragorosamente derrotado, Príncipe Niko lamentava-se, choramingando, revoltado:

— Com um pé, Tição ganhou... Com dois pés, Tição perdi! Assim, não é possível! Assim não pode ser!

Afastando os fãs que se aglomeravam para abraçar o novo ídolo da corrida Numpessó, Mago Natu abriu passagem e disse com voz resoluta:

— Receba teu prêmio de pé, Niko!

Reunindo suas últimas energias, o derrotado e extenuado corredor levantou-se e, decepcionado, recebeu do Mago Natu uma terrina de prata, com alça lateral, muito ornamentada e bem polida. Infeliz com a má sorte, para afrontar o vencedor, escandalizar a assistência e vingar-se do Mago Natu pela insignificância do prêmio, se comparado ao do primeiro lugar, Príncipe Niko abriu a braguilha das ceroulas, despudoradamente, urinando dentro do objeto.

Sacipe Ererê, muito ágil e feliz, já se apoderara do cobiçado corcel negro, "Tição", montando-se com aprumo e graça, exibindo seu melhor sorriso, vestindo a carapuça vermelha encantada, exibindo a incomparável taça de ouro na mão direita e o coruscante anel mágico no dedo indicador. No instante em que o Mago Natu pronunciava em seu ouvido as palavras mágicas para que o gorro vermelho o fizesse invisível e o anel de brilhante o tornasse imortal, Príncipe Niko arremessou a malga de prata cheia de urina sobre Sacipe Ererê.

Instalou-se um enorme rebuliço. O indomável corcel negro, Tição, assustou-se, desabalou pelos fundos do terreno, com o negrinho já invisível em seu dorso, sem antes ter ouvido do Mago Natu as palavras que deveria pronunciar para voltar ao estado natural. O cavalo indomável relinchou assustadoramente e em poucos segundos desapareceu numa enorme nuvem de poeira amarelada, levantada pelo tropear incontrolado e estrepitoso do garanhão selvagem. Em meio à enorme confusão estabelecida, um dos guardas reais, não suportando a audácia e o atrevimento do príncipe, que continuava furioso, exibindo sua genitália, afrontando desavergonhadamente a presença de recatadas rainhas e princesas pudicas, empunhando a espada deu-lhe um golpe certeiro, decepando o membro, com precisão cirúrgica. Horrorizadas com a cena e seu imprevisível desfecho, mulheres e moçoilas afastaram-se de imediato, deixando por conta de quem quisesse socorrer o atrevido.

No afã de acudir o vitimado, os reis que haviam apostado em Sacipe Ererê voltaram as atenções para o Príncipe Niko, que sangrava agonizando, despercebendo-se que o próprio pai já não estava entre eles.

Sentindo que o momento era mais que propício para fugir sem ser notado, poupando-se de honrar o compromisso que o levaria à ruína, Rei Pindaíba, desesperado com o prejuízo e pouco se importando com a aflição do filho, esgueirou-se pelos fundos do palácio, aproveitando o tumulto das mulheres que fugiam assustadas, pegou sorrateiramente seus baús de moedas de ouro, embarcou-os numa pequena canoa de pescadores e desceu pelo rio Aguaporé, enquanto a Rainha Tapera e sua outra filha, a Princesa Arraia, em total descontrole, berravam pelo marido e pai, agarradas ao filho e irmão irreversivelmente moribundo.

Momentos depois, à notícia de que o Príncipe Niko morrera de esgotamento, juntou-se outra igualmente trágica: alguns pescadores que subiam o rio testemunharam que a velha canoa escolhida às pressas pelo Rei Pindaíba, para fugir e eximir-se do pagamento de sua dívida, estava furada e afundou na curva do caudaloso rio, com todo o seu carregamento de ouro, antes que pudessem socorrê-lo.

Rei Médium, aflito com os resultados da Corrida Numpessó, buscou a companhia do Mago Natu, para que o aconselhasse sobre o que fazer.

Tinha três problemas a solucionar: sepultar o Príncipe Niko e o Rei Pindaíba, punir o guarda assassino e recuperar o naufragado carregamento de moedas de ouro, para honrar o pagamento das apostas contraídas pelo Rei Pindaíba com o Rei Inci, Rei Mende e Rei Abas. Depois de expor suas preocupações, Rei Médium ouviu ainda a advertência:

— Além disso, meu nobre amigo, tereis de amparar a Rainha Tapera e sua outra filha, a venenosa e enfurecida Princesa Arraia, lembrou Mago Natu.

— Não me escusarei disto, Mago Natu, mesmo que precise mergulhar para recuperar o tesouro de Pindaíba!

— Não vos aflijais com esta parte... esta tarefa está destinada a outra pessoa! — concluiu sorrindo.

— Quem poderá executá-la por mim?

— Rei Manso, nosso melhor mergulhador.

ABRINDO A QUINTA CAIXA

ANTES DE SUBIR À CÂMARA DO GRAU e abrir a quinta caixa, de bronze, Rei Médium certificou-se de que as praxes para os sepultamentos do Rei Pindaíba, morto por afogamento, e de seu filho, o Príncipe Niko, estavam conforme os costumes do reinado do Elo Dourado.

Solicitou a presença da Rainha Tapera e da filha, Princesa Arraia, a fim de que conduzissem o cerimonial preparado para cremação dos dois corpos. Totalmente abaladas e inconformadas com os acontecimentos, as duas se recusaram a atender aos pedidos da cerimonialista Professora Plínia, alegando não ter ouro suficiente para adquirir os bálsamos de mirra e de aloés, indispensáveis para besuntar e perfumar os corpos antes da incineração.

Sem tempo a perder, Rei Médium ordenou que trouxessem Rei Manso à Câmara do GRAU. Localizado nos aposentos da Rainha Tranha, que ainda não despertara do torpor que se encontrava desde o primeiro dia da caçada à Sonça Pintada, Rei Manso derramava lágrimas, pesaroso. Já havia entregado e *devolvido* sigilosamente o menino Kurupirá à floresta, e remoía consigo o segredo da gestação daquela criatura, esperando aflito pelo despertar de sua amada esposa, que jamais saberia do que havia se passado.

Interrompido em seu estado meditativo, assustou-se com a voz sonora do Mago Natu a ordenar-lhe:

— Rei Manso, venha comigo à Câmara do GRAU.

— Não, por favor, Mago Natu, não quero ver aquelas cenas novamente!

— Não é daquilo que trataremos. Precisamos dos vossos préstimos para outra tarefa. Por gentileza.

— Não me diga que aconteceram outras desgraças?

Diante do imperador, Rei Manso inclinou-se e perguntou:

— Senhor imperador, em que posso vos servir, se a alegria que espero ainda não me veio e poucas razões tenho para continuar vivendo?

— Rei Manso, preciso dos vossos préstimos de mergulhador. Quero que desças à profundidade das águas onde o Rei Pindaíba naufragou, resgatando o que puderes do carregamento de ouro para devolver à Rainha Tapera o suficiente ao custeio da cerimônia fúnebre do marido e do filho. E também, se possível, traga de volta o ouro apostado para pagamento dos reis Inci, Mende e Abas.

— Assim o farei, Senhor Imperador.

Diligentemente escoltado pela guarda real, Rei Manso saiu sem alardes. Mago Natu acompanhou-os até onde a vista alcançou e, olhando pros céus, falou baixinho: *"Pelo menos essa parte será resolvida"*. Voltou pelas escadarias secretas e entrou na Câmara do GRAU. Rei Médium já havia tirado a tampa da quinta caixa e constatou a mesma configuração anterior: ela continha a caixa de prata, que seria aberta no sexto dia. Olhou o Espelho Universal e visualizou uma cena já prevista — o cerimonial de cremação de dois corpos e um reinado abandonado à própria sorte, encoberto pela vegetação e sufocado entre cardos. Ao entrar na Câmara do GRAU, Mago Natu limpou a garganta, anunciando sua presença:

— Então, meu amigo, entendeste o que se passará?

— Sim, Mago Natu. Nada farei para modificar o curso do rio.

Três horas depois, quando concluídos os preparativos da pira sagrada para a cremação dos corpos, a pequena comitiva da guarda real voltava ao Palácio Fortaleza portando alguns alforjes cheios de material aparentemente pesado. Conhecedores das passagens secretas que ligavam o pátio externo ao Salão do Rei, sem comentários, dirigiram-se de imediato para avistar com o imperador. Ao recebê-los, Rei Médium constatou:

— Onde está o Rei Manso? Que fizestes a ele?

— Senhor Imperador, pedimos a clemência de ouvir-nos! Algo surpreendente passou-se. Eis aqui os alforjes com o que foi resgatado do naufrágio do Rei Pindaíba pelo Rei Manso.

— E onde está o restante? Onde está o Rei Manso?

— Na primeira vez que mergulhou, ele trouxe este alforje; na segunda vez, este; e na terceira vez, quando se lançou nas águas, seu corpo desapareceu. Poucos segundos depois, testemunhamos um pássaro diferente emergir, ganhar o espaço azul e sobrevoar as águas onde o terceiro alforje, vazio, continuou flutuando em círculo, no local onde a correnteza se transformou em águas plácidas e calmas... como o Rei Manso.

— Sim, compreendo, naquele lugar Rei Manso encantou-se no Pássaro Mergulhão!

Mago Natu entrou no Salão do Rei e confortou o Rei Médium:

— Nobre amigo, um alforje é para a despesa da Rainha Tapera com o cerimonial fúnebre. O outro é para que a viúva e a filha possam retornar ao próprio reinado e continuarem vivendo. Quanto ao Rei Manso, será eternizado na placidez dos rios e continuará encantado no pássaro mergulhão.

— E a Rainha Tranha, o que será dela?

— Despertará no sétimo dia, quando abrireis a última caixa. Porém não vos aflijais. Temos algumas surpresas ainda. Por hora, chegou o tempo de entregar à Rainha Tapera a parte que lhe deixou Pindaíba.

De posse dos dois alforjes com as moedas de ouro que o Rei Manso havia tirado das profundezas do rio Aguaporé, Rainha Tapera agarrou-se a eles como se fosse ao próprio marido. A filha ambiciosa, Princesa Arraia, tentava tirar da mãe um dos bolsões, esbravejando, reivindicando aquela como sua parte de direito sobre o que deixara o Rei Pindaíba. A nenhuma das duas interessava dar aos corpos do pai e do irmão a cerimônia fúnebre digna de rei e príncipe. Vendo o embate das duas e a interminável sucessão de impropérios que diziam uma à outra, Mago Natu interferiu:

— Rainha Tapera, Princesa Arraia, reservai a parte que devereis usar para a cerimônia fúnebre. O restante divide-o em partes iguais. Este é o quinhão de cada uma!

Enfurecida com o pouco que lhe restava, Rainha Tapera amaldiçoou o marido, renegou o próprio filho e pediu ao imperador que providenciasse as condições para regressar ao seu reinado imediatamente. Entregou as moedas de ouro ao chefe cerimonial das exéquias e disse à filha: "*Se queres ficar aqui, é contigo! Pra mim, acabou-se a graça!*".

Antes do sol se pôr, quando se daria a cremação dos corpos, a comitiva do falecido e falido Rei Pindaíba, agora formada pela Rainha Tapera e meia dúzia de súditos, deixava cabisbaixa e humilhada os portões do Palácio Fortaleza. Princesa Arraia não aderiu aos desejos da mãe, rebelando-se. Preferiu ficar, à espera de que recebesse uma proposta de casamento de quaisquer dos príncipes casadoiros que ainda circulavam pelo Palácio Fortaleza. Melhor ainda, do Príncipe Putho, filho do Rei Inci e da Rainha Régia, que de longe era o mais guapo mancebo de toda a Região. Mais belo que ele só o Conde Rasku, mas este já se casara e não manifestava desejo de arriscar-se noutro matrimônio.

Nenhuma notícia chegara, até então, do rumo tomado pelo Sacipe Ererê e seu magnífico corcel. Alguns peões do Rei Médium vieram poucos minutos antes do anoitecer avisar ao administrador real que era impraticável juntar o rebanho de búfalos porque um corcel negro, desembestado e sem cavaleiro, promovera o estouro da manada em todas as direções do reinado, desparecendo no horizonte a oeste.

Concluídos os cerimoniais de cremação do Rei Pindaíba e do Príncipe Niko, a noite voltou a cobrir com seu manto de estrelas as vastidões do Império do Elo Dourado. Em poucas horas, o Palácio Fortaleza mergulhou em silêncio profundo!

Recolhido em seus aposentos, Mago Natu percebeu que as luminárias do Quarto Imperial ainda estavam acesas. Deduziu que o imperador ainda estava acordado. Sentindo-se também insone, subiu as escadarias e bateu à porta. Ninguém atendeu. Pensou alto: *"Lógico, meu caro! Rei Médium está visitando sua rainha e seus filhos. Ele foi ver Gônia!"*.

Sem querer importunar o amigo naquele momento íntimo, voltou aos aposentos, deitou-se e começou meditar. Relembrando a cerimônia fúnebre, muitas imagens lhe vinham à memória. Porém, entre todos os rostos que pontuaram na celebração, dois ele não vira: o de Bruxo Neno e o de sua mãe, a Feiticeira Zureta, a Sacerdotisa das Sombras, que chegara não se sabia o porquê do atraso, naquele mesmo dia, à hora do almoço. Imediatamente, o Mago se pôs de pé. Apagou as luminárias, pegou um archote no corredor e dirigiu-se ao cais do porto. Sem chamar atenção do guardião, observou que a embarcação da Feiticeira Zuzu não estava atracada. Esgueirou-se por entre as dezenas de pequenos barcos amarrados, levantou a âncora de sua chalana e rumou para o Sul, subindo o rio, em direção ao seu Santuário. Já passava pela sua mente o que havia acontecido.

Examinando as imagens que lhe ocorriam, Mago Natu olhou na direção do portal do seu Santuário. Apesar da noite sem luar, um clarão e uma coluna de fumaça se faziam notar no centro da propriedade, bem no rumo do Campo Santo, local de acesso proibido aos profanos e visitado uma única vez por ano, na consagração dos iniciados para receberem a colação do GRAU, nas cerimônias de conclusão dos períodos probatórios de iniciação.

— Bem que eu deveria ter vindo antes. Sinto que pouca coisa me resta fazer. — falou o Mago consigo.

Atracou sua pequena chalana na árvore de Andiroba, subiu a rampa até os dois Paus-D'Arco e estranhou não ter sido recebido pelos dois cães guardiães, Philos e Sophos.

— Algo muito ruim está acontecendo.

Continuou pela Senda da Iniciação de cabeça baixa, olhando o emaranhado dos rastros sulcados na areia, atento ao piado soturno das aves agourentas e ao esvoaçar desordenado de corujas e urutaus. Pelo menos duas pessoas haviam invadido seus domínios sagrados. Seu coração já pressentira o desastre.

— Bruxo Neno e a Sacerdotisa das Sombras passaram por aqui. Oxalá não tenham mexido nas minhas mandrágoras.

Quanto mais se aproximava do clarão, melhor enxergava a coluna de fumo que se elevava, exatamente no local do Altar de Libações e Purificação. Maior sacrilégio não poderia ter sido cometido. Um cheiro forte de carne chamuscada recendia em derredor. Mago Natu apressou o passo. Ninguém mais se movimentava pelo local. Antes de certificar-se de que era mesmo um corpo de animal que ardia na pira de purificação, um ímpeto o fez dirigir-se ao canteiro secreto, onde há três anos passados plantara três mandrágoras, com as quais o Grande Rei lhe presenteara. Não estavam mais no lugar. Alguém as retirara dali.

— Oh, que insensatez! — proclamou —. Fizeram-se vítimas da própria vingança!

Sem perturbar-se, Mago Natu aproximou-se do Altar de Libações e constatou que o sacrifício ali oferecido não se tratava de uma oferenda, mas de um ritual crematório. Não havia mais como reconhecer o cadáver. Estava patente que se tratava da Feiticeira Zuzu, pelas vestes abandonadas de propósito no chão, ao lado da pira. A exemplo de sua mãe, a incauta feiticeira também morrera na hora em que se aventurou a colher as mandrágoras. Os dois cães mortos do outro lado do canteiro também certificavam o desastre.

— Agora está consumado. Bruxo Neno usou a própria mãe para conseguir as mandrágoras. O que será que vai fazer com elas? — perguntou a si mesmo, e respondeu — O pior ainda não aconteceu.

Conformado com a profanação sacrílega de seu Santuário, Mago Natu esperou que as chamas consumissem os restos do corpo e iniciou uma breve e solitária cerimônia de limpeza e purificação do local. Não intencionava questionar Bruxo Neno sobre o que havia feito, tampouco exigir explicações para tomar de volta suas três mandrágoras. Pelo que conhecia do bruxo e de suas artimanhas, alguma feitiçaria estaria a caminho, para exibir poderes, eliminar desafetos ou ganhar fácil moedas de ouro.

Concluídos os procedimentos, Mago Natu firmou propósito de manter sigilo sobre o que descobrira para que Bruxo Neno não modificasse seus planos, nem voltasse sua carga de ódio e vingança contra os dois príncipes gêmeos recém-nascidos, agora que detinha três mandrágoras em seu poder.

A grande estrela da alva se apresentou no zênite, sinalizando ao Mago que deveria voltar ao Palácio Fortaleza. Descendo o rio o mais rápido que podia, chegou ao porto e manobrou sua embarcação diretamente no canal que ligava o cais ao pátio interno do palácio. Discretamente, subiu as escadarias e dirigiu-se à Câmara do GRAU. Rei Médium já estava lá.

— Acordastes cedo, Nobre Imperador! Saúdo-vos em nome da Paz!

— Na verdade, Mago Natu, nem consegui dormir. Fui aos aposentos da Rainha ontem à noite para vê-la e aos meus filhos. Aproveitei para visitar a Rainha Tranha também.

— E então, o que vos tirou o sono?

— Rainha Tranha parece estar despertando. Não abriu os olhos, mas falou coisas que me impressionaram, depois calou-se, mergulhando novamente em sono profundo.

— Que disse ela de tão impressionante? Podeis me contar?

— Sim. Parecia que estava a profetizar algo. Lembro-me de algumas coisas, meio desconexas, ouvi: "*Antes que a Estrela da Alva surja no horizonte, um corpo arderá em chamas, profanando o território sagrado. Três plantas mágicas serão usadas para causar grande infortúnio e alguns encantamentos. Nem tudo será desfeito, até o dia em que descobrirem onde o Rei Albe enterrou seu tesouro de esmeraldas*".

— É vidente, é vidente! Rainha Tranha é vidente!

— Então, o que me dizeis?

— Que não está dormindo... Ela está em estado de transe.

— Será que vai despertar? Como lhe contaremos sobre o marido?

— Ela não lembrará mais nada do passado. Será para sempre uma pessoa Ex-Tranha. Não vos preocupeis com ela. Vamos abrir a caixa de prata.

A ABERTURA DA SEXTA CAIXA: O GRANDE BAILE

Com as duas últimas chaves do molho nas mãos, Rei Médium hesitava entre abrir logo a caixa de prata ou, antes, obter do Mago Natu respostas às perguntas que circulavam pela sua memória. Percebendo a inquietação do amigo, o mago provocou:

— Então, por que não me perguntais logo o que quereis saber?

— Bom, já que tocastes no assunto... o que significam as palavras da Rainha Tranha, ao dizer que "um corpo arderá em chamas, profanando o território sagrado"?

— Ah, isso já passou. Imagine que o Bruxo Neno levou sua mãe, a Feiticeira Zureta, até meu Santuário, furtou minhas mandrágoras, deixou meus dois cães mortos e ainda concorreu para matar a própria mãe, largando seu corpo sobre a lápide do altar das libações, onde o incinerou. Cheguei em tempo de reconhecer os restos mortais e os rastros deixados na areia. Sei que Bruxo Neno não pegou as mandrágoras em vão. Esperemos que, certamente, ele as utilizará em algo que já deve estar tramando faz tempo...

— Humm, provavelmente quer aproveitar a oportunidade para se vingar do Conde Rasku — Arriscou o imperador.

— Não é só isso, meu nobre. Tem mais coisas por trás do furto das mandrágoras.

— E a morte da Zureta, ficará por isso mesmo?

— Tal mãe, tal filha! Feiticeira Zuzu caiu na mesma armadilha que a Bruxa Bizarra. Não observou os cuidados para amarrar as mandrágoras no pescoço dos cachorros e vacilou na hora de puxar os cordões. Morreu no grito. Sou capaz de apostar que ela tencionava usar as mandrágoras para localizar onde estão as esmeraldas que o Rei Albe, o Rico deixou enterradas.

— Sabeis onde estão as pedras maravilhosas do Tio Albe?

— Bruxo Neno e Feiticeira Zureta pisaram muito próximo delas. Eu as trouxe para o meu Santuário desde que fui ao Reino de Avilhanas, por ocasião da morte do Rei Albe, o Rico. Porém a ninguém direi onde está seu o tesouro. Nem mesmo a Rainha Alzira ou o Rei Naldo sabem que as pedras não jazem em seu reinado. Tomei essa providência secretamente, para que o Conde Rasku, quando crescesse, jamais as encontrasse e se apoderasse de algo que, por direito, não lhe pertence.

— Nesse caso, vós mesmo ficareis com as pedras?

— Não. Elas também não me pertencem. Sou um simples guardião daquele maravilhoso tesouro. No tempo certo, haverá quem irá encontrá-lo.

As perguntas que o imperador gostaria de fazer ao Mago Natu já estavam respondidas. No entanto, havia mais uma, cuja resposta ainda soava como um grande enigma: "*O que acontecerá com a Rainha Tranha? O que faremos com ela?*".

— Não vos preocupeis. Deixai que os mortos cuidem dos vivos.

— É vidente, é vidente — conformou-se Rei Médium, sem entender ao certo o que Mago Natu revelava com aquelas palavras.

Separando a chave de prata das fitas roxa e amarela, Rei Médium girou lentamente a peça na abertura da caixa e ficou contemplativo, admirando a beleza da sétima e última caixa nela contida, cuja abertura dar-se-ia por derradeira, no dia seguinte. Abrindo a caixa de prata com as precauções necessárias, percebeu, ao remover a caixa de ouro de dentro dela, a movimentação simultânea projetada no Espelho Universal: imagens de um grande baile no magnífico salão de festas reais.

Rei Médium alegrou-se com a oportunidade de ofertar aos seus convidados, depois de tantas desventuras e infortúnios, uma grandiosa noite de diversão. Sorridente, dirigiu o olhar para o Mago Natu, buscando aprovação para convocar a Professora Plínia, delegando as ordens para que ela organizasse um inédito concurso de dança, recomendando que fosse aquele o ponto alto das atrações do baile, com promessas de recompensas especiais ao príncipe e à princesa que apresentassem o melhor desempenho, depois de avaliados e julgados por uma criteriosa banca examinadora.

Mago Natu, sem dizer palavra, assentiu com um movimento de cabeça, aprovando a intenção do imperador. Sentia que, depois daquele baile, o destino do Império do Elo Dourado estaria definitivamente selado.

SEXTO DIA:
O GRANDE BAILE

Professora Plínia não economizara nos preparativos para que o grande salão de festas se transformasse num cenário encantador. A ornamentação de inspiração romântica, caracterizada por tênue iluminação de robustos lampadários suspensos nas abóbadas, evocava lembranças do derradeiro baile em comemoração ao casamento do Rei Médium e da Rainha Gônia. Desde aquela data, quando o Reino do Elo Dourado recebeu a auspiciosa visita do Grande Rei, sua corte e presença exótica da Rainha Alimpa, do Reino de Sabom, não se viam tão primorosos arranjos e ornamentos de tanta beleza nas dependências do Palácio Fortaleza. Enormes vasos de flores campestres tonalizavam em cores vibrantes, espalhando aromas intensos em contraste singelo com o resplendor luxuoso das paredes revestidas de ouro.

As damas das coortes movimentavam-se num frenesi delirante entre as casas de banho e os salões de estética, preparando-se o melhor que podiam para engalanar o salão do baile trajando seus vestidos de pura seda e desenhos bordados em relevos de fios de ouro e prata. Rainhas e princesas cruzavam os corredores de esguelha, espreitando para se certificar de que não simplificavam nem exageravam nas joias e acessórios escolhidos para compor com as vestimentas. A certeza de que a Rainha Gônia não estaria naquele baile avivava a esperança de que, ausente a maior rival nos quesitos beleza e elegância, a possibilidade de alguma dentre elas se destacar naqueles predicados aumentava bastante.

À parte a exagerada inquietação das mulheres, reis e príncipes também compartilhavam, tanto mais discretos, os espaços de embelezamento apropriados aos homens. Os príncipes experimentavam uma predileção pelos perfumes eróticos e trocavam entre si recomendações infalíveis para fazer corte às princesas e, quem sabe, conquistar o coração de alguma donzela para pedi-la em casamento oportunamente.

Em meio àquela organizada balbúrdia fomentada pela vaidade, Bruxo Neno encontrou o cenário propício e terreno fértil à execução de seu mais ardiloso e ambicioso projeto: desmoralizar para sempre o Imperador do Elo Dourado, desacreditar publicamente o Mago Natu e macular de forma indelével e irreversível a notoriedade do Reino do Elo Dourado, comprometendo-lhe a honra e a celebridade.

Atuando pelas sombras, espreitando em surdina os movimentos na cidade do Elo Dourado, porque não desejava encontrar-se face a face nem com o Mago Natu, por conta da profana invasão perpetrada em seu território sagrado, muito menos com o Conde Rasku, seu mais perigoso e odiento desafeto, a quem devia um acerto de contas, Bruxo Neno procurava um cúmplice insuspeito para executar sua desforra. Dentre os clientes em potencial aptos a cumprir os procedimentos que havia planejado, elegeu o Príncipe Putho, filho dileto do Rei Inci e da Rainha Régia, notável pela elegância e aparência sedutora, além de acerbada vaidade por se considerar a excelência no desempenho como dançarino.

Alojado secretamente na casa de um dos seus acólitos prediletos, Bruxo Neno recebia forte incentivo para intentar seus malignos projetos. Desde a festa do casamento do Rei Médium, não conseguira esquecer nem perdoar Mago Natu pela humilhação e pelo sofrimento que lhe provocou quando teve que presenciar a metamorfose irreversível da sua amada companheira, a Bruxa Taruga Quelônia, num asqueroso, mas inofensivo réptil, a Tal Taruga. Episódio que culminou na decisão de se mudar de residência, definitivamente, para o vizinho não menos afamado, Reino de Trindade, sua atual moradia, servindo aos volúveis caprichos do Rei Mor.

Escolhido o Príncipe Putho seu cúmplice e vítima, o bruxo aguardava a hora de praticar seus projetos ocultos para colocar à prova conhecimentos recém-adquiridos da falecida mãe, a Feiticeira Zuzu. Poucas horas antes de morrer, parecendo adivinhar seu fadário, entregou ao filho seu mais precioso e secreto legado: um manual completo, recheado de fórmulas mágicas inéditas, além de instruções minuciosas e inauditas, fartamente ilustradas, sobre o preparo e utilização das poções, pomadas e pós obtidos a partir das mandrágoras. Custava ao Bruxo Neno acreditar que sua mãe tivesse não só revelado a existência daquele raríssimo manual de receitas extraordinárias como também entregue em suas próprias mãos, momentos antes da colheita das mandrágoras que estavam a furtar do Mago Natu, dádiva oportunamente caída do céu. Agora sim, julgava-se apto a provocar transformações realmente mágicas, de grandes proporções, conforme seu desejo de vingança para equiparar-se ao Mago Natu.

Queria corromper definitivamente a harmonia e a paz reinantes no Império do Elo Dourado, no intuito de angariar maior prestígio e consideração do Rei Mor, a quem, muito a contragosto, prestava vassalagem fazia três anos. Aquela era a oportunidade das oportunidades. Precisava aproveitar a boa sorte que andava a bafejar favorável. Desde que, há pouco mais de dois anos, a mulher do Rei Mor, Rainha Sissu, finalmente parira uma menina, exatamente um dia antes de sua própria mulher. A serva Murmur, esposa do bruxo, também dera à luz uma linda criança. O episódio aumentou seu prestígio perante o Rei Mor e afastou de vez a probabilidade de execução da sentença de morte decretada pelo rei de Trindade há três anos, caso não acertasse a fórmula mágica ou um encantamento suficiente para provocar a gravidez da rainha.

Barões, condes e marqueses, entre outros nobres convidados, faziam pares com as respectivas esposas na expectativa do grande evento. A excitação em torno do baile era tanta que já não se lembravam dos acontecimentos extraordinários dos cinco dias anteriores. O sumiço da Rainha Tranha transformara-se num assunto tabu. A viagem inusitada do Rei Kornio e da Rainha Ália servia de comentário apenas nas rodas de prosa dos Pescadores, testemunhas do que acontecera à Rainha Bisca e ao Rei Boio. Tampouco se lamentava a respeito do infortúnio do naufrágio do Rei Pindaíba e da trágica morte de seu filho, Príncipe Niko. O fenomenal corredor Numpessó, Sacipe Ererê, deixara marcas que jamais seriam vistas ou vencidas por algum e... desaparecera cavalgando sobre o dorso de um endiabrado corcel negro, envolto numa misteriosa nuvem de poeira! Rei Manso afundara nas águas profundas. Quando emergiu, havia se transformado no pássaro Mergulhão, fadado a viver eternamente mergulhando em busca do ouro perdido de Pindaíba.

Quase anoitecendo, tudo estava em perfeita ordem para o início do baile. Bruxo Neno havia saído em companhia de seu acólito logo após o meio-dia, levando consigo alguns embornais, com utensílios um tanto desgastados pelo uso e outros com plantas e ervas que o acompanhante nunca tinha visto. Sem questionar ao seu mestre onde iriam e o que fariam, pois essa era a primeira regra que o aprendiz de feiticeiro se obrigava a cumprir, não conseguiu se manter em silêncio quando chegaram numa clareira, pegando o rumo da Fonte das Transformações:

— Meu mestre, sabeis que este lugar é proibido pra qualquer um de nós?

— Sei, sim. Sei também que só o Rei Médium e a Rainha Gônia podem vir aqui.

— Então, se os guardas nos encontrarem aqui, seremos encarcerados.

— Fique tranquilo, estão todos muito ocupados com o baile.

A rainha ainda não pode ser vista por causa do resguardo de sete dias, e o rei porque não pode vir neste lugar sem a rainha.

— Não sabia disso. Por quê?

— Por enquanto é melhor não saber mesmo. Um dia vai saber...

— E se acontecer alguma coisa diferente com a gente? Se o mestre acender fogo, vão localizar a gente pela fumaça.

— É melhor que fique calado. Faça o que eu mandar e preste atenção pra não inverter a ordem das coisas.

— Posso ao menos saber o que meu mestre está preparando?

O bruxo não respondeu à pergunta do assistente. Despiu-se. Entrou e saiu d´água sete vezes seguidas, entregou as raízes de duas mandrágoras ordenando ao aprendiz que passasse tudo pelo ralador, cuidando para que nenhuma parte se perdesse. Iniciou uma cantilena choramingas cujas palavras soavam completamente desconhecidas. Atencioso ao que seu mestre lhe ordenava, o aprendiz ouviu um estrondo atrás de si, seguido de um sibilo e, assustado, levantou-se, posto que estava agachado a encher as caçoulas com as misturas de ingredientes, folhas e raízes trazidas pelo Bruxo Neno. Uma cobra preta, de escamas muito brilhantes e olhos vermelhos como faíscas, enrodilhou-se, acomodando-se entre os pés do feiticeiro, causando admiração e receio ao aprendiz:

— Mestre, posso ficar mais longe um pouco desta cobra?

— Fique. Mas não olhe diretamente pra ela. Abaixe a cabeça, feche os olhos e só abra quando eu mandar.

Um tanto apreensivo, mas confiante no seu mestre, fechou os olhos, mantendo-se agachado. Em poucos segundos, adormeceu, voltando a si quando uma voz roufenha soou próximo ao seu ouvido esquerdo:

— Acorda! Desfaça tudo o que arrumamos, guarde as caçoulas nos embornais. Vamos pra casa. Seu trabalho vai começar agora.

— Posso saber o que vou fazer? — perguntou-lhe cismático o aprendiz.

— De certo! Terás mesmo que saber muito bem o que havereis de fazer. Irás ao grande baile esta noite?

— Com certeza. Afinal, desde o casamento do imperador que não tivemos mais oportunidade de ir ao salão de bailes do palácio. Já preparei minha roupa. Estou pensando também em me inscrever no concurso de dança. Quem sabe consigo me sair melhor do que aquele exibido, o... o... o filho do Rei Inci, aquele tal... o tal... Como é mesmo o nome do príncipe metido a dançarino?

— Putho?

— Esse mesmo!

— Então, garanto que vais te divertir muito... tenho um presentinho que entregarás exatamente pra ele. Se fizer tudo como vou lhe ensinar, terás chance de te apresentar até melhor do que ele e ganhar o concurso de dança. O que achas?

— Faria qualquer coisa pra isso acontecer.

— Então preste atenção: vês este pó vermelho? Pois bem, levarás no teu bolso, por dentro das ceroulas. Cuidado para não derramar nas tuas roupas. Na hora em que os dançarinos participantes do concurso forem trocar de trajes e colocar as máscaras, seja um dos primeiros a ir para o vestiário. Localize as roupas que o Príncipe Putho vai vestir. Pegue as vestes dele e substitua pelas tuas, espalhe esse pó dentro das ceroulas dele, porque todos os dançarinos vão usar trajes iguais. Ninguém saberá quem é quem enquanto estiverem dançando. Vista a tua roupa primeiramente, coloque tua máscara e saia do vestiário junto com todos os outros.

— Como vão saber quem é o melhor dançarino se todos estiverem vestidos iguais e mascarados?

— Pelo número pregado nas costas das casacas. Tua casaca terá o número 69 e a do príncipe, o número 96. Por isso trocarás de casaca com o Príncipe Putho... A comissão de jurados nem perceberá.

— Entendi. Meu mestre não vai ao baile por quê?

— Vou ficar de longe assistindo, não pretendo me encontrar, pelo menos por enquanto, com o Conde Rasku. Não estou preparado no momento para o nosso acerto de contas... Mas um dia a gente ainda vai se topar... Ah, se vai...

— Certo. Então é só isso? E pra mim? Também preciso tomar uma poção pra dançar melhor do que o príncipe,dê-me um pó ou um engrimanço qualquer, pelo menos...

— Fique tranquilo. O Príncipe Putho quase não vai parar no salão! Mas toma, leve esse pó aqui, o amarelo, certo? E coloque só nas tuas roupas, entendeu?

Em menos de hora voltavam à cidade. O aprendiz já se considerava o vencedor antecipado do concurso. Sonhava chegar o momento de tomar nos braços as mais belas princesas e dançarinas do reinado nos luxuosos salões perfumados do Palácio Fortaleza. Só não imaginava as consequências que teriam os acontecimentos dos quais seria agente e cúmplice.

A CAIXA DE OURO E O DIA DA CONFERÊNCIA

A MAIS BELA E A MENOR DE TODAS AS CAIXAS AINDA estava por abrir. Finalmente, quando abrissem a sétima caixa de ouro, Rainha Gônia deixaria o confinamento dos sete dias, desde que dera à luz, para se apresentar na cerimônia pública de consagração dos herdeiros reais, segundo a tradição dos Antigos Mistérios da Ordem Real (AMOR), a que o casal pertencia.

O imperador e o mago encontraram-se muito cedo na Câmara do GRAU. O Palácio Fortaleza ainda estava em rebuliço, pois a noite do grande baile parecia não ter fim. No luxuoso salão os candelabros ainda estavam acesos. Havia movimentação de carruagens nos pátios, barcarolas nos canais e fossos, damas e nobres circulando os jardins; uns se despedindo para se recolher, outros em pequenos grupos comentando a insatisfação e a frustração da maioria dos participantes e dos concorrentes com o insólito resultado do concurso de melhor dançarino.

Príncipe Putho, o franco favorito, imbatível em todos os outros bailes dos quais participara, fora vergonhosamente desclassificado. Ninguém sabia onde se ocultara e seus pais, Rei Inci e Rainha Régia, procuravam em vão tanto pelo filho quanto pela filha, Princesa Putha, desparecida desde a execução do sexto e último número de dança do concurso.

A frustração com a desclassificação do Príncipe Putho era total. Não comentavam o ineditismo do plebeu desconhecido vencer o concurso, mas o sumiço temporário dele na sequência das seis apresentações que deveria pontuar com diferentes damas. O Príncipe não concluíra um, sequer, dos números. Ainda no início das execuções musicais ausentara-se do salão misteriosamente, levando consigo a princesa que lhe fazia par, tomando rumo ignorado, só retornando para o início o número seguinte, quando trocava de dama para também desaparecer em seguida, sem que ninguém conseguisse acompanhá-los ou segui-los. No sexto e último musical, nem o dançarino de número 69 nem a Princesa Putha, que lhe fazia par, permaneceram no salão.

Ao final, depois de inútil procura, ninguém conseguira êxito em encontrar o par desaparecido. A comissão de jurados, então, anunciou o vencedor do concurso. Surpresa e admiração gerais. O bailarino contemplado com a melhor pontuação, identificado pelo número 96, era ninguém menos que um plebeu ignorado e desconhecido: o aprendiz de feiticeiro!

Vendo àquela hora a movimentação no Palácio, já no romper do dia, o imperador e o mago confidenciavam:

— Senhor imperador, conheceis o rapazote que ganhou o concurso de dança?

— Sim. É um jovem aparentado ao Bruxo Neno. Vistes o bruxo por estes salões?

— Não. Sei apenas que está neste reinado, por causa do sacrilégio que ocorreu no meu santuário: a morte dos meus cães, o furto das mandrágoras e a incineração do corpo da Feiticeira Zureta, que abandonou queimando sobre a ara de pedra, são as marcas da presença dele pelo lugar. Tanto que está evitando me encontrar como também ao Conde Rasku. Comigo, nada farei, porque ele haverá de selar seu destino exatamente quando se encontrar com Rasku!

— Haverão de se matar, Mago Natu?

— Pior que isso, Senhor Imperador, pior que isso!

Abraçando-se ao Rei Médium, Mago Natu caminhou em direção à Câmara do GRAU, onde abririam a última e mais desejada das sete caixas de metal. Em frente ao Espelho Universal, Mago Natu preparava o coração do imperador, alertando-o das revelações que, provavelmente, se projetariam no espelho. Já antevendo o resultado dos acontecimentos passados no vestiário após as trocas de roupas entre os dançarinos e a colocação das máscaras, Mago Natu prognosticou:

— Amigo, nunca mais o Império do Elo Dourado será o mesmo. De hoje em diante, a história de tesouros e encantos será permeada de sangue, ruínas e desgraças, até que um dia fique tudo sob cinzas. Porém, depois de séculos, um novo reino haverá de renascer, não menos exuberante e rico e, portanto, cobiçado pela sua grandeza, mas esquecido de suas passadas glórias. Não nos importemos com isto agora. Temos ainda muito trabalho a fazer... vamos, abra a caixa de ouro.

Aparentemente calmo, como se não tivesse compreendido ou se importado com as predições do Mago Natu, o imperador aproximou-se da caixa de ouro. Sensibilizado pela beleza cintilante do objeto, girou sua correspondente chave ouvindo o *clic* característico da abertura.

No mesmo instante, o espelho projetou imagens agradáveis aos olhos do imperador. Entusiasmado com a festa que contemplava, viu sair de dentro das águas do rio Aguaporé os príncipes que haviam se transformado em peixe, a Rainha Trapa e a Rainha Zomba. Lembrando-se dos outros que também sofreram igual sorte, inquiriu ao Mago Natu:

— Então, é isso o que me reserva o Dia da Conferência?

— Sim. Mais do que isso, ainda.

— Por que não vejo o que vai acontecer?

— Continuai olhando, ainda não acabou.

Outras imagens desenharam-se no reflexo do espelho mágico. Depois da surpresa que muito o alegrou, Rei Médium viu modificar-se a projeção. Uma sequência ritual de obscenidades e impudicícia se desenrolava, de forma que o rei não tinha dúvidas do que significavam. Um jovem mascarado, seis vezes seguidamente, apresentava-se com uma jovem diferente, praticando atos completamente abomináveis e desonrosos para qualquer um que ainda não havia sido consagrado pelo casamento. Constrangido com aquela profusão de imagens licenciosas, o imperador irou-se, repudiando as visões e, encolerizado, pegou a caixa de ouro, atirando-a com força de encontro ao espelho, quebrando-o em sete pedaços. Atordoado, manifestou-se:

— Mago Natu, preciso ver Gônia! Agora, neste momento!

— Todos nós precisamos, imperador!

Os pedaços do espelho partido espalharam-se pelo chão. Calmo, sem censurar ou recriminar o amigo desatinado, explicou:

— Recolha os sete pedaços, colocando-os cada um dentro de uma caixa. Feche a caixa e novamente disponha-as uma dentro da outra, na mesma sequência com que as abristes. Por fim, recoloque-as na caixa preta de madeira e tampe-a.

Pegando a peça de seda púrpura com que cobria o Espelho Universal, Mago Natu recolocou-a novamente sobre a moldura de ouro vazia do espelho, explicando:

— Tudo o que vistes, e que tanto o aborreceu, aconteceu na noite de ontem! A tarefa que temos para hoje é conferir o que o espelho projetou. Não mais precisarás do espelho, agora. Vamos ao aposento da Rainha Tranha. Vejo que alguma coisa também aconteceu com ela.

Às sete horas, Rainha Gônia seria apresentada com seus rebentos aos convidados e súditos para a celebração dos rituais de consagração dos Antigos Mistérios da Ordem Real (AMOR). Os príncipes também seriam consagrados aos mistérios do Fogo-Ar e da Terra-Água. O mago o acalmou, dizendo:

— Haverá muita alegria e comemorações até o meio-dia, quando a Rainha Tranha também deixará seus aposentos. Continuará de olhos fechados, pois não mais haverá de abri-los, porque receberá o dom de ver o invisível e revelar o oculto. Prepare-se. Da mesma forma que sorriste, também vos entristecereis. Haverá choro e ranger de dentes! Todavia, o esplendor do Império do Elo Dourado ainda permanecerá por tempos. Até que tudo novamente se encaixe. Senhor Imperador, jamais haverá império mais fantástico nem mais rico que o vosso! Vamos, pegue a caixa de madeira preta e tragamo-la conosco.

Rei Médium obedeceu à ordem do mago, recolocando cuidadosamente as caixas dentro umas das outras. Ao pegá-las, vinham à memória as projeções do espelho mágico de cada uma que abriu. De todas, a que mais o impressionou fora a última. Sem se conformar com a impudicícia das imagens projetadas, não se conteve e interpelou Mago Natu:

— Mago Natu, por que a abertura da caixa de ouro, sendo a mais bela de todas, mostrou no espelho imagens de depravação e lascívia?

— Por que o magnetismo e o fascínio que o ouro exerce sobre os humanos leva-os facilmente à corrupção. Pelo ouro, são capazes de todas as bestialidades. Nenhum metal é mais querido nem cobiçado e a nenhum outro se iguala o ouro para seduzir e corromper. Dê-me a caixa de madeira preta. Preciso tirá-la daqui. Colocá-la-ei sob a vigilância da guarda no baluarte sul da muralha, até a hora da cerimônia de consagração. Vamos, está mesmo na hora de ver Gônia!

A BELEZA DA RAINHA E A CONSAGRAÇÃO A BEIRA-RIO

Ainda não eram sete horas e a imensa tenda de seda branca estendida sobre as areias macias da Praia da Lua Clara, no mesmo local onde se realizou a cerimônia lunar do casamento do Rei Médium com a Rainha Gônia, já estava completamente ocupada pelos convidados e moradores do Elo Dourado. Todas as cadeiras e mesas tomadas traduziam a expectativa pelo aparecimento da imperatriz, cuja beleza singela era lembrada com admiração pela mesma plateia que assistiu à monumental festa de suas bodas.

Ninguém conseguira se esquecer dos seus magníficos trajes, suas joias perfeitas, sua simpatia e exuberância impecáveis, tudo absolutamente harmonioso, conjugado ao encanto das músicas executadas e ao fascínio dos arranjos ornamentais e dos opulentos manjares. Também dessa vez não seria diferente. O ritual de apresentação dos príncipes recém-nascidos era aguardado com entusiasmo e euforia. As damas presentes perguntavam-se curiosas:

— Estará mais bela, a imperatriz? Ou a maternidade extraiu-lhe os encantos?

Muitas apostavam que mais encantadora ainda deveria estar; outras, por ciúmes ou despeito, torciam para que o esforço e o desgaste naturais de dois partos seguidos houvessem causado um abatimento irrecuperável no seu semblante e silhueta. Afinal, como estaria a imperatriz depois de dar à luz seus dois rebentos?

A brisa da radiosa manhã trouxe uma chuva de pétalas de flores das árvores de Samaúma, cobrindo as areias brancas de um tapete cor-de-rosa. Naquele cenário ímpar, onde a própria natureza florejava em saudação ao venturoso ritual, ouviu-se o início de uma execução melodiosa de címbalos, harpas e oboés. A Rainha Gônia finalmente saíra de sua carruagem dourada, vestida tal qual uma deusa terrena, de branco e escarlate. O brilho incandescente de seu vestido acalmava-se no contraste do manto branco, bordado de pérolas e brilhantes. Uma coroa de flores singelas modelava e prendia na fronte sua longa cabeleira cor de mel, e o brilho verde de seus olhos que mais pareciam esmeraldas vivas sob as sobrancelhas de perfeito alinhamento. O sorriso afável e afetuoso saudava a todos com acolhimento e simpatia. Não havia mulher mais bela. Nem o viço e a jovialidade das princesas chegavam-lhe aos pés. Era realmente a mais perfeita representação do enlevo feminino, agraciada pela candura natural e inefável da maternidade!

Uma explosão emocionada de *ohs* e *ahs*, acompanhada de palmas e reverências à passagem da imperatriz pela esteira de pétalas de rosas, silenciou-se quando o imperador, altivo e garboso, um pouco mais atrás, conduzia em cada mão, em cestinhos de vime branco, os bebês reais mais festejados e esperados de todo aquele império. Mimosamente trajados, um envolvido por uma manta verde e amarela, e o outro azul e branca, sabia-se de antemão que Urucumacuã era o de verde e amarelo e Kurokuru o de azul e branco. Apesar de gêmeos, tinham olhos e cabelos completamente diferentes: um possuía cabelos avermelhados como fogo e olhos verdes como esmeraldas. O outro, cabelos castanhos como a terra e olhos azuis como a água. Logo que nasceram a mãe lhes identificou e chamou-os na intimidade maternal de Urucum, ao de cabelos vermelhos; e Kururu, ao de cabelos castanhos.

A imperatriz já estava sentada no seu pequeno trono quando o imperador primeiramente lhe entregou a cesta com o primogênito. Ela o recebeu carinhosamente, levantou-o nas mãos, como se o oferecesse ao Sol e proclamou:

— Tu, Urucumacuã, vitorioso xamã zelador, eu te consagro ao Fogo e ao Ar! Nenhuma tempestade te alcançará, nenhum vento te deterá, nenhum trabalho te fadigará! Por onde andares teu rastro firme será, e a terra em que pisares nenhum fruto te negará! Correrás montes, campinas, florestais, onde quer que fores, nenhum mal te seguirá, nenhuma dor sentirás enquanto teu pé direito andar!

Mago Natu, postado ao lado da imperatriz, incensou-a e ao filho Urucumacuã com um turíbulo de ervas aromáticas, pronunciando uma oração com palavras noutro idioma incompreensível aos presentes, enquanto a mãe colocava o menino ao seio direito para abençoá-lo com a seiva maternal da vida.

Depois que o menino mamou, foi solenemente posto num berço de ouro devidamente arrumado para a ocasião. Rei Médium entregou-lhe, então, o segundo rebento. A imperatriz repetiu os mesmos gestos de carinho maternal e acolhimento, elevando o bebê na direção oposta, como se o oferecesse à Terra e à Água, dizendo:

— Tu, Kurokuru, levantarás caídos e feridos! De tuas mãos curadoras sairão poções miraculosas. A peste não te afligirá. A fome e a sede não te encontrarão, nenhum frio te molestará e por onde tu andares, a bênção da cura te acompanhará!

Com outras ervas e outro turíbulo de prata, Mago Natu também incensou o infante, orou com palavras incompreensíveis e a mãe o levou ao seio esquerdo para sorver o leite vivificante. Depois de satisfeito, o bebê foi colocado num outro berço de prata. Concluída a primeira parte do ritual de consagração dos recém-nascidos, passou-se à cerimônia de apresentação. Em fila e ordeiramente, os convidados se organizaram para contemplar os dois príncipes, levando-lhes os presentes que trouxeram de seus reinados. Depois que a procissão estava por terminar, Mago Natu percebeu que das seis últimas princesas na fila, cinco andavam claudicantes, pendidas para o lado, como se sentissem grande desconforto e uma chorava incessantemente! As imagens obscenas refletidas no Espelho Universal mostraram nitidamente aquelas seis fisionomias, além do mascarado que contracenava com todas. Tudo se encaixava.

Já se aproximava o pino do meio-dia. Mago Natu, aproveitando-se do envolvimento de todas as pessoas com a visita aos recém-nascidos, sentiu propício o momento para surpreender os parentes e familiares dos enfeitiçados, tornando-os ao formato humano. Sabedor de que os estilhaços do Espelho Universal serviriam tão somente para reverter alguns feitiços, saiu discretamente para pegar a *Caixa das Venturas* que havia levado para o Baluarte Sul das muralhas. Decidiu interferir na espiral dos acontecimentos, pois as últimas imagens projetadas pelo espelho, antes que o Rei Médium o partisse, eram as dos príncipes Pintado, Surubim e da Princesa Kaxara. Aquela seria a oportunidade de realizar a façanha: hora perfeita para reverter os encantamentos que o Bruxo Neno provocara sem saber exatamente que resultado produziriam suas tresloucadas mandraquices.

A VINGANÇA DO BRUXO

No caminho para o Baluarte Sul, Mago Natu foi interceptado por uma criada. Andando rápido, meio ofegante, veio ao encontro do mago, afobada:

— Mago Natu, por favor, a Rainha Tranha está de pé a andar pelo quarto, de olhos fechados, mas falando coisas absurdas! O Senhor pode ir lá pra entender o que ela diz?

— Sim. Preciso mesmo ouvi-la, podes voltar aos teus afazeres. Deixe-me cuidar disso pessoalmente.

Bruxo Neno, de longe, vinha observando os passos do mago. Percebera quando a misteriosa caixa preta com a inscrição dourada na tampa — M.N.O.P.Q.R.S. – I.N.R.I. — fora transportada para a Torre Sul. Sabia que, caminhando naquela direção, o mago iria buscá-la. Precisava impedir que Mago Natu colocasse novamente as mãos sobre aquela caixa porque, certamente, usaria seus poderes e conhecimento para desfazer os feitiços que ardilosamente conseguira. Alguma atitude seria necessária para impedir ou, no mínimo, dificultar que suas melhores tramas e façanhas virassem água, e sua reputação ficasse novamente equiparada à de reles aprendiz de feiticeiro! Tentaria evitar o grande espetáculo que certamente o Mago proporcionaria àquela multidão, devolvendo às criaturas encantadas seus formatos naturais. Providencialmente a criada apareceu em boa hora para desviar o curso dos acontecimentos. Tudo, até então, conspirava em seu favor. Chegaria ao Baluarte Sul antes do mago e se apropriaria, sem dificuldades, da cobiçada e enigmática caixa preta.

Não causou surpresa ao Mago Natu a cena presenciada no quarto da Rainha Tranha. Um pouco mais delgada, com a negra cabeleira solta, parecia muito bem-disposta e saudável. Ainda que não abrisse os olhos, mantendo-os cerrados, apresentava-se elegantemente vestida num traje branco bordado com fios de ouro. A cingir-lhe a fronte, um solidéu de ramos de alecrim com flores miúdas amarelas. Indiferente aos movimentos que passavam em redor, pressentindo a chegada do Mago Natu, voltou-se em sua direção e admoestou:

— Por que não cuidastes do que saístes a fazer? Acaso não sabias que vosso rival e mais perverso adversário vos espreitava? Não mais tereis a *Caixa das Venturas*!

"Caixa das Venturas... Caixa das Venturas...", pensou sem se pronunciar. *"Acaso saberá da existência da caixa preta, se nunca falei esse nome para ninguém?"*.

— Sei do que temeis. Alguns hoje se alegram por seus filhos, enquanto outros pelo mesmo motivo chorarão. Os que estavam na água, na água ficarão; outros ainda às águas tornarão e nada... nada poderá se fazer. Não há mais tempo para desfazer o que está feito. O fruto aguardará paciente a hora da colheita. Cinco das seis, a ré penderão... A sexta, nas águas do ventre, concebeu um filho, que para as águas tornará. Guardai o que ouvistes e não se turbe o vosso coração.

— É vidência! É vidente. Evidentemente — repetia absorto Mago Natu. Com voz firme e resoluta, ordenou à rainha:

— Rainha Tranha, a partir de agora és a Rainha Vidência! Aquela que é ex-Tranha! Viverás aqui, e na Câmara do GRAU receberás em consulta o Rei Médium, a Rainha Gônia e quem eu mesmo apresentar! Vem comigo. Vamos passar pela Torre Sul para saber da caixa preta!

— Nada mais encontrarás na Torre Sul, ó grande mago! Antes de ti, o adversário aproveitou-se carregando consigo a grande Caixa das Venturas! É bom que não tenteis recuperá-la. Traria mais infortúnio ainda ao nosso rei. Deixai que o adversário a carregue para muito longe, até que um dia retorne, trazendo aquilo que não levou, segundo o que está firmado no livro que ninguém conseguirá ler, porque encerra o destino e a sina do Grande Príncipe Urucumacuã!

— Evidente, é vidente!

Mesmo de olhos fechados, Rainha Vidência parecia enxergar com perfeição. Seguiu acompanhando Mago Natu até a Praia da Lua Clara, onde a animada festa de apresentação dos príncipes e da purificação da Rainha Gônia acontecia. A fila para reverências à imperatriz e aos recém-nascidos quase terminava. Mago Natu, discretamente, com seu bastão de marfim e ouro, caminhou com a rainha Vidência até as margens do rio Aguaporé e sentiu que, sem os pedaços do Espelho Universal, que ele havia colocado dentro das caixas de metal, não conseguiria trazer de volta os príncipes e as duas rainhas encantadas em peixes que circulavam pelas proximidades da praia, como se também quisessem participar da festa. Como a lhes dar esperanças, falou:

— Amigos, ainda não chegou vossa hora! Longo tempo nas águas vivereis. Nada por enquanto poderá ser feito... nada, nada... até o dia em que tudo for consumado.

Um grande burburinho se formou nas águas, açuladas por um vento morno que levantava a areia em movimentos circulares, formando redemoinhos desfeitos no leito do rio. Os peixes encantados, Pintado, Surubim, Kaxara, Pirarara e Enguia, desapareceram no turbilhão. Peixe Boio e Peixe Mulher, com um séquito de peixinhos traíras, esconderam-se sob vasta moita de aguapé, às margens do local onde o Rei Manso encantara-se no Mergulhão.

De posse da enigmática Caixa das Venturas, Bruxo Neno, plenamente satisfeito com o que imaginava sobrevir de seus tanglomanglos e bruxedos, sabedor de que se aproximava o momento de revelar os efeitos produzidos com os pós das mandrágoras no enfeitiçamento do Príncipe Putho e dos quantos mais com ele se envolveram, cuidou de reunir seus sequazes, às pressas, para retirar-se sorrateiramente. Em poucos minutos, encontrava-se no porto com a comitiva do Reino de Trindade, içando velas e zarpando, deixando uma herança que mudaria para sempre a história do esplendoroso Império do Elo Dourado.

REVELANDO O OCULTO

Celebrando ainda o rito final da consagração dos pequenos príncipes, Mago Natu, solenemente, brandiu seu cajado de marfim e ouro para concluir os trabalhos, dirigindo-se às centenas de convidados sob a tenda de seda branca. Percebendo a ausência do Príncipe Putho, filho do Rei Inci e da Rainha Régia, perguntou ao Príncipe Andy, que estava mais próximo:

— Onde está teu amigo que desde ontem à noite, depois do baile, ninguém mais o viu?

— Também não sei, Mago Natu. Perguntei por ele ao Rei Inci e à Rainha Régia. Disseram-me que não sabiam. Talvez tenha passado a noite festejando em casa dos populares, amigos do plebeu que ganhou o concurso de dança. Ainda pela manhã, não apareceu para o desjejum. Princesa Putha, sua irmã, chora desde ontem à noite a ausência do irmão! Ela está inconsolável.

— Humm, já sei... vamos procurá-lo!

A Rainha Vidência, ao lado do Mago Natu, balbuciou algumas palavras. O mago aproximou-se para ouvi-la e perguntou:

— Estais vendo o que aconteceu? Será mesmo o que também estou sabendo?

— Seis princesas precisam ver Gônia... Seis princesas precisam ver Gônia... Cinco estão com a ré pendida e a sexta chora inconsolável. Precisam ver Gônia...

— Sei. Farei com que sejam recebidas imediatamente.

Concluído o banquete, em que todo tipo de alimento conhecido e apreciado, tanto no Elo Dourado quanto nos outros reinados, foram servidos farta e refinadamente, Mago Natu aguardou que a maioria dos convivas debandassem. Discretamente, aproximou-se das princesas, entre elas as cinco claudicantes e a que não parava de chorar, convidando-as para uma visita especial à Rainha Gônia. Tímidas e desconfiadas de início, aceitaram acompanhar o mago. Negando-se a sentar, cinco delas aguardavam de pé a chegada da Rainha Gônia, no Salão da Rainha.

Ao apresentar-se, a beleza da rainha deixou a todas admiradas. Representava o modelo perfeito, idealizado para imitar tanto no jeito de vestir quanto na maneira de portar-se. Muito educada e afável, a rainha aproximou-se das moças, e com voz suave e compreensiva, perguntou à Princesa Putha:

— Por que choras tanto? Que te sucedeu? Acaso estás triste porque teu irmão, desta vez, não foi o melhor dos dançarinos, perdendo o título para um plebeu?

Sem querer falar, mas ao mesmo tempo, necessitando desabafar suas amarguras, uma delas, a Princesa Arraia — que escolhera permanecer nos festejos do Elo Dourado a voltar para o reinado do Caxixi com a mãe, Rainha Tapera, depois que seu pai, Rei Pindaíba, naufragara com todo carregamento de moedas de ouro que trouxera e seu irmão, Príncipe Nico, morreu derrotado na corrida Numpessó —, contou diretamente:

— Rainha Gônia, falarei de mim, mas vejo que às amigas igual desgraça possa ter ocorrido. Fui a primeira das damas que bailaram com o príncipe de número 69 nesta noite. Não sei que tipo de feitiço me tomou. Certo é que não tive forças para resistir aos segredos que tão docemente falava aos meus ouvidos, e meu coração sucumbiu às doces cores com que pintava os amavios e os prazeres a que se entregam os amantes, garantindo-me que podia proporcionar-me arrebatamento deveras indescritível, tudo isso sem causar-me desonra, conservando-me donzela, condição necessária para que viesse me casar ainda virgem. Sem mais precisar me convencer, saímos em seguida. Disfarçadamente, parecia que ninguém nos enxergava, ocultamo-nos nas sebes orvalhadas dos jardins. Entre folhas reluzentes e o cri-cri fino e estridente dos grilos, perdi os sentidos e o juízo, entregando-me de corpo e alma para que me possuísse, como ardentemente desejava. Por isso, hoje estou com a ré pendida, sofrendo dores e amargura, remanescentes de um amor que nada mais foi que um momento arrebatador de insana magia e paixão desenfreada; sequer sei de quem se tratava, ou quem fosse, se príncipe ou plebeu, pois estavam todos mascarados, trajados com capas iguais e sem os ornamentos que diferençavam os nobres dos demais. Lembro somente que enlouqueci, e seu número era 69.

Com olhar grave e sisudo, mas mantendo semblante meigo e circunspecto, Rainha Gônia abaixou a cabeça, ficou meditativa por alguns segundos, inquirindo as outras princesas sobre o que ouviram da amiga:

— Também foi isto que vos aconteceu?

— Sim... — responderam em coro, à exceção da Princesa Putha, que se manteve calada e chorava escandalosamente.

— Bem, neste caso, fiquem aqui. Farei com que venha o Doutor Sararraiva para examiná-las. Precisamos saber a real situação de cada uma.

Em menos de dez minutos, portando seus instrumentos de consulta, Doutor Sararraiva, muito sério e rubicundo, bateu à porta do Salão da Rainha. Na antessala, Rainha Gônia o recebeu. Explicou em breves palavras o que a Princesa Arraia havia descrito. Sem mostrar expressão de surpresa, calmo e compenetrado, solicitou à rainha que o levasse a um cômodo onde pudesse proceder aos exames necessários, para verificar pessoalmente, particularmente, cada uma das moças. A primeira a ser examinada, muito tímida, relutava em despir-se, quando ouviu a ordem:

— Conte nua, conte nua, o que vos ocorreu... conte nua...

Desembaraçando-se de suas recatadas e luxuosas vestes, a Princesa Ti colocou-se em posição de ser examinada. O doutor rabiscou algumas coisas numas lâminas de papiros e pediu que outra mais viesse, ordenando-lhe também que se despisse. E assim procedeu com cinco delas. Na vez da Princesa Putha, a que não parava de chorar, diante da resistência em atender ao pedido do doutor e de sua negativa em aceitar o exame de suas intimidades, Rainha Gônia intercedeu e solicitou a presença da mãe, Rainha Régia, para que, ficando mais à vontade, se desinibisse e confiasse, primeiramente, à mãe o que havia lhe causado toda aquela tristeza. Doutor Sararraiva explicou à Rainha Gônia até então o resultado de seus exames, dizendo-lhe que as cinco princesas haviam sido molestadas pelas partes dos fundos, mas que permaneciam virgens. Talvez com a Princesa Putha o resultado pudesse não ser o mesmo.

Convidaram a Rainha Vidência para conversar com ela e arrancar-lhe, sem maiores constrangimentos, a confissão necessária. Antes que a Rainha Régia chegasse, Rainha Vidência adiantou-se e, colocando as mãos sobre a cabeça da Princesa Putha, revelou:

— Das seis, esta é a única que engravidou!

Virou as costas e saiu da sala, sem mais dizer.

Ao ouvir a revelação, a princesa estancou o choro e começou falar:

— Sou a mais infeliz de todas. Fui a sexta parceira do dançarino de número 69. Não aceitei que fizesse comigo o mesmo que fez com as outras cinco... Depois que me entreguei, pedi que me mostrasse seu rosto. Ele relutou, não queria tirar a máscara. Num momento de descuido, passei-lhe a mão no rosto e eu mesma o desmascarei...

Interrompendo sua confissão com um espasmo, sem conseguir falar porque um forte soluço embargou-lhe a voz, Princesa Putha caiu exangue, numa vertigem desvairada, abandonando-se ao exame meticuloso e esmiuçador de suas intimidades. Procedida a vistoria, Doutor Sararraiva imediatamente aplicou-lhe um extrato de ervas aromáticas no nariz e, antes que ela recobrasse os sentidos, diante de sua passividade, aproveitou para anunciar:

— Quanto maior a nau, maior a tormenta! Água mole em pedra dura, tanto bate até que fura. Realmente, ela está deflorada! — constatou, confidenciando à Rainha Gônia no exato momento em que a Rainha Régia adentrava o salão e ouviu, tal cruel sentença, esse fatídico rifão.

Mantendo-se calmo, Doutor Sararraiva ministrou, tanto à mãe quanto à filha, cataplasmas de folhas maceradas sobre a fronte, pedindo que permanecessem deitadas, e, sem muitas palavras, explicou à mãe:

— Vossa filha foi desvirginada. Só vós podereis saber por quem... se ela vos contar. Com licença. Se precisarem de mim, por favor, me encontrem lá embaixo, no consultório. Que nos venham bons tempos.

Rainha Gônia incumbiu Rainha Vidência de preparar o terreno para contar à Rainha Régia o que já havia dito momentos antes do Doutor Sarar-raiva concluir seus procedimentos. As outras cinco princesas permaneciam virgens, mas também foram molestadas, o que decerto lhes mancharia a honra indelevelmente. Ao ouvir a Rainha Vidência, Rainha Régia encolerizou-se. Pediu que a deixassem só. Sua filha precisava denunciar o autor de sua desonra; todavia a ninguém mais interessaria aquela delação. Quando sós, princesa Putha, aos soluços, conseguiu dizer à mãe:

— Serei a... serei a... serei a maldita entre todas as seis! Pior ainda, foi o meu próprio irmão o que me botou.

Calou-se, pois não conseguira mais falar, permanecendo muda dali por diante. Em vez da fala, sua voz começou a emitir vibrações musicais de timbre agudíssimo muito melodioso.

Rainha Régia, descontrolada, acometida de repentina fúria, saiu desesperada, em desvario, gritando pelos vãos e corredores do palácio, à procura do filho causador da desgraça, o Príncipe Putho. Não tendo mais onde procurar, desceu até os porões do palácio, repetindo sem cessar:

— Maldito Putho, maldito Putho... *botou* na sua irmã... maldito, *botou* na própria irmã...

Encontrou-o finalmente, solitário, num salão abafado, banhado de pouca claridade, próximo do fosso mais largo e profundo que circulava um dos pátios internos, distante dos inúmeros compartimentos luxuosos e requintados do Palácio Fortaleza. Local preferido para as reuniões dos audaciosos aventureiros e caçadores, amigos do Rei Médium; ali também guardavam armas e exibiam coleções de troféus de caça, além de compartilharem histórias incríveis e proezas típicas de suas mirabolantes caçadas ou pescarias.

Desatinada, completamente fora de si, Rainha Régia avistou o filho num canto sombrio do salão. Taciturno, alheio a tudo mais que acontecia nos seletos salões do palácio, examinando, indiferente à presença da mãe, a ossada de uma velha cabeça de veado Cariacu, por cuja galhada com três pontas em cada chifre, viradas para a frente, parecia fascinado. Enfurecida com a insensibilidade do filho à sua chegada, Rainha Régia, aproveitando-se de seu alheamento, tido por criminosa indiferença à suprema dor que ela e a filha compartiam, tentando vingar-se pelos próprios meios, de chofre, num golpe ágil, arrancou-lhe das mãos o crânio do cervídeo, investindo com ímpeto contra ele, atingindo-o com a força que dispunha no topo da cabeça, no propósito de assassiná-lo, esbravejando:

— Seu maldiiiiiiiiiiiiito! Mil vezes, maldiiiiiiiiito! Você é quem *botou* na própria irmã! Maldiiiitooooo, *botou* na irmã...

Para se livrar do ataque inesperado da mãe, Príncipe Putho, já ferido no alto do crânio pela ponta maior do chifre da cabeça do veado, sangrando em esguicho, atirou-se desesperado no valado de águas claras. Ao se precipitar no fosso, as águas imediatamente mancharam-se, avermelhando-se, tingindo a pele branca do príncipe de tons rosados ao mesmo tempo em que seu corpo começou a transformar-se, mudando de aspecto: os braços e as pernas deram lugar a nadadeiras e barbatanas; despareceram as pernas, que unidas alongaram-se, arrematando-se em nadadeira caudal, à semelhança de outros seres aquáticos.

Única testemunha de vista do fenômeno, estarrecida diante da aberração, já aplacada sua fúria, Rainha Régia saiu correndo, ofegante, batendo forte os saltos dos botins pelos compridos corredores, para dividir com a filha e as outras cinco princesas desairosas a cena inusitada que acabara de ver quando *deu fim* ao próprio filho, transformando num peixe aquele que *botou* nelas e na própria irmã, o *Boto-cor-de-rosa*.

Feito isso, precisava do Rei Médium... "*Quero ver Gônia e o Doutor Sararraiva!*", exclamou após contar às princesas como *deu fim* ao próprio filho encantado no episódio.

Em seu consultório, Doutor Sararraiva terminava de anotar o diagnóstico da *desonestação da ré* das cinco donzelas, registrando, todavia, que apenas a sexta princesa fora totalmente desvirginada, tendo como provável autor da desonra o próprio irmão. Interrompido pelos soluços da Rainha Régia, que buscava informações precisas, porque queria entender o que acontecera, respondeu com a proficiência de catedrático o que anotara:

— O dançarino de número 69 cometeu o ato seis vezes. Asseguro que com a Princesa Putha foi *in sexto*... As outras cinco continuam virgens, mas pelos exames, foram penetradas pela ré, por isso *a ré pendida*. Não posso garantir, mas conforme a Rainha Vidência, a única a engravidar foi a sexta, que se trata da vossa filha!

— Quero que chamem os outros pais e mães. Afinal, Rei Médium é responsável por tudo o que está acontecendo neste reinado! Quero providências. Meu filho foi *embruxado* e minha filha *embuchada*!

Doutor Sararraiva acalmou a rainha, anotando a manifestação dos sinais de intranquilidade e desequilíbrio emocional que apresentava, relacionando a cada sinal uma erva correspondente e apropriada ao tratamento. Nominou aquelas ervas *mede-sinais*. Com pouco tempo de administradas as diluições com os extratos medicinais, ela ficou totalmente *paciente*, aguardando a hora de se reunir com os outros pais e mães para que pudessem conferir os resultados dos acontecimentos, decidindo melhor sobre os dilemas e os destinos das *acusadas*.

Mago Natu, Rei Médium e Rainha Gônia vieram com a Rainha Vidência à Câmara do GRAU, uma vez que não havia mais o Espelho Universal para fazer revelações. Solicitaram a presença dos pais e mães das princesas envolvidas no escândalo e do Doutor Sararraiva, para acalmar os ânimos, caso precisassem. Com todos os interessados reunidos, Rei Médium solicitou ao Mago Natu que buscasse uma pessoa mais. Queria que todos os assuntos conversados naquela "conferência" fossem formalmente grafados em pranchas de pele de bezerros, para que ficassem definitivamente assentados nos gráficos da história daquele império: os *Relatórios Anais*.

Sem demora, trazendo às mãos uma pasta de couro, com algumas folhas secas prensadas, estiletes, penas de ganso, tintas e pranchas de pele, Professora Plínia, confundindo-se nela a seriedade e a palidez, apresentou-se solícita e competente.

Chamando a si toda a responsabilidade pelos insólitos acontecimentos cujo resultado lamentavam sincera e profundamente, o imperador evitou delongar-se em explicações por mais que três quartos de hora. Em estilo declamativo, referiu-se pesaroso à degeneração moral naquele reinado, principalmente no tocante ao casamento, dedicando capítulo especial à fidelidade conjugal, com ênfase no espúrio conúbio entre o Rei Boio e a Rainha Bisca, flagrados no delírio que os fez copular e seu consequente castigo. Professora Plínia, atenta às palavras do Rei Médium, indagou:

— Também isso, pôr no gráfico?

— Sim, Professora Plínia, também isso... além disso, os "relatórios anais" são assuntos para *pôr na grafia*... Pode *pôr no gráfico*.

Feita a preleção, Rainha Gônia solicitou ao Doutor Sararraiva apresentar o resultado de exames, citando o nome das princesas acusadas e desonradas e as prováveis consequências de seus atos. Sem arrodeio, simplificadamente objetivo, pegou uma pranchinha onde anotara os nomes e as conclusões de seus exames, anunciando:

— Princesa Arraia, a primeira. Princesa Zônia, a segunda. Princesa Pir Anhá, a terceira. Princesa Ariranhá, a quarta. Princesa Ti, a quinta, todas elas usadas e molestadas nas partes traseiras e, *em sexto* caso, a Princesa Putha, que diferentemente das outras, não mais poderá se casar virgem. Com ela, o ato foi consumado. É o que tenho a declarar.

Ao ouvir o Doutor Sararraiva, Rei Inci, pai do Príncipe Putho e da Princesa Putha, marido da Rainha Régia, exasperou-se. Levantou-se, de dedo em riste, insultou o Rei Médium e toda sua Corte, vociferando, ofendendo lhes a honra, desabafando sua cólera com repreensões, deixando à vista, pela primeira vez, seu único e, até então bem guardado, dente incisivo:

— Seu doutorzinho *mede cu, mede cu*! Como ousastes meter teus dedos sujos em minha filha, nos buracos onde a ninguém é dado nem o direito de ver? E vós, Rei Médium, cadê vossa vigilância, vossos guardas? É nisso que dá manter-se sempre impassível, alheio aos abusos de um bruxo patife, biltre, mequetrefe, que escarnece de todos nós, transformando pessoas em bichos diante do consentimento de um mago que nada mais sabe do que andar de lá pra cá, sem se preocupar em desfazer as feitiçarias daquele descarado e insolente! De minha parte, escuso-me levar de volta ao meu reinado minha filha desonrada. Que ela fique por aqui mesmo, e se tiver que parir, que seja neste chão para não macular as terras honradas por nossos ancestrais com a ignomínia desta infâmia.Que caia sobre a cabeça dela e não na minha tal granizo, a humilhação e o desprezo!

Às palavras do Rei Inci, seguiu-se silêncio, rompido pela Rainha Régia. Sensibilizada pelo descaso e o desprezo do marido à filha, tomou para si seu sofrimento e, numa demonstração inigualável de amor maternal, ponderou:

— Não vou permitir que minha filha seja rejeitada e apartada da família. Voltará comigo, ainda que não seja desfeito esse feitiço. Meu dever de mãe é acolhê-la e ampará-la, porque a maior das desgraças já aconteceu. Nosso filho Putho, o maldito responsável por toda essa tragédia, também já colheu seu castigo. Está condenado a viver nas águas, encantado igual aos outros, como um peixe.

— Então quem não vai sou eu — retrucou o Rei Inci —, ficarei por aqui mesmo! Vós me aceitais na condição de hóspede do seu reinado, imperador, até que me estabeleça em algum outro lugar, por minha própria conta? — propôs ao Rei Médium.

— Penso que o amigo deve reconsiderar essa decisão, afinal sua filha pode estar grávida e não convém abandoná-la — ponderou o imperador, mesmo depois de duramente insultado.

— Não vou impedi-la de acompanhar a mãe. Porém não suportarei a desonra de ver nascer, na minha morada, um filho da maldição de um feitiço. Prefiro renunciar ao meu trono, pela minha própria honra. Que haverão de pensar de mim? Não, não voltarei com minha filha desonrada. Palavra de rei. Não volto atrás. Se a mãe quer proteger a filha, danem-se as duas. Posso ficar em vosso reinado até que vislumbre melhor sorte?

— Sim, Rei Inci. Poderás usufruir de minha completa hospitalidade. Igualmente proponho aos amigos cujas filhas também estão infelicitadas pelos feitiços do Bruxo Neno, que as deixem por aqui, caso não queiram aceitá-las de volta aos seus lares. Acolherei e tratarei delas com a dignidade que merecem. Poderão morar num palacete que, neste momento, encontra-se desocupado. Para que não fiquem vadias, como boas cavalgadoras que são, tão logo estejam *recuperadas*, darei a cada uma um corcel branco para que auxiliem juntar o rebanho de búfalos que o menino de uma perna só, o Sacipe Ererê, estourou no dia em que desapareceu montado no cavalo Tição, para nunca mais ser visto nem achado...

A proposta do imperador foi de pronto aceita pelos dois outros reis, pais das princesas Zônia, filha do Rei Mende, e Ti, filha do Rei Buriti. Princesa Arraia, filha do Rei Pindaíba, já estava órfã de pai. Sua mãe, Rainha Tapera, abandonara-a à própria sorte logo após o cerimonial de cremação do pai e do irmão. Retornara ao seu reinado revoltada com o trágico afogamento do marido, que a deixou em completa ruína financeira ao perder seu carregamento de moedas de ouro, deserdando a filha à mercê de seu destino. Princesa Pir Anhá, filha do Rei Kornio e da Rainha Bisca, desconsolada com a atitude da mãe, que traíra seu pai com o Rei Boio, renegou tornar-se enteada da Rainha Ália para seguir com o pai na longa travessia rumo às terras longínquas, além do oceano. Preferiu ficar no Reino do Elo Dourado. Princesa Ariranhá, também desolada com a atitude do pai, Rei Boio, que traíra sua mãe, Rainha Ália, com a Rainha Bisca, preferiu ficar sozinha a ser enteada do Rei Kornio e acompanhar a mãe na longa travessia, rumo às terras longínquas, além do oceano.

A Princesa Ti, filha do Rei Buriti e da Rainha Pupunha, era, das seis, a que mais se abalara. A recusa dos pais em aceitá-la de volta ao lar transtornou-a profundamente. Diante do desprezo e da indiferença, chorava muito, lastimando-se com gemidos plangentes num tom melancólico que revelava sua sentimental agonia. Buscando consolar-se com a mãe, implorava perdão, alegando que não conseguira resistir à sedução do príncipe dançarino, sentindo-se enfeitiçada e dominada pela paixão. Sem comover-se com a dramática situação, Rainha Pupunha, indiferente ao sofrimento da filha, manifestou-se, acusando-a de leviana e indigna:

— Não chore nem se lamente pelo que não tem mais conserto. Assuma agora a responsabilidade de sua culpa! Não irás conosco, mulher da *ré pendida!*

Entre soluços e lágrimas, a Princesa Ti ajoelhou-se aos pés do mago e implorou:

— Por piedade, Mago Natu, jure que não me deixarás neste exílio.

Mago Natu enternecido pela desgraça da princesa e vivamente compungido pelo seu arrependimento, abriu os braços na direção do sol poente, brandindo seu cajado de marfim e ouro, enquanto pronunciava em alta voz:

— Juro, Ti! Que te libertarei. Jure, Ti, que queres ser sempre livre!

Tocando-a com a ponta de seu cajado mágico, cobriu-a com seu manto branco, envolvendo-a completamente e ordenando:

— Juro, Ti, que serás livre como uma pomba! Jure, Ti, que voarás pelos espaços celestes, onde percorrerás como em sonhos, todas as regiões inexploradas deste território sem fim. Voarás à vontade, onde a infâmia não te alcançará e resguardar-te-ás das injúrias e do teu injusto opróbrio!

Diante da pequena plateia surpresa e comovida, Mago Natu retirou lentamente o manto que encobria a princesa, ordenando:

— Voa, Juriti!

Nas dobras perfeitas do tecido, o corpo da princesa desapareceu e, num passe de mágica, um pássaro columbiforme, de cor pardo-avermelhada, em arrulhos agradáveis e nostálgicos, ganhou o espaço sem fim, desaparecendo no céu daquela tarde turbulenta e inesquecível.

Perplexos pelo que presenciaram, pai e mãe da Princesa Ti, Rei Buriti e Rainha Pupunha, em sentimento contrito, a uma só voz, bradaram alternadamente:

— Subam aos céus nossas súplicas!

— Desçam à terra estas lástimas!

— Nossa paz, nossa alegria, tiradas nestas tormentas...

— Haverão em frutos tornar-se, que às aves do céu alimentem!

Brandindo novamente seu cajado, Mago Natu sacramentou:

— Assim serão!

Imediatamente, no pequeno pátio onde se encontravam, o chão estremeceu, um estrondo ecoou pelos ares abrindo uma cratera sob os pés do Rei Buriti e da Rainha Pupunha. Paralisados, estáticos, os dois, um ao lado do outro, afundaram na terra até os joelhos. Seus cabelos mudaram-se em folhagens, à semelhança de palmas verdes brilhantes e o restante do corpo converteu-se miraculosamente em tronco roliço e forte, permanecendo para sempre plantados no solo encantado do Elo Dourado!

Calado diante do que testemunhara Mago Natu realizar com a filha do Rei Buriti e da Rainha Pupunha, igualmente ao que presenciara com o casal de amigos transformados em palmeiras, Rei Inci retirou-se, provocando a Rainha Régia:

— Queres voltar para casa com tua filha, volte. Eu mesmo ficarei por aqui até pressentir um novo rumo para o meu destino. Quero descortinar outros horizontes, assenhorear-me de outras terras, e dominar um grande reinado!

Rainha Gônia chamou as princesas Zônia, filha do Rei Abas e da Rainha Teci; Pir Anhá, filha abandonada do Rei Kornio ; Ariranhá, do

Rei Boio; e Arraia, do Rei Pindaíba, pedindo-lhes que se dirigissem até o palacete onde habitariam a partir daquela data. Apesar das lágrimas e das lamentações, aceitaram seu novo destino e deram à nova morada o nome de *Casa da Tolerância*.

Ficava, assim, quase resolvida a questão: pela tolerância do Rei Médium e pelo comportamento reprovável do Rei Inci, todo aquele acontecimento denominou-se o *Incidente* e a nova residência das quatro princesas que não voltariam mais aos seus reinados, a *Casa da Tolerância*.

Rainha Régia, a única que corajosamente assumiu a atitude de não abandonar a filha, opondo-se valentemente à constrangedora autoridade do marido, a despeito de toda a censura e humilhação a que se sujeitara, abraçou a filha e convidou-a para conhecer o fosso do palácio onde seu irmão se transformara no *Botô*. Enlaçando-a pela cintura, percebeu que, sob as folgadas vestes, seu ventre avolumara-se e, intumescido, apresentava-se muito maior do que há algumas horas. Discretamente, saiu em direção ao outro pátio do palácio, onde um braço do rio Aguaporé ligava-se ao canal de onde partiam as pequenas embarcações para chegar ao grande cais do porto. Observando que o ventre da Princesa Putha aumentava a olhos nus e desde o momento em que o pai a rejeitara, ela não mais conseguira pronunciar uma palavra a não ser emitir notas musicais de rara afinação, Rainha Régia acomodou a Princesa num espaçoso banco acolchoado, ordenando que permanecesse ali, quieta, até que ela voltasse.

— Vou ver Gônia e pedir-lhe auxílio. Não saia daqui por nada!

Em menos de meia hora, Rainha Régia voltava acompanhada de Rainha Gônia, Rainha Vidência, Professora Plínia e a Senhora Natividade da Luz. Ao avistarem a Princesa Putha, estendida sobre o banco, assustaram-se, pois sua barriga parecia de gestante prestes a dar à luz. Contorcendo-se em agonia, a princesa se agitava, debatendo-se, e à medida que suas dores aumentavam, soltava lamentos sonoros como notas musicais agudíssimas que perpassavam os quadrantes da enorme edificação, fazendo-se ouvir por todos os recantos da cidade.

A Senhora Natividade da Luz, experiente e conhecedora dos sintomas que prenunciavam um nascimento, tomou a dianteira das providências, acalmando as demais assistentes:

— Deixem-na em paz. Ela vai parir o que tem no ventre dentro de poucos minutos.

Quanto mais fortes as dores que a Princesa Putha sentia, mais alto e mais agudos eram os sons que emitia, chamando atenção de todos os serviçais e hóspedes do palácio. Muitos deles, atraídos pelos tons agudos e melodiosos, que não deixavam de parecer encantadores, acorreram ao local. Queriam saber do que se tratava. Uma pequena aglomeração já formada próxima à porta do recinto queria forçar a abertura da sólida e consistente porta de madeira, quando de repente a estridência da voz se calou. Um som semelhante a um grunhido abafado, mas forte, sobrepôs-se. Em seguida, a porta abriu rapidamente, e a Senhora Natividade da Luz, com uma criatura avermelhada nas mãos, embrulhada numa toalha branca de linho, com algumas manchas de sangue, dirigiu-se às margens do fosso e atirou longe nas águas aquele ser vivo recoberto e escondido nos panos! Ao voltar, os espectadores assustados perguntaram:

— O que aconteceu? O que aconteceu?

Sem poder explicar, resumiu o fato numa simples frase:

— Foi o que a Princesa Putha pariu... foi a Putha que pariu!

— Pariu o quê? O que foi que atirastes às águas?

Sem ouvir a resposta, porque a Senhora Natividade da Luz fechara rapidamente a porta atrás de si, tomados pela curiosidade, correram a verificar que tipo de criatura fora atirada viva ao valado. Assombro total quando constataram que a princesa havia parido não uma criança, mas uma ser no formato de peixe! Muito mais se admiraram ao perceber que a pele do recém-nascido transformava-se em grossa cobertura, revestindo o corpo de placas.

— É mesmo um peixe! Um peixe encarnado! Um peixe de *ex-cama*, filho da Putha e do Putho, o que *botou* na irmã.... *Pirarucu, o peixe encarnado*!

O burburinho ainda não se desfizera e a porta novamente se abrira. Correndo, segurando suas brilhantes vestes, com os belos cabelos louros esvoaçando, Princesa Putha, solfejando novamente acordes agudos, melodiosos e plangentes, atirou-se nas águas atrás de sua cria, na esperança de resgatar o filho e ficar com ele no mesmo lugar em que o irmão e pai da criatura se encantara.

Ninguém conseguiu detê-la. O desejo incontrolável de juntar-se ao pai e ao filho fizeram com que se precipitasse na água. Quando mergulhou, abraçou-se ao filho-peixe. Da cintura pra baixo, seu corpo transformou-se, igualmente cobrindo-se de escamas à semelhança do filho. Ela desceu, então, num mergulho rápido, às profundezas do canal, vindo à tona, à vista de todos, vocalizando mais ainda sua aguda melodia ao lado do pai de sua cria, o irmão encantado no *Boto-cor-de-rosa*. Ao vê-los, Rainha Régia, que já saíra desesperada à procura da filha, lembrou-se de quando ela dissera "*serei a maldita entre todas... serei-a...*". Expressando-se num lamento profundo, Rainha Régia suspirou, mirou-se no espelho das águas plácidas do canal, acenando para a filha, que transparecia mais bela ainda, bradando:

— És tu a sereia! A mãe do peixe encarnado! Serás daqui pra diante *Iara*, aquela que *mora nas águas*!

Não resistindo ao canto melodioso da filha, Rainha Régia soltou um brado estridente, lançando-se às águas para abraçar a filha:

— *Esta é a vitória de Régia! A Vitória*-Régia!

Seu corpo boiou na superfície calma das águas, transformando-se rapidamente numa exótica e gigantesca flor flutuante, de forte resistência e grande beleza, onde a Iara pôde sentar-se, acolhedoramente, sobre suas pétalas, permanecendo com sua metade peixe submersa.

O dia dava sinais de cansaço e apagava-se lentamente. Logo escurecera. Uma estrela cadente riscou os céus, deixando visível por alguns segundos um rastro luminoso, como sinal de que uma parte da história estava consumada. Príncipe Urucumacuã e Príncipe Kurokuru adormeceram em esplêndidos berços, abençoados pelos pais, pela Senhora Natividade da Luz e pelo Mago Natu.

Concluída a apresentação de seus escritos, Professora Plínia fez a leitura dos registros daqueles fatos misteriosos e também de outros corriqueiros passados durante as comemorações dos *Sete Dias*. Mago Natu então celebrou o encerramento das festividades com o ritual que lhe dizia respeito. Muitos dos convidados zarparam do cais do porto do Elo Dourado ainda naquele dia, enquanto outros arrumaram suas montarias, carruagens e embarcações para seguirem bem cedo, na madrugada seguinte.

LIVRO II

A INICIAÇÃO

Sete anos depois...

Grávida de sete meses, Rainha Gônia bordava calmamente, sentada sob um gazebo à sombra de trepadeiras de flores amarelas, apreciando o suave farfalhar das folhas ao vento. O ritmado movimento da agulha a passar o fio de seda por entre as tramas do tecido, aos poucos, encorpava e coloria pequenos pássaros vermelhos e florezinhas cor-de-rosa, motivos riscados nas ourelas da manta branca de puro linho. Aquela era mais uma entre as peças do enxoval que, de maneira delicada e paciente, preparava com parte dos tecidos que ganhara, trazidas pelo Grande Rei, diretamente do Egito, na última visita que ele fizera ao Reino do Elo Dourado, por ocasião do casamento da Rainha Gônia com o Rei Médium.

Com a barriga avantajada, incomodada pelo desconforto dos meses finais da gestação, em intervalos regulares, a imperatriz erguia-se, alongando a coluna, interrompendo por alguns instantes seu delicado trabalho para gracejar com o papagaio, companhia constante naqueles momentos de suave ocupação, ou para acariciar seu unicórnio branco que, igualmente, a seguia enquanto passeava pelos jardins de suntuosos chafarizes e fontes do Palácio Fortaleza. Apesar do enfado da gravidez, Rainha Gônia ainda se sentia um tanto melhor do que na gravidez anterior, quando também preparou o enxoval dos filhos gêmeos, Príncipe Urucumacuã e Príncipe Kurokuru.

Num afetuoso passar de mãos, carinhosamente ajeitava a barriga, imaginando a felicidade que brevemente sentiria, com o nascimento, quiçá, de uma menina, a esperada Princesa Hévea, sete anos após o nascimento dos príncipes.

Na noite da celebração do ritual lunar do casamento da Rainha Gônia com o Rei Médium, Mago Natu, em grande estilo, previra e anunciara o nascimento dos príncipes gêmeos. Profeticamente, nove anos depois daquele suntuoso casamento, quando comemoravam o aniversário dos gêmeos, Mago Natu proclamara, com pontual exatidão, a segunda gravidez da rainha, prevendo o nascimento de uma menina, uma irmãzinha para os príncipes aniversariantes:Princesa Hévea.

O imperador e a imperatriz receberam, com surpresa, o inusitado vaticínio. Jubilosos exultaram, porquanto teriam novamente motivos para tantas outras comemorações no Palácio Fortaleza. A chegada da Princesa Hévea só aumentaria a felicidade naquela afortunada Casa Real.

Buscando na memória as palavras que Mago Natu proferira vaticinando o nascimento da princesa, enquanto bordava miúdas borboletas coloridas esvoaçando sobre uma arvorezinha, Rainha Gônia pronunciava baixinho e compassadamente, com sublime doçura maternal, o nome de seu esperado bebê. Nos espaços entre os desenhos riscados no tecido, permeando os outros motivos bordados em fios de ouro, sobressaíam os monogramas dourados das iniciais do nome da princesa: P.H.

A tarde prenunciava a hora de paralisar o trabalho. Já não havia mais claridade suficiente para contar fios do tecido. O cansaço, e a fadiga comuns às mulheres gestantes, pediam que a imperatriz guardasse, no seu delicado bauzinho de ouro e marfim, instrumentos e acessórios de bordar. Separando as meadas de seda e colocando-as em ordem pelas tonalidades de cores, acomodou-as em apropriadas caixinhas de madeira marchetada, recolhendo do chão, com alguma dificuldade, sobras e pedaços dos fios coloridos, aparados dos trabalhos da manta.

Ao espetar a última das agulhas numa almofadinha de seda vermelha, recheada de paina, distraiu-se, ferindo o dedo indicador. Quando uma gota de sangue desprendeu-se, pingando sobre a manta de linho branco e manchando-a, a imperatriz sentiu estranho pressentimento. Um tipo de calafrio lhe inquietou o coração. Acorreram-lhe à memória as exatas palavras do presságio pronunciadas pelo Mago Natu durante os festejos de aniversário dos seus bem-amados filhos:

"De hoje a um ano, quando os príncipes gêmeos festejarem sete anos de idade, a Albatroz branca cruzará os céus sobre o Palácio Fortaleza. A Imperatriz Gônia, então, sentirá ânsias de dar à luz. Às nove horas da manhã, na conjunção de Lunes na casa Vênus, então nascerá uma formosa menina. Será chamada Hévea. Princesa Hévea. Entre risos e fortuna cumprirá seu fadário, mas com muito pranto selará o seu destino. De seus olhos virginais verter-se-ão lágrimas como leite, e do ventre da terra onde descansará brotará a árvore cuja seiva apagará a lembrança de tormentosa tragédia, para restaurar a opulência do decadente império verde."

Sem compreender claramente o alcance daquela predição, a imperatriz fixou seus olhos amendoados na direção do sol poente mergulhado no horizonte, espelhado ainda nas águas plácidas do rio Aguaporé, dirigindo uma prece:

"Não permita, oh Grande Sol Central, que no dia do nascimento de minha princesa, passemos por tribulações iguais aos dias do meu casamento ou piores que aquelas que nos afligiram quando Urucum e Kururu nasceram."

Inspirando profundamente, lembrou-se de que havia combinado com o marido que nunca mais fariam grandes festas para os reinados vizinhos, ainda que a criança nascesse no mesmo dia em que completassem dez anos de casados e os príncipes gêmeos estivessem fazendo sete anos.

Fitou melancólica e terna o porto movimentado do rio Aguaporé, e algo inesperado acendeu-lhe o brilho do olhar. Era o mastro da embarcação do marido, Rei Médium, despontando na curva. Um grande alívio sobreveio ao coração. O papagaio que lhe fazia companhia, sacolejando-se alvoroçado, começou a matraquear:

— *Gôôônia, Gôôônia, Urucum tá chegando! Urucum tá chegando! Kururu tá chegando! Hahahahaha!*

— Eu sei, *papai Gaio*. Urucum, Kururu e o meu amado também! — respondeu, estendendo-lhe a mão.

A ave encantada logo se acomodou entre os dedos delicados da imperatriz e, felizes, desceram as extensas escadarias do Palácio Fortaleza até o cais do porto para recepcionar Rei Médium, os filhos e a comitiva que sempre lhes acompanhava.

Havia mais de três meses que o imperador e os dois filhos estavam longe de casa. Chegavam, agora, da extenuante viagem ao Reinado de Avilhanas, onde visitaram o primo Rei Naldo, filho da tia-avó, Rainha Alzira. Rei Naldo e sua mulher, Rainha Araci, tinham um casal de filhos: Príncipe Gesu Aldo e a Princesa Irina, a prometida em casamento ao Príncipe Urucumacuã, desde que nascera.

Além dos interesses comuns aos soberanos do Império do Elo Dourado e do Reinado de Avilhanas — célebre pelas jazidas de pedras preciosas, especialmente as esmeraldas —, o imperador e seu parente, familiarmente apelidado *Calico de Avilhanas*, precisavam negociar os termos dos contratos que previam união conjugal do primogênito do Rei Médium e da Rainha Gônia com a primeira filha de Rei Naldo e da Rainha Araci. Rei Médium também anunciou o nascimento próximo de sua terceira herdeira, a Princesa Hévea, manifestando interesse que ela se casasse, quando chegasse aos dezesseis anos, com o Príncipe Gesu Aldo, primogênito de *Calico de Avilhanas*.

Rei Naldo e Rainha Araci aceitaram de bom grado o contrato antecipado daquelas alianças, e a mãe de *Calico*, Rainha Alzira, invocou as bênçãos celestiais para que o futuro de seus netos com os filhos de Rei Médium e Rainha Gônia fosse repleto de alegrias. Que tivessem filhos belos e virtuosos e próspera descendência.

Feliz por conhecer os meninos do Rei Médium, príncipes Urucumacuã e Kurokuru, porque não pudera participar das comemorações dos sete dias de seus nascimentos, Rainha Alzira solicitou ao Rei Médium que a levasse dessa vez com sua comitiva ao Palácio Fortaleza, pois gostaria de assistir à Imperatriz Gônia quando a Princesa Hévea nascesse. O pedido da Rainha Alzira foi aceito de plano, e o imperador reservou as melhores acomodações nas carruagens, ordenando que, no longo trecho fluvial da viagem, ela ficasse no mesmo camarote com os dois príncipes.

Rei Naldo, Rainha Araci e o Rei Médium divertiam-se observando a alegria dos príncipes pela agradável e carinhosa companhia a compartilhar e a rapidez com que Rainha Alzira arrumava seus baús, colocando as joias de esmeraldas separadas no fundo falso de antigas caixas de prata. Rei Naldo não deixou escapar a oportunidade de gracejar com ela:

— Mãe, desta vez, não tens marido para vos apressar, nem corres o risco do Rei Albe sumir e enterrar vossas joias; muito menos da Bruxa Bizarra ou da Feiticeira Zuzu tomar vossas esmeraldas!

— *Calico, Calico*, eu já te proibi de pronunciar esses nomes nesta casa... — Disse Rainha Alzira no mesmo tom de brincadeira.

— Finalmente — disse o Rei Médium —, poderei ouvir estas histórias completas, contadas por ninguém menos que a própria protagonista, ou seja, quem mais as conhece, não é mesmo, tia Alzira?

— Meu caro sobrinho, já inventaram tanta lorota sobre esta história que acredito haver quem pense que a mula sem cabeça sou eu mesma!

— Então, quando chegarmos no Elo Dourado, teremos muito pra conversar, porque quero que Gônia também ouça os detalhes do acontecimento.

— Sim, evidentemente. Vou contar todo o episódio, desde o começo.

— E afinal, tia Alzira, já descobristes onde estão tuas esmeraldas?

Dando de ombros, evidenciando uma pitada de desdém, Rainha Alzira olhou na direção dos netos e sobrinhos que estavam pouco mais adiante, abaixou o tom de voz, colocando o dedo indicador sobre os lábios, recomendando:

— Deixemos esse assunto para conversar entre nós, adultos.

Príncipe Gesu Aldo e Princesa Irina aproximaram-se choramingando junto à mãe, implorando:

— Mãezinha, deixa a gente ir com a vó Alzira?

— Prometemos não dar nenhum tipo de trabalho...

Rainha Araci era afeiçoada demais aos dois para permitir-lhes a ausência numa temporada tão longa. Privar-se ao mesmo tempo da companhia da excêntrica, divertida e corajosa sogra e dos dois amados filhos extrapolava a dose de saudade que ela se dizia capaz de suportar. Quando tivessem oportunidade, iriam todos visitar a família dos primos. Além do mais, Príncipe Gesu Aldo estava em processo de iniciação no conhecimento das Ciências Naturais e dos Antigos Mistérios da Ordem Real (AMOR), com o mais dileto dos discípulos do Mago Natu, *Mestre-Sala Kari Jó*. Assunto encerrado.

CHEGANDO EM CASA

Ao ver os filhos e o marido desembarcarem no cais do porto, Rainha Gônia aproximou-se emocionada de saudades. Pouco depois, Rainha Alzira surgiu no tombadilho, apresentando suas roupas coloridas e esvoaçantes, portando dois bauzinhos de prata em cada mão, surpreendendo a imperatriz.

Abraçaram-se demorada e carinhosamente. Lágrimas rolaram pelas faces de ambas e muitas lembranças vieram à memória da Rainha Gônia. Relembrou a cerimônia de recepção naquele tombadilho quando, àquela mesma hora, há quase dez anos passados, vivera intensamente a movimentação alegre entre baús e malas descarregadas, embarcações luxuosas chegando e saindo do portaló, dos abraços e beijos dos amigos e dos convidados que a aguardavam para o casamento. Além do encontro terno e apaixonado com seu noivo, que logo depois se transformaria em seu muito amado marido; reviveu lembranças da mais pomposa de todas as festas, sem olvidar quão desagradáveis coisas também macularam, desde aquela data, a notoriedade e a boa fama daquele império encantado.

Inúmeras outras lembranças lhe ocorreram. Percebendo seu fortuito distanciamento e os olhos marejando lágrimas, o imperador tomou-a gentilmente dos braços da velha amiga, apertou-a novamente junto ao peito e falou baixinho em seu ouvido:

— Como estás cada vez mais bela! Queres casar novamente comigo?

A imperatriz sorriu, aninhou-se em seus braços e disse em voz alta:

— O senhor se casaria com uma mulher que estivesse grávida?

— Desde que o marido dela não se importasse...

— Então, aceito, Senhor Imperador, impondo uma condição: terás de desfazer os feitiços do Bruxo Neno.

— Hummm, bem sabes que ainda não tenho poderes para tanto. Se até o Mago Natu preferiu deixar as coisas como estavam…

— Então, tia Alzira, acho que essa parte sobrou para ti... — Rainha Gônia falou com o propósito de descontrair, mas Rainha Alzira respondeu seriamente:

— Minha querida, não pretendo, nem ouso, interferir nos desígnios da natureza. Acho que este trabalho caberá ao vosso filho, Príncipe Urucumacuã — disse, com semblante severo, mas compreensivo.

— Que tenho eu com isto, vó Alzira? — Perguntou o menino Urucumacuã, olhando admirado as manifestações carinhosas do pai para com sua mãe.

— É uma longa história, meu filho — respondeu-lhe a imperatriz —, um dia, contaremos a ti e ao teu irmão todos os misteriosos acontecimentos deste reinado, desde antes do seu pai e eu nos casarmos.

— É preciso que conheçam igualmente o que se passou quando festejamos teu nascimento e do teu irmão — emendou o imperador.

— Já ouvi falar dos feitiços do Bruxo Neno. Sei também que ele está sempre querendo mostrar que é mais poderoso do que o Mago Natu — revelou o príncipe.

— Ninguém pode ser maior nem melhor do que o Mago Natu, meu filho! Só o Grande Rei que é superior a todos, inclusive ao Mago Natu, porque o Grande Rei é o mestre de todos nós.

— Por que, então, Mago Natu não desfez os feitiços do Bruxo Neno? — quis saber Príncipe Kurokuru.

— Porque somos livres para fazermos o que bem entendermos — justificou o Rei Médium.

— Mas também seremos responsabilizados por todas as nossas palavras e ações — ponderou a Rainha Alzira.

— Mago Natu nos ensina que devemos respeitar, sem interferir, no modo de ser de cada um. — acrescentou a imperatriz.

— Bem, querida, meninos, tia Alzira, teremos tempo suficiente para conversar sobre estes assuntos em casa. Vamos…

CASOS À LUZ DE VELAS

O IMPERADOR E A IMPERATRIZ ABSTINHAM-SE de comentar publicamente assuntos misteriosos que envolvessem bruxos, feiticeiros, feitiços e encantamentos. Se evitados em meio à nobreza da Corte, em contrapartida, eram os temas preferidos dos plebeus e, sempre atualizados, pontuavam as conversas extramuros do Palácio Fortaleza. Não havia também como impedir que os dois príncipes ouvissem a respeito dos extraordinários e misteriosos acontecimentos ocorridos naquele reinado, porque o contato entre os meninos e a criadagem era inevitável. Além do que, mais tarde ou mais cedo, Príncipe Urucumacuã e Príncipe Kurokuru conheceriam toda a história familiar de seus antepassados, desde que os tataravós migraram do Continente Atlante, avisados por sonhos, premonições e por entidades celestiais de que fugissem o mais longe que pudessem; a ilha de Atlântida estava predestinada a submergir.

Julgando-se pelas orientações e conselhos do Mago Natu e da Professora Plínia, o casal imperial tinha certeza de que logo, logo, os filhos seriam iniciados nas ciências das letras, dos números e dos assuntos de mistérios. Antes, porém, o mais elementar dos ensinos a ser ministrado pela Professora Plínia e, na sequência, pelo Mago Natu, contemplava o conhecimento da verdade sobre a própria origem a partir da história familiar.

Ao saírem da carruagem, no pátio principal do Palácio Fortaleza, coincidentemente, avistaram Mago Natu. Ele os aguardava sorridente e saudoso. Abraçaram-se felizes, festejando o reencontro, saudando-se à maneira dos palacianos do Elo Dourado. Antes que a Imperatriz Gônia dissesse algo, Mago Natu adiantou-se:

— Senhora Imperatriz, que bom que Rainha Alzira esteja conosco. Ela mesma poderá relatar aos vossos filhos toda a saga da Mula Sem Cabeça. É tempo de saberem. Ainda que consideremos cedo demais para compreenderem determinados segredos e mistérios da Natureza, chegou a hora de se iniciarem nos antigos conhecimentos ocultos, místicos e mágicos.

— Vamos primeiramente ao salão do jantar, que estou com fome — sugeriu o imperador.

— Meu pai — inquiriu o Príncipe Urucumacuã — ouvi dizer que a Mula Sem Cabeça apareceu aqui no reinado, na noite em que o senhor e minha mãe se casaram, é verdade?

— Sim. É verdade. — respondeu o imperador, circunspecto, olhando para a Rainha Alzira.

— O que já sabes sobre esta história, Urucum? — inquiriu Rainha Alzira.

— Ah, seu espertinho, andastes a escutar as histórias da tia Alzira? — Quis saber a imperatriz.

— Sim, minha mãe. Enquanto tia Alzira pintava quadros, lá na casa dela, contei um sonho que tive. Aí, ela mesma nos disse que, durante alguns anos, nas noites de lua cheia, sempre à meia-noite, um fantasma no formato de uma Mula Sem Cabeça, expelindo labaredas incandescentes pelo pescoço, era visto rondando as baias do Palácio das Esmeraldas, e também em outros reinados, assustando as criações e assombrando os sentinelas.

— Tia Alzira, contastes para eles como que a Mula "Tá" transformou-se na *Mula Sem Cabeça* e apresentou-se como assombração — indagou, preocupado, o imperador.

— Não, meu prezado. Não tivemos tempo para contar-lhes.

— Detalhes? Que a senhora sabe e não quis contar? — questinou o Príncipe Kurokuru.

— Ela só me falou que, quando *Urucum* crescesse, para se casar com a Princesa Irina, terá de "matar" a Mula Sem Cabeça... — concluiu Príncipe Kurokuru, muito espantado.

O Mago Natu começou rir da ingenuidade do principezinho:

— Estás vendo, Rainha Alzira? Agora não tens saída. Tereis que abrir o jogo com os meninos.

— Prefiro que vós mesmos ou a Professora Plínia se incumbam desta missão. Minha fase de heroísmos passou faz tempo.

Príncipe Urucumacuã ficou levemente ruborizado, seus olhos verdes cintilaram como duas esmeraldas vivas e, num gesto arrojado, imitando um cavaleiro empunhando uma espada, anunciou:

— Para me casar com a Princesa Irina não só vou *matar* a Mula Sem Cabeça. Vou também encontrar um grande tesouro enterrado, desencantar o Sacipe Ererê e desfazer todos os feitiços provocados pelo Bruxo Neno e pela Feiticeira Zureta!

— Ora, ora! Viva, então, Príncipe Urucumacuã! Nosso mito, nosso herói! — aplaudiram todos.

Mago Natu dirigiu o olhar à imperatriz, rastreando conclusões como se lesse pensamentos. Sentiu a mesma admiração que a imperatriz e a Rainha Alzira expressaram pela obstinação do Príncipe Urucumacuã em adquirir sabedoria para se sobrepor ao Bruxo Neno e à mãe dele, Feiticeira Zuzu, a Sacerdotisa das Sombras. No domínio de magias, encantamentos e feitiços, só o Mago Natu era superior, mas não usava de seus especiais poderes secretos para se confrontar ou contrapor aos dois. Pediu, então, ao príncipe que lhe contasse, se assim quisesse, o que ele havia sonhado recentemente:

— Meu querido Príncipe *Urucum*, conte-nos novamente o que vistes no teu sonho! — solicitou Rainha Alzira, curiosa.

Dirigindo-se à Imperatriz Gônia, Mago Natu pediu discretamente:

— Antes que *Urucum* nos conte seu pequeno sonho, Senhora Imperatriz, é necessário que saiba de todos os acontecimentos anteriores aos ocorridos durante o vosso casamento. Também deverão saber daqueles que presenciamos nos sete dias de festa do seu nascimento, quando abrimos as sete caixas de metal que estavam dentro da grande caixa de madeira preta, mas só após contarmos sobre a origem de seus antepassados...

CONHECENDO AS HISTÓRIAS

Rainha Alzira instalou-se confortavelmente no aposento vizinho ao da Professora Plínia. Trouxe de Avilhanas todas as suas tintas, manipuladas há poucos dias, além de uma provisão de tecidos cortados em tamanhos retangulares, que ela transformaria em belas pinturas. Não queria interferir na rotina dos moradores daquele palácio e combinou com o imperador que só contaria a ele, à imperatriz e à Professora Plínia partes que ainda não conheciam sobre o vergonhoso suicídio do despudorado marido, Rei Albe, o Rico, que se enforcou pelos pés, fato que culminara com o aparecimento do fantasma da Mula Sem Cabeça, o nascimento e a criação da menina Alba Esmeralda, e a verdade sobre a paternidade do menino Mulato, seu neto, que diziam ser filho de Calico, mas ela mesma suspeitava e acreditava que fosse do Conde Rasku, seu outro filho.

Rei Médium sempre teve vontade de saber dessas verdades, mas, por excessivo decoro e respeito à sua tia-avó, Rainha Alzira, não ousara perguntar-lhe se seu segundo filho, o Conde Rasku, era mesmo filho do Rei Albe, o Rico. Tampouco Rainha Alzira tocara no assunto. Tempos depois, sem que lhe questionasse, revelaria ao sobrinho-neto toda a verdade.

A Imperatriz Gônia, por sua vez, sentiu-se confortada com o aconselhamento do Mago Natu. Tão logo saíram do salão de jantar, subiu com os filhos aos aposentos para contar-lhes em longa narrativa, desde quando os avós, Rei Ofin e a Rainha Tarope, pais da imperatriz, desapareceram misteriosamente numa pescaria e ela, assim, sagrou-se Rainha do Reino da Madeira, subindo ao trono aos dezesseis anos de idade.

— Vou começar contando quem eram os meus pais e como me tornei rainha do Reino da Madeira.

— Mãe — interrompeu o Príncipe Kurokuru —, deixa pra amanhã. Estou com tanto sono.

— Conte, então, para mim, minha mãe — pediu o Príncipe Urucumacuã. — Quero saber dessa história completa.

— Pode dormir, meu filho. Contarei ao seu irmão primeiramente. Quando quiseres saber, peça-me.

— Boa noite, *Urucum*. Boa noite, minha mãe. — virou-se na cama, cobriu-se com macios lençóis de linho do Oriente e em menos de dois minutos o Príncipe Kurokuru ressonava.

— Meu querido *Urucum*, quando quiseres dormir, avise-me. Prosseguiremos amanhã.

"Meu pai, Rei Ofin, e minha mãe, Rainha Tarope, sumiram misteriosamente durante um passeio de barco, tragados talvez pelas caudalosas e borbulhantes águas do Rio da Madeira, por força e circunstância de um enigmático naufrágio. Talvez tivessem servido de repasto às feras da própria água, da terra, ou, quem sabe, houvessem se encantado em seres da Natureza, pelos séculos dos séculos. Certo é que jamais voltaram a ser vistos".

— Por que a guarda do vô Ofin e da vó Tarope permitiu que eles saíssem sozinhos? — inquiriu o Príncipe Urucumacuã.

— O Rei Ofin não tinha hábito de sair sozinho com a Rainha Tarope, meu filho. Eles apreciavam pescarias, gostavam das caçadas às margens do rio e se divertiam colhendo flores e frutos, mas sempre o faziam acompanhados de criados e seguranças. Contrariamente àquela rotina, naquele dia, não se sabe por quê, Rei Ofin e Rainha Tarope recusaram a companhia dos vassalos e serviçais da Guarda, deixando-me sob os cuidados da minha aia e do Senhor Gaio, meu sábio preceptor, sob alegação de que necessitavam ficar sós.

— A senhora os viu, antes de saírem?

— Saíram no alvorecer, quando os primeiros galos cantavam, e nunca mais voltaram...

— Ninguém os procurou depois disto?

— Sete dias contados após o misterioso desaparecimento, pescadores e caçadores do Reino da Madeira desistiram das buscas. Estranharam a ausência de vestígios reais: a embarcação que usaram, peças de suas roupas, algum de seus pertences, nada foi encontrado. Ninguém no reinado recordava de tê-los visto no rio ou às margens da floresta depois daquele fatídico dia.

— Por que não chamaram o Mago Natu para dizer onde eles estavam? Mago Natu sabe de tudo, não sabe?

— Foi o que fizemos, *Urucum*. Dadas as buscas por encerradas, Mago Natu veio ao Reino da Madeira. Chegando, dirigiu-se ao local de onde meus pais teriam zarpado. Lembro-me ainda dele, concentrado, sentado em posição de meditação sob uma grande figueira-brava, *Ficus guapoi*, à margem direita do rio da Madeira. Alguns momentos depois daquela serena quietude, disse pesaroso ao emissário que o acompanhava:

— Do Rei Ofin, nada! Mas Rainha Tarope posso garantir, se encantou naquelas plantinhas flutuantes, por ali abaixo, além daquela curva, onde as águas se espalham e acaba a correnteza.

— Que fantástico, minha mãe. A senhora acreditou no Mago Natu?

— Olhei na direção que Mago Natu apontava. Constatei que flutuavam, balouçando livremente na superfície das águas profundas e calmas da enseada, próximo do porto de onde meus pais foram vistos pela última vez, uma grande camada de plantinhas de verde intenso, folhagem grossa, com pendõezinhos cobertos por delicadas flores arroxeadas. Os experientes pescadores do reinado, observadores e conhecedores da exuberante vegetação às margens daquele caudaloso rio, ainda não tinham visto iguais, nem assemelhadas a elas. Foi quando eu mesma as denominei de Tarope, *Eichornia crassipes*, acreditando firmemente que se tratava da minha mãe, a rainha encantada naqueles vegetais aquáticos. Assim, numa homenagem perpétua à sua memória, as outras pessoas também disseram: "*É mesmo. É a Rainha Tarope. A nossa Senhora Desaparecida!*"

— E do vovô não encontraram nenhuma pista, nenhum indício de que ele também pudesse ter se encantado?

— Do meu pai, Rei Ofin, como não houve sinais nem vestígios que pudessem registrar sua lembrança, disseram apenas: "*Do Rei Ofin, nada!*"; e passaram a se lembrar dele como o "Rei Finado", hoje conhecido como *o Refinado*.

— E a senhora, sofreu muito com o desaparecimento do vovô e da vovó?

A Imperatriz Gônia encheu os olhos de lágrimas. Não conseguia mais falar. Beijou o filho, confortou-o entre os lençóis e despediu-se, com a voz embargada, abençoando-o:

— Amanhã, te conto como recebi a coroa e o trono do Reino da Madeira.

O DESAPARECIMENTO

A BELA E VIRTUOSA PRINCESA GÔNIA, FILHA ÚNICA do Rei Ofin e da Rainha Tarope, carinhosamente mimada e chamada pela mãe de minha pérola da Madeira, tornou-se herdeira do trono e da coroa dos vastos domínios do reino do Rei Ofin aos dezesseis anos. Coroaram-na rainha, destarte, muito jovem, numa cerimônia que o Mago Natu celebrou defronte ao caudaloso Rio Amoré, de frente ao Palácio da Madeira, à margem direita da colossal Praia do Refinado.

Ao se sentir coroada, empunhando o cetro real e coberta com o manto verde bordado de ouro, incrustado de finas pérolas, a então Princesa Gônia relutava ascender ao trono do Reino da Madeira, acreditando que seus pais pudessem surgir, misteriosa e inesperadamente, amparando-a, colocando fim à angústia que lhe sufocava, diante da honorífica responsabilidade que recebia. Sorriso e pranto se misturavam em seu afável semblante e uma espécie de faustoso e agourento sortilégio anunciado pelo Mago Natu a acompanharia pelo resto da vida.

Mago Natu havia ordenado que trouxessem o trono real até a praia, no intuito de amenizar-lhe o sofrimento, visto que ela não se afastava nem desviava o olhar das margens do rio, alimentando a esperança de rever os queridos pais. A suntuosa peça, toda esculpida em madeira de lei, adornada com ramagens de folhas de ouro e flores incrustadas de pedras preciosas, foi levada com grande esforço do palácio do Rei Ofin até a Praia do Refinado e colocada sobre caprichoso tapete de pétalas de flores, exatamente para que se completasse ali o cerimonial da sagração e o juramento real.

Construíram, assim, no bucólico cenário, ornamentado com folhagens e flores silvestres, um extenso palanque sobre as brancas areias onde assentaram o trono. Pássaros coloridos e beija-flores diversos constantemente sobrevoando em torno da rainha donzela faziam-lhe companhia, enquanto ela, de pé, permaneceu desde o alvorecer até o escurecer daquele dia em profunda tristeza, derramando lágrimas copiosas sobre as límpidas e brancas areias.

Sem ter quem a dissuadisse, fazendo-a sentar, mantinha-se calada, imóvel, com olhar fixo no rio e os ouvidos atentos ao borbulho das águas. Recusava beber ou comer o que quer que lhe oferecessem. Apenas chorava, chorava e chorava.

A Rainha Gônia manteve-se naquele prolongado jejum sacrificial do amanhecer ao entardecer. Quando o sol já se ocultava no poente, ao surgir a lua cheia, sentiu-se prontamente reconfortada e estancou o pranto. Mago Natu pegou-a pela mão, conduzindo-a até o trono, concluindo e presidindo, então o restante do cerimonial de sagração com um vaticínio pressuroso e agourento:

"De seu sofrido pranto derramado sobre a fina areia desta praia, haverão de nascer e brotar delicadas contas, a fim de que a memória de seus pais seja perpetuada nos contos de lágrimas. Grande Rainha serás e por breve tempo um majestoso império se erguerá da união do Reino da Madeira com o Reino do Elo Dourado, pelo vosso casamento com o Rei Médium. Jamais se verá império mais esplendoroso, nem mais fugaz, até que uma grande ave branca trespassada de sofrimento voe para terras longínquas, e um grande pássaro, atormentado com dor, vá encontrá-la no alto das cordilheiras, onde criarão um pacífico e fascinante império e reinarão até a consumação dos séculos."

Os raios prateados do luar incidiram sobre minúsculas bolinhas de areia branca, formadas dos pingos de lágrimas da donzela rainha. O orvalho do anoitecer, regando-as, fez o milagre de germiná-las. Transformaram-se, por encanto, em pelotinhas iguais a contas de areia que germinaram, numa espécie tenra de gramínea, de ramada igual capim, brotadas no mesmo local onde a rainha permanecera de pé, chorando horas seguidas. Rapidamente cresceram, produziram-se e espalharam uma profusão de sementes cinza-azuladas, que ficaram conhecidas por contas *de milagre, contas de lágrimas, ou capim de mil lágrimas — Coix lacrima-jobi*.

Todos os que ouviram as palavras do Mago Natu e assistiram ao cerimonial de sagração da Rainha Gônia testificaram que, das lágrimas vertidas pelo sofrimento da rainha donzela, saudosa de seus pais misteriosamente desaparecidos, nasceram os capins das contas de lágrimas.

Assim, a Rainha Gônia subiu ao trono do Reino da Madeira, ungida e abençoada pelo Mago Natu. Em reconhecimento àquele auto-sacrifício, após a cerimônia da sagração e coroação, foi-lhe dado o título insigne de "Senhora das Contas de Lágrimas e da Pérola da Madeira".

O SONHO DO PRÍNCIPE

ANOITECERA MUITO RÁPIDO. O PALÁCIO FORTALEZA já estava iluminado com archotes de resina vegetal e lampiões abastecidos com óleo de sementes de abelmeluco e folhas de cinamomo. O odorífico vegetal inebriava os corredores, transformando aquela atmosfera de paz e serenidade num agradável cenário, onde os ornamentos e as paredes revestidas de puro ouro refletiam brilho mágico e repousante. Em seus aposentos, o pequeno Príncipe Urucumacuã esperava sua mãe chegar para dar continuidade à contação das histórias familiares, conforme Mago Natu pedira.

O irmão gêmeo Kurokuru pouco se interessava em ouvir as longas narrativas de sua mãe, embora fizesse algum esforço para se manter atento e de olhos abertos. Mas as demoradas cavalgadas pelas florestas e os prolongados passeios de barco com seu pai deixavam-no exausto ao final do dia. Eram suas diversões prediletas, no entanto. Sair andando pelo florestal ao lado do pai, pesquisando vegetais com poderes curativos, observando a pujança da natureza e a exuberante diversidade de flora e fauna locais, com tantas espécies de insetos e animais, significava para ele o que de melhor a vida poderia oferecer a um príncipe sem comprometimentos futuros. Não se preocupava em casar-se quando atingisse a maioridade. Também não estava prometido a nenhuma princesa. Por isso gozava da liberdade de aprender apenas o que lhe convinha, porque poderia casar-se quando e com a mulher que bem escolhesse.

Ao Rei Médium comprazia ter um filho apaixonado pelos seus mesmos interesses. Identificava-se sobremodo ao menino porque cultivara ele mesmo, desde os tempos de criança, o gosto pela natureza e pelas ciências que aprendera com as gerações ancestrais. Ensinar ao filho Kurokuru o que também aprendera com seu pai, o Rei Pay, era mais do que um dever. E, por excelência, uma diversão.

Enquanto príncipe, pequeno ainda, Rei Médium regozijava-se de acompanhar o Rei Pay em demoradas incursões pela natureza, cavalgando, andando dias seguidos pelas florestas, observando-as à procura de identificar espécimes de plantas, animais, pássaros ou insetos desconhecidos. Quando encontravam algum exemplar que ainda não fazia parte de suas coleções, o Rei Pay determinava:

— Cata logo! Cata logo, filho!

Desenvolveu grande capacidade de discernimento dos vegetais com propriedades curativas. Aprendeu como utilizá-los no tratamento para cura de diversas enfermidades. Tornou-se arguto *catalogador* de folhas, flores, caules e raízes, que pacientemente secava ao sol, no forno ou nas estufas feitas por ele mesmo, separando-as, classificando-as de acordo com características peculiares e propriedades terapêuticas. Sobrepunha as folhas secas colhidas de árvores, arbustos ou ervas umas às outras, prendendo-as com fios de ouro, formando calhamaços.

Conforme aprendera tempos depois com o Grande Rei, que o visitava a cada três anos e de quem recebia lições especiais de astronomia e botânica, Rei Médium separava os *cata logo* das folhas, atando-os com fios de ouro, para facilitar o manuseio. Não raro, quando recebia visitantes interessados naquele tipo de conhecimento, admirados de suas habilidades de botânico e curador, adentravam seu laboratório e perguntavam pra quê serviam aqueles catálogos de folhas secas. Ao que respondia:

— Com estas folhas, *livro* as pessoas de diversos males!

Assim chamava suas *folhas de livros*.

REVELANDO MISTÉRIOS

Rainha Gônia adentrou os aposentos dos filhos com duas xícaras de chá de anis. O Príncipe Kurokuru já ressonava, mas Urucumacuã aguardava com interesse a chegada da mãe. Assim que a rainha sentou-se à cama e reiniciou a narrativa da história de seus pais, Rei Ofin e Rainha Tarope, o Mago Natu entrou também no quarto e perguntou ao Príncipe Urucumacuã, depois de constatar que seu irmão dormia pesadamente:

— Queres saber o que aconteceu nos sete dias seguintes ao teu nascimento?

— Evidentemente, Mago Natu. Minha mãe veio aqui para me contar.

— Meu filho, antes, porém, quero que saibas do que aconteceu na festa do nosso casamento... Nascestes três anos depois.

— Senhora Rainha — interrompeu Mago Natu —, conte-lhe então sobre o vosso casamento e, depois, eu mesmo direi a respeito dos sete dias da festa do nascimento dos príncipes gêmeos.

— Mago Natu — indagou o Príncipe Urucumacuã —, o que significam as letras escritas no vosso avental e esta estrela dourada?

Desnecessário indagar-lhe o que simbolizava aquela estrela dourada. O significado das duas fileiras de letras bordadas em fios dourados e repetidas era também uma espécie de enigma pessoal. Sorrindo para o príncipe, respondeu afavelmente:

— Este é um segredo só meu. A ninguém posso revelar. Mas quem o descobrir certamente será um grande e poderoso sábio!

— Algum já descobriu? — perguntou Urucumacuã.

— Sim — respondeu.

— Quem?

— Eu mesmo!

Rainha Gônia também achou graça. Urucumacuã ficou meio ruborizado e não se deu por convencido. Olhou sério nos olhos do Mago Natu, surpreendendo-o:

— Garanto-vos que sei o que significam as letras da primeira fileira: M.N.O.P.Q.R.S.

— Então serás um grande sábio. Diga-me no ouvido.

Príncipe Urucumacuã formou uma concha com as duas mãos, juntando-as entre sua boca e a orelha do Mago Natu. Falou tão baixinho que a Rainha Gônia não conseguiu ouvir o segredo.

— Verdadeiramente, és um prodígio! T.U.V.X.Z., eis aí tua missão! Pelo domínio do Fogo Sagrado, Tu, Urucumacuã, Vencerás Xamãs Zombeteiros!

Sem entender ainda o que o Mago Natu proclamara, a Rainha Gônia fitou-o melancolicamente, indagando:

— Podes revelar o significado do que dissestes, Mago Natu?

— Sem dúvida: nosso *Urucum* haverá de travar inúmeras batalhas com poderosos inimigos, visíveis e invisíveis... Xamãs, bruxos e outros feiticeiros. A todos aniquilará com sua força e inteligência e, pelo poder do Fogo Sagrado que dominará, há de a si mesmo transformar num portentoso pássaro misterioso e flamejante, o PÁSSARO DE FOGO.

Rainha Gônia não ousou prosseguir com interrogatórios. Preferiu deixar o Mago Nato a sós. Um pressentimento avisava que se aproximava o dia em que *Urucum* acompanharia Mago Natu, ausentando-se do convívio familiar por uns tempos, para receber instrução e iniciação nos Pequenos Mistérios, no Santuário do Mago.

O SANTUÁRIO DO MAGO

Embora habitasse com sua única irmã, a Professora Plínia, numa mesma propriedade rio acima, à margem esquerda do rio Aguaporé, de frente à Praia da Lua Clara, nos arredores da esplendorosa cidade do Elo Dourado, Mago Natu possuía confortáveis aposentos no Palácio Fortaleza, cuja beleza e suntuosidade contrastavam com a simplicidade e o despojamento de sua própria moradia, privilegiada por encantos naturais.

Para se chegar até a morada do Mago, era necessário subir o rio na direção Sul. A casa do Santuário era toda branca, ampla, mas rústica, construída em adobe, ladeada de agradáveis varandas e grandes janelas. Nem de longe a área construída ostentava o esplendor do Palácio Fortaleza, mas a extensão do terreno com pomares, hortas, parques, bosques, cascatas, regatos e jardins secretos, dizia-se, era tão magnífica que atribuíam a autoria daquela paisagística às mãos do próprio Arquiteto Universal.

Mago Natu tinha cabelos brancos e usava longas barbas. De personalidade emblemática, igualmente à sua irmã, a Professora Plínia, não aparentava sinais de velhice. Era amado por muitos, invejado por alguns, considerado sábio conselheiro e mestre do Rei Médium, que o distinguia pela humildade e comiseração. Conhecedor dos segredos da Natureza, não se jactava, nem usava em vão seu precioso saber. Amiúde solicitavam-no para resolver casos ditos misteriosos. Falava pouco, mas tinha incomparável senso de humor e, quando insultado, mostrava-se indiferente às bravatas e provocações dos que lhe rivalizavam.

Na sua fantástica propriedade funcionava uma escola hermética, onde ministrava Ciência Iniciática, Astrologia, Ocultismo e Magia Sagrada. Reis e nobres do Reino do Elo Dourado e de alguns outros reinados vizinhos haviam passado períodos de reclusão naquele Santuário, desde os antepassados do Rei Pay, pai do Rei Médium e avô dos príncipes Urucumacuã e Kurokuru, além de nobres de reinados estrangeiros.

Para se penetrar nos domínios do Mago Natu, cruzava-se um portal, formado por duas frondosas árvores de Pau-D'Arco, uma florida de amarelo e outra de roxo, cujas copas se entrelaçavam formando um arco. Dependurada entre uma e outra árvore, ressaltava uma extensa placa de madeira, com a inscrição insculpida:

Santuário do Mago. Aqui Natu Reza. M.'.N.'.O.'.P.'.Q.'.R.'.S.'

Dois enormes cães de guarda, um negro e um branco, postados à entrada sob o frondoso arco evitavam o ingresso de curiosos e impediam a saída dos que ainda não haviam completado o ciclo iniciático ou estavam despreparados. O cão negro, *Philos*, aparentemente feroz, rendia-se à mansidão quando ouvia uma determinada palavra, pronunciada como senha. A senha de ingresso ao santuário era a própria palavra *Philos*. Somente os que conquistavam o direito de receber os ensinamentos do Mago Natu eram detentores do segredo.

O cão branco, *Sophos*, ficava sempre de costas para os que adentravam o Santuário. Aparentemente manso, não se importava com a chegada dos neófitos e era indiferente à entrada dos aprendizes ou visitantes convidados. Sua função era inversa à do cão *Philos*. Enquanto um barrava a entrada, o outro não permitia a saída. Aos *preparados* só era facultado sair concluído o curso, quando prestavam juramento perpétuo, sob sigilo absoluto de jamais revelar o conhecimento recebido. Assim, apropriavam-se do grau de *Iniciado* e recebiam por final, a palavra senha — Faculdade —, para deixar o Santuário. Todo aprendiz recebia no portal de entrada a *senha* para amansar o cão *Philos* e, depois, três simbólicas chaves de metal — uma de ferro, uma de prata e uma de ouro, com que abriria as três grandes portas do conhecimento: a de ferro, para a *Porta das Vontades*; a de prata, para a *Porta dos Sentimentos*; e a de ouro, para a *Porta da Sabedoria*. Depois de passadas sete luas cheias reclusos, estavam prontos para sair do Santuário. Uma vez admitidos, os aprendizes ficavam presos naquele território de *a-prender*.

Mago Natu transmitia aos seus acólitos hábitos comedidos, começando pela maneira de se vestir. Sempre usava vestimentas bem práticas e confortáveis. Executava um sem número de tarefas e, para trabalhar, gostava de trajar-se com uma túnica de algodão, branca, lisa, sobre uma folgada bombacha preta. Sobre o conjunto, um avental igualmente branco, com um grande bolso externo frontal debruado de fita vermelha, com duas fileiras de letras repetidas, bordadas debaixo de uma estrela de cinco pontas, também bordada com fios de ouro. O Grande Rei e ele, somente, conheciam o misterioso significado iniciático daquelas duas fileiras de letras. A emblemática estrela dourada de cinco pontas, dizia ele, só aos iniciados dizia o significado, e as duas fileiras de letras, M.N.O.P.Q.R.S., ainda que repetidas, tinham entendimentos bem distintos um do outro.

A INICIAÇÃO DO PRÍNCIPE

Alegre com a decodificação do enigma pelo Príncipe Urucumacuã, Mago Natu sentiu que aquela manifestação era o sinal que aguardava para iniciá-lo nos fundamentos dos *Antigos Mistérios da Ordem Real (AMOR)*, à qual o príncipe pertencia antes de nascer. Pediu licença à Rainha Gônia, pegou uma das xícaras de chá de erva-doce que ela havia trazido para os filhos e, como o Príncipe Kurokuru já havia dormido, sorveu-a calmamente enquanto recomendava:

— Senhora Rainha, ouça o sonho que o Príncipe Urucumacuã contará. Deixe para amanhã, ou depois, o relato que irias fazer a respeito do vosso casamento. Não só porque é preciso que fale o que sonhou antes de saber o que se passou nos festejos de vossas bodas, mas porque o Príncipe Kurokuru, igualmente, também deverá conhecer a própria história. Depois de contar a eles sobre os acontecimentos dos sete dias com a abertura das sete caixas, por favor, prepare-os para a temporada de iniciação nos ensinos herméticos no Santuário do Mago. É chegada a hora de consagrá-los às *Ordens a que pertencem.*

— E *Kururu*, também deverá me contar algum sonho? — interessou-se a Rainha Gônia.

— Não, a missão dele é bem diferente da do irmão. O Príncipe Kurokuru dará continuidade aos aprendizados com o pai, Rei Médium. Basta que a Professora Plínia o instrua nas ciências naturais, das letras e dos números. Ele e o Rei Médium serão bons parceiros nas pesquisas dos *cata logo* — disse Mago Natu, sorridente, despedindo-se, deixando Rainha Gônia nos aposentos dos filhos.

Príncipe Urucumacuã sentou-se na cama e, aparentemente interessado, perguntou à sua mãe:

— Terei de ir quando para o Santuário do Mago Natu?

— Não sei exatamente. Mas, primeiramente, conte-me o que sonhaste.

— Minha mãe, acho que não gostarás de ouvir o que sonhei.

— Meu querido *Urucum*, sonhos são apenas sonhos. Não são ruins, nem bons. Mago Natu já sabe o que sonhaste e, com certeza, irá lhe orientar se for preciso. Conte-me, se quiser.

— Sonhei com um grande pote de esmeraldas enterrado debaixo de uma frondosa figueira-do-inferno. Bem acima do lugar onde estava enterrado o pote de pedras preciosas, vi um homem nu, pendurado pelo pé, de cabeça para baixo, parecendo com uma das pinturas da tia Alzira que ela me disse se denominar o *enforcado*. Vi-me também lutando ferozmente com um enorme animal preto, sem cabeça, que soltava labaredas de fogo pelo pescoço, tentando impedir-me de cavar para desenterrar o tesouro do pote de esmeraldas. Pelejei bravamente e venci aquele animal. Comecei a cavar bem debaixo de onde estava o tal homem pendurado de cabeça pra baixo. Ele parecia morto, mas me olhava como a implorar que o retirasse dali e o libertasse daquele sofrimento. Quando já tinha aberto uma enorme cratera, deparei-me com uma grande caixa preta de madeira. Ao abri-la, não eram as esmeraldas que estavam dentro da caixa. Era a Princesa Irina, que parecia dormir dentro daquele caixão. Fechei-o rapidamente, mas tive vontade de abri-lo outra vez. Ao fazê-lo, dentro do mesmo caixão já não estava a princesa, haviam sete pequenas caixas de metal. Abri cada uma delas, na sequência em que estavam arrumadas dentro da grande caixa preta de madeira: na caixa de ferro, vi meus testículos; na caixa de estanho, meu nariz; na caixa de chumbo, minhas orelhas; na caixa de bronze, minha língua; na caixa de prata, meus olhos; e na caixa de ouro, meu pé direito. Cerrei todas as caixas imediatamente, recoloquei-as de volta no caixão de madeira e insculpi sobre ela, com a ponta da minha espada, quatro letras: I.N.R.I. Aí, então, acordei. Minha mãe, o que significa I.N.R.I.?

— Meu filho, chegou a hora do Mago Natu fazer tua iniciação nos mistérios das letras, dos números e das Ciências Sagradas. Amanhã, Mago Natu virá preparar-te para conduzir ao Santuário. Preciso antes, contar o que ocorreu nos dias das festas do meu casamento com teu pai e também nos sete dias em que comemoramos o teu nascimento e do teu irmão. Boa noite, meu querido *Urucum*! Bons sonhos!

Rainha Gônia beijou os filhos, acomodou-os sob confortáveis mantas de algodão, apagou as lamparinas de óleo aromático e deixou o recinto silenciosamente, subindo as escadarias que levavam aos seus aposentos.

A noite, sem luar, estava plena de estrelas. O céu límpido facilitava a visualização de todas as constelações. Percorrendo os átrios do Palácio Fortaleza de um baluarte a outro, completando a observação passando pelos quatro, cujas disposições estratégicas serviam de observatórios habitualmente frequentados, onde Rei Médium aguardava a Rainha Gônia voltar dos aposentos dos filhos para também deitar-se. Naquela noite sem luar, em companhia do amigo, Mago Natu, elaborava suas anotações em lâminas retangulares preparadas por ele mesmo a partir de folhas diversas e peles retiradas dos filhotes das búfalas acidentalmente mortos ou abortados.

Portando uma esfera armilar e alguns outros instrumentos inventados por ele mesmo, além dos presenteados pelo Grande Rei, seu especial amigo, para facilitar a observação e estudo dos astros, Rei Médium apontava para o céu as hastes cruzadas sobre o soalho de sua balestilha, anotando cálculos enigmáticos, rabiscando símbolos diversos com penas de ganso mergulhadas em tintas de jenipapo, ou insculpindo códigos misteriosos com a ponta do estilete metálico em finas lâminas de ouro. Deixava ao Mago Natu a tarefa de anotar para si a altura dos astros no firmamento, a posição das constelações em relação às casas zodiacais, para que depois pudesse interpretar as mudanças climáticas e estabelecer intrincadas tabelas com os ciclos favoráveis ao desenvolvimento das atividades agrícolas nos seus domínios, bem como as fases da Lua propícias à reprodução de sua colossal manada de búfalos e do seu magote de admiráveis corcéis brancos.

Interrompendo a observação que ambos procediam com relação aos astros, Mago Natu quebrou o silêncio, indagando ao Rei Médium:

— Já percebestes a total diferença de gênios entre seus dois príncipes?

— Certamente — disse o Rei Médium, voltando sua atenção ao amigo, acrescentando conjeturas. — Kururu é interessado no conhecimento da fitoterapêutica e tem se mostrado um exímio observador dos vegetais. Quando saímos a catar folhas, caules, raízes, tem me surpreendido com sua agudeza de espírito e sutileza de raciocínio... já, Urucum...

Mago Natu o interrompeu:

— ... *Urucum* é mais afeiçoado às virtudes de sua mãe. Gosta de cultivar as flores do espírito! Vive imerso num mundo abstrato e sonhador, espiritualizado. Interessa-se por resolver enigmas, revela especial pendor por mistérios e notável propensão às ciências ocultas. Um mago alquimista em potencial!

— Tens razão! — anuiu Rei Médium.

— Tens razão! — repetiu Mago Natu. Ambos riram e viram quando uma cintilante estrela cadente riscou a abóboda celeste de um lado a outro. A Rainha Gônia se aproximava.

— É hora de nos recolhermos, Mago Natu — falou Rei Médium.

— Em boa hora. Vamos que logo, logo choverá!

— Boa noite, Mago Natu — desejou-lhe a Rainha Gônia. — Amanhã, contarei a Urucum o que aconteceu na festa do nosso casamento.

— Sim, senhora Rainha. Não vos esqueçais de que *Kururu* também precisa ouvir. Portanto conte-lhes durante o dia mesmo... Antes que a albatroz branca venha visitar-vos. Bons sonhos a todos — disse Mago Natu, sorrindo, e retirou-se.

Rainha Gônia lembrou-se das proféticas palavras do Mago Natu, passou suavemente a mão sobre o ventre, dizendo ao marido:

— Meu amado marido, parece-me que está chegando a hora.

— Sim, amada minha, lembre-se que todas as nossas grandes festas aconteceram na mesma data: daqui a sete dias faremos dez anos de casados; nossos príncipes, sete anos de nascidos; e a Princesa Hévea será, então, nosso presente dos céus.

— Daremos uma grande festa? — interessou-se a rainha.

— Desta vez, melhor não. Consultei as estrelas esta noite. É prudente que nos resguardemos quarenta dias, pois tua saúde exigirá mais cuidados. Examinando as conjunções estelares, Marte e Saturno, em oposição, prenunciam sofrimento e lágrimas. Melhor mantermo-nos, por um período, distantes das influências deletérias dos astros. Além disso, nossos filhos estão prestes a nos deixar por breve tempo. É a época de aprenderem a ler, escrever e fazer cálculos com a Professora Plínia. E também chegou a hora do Príncipe Urucumacuã receber os ensinamentos ocultos, dos mistérios e da magia sagrada no Santuário do Mago Natu.

— Que os céus nos favoreçam. Boa noite!

Rainha Gônia deitou-se de lado e adormeceu suavemente, sentindo a criança se agitar em seu ventre.

NASCIMENTO DA PRINCESA HÉVEA

No dia seguinte, à mesa do desjejum, a família imperial, reunida, relembrava acontecimentos vividos pelos antepassados, quando foram surpreendidos pela chegada da Senhora Natividade da Luz. Era a parteira da família. Assistira a todos os nascimentos dos filhos das rainhas naquele e nos demais reinados. Festejada com alegria, a chegada da Senhora Natividade da Luz fez a imperatriz lembrar-se do dia em que nasceram os gêmeos, com todos os pormenores: conforme o jeito profetizado pelo Mago Natu, na sua festa de casamento. Mago Natu, adivinhando o pensamento da Rainha Gônia, pediu-lhe:

— Senhora Rainha, comece a contar, ainda hoje, para os vossos filhos como tudo aconteceu, a partir do vosso casamento.

— Farei isto, Mago Natu. Não excluirei minúcias.

— Minha Mãe — atalhou o Príncipe Kurokuru —, a gente é obrigado a ouvir esta história?

— Não, meu filho. Obrigado não é. Mas é importante que saibamos como começa a nossa história.

— Sabe por quê, minha mãe? Eu prefiro ir com meu pai fazer os *cata logo*. Desde que viajamos não aumentamos nem uma folha no nosso *livro*. Depois *Urucum* me conta tudo.

— Senhora rainha, se me permite interromper-vos, tenho anotados todos os acontecimentos desde o vosso casamento, quando iniciamos os preparativos da festa, antes mesmo que vós chegásseis, até quando os derradeiros hóspedes deixaram o Palácio Fortaleza e voltaram aos seus reinados... Também tenho escrito tudo sobre as festas comemorativas do nascimento dos príncipes gêmeos — prontificou-se Professora Plínia.

— Senhora Plínia — solicitou o imperador —, por favor, confio-vos então o ensinamento da leitura desses escritos aos meus filhos.

— Neste caso, Professora Plínia, pode programar o horário das lições a partir de amanhã, para que leiam o mais rápido possível todas as vossas anotações.

— Garanto-vos que esta será a melhor maneira de conhecerem sua própria história.

Professora Plínia foi aos seus aposentos e logo voltou com dois calhamaços de papiros, cuidadosamente encadernados, escritos com uma caligrafia impecável, fartamente ilustrados, com figuras de pessoas, animais e plantas, ricamente adornados e coloridos. Com muito zelo, convocou os dois príncipes, chamando-os numa sala especialmente arrumada para leitura e estudos, dizendo-lhes:

— Prestem atenção! Príncipe Urucumacuã e Príncipe Kurokuru: conhecerão, de agora em diante, os acontecimentos conforme estão aqui registrados, no formato de um grande conto sobre o casório de vossos pais, Rei Médium e Rainha Gônia, o Imperador e a Imperatriz do Império do Elo Dourado. É uma longa história, com muitos personagens e muitas surpresas. Demoraremos alguns dias para ler tudo. Depois também saberão como se comemorou vossos nascimentos, a festa de consagração dos vossos nomes e de alguns mistérios que só poderão desvendar depois de adultos. Por enquanto, é importante que saibam que...

Mago Natu interrompeu o que Professora Plínia ia dizer. Chamando-a em particular, disse em seu ouvido:

— Não haverá tempo para que os dois príncipes saibam destes e de outros acontecimentos, por enquanto. A Rainha Gônia está nos dias de dar à luz e deveremos aguardar a volta do Príncipe Urucumacuã do período em que ficará ausente. Assim que voltar, contaremos o que for preciso. Pelo que temos conversado, é provável que *Urucum* não tenha necessidade de ouvir algumas histórias. Ele mesmo as descobrirá.

— E o Príncipe Kurokuru?

— Este, sim, deverá saber por nós mesmos.

— Assim será, então.

Bem no alvorecer, uma albatroz branca cruzou os céus rosados sobre o Palácio Fortaleza. Momentos após, o trombeteiro real fez soar seu instrumento, anunciando que uma criança havia nascido. Com muita alegria e movimentação igual à do nascimento dos príncipes gêmeos, o arauto do rei propagava aos quatro lados do Palácio Fortaleza o nascimento da Princesa Hévea. Havia calma, no entanto, pois eram poucos os hóspedes de outros reinados convidados para compartilharem aquele acontecimento.

Sete dias completados desde o nascimento da irmã, Príncipe Urucumacuã seguiu com o Mago Natu para a temporada de retiro no Santuário do Mago.

O RETIRO PARA O SANTUÁRIO

Professora Plínia havia interrompido a leitura de seus manuscritos assim que ouviu o chamado da copeira para a refeição da tarde. O Príncipe Kurokuru já aguardava a conclusão das narrativas porque estava interessado noutra parte da história que ela, propositalmente, postergara. Antes de encerrar a lição daquele dia, Kurokuru formulou algumas perguntas sobre os acontecimentos posteriores ao casamento do Bruxo Neno com Murmur e também do Conde Rasku com Marquesa de Sonça. Aquelas perguntas só seriam respondidas no dia seguinte; quanto aos misteriosos eventos ocorridos nos sete dias dos festejos de nascimento dos príncipes gêmeos registrados num outro calhamaço de papiros, Professora Plínia foi categórica:

— Essa parte sabereis quando *Urucum* retornar do Santuário do Mago, daqui a quatro estações. Alguma dúvida?

— Professora Plínia, já ouvi o tratador dos cavalos contar que meu pai teve um corcel, o *Temperado*, insuperável nas corridas das quais participou, mas que sua última apresentação foi na Hípica Tenusa, durante a festa de casamento do Bruxo Neno. Por quê? — perguntou Kurokuru.

— *Temperado* foi um inigualável vencedor. Há quem diga que um dos motivos que contribuíram para intensificar a rivalidade entre o Rei Mor e o imperador vosso pai reside no fato de ele ter apostado muito ouro e perdido tudo naquela corrida. A égua *Tempestade*, derrotada não só por *Temperado*, mas também pela égua *Boa Bisca*, do Rei Kornio, era a favorita da criação do Rei Mor, até seu pai entrar nas corridas com o corcel *Temperado*. *Tempestade* foi uma boa corredora, mas naquela oportunidade, em meio à raia, *Temperado* levou de atropelada outros dez rivais, e na transposição do disco abriu 3 1/2 de vantagem sobre *Tempestade*. A égua *Boa Bisca*, do Rei Kornio, chegou em segundo, com desvantagem de 1 1/4.

— Por que *Temperado* não correu mais, depois daquela vez?

— Porque no dia seguinte à corrida, *Temperado* estava cego, com um olho perfurado; a égua *Boa Bisca* com a pata dianteira quebrada; e o coudel *Jóque*, que montara *Tempestade*, morto por envenenamento.

— Rei Mor que mandou fazer essas maldades?

— Não podemos afirmar. Ninguém viu nada. A única pessoa que pode ter visto estava morta.

— Rei Médium não se interessou em descobrir a verdade?

— Mago Natu aconselhou-o a não fazer retaliações. Apenas o orientou a não participar mais das corridas na Hípica Tenusa, no Reinado de Trindade. O Rei Kornio e outros também fizeram a mesma coisa. Por isso, até hoje, dos doze reinos que prestigiavam as corridas, somente três ou quatro, de menor expressão, continuam atendendo aos convites do Rei Mor.

— Um dia, Professora Plínia, eu vou descobrir toda a verdade...

— Um dia, *Kururu*, um dia!

Do salão em que estavam, ouviram o tinir de uma sineta. Rei Médium dirigiu-se à Professora Plínia e convidou-a gentilmente para a refeição da tarde. Príncipe Kurokuru, que participava das lições com a professora, sem demonstrar muito interesse por todas aquelas histórias, pediu licença, retirando-se sob o pretexto de que precisava lavar-se antes de ir até o salão de refeições. Professora Plínia guardou cuidadosamente os manuscritos, com o mesmo zelo que ensinava ao príncipe com relação aos seus pertences, dizendo:

— *Kururu*, creio que amanhã conversaremos a respeito da festa de casamento do Conde Rasku, o tio da futura noiva de *Urucum*. É preciso que saibas como a senhorita Pan Thera, a deslumbrante Marquesa de Sonça, transformou-se na fera encantada, que vagueia pelas noites de lua cheia nas florestas e seduz tanto as mulheres quanto os homens com sua beleza e sensualidade feroz.

— Professora Plínia, a Rainha Alzira já me contou alguma coisa sobre ela. É uma onça-pintada, de olhar agateado, que deixa o coração de quem olha em seus olhos apaixonado?

— Hum, vejo que já se interessou... Mas, cuidado! Além de sedutora, ela é feroz e vingativa. Um verdadeiro perigo, porque é um animal traiçoeiro. Creio que esta história você só poderá conhecer depois que seu irmão voltar do Santuário do Mago.

— Já sei. Além disso, a senhora também vai me revelar como que o menino *Sacipe Ererê* ficou invisível depois de vencer a corrida Numpessó, quando eu e *Urucum* nascemos e...

Professora Plínia ouviu Mago Natu lhe chamar e antecipou-se:

— Sim, Kururu, saberás disto e muito mais. Vamos, penso que vossos pais estão nos esperando para a ceia.

O salão de refeições ainda estava com os arranjos florais que o ornamentavam, lembrando que o nascimento da Princesa Hévea ainda era festejado entre os moradores do Palácio Fortaleza. Rainha Alzira chegou com a princesinha nos braços, embalando-a com a mesma felicidade que sentiu quando do nascimento de sua neta, a Princesa Irina. As duas meninas tinham traços semelhantes, olhos esverdeados, muito brilhantes. Rainha Gônia, na sua habitual discrição, sentou-se ao lado do filho e do marido, abraçou-os e disse ao Príncipe Kurokuru:

— Kururu, ainda bem que você não precisou ir ao Santuário do Mago. A tia Alzira está querendo preparar as malas para voltar a Avilhanas. *Urucum* só voltará no equinócio de verão. Vamos nós dois cuidar de sua irmãzinha, até que *Urucum* retorne.

— Por que *Urucum* teve que ir pra lá, minha mãe?

— Porque precisa ser preparado pra um dia reinar, no lugar do seu pai.

— É tão difícil assim ser rei?

Rei Médium e Mago Natu sorriram.

— Responda a ele, senhor imperador! — pediu Mago Natu.

— Meu filho, é preciso saber muitas coisas além de catar folhas, fazer chás e cavalgar.

— Acho que é por isso que eu nasci depois de *Urucum*... Se eu quisesse ser rei, eu tinha saído primeiro.

— Pode ser, mas tu também terás de cumprir importante missão… e *carregarás o Rei Médium nas costas,* aonde fores — disse o Mago Natu em tom de brincadeira.

— Não entendi, Mago Natu, meu pai não poderá caminhar? — perguntou o Príncipe Kurokuro, aparentando preocupação.

— Meu filho, parece brincadeira, mas é sério. Um dia, levareis contigo minha herança. Não reinareis como o Rei Médium, mas serás tu mesmo teu próprio remédio.

— Kurokuru, compreendestes o que disse vosso pai? — perguntou o Mago Natu.

— Ainda não, Mago Natu.

— Pois bem. Quando teu irmão voltar do Santuário, tudo isto vos será revelado!

— Mago Natu, por que vós deixastes *Urucum* sozinho lá na vossa casa?

— Ele não está sozinho. Estou lá também.

— Como, se estais aqui agora? Podeis estar em dois lugares ao mesmo tempo?

— Sim, para um mago isso é normal. Quereis ser mago?

— Não, prefiro ser um catador de folhas… — respondeu o príncipe, sorrindo.

Rainha Alzira também não compreendeu o que as palavras do Mago Natu e do imperador significavam naquele momento. Mas tinha certeza de que alguma misteriosa profecia haveria de se cumprir com o tempo. Pilheriando com o Príncipe Kurokuru, que ficara por demais pensativo, Rainha Alzira gracejou:

— Meu querido *Kururu,* Mago Natu gosta de mexer com a memória da gente. Tenho comigo que ele está fazendo uma previsão de algo misterioso que poderá te acontecer no futuro… Mas não te preocupes, a única coisa sobrenatural que pode acontecer a um príncipe é ele se encantar num sapo… Tu poderias ser um sapinho muito simpático, de olhinhos verdes.

— Tia Alzira, não troça com coisa séria.

— Meu querido, estou só brincando… não me leve a mal!

Rainha Alzira comunicou ao Rei Médium e à Rainha Gônia que também havia chegado o tempo de voltar para o seu encantado Avilhanas, o *Reino das Pedras Verdes*. Assim que a princesinha inteirasse a quarentena, retornaria para casa. Levaria a notícia do nascimento da Princesa Hévea e contaria ao filho, Rei Naldo, *o Calico*, todos os fatos que movimentaram o Reino do Elo Dourado, há passados sete anos, durante a festa dos sete dias do nascimento dos príncipes gêmeos, porque o Conde Rasku não informara ao irmão e à mãe nada do que havia acontecido. Comprometeu-se ainda que, tão logo passassem as quatro estações e Urucumacuã estivesse de volta, viria com os netos, Príncipe Gesu Aldo e Princesa Irina, para uma longa temporada no Palácio Fortaleza.

— Tia Alzira, antes de voltares para Avilhanas, poderias contar-me o que aconteceu com a mulher do Conde Rasku, no dia seguinte ao casamento deles? — solicitou o Príncipe Kurokuru.

Surpresa com a solicitação, porque aquele assunto era evitado sempre que possível e não se comentava principalmente na presença de menores, Mago Natu, adiantou-se, explicando:

— Querido *Kururu*, quando *Urucum* voltar, ele mesmo poderá vos contar. Por enquanto, não precisarás conhecer esta história... É suficiente que tenhas muito cuidado quando andares pelas florestas com vosso pai, porque a senhora Pan Thera perambula noites e dias. Não é bom encontrar-se com ela.

— Um dia, eu sei que *Urucum* desencantará a Marquesa de Sonça — arrematou Príncipe Kurokuru —, e ela será apenas uma *onça-pintada*!

— Até lá, terás muito que aprender, meu querido *Kururu* — contrapôs Rainha Alzira.

— Antes disso, *Urucum* deverá recuperar o bridão encantado e tirá-lo da posse do Bruxo Neno. Travará verdadeira batalha com o bruxo para que revele o que fez com as mandrágoras do Mago Natu — disse Professora Plínia, que até então, observava os diálogos do príncipe.

— O que ele fez, nós já sabemos — disse o Mago Natu. —, não sabemos ainda o que ele será capaz de fazer, caso ainda conserve consigo alguma das três plantas que me furtou.

— Mago Natu, por que deixastes o Bruxo Neno e a Feiticeira Zuzu, a Sacerdotisa das Sombras, furtarem vossas mandrágoras? Não conseguistes prever que eles fariam aquilo?

— Meu prezado Príncipe *Kururu*, aprenda mais uma coisa: a sede de poder do Bruxo Neno é imensa. Seu desejo de mostrar-se temível e poderoso vai muito além da minha vontade de confrontar-me em disputas inúteis, que só interessam a ele. Não sinto necessidade de criar atritos e gerar meus próprios circuitos para destruí-lo. Ele mesmo, um dia, fará isso com as próprias mãos. *O verdadeiro mago dispõe das forças que conhece, o bruxo abusa do poder que ignora.* O diabo se rende ao Mago, o bruxo se rende ao diabo. Um dia entenderás isto. Além do mais, algumas coisas, quando precisam acontecer, trazem em si a força que lhes dá causa. Bruxo Neno conseguiu realizar algumas proezas, é fato, na época do vosso nascimento, quando furtaram as minhas mandrágoras. Certamente, convenceu sua mãe a colhê-las, sem imaginar ou prever que iria levá-la à morte. Penso que ela deve ter ensinado a ele prepará-las para as finalidades que utilizou. Ele conseguiu alguns prodígios, mas em compensação nos livrou para sempre das influências maléficas de sua própria mãe. Não há mal que em si não traga um bem.

— Já sabes que a Sacerdotisa das Sombras morreu de maneira semelhante à Bruxa Bizarra, mãe dela? — perguntou Mago Natu, dirigindo-se à Rainha Alzira.

— Por que não me contastes isso antes, Mago Natu?

— Porque isto é uma outra história.

— Feiticeira Zuzu morreu furtando as tuas mandrágoras?

— Exatamente, quando colhia *minhas* mandrágoras, dentro do *meu* Santuário e ainda matou um dos *meus* dois cães.

— Por que não me avisaram dessa novidade? Afinal, saber que a Sacerdotisa das Sombras não povoa mais estas paragens me deixa tranquila e confortável. Já se foram alguns anos pelejando para exorcizar as forças ocultas que ela invocou para criar o fantasma da Mula Sem Cabeça. O feitiço ainda não está desfeito, mas já não assombra tanto os moradores de Avilhanas. O que nos incomoda, e muito, atualmente, é o perigo constante que ronda pelos florestais de Avilhanas: a marquesa de Sonça, ou Senhora Pan Thera, que continua encantada na Sonça pintada. As destemperanças do Conde Rasku depois que ficou inimigo do Bruxo Neno também nos inquietam. Ainda bem, que depois do casamento mal acabado do Conde Rasku com a Marquesa de Sonça, bodas que duraram poucas horas, Bruxo Neno nunca mais colocou os pés em Avilhanas.

O Senhor Frutuoso, hóspede do Rei Médium, sentado próximo à Rainha Alzira, ao ouvir a menção do nome do Conde Rasku, discretamente pediu licença para fazer uma pergunta:

— Rainha Alzira, perdoe-me a impertinência, mas por conheceres vosso filho melhor do que qualquer um de nós, acreditais que estaria ele entre os quatro malfeitores que atearam fogo à minha casa, para que eu lhes mostrasse onde guardei o precioso anel que encontrei entre as frutas, na época do casamento do nosso grande imperador?

— Não duvido, Senhor Frutuoso, não duvido! Conde Rasku parece que se alimenta da maldade e da perversão para conservar sua beleza física. Algo de enfeitiçante nele parece sobreviver à custa da própria crueldade. Conseguistes encontrar o anel?

— Desde o incêndio da minha propriedade, o imperador me acolheu neste Palácio. Só voltei tempos depois àquela chácara por ocasião dos festejos dos sete dias. Não só reencontrei a joia como também tive a oportunidade de conhecer o dono daquela peça tão valiosa e, assim, refiz minha vida. Hoje, estou aqui, na qualidade de hóspede e convidado, mas já morei neste palácio de favor, pela generosidade e caridade do imperador e da imperatriz, a quem tributo minha gratidão para sempre.

Mago Natu piscou o olho para o imperador e deu de ombros, como se o assunto não o interessasse.

— Senhor Frutuoso, com vossa licença, quando *Urucum* voltar do Santuário, iremos até sua chácara e descobriremos quem colocou fogo na vossa casa e quase vos matou. — disse, confiante, o pequeno Kurokuru e confirmou

— Posso participar desta história também, certo, Mago Natu?

— Certamente, *Kururu*. Participarás desta e de tantas outras. Não precisarás ir ao Santuário, mas também saberás de tudo o que se passou neste reinado, desde os dias de vosso nascimento.

— Por que, Mago Natu, não preciso ir ao Santuário? Não devo saber das mesmas coisas que *Urucum*?

— Calma, *Kururu* — intercedeu o Rei Médium —, cada um tem missões diferentes. Um aprenderá sobre os mistérios da Suprema Ordem

Universal (SOU); o outro, sobre a ciência da Secreta Adaptação Para Ocultar-se (SAPO).

— Exatamente. Príncipe Urucumacuã precisa dos meus conhecimentos para realizar sua missão. E tu, Príncipe Kurokuru, necessitas do aprendizado com teu próprio pai para cumprir a tua — tranquilizou-o Mago Natu.

Mostrando-se compreensivo às diferenças de caminhos que ambos os príncipes deveriam seguir a partir daquela fase de suas vidas, Príncipe Kurokuru perguntou ao Mago Natu:

— Mago Natu, o Senhor Frutuoso pode contar o que aconteceu com ele? Por que ele veio morar no Palácio e só voltou depois para a chácara?

— Se ele quiser, não há problemas. A maioria de nós sabe por quê. Talvez a Rainha Alzira seja a única que ainda não saiba, pois ela não veio nem à festa de casamento do imperador, nem à festa do seu nascimento e do seu irmão. Queres contar, Senhor Frutuoso?

— Preciso saber de tudo, Mago Natu. Agora ainda mais. Porque penso que Conde Rasku pode estar envolvido nesta tragédia. Vos importais de falar sobre o assunto, Senhor Frutuoso? — solicitou Rainha Alzira.

— Absolutamente. Entristeço-me, mas faz parte da minha vida esse acontecimento. Quando encontrei o anel no meio das minhas caixas de frutas, trouxe-o cuidadosamente, para que o imperador descobrisse quem era o dono daquela joia tão rara. O imperador não quis ficar com a peça, porque estava de viagem para o reino da Madeira, com sua adorada Rainha Gônia. Por isso confiou-me a guarda daquela preciosidade. Guardei-o tão bem e com tanto zelo, que passado algum tempo ninguém reclamou a perda do objeto, nem mesmo eu me lembrava onde havia colocado. Passados alguns meses, com a ausência do imperador e da imperatriz, quatro bandoleiros mascarados foram até minha casa, na chácara, e um deles me pediu o anel. Como eu não me lembrava de onde havia colocado e eles não sabiam me dizer a senha para tê-lo de volta, acharam que eu não estava querendo entregar. Então me torturaram, amarrado a uma grande árvore no meio do meu quintal, em seguida, atearam fogo à minha casa. Fui socorrido providencialmente por vizinhos que avistaram a fumaça, pois não havia ninguém nas redondezas a quem pudesse pedir socorro. Apagaram o incêndio, me desamarraram do tronco da árvore, trazendo-me quase inconsciente para a Casa da Saúde. Depois que recobrei minha consciência, fiquei por aqui, vivendo da generosidade do imperador, até que se passaram sete anos e eu voltei lá durante os dias da festa de nascimento dos príncipes e...

— São muitas coisas ligadas umas às outras — atalhou o imperador. — Em breve, o Príncipe Urucumacuã e o Príncipe Kurokuru vão conhecer todos estes fatos. Não poderei vos contar sobre os acontecimentos da abertura das sete caixas de metal agora, Rainha Alzira, porque não teremos tempo suficiente.

— Conversaremos antes que eu retorne para Avilhanas, Mago Natu? — inquiriu Rainha Alzira.

Príncipe Kurokuru olhou com jeito de surpreso para Mago Natu e seu pai, dizendo-lhes:

— Acho que *Urucum* já deve saber dessas histórias todas... Além de muitas outras que só eu ainda não me preocupei em saber.

Todos riram, menos o Príncipe Kurokuru.

— Vocês terão que me contar tudo! — gracejou *Kururu*.

Concluído o jantar, Rainha Gônia pegou a pequena Princesa Hévea, que dormia placidamente no colo da Rainha Alzira, pediu licença e subiu a longa escadaria que ligava aos seus aposentos. O imperador desejou a todos uma boa-noite, falou algo nos ouvidos do Mago Natu, que ninguém mais escutou, e voltando-se para a Rainha Alzira:

— Tia Alzira, assim que estiveres pronta, avise-me, para que providencie a comitiva que vos acompanhará de volta a Avilhanas. Também preciso preparar algumas mensagens ao meu amigo, primo Rei Naldo.

Rei Médium solicitara ao Mago Natu que também levasse o Príncipe Kurokuru ao Santuário. Considerava justo que os gêmeos tivessem períodos de instrução semelhantes. Mago Natu também concordou com o pedido, sinalizando que ele mesmo deveria dar a ordem ao filho:

— Querido filho, amanhã ainda pela manhã, deverás acompanhar Mago Natu até o Santuário. Quando retornares, depois de passadas quatro estações, saberás de todos os acontecimentos fantásticos que ocorreram neste reinado durante a semana de festa de vossos nascimentos e outros mais. E tu, amigo Frutuoso, prepare-se. Iremos bem cedo a catar folhas... para os nossos *livros*.

Naquela noite, Príncipe Kurokuru não conseguiu dormir.

Ao amanhecer, à entrada do Santuário do Mago, o Príncipe Kurokuru parou diante do cão *Philos*, olhou a inscrição da placa e disse em voz alta:

SANTUÁRIO DO MAGO: AQUI NATU REZA
M.N.O.P.Q.R.S.
M.N.O.P.Q.R.S.

O cão imediatamente deitou-se, fechou os olhos e permitiu que o príncipe adentrasse àquele misterioso e secreto lugar. Mago Natu, ao seu lado, advertiu-o:

— *Um está em TUDO. Tudo está em UM.*

Quando o mago concluiu aquela frase, Príncipe Kurokuru viu pelo canto do olho que tinha companhia. Rapidamente desviou o olhar e alegrou-se por estar ao lado do irmão. Surpreso, perguntou ao mago:

— O que queres me dizer com isto?

O mago, dirigindo-se a Urucumacuã, questionou-o:

— Lembras-te, Urucumacuã, que decifraste a primeira linha da minha inscrição secreta?

— Lembro-me: M.ago N.atu: O P.equeno Q.ue R.econhece S.uperior!

— Exatamente. E a segunda, sabereis dizer-me agora, Kurokuru, ou precisarei revelar-te?

O Príncipe Urucumacuã fechou os olhos e mentalizou a segunda inscrição, dando uma pista ao irmão:

— O que está escrito em cima é como o que está escrito embaixo!

— Avante! Continue, Kurokuru! — completou o mago.

— M.ago N.atu: O P.ecador Q.ue R.ecebeu S.abedoria!

Com a mão direita sobre a cabeça de Urucumacuã, Mago Natu ordenou-o:

— S.erás T.u, U.rucumacuã V.erdadeiro X.amã Z.elador!

Fazendo o mesmo ao Príncipe Kurokuru, ordenou:

— J.ovem Kurokuru, L.ibertarás M.uitos N.obres O.primidos!

Em uníssono, proclamaram: "*Obedecer é meu dever*".

Havia alguns dias que o Príncipe Urucumacuã cumpria, com êxito, tarefas e lições que o Mago Natu delegava como parte de sua rotina de iniciação. A chegada inusitada do irmão fez com que retrocedessem algumas instruções relativas à execução de cálculos e programas, notadamente as leituras obrigatórias na Sala de Recordações.

Guiado pelo Mago Natu, o príncipe neófito submeteu-se ao intensivo e estafante, mas prazeroso, aprendizado e aperfeiçoamento da leitura. Em poucos dias, considerava-se apto, tanto quanto o irmão, para conhecer os relatórios manuscritos pela Professora Plínia, descrevendo detalhadamente, com reprodução de desenhos e diálogos, os acontecimentos notabilizados durante a festa de casamento do Rei Médium com a Rainha Gônia, no Reino do Elo Dourado.

Assim que desenvolveu a invulgar habilidade de decifrar signos e ler fluentemente, Príncipe Kurokuru foi conduzido à Sala de Recordações. Desenrolando um calhamaço de folhas presas por finos fios de ouro, Mago Natu expediu o comando:

— Jovem Kurokuru, terás tempo até o sol se pôr para ler tudo o que contém nestes pergaminhos. Quando concluíres o estudo, haveremos de nos encontrar, próximo à Fonte das Ninfas. Não se atrase.

— Assim farei, meu Mestre! E meu irmão, onde está? Posso vê-lo?

— Não por agora. Por ter passado esta fase e já conhecer toda a história familiar até estes dias, ele se dedica agora ao conhecimento das ninfas. Logo que estiveres apto, também serás iniciado neste aprendizado. Conforme te disse: não se atrase!

Mago Natu, num relance, despareceu de frente ao Príncipe Kurokuru, deixando-o meio aturdido e boquiaberto. Tinha certeza de que seu mestre estivera ali e lhe ordenara algumas coisas. Sem querer entender, o menino pegou o calhamaço de escritos da Professora Plínia, sentando-se confortavelmente numa cadeira longa, próxima de um aparador.

Abrindo as folhas daquele compêndio, soberbamente ilustradas e caprichosamente escritas, iniciou a leitura:

O CASAMENTO DO REI

"Aproximando-se o dia das núpcias com a Rainha Gônia, Rei Médium levantou-se mais cedo que de costume, quando a luz do Sol ainda incidia tênue sobre o Espelho Universal. Tomado de inquietude, sentiu necessidade de mirar-se demoradamente no EU.

Dentre as peças de arte e decoração que embelezavam aqueles aposentos enriquecendo-os ainda mais, o Espelho Universal, pela raridade, também possuía singularidades ocultas: sua delgada lâmina retangular de cristal esfumado de prata, semelhante aos demais espelhos, aparentemente comum, ficava numa parede inteiramente revestida de ouro, no andar superior do pavilhão central, acima dos aposentos reais, na chamada Câmara do Grande Reflexo Auto Unificado — A Câmara do GRAU. Somente o Rei Médium, o Mago Natu e raros convidados adentravam àquele recinto sagrado, resguardado das visitas inconvenientes de curiosos ou malfeitores.

O espelho EU, honroso presente que o Rei Médium recebera do Grande Rei no dia de sua coroação real, era por ele consultado sempre que devia se pronunciar sobre assuntos importantes, principalmente envolvendo a manutenção da paz, da ordem, da justiça ou da adoção de nova legislação no Reinado do Elo Dourado. Rei Médium consultava-se demoradamente, falava em voz alta com o espelho mágico, recebendo as respostas desejadas diretamente em sua consciência. Sabedoria e conselhos irradiados pelo EU sempre se traduziam em pensamentos de felicidade para si e toda sua Corte.

Subindo à Câmara do GRAU, Rei Médium posicionou-se reverentemente à janela aberta para o Leste, de frente ao Sol e voltando-se para diante do EU, pronunciou em voz baixa palavras de gratidão, pedindo benção e orientação para que fosse exitoso na programação de sua almejada festa de casamento. Fitando longamente sua imagem refletida naquela superfície de cristal e prata, indagou-se:

— *EU*, serei verdadeiramente feliz no meu casamento?

Refletida no espelho, viu a imagem formosa de sua noiva, a Rainha Gônia. Encheu o coração de alegria porque ela parecia feliz e ainda mais bela, preparando-se para a viagem até o Elo Dourado, onde se casariam, conforme vaticinado pelo Mago Natu, em anúncio feito há dezoito anos passados, desde quando a Princesa Gônia nascera.

Vieram ao pensamento do Rei Médium vívidas lembranças de sua infância e, muito especialmente, do dia em que a princesa nascera, porque também coincidira aquela data com a do seu próprio aniversário. Ele inteirava naquele dia sete anos de idade e acompanhava, na ocasião, seus pais, Rei Pay e Rainha Olinda, em visita aos pais da Princesa Gônia, Rei Ofin e Rainha Tarope, no Palácio do Reino da Madeira.

Logo que a parteira, Senhora Natividade da Luz, chegou anunciando que a Rainha Tarope havia dado à luz uma menina chamada "Gônia", o Mago Natu, também com eles, profetizou para alegria dos pais da recém-nascida e dos pais do príncipe que eles se casariam quando a Princesa Gônia fizesse dezoito anos, e Príncipe Médium 25.

Rei Médium, de olhos fixos, concentrado defronte ao mágico talismã espelhado, admirou-se quando praticamente todo o ritual da celebração de seu casamento se projetou, revelando imagens de vistosos cavaleiros desfilando em trajes de gala, reis, rainhas, príncipes e princesas desembarcando, carruagens circulando pelas alamedas e bosques do Reino do Elo Dourado: uma multidão incontável de alegres semblantes assistindo ao pomposo evento, nas macias areias da Praia da Lua Clara.

Fechando os olhos, em seguida, facilmente compôs mentalmente uma extensa lista de convidados e reviu todas aquelas cenas reveladas pelo espelho, repassando-as detalhadamente. Em respeitosa reverência, agradeceu aos quatro Elementos da Natureza que invocara e curvou-se perante o EU, cobrindo-o cuidadosamente, com fino tecido de seda vermelha, delicadamente bordada com fios de ouro. Silenciosamente, deixou a Câmara do GRAU pelas escadarias de madeira, passando por dentro de seus aposentos. Pediu que chamassem Professora Plínia à sala de audiências.

Ela atendeu à convocação do Rei Médium imediatamente. Passando-lhe às mãos uma enorme lista com nomes de reis, rainhas, príncipes, princesas e outros nobres, solicitou que fossem formalmente convidados para seu casamento, marcando a data para o dia em que aniversariavam, ele e sua noiva. Expôs-lhe, em minúcias, os detalhes para que organizasse a cerimônia, recomendando:

— Professora Plínia, assim deverá ser a cerimônia... eis aqui a lista.

— Sim, Senhor Rei, assim farei a cerimônia e a lista.

Dirigindo-se a um vassalo de sua confiança, ordenou gentilmente:

— Atenda à Professora Plínia.

A PROFESSORA PLÍNIA

Professora Plínia, secretária da mais alta confiança, portadora de inúmeros talentos, desfrutava de enorme prestígio na corte do Rei Médium. Era uma mulher sábia, de finíssimo trato, misteriosa beleza, única irmã do Mago Natu. Frequentava o Palácio Fortaleza há décadas e jamais se casara. Não que lhe faltassem pretendentes. Contava-se que, quando nascera, seus pais a consagraram às Divinas Musas e, em decorrência dos juramentos e dos votos perpétuos, era imperativo que se conservasse em estado virginal enquanto vivesse.

Ninguém ao certo conhecia sua idade. Tinha cabelos lisos e longos, totalmente prateados e reluzentes. Mas, no rosto, nenhuma ruga traía sua jovial aparência. Era enigmática no falar, elegante no vestir-se. Possuía dons extraordinários de oradora que revelava quando convinha, sempre que se pronunciava durante os cerimoniais festivos do reinado. Portava-se com altiva simplicidade. Era cordial e afável. Por sua dignidade e compostura, desfrutava considerável afeição de toda a nobreza. Plebeus também muito a admiravam, comprazendo-se atendê-la no quê e quando solicitava.

A maioria das crianças nascidas no Reino do Elo Dourado recebia da Professora Plínia as lições elementares de civilidade e virtudes, traduzidas no desenvolvimento de bons hábitos, prática de bons costumes, regras básicas de boa convivência, princípios de educação e etiqueta, além do aprendizado genérico das letras e dos números. Escrevia, desenhava e fazia cálculos com maestria. Seus arquivos de anotações e desenhos eram meticulosamente arrumados, e não se encontrava rasuras nos seus manuscritos. Na qualidade de exímia oradora, conhecia também diferentes idiomas e, com desenvoltura, servia de intérprete. Frequentemente, indagavam-lhe qual era o mistério para tamanha versatilidade. Respondia, revelando com humildade:

— Por fé, se ora!

Por assim dizer, recebeu o nobre de título: *Professora*.

Tudo e todos, pela simpatia e gentileza com que eram tratados, colaboravam para que qualquer trabalho dirigido pela Professora Plínia sobejasse em harmonia. Das tarefas triviais aos mais sofisticados e elaborados arranjos, não faltavam mãos prestimosas e hábeis para auxiliar-lhe na execução. Lavadeiras cruzavam os pátios trazendo pilhas de lençóis de algodão branco limpos e dobrados, copeiros pareciam incansáveis polindo baixelas de prata e ouro, serviçais de todo gênero, assoberbados de trabalho, empenhavam-se prazerosamente seguindo as determinações da *cerimonia-lista* real, a proficiente Professora Plínia.

Nenhuma recomendação do Rei Médium, ainda que insignificante, escapava dos toques e retoques da Professora Plínia. Em brevíssimo tempo, prontamente providenciaram-se porções colossais de orquídeas, fitas brancas de seda com fios de ouro, encantadoras penas das caudas de pavões, plumas coloridas de aves diversas, colhidas na estação anterior; grande quantidade de flores silvestres de variadas cores para compor arranjos nos vasos e jarras; bambus e palmas verdes para ornamentar arcos e enfeitar a passarela que se estenderia da recepção do palácio até a Praia da Lua Clara.

Minuciosa limpeza aconteceu nos canteiros e bancos das praças e jardins; ampliação do espaço no porto para atracação das embarcações; abundante provisão de feno nas baias; acomodação e abrigo para a vassalagem dos convidados nas casas dos próprios moradores do reinado; armação, montagem e arrumação das mesas ao ar livre para os banquetes; adegas e dispensas adequadamente limpas para a conservação e estocagem dos alimentos e bebidas; organização de variado cardápio, levando em conta preferências alimentares dos vegetarianos, entre outros cuidados indispensáveis à primorosa organização exigida pelo fabuloso evento.

À medida que se aproximava o dia das núpcias reais, a cidade do Elo Dourado mais se coloria e engalanava. Estandartes nos mastros de madeira e cobre foram içados nas fachadas, tapetes bordados com fios de ouro e prata estendidos sobre os balaústres das sacadas das casas. Cada uma exibia suas próprias insígnias e emblemas, bordados ou pintados segundo a classe social ou a categoria profissional de seus donos.

As ruas da cidade do Elo Dourado, exuberantemente arborizadas, cuidadosamente limpas e ajardinadas, retratavam a alegria com que a população aguardava o grandioso cerimonial. Igualmente impávido, o colossal Palácio Fortaleza. Suas altas muralhas caprichosamente polidas; os jardins de petúnias nos pátios das doze casas internas, verbenas e gerânios no átrio da Câmara do GRAU, cachos de rosas de suave perfume, tudo se mostrava florido e belo; estandartes gigantescos com os signos dos quatro Elementos desfraldados nas cantoneiras dos baluartes tremulavam sobre perfeitos canteiros de girassóis gigantes.

Todos os compartimentos das Doze Casas Reais, destinadas à hospedagem, encontravam-se decorados para a recepção; das escadarias do cais do porto ao portão principal do Palácio Fortaleza, bandeiras hasteadas em mastros dourados representando os doze reinos convidados, intercalando-se com reluzentes luminárias de cristal, realçando ainda mais os detalhes esculpidos nos pedestais trabalhados em ouro.

Cumprindo as ordens do Rei Médium, com a supervisão da Professora Plínia, armaram doze espaçosos caramanchões de bambu nas límpidas areais da Praia da Lua Clara, para que se abrigassem do sol os convidados à magnífica festa: doze reis, com suas rainhas, príncipes e princesas, além dos nobres das cortes e seus incontáveis plebeus.

Depois dos bambus fincados sobre as límpidas areias da Praia da Lua Clara, observadas as recomendações quanto às medidas e à segurança das armações, um trabalhador, encarregado de executar a cobertura, colocava sobre elas finíssimos tecidos de seda branca, atando-os com fitas douradas, amarrando arranjos compostos de flores silvestres, orquídeas, penas de pavões e de outros pássaros, num meticuloso e encantador trabalho artístico, que Professora Plínia havia confeccionado dias antes.

Depois de prontas as barracas, Rei Médium veio pessoalmente olhar a execução das tarefas. Professora Plínia solicitou, então, que encomendasse ao ourives Kalibur a confecção de doze placas de ouro, com os nomes das famílias reais insculpidos para identificar a acomodação pertinente a cada uma das linhagens convidadas. Admirado da beleza e da organização das barracas, Rei Médium disse para si mesmo:

— Atenda-se ao pedido da Professora Plínia. Atenda!

Depois de concluídas, as luxuosas barracas ganharam outra denominação: *Atenda*.

Conferindo pela derradeira vez a extensa lista de convidados, Professora Plínia revisava também as gravações nas placas de ouro, produzidas com habilidade e prontidão por Kalibur, por determinação do Rei Médium. Sua concentração foi interrompida por uma curiosa auxiliar:

— Professora Plínia, com que propósito o Rei Médium convidou doze reis, doze rainhas, doze príncipes e doze princesas? Por que o número doze?

Sem revelar especificamente seus conhecimentos sobre os mistérios da numerologia, mantendo em segredo seu verdadeiro significado, Professora Plínia respondeu, sumariamente:

— Do jeito que para mim o número da sorte é dez, para o Rei Médium é doze!

— Hum, é doze, é? Compreendo. — Sorriu a auxiliar, subentendendo que, provavelmente, haveriam razões não reveladas para a escolha daquela quantidade exata de reis, rainhas, príncipes e princesas.

— Professora Plínia, permita-me fazer-vos outra pergunta? — dirigiu-se a ela o serviçal que instalava nas tendas as placas de ouro com os nomes dos convidados reais.

— Perfeitamente — consentiu Professora Plínia —, pergunte.

— Por que para a senhora o número da sorte é dez?

— Porque resumo em dez itens meus princípios de bem viver. Se quer conhecê-los, lembre-se de mantê-los na memória.

Assim disse Plínia:

— 1 – ouça e pratique bons conselhos; 2 – esforce-se para controlar impulsos; 3 – trabalhe todos os dias, fazendo o melhor que puder; 4 – aceite críticas, sem reprovação; 5 – perdoe faltas alheias e desculpe-se pelas próprias; 6 – evite conversa sem proveito e queixas sem cabimentos; 7 – pague o mal com o bem; 8 – não deixe a raiva ser mais rápida que seu pensamento; 9 – auxilie quem precisar sem esperar recompensa; e 10 – pratique as outras nove lições com humildade.

Afora seus dez mandamentos, Professora Plínia arrematava com bom humor seus dez preceitos, com o décimo primeiro, equivalente a um trunfo:

— Antes destes dez preceitos, não se esqueça do primeiríssimo: Levantou-se? Arrume sua cama imediatamente!

OS CONVIDADOS REAIS

Nos dias anteriores às bodas, por todo lado, a movimentação no Palácio Fortaleza era um burburinho só: A euforia da vassalagem, o vai e vem atarantado das arrumadeiras, a agitação das governantas conferindo de hora em hora a limpeza de cada metro quadrado. A motivação crescente parecia irrepreensível para recepcionar os convidados e, mais ainda, a encantadora destinatária da festa, razão de tudo aquilo: a noiva, Rainha Gônia.

Quando o Sol começava a avermelhar-se, dourando as mansas e cristalinas águas do rio Aguaporé, atracaram conjuntamente três vistosas embarcações. Atendendo à colocação dos estandartes, logo sinalizaram de qual reinado chegavam. O Grande Rei, comandando o galeão *Sapientia*, foi o primeiro a baixar âncoras. Acompanhado de três oficiais navegadores e trinta e três marinheiros, trazia carregamentos preciosos de especiarias das Índias, tecidos de seda e porcelanas da China, tapetes da Pérsia, azeite de oliva da Grécia, papiros do Egito e, do seu próprio reinado, a grande novidade da época: taças de vidro soprado. Desembarcou trazendo em mãos uma caixa coberta de seda vermelha, que entregou diretamente ao Mago Natu, assim que o saudou, dizendo-lhe ao ouvido:

— Não abra agora. São as três mandrágoras que lhe prometi. Somente depois da cerimônia nupcial, à noite, iremos plantá-las. Em tempo oportuno saberás como utilizar cada uma delas.

Todo o carregamento, prontamente desembarcado, foi ofertado ao Rei Médium como presente de núpcias. A recepção, calorosa e entusiasmada, ficou registrada numa pesada placa de bronze que o Rei Médium mandou fundir, engastando-a na muralha, ao lado do portão principal do Palácio Fortaleza, homenagem e marca de visita do Grande Rei ao Reino do Elo Dourado. A placa de bronze exibia o desenho de uma coroa acima do monograma *G.R.*, assinalando, assim, a honorífica presença do Grande Rei ao Palácio Fortaleza, para a celebração das bodas do Rei Médium com a Rainha Gônia.

O Grande Rei viera àquele reinado noutras oportunidades e estabelecera laços de amizade com o Rei Pay, pai do Rei Médium, e também frequentara o Palácio da Madeira, no Reino da Madeira, onde reinara o Rei Ofin, pai da Rainha Gônia. Do Reinado da Madeira transportara grandes carregamentos de madeira aromática, a imburana de cheiro e o mogno, também utilizadas na construção do Palácio do Grande Rei.

Aportaram, em seguida, outros dois galeões, o *Humilitas* e o *Patientia*. Desse último, desembarcou com sua comitiva uma mulher exótica, de cabelos longos, volumosos e cacheados, de cor acobreada, pele morena e olhos intensamente azuis, excentricamente trajada. Pisava pela primeira vez às terras do Ocidente. Causou admiração a maneira pela qual o arauto real anunciou sua presença e mais ainda a identificação de sua origem:

— Saúdo-vos com as boas-vindas, em nome do Rei Médium e de sua nobilíssima Corte, Rainha Alimpa, do Reino de Sabom! Três vezes bem-vinda ao Reino do Elo Dourado com vossa majestosa Corte!

Dentre os que estavam no cais do porto, somente Mago Natu conhecia Rainha Alimpa. Encontrara-se com ela, em outros tempos, no Palácio do Grande Rei, por ocasião de uma fascinante viagem que empreendera ao Oriente. Quando se conheceram, ambos eram aprendizes e discípulos do Grande Rei. Mago Natu iniciava-se no conhecimento da Magia Sagrada, e a Rainha Alimpa na ciência da Alquimia. Ficaram verdadeiramente amigos e selaram um pacto de se encontrar um dia num grandioso e inesquecível evento... o casamento do Rei Médium e da Rainha Gônia.

AS BARRAS ALIMPA

Rainha Alimpa, conhecida como *a Alquimista*, foi cerimoniosamente recepcionada pela Professora Plínia e pelo Mago Natu. Após as apresentações e reverências de praxe, os dois acolheram sua comitiva, saudando-a na própria língua e apresentando-a ao Rei Médium. Rainha Alimpa acenou discretamente ao seu comandante, autorizando o desembarque da carga trazida do seu reinado, entregando-a diretamente ao Rei Médium, como presente de casamento.

O odorífico carregamento de pequenas peças semelhantes a tijolos de material compacto e liso, deliciosamente aromatizadas nas fragrâncias de hortelã, sândalo, cravo, alecrim, alfazema, lavanda, erva-doce, cinamomo, camomila, citronela e mirra, embaladas uma a uma dentro de sacolinhas de seda, bordadas com um coração e os monogramas R.M.-R.G., causaram um frêmito de alegria, por se tratar de algo desconhecido, uma novidade para todos. Rainha Alimpa explicou como deveriam ser usadas e para que serviam: friccionavam-se aquelas barrinhas no corpo molhado durante o banho. Além de proporcionar aprazível espuma perfumada, permitiam higienização perfeita.

O artigo, desconhecido ainda pelos reis e rainhas do Ocidente, era uma especialidade que somente a Rainha Alimpa fabricava. Tão só, e exclusivamente, foi entregue a ela a secreta fórmula. Guardiã fidedigna daquele conhecimento recebido do Grande Rei, notabilizara-se pela apaixonada dedicação e méritos próprios na prática da Alquimia. Seus produtos já haviam alcançado tanta fama e prestígio entre Reis e Rainhas nas Cortes do Oriente, que pagavam por eles o peso equivalente a ouro puro. Por serem fabricados unicamente pela Rainha Alimpa no Reino de Sabom, onde as especiarias aromáticas eram abundantes, ganharam notoriedade com o nome de *Sabonetes*. Pela exclusividade depois de embalados, a Rainha os denominava de *Barra Alimpa*.

Rei Médium recebeu os sabonetes com grande satisfação. Ao contínuo, imaginou-se no Poço dos Desejos, na luz meiga do luar, banhando-se prazerosamente com sua bem-amada Rainha Gônia, inebriando-se naquele espumante e perfumado deleite das *Barra Alimpa*, logo que estivesse celebrada a cerimônia de seu casamento.

O CERIMONIAL

De dentro da nau *Humilitas* ouviu-se ressoar o toque de trombetas. Um préstito de harpistas, flautistas e outros músicos, posicionados ao longo da passarela vermelha que se estendia no trajeto entre as escadarias do cais e o portão principal do Palácio Fortaleza, aguardava aquele sinal para iniciar sublime apresentação. Quando o Mago Natu e a Professora Plínia recepcionaram e apresentaram o cortejo de músicos, artistas e falcoeiros ao Rei Médium, o Grande Rei sinalizou, erguendo o braço direito, desenhando no espaço um movimento em arco e apontou para os trombeteiros que, de pronto, fizeram ecoar nas quatro direções o toque magistral de seus dourados instrumentos, seguidos pelos harmoniosos e suaves acordes das flautas, harpas, liras, saltérios, oboés e címbalos. Parte da povoação do Elo Dourado acorreu ao porto, atraída e deslumbrada com a grandiosidade do espetáculo exibido.

Ouvia-se o concerto de muito longe. Enquanto o Grande Rei e o Rei Médium se abraçavam amigável e efusivamente, eis que na curva do rio na direção Noroeste surgiram os mastros de algumas embarcações que cresciam à medida que se aproximavam. Lentamente, entre elas, definindo-se à luz avermelhada do crepúsculo, a suntuosa chalana cor-de-rosa e dourada da Rainha Gônia.

A majestosa execução musical ganhou notas ainda mais sublimes. O Rei Médium emocionou-se quando viu no tombadilho a silhueta de sua formosa noiva, como deusa esculpida no reflexo da luz sobre as águas plácidas do rio Aguaporé. Os nobres convidados também a aguardavam e, num cortejo amistoso e reverente, saudaram-na, apreciando sua discreta jovialidade e beleza, emoldurada pela deslumbrante cabeleira castanho dourada. Rainha Gônia, além de bela, destacava-se pelas suas virtudes.

Por derradeiro, numa apaixonada reverência, Rei Médium a recebeu, beijou-lhe a mão, curvou-se perante aquela com quem, nos dias seguintes, haveria de compartilhar seu reinado, seu coração, sua vida e seu destino.

Ainda no porto em frente ao Palácio Fortaleza, outras embarcações se aproximaram. A cerimônia de recepção dos reais convidados ganhou significância quando desembarcaram, por ordem de chegada ao cais, Rei Boio e Rainha Ália; Rei Kórnio e Rainha Bisca; Rei Negro Norato e Rainha Zomba; Rei Abas e Rainha Tessí; Rei Vel e Rainha Candelária; Rei Mende e Rainha Trapa; Rei Mor e Rainha Sissu; Rei Pindaíba e Rainha Tapera; Rei Naldo e Rainha Araci; Rei Manso e Rainha Tranha; Rei Incí e Rainha Régia, quase todos acompanhados de filhos e filhas, príncipes e princesas, seus próprios vassalos e dezenas de serviçais.

Professora Plínia, Mago Natu e Rei Médium saudaram a todos gentil e alegremente. Os convivas reais, ainda sob a execução magistral de melodiosas sinfonias, foram apresentados pela ordem de chegada ao Grande Rei, que a maioria deles ainda não conhecia pessoalmente, mas sabia de sua inteligência prodigiosa, de seus especiais talentos e de seu maravilhoso e perfeito reinado de sabedoria. Apresentados também à exuberante Rainha Alimpa, dirigiram-se num desfile de carruagens e bigas regiamente ornamentadas, encabeçados por doze parelhas de garbosos corcéis brancos, montados por cavaleiros da guarda real, ao som agudo das trombetas. Adentraram o portão principal do Palácio Fortaleza, rumo ao salão de recepções, para dali serem conduzidos até as Doze Casas de hóspedes onde se instalariam. À Rainha Gônia estava reservado um aposento especialmente decorado: a Câmara da Rainha. Ao Grande Rei reservou-se a Câmara do GRAU; e a Rainha Alimpa hospedou-se confortavelmente, dividindo os aposentos com a Professora Plínia.

O casamento do Rei Médium com a Rainha Gônia, oficiado parte nas dependências do Palácio Fortaleza e parte ao ar livre, na Praia da Lua Clara, foi a cerimônia mais esplêndida e sublime registrada em toda a vastidão daquele fabuloso reinado, notadamente abrilhantado pela presença fulgurante e extraordinária do Grande Rei, da excêntrica Rainha

Alimpa e dos doze reis e rainhas, príncipes e princesas, além de centenas de outros convidados.

A primeira parte da cerimônia, consagrada ao Sol, começou ao raiar do primeiro dia esplendoroso de verão. A segunda parte, consagrada à Lua, aconteceu na Praia da Lua Clara, ao anoitecer.

O toque altissonante de quatro trombetas despertou os convidados para a alvorada. Em poucos minutos, toda a realeza se movimentou e aguardava, no salão nobre do Palácio Fortaleza, a celebração que se iniciaria assim que chegassem o celebrante, o Grande Rei, e os noivos.

Os músicos, a postos num espaço especialmente reservado, iniciaram a execução de suaves acordes. Logo, uma revoada de pombas brancas e gaivotas arranjou no céu formas que se compunham e descompunham, desenhando no espaço azul as linhas de uma celestial partitura. O Astro Rei era a própria clave de Sol. Borboletas de lindas e variadas cores adentraram pelos janelões, esvoaçando numa coreografia surpreendente, até pousarem suaves sobre as flores que ornavam vasos de porcelana e jarros de ouro.

O Grande Rei, com seu manto púrpura bordado de ouro e brilhantes, compassadamente se dirigiu até o aparador de cristal, onde conduziria a ritualística da celebração solar daquele casamento real.

Seguindo o Grande Rei, um cortejo formado de doze encantadoras princesas e doze galantes príncipes, enfileirados aos pares, se aproximou lentamente. A primeira princesa, à semelhança de uma fada, portava uma cesta cheia de pétalas de rosas suavemente perfumadas, que atirava sobre a passadeira, evidenciando o contraste das vermelhas, que caindo sobre o maravilhoso tapete composto com as pétalas cor-de-rosa, simbolizavam o amor humano como atributo do Amor Divino.

Na sequência, quatro belíssimas princesas, representando os quatro Elementos da Natureza, entraram com seus pares. A princesa de vestido azul, com bordados incrustados de águas marinhas, segurava uma reluzente ânfora de ouro, contendo Água, o Elemento primordial da vida; a segunda, igualmente trajada na cor verde com bordados de pedras de esmeraldas, portava um recipiente no formato de uma terrina de prata, cheio do Elemento Terra, lembrando as dádivas da Mãe de Todos; a terceira, vestida de branco bordado de safiras, movimentava graciosamente um incenso aromático de sândalo, representando o indispensável e insubstituível Elemento Ar; e a quarta, em trajes amarelos bordados de rubis, tendo nas mãos uma lamparina de cristal acesa, conduzia o sagrado Elemento Fogo, que a tudo transforma e purifica.

As outras oito princesas, trajando-se nas cores do Arco-Íris, levavam em cestas de vime pequenas porções das sete ervas sagradas: alecrim, manjericão, sálvia, artemísia, malva, alfazema e camomila.

Solenes e alinhados, os doze príncipes, de branco, entraram portando o estandarte do Reino do Elo Dourado, uma espada Kalibu, especialmente feita para a ocasião, alguns livros das folhas curativas do Rei Médium, cestos com frutos e frutas da terra e potes de cristal com sal marinho, fel, vinagre, azeite e mel.

À medida que o cortejo de princesas e príncipes se posicionou nas duas alas laterais, emparelhados ao reluzente aparador de cristal, a celestial orquestra iniciou uma execução magnífica, com notas fortes e vibrantes, mas harmoniosas, realçando a grandiloquência daquele ritual.

Rei Médium garbosamente apareceu à porta da Câmara do Rei, caminhou em direção ao Grande Salão, sob um túnel de espadas cruzadas, empunhadas por doze vassalos de sua guarda pessoal, trajados de verde e branco. Quando se colocou em frente ao aparador de cristal, onde estavam os príncipes, princesas e o Grande Rei, curvou-se reverentemente, e voltando-se, dirigiu o olhar à entrada do Grande Salão. Neste momento, a orquestra executou, mais bela e suave ainda, a sinfonia que já se ouvira.

A Rainha Gônia surgiu, então, trajada de cor-de-rosa, com um manto azul-celeste, um longo véu branco sob a rica coroa cobrindo-lhe a face e os cabelos, acompanhada das suas doze damas de honra, que lhe seguravam a longa cauda do manto azulado.

A graciosidade e leveza da jovem e virtuosa Rainha ganhavam sublime realce pelo esvoaçar de colibris que a seguiam, numa dança coreografada e ritmada no mesmo compasso dos acordes harmoniosos de harpas, liras, címbalos e saltérios, que uma brisa benfazeja propagava em todas as direções. Todos os convidados, de pé, pareciam inebriados diante daquela visão.

Rei Médium, tomado de grande alegria, emocionou-se, seus olhos se encheram de lágrimas e seu coração bateu mais forte pela felicidade que o momento lhe proporcionava. Rapidamente recomposto, dirigiu-se ao encontro da sua bela amada. Encontrando-a, levantou-lhe o véu, beijou-lhe a testa e, segurando-lhe a mão direita, conduziu-a solenemente até a presença do Grande Rei.

Algumas rainhas, também emocionadas, choravam discretamente, até que o Grande Rei iniciou a cerimônia. Colocando diante de si os quatro Elementos da Natureza, disse em voz alta, impondo as mãos sobre os recipientes com Água, Terra, Fogo e Ar:

— Ó Grandioso Resplendor do Sol: pedimos a Vós que todos os Seres alcancem a pura Consciência e Luz. Que os Quatro Elementos da Natureza de que somos formados transmutem a Terra em frutos que nos alimentem; que a Água a tudo vivifique de plena Saúde e Paz; que o Ar nos transmute o espírito em Liberdade; e que o Fogo Sagrado renove e preencha a tudo com a mais sublime emanação do Amor!

Os noivos colocaram as mãos estendidas com as palmas viradas para baixo sobre os quatro elementos e repetiram cada frase pronunciada pelo Grande Rei. Depois dessa oração, as princesas que traziam as sete ervas e os príncipes com os potes de sal, vinagre, fel, azeite e mel perfilaram-se ante o Celebrante, que prosseguiu a celebração, revelando os significados das simbólicas oferendas das sete ervas e dos potes com os temperos. Especificamente, disse:

— Este é o Sal, com que se há de conservar todo o sabor da vida que, de agora em diante unidos, vivereis! Provai-o e senti seu gosto, para que tudo o que tiverdes de passar, seja com o sal do vosso agrado!

Cada um à sua vez, provou de um mínimo grãozinho do sal, colocando-o na língua. O Grande Rei prosseguiu:

— Este é o vinagre, cujo proveito dependerá de como o utilizares. Assim sejam os vossos humores. Que lhes sirva de tempero e não de azedume!

Assim também o provaram, molhando o dedo e o levando à boca. Seguiu-se a benção do azeite:

— Deste azeite sagrado tenham sempre a maciez que aniquila os atritos e que também vos sirva de antídoto a todo o tipo de desgastes!

E lhes untou a testa e os pulsos. Com o pote de fel às mãos, disse-lhes:

— Cuidai para que a amargura não se apodere dos vossos dias nem vos envenene os sentimentos. Usai do amargo indispensável à cura, mas precavei-vos de que o desgosto de um ao outro atinja.

Derramou gotas daquele extrato amargo sobre o chão, próximo dos pés de ambos. Por derradeiro, segurando o pote de mel, ordenou:

— Saboreai agora a doçura que vos inebria e deleita. Mas sede comedidos. Provai do mel e de sua candura, lembrando-se de que todo prazer também deve ter medida e limite. Eu vos abençoo em nome do Sagrado Sol e vos declaro, Rei Médium e Rainha Gônia, de agora em diante, unidos numa só carne e num só coração, para reinares num Só Reino, sob um Só Domínio, enquanto sobre esta Terra caminhares. Podem saborear deste mel.

Com uma pazinha de madeira, provaram do mel e, olhando-se ternamente, abraçaram-se, beijando-se.

Estava concluída a celebração solar do casamento.

À emocionante cerimônia seguiu-se a entrega dos presentes, com os efusivos cumprimentos dos reis e rainhas, príncipes, princesas e seus vassalos. Alguns reis encheram os olhos de lágrimas, rainhas suspiraram quase que a perder o fôlego, as princesas e donzelas acenderam no coração o desejo de um dia também realizar tão sonhadas bodas com os príncipes que lhes jurassem amor eterno.

Rei Médium, conduzindo pelas mãos a Rainha Gônia, convidou a todos para se dirigirem ao Salão de Banquetes, onde lhes aguardava faustosa refeição matinal.

O Grande Rei também os acompanhou, avisando-lhes que a segunda parte do cerimonial, na Praia da Lua Clara, à hora do pôr do Sol, seria celebrada pelo Mago Natu, para que se cumprisse o rito completo, segundo o costume e a tradição da Ordem do Tempo.

Os demais convidados, quase sete mil pessoas, entre eles os hospedados nas residências dos súditos na cidade do Elo Dourado, que não compartilharam da cerimônia Solar no Palácio Fortaleza, logo ao amanhecer, estariam no almoço e nas festividades da tarde, bem como no banquete após a celebração na Praia da Lua Clara.

Professora Plínia, sempre alegre, disposta e elegante, intensamente atarefada, coordenava todas as atividades e calculava das minudências até as enormes quantidades de alimentos que seriam preparadas para o colossal almoço e o jantar sob as tendas na Praia da Lua Clara para os sete mil convidados.

OS FALCOEIROS

A PROGRAMAÇÃO FESTIVA INCLUÍA TAMBÉM A APRESENTAÇÃO de músicos, mágicos, malabaristas, cantores, dançarinas, corridas de cavalos e a mais aguardada e apreciada corrida Numpésó, além da inédita atração anunciada pelo Grande Rei para abrilhantar o evento, desconhecida ainda de reis e rainhas do Ocidente, mas já difundida e apreciada pelos nobres das Cortes do Oriente: o desempenho dos falcoeiros e suas extraordinárias aves rapaces.

No galeão *Humilitas*, juntamente aos músicos e aos outros artistas, também vieram, a convite do Grande Rei, seis exímios adeptos da Falcoaria Real. O Grande Rei, ele próprio apreciador e Grande Mestre naquela arte, destacava-se soberano pela posse da mais bela e única ave de asas largas, uma portentosa Áquila de plumagem dourada, que não só lhe acompanhava por todos os lugares como lhe obedecia aos comandos: colocava e tirava-lhe da cabeça a esplêndida e incomparável coroa de brilhantes, esmeraldas, pérolas e rubis e pousava delicadamente sobre seus ombros, cobrindo-lhe com o magnífico manto cor de púrpura, que buscava antes de iniciar a celebração de quaisquer rituais.

Os seis nobres Falcoeiros, entre os melhores discípulos do Grande Rei, com aves mais modestas, sendo três exemplares de asas longas, falcões, e três exemplares de asas curtas, gaviões, se exibiriam, proporcionando a todos a oportunidade ímpar de conhecer as técnicas da excêntrica e aristocrática arte e seus secretos comandos, fascinantes pela argúcia, perspicácia e sujeição das rapinas.

Terminado o almoço, parte da tarde foi ocupada com o espetáculo da falcoaria. O Grande Rei liderava a apresentação, ordenando aos Falcoeiros que suas aves trouxessem apenas serpentes venenosas, animais peçonhentos ou ratos. Assim obedeceram. A cada voo espetacular ganhavam altitude, e das alturas mergulhavam como flechas na vegetação e subiam portando no bico ou nas garras répteis diversos, roedores de porte médio, grandes aranhas ou gigantescas centopeias.

Alguns feiticeiros, muito hábeis no trato com as serpentes, exibiam-se num espetáculo à parte, brincando com as cobras vivas, atordoando-as ainda mais com suas improvisadas flautinhas de taquara, até adormecê-las completamente. A plebe tanto se divertia aplaudindo a magia dos feiticeiros quanto mais ainda a aptidão dos Falcoeiros e a precisão de suas adestradas aves.

Os roedores capturados não ofereciam nenhum tipo de diversão complementar. Serviam apenas para pontuar nos quesitos quantidade e tempo que as aves demoravam para caçar e trazer as presas, conferindo o mérito de ótimo, bom e regular ao desempenho. O Grande Rei não competia. Apenas comandava o espetáculo, respondendo perguntas e explicando o que o Rei Médium e os outros reis, curiosos, queriam saber.

Rainha Gônia e Rainha Alimpa estabeleceram rapidamente forte laço de amizade. Sem mais interesse no espetáculo dos falcoeiros, retiraram-se, voltando ao Palácio Fortaleza. Rainha Gônia também precisava se preparar para a segunda parte do cerimonial do seu casamento, na Praia da Lua Clara. Com vontade de experimentar logo a novidade que ganhara de presente da Rainha Alimpa, dirigiram-se ao Salão de Higiene do Palácio, onde estava guardada a generosa quantidade de sabonetes Barra Alimpa, que receberam da Rainha de Sabom. Rainha Gônia, agradecida pelo exótico e luxuoso presente, imediatamente quis compartilhá-lo e mandou chamar as outras amigas rainhas com suas filhas, que certamente também apreciariam experimentar a maravilhosa sensação de frescor, maciez e perfume que o produto prometia ao se impregnar na pele.

Enquanto reis, príncipes, vassalos e súditos continuavam se divertindo no pátio externo do Palácio Fortaleza, com as aves dos falcoeiros desenhando no espaço azul as acrobacias mais elegantes e arrojadas, as rainhas, com suas filhas e damas de companhia, reunidas no Salão de Higiene do Palácio, maravilhavam-se com as barras de "sabonetes" que Rainha Gônia lhes oferecera.

Algumas logo se despiram. Sem acanhamento e nenhuma timidez, deliciaram-se sob chuveiradas de água fria, esfregando no corpo o exótico produto, que numa espécie de inebriante magia dissolvia-se, transformando-se em espumante e perfumada substância detergente. Rainha Alimpa, enquanto apresentava-lhes sua própria coleção de barras perfumadas, autoconfiante, mostrou-lhes, tirando suas vestes, a maior inovação da moda entre as Rainhas do Oriente: suas pernas, axilas e partes íntimas totalmente lisas, sem pelo algum. Algumas riram de não se conter diante da novidade. Outras, mais peludas, admiradas, quiseram logo saber de que jeito e qual a possibilidade de também se livrarem dos próprios pelos que, em determinados momentos, lhes causavam tanto desconforto e constrangimento. E ainda teve uma que duvidou, achando que a Rainha Alimpa nunca fora peluda.

Sem se importar com a Rainha Zomba, que continuava dando estrepitosas gargalhadas vendo suas partes depiladas, a Rainha Alimpa mostrou-lhes um pote do produto mágico: uma pasta dourada, muito viscosa, que ela aprendera a manipular a fórmula com o Grande Rei durante o período de sua iniciação nas ciências da Alquimia.

Rainha Gônia interessou-se por conhecer a dita fórmula secreta, pedindo que a Rainha Alimpa lhe ensinasse como fazer e como aplicá-la em si mesma, porque seu excessivo pudor e virtuoso recato não lhe permitiam que ela se desnudasse diante de outras mulheres. Rainha Alimpa entregou-lhe um pequeno pote de vidro com o visgo depilatório e perguntou às amigas quais desejavam se submeter ao procedimento, para que a Rainha Gônia pudesse aprender a utilizá-lo, comprovando a eficácia.

— Dói? — perguntou Rainha Araci, grávida de seu primeiro filho.

— Como um puxão de cabelo — respondeu Rainha Alimpa.

— Então comece por mim — disse Rainha Ália, a mais idosa e peluda de todas.

— Serei a primeira — adiantou-se a Princesa Putha, filha do Rei Inci e da Rainha Regia, a mais jovem, bela e sensual de todas as princesas.

A primeira a ser depilada, pela ordem de necessidade, foi mesmo a Rainha Ália. Rainha Alimpa solicitou que providenciassem umas peças de tecido para que pudesse mostrar como aplicar o produto. Rainha Ália lembrou-se de que havia trazido uma grande quantidade de panos apropriados para secar as mãos e se enxugar após o banho, no formato de retângulos de aproximadamente duas braças de comprimento por uma de largura, que ela havia bordado delicadamente para presentear à Rainha Gônia.

Imediatamente, foi até seus aposentos e trouxe uma daquelas peças. Rasgando-a em faixas, entregou-as à Rainha Alimpa. Iniciada a aplicação do visgo depilatório na perna da Rainha Ália, cada arrancada da tira com os pelos era comemorada com um "Oooohhh!" de admiração das que assistiam, enquanto a Rainha Gônia, aprendendo o *modus operandi* da depilação, atenciosa, dirigiu-se à amiga:

— Já sei como fazer. Irei aos meus aposentos... até a hora da cerimônia da Lua estarei pronta!

— Tá precisando das tiras de pano? — indagou-lhe a Rainha Ália, com uma das pernas bem lisinha.

— 'tô, Ália — confirmou a Rainha Gônia.

Pegou suas "tiras" de tecido, que dali em diante se denominaram *tô-alias*, deixando as amigas naquele frenesi de depilação maravilhadas com o efeito mágico daquele tratamento próprio à feminilidade.

Quando a Rainha Gônia se retirou do Salão de Higiene, a Rainha Trapa, desdenhando-lhe o comportamento excessivamente recatado, comentou com a Rainha Bisca:

— Ela não tira as roupas perto de ninguém...

— Dizem que nunca foi vista nua. Não se despe nem diante das camareiras.

— Coitado do marido! Vai ter que dormir com ela vestida! — arrematou a Rainha Zomba, desatando a rir.

— Dizem, Tranha, que ela guarda um segredo que só a mãe dela, Rainha Tarope, e a parteira, aquela senhora, lembra? A Natividade da Luz, conheciam, mas nunca revelaram, nem deixaram que outros descobrissem — cochichou maliciosamente a Rainha Bisca aos ouvidos da Rainha Tranha.

— Será que é aleijada? — indagou Rainha Zomba, que ouvia os comentários e queria entrar na conversa.

— Defeito físico? Claro que não... Ela é bonita demais... E tão graciosa... — Observou Rainha Ália, lembrando-lhes de que o filho que nascesse da Rainha Gônia haveria de se casar com a primeira filha do Rei Naldo e da Rainha Araci, que já estava grávida de quase sete meses.

— Vai ver que ela só tem *aquilo* diferente — disse debochadamente a Rainha Zomba, às escâncaras.

Enquanto a Rainha Zomba ria, Rainha Alimpa, ouvindo os inconvenientes e desnecessários comentários, interrompeu a depilação nas axilas da Princesa Putha, dizendo:

— Amigas, pelo menos, não falem bobagens.

A SINA DA TAL TARUGA

Dando-se por finalizadas as apresentações de Cetraria, que divertiram e encantaram tanto os nobres quanto os plebeus, o Mago Natu aproximou-se do Grande Rei e disse-lhe aos ouvidos:

— Grande Rei, algo me inquieta... Comanda para um único e derradeiro voo sua Áquila Áurea!

De imediato, o soberano aproximou-se da alcandora, desatou o nó da avessada e, retirando o caparão da cabeça de sua portentosa ave, ordenou:

— Voa, Áquila Áurea! Agarra aquela que está perto, mas não a vemos; coloca ovos na areia, mas não é uma ave; parece nova, mas é velha; está como réptil, mas é mulher. Não lhe biques os olhos nem a cabeça. Vire-a de barriga pra cima e traga-me sem feri-la!

A gigantesca águia sacudiu-se, ajeitando a plumagem dourada, meneou a cabeça ligeira e, erguendo-se, alçou voo elegante e aprumado. Alcançando grande altura, planou no ar e, fechando as asas, rápida como um raio, flechou na direção da Praia da Lua Clara. Em poucos segundos erguia-se novamente, trazendo preso entre as afiadas garras um enorme réptil, seis vezes mais pesado do que seu avantajado porte. Largando-o próximo ao Grande Rei, meneou a cabeça, como a pedir aprovação pelo exato cumprimento da ordem, e retornou para a alcandora.

Gritos de espanto admirados acrescentaram-se ao entusiasmo dos famosos Falcoeiros, reconhecedores da superioridade de seu mestre e da singularidade de sua ave dourada. Mago Natu respirou profundamente e, dirigindo-se ao réptil reconhecendo-o, surpreendeu-se:

— És tu, Taruga Quelônia? O que fazias nas areias da Praia da Lua Clara?

— Ah, essa que é a feiticeira, a *Tal Taruga Quelônia*, temível mulher do Bruxo Neno? — perguntou Rei Médium ao Mago Natu, esperando sua confirmação.

— Exatamente, amigo —, respondeu Mago Natu —, a tal que enfeitiçou Rainha Olinda, vossa mãe, matando-a, quando ela esperava vosso único irmão, que nasceu de sete meses e não sobreviveu.

O Imperador Médium lembrou-se do dia em que sua mãe, Rainha Olinda, morreu, logo depois do parto prematuro do irmãozinho, que ainda sobreviveu algumas horas, morrendo assim que seu pai, o Rei Pay, pronunciou seu nome. Viveu o tempo necessário para confirmar o nome. Rei Pay chamou-o de Príncipe Marmo. À pronúncia desse nome, Marmo morreu. Rei Pay chorou sete dias seguidos a morte da mulher e do segundo filho. Permaneceu daí por diante viúvo solitário, cultivando hábitos excêntricos: dizia todas as palavras ao inverso e só dormia em pé, no mesmo quarto onde a mulher dera à luz e morrera. Quinze anos depois morreu também, não se sabendo do quê, deixando no trono o filho primogênito, Príncipe Médium.

— Vamos mandá-la de volta — sugeriu o imperador, sentenciando-a —, para bem longe daqui. Águila Áurea fará isto... Feito isso, nos livraremos dela para sempre.

— Não — interrompeu o Mago Natu. — De agora em diante, teu feitiço será tua sina — acrescentou —; serás para sempre a Tal Taruga... Continuarás colocando e escondendo ovos sob as areias. Teus ovos também servirão de alimento a outros viventes. Terás vida demasiado prolongada e já não fareis mal algum.

A mal-afamada e temida feiticeira Taruga Quelônia derramou uma lágrima em cada um dos olhos, retirando-se vagarosamente, sob o peso do pesado casco, que lhe serviria de abrigo, rumo à Praia da Lua Clara. Foi enterrar, ainda mais profundamente na areia, os cento e quarenta e quatro ovos gorados, apodrecidos e malcheirosos que havia colocado sob o tapete de pétalas de rosas por onde passaria a Rainha Gônia na hora da celebração lunar de seu casamento.

Se a noiva pisasse sobre aqueles ovos, quebrando-os, emporcalharia irremediavelmente seus calçados. Forçada seria a arrancá-los dos pés, perante os convidados, porque não suportaria o desconforto e o mau cheiro. Destarte, finalmente, teria que revelar ao grande público o motivo de resguardar com tamanho pudor seus misteriosos pés.

Com a irreversível transformação da mulher Taruga Quelônia naquele réptil asqueroso, Bruxo Neno mais ainda se aproximou do casal de soberanos do Reino de Trindade, Rei Mor e Rainha Sissu. Quando teve notícias de que sua mãe, a Feiticeira Zureta, conhecida como a *Sacerdotisa das Sombras*, ou Feiticeira Zuzu, fazia tempo que havia deixado o Reino de Avilhanas, perambulando por alguns outros reinados, com a intenção de finalmente um dia fixar residência no Reinado de Trindade, Bruxo Neno viu descortinar-se a oportunidade de conseguir as graças de Rei Mor e convidá-lo também a mudar-se do Elo Dourado e morar em Trindade.

Indignado, não disfarçava seu desgosto e contrariedade. A irremediável transformação imposta pelo Mago Natu na presença do Grande Rei à sua infernal, mas fiel companheira, feiticeira Taruga Quelônia, a *Tal Taruga*, ultrapassava seu poder para desfazimento do feitiço. Sentindo-se impossibilitado de convertê-la novamente em gente, reconheceu, a contragosto, sua impotência para invalidar ou desfazer a triste sina ditada por Mago Natu. Tomado de fúria, desabafou-se com Rei Mor:

— Não posso desfazer o que Mago Natu fez, desta vez, com a Taruga Quelônia, mas prometo que ainda vou aniquilar esse Mago Natu! Hum... Veremos — disse debochando —. Ele ainda vai ver do que o Bruxo Neno é capaz. Vou fazer um cardume de gente virar peixe!

— Posso saber que tipos de peixes, Bruxo Neno? — instigou, curioso, o Rei Mor.

— Peixe que ainda não existe! — exclamou o Bruxo Neno.

— Vade retro! — esconjurou-se o Rei Mor.

— Vereis! Enquanto Mago Natu reza, Bruxo Neno o despreza!

A COBIÇA DAS MANDRÁGORAS

Bruxo Neno espreitara de longe quando o Grande Rei entregou ao Mago Natu um misterioso volume coberto por um tecido de seda vermelha. Prestara atenção ao ouvi-lo dizer que eram as *mandrágoras*. A menção da palavra "mandrágoras" remeteu-o a uma das últimas visitas que fizera à sua mãe, a Feiticeira Zureta, a Sacerdotisa das Sombras, apelidada Feiticeira Zuzu, quando ela ainda morava lá para os lados das longínquas terras do excêntrico e folgazão Rei Albe, o Rico, no Reinado de Avilhanas — O tal rei que se suicidou pendurando-se pelo pé, totalmente nu, no forcado do galho de uma figueira-do-inferno.

Uma história que ele, Bruxo Neno, particularmente se interessara em conhecer exatamente, porque tudo o que contavam de escabroso sobre o suicídio do Rei Albe, o Rico, e do aparecimento da assombração da *Mula Sem Cabeça* começaram por causa das mandrágoras que sua avó, a Bruxa Bizarra, cultivou secretamente, e sua mãe aprendeu como utilizar em rituais de magia sexual, inclusive com o Rei Albe, o Rico.

Ouvira sua mãe contar que a vovó Bizarra deixara registros inacreditáveis, mas verídicos porque comprovados, de feitiços e encantamentos que concretizou com a aplicação das miraculosas poções, pomadas e dos unguentos produzidos a partir das mandrágoras, ensinando também a ela, a Sacerdotisa das Sombras, a como prepará-los e utilizá-los.

Feiticeira Zuzu contou-lhe, entre outros segredos, que muitos nobres, reis e rainhas já haviam se obsequiado com os poderes absolutamente extraordinários das mandrágoras, para amealhar fortunas, despertar paixões avassaladoras e aniquilar indesejáveis inimigos. Ou tudo isso de uma vez.

O próprio Rei Albe, antes de ser cognominado o Rico, teria se beneficiado daquelas praticidades mágicas, administradas ritualmente em poções e pomadas conjugadas às *abracadabrâncias* apropriadas, para conseguir se casar com Rainha Alzira, de quem recebeu por dote imensa porção de terras. Bafejando-lhe a boa sorte de trazer-lhe fortuna, localizara naquelas terras o maior filão de pedras preciosas verdes: as cobiçadas esmeraldas, as maiores e mais perfeitas já garimpadas pelos arredores.

Rei Albe, o Rico, frequentemente mencionado pelo Bruxo Neno como melhor referência quando o assunto era os efeitos das magias atribuídas às mandrágoras, ganhara mais destaque ainda, porque sua proibitiva e censurada biografia, a despeito do final infeliz, havia perpetuado um encantamento que nem o Mago Natu conseguira repelir: o aparecimento fantasmagórico da *Mula Sem Cabeça*.

Gabando-se de ser um dos poucos conhecedores da secreta origem da Mula Sem Cabeça, Bruxo Neno aproveitou a curiosidade do Rei Mor pelo assunto e o interesse da Rainha Sissu em se submeter aos anunciados prodígios ritualísticos das mandrágoras para conseguir engravidar. Perguntou ao Rei Mor:

— O Senhor Rei Mor deseja mesmo saber tim-tim por tim-tim do acontecimento? Não vou poupar detalhes.

— Já conheço muita coisa desta história. Esquecestes de que sua mãe, a Feiticeira Zuzu, agora é súdita do Reinado de Trindade? — perguntou-lhe o Rei Mor.

— Ah, sim, claro. Mas garanto ao Senhor que tem coisas que eu sei que ela ainda não sabe — disse, jactando-se.

— Fale-me então do que sabes. Cada um que conta um conto, aumenta-lhe um ponto. Nem vossa mãe quis me revelar toda a história, alegando segredo de profissão. Como sabeis, então, mais do que ela?

— Esquecestes de que sou um Bruxo e minha mãe é apenas uma Feiticeira? Também tenho meu jeito de saber das coisas...

— Quero ouvir-vos, então. Conte-me.

— O Rei Albe, o Rico, era pouco mais jovem que a Rainha Alzira, a quem chamava, carinhosamente, *minha velha rainha*. Rainha Alzira ainda é uma senhora bonitona, de longos cabelos grisalhos ondulados, apetrechada de farturas no traseiro e no dianteiro, inteligente, educada, muito habilidosa na arrumação e na lida palaciana. Não gosto dela, particularmente, mas não posso desconhecer suas qualidades.

— Disso também sei. Conheço bem a Rainha Alzira e sei o quanto é mordaz e sarcástica, além de ser uma cobra perigosa — acrescentou Rei Mor —. Rei Albe, a pretexto de se fazer de engraçado, utilizava-se não raro de repertório chulo, frases feitas, bordões vulgares que causavam ojeriza. À custa de grande sacrifício Rainha Alzira suportava as bufonarias do marido. Não raro ironizava, recriminando-o pela mania indecorosa de expelir gases sem qualquer constrangimento ou pudor diante de eminências, ou por se envolver em simplórias manifestações de diversão popular, revelando fascínio e atração pelos traseiros das criadas e das camareiras.

— Ahn, sabeis também destas maneiras do Rei Albe, o Rico, Rei Mor?

— Bruxo Neno, não vos esqueçais de que sou rei — advertiu-o, para que não se esquecesse de algumas formalidades necessárias ao trato com os soberanos.

— Hannnn, hannn — limpou a garganta, meio desconcertado, desculpando-se pelos modos poucos corteses. Rei Mor, para mostrar sua superioridade, prosseguiu:

— Ora... Rei Albe, o Rico é da mesma estirpe familiar do Rei Médium. Mas nem de longe o tio-avô foi exemplo de finura ou polimento. Ao se casar com a Rainha Alzira, recebeu por dote uma significativa extensão de terras fabulosamente selvagens, virgens ainda, cujas riquezas não estavam exploradas nem se avaliava a grandeza. Nas herdades da Rainha Alzira, anexadas pelo contrato nupcial às terras do Rei Albe, um grande veio de pedras preciosas; encontrado logo depois do casamento, guindou-o à posição de mais afortunado dentre todos os contemporâneos, justificando acrescentar-lhe ao nome o cognome de *o Rico*. Sua jazida de esmeraldas era um filão tão grande que, até hoje, comentam com algum exagero, poderia se dar ao luxo de pavimentar o palácio com as preciosas pedras verdes. Por isso a denominação do seu paço, Palácio das Esmeraldas.

— Até aí, quem conheceu o Rei Albe, o Rico, e a Rainha Alzira sabe que era desse jeito mesmo... — interrompeu o Bruxo Neno, querendo impressionar o Rei Mor, contando-lhe mais a respeito das particularidades do casal:

— Assim que o primogênito, *Calico*, nasceu de um complicado parto prematuro, acarretando intenso sofrimento e uma hemorragia que quase a levou a óbito, a Rainha Alzira, com receio de engravidar uma segunda vez, passou a evitar, por seus próprios meios, manter relações íntimas com o garanhão do marido.

— Bruxo Neno, não me interessam essas minudências nem os segredos de alcovas alheias. Também sei dos costumes noturnos do Rei Albe, o Rico, que, contrariado e aborrecido, não se conformava com as recusas da mulher e, para pirraçá-la, vingava-se de sua frigidez, contrariando-a também. Levantava-se, largando-a sozinha na cama e saía, a esmo pelo reinado, cavalgando a Mula *Tá*, aquela besta preta de sete palmos de altura... Ah, que mula! Quisera eu conseguir semelhante montaria! Horas depois, vencido pelo cansaço ou compensado pelo desprezo que também impunha à mulher, no clarear do dia voltava à alcova quando, na maioria das vezes, não encontrava a Rainha Alzira, que já havia se levantado.

— Mas é justamente a partir daí que a história fica boa! — garantiu o Bruxo Neno —. Daí é que entram os serviços prestados pela minha mãe, porque minha avó, ela mesma, não conseguiu completar o trabalho.

Rei Mor, porém, interessara-se menos pela história do Rei Albe, o Rico, e mais pelos planos do Bruxo Neno para aniquilar ou desacreditar seu opositor, Mago Natu. Indagou-lhe o que de fato conhecia sobre os poderosos encantamentos com as mandrágoras e do que precisava para utilizá-las.

Bruxo Neno explicou que aprendera com sua mãe uns minguados feitiços, coisas de somenos importância, mas suficientes para fazer a mulher que desejasse apaixonar-se por ele, engravidar ou, ainda, adquirir qualquer tipo de fortuna. Havia um *porém*. Não conseguira, ainda, sua própria erva mágica, porque os dois únicos exemplares cultivados pela família há anos, sua avó, Bruxa Bizarra, arrancara e, depois de colhidos, foram inteiramente utilizados pela Feiticeira Zuzu naquele trabalho encomendado e pago antecipadamente pelo Rei Albe, o Rico, conforme relataria...

— Se não possuis as mandrágoras, como, então, quereis transformar gente em bicho ou ainda fazer com que eu consiga engravidar minha mulher?

— Pra transformar gente em bicho, não careço das mandrágoras. Tenho meu próprio sistema.

— E pra conseguir que eu engravide a Rainha Sissu?

— Também tenho meu próprio sistema — respondeu-lhe o Bruxo Neno.

— Por que desejais as mandrágoras, então, se não dependeis delas para conseguir o que pretendeis?

— Minha mãe contou-me que...

A MORTE DA BRUXA BIZARRA

— Vovó Bizarra, a única bruxa daquelas paragens que conhecia o modo de utilização das mandrágoras, mas não havia induzido ainda a reprodução delas, sabia, como ninguém, pronunciar as abracadabrâncias para fazer poções e pomadas que proporcionavam transformar pessoas em animais e vice-versa. Por descuido, na hora de colher os dois únicos e últimos exemplares que restavam, uma macho e uma fêmea, para atender ao pedido do Rei Albe, o Rico, antes de fazer a propagação das plantas, esqueceu-se de que havia amarrado os dois exemplares no mesmo cachorro. Quando o cão puxou as mandrágoras, ui... Chega arrepio, soltaram dois gritos tão apavorantes que, em vez de matarem só o animal, vovó Bizarra também foi atingida e caiu dura de susto. Morreu na hora, junto com o cachorro! Espalharam o boato de que a velha bruxa morreu no grito.

— Que morte bizarra! — comentou Rei Mor, admirado —. Pensava que as bruxas só morressem quando atingidas diretamente por raios, fenômeno relativamente incomum, ou quando seus feitiços voltavam-se contra elas mesmas... O que não é tão incomum assim. Termine de contar a história do Rei Albe, o Rico, e sua Mula Sem Cabeça.

— Pois bem — prosseguiu o Bruxo Neno seu minucioso relato —, conforme eu ia dizendo, no mesmo local onde o Rei Albe, o Rico, estava morto, pendurado pelo pé, jaziam outros dois corpos decapitados: o do Senhor Dugo, o Feitor, criado de confiança da Rainha Alzira, e o da Mula *Tá*, a besta de montaria preferida do Rei Albe. As cabeças do Senhor Dugo e da Mula *Tá* foram encontradas depois que os procuradores da Rainha Alzira escavaram próximo dos cadáveres, onde havia indícios de terra remexida. Cavoucaram e encontraram logo abaixo, quase na flor da terra, a adaga do Senhor Dugo com sangue na lâmina, mas o Rei Albe, o Rico, não apresentava nenhuma marca de ferimento no corpo. As duas cabeças foram encontradas no mesmo buraco mais profundamente, porque foram enterradas juntas.

— Disso também sei eu — emendou o Rei Mor.

— Deveras... Então me conta o que eu não sei, Senhor Rei Mor, solicitou o Bruxo Neno.

— Embora muito se comente sobre esse insólito e escabroso acontecimento, o infamante suicídio do Rei Albe, o Rico, permanece com alguns aspectos obscuros, envoltos em profundo mistério. Primeiro, não se entendem os motivos pelos quais o rei tenha se suicidado; segundo, por que amarrou-se pelo pé e se pendurou de cabeça pra baixo, sendo que o normal é quem se enforca amarrar a corda no pescoço? Terceiro, por que o corpo da sua besta de estimação, a mula *Tá*, também decapitada no local, foi encontrado com um enorme rasgo na barriga, aberto de um lado a outro, como se alguém tivesse retirado alguma coisa que não eram suas vísceras? Quarto, por que as cabeças do Senhor Dugo e da Mula *Tá* foram enterradas juntas e seus corpos colocados um ao lado do outro, bem debaixo do lugar onde o Rei Albe, o Rico, amarrou o bridão para nele se dependurar? Quinto, Rei Albe, o Rico, haveria mesmo cometido suicídio? A sexta pergunta, que ainda não tem resposta: o que a Rainha Alzira tem a ver com tudo aquilo, se exatamente nove meses depois a rainha teve outro filho?

— Com certeza, minha mãe, a Sacerdotisa das Sombras, tem todas essas respostas. Pelo que me contou, o reinado de Avilhanas ficou em polvorosa quando a notícia se espalhou. A agitação e o burburinho aumentaram porque, coincidentemente, na noite do desaparecimento do Rei Albe, o Rico, e do Senhor Dugo, uma criança recém-nascida foi deixada dentro de um cesto, no portão dos fundos do Palácio das Esmeraldas.

— Pois bem. De onde viera? Quem seriam os pais da recém-nascida surgida não se sabe de onde? Por que a Rainha Alzira a adotou como se fosse filha e evitava mostrá-la ou exibi-la nas festas públicas? Seria mesmo o Rei Albe, o Rico, pai do menino Rasku, que a Rainha Alzira dera à luz, exatamente nove meses após aquele medonho acontecimento? — perguntava o Rei Mor ao Bruxo Neno.

— Nem a Rainha Alzira sabe de tudo — respondeu o Bruxo Neno —. O único que conhece toda a história, desde o princípio até o fim, é o *Magnético*... Mas eu não tenho coragem de perguntar a ele. Não vou me sujeitar a revelar que, embora eu veja coisas do passado e adivinhe o futuro, tem coisas que só um mago de verdade pode conhecer com exatidão.

— Portanto, Bruxo Neno, reconheçamos, a Rainha Alzira teve motivos de sobra pra expulsar vossa mãe de seus domínios. Até eu o faria.

— Bom, acho mesmo que o Senhor Rei sabe tanto quanto eu sobre o caso... Mas voltemos ao que nos interessa. Depois do que aconteceu à minha Taruga Quelônia, não me apraz morar mais neste reinado. Acho que já não terei os mesmos privilégios, agora que o rei se transformou em imperador e o Mago Natu recebeu as mandrágoras que o Grande Rei havia prometido.

— Quanto ao nosso contrato, o que me garante que vais cumpri-lo?

— Dê-me o tempo necessário. Ainda hoje vou usar da minha influência e dos meus variados recursos para enfeitiçar a joia da Tia Ara, que a imperatriz deveria, eu disse, note bem, de-ve-ria, usar no cerimonial desta noite... Preciso agir... depois nos veremos!

A CERIMÔNIA LUNAR

Rainha Alimpa lembrou-se, após a divertida sessão de depilação com as amigas, que, pelo menos, pareciam mais atraentes, perfumadas e higiênicas, que havia se comprometido de ensinar à Rainha Gônia alguns truques para realçar ainda mais o brilho de seus olhos, destacar o formato dos lábios e tornar suas faces mais coradas. Juntou sua caixa de prata contendo os elaborados produtos compostos de resinas, seivas, óleos vegetais, ervas aromáticas, cera de abelhas, mel e outras substâncias naturais que mantinha em segredo, e atravessou todo o grande pátio do Palácio Fortaleza, sentindo uma suave brisa assanhando os cabelos soltos. Bateu à porta da Câmara da Rainha.

Rainha Gônia, que já havia se depilado e tomado banho, suavemente perfumada, vestida num deslumbrante modelo de pura seda vermelho carmesim, recebeu-a enfatizando:

— Temos pouco tempo... O pôr do Sol se aproxima! — colocando o relógio de areia na posição invertida, entregou-se aos cuidados da amiga. Observando-lhe a riqueza do vestido, Rainha Alimpa perguntou:

— Quem o fez?

— Era da minha mãe, Rainha Tarope. Foi com esse que ela também se casou às margens do Rio da Madeira.

— Formidável! — exclamou a Rainha Alimpa —. Já tens alguma coisa velha para usar. Falta-lhe agora algo azul... alguma coisa nova e alguma outra coisa emprestada.

— Usarei o mesmo manto azul que vesti na cerimônia do Sol, ao amanhecer. Estou de calçado novo, mas falta-me alguma coisa emprestada.

Imediatamente, Rainha Alimpa tirou de sua caixa de prata um par de peças tecidas de fios de seda, no formato dos pés com o prolongamento da perna, autorizando:

— Usa isto. Servirá para lhe proteger os pés, caso precise tirar o calçado. Não lhe darei, porque é emprestada. Portanto esta peça não é minha, nem é sua. É *meia* minha, *meia* tua... Depois me devolverás.

— Que engraçadas, as meias! — observou Rainha Gônia e sorriu —. Colocarei nos pés ao sair.

Rainha Alimpa, com muita habilidade, deixou o rosto da Imperatriz Gônia ainda mais belo. Realçou-lhe tão somente os cílios com uma pasta negra, aplicada com um bastãozinho envolto num chumaço de algodão, esfregou-lhe discretamente nas maçãs do rosto um pó rosado e terminou aplicando nos lábios, com a ponta do dedo, uma mistura oleosa vermelha, pouco adocicada, que tirou de um minúsculo potinho dourado.

— Quero me olhar. — disse a Imperatriz Gônia, levantando-se e colocando-se diante do grande espelho de cristal.

— Será que ele vai aprovar? — perguntou insegura e pensativa.

— Certamente. Você é a rainha mais bela que já vi. Ei, parece-me que está se esquecendo de alguma coisa importante.

— Bem lembrado! A joia da Tia Ara, que deverei usar na cerimônia de hoje à noite!

— Onde a guardou? — perguntou a Rainha Alimpa.

— Por favor, está sobre o aparador de cristal, no Grande Salão em que me casei pela manhã.

— Espere. Não demoro.

O FURTO DA TIARA

Todos os súditos da cidade do Elo Dourado, reis e rainhas, príncipes e princesas convidados já se juntavam à Praia da Lua Clara. Aos poucos, vinham se acomodando nos espaços reservados, próprios às suas classes e categorias, identificados por placas de ouro, gravadas com os nomes das famílias e afixadas nas tendas brancas exuberantemente enfeitadas pela Professora Plínia. Incontáveis arranjos com flores de orquídeas, penas de pavão, fitas de seda brancas e douradas transformavam o lugar num cenário de inebriante beleza, à altura do acontecimento.

O Sol ia declinando, mergulhando toda a extensão da planície numa luz vermelho-dourada, desenhando no horizonte contornos marrons-acobreados, com a sombra da vegetação projetando no horizonte grande barrado, onde se escondia. Em vivo contraste entre o alaranjado-vermelho do lado do poente e o azul-cerúleo do lado do nascente, toda a abóboda celeste configurava uma pintura de maviosa e comovente contemplação. A Lua Cheia já se mostrava, surgindo esplendorosa do lado oposto.

Todos os súditos do Reino do Elo Dourado, inclusos os cortesãos da Rainha Gônia, que vieram do Reino da Madeira, já então unificados pelo casamento celebrado de manhã pelo Grande Rei, agora denominado Império do Elo Dourado, e os demais convidados dos outros reinos, ordeira e elegantemente sentados nos bancos escavados nas finas e límpidas areias da Praia da Lua Clara, ouviam melodiosas execuções musicais, enquanto aguardavam a chegada dos nubentes.

O Imperador Médium veio primeiramente acompanhado do Grande Rei e do Mago Natu. Garboso, apresentou-se trajado com uma túnica azul-celeste sob o manto vermelho bordado com fios de ouro e incrustações de pérolas e esmeraldas, peça herdada de seu falecido pai, o Rei Pay, que, por sua vez, recebera de presente do tio suicida, Rei Albe, o Rico, soberano de Avilhanas — aquele que foi encontrado por seus procuradores, nu, em ultrajante situação, pendurado pelo pé direito, preso ao bridão de sua besta de montaria, a Mula *Tá*, de cabeça para baixo, esticado no forcado do galho de uma frondosa figueira-do-inferno: caso contado e recontado por todos os lugares, mas envolto em nebulosas nuances de magia negra e indecifráveis mistérios.

Deslumbrante, a Imperatriz Gônia surgiu em uma carruagem branca e prateada. O Imperador Médium tomou-a pelas mãos e carregou-a no colo, impedindo-a de pisar sobre a extensa passadeira de pétalas de rosas. Caminhou cuidadosa e suavemente, como se evitasse pisar sobre ovos, até o altar da cerimônia, um pergolado recoberto de flores diversas e iluminado com archotes que irradiavam uma luminosidade azulada e espargiam inebriante fragrância de alecrim. Quebrou, assim, um protocolo ritual, atendendo recomendação enfatizada pelo Mago Natu, antes de chegarem à Praia da Lua Clara:

— Não permita à Rainha Gônia pisar diretamente o chão. Alguns dos ovos gorados e enfeitiçados que a Tal Taruga Quelônia escondeu sob as pétalas das flores nas areias podem não ter sido totalmente retirados. Cuidado para não pisá-los. Trariam mau agouro ao seu casamento, além do odor insuportável.

Só depois que a noiva estava ao seu lado, o imperador percebeu que ela usava no dedo anelar da mão direita apenas o anel de pérola negra que pertencera à Rainha Olinda, mãe do Rei Médium. A peça de ouro com os quatorze camafeus de marfim e os cento e quarenta rubis, usada pela última vez pela sua Tia Ara, no dia do casamento com o Tio Arnaldo, a mais importante joia de família do Rei Ofin e da Rainha Tarope, cujos camafeus retratavam mães, pais, avós e bisavós, ascendentes da sua linhagem real, não estava sobre sua cabeça.

Antes que Mago Natu abrisse a celebração ritual, o noivo perguntou baixinho à imperatriz:

— Esqueceu-se de colocar a joia de camafeus e rubis?

Discretamente, ela respondeu:

— Não estava sobre o aparador de cristal, onde a deixei, nem entre meus pertences... Não consegui encontrá-la.

Ouvindo o pequeno e discreto diálogo, Mago Natu murmurou algumas sílabas, sem que ninguém, além dos dois, percebesse:

— "Y" está com a tiara! — e iniciou o cerimonial do casamento, mesmo com a noiva sem a joia da Tia Ara. Impondo-lhes a mão sobre as cabeças, pronunciou em alta voz:

— Traga a luz consciência a cada experiência que vivereis. Venham as luzes da alegria e da gratidão tão frequentemente quanto possível!

— Bebei da energia desta luz vinda da Lua, das Estrelas e de toda Natureza que vos é dada neste momento. Que a vibração desta expansão irradie sobre vossos seres, tornando-vos também luz, infinita Luz. Sois Luz. Vieste da Luz, à Luz volvereis.

— Estamos honrados de nessa oportunidade unir-vos no brilho resplandecente da Luz da Lua. Sereis sempre como um só Corpo-Alma-Reunidos-Num-Espírito: CARNE, um para o outro.

A lua cheia, no alto do céu, irradiou uma luminosidade cor de mel. O Grande Rei, que assistia de pé à cerimônia, próximo do Mago Natu, entregou um cabochão de diamante nas mãos da Imperatriz Gônia, fechando-lhe a mão com a preciosa raridade. Trouxe para junto a mão do marido, segurando-as unidas, enquanto Mago Natu proclamou seu vaticínio:

— *Contando de hoje a três anos, quando Sol e Lunes estiverem na Casa Gemini, a Imperatriz Gônia dará à luz dois filhos gêmeos, Príncipe Urucumacuã e Príncipe Kurokuru, no momento em que um grande pássaro branco, desconhecido neste Reinado, pousar na janela dos aposentos reais. Um nascerá com a luz do dia, regido pelo Sol. O outro com a chegada da noite, regido pela Lua. Um será Fogo. O outro Terra. Haverá muita festa e muita alegria, com seus nascimentos, mas nenhum dos dois herdará este trono. Um deixará um grande tesouro que ficará por milênios oculto. O outro será deste tesouro eterno guardião, até que a Sacerdotisa dos Cabelos de Prata descubra-o e o revele!*

Inclinou-se em reverência diante do Grande Rei, ajoelhando-se, e disse sete letras que compunham seu enigma:

— *M.N.O.P.Q.R.S.*

O Grande Rei correspondeu, respondendo-lhe:

— *M.N.O.P.Q.R.S.*

Levantando-se, Mago Natu acenou à Professora Plínia, ordenando trazer-lhe o emblemático presente que ele reservara para entregar naquela oportunidade aos recém-casados. De imediato, dois vassalos do imperador depositaram na areia, em frente ao Mago Natu, uma grande caixa preta de madeira, que seguravam pelas alças, com duas inscrições em letras douradas: *I.N.R.I.*

Mago Natu entregou a caixa preta ao Rei Médium. À Rainha Gônia passou o molho com sete chaves de metal, atadas por fitas nas sete cores do arco-íris. Surpresos diante da caixa, Rainha Gônia quis saber se podiam abri-la ali mesmo. Mago Nato antecipou a resposta, explicando:

— Dentro deste caixão estão sete caixas de metal!

Rainha Gônia repassou o cabochão de diamante às mãos do marido, o Rei Médium, ocupando-se em examinar uma a uma das sete chaves, atadas às fitas coloridas que Mago Natu lhe dera, e perguntou:

— O que guardam as sete caixas?

— Sabereis quando forem abertas — respondeu o Mago.

— Como abriremos se não me entregaste a chave do caixão de madeira? — indagou a Imperatriz Gônia.

Por sua vez, o Imperador Médium quis saber:

— As sete caixas de metal estão dentro umas das outras? — indagou, pensativo, obtendo a explicação do Mago Natu:

— Esta caixa preta de madeira não está fechada por nenhuma das sete chaves. Está trancada. Por dentro. Só o Tempo é quem poderá destrancá-la. No dia em que os príncipes gêmeos nascerem, ela por si se abrirá. As sete caixas de metal deverão ser abertas na sequência em que se encontram, uma a uma, a cada dia. No primeiro dia, abrireis a caixa de chumbo; no segundo dia, a caixa de estanho; no terceiro, a de ferro; no quarto, a de cobre; no quinto, a de bronze; no sexto, a de prata; e no sétimo, a de ouro. Ao abri-las, sabereis como proceder.

Rei Médium pediu aos mesmos lacaios que trouxeram a grande caixa preta que a conduzissem de volta aos seus aposentos, para que fosse levada, depois, até a Câmara do GRAU. Mago Natu explicou brevemente o significado daquele hermético presente, mas nada revelando, porém, a respeito da misteriosa inscrição em letras douradas:

— Todos chegamos a este mundo nascidos de uma inexpugnável *caixa* que se abre pelo Tempo, nove luas depois de sermos concebidos... Nascemos quando esta caixa preta se abre e nos empurra da escuridão para a Luz, consignando-se um mistério cujo significado passamos a vida inteira buscando descobrir. Nascemos das trevas para a luz e nos defrontaremos durante a existência com um Grande Mistério: nascemos sem querer e morremos sem saber. A vida nos apresenta fases, simbolicamente correspondentes às sete caixas dos metais, contidas na grande caixa preta. A fase do chumbo representa a imobilidade e a inconsciência dos nossos primeiros tempos de nascidos. A de estanho nossa segunda fase, já nos permite alguns outros aprendizados; é desejável que na juventude sejamos instruídos para tornarmo-nos maleáveis, flexíveis ao aprendizado e à comunicação. A caixa de cobre representa a fase em que a vida nos cobre de deveres e responsabilidades, é quando nos tornamos adultos. O ferro é a fase que exige de nós grandes empenhos, disposição, vontade férrea para enfrentar obstáculos e vencer desafios; na fase de bronze, já deveremos saber trabalhar os ferros e os cobres como *ensinos em sinos*. A fase da prata é a mais perigosa de todas. Muitos já perderam e muitos ainda perderão a cabeça por ela. Os que conseguirem chegar à última fase, que é a da caixa de ouro, certamente adquiriram e reuniram conhecimento e sabedoria para concretizar a Grande Obra. Cumpridos estes ciclos, torna-se ao caixão de madeira, para depois renascer e recomeçar tudo de *n-OVO*. Até que um dia, quando adquirirmos as asas da Verdade, estaremos alforriados para sempre dos sete ciclos das caixas, para voarmos até as estrelas, infinitamente! Este ritual está encerrado! Senhores, Senhoras, Reis, Rainhas, Príncipes e Princesas estais convidados desde agora para comemorar a festa do nascimento do Príncipe Urucumacuã e do Príncipe Kurokuru durante sete dias. Há Deus! — despediu-se.

— Tudo se encaixa — decodificou o imperador, pensando alto, conquanto muitos não conseguissem compreender a enigmática oratória do Mago Natu.

Gônia e Médium se abraçaram. Ele a tomou nos braços, entraram numa carruagem adornada de ouro e prata, tracionada por seis parelhas de brancos corcéis de longas crinas e faiscantes olhos azuis, conduzida por um circunspecto cocheiro vestido de preto. O imperador solicitou:

— Por favor, leve-nos ao Poço dos Desejos e das Transformações, na Fonte da Lua de Mel.

O MISTÉRIO DAS SAPATAS

À SAÍDA DOS NUBENTES, OS CONVIDADOS se movimentaram para ocupar os lugares antecipadamente reservados às mesas. Professora Plínia comandava a recepção, instruindo equipes de eficientes serventes, copeiros e cozinheiros para servir o jantar no momento em que o imperador e a imperatriz retornassem da Fonte da Lua de Mel.

O Poço dos Desejos e das Transformações, onde se projetava o reflexo da Lua na água, também conhecido como Fonte da Lua de Mel, era uma encantadora nascente de águas cristalinas que corriam por entre pedras brancas, envoltas por exuberante e densa vegetação. Reverenciada como uma espécie de local sagrado, tradicionalmente era utilizada pelos recém-casados para selar o rito matrimonial da mútua entrega. O rei e a rainha, já imperador e imperatriz do Elo Dourado, também obedeceram ao mesmo ritual.

Descendo da carruagem, abraçaram-se diante da romântica cascata que refletia os prateados raios lunares, fixaram o olhar no majestoso astro, sentindo no rosto um refrescante chuvisco de sereno, que lhes parecia uma sagrada benção. Profundamente apaixonados, declararam seu verdadeiro amor um ao outro, testemunhado secretamente pela própria lua com sua corte estrelada. Recitaram uma oração que ambos repetiram verso após verso, um para o outro, com estridente fundo musical de cigarras:

— Eu vos ofereço meu amor, para que o conserveis intacto junto ao vosso coração — declarou a imperatriz.

— Eu vos ofereço minha mente, para que sempre alimente pensamentos de paz, bondade e verdade — proclamou o imperador Médium.

— Eu vos ofereço minha vontade, meu trabalho, meus desejos, minhas lágrimas e minhas alegrias para que o vosso Amor a tudo aceite e purifique — disse a imperatriz.

— Eu vos ofereço meu Ser inteiro, para que sejamos fiéis a *Um* só Coração!

Juntos declararam:

— Grande Mãe Natureza, sustentai-nos. Defendei-nos de todos os perigos para sempre! Dai-nos a graça de reinar com Paz e Justiça todos os dias de nosso Tempo!

Beijaram-se, desta vez, demoradamente. Com a concha das mãos, pegaram da água cristalina e a beberam um na mão do outro. Retirando-se apressadamente, esqueceram sobre uma grande pedra de cristal o cabochão de diamante, a pedra de filosofar, para voltarem ao banquete em que quase sete mil convidados, entre súditos e nobres os aguardavam.

No ponto final daquele dia, bem à meia-noite, a orquestra parou de tocar, os dançarinos finalizaram suas apresentações, todos os convidados terminaram de comer. Apenas a Rainha *Trapa ceava*. Vendo-se sozinha e sem despertar a atenção dos que já se retiravam, pegou os talheres de ouro e o copo de cristal para guardar e levar de lembrança, escondendo-os nas mangas bufantes de seu extravagante vestido. Ao colocar o copo de cristal dentro da manga esquerda do vestido, seu marido, Rei Mende, observou e, admirado, perguntou:

— Pra que isto, Trapa, ceias além da conta?

Indiferente à reprovação do marido, respondeu ironicamente:

— Cale-se!

Enquanto a Rainha *Trapa ceava* por último, sumiram garfo, faca e um *cálice*.

Rei Mende e Rainha Trapa saíram por derradeiro do local do banquete. Os recém-casados já estavam no Palácio Fortaleza, enquanto os convidados recolhiam-se aos seus aposentos.

Mago Natu e o Grande Rei também saíram discretamente, despedindo-se. Apenas o imperador e a imperatriz sabiam o que os dois eminentes estavam prestes a fazer. Ela se divertia embevecida, acarinhando ternamente um adorável filhote de unicórnio branquinho, solto nos jardins encantadores do Palácio Fortaleza, fofo como um floco de neve, muito manso, presenteado pelo Rei Kórnio e pela Rainha Bisca, estes os pais do Príncipe Surubim, apelidado Príncipe *Ur*. Ele admirava, apaixonado, a singeleza da rainha e sua extraordinária beleza.

Dirigindo-se ao espaçoso e bem aparelhado porto, o Grande Rei entrou na embarcação do Mago Natu segurando um volume encoberto por seda escarlate, contendo as três mandrágoras. Navegaram rio Aguaporé acima, na direção Sul, até chegarem ao Santuário do Mago Natu. Foram plantar as mandrágoras. Só voltaram ao Palácio no raiar do dia.

Enquanto isto, o Imperador Médium, pegando ao colo a Imperatriz Gônia, subiu até a Câmara Real, onde confortável colchão de ervas aromáticas e macias almofadas de plumas de ganso, arrumadas sob um perfumado dossel de flores de calêndulas brancas e amarelas, aguardavam-nos para sua noite de núpcias. Na janela aberta, a lua penetrava banhando todo o recinto de luz aconchegante e envolvente. Rei Médium pousou-a sobre o colchão, arrumando a longa cabeleira sobre as almofadas. Iniciaram seu sagrado ritual de amor, despindo-se para se entregarem um ao outro.

A imperatriz primeiramente tirou o manto vermelho do marido, depois seu calçado e por último a túnica azul. Ele a despiu do manto azul, abrindo demoradamente às costas, botão por botão do vestido vermelho, deixando-o cair, deslizando macio sobre o corpo até os pés. Viu sua nudez de costas, extasiando-se pela harmonia e proporções de suas formas... encheu-se do desejo de possuí-la. Postando-se à sua frente, sentiu seu coração acelerado, a respiração ofegante, enquanto acariciava-a suavemente, beijando-lhe todo o corpo que se arrepiava ao contato quente dos lábios... lembrou-se de que ainda não lhe tirara os calçados... curvando-se para descalçá-la, sentiu-a recuar. Perguntou-lhe baixinho:

— Por que não?

— Senhor, prefiro que não vejas... não tenho pés, tenho patas.

— Amo-a com pés ou com patas. É este o segredo que guardas desde o teu nascimento?

— Sim. Minha mãe contou-me que foi enfeitiçada por Taruga Quelônia, a Tal Taruga, enquanto me esperava.

— Isto não nos impede, nem empata... nosso amor é compatível — brincou, sorrindo. E descontraidamente solicitou:

— Por favor, deixe-me vê-las?

Gônia descalçou os pés e os mostrou. Tinham apenas três grandes dedos, ligados por uma membrana, no formato semelhante dos palmípedes. Sem decepcionar-se, Médium falou amorosamente:

— Ah, estou certo de que, se são patas, são das mais belas que há! — exclamou carinhosamente:

— Farei para essas patas os mais belos calçados que puder... mandarei fazer para *essas patas... sapatas*, da mais pura seda bordada com ouro e pedras preciosas, e assim, conservarás e guardarás teu segredo para sempre!

Deitaram-se, aconchegando-se. Entregaram-se de corpo e alma, amorosamente. Depois, adormeceram. Quando os primeiros raios de Sol entraram pelas janelas abertas, o Rei Médium despertou e, beijando a mulher na face, acordou-a em tom de brincadeira:

— Bom dia, minha pata Gônia!

Ela sorriu, abriu os olhos e respondeu:

— Bom dia, meu Gavião Real!

— Eu sempre quero te *ver, Gônia*!

— Também quero, *Rei Médium*!

Rapidamente, sentaram-se à cama e a imperatriz disse ao marido:

— Onde está a nossa pedra de filosofar, o cabochão diamante que o Grande Rei colocou em nossa mão, ontem, na hora do casamento?

— Nossa pedra filosofal? Acho que ficou lá na Fonte da Lua de Mel. Vamos buscá-la.

— E minha joia da Tia Ara, onde estará? — perguntou, lembrando-se de que ouvira algo do Mago Natu parecido com "Y" *está com a tiara...*

— Também ouvi algo neste sentido — confirmou o Rei Médium. Precisamos falar com Mago Natu.

— Será que ele se referia ao Príncipe Andy Suruba, filho da Rainha Trapa e do Rei Mende, aquele apelidado de "Y"?

— Só pode ser ele. Quem mais haveria de ser?

— Será que Andy rouba?

— Teremos que descobrir.

Saíram juntos, depois de se lavarem com uma B*arra Alimpa* de essência de alecrim, cujo inebriante e agradável perfume espalhou-se por todo o quarto de banho, aromatizando também os aposentos do casal real durante algumas horas.

A maioria dos hóspedes ainda não havia levantado, mas uma embarcação adentrava pelo canal que se ligava ao interior do Palácio Fortaleza pelo rio Aguaporé. Eram o Grande Rei e o Mago Natu, que chegavam para o desjejum.

Saudaram-se alegremente.

O Grande Rei acompanhou-os até o Salão de Refeições, onde lhes esperava uma abundante e farta mesa com incontáveis variedades de frutas, queijos, coalhadas, pães assados no forno do sol, geleias, chás diversos, leite de búfala e uma bebida muito apreciada, importada de um império distante, ao Norte do Continente: o chocolate. Outros hóspedes já haviam se juntado a eles. O Grande Rei abençoou a todos e aos alimentos, sentou-se à cabeceira de uma gigantesca mesa a pedido do anfitrião, e o Mago Natu aproveitou para pilheriar:

— Pela manhã, come-se feito rei; ao meio-dia, feito um plebeu; e à noite, a um mendigo!

O imperador e a imperatriz pediram licença para se ausentar. Dirigiram-se às baias, onde já os aguardavam dois corcéis brancos selados. Cavalgariam até a Fonte da Lua de Mel. O tratador dos cavalos, ao vê-los, fez reverência respeitosa ao casal e informou:

— Senhor Imperador, esta noite a égua Metida pariu um potrinho preto como carvão. Na mesma hora, soprou um vento muito forte e a Mula Sem Cabeça, na hora da parição, foi vista rodeando as baias. Queres vê-lo?

— Sim. — assentiu o Rei Médium, surpreendendo-se —. Tens certeza de que o que vistes era mesmo a Mula Sem Cabeça?

— Temos — respondeu o guardião das baias —, o Senhor precisaria ver... algo muito diferente... ficamos bem quietos, escondidos, até ela desaparecer, quando ouvimos o primeiro galo cantar... Comentam que é o fantasma daquela besta encantada, a Mula *Tá* do vosso tio, o Rei Albe, o Rico. Será mesmo?

O Imperador Médium, pensativo, não deu importância ao comentário, nem respondeu à pergunta do tratador dos cavalos, e disse para si mesmo:

— Como pode uma égua branca, de tão pura linhagem, prenhe de um garanhão igualmente branco, dar cria de pelagem negra? Quero ver o potrinho.

Percorreram todo o estábulo e na última ala da baia encontraram, deitado sobre um ninho de palhas secas, o potrinho de pelagem negra, muito brilhante, com uma mancha branca na cabeça, cujo formato sugeria a silhueta de alguém cujo perfil aparentava ter apenas uma perna. O Imperador Médium fitou bem naquele sinal, comentando com a rainha:

— Já sei o que isto significa. Daqui a três anos, quando nossos filhos nascerem, o vencedor da Corrida Numpessó, ganha *com pé o tição...* Ofertarei este corcel negro como prêmio ao vencedor da *com-pé-tição Numpessó*. Vamos cuidar bem do potrinho *Tição*.

Os dois corcéis brancos mais belos e vistosos do magote, luxuosamente arreados, já estavam prontos para conduzi-los até o Poço dos Desejos e das Transformações, na Fonte da Lua de Mel. O casal imperial montou-se garbosamente e galopou veloz, levantando densa nuvem de poeira brilhante e dourada, atraindo, por onde passavam, os olhares fascinados da cidadela. Percorreram alguns dos mais bucólicos recantos do Elo Dourado, conversaram a respeito dos planos para embelezar ainda mais o reinado, agora um grande império. A imperatriz, no entanto, não conseguia desviar o pensamento da observação que o tratador dos cavalos fizera sobre a aparição da Mula Sem Cabeça e confidenciou ao marido:

— Quero que me contes tudo sobre a história do suicídio do teu tio, Rei Albe, o Rico, e o envolvimento dele com o encantamento da Mula *Tá*. Preciso fazer-te algumas perguntas...

O marido não omitiu particularidades do escabroso e secreto idílio entre o Rei Albe, o Rico, e a fantasmagórica mulher. Contou o que sabia sobre a transformação da Mula *Tá*, como resultado do encantamento produzido pelas mandrágoras da Bruxa Bizarra. Mas ele também desconhecia sob que pretextos seu tio se suicidara. Toda as informações que acumulara a respeito do caso restringiam-se a histórias esparsas, com partes censuradas, que a própria tia, Rainha Alzira, contara sigilosamente, alguns anos passados.

Acrescentou que todo aquele assombroso caso teve início quando a Rainha Alzira, sentindo-se traída quando flagrou o marido num fantasioso envolvimento com uma mulher encantada, decidiu-se por eliminar o objeto do encantamento, a Mula *Tá*. Por artes da magia da Sacerdotisa das Sombras, mãe do Bruxo Neno, a mula de montaria do Rei Albe, o Rico, transformava-se, encantando-se numa estonteante mulher de negra cabeleira, olhos verdes, corpo escultural, que permanecia assim até o primeiro cantar do galo, quando então cessava o encantamento e tudo volvia ao natural.

— Que incrível! Preciso conhecer tudo que puder desta história... Quem mais sabe a respeito dela? — interessou-se a rainha.

— Mago Natu conhece tudo, embora não conte alguns detalhes. Diz que ainda não chegou minha hora de sabê-los.

— Como a tia Alzira soube que era a Mula *Tá* que se transformava numa mulher? — inquiriu a imperatriz.

— Ela mesma viu. Presenciou, escondida, todo o ritual do encantamento — disse-lhe o marido. Por isso, ordenou ao seu criado, o Senhor Dugo, que decapitasse a besta, na intenção de colocar fim à traiçoeira magia, que ficou conhecida como o *feitiço da besteira*. Todavia, tia Alzira não conta o que foi, mas diz que a Mula *Tá* ocultava algo mais misterioso e inacreditável do que o próprio feitiço, simplesmente.

— Ela não vos contou mesmo o que era?

Como não soubesse responder a esta indagação da imperatriz, o Imperador Médium sugeriu:

— Rainha Araci, a mulher do primo Calico, é uma das poucas pessoas, além do Mago Natu e da minha tia Alzira, é claro, que conhece a história com mais detalhes. Sei disso porque minha tia confiou a ela o que para muitas pessoas não passa de mistério. Mago Natu é o único que conhece tudo a esse respeito, mas não vai além do que a maioria das pessoas já sabe. Alguns mistérios que minha tia não revelou nem mesmo pra Araci, Mago Natu só conta se for preciso que o interessado conheça. Ele me confidenciou, porém, que o segundo filho de tia Alzira, Conde Rasku, o menino que nasceu nove meses depois que o tio *Berico* morreu, não é filho legítimo do tio. Mas também não me disse quem é seu pai, embora ele o saiba. Garantiu-me que chegará o tempo em que toda esta história será revelada e fez-me jurar segredo sobre este e outros detalhes, que nem ao primo *Calico* revelou. Existem coisas que o primo Rei Naldo já desconfia, mas ainda não tem certeza.

— Por que o Rei Albe, o Rico, teria se *enforcado* pelo pé, nu e de cabeça pra baixo? Muito intrigante, realmente intrigante!

— Conforme o Mago Natu, um dia saberemos toda a verdade. A começar pelo que a Rainha Alzira presenciou; o que ela ouviu em confissão da *Sacerdotisa das Sombras*, a Feiticeira Zuzu, mãe do Bruxo Neno, fez com que minha tia tivesse motivos e razões suficientes para expulsá-la do seu reinado e, certamente, o que o tio Albe, o Rico, deve ter falado até antes de se *enforcar*, se é que ele teve com quem falar alguma coisa...

— Já ouvi dizer que Rei Albe, o Rico, a ninguém falou sobre o episódio. A única pista que deixou para decifrar seu enigma foi uma frase escrita no tronco da grande figueira e uma sequência de letras — F.G.H.I.J.L. —, que só o Mago Natu foi capaz de dizer o que significava à Rainha Alzira — acrescentou a imperatriz.

— Quando chegarmos ao palácio, após o almoço, convidarás a prima Araci para ir contigo ao Salão da Rainha. Chamarás também a Rainha Alimpa, que, certamente, gostará de conhecer esse extraordinário episódio. Então faça as perguntas que quiser.

Pegando o cabochão de diamante, a pedra de filosofar, que haviam esquecido na noite do casamento sobre uma pedra branca, na Fonte da Luz de Mel, retornaram ao Palácio Fortaleza. Estava na hora do almoço.

A PRESENÇA DE CONDE RASKU

O Grande Rei e Mago Natu, ainda no Salão de Refeições, perceberam quando a Rainha Araci, em adiantada gravidez do primeiro filho, e seu marido, Rei Naldo, *o Calico*, filho do Rei Albe, o Rico, vinham em sua direção. Aproximaram-se cumprimentando o Grande Rei e o Mago Natu, que lhes perguntou:

— Olá, *Calico*, como está teu filho Mulato? Por que não o trouxeram?

Sem esconder um ligeiro constrangimento diante do Grande Rei, Rei Naldo, sabendo exatamente a que o Mago Natu se referia, respondeu laconicamente:

— Está crescendo.

— Já aprendeu a falar? — inquiriu Mago Natu.

— Ainda não. Vai inteirar sete anos e até hoje não pronunciou uma palavra — respondeu Rei Naldo, levando a conversa adiante —, deve ser mudo de nascença, tal qual a mãe, mas tem uma extraordinária inclinação para a lida com os animais de carga. Parece entendê-los como se fossem uma extensão de si próprio. Acho que Mulato tem pendor especial para tratar e lidar com aquele tipo de bestas. Penso que será um excelente cocheiro ou muladeiro. Ao demais, é um excelente garoto. Tem nos alegrado. Todos nós o amamos muito, à exceção de Rasku. Minha mãe não quis que o trouxéssemos no intuito de evitar conversas maliciosas tanto a respeito de seu nascimento quanto à sucessão dos fatos ligados ao fantasma da *Mula Sem Cabeça*.

— Percebi. Conde Rasku e tu não estão se falando? Continuam inimigos?

— Da minha parte, só o considero irmão por termos saído do mesmo buraco — disse, ironizando —. Desde o dia em que me casei, quando fui coroado rei de Avilhanas, Rasku e Araci tiveram um desentendimento terrível, o senhor se lembra?

— Como haveria de esquecer-me? Recordo-me perfeitamente da face ensanguentada do Conde Rasku quando Araci cravou-lhe as unhas no belo rosto. Percebi que ainda guarda aquelas cicatrizes. Não me esqueço também dos seus súditos que, jocosamente, troçavam da situação, caçoando dele unhado, que parecia até mais simpático com a cara arranhada, o que lhe valeu o apelido de *Conde Raskunhado*.

— O Senhor sabe por que razões Araci e Rasku brigaram?

— Sei. Sei sim, Calico. Não precisais me contar. É melhor que não se fale mais sobre aquilo. Ele converteu em ódio o desejo licencioso que secretamente alimentava por Araci e aumentou, ainda mais, a inveja que sente de ti, por isso te despreza. Cuide-se. Esteja sempre alerta. Jamais contribua para que se multiplique nele a perfídia e ainda cresça a perversidade que lhe é nata. O coração de Rasku agasalha e segrega toda espécie de crueldade! Mantenha-se prudente, principalmente com relação à tua própria vida, da Rainha Araci e dos filhos que terão — alertou-lhe Mago Natu.

— Ele me trata com frieza e indiferença. Parece mesmo me odiar. Nunca tivemos relacionamento próprio de irmãos. Também não simpatizo com seu jeito nem dou guarida às suas frivolidades. Acho-o estupidamente vaidoso, concupiscente, pedante, mentiroso, soberbo e, o que é pior, tempera tudo isto com indisfarçável crueldade. Sua quantidade de beleza exterior parece proporcional à dosagem interior de iniquidade.

— Com a repartição de suas terras e a mudança dele para o próprio condado, nada melhorou entre vós? — quis saber Mago Natu.

— Desde criança sempre nos confrontamos. Minha mãe parece guardar segredos lacrados com relação ao nascimento de Rasku. Suspeito até de que não sejamos filhos do mesmo pai... Gostaria de pedir-vos uma opinião... Ou melhor, conte-me, se puderes, toda a verdade sobre a trágica e despropositada morte do meu pai: Rasku também é filho do Rei Albe, o Rico?

— Se souberes a verdade, mudarás teu jeito de tratá-lo? — quis saber Mago Natu.

— Não sei. São muitas perguntas que preciso fazer. Quem são os pais de Alba Esmeralda, a menina que minha mãe criou desde bebê, de quem nunca encontramos nem pai, nem mãe? Por que Alba Esmeralda, a mãe de Mulato… ?

Mago Natu interrompeu a pergunta do Rei Naldo. Já sabia onde ele intencionava chegar. Disse-lhe apenas:

— Meu caro amigo, Rei Naldo, há de chegar o tempo em que tudo será esclarecido… tende paciência. Por enquanto é suficiente que saibas que Alba Esmeralda foi gerada por efeitos de magia e encantamento, pela feitiçaria com as mandrágoras… não se tratava de um ser vivente igual aos outros… nada mais posso lhe adiantar no momento.

— Sempre achei que Alba Esmeralda lembrava alguma coisa do meu pai. Minha mãe nem toca neste assunto e evita falar até os nomes de seus pais verdadeiros. Seria Alba Esmeralda filha da Feiticeira Zureta com meu pai? Por que aconteceram todas aquelas tragédias? Por que o assassinato do Senhor Dugo? Continuo pensando que a Rainha Alzira ainda oculta peças desta história que estão desencaixadas.

— Conforme vos disse, querido *Calico*, tende paciência. A história ainda não terminou... Hum, chegará o dia em que vou revelar, em tempo oportuno — disse Mago Natu —. Alguns dos conselhos de que estás precisando, peça-os à Gônia. É sempre bom ver Gônia quando precisamos de conselhos. É melhor do que ver Neno. Isso, melhor *vergonha* do que *veneno*.

— Mago Natu, ainda quero lhe fazer uma derradeira pergunta: o Senhor acredita e confia que não fui eu quem deflorou Alba Esmeralda, a mãe do menino Mulato?

— Acredito e sei que não fostes mesmo. Sabeis quem foi?

— Só pode ter sido meu irmão Rasku. Mas não me eximo da culpa, porquanto estou certo de que Mulato é meu filho, mas não fui o primeiro a seduzir Alba Esmeralda.

— Verdade, meu caro Rei Naldo. Verdadeiramente, dessas artes de desonrar donzelas, ninguém entende melhor do que o intrépido Conde

Rasku. Pagarás, no entanto, por esse crime, embora não o cometeste... Mas também tens a cumplicidade de Alba Esmeralda, que se entregou a ti porque te amava e fostes tu que a engravidou do menino Mulato.

Rei Naldo, comovido, encheu os olhos de lágrimas. Rainha Araci e Mago Natu mudaram de assunto:

— O filho que esperas é menino e se chamará Gesu Aldo, Príncipe Gesu Aldo. Brevemente, celebrarão o seu nascimento e a cerimônia de registro do nome. Depois do nascimento do Príncipe Gesu Aldo, logo engravidarás novamente. Darás à luz uma menina muito bela, ao mesmo tempo em que Rainha Gônia também dará à luz aos filhos gêmeos. Sua princesa chamar-se-á Irina, prometida em casamento ao Príncipe Urucumacuã. No entanto, algo me diz que os dois não chegarão a se casar!

— Por quê? — perguntaram Rei Naldo e Rainha Araci, apreensivos.

— Saberão quando o tempo chegar... Quando o tempo chegar, respondeu enigmático.

Abraçou-os, sem dar ao Rei Naldo e à Rainha Araci a explicação de que gostariam. A Imperatriz Gônia aproximou-se, saudou-os amavelmente, chamando, com discrição, Rainha Araci, convidando também a Rainha Alimpa, que terminava de almoçar:

— Araci, Alimpa, por favor, venham comigo. Vamos conversar.

Dirigiram-se as três para o Salão da Rainha, enquanto as outras rainhas excluídas, desdenhosas, olhavam-se com uma ponta de inveja, perguntando por que não receberam o mesmo convite que a imperatriz dirigiu às duas rainhas. Adorariam participar das intimidades dela junto das amigas Araci e Alimpa.

Rainha Bisca, desdenhando da amizade da imperatriz com a Rainha Araci, falou ao ouvido da Rainha Trapa:

— Será que Araci vai lhes contar a história maluca do *feitiço da besteira*?

— Feitiço da besteira? Que história é esta? — indagou ingenuamente a Rainha Trapa.

— É. Vais dizer que não conheces a história do fantasma da Mula Sem Cabeça?

— Ah, claro que sim — respondeu a Rainha Zomba, entrando na conversa —, afinal, ela é parenta da própria!

FALANDO SOBRE O TESOURO

Na Câmara do GRAU, Mago Natu e o imperador, voltando ao assunto que iniciaram pela madrugada com o Grande Rei, enquanto plantavam as três mandrágoras, argumentou sobre providências que adotariam para evitar a aparição cada vez mais frequente da fantasmagórica Mula Sem Cabeça. Como as visões tornavam-se cada vez mais constantes nas fases de lua cheia, em locais diversos e ao mesmo tempo, assustavam também moradores de outros reinados, atemorizando uns, aterrorizando outros e perturbando a paz de todos.

O Grande Rei ouviu-os atenciosamente, mas não propôs nenhuma solução imediata. Discorreu sobre outros assuntos igualmente ocultos e de seu interesse, entregando-lhes uma chave de ouro que viria a se tornar outro dos trunfos secretos do Mago Natu, primorosamente burilada com a seguinte inscrição:

"Visita Interiorem Terrae. Rectificandoque, invenies occultum lapidem." (Retificando-te, visita o interior da terra e encontrarás as pedras ocultas.)

Mago Natu compreendeu de pronto o significado hermético e subliminar daquela chave. Entendeu também que aquele precioso objeto era uma espécie de ambicionado amuleto, porque revelava o segredo da magia da transmutação da matéria bruta em essência pura. Meditando profundamente, abreviou a citação, formando com as letras iniciais de cada palavra uma outra, codificando-a em forma de senha — *V.I.T.R.I.O.L.*

Recebia com aquela chave mestra o segredo para penetrar inacessíveis mistérios existenciais para encontrar tesouros, tornando-se invulnerável aos fantasmas, medos ou sombras que se decompunham no universo mental dos seres comuns, por vezes, amedrontando-os, igualando-os nas suas angústias e nas aflições, pela culpa que se atribuem uns aos outros por suas maiores ou menores desgraças.Depois de profundo silenciar, reverenciou com gratidão o Grande Rei:

— M.N.O.P.Q.R.S.

O Grande Rei correspondeu, impondo as mãos sobre a cabeça do Mago Natu, dizendo:

— M.N.O.P.Q.R.S.

Mago Natu, então, disse ao imperador:

— Somos responsáveis pelos monstros que engendramos. Os feitos e efeitos da magia só o tempo desfará. Ainda que o encantamento da Mula Sem Cabeça se desvaneça com o passar das eras, pertence agora ao mundo dos mistérios e ao insondável imaginário coletivo. Os que já a viram, testemunharão como sendo real sua existência. Os que não a viram, haverão de criá-la com a força de suas próprias mentes. As fantasmáticas aparições prolongar-se-ão por séculos, ainda assim como outras que igualmente surgirão decorrentes das tragédias, dos medos ou da insegurança a que estão sujeitos os que são dominados pelo poder das mentes alheias.

O rei Médium ouviu, passivamente, sem contra-argumentar. Tinha certeza de que o Mago Natu estava a lhe prevenir sobre acontecimentos futuros, sem se reportar aos passados.

— Não muito brevemente — continuou Mago Natu —, irei ao Palácio das Esmeraldas, no Reinado de Avilhanas, para a celebração do nascimento e do registro dos nomes dos filhos do Rei Naldo e da Rainha Araci, porque até lá o Príncipe Gesu Aldo e a Princesa Irina já estarão nascidos. Visitarei, então, o centro da sepultura no local onde estão os despojos do Rei Albe, o Rico. Naquele mesmo lugar jazem as cabeças da besta e do Senhor Dugo, o feitor da Rainha Alzira, assassinado pelo próprio rei, e lá também se encontram as misteriosas pedras verdes.

— Ali onde está sepultado o Rei Albe, o Rico — disse o Mago Natu, como se devesse explicações ao Grande Rei —, sob aquela árvore de figueira-do-inferno, bem debaixo do galho em que o Rei Albe, o Rico, se dependurou, sei que já nasceu uma vegetação extravagante. Bem no centro daquele canteiro, encontram-se os despojos das cabeças da mula, do Senhor Dugo e do corpo do rei. O que a Rainha Alzira e seu filho *Calico* não sabem é que o bojudo pote de barro contendo o grande tesouro das pedras verdes também foi enterrado e escondido pelo Rei Albe. Porém não retirarei nem tocarei naquele conteúdo. São as mais preciosas esmeraldas que o enforcado preferiu ocultar, para não deixar que sua mulher, a Rainha Alzira, se apropriasse delas. Deixarei oculto aquele tesouro porque virá o tempo em que o Príncipe Urucumacuã dele se apropriará e somente ele poderá removê-lo e entregá-lo à sua verdadeira dona. Guardaremos o segredo, conforme me ordenam, mantendo as pedras seguras. Cuidarei para que ninguém jamais saiba, nem o retire de lá. Nem mesmo a Rainha Alzira haverá de desconfiar de que seu precioso tesouro, tão bem ocultado pelo Rei Albe, o Rico, lá se encontra, e assim o conservaremos, a salvo da cobiça principalmente do Conde Rasku e da ambição de tantos outros que já sabem de sua existência.

— Por que deixá-lo lá mesmo, onde se encontra oculto? — perguntou o Imperador Médium ao Mago Natu.

— Porque são muitos que o cobiçam. E se o encontrarem, matar-se-ão por ele. Porém os despojos encontrados primeiramente naquela mesma sepultura disfarçam e ocultam o verdadeiro tesouro.

— Mas o tesouro das esmeraldas pertence à Rainha Alzira, por direito, contrapôs o imperador.

— Certamente, mas não poderá ficar com ela no momento, porque correria o risco de ser assassinada pelo próprio filho Rasku, que tanto deseja possuí-lo.

— E o Rei Naldo?

— Rei Naldo, não. Calico está satisfeito com a parte que já recebeu.

— Sim, entendo, aludistes às conspirações, insolências e ao que mais não se sabe que o Conde Rasku é capaz de aventurar-se para tê-lo. Compreendi agora. Tu apenas o deixarás onde se encontra para que não caia nas mãos ambiciosas e mercenárias dos aventureiros e caçadores de tesouro, aqueles que não têm meios de vida, que vivem dos acasos das sortes.

— Por um tempo, aquelas esplêndidas e maravilhosas pedras pertencerão ao Príncipe Urucumacuã. — assentiu Mago Natu.

O Imperador Médium observava o Grande Rei, que a tudo ouvia, sem interferências. Imaginando o tempo a que o Mago Natu se referia e como projetava se desincumbir da trabalhosa missão de bem guardar o tesouro das esmeraldas, perguntou ainda o Grande Rei:

— Mago Natu, o que fará Urucumacuã com o tal tesouro, porquanto não estará sob vosso poder, no vosso Santuário?

— Cuidará de encontrá-lo e o conseguirá merecidamente.

— Não vos parece justo que tal tesouro deva ser entregue aos herdeiros do Rei Albe, o Rico, seus legítimos senhores?

— Senhor Imperador, a este trabalho se dedicará o Príncipe Urucumacuã. M.N.O.P.Q.R.S. — concluiu, com sua enigmática saudação, ao que o Grande Rei ratificou:

— M.N.O.P.Q.R.S.

Retomando ao assunto inicial daquele colóquio, cuidou o Mago Natu de relembrar as recomendações quanto ao uso das mandrágoras que havia recebido do Grande Rei. Não lhe falara a respeito das especialidades de cada uma das três plantas. Assim, então, foi instruído:

— Usarei as mandrágoras mediante a seguinte precisão: a primeira, macho, quando, e se, houver escassez de alimentos ou crise de recursos materiais neste Império; a segunda, também macho, quando, e se, houver calamidades ou pestes, neste ou em qualquer outro reinado vizinho que, porventura, peça-nos socorro.

— E a terceira, fêmea? — inquiriu o Imperador Médium, incluindo-se na conversa.

— Usarei apenas e tão somente para aumentar o amor e a fertilidade dos casais. Se as taxas de natalidade neste império declinarem, com perigo das populações diminuírem, diante da ameaça de se dizimarem, ou ainda se o amor entre os casais se abater em crise, utilizarei a terceira mandrágora da forma indicada, com muito critério!

Compreendendo exatamente para que serviriam as três poderosas plantas mágicas, o imperador Médium voltou, entretanto, ao assunto de seu interesse, tocante à assombração da Mula Sem Cabeça, dirigindo ao mago perguntas e perguntas. Mago Natu explicou:

— O canteiro de plantas crescidas nos arredores do túmulo do rei enforcado pelo pé, conforme vos falei, é uma erva da família das rutáceas, a arruda, *Ruta graveolens*, cujo forte odor lembra o cheiro da Mula *Tá*. Quando Urucumacuã vier a cavar para retirar o tesouro, pegará uma quantidade dos ramos tenros daquela erva, secará ao sol e comporá pequenos ramalhetes, molhos com sete ramos. Distribuirá aos moradores do Elo Dourado para que os coloquem à entrada das casas e dos paióis, de quem assim o desejar. A arruda, que é a mesma *catinga da mulata*, afugentará o fantasma, evitando que o medo e seus efeitos não aumentem os malefícios provocados pelos eflúvios remanescentes da magia da Sacerdotisa das Sombras — a assombração.

Mago Natu e o Imperador Médium olharam à janela, confirmando o tempo. Informaram ao Grande Rei que deveriam se encontrar dali a pouco, no local da grande Corrida Numpessó. O Grande Rei revelara-se entusiasta daquela modalidade de desporto e já solicitara ao Rei Médium que também incluísse a organização de outro evento do mesmo porte na programação dos festejos comemorativos do futuro nascimento dos príncipes gêmeos, Urucumacuã e Kurokuru. Pediu especialmente ao Imperador Médium:

— Aquele corcel negro que nasceu na mesma noite do teu casamento, presenteie ao vencedor da Corrida Numpessó. Não estarei presente, pessoalmente, mas depois saberão porque estou vos fazendo esta recomendação.

— Já havia pensado nisto — exclamou admirado o Imperador Médium. —, terei muita honra em atender-vos.

CONTANDO SOBRE A MULA SEM CABEÇA

No Salão da Rainha no Palácio Fortaleza, confortável e amplo compartimento com algumas paredes revestidas de seda bege com motivos florais em tons de cor-de-rosa, Imperatriz Gônia compartilhava com Rainha Alimpa o longo relato de Rainha Araci envolvendo o escandaloso e alhures misterioso suicídio de sogro, Rei Albe, o Rico.

Rainha Araci explicara os motivos que impediram a vinda da sogra, Rainha Alzira, ao majestoso casamento. Rainha Alimpa impressionara-se tão comoventemente com o inusitado da narrativa que manifestara desejo de conhecer pessoalmente a Rainha Alzira, seu neto bastardo, o menino *Mulato*, filho de Calico com a irmã de criação, Alba Esmeralda. Prometeu voltar em outra oportunidade, senão para a festa de nascimento dos príncipes Urucumacuã e Kurokuru para a celebração dos ritos de passagem dos meninos à puberdade.

Parenta da imperatriz pelo tronco familiar materno, a Rainha Araci era sobrinha da Rainha Tarope, a *Senhora Desaparecida*, e do Rei Ofin, o *Refinado*. Era ela quem melhor conhecia sobre o episódio que culminou no escandaloso suicídio do sogro, o Rei Albe, o Rico, porque usufruía de afetuosa consideração e confiança devotada pela Rainha Alzira.

Pelo tempo de seu casamento com o Rei Naldo, o Calico, quando veio habitar o Palácio das Esmeraldas no Reino de Avilhanas, três meses antes de casar-se, seguindo os costumes e a tradição daquela Corte, ouvira da própria sogra confidências personalíssimas.

Toda a extraordinária história do encantamento produzido com as mandrágoras extraídas pela Bruxa Bizarra, mas executado pela Feiticeira

Zuzu, até o enforcamento do Rei Albe, o Rico; a fantasmagórica aparição da assombração da Mula *Tá*, que se materializava como a Mula Sem Cabeça; o nascimento do menino Mulato, filho de Alba Esmeralda com o adolescente Príncipe *Calico*; o sofrimento e a morte de Alba Esmeralda após o parto do filho Mulato; e a excepcional metamorfose que a transmutou no pássaro Albatroz. A tudo isto a Rainha Araci se referira, contando minuciosamente o que conhecia. Sobre os inexplicáveis e aterrorizantes gemidos ouvidos nas noites de lua cheia debaixo da figueira-do-inferno, no Bosque do Iludido, onde se consumara o secretíssimo ritual de encantamento, Araci pouco sabia, mas já ouvira mais de três caçadores falarem das mesmas coisas em tempos diferentes.

Embora já tivesse ouvido versões desencontradas do insólito surgimento da *Mula Sem Cabeça*, circulantes pelos corredores do palácio, levadas e trazidas pela criadagem, comentadas pela vassalagem, umas controvertidas, outras absurdamente destoantes, os relatos da Rainha Araci deixaram perplexa a Rainha Gônia e ainda mais a Rainha Alimpa.

O tratador dos cavalos contara ao Rei Médium que, na noite de lua cheia em que se casaram, a *Mula Sem Cabeça* havia rondado pelas baias. Apesar de esse assunto despertar curiosidade na maioria das pessoas, a imperatriz pediu que a Rainha Araci narrasse o acontecimento desde o princípio, sem desprezar pormenores para que a história ficasse completa, já que a Rainha Alzira não viera desta vez e ela intencionava saber as particularidades do extraordinário episódio.

Rainha Araci discorreu pacienciosa sobre o episódio:

— Quando *Calico* nasceu, Rainha Alzira teve um parto sofrido por demais. Sangrou muito. Por pouco não morreu de hemorragia. Recuperou-se tempos depois, lentamente. Com medo de engravidar uma segunda vez, não queria mais cumprir deveres conjugais. Rejeitava o marido sob pretexto de estar com dores de cabeça ou porque estava sem apetite. Bem naquela época, rainha Olinda, mãe do Rei Médium, irmã da Rainha Alzira, ficou grávida do segundo filho. Correu notícia de que não gozava de boa de saúde, com riscos de perder a vida naquela gestação. Compadecida da irmã, viu na oportunidade de visitá-la um jeito de se ausentar, escapando às veementes investidas sexuais do marido. Rainha Alzira empreendeu demorada viagem ao Elo Dourado. Ficou aproximadamente um ano longe de seu palácio, em Avilhanas. Rainha Olinda não passou dos sete meses de gestação. Morreu de parto prematuro e seu bebê não viveu mais que algumas horas. Rainha Alzira havia prometido ao Rei Pay que cuidaria por um tempo do pequeno Príncipe Médium, ficando mais uns meses por este reinado até o Rei Pay se recuperar das perdas da mulher e do filho.

— Foi nesse tempo que o Rei Albe procurou a Bruxa Bizarra? — quis saber Rainha Gônia.

— Assim que Rainha Alzira se ausentou, Rei Albe, o Rico, decidiu encontrar um jeito de solucionar a indesejável frigidez da mulher e acabar de vez com as crises de alcova entre ambos. Secretamente, mandou o Senhor Dugo buscar e trazer ao Palácio das Esmeraldas a Bruxa Bizarra. Em surdina, recebeu-a em audiência e encomendou seus infalíveis obséquios. Deu-lhe algumas preciosas esmeraldas em troca de que executasse algum feitiço, qualquer mandinga, um filtro, uma beberagem que acreditava fazer despertar o amor ou produzisse efeitos mágicos, cujo resultado viesse acender novamente o ardor e a paixão que Alzira perdera desde o nascimento de Calico.

— Essa parte eu já ouvi — atalhou a Imperatriz Gônia — conte-me o que aconteceu depois que a Bruxa Bizarra morreu por causa das mandrágoras.

— Ah, mas eu nada conheço da história — comentou a Rainha Alimpa —, quero ouvi-la completa.

— Então conta tudo, vá... — concordou a Imperatriz Gônia.

— Até as partes proibidas? — indagou a Rainha Araci, ironicamente, como se dependesse do consentimento das duas para revelar os trechos sórdidos, algo sacrílegos e abomináveis do episódio.

— Essas partes, principalmente! — entusiasmou-se Rainha Alimpa.

— Conte tudo. Rainha Alimpa gosta de histórias fortes e picantes — Rainha Gônia gracejou, encorajando Rainha Araci...

— Então, por favor, não se assustem, nem se escandalizem! — preveniu-as, prosseguindo o caso:

— Com a demorada viagem de Alzira, Rei Albe, o Rico, sentiu-se demasiado solitário. Porém sua prolongada ausência permitiu que ficasse mais à vontade para trazer a Bruxa Bizarra, avó do Bruxo Neno, ao Palácio. Com Rainha Alzira presente, a Bruxa Bizarra sequer se aproximaria, nem adentraria os portões do Palácio das Esmeraldas para se encontrar com ele. Rainha Alzira jamais admitiria que Bizarra pisasse nas escadarias do palácio e, sempre que podia, intimidava-a, repelindo sua aproximação, porque também conhecia os mesmos rituais ocultos que Bruxa Bizarra realizava. Por diversas vezes, ela mesma, Rainha Alzira, havia desfeito encantamentos absurdos enovelados por Bizarra. Sem Alzira, portanto, o caminho estava livre.

— Rei Albe, o Rico, contratou então os serviços encantatórios da Bruxa Bizarra, em troca de doze das suas mais preciosas, fascinantes e cobiçadas pedras verdes, pagando-lhe antecipadamente. Ninguém da vassalagem do Palácio das Esmeraldas, além do Senhor Dugo, ficou ciente do verdadeiro objetivo da visita da velha bruxa ao Rei Albe. Poucos dias depois que a Bruxa Bizarra veio ao Palácio das Esmeraldas, chegou notícia de que morrera subitamente. Frustrado porque não concretizara seu plano, Rei Albe, o Rico, ordenou que cremassem o corpo da bruxa, e que sua jovem filha, feiticeira Zureta, a Sacerdotisa das Sombras, viesse ao palácio. Queria que cumprisse o que havia empreitado com sua mãe, dando sequência ao combinado já acertado antecipadamente. Feiticeira Zuzu, ciente do trato, assentiu com a empreita, mas pediu ao rei que acrescentasse mais algumas das suas maiores pedras de esmeraldas, dada a complexidade que o trabalho requeria.

— Como a Rainha Alzira ficou sabendo daquele combinado? Quem contou pra ela? — inquiriu a Imperatriz Gônia.

— Rainha Alzira ficou sabendo de tudo assim que chegou de viagem — continuou Rainha Araci —, percebeu no marido comportamentos misteriosos. Em princípio, ficou observando seus modos, indiferentes nas relações e a frieza com que a tratava quando abordavam assuntos de alcova. Mais ainda quando envolviam interesses do reinado. O que mais intrigou a Rainha Alzira foram as enigmáticas cavalgadas do marido em noites de lua cheia e seu retorno sempre de madrugada, extenuado, cansado, como se tivesse ido e voltado correndo de muito longe. Muito sagaz e observadora, ela então pediu ao seu criado de confiança, o Senhor Dugo, o Feitor, que vigiasse o rei. O que o Senhor Dugo descobriu motivou a

Rainha Alzira a ir à casa da Feiticeira Zuzu, até arrancar-lhe impressionante confissão no decorrer de uma sova monumental, ministrada pelo Senhor Dugo, o Feitor, a mando da rainha.

— Tudo o que a Sacerdotisa das Sombras executou na noite do lascivo e sacrílego ritual celebrado entre ela, o Rei Albe, o Rico, e a Mula *Tá*, foi revelado a poder de açoite. O que a feiticeira não explicara, porque não sabia, havia acontecido depois que se retirara do local. Essa parte, segundo a Rainha Alzira, nem ao próprio marido perguntara. Quis ela mesma ver o que sucedia. Não tardou, assim que o flagrasse numa situação tão embaraçosa quanto inexplicável que, presumiu, de tão envergonhado ficou, enforcou-se, dependurando pelo próprio pé. Mas esta parte, a do Enforcado de cabeça pra baixo, eu só vou contar mais adiante.

— A Sacerdotisa das Sombras, como era conhecida a Feiticeira Zuzu, confessara, inclusive, pormenores grotescos da ritualística que submeteu o Rei Albe, o Rico. Não se intimidou de revelar os desacertos que os levaram a brigar durante o intercurso cerimonial. Ele obrigou a feiticeira à repetição de uma parte que ele gostou sessenta e nove vezes. Quando a estrige refugou, negando-se a continuar, ele rudemente deu por encerrada a orgíaca sessão de magia, considerou o encantamento da cesta de frutas secas por rematado. As frutas secas destinavam-se à Rainha Alzira, quem deveria comê-las, mas pela arrogância do Rei Albe, foram sofregamente devoradas pela Mula Tá.

— Como a feiticeira soube do resultado final do encantamento? — interessou-se Rainha Alimpa.

— A Sacerdotisa das Sombras verdadeiramente desconhecia se o propósito do encantamento se concretizara, pois interrompera o ritual deixando-o inconcluso, fugindo enlouquecida, humilhada, aviltada pelo Rei Albe, o Rico. Rainha Alzira só tomou conhecimento do que sucedia entre o Rei Albe, o Rico, e a Mula *Tá*, posteriormente àquela noite, porque mandou o Senhor Dugo, o Feitor, vigiar as misteriosas cavalgadas e os movimentos notívagos do marido. O próprio rei nada revelara, apenas provava quão boas razões tinham seu procedimento como *mera distração*, escapadas fortuitas justificadas como *passatempo inocente* para não importuná-la posto que não mais desejasse recebê-lo como amante.

— Rainha Alzira soube pela feiticeira dos motivos que levaram os dois a se desentenderem durante o ritual? — Gônia indagou.

— Sim. Rei Albe nunca conversou sobre o assunto. O que a feiticeira não contou, Alzira descobriu por si mesma. O que fez Rei Albe e a Sacerdotisa das Sombras se desentenderem, foi a humilhação que ele impôs. Além de não ceder aos reclames da carocha, escorraçou-a, surrando-a com o relho da montaria — explicou Rainha Araci.

— Uau! Que coisa doida! — exclamou Rainha Alimpa.

— Na verdade — prosseguiu Rainha Araci —, Rei Albe, o Rico, tão somente encomendara à velha bruxa Bizarra, mãe da Feiticeira Zuzu e avó do Bruxo Neno, um feitiço modesto, que utilizasse pomadas e poções de mandrágoras com o único propósito de fazer a Rainha Alzira voltar a sentir por ele a mesma paixão dos tempos passados; que reacendesse nela o desejo que tinha antes de Calico nascer, e que... ele, também, se mantivesse viril como antes. Bruxa Bizarra não pôde, ela mesma, dar cabo à empreitada e quem se incumbiu de dar sequência aos trabalhos foi a própria filha, Feiticeira Zureta, que não era tão experiente nessas artes.

— A Feiticeira Zuzu marcou o encontro para realizar o pacto secreto no Vale do Apertado, no Bosque do Iludido, às margens do rio Desconhecido, no local que atualmente é o Claro da Gemedeira — confirmou Rainha Araci.

Rainha Araci confabulou que a Rainha Alzira não julgou correto pressionar o próprio marido para lhe contar as ocorrências durante sua ausência. Conseguiu apenas que ele próprio confirmasse as duas visitas que a Bruxa Bizarra e a Feiticeira Zuzu fizeram ao Palácio das Esmeraldas naquele ínterim.

— Rainha Alzira conseguiu saber o que desconfiava que o marido e a feiticeira haviam tramado, porque a própria Feiticeira Zuzu contou. Porém o que interessava mesmo, de verdade, à Rainha Alzira, o marido morreu sem lhe dizer — disse Rainha Araci, sendo aparteada pela Imperatriz Gônia:

— Que segredo foi esse?

— Ela queria que ele indicasse o lugar onde havia escondido suas preciosas esmeraldas, as tais que até hoje ninguém descobriu onde estão

— respondeu Rainha Araci. —. Porém o Rei Albe, o Rico, recusou-se a contar. Por isso, a Rainha Alzira ordenou que o Senhor Dugo seguisse o rei secretamente, ocultando-se, para descobrir o que ele tão fervorosamente lhe negaceava saber.

— Então ninguém sabe ainda onde o Rei Albe, o Rico, guardou seu melhor tesouro de esmeraldas? — perguntou Rainha Alimpa.

— Acho que não. Rainha Alzira não faz a mínima ideia de onde o marido o escondeu. Acredita também que ele não revelou a ninguém antes de se suicidar. Bom, ainda tem coisas que a rainha também não me contou. Vamos, está na hora de assistirmos à Corrida Numpessó. Depois a gente fala mais deste assunto.

— Mas a história não termina aí, acrescentou a Imperatriz Gônia.

— Não mesmo — emendou Rainha Araci —, a partir deste ponto, começa uma outra história...

— Por favor — solicitou Rainha Alimpa —, conte-me o que ainda está faltando.

— Depois que voltarmos da Corrida Numpessó.

O FEITIÇO DA BESTEIRA

Conforme estava combinado, chegara a tão esperada noite de lua cheia, em que Rei Albe, o Rico, e a Feiticeira Zuzu, a Sacerdotisa das Sombras, se encontrariam para celebrar o *ritual de amarração*, ou a magia da paixão, tão logo a lua cheia se apresentasse no céu.

Antes de anoitecer, Rei Albe, o Rico, banhou, secou e escovou cuidadosamente sua admirável besta de montaria, para depois aparelhá-la. Cuidava ele mesmo de reunir todos os componentes do arreamento, retirando das estaqueiras um a um dos acessórios que, pela ordem, diligentemente dispunha no animal: baixeiro, sela com barrigueira, loros e estribos, peitoral, cabresto, cabeçada com rédeas e embocadura. O que não era de prata e ouro maciço continha elementos ornamentados e bordados em fios de ouro, incrustados de ricas esmeraldas. A Mula *Tá* seria sempre o animal melhor ataviado entre todos os outros, figurando como predileta do Rei Albe, o Rico, para suas longas viagens. Era o orgulho de sua criação de muares. Aparelhava-a sempre com muito zelo, de quatro reluzentes ferraduras de prata, encomendadas sob medida ao ferreiro Kalibu, morador do Elo Dourado.

Naquela tarde, especialmente, acautelara-se em lograr seus guardas, dispensando-os mais cedo do serviço pessoal, cumulando-os de outros misteres, pela precisão de ludibriá-los para sair do Palácio das Esmeraldas, secretamente, sem ser notado, importunado ou vigiado. Cantarolava baixinho uma canção que usualmente dedicava à Mula *Tá*, no momento em que assentava a derradeira peça do arreamento.

Certificou-se de que havia lembrado de todos os acessórios, incluindo um felpudo pelego de lã de carneiro, uma grande manta tingida de vermelho, macia e aconchegante, com a qual forrava a sela, no momento de se montar. Enquanto cantava:

"... eu tenho uma mula preta, com sete palmos de altura, ai, ai, ai... / mula "Tá" é enfeitada, pisa firme as ferraduras, ai, ai, ai... / Eu não vendo a mula preta / nem por prata, nem por ouro, ai, ai, ai... / só eu monto a Mula Tá / seu galope é meu tesouro, ai, ai, ai... / eu tenho uma mula preta..."

Foi bruscamente interrompido pelo diligente feitor, o Senhor Dugo, vassalo de confiança da Rainha Alzira, já alisando o pelego sobre o arreio, pronto para montar-se e ir ao encontro marcado.

Sem antecipar explicações nem deixar que transparecessem suas intenções, não interrompeu seus planos. Ordenou de pronto ao Senhor Dugo que ficasse ele mesmo, ali, de sentinela, vigilante toda a noite, no lado oposto do Palácio das Esmeraldas, contrário à direção em que tencionava sair, usando como pretexto para o disfarce, acontecimento da noite anterior, quando um grupo de bandoleiros tentara invadir sorrateiramente as baias para furtar alguns dos valiosos rebentos da invejável criação de muares, recentemente paridos.

O Senhor Dugo, fiel e obediente, despediu-se do Rei Albe, o Rico, com uma reverência respeitosa, mas desconfiando de que o rei andava a dissimular seus verdadeiros propósitos. Pela sua têmpera de feitor, julgou que se tratasse de algo além de uma corriqueira e inofensiva cavalgada vespertina. Não se sentiu com o direito de escoltá-lo ou vigiá-lo, porém permaneceu em campana, espreitando, até que reparou Rei Albe, o Rico, retornando ao palácio pouco antes de clarear o dia.

O RITUAL

Bem à hora combinada, Rei Albe, o Rico, conseguiu chegar à clareira do Bosque do Iludido, no Vale do Apertado. Compromisso igualmente cumprido pela Feiticeira Zuzu, poucos minutos depois. Não apeou da mula, permanecendo montado, segurando uma grande cesta de palha e cipós trançados, cheia de frutas secas diversas, até ouvir, pelo rangido, que se aproximava uma carroça velha.

"É ela", pensou e logo avistou a Sacerdotisa das Sombras, exclamando:

— Até que és uma feiticeira pontual! Cumprindo a hora combinada! Pensei que fosses ficar de graça com minhas esmeraldas, sem me dar em troca pelo pagamento! — gracejou, ironizando.

— Senhor Rei, apeie logo de sua mula e faça o favor de descarregar o que eu trouxe na carroça. Preciso de tudo aquilo, aqui, neste local, para executar o trabalho!

Pela primeira vez, Rei Albe, o Rico, cumpriu, sem pestanejar, ordens de outra pessoa que não fosse a Rainha Alzira. Até ela, raras vezes, mandava-o tomar banho; algumas vezes, trocar de roupas e muitas vezes, parar de comer.

Meio irritado com a quantidade de trastes, cacarecos, bundás, quinquilharias, porcarias, buzugos e butucuns que já descarregara da carroça sem saber para que serviriam, Rei Albe, o Rico, exasperou-se:

— A Senhora veio fazer um feitiço ou está de mudança? Comece logo pela parte que me interessa, porque não quero sair daqui depois da meia-noite!

— Garanto que meia-noite em ponto o serviço *tará* feito. *Feit'sso*, o Senhor Rei espere só pra ver o resultado.

Enquanto o rei descarregava os inumeráveis itens da carroça, a Sacerdotisa das Sombras cuidava pessoalmente da preparação do local, arrumando lenha para acender fogueira, pendurando pedaços de fitas vermelhas nos galhos ao redor das árvores, colocando cada coisa em lugar próprio.

Quando a Lua despontou, incidindo luminosidade por entre as rareadas árvores da clareira no Bosque do Iludido, delimitou os contornos das sombras reveladas pelo clarão entre as ramagens da figueira-do-inferno. Quatro elementos, dois humanos e dois animais, movimentavam-se naquele soturno cenário. Antes que acendesse a fogueira sob a frondosa árvore, ouviu-se o piado lúgubre do pássaro Urutau — um quinto componente que não era esperado para a taciturna celebração.

Sonoramente inadequado para o momento, soara aos ouvidos da Sacerdotisa das Sombras como um mau agouro, sinalizando que suas invocações ocultas e a intermediação das chamadas forças telúricas pressagiavam o pior, prognosticando resultado desfavorável. Diante daquela simbólica advertência, a feiticeira recuou, intencionada a adiar a sequência do ritual, resguardando-se de que o Rei Albe pudesse lhe aplicar alguma reprimenda se o resultado pretendido não fosse alcançado e o alertou:

— Ouviste o *chora-lua*? É um mau agouro. Sinal de que nem tudo pode dar certo. Ainda assim, queres que eu continue?

— Não acredito em mau agouro, senhora feiticeira, nem tenho medo do piado de um passarinho bobo. Afinal, viemos aqui pra quê? Além do mais, já vos paguei, não paguei? Então cumpra com o trato — asseverou o rei.

— Não digas depois que não avisei. É preciso que me obedeças, ouviste? Exortou-o seriamente.

Feiticeira Zuzu, mulher simetricamente volumosa, aparentava menos de 35 anos, embora já tivesse um filho nessa idade, de cabelos negros compridos, um tanto desalinhados, boca carnuda, bons dentes, fartos seios e grande traseiro, logo se desfez de suas andrajosas vestes, se comparadas às do rei, com a naturalidade de quem estivesse sozinha. Ordenou que Rei Albe também se despisse. O rei sentiu-se um tanto retraído. De início, pouco à vontade, não era acostumado a desnudar-se perante outros, a não ser diante da Rainha Alzira ou do seu alfaiate, ainda que não lhe assentasse o qualificativo de recatado ou pudico. Contudo, predispôs-se a obedecer. Também pressentira no piado sinistro do Urutau um aviso de cuidado. Precisava, no entanto, levar adiante seu intento, pago antecipado, ao custo, nada modesto, de algumas das suas mais preciosas esmeraldas.

Sem dispensar os préstimos da *Sacerdotisa das Sombras*, despiu-se primeiramente do pudor e pouco se deu que ela reparasse no avantajado tamanho de seu falo, ainda que em estado de repouso. Parecendo de início pouco à vontade, quando começou a movimentar-se livremente, sem o incômodo das excessivas e excêntricas vestes reais, Rei Albe, o Rico, mostrando descontração, transgrediu o tom de solenidade que a feiticeira revestia à circunstância, questionando, meio gaiato:

— E a minha Mula *Tá*, pode continuar vestida?

Feiticeira Zuzu fingiu que não escutou, escarafunchando todos os cacaréus trazidos e empilhados ao lado do círculo que traçara no chão, com a ponta da sua adaga de prata. Não encontrando uma corda tecida especialmente para a ocasião, com embiras de bananeira, necessária à demarcação do espaço ritual para a efetiva função da cerimônia, ordenou ao Rei Albe, o Rico:

— Vou precisar do bridão ou do cabresto da tua besta, seu Rei — disse, já mandando-o despojar a Mula *Tá* daquele rico acessório, parte indispensável do conjunto do arreamento, entremeado de reluzentes fios de ouro, ligado à cabeçada de couro com incrustação de preciosas esmeraldas.

— Por que não pegas o do teu pangaré? — propôs Rei Albe, o Rico, ciumento.

— Por que o trabalho não é pra mim... É pra tu! — contrapôs, resoluta, a feiticeira.

Demarcando, com as rédeas da Mula Tá, o espaço circular para iniciar a sessão ritual de magia, bem debaixo da frondosa árvore da figueira-do-inferno, onde a besta, irrequieta, permanecia amarrada pelo cabresto, Feiticeira Zuzu, a Sacerdotisa das Sombras, desenhou no chão umas garatujas sobre outras, reproduzindo um emaranhado de riscos, sobre os quais cravou seu punhal de prata, deixando-o enterrado naquele chão de terra arenosa.

Observando atentamente todos os movimentos da Sacerdotisa das Sombras, o rei percebeu que aquelas linhas traçadas com a ponta do punhal no centro do círculo eram familiares. Num gesto instintivo, olhou a palma da sua mão esquerda e viu traçadas, no chão, as mesmas linhas, com a mesma simetria, num desenho incrivelmente idêntico, às linhas das suas mãos.

Rei Albe, o Rico, surpreendeu-se. Sentiu que não estava lidando apenas com uma amadora ou charlatã. Algo nela o inquietou. Atemorizado, resolveu obedecê-la.

A carocha iniciou a cerimônia pronunciando palavras que o rei ainda não ouvira, numa espécie de cantilena soturna, monótona, por vezes melancólica, puxando-o com energia para dentro daquele imponderável espaço delimitado pelas rédeas da Mula *Tá*. Enquanto invocava cada vez mais alto a assistência e a presença de dezenas de entidades umbrosas, chamando-as pelos nomes com voz roufenha, balançando-se em espasmos ritmados, como numa cadência trêmula e vacilante, iniciou, na sequência, uma sessão defumatória, contorcendo-se, assoprando dentro de uma pequena caçoula para atiçar o braseiro, incinerando folhas secas de tabaco, açafrão, gengibre e... pó feito a partir das folhas secas das mandrágoras, produzindo densa fumaceira esbranquiçada, de odor quase agradável, levemente nauseabundo e sufocante.

Soprando-lhe aquele fumo em todas as direções do corpo, a Sacerdotisa das Sombras, compenetrada na evolução sistemática do seu rito, tocou-lhe com uma das mãos as partes íntimas, quase encostando o turíbulo quente nos grãos, ao que entre hesitante e excitado com o toque, o rei, bem mais à vontade, não se acanhou nem se inibiu, impossibilitando a pronta exibição de sua masculinidade. A reação normal, já esperada pela feiticeira, não lhe obstaculou nem impediu o prosseguimento do trabalho. Pegou a pomada feita com a mandrágora fêmea e untou-lhe o entorno das partes. O Rei, não se contendo, deu vazão aos seus lascivos impulsos, instintivamente puxando contra si a cabeça da feiticeira, suplicando-lhe que prosseguisse.

Sem se importar com o suplicatório do rei e resoluta nos seus procedimentos, a feiticeira iniciou a parte do ritual que mais agradou ao rei. Lambeu seu corpo de baixo a cima, passando a língua em todos os pontos besuntados com mel de abelhas e pomada de mandrágora. Quase a perder os sentidos com tamanha excitação, Rei Albe já não conseguia distinguir as linhas de fronteira entre realidade e fantasia, entre o ilusório e o concreto, constituídos naquele palco de infindáveis estranhezas e mistérios, em que nenhuma sensibilidade se esgotava, nenhum congresso de críticos conseguiria decifrar em definitivo. Emitindo sonoros e profundos gemidos, implorava langoroso à feiticeira:

— Não para, não para, não para!

Ao que a feiticeira interrompeu:

— Não, para!

Mudando de procedimento, atirou em seu rosto o líquido viscoso e esverdeado que deitara numa pequena terrina, como se precisasse trazê-lo de volta ao mundo dos objetos materiais captados pelo sujeito consciente, mais ou menos à maneira de uma máquina de transcender no tempo.

O Rei conformou-se com a contradita porque também fazia parte do trato obedecer aos apelos e ordens da sacerdotisa. Assim, consumou-se o ritual do *lambe-lambe*. Pegando a cesta de palhas com as frutas secas, a Sacerdotisa das Sombras, toda arrepiada, visivelmente em transe, espalhou sobre elas o pó que fizera com a mandrágora macho seca e ralada, recitando em tom audível, palavras que lia escritas num retalho de fibras de folha de bananeira. O rei ouvia, mas não sabia o que significavam:

— *Autumnalis oficinarum, eukaryota archaeplastida, plantae angiosperms eudicots, core eudicots, asterids une, solanales, dues, solanaceae, trinus solanoideae, mandragoraeae, mandragora*! *Une, dune, trinis, perfectus perfunctoris, perfumatoriae.*

— A senhora aprendeu com quem essa *ladainhazinha*? — perguntou-lhe, ironizando, depois de passada a fase da excitação —. Parecem umas coisas que Alzira também diz quando está invocando...

— Quieto! Objetou.

A feiticeira deu de ombros, pegando aos punhados as frutas secas. Esfregava-as por todo o corpo e tanto mais vigorosamente nas suas partes íntimas, declamando palavras com rimas terminadas em *ota*, *eta* e *ita* retornando-as depois à cesta. O rei não ouvindo completamente o que ela balbuciava, interrompeu o ritual, indagando:

— Por que passas nas tuas partes as frutas que Alzira deverá comer?

— Não me interrompa, nem faça perguntas. Agora é a sua vez de me lamber dos pés ao pescoço. Vamos, comece logo!

Rei Albe, o Rico, com o estômago repugnando pelo efeito narcotizante das poções que havia ingerido, refugou o cumprimento daquele apelo, para ele libidinoso, desobedecendo o mandamento da feiticeira. Pulou imediatamente fora do círculo delimitado no chão pelo bridão da Mula *Tá*. Tropeçou sobre algumas peças, chutou outras para bem longe, espalhando toda aquela parafernália, umas para dentro outras para fora do espaço dentro do bridão, até que se enroscou nele pelos pés e caiu.

A Sacerdotisa, debochada, interrompeu a ritualística com uma estrepitosa e retumbante gargalhada, irônica demonstração de sua superioridade no comando daquela feitiçaria. O rei, enfurecido, descontrolado e contrariado, levantou-se, vociferando taxativo:

— Acabou-se a brincadeira. O que está feito, está feito. O que não está feito, ficará por fazer. Dê cá minha cesta de frutas. Prefiro emprenhar minha Mula *Tá* do que lamber *xana* de feiticeira nojenta e arrogante!

Num gesto rápido e preciso, Rei Albe, o Rico, sacou o punhal de prata cravado sobre o desenho das linhas de suas mãos, no cento do círculo, agarrou a feiticeira pelos longos cabelos, tosando-os de um golpe na altura das orelhas, atirando as aparas sobre as brasas da fogueira que crepitavam ao lado.

Feiticeira Zuzu, humilhada, enraivecida com a injuriosa interrupção do seu trabalho pelo Rei Albe, o Rico, voltou-se contra ele com indignada fúria, bradando encolerizada, múltiplos impropérios de uma lista de esconjuros conhecida e desconhecida, rogando-lhe pragas horrendas. A título de fechamento dos feitiços inconclusos, sentenciou Rei Albe, amaldiçoando-o:

— *Farás a besteira que disseste e atado pelos pés ficarás até morrer, pendurado nas rédeas da tua própria Mula Tá!*

Ao pronunciar o agourento vaticínio, o soturno Urutau piou pela segunda vez. Ouvindo de novo o lúgubre e funesto arrulho do pássaro, Rei Albe, o Rico, contra-atacou para ofender e ultrajar ainda mais a Sacerdotisa das Sombras:

— Sua feiticeira de merda, jamais terás o talento de tua mãe!

Agarrando-a pelo que lhe restava de cabelos, sacolejou-a, empurrando-a para longe. Sem forças para reagir, a indefesa carocha, sentada no chão, só sabia chorar. Catou os cacarecos, arremessando-os dentro da carroça com pouco cuidado. Jogou suas poucas peças de roupas também na fogueira e falou consigo mesma:

— Meu filho haverá de me vingar. Vai acabar com tua maldita raça, seu insolente.

— O que dizes, infeliz? — ameaçou-a.

— Nada, Senhor Rei. Nada que seja da vossa conta.

Pegando o relho de sua montaria, Rei Albe escorraçou-a debaixo de açoites. Assustada, profundamente insultada, a jovem feiticeira partiu seminua do local, praguejando, desejando que todas as esmeraldas do Rei Albe, o Rico, desaparecessem, que nem ele, nem a mulher, nem o filho Calico pudessem criar descendentes para usufruir daquele valioso tesouro; que o Rei Albe, o Rico, ainda fosse traído pela própria rainha e que toda a parentela do rei fosse amaldiçoada. Deixando o rei sozinho com sua besta, sua cesta de frutas passas e uma maldição em vias de se concretizar, esconjurou-o e a toda sua descendência. Virou as costas ao lugar, balançando as rédeas de seu pangaré, assoviando, deu o comando de partir. Nunca mais voltaria àquele local.

Aproximava-se de meia-noite. O Rei Albe, em contrapartida, enfurecido com o atrevimento e a audácia da Feiticeira Zuzu, ficou por ali, lembrando das palavras da carocha, maldizendo toda a sua linhagem, dos antepassados aos futuros descendentes, após juntar de qualquer jeito seus ricos objetos e adereços, debaixo da figueira-do-inferno. Sozinho, despido, ainda sob efeito do transe provocado pelas poções de mandrágoras que ingerira, sentiu-se fraco, entorpecido, sem ânimo para recompor-se. Resolvido a passar o resto da noite ali mesmo, teve vontade de novamente olhar para suas preciosas esmeraldas, enterradas bem debaixo de seus pés, onde a feiticeira, sem desconfiar de nada, realizara o indecoroso ritual; mas faltavam-lhe forças e ferramentas adequadas para escavar o arenoso solo sob a frondosa figueira-do-inferno. Desistiu de desterrar as maravilhosas pedras verdes tão bem escondidas, quatorze palmos chão adentro, onde só ele, mais ninguém, sabia que estavam, pois que o servo que abrira o buraco para enterrar e ocultar o tesouro jazia sepultado no mesmo local.

Em solitário estado de ânimo, sob a luz branca da Lua, no pino do firmamento, colocou a cesta de frutas secas no chão, ao lado da sua estimada Mula *Tá*. Encontrando-se meio zonzo, ainda confuso pelo efeito das poções e dos nauseantes unguentos e pomadas que a Feiticeira Zuzu lhe besuntara as partes, das repetidas inalações de fumaça das defumações a que se submetera, da prolongada sessão de magia, faltava-lhe ânimo até para se vestir.

Súbito, animou-se, calculou que fosse meia-noite. Andou alguns passos, juntou suas vestes. Foi buscar as rédeas da besta que, ao engastalhar nos seus pés, chutou-as para longe. Com o bridão nas mãos, sentiu que o objeto estava magnetizado de uma energia diferente. Imediatamente percorreu-lhe o corpo um arrepio forte, uma grande excitação o dominou, estimulando-o. Abriu o bridão para colocá-lo na cabeça da mula. Ao lançá-lo sobre o pescoço do animal para ajustar-lhe a cabeçada e a embocadura, ouviu novamente o piar soturno do Urutau. Tomado de um frenesi, excitou-se mais ainda e, num abrir e fechar de olhos, flagrou-se com o bridão na mão, enlaçado a uma encantadora mulher morena, de longa cabeleira negra, olhos verdes tais como suas preciosas esmeraldas, nua em pelo, surgida do nada, pronta para realizar quaisquer dos seus mais lascivos desejos e caprichos...

Atônito, incrédulo, mas extremamente agitado diante da inexplicada miragem irresistivelmente encantadora, procurou com os olhos sua mula e não a viu. Olhou para o lado, embaixo, a cesta com as frutas secas que a feiticeira *passara* esfregando-as no corpo, no chão, estava vazia. A besta havia comido todas as frutas *passas*. O feitiço do encantamento ao qual Rainha Alzira era destinatária, havia se materializado na Mula *Tá*!

Aproveitando-se para extravasar toda sua lascívia, satisfazendo desejos contidos pela renúncia deliberada da esposa aos prazeres carnais e à prolongada abstinência sexual imposta pela viagem da rainha ao Elo Dourado, Rei Albe, o Rico, julgou que tivesse reencontrado o paraíso perdido.

Arrependeu-se da forma rude e grosseira do tratamento que dispensara à Feiticeira Zuzu e demoveu-se da ideia de expulsá-la do Reino de Avilhanas. Poderia até pagá-la melhor, pensou. Mas, por prudência, não haveria de deixá-la saber que seu feitiço funcionara, porque se alguém mais soubesse daquela mulher encantadora, haveria de quebrar o encantamento, por pura inveja ou para destruir seus melhores momentos de felicidade. Era bom demais para acabar. Aquele segredo jamais seria compartilhado com quem quer que fosse. Além dele, a Mula *Tá* e o Urutau eram os únicos cúmplices do extraordinário e fantasioso devaneio. Ah, a Lua cheia igualmente testemunhara tudo.

Mergulhado e absorto na percepção do tempo, já lhe parecendo uma eternidade, Rei Albe, o Rico, ouviu ao longe o cantar de um galo. Subitamente, deparou-se montado, ainda despido, sobre a Mula *Tá*. Acercou-se de cuidados, certificando-se de que estavam realmente a sós. Pegou suas vestes uma a uma, ajustou a barrigueira do arreio da besta, mas instintivamente retirou-lhe o bridão da cabeçada, deixando-a presa pelo cabresto apenas. Guardou as rédeas mágicas numa bruaca de couro atada à sela, porque acreditava no poder de encantamento daquele objeto magnetizado pelas magias das mandrágoras tão eficientemente calibradas pela Feiticeira Zuzu.

Catou a cesta de frutas *passas* vazia e montou-se. Ouviu o derradeiro piado do soturno Urutau. Estava de madrugada. Voltou ao Palácio das Esmeraldas como se tivesse vivido um grande sonho. O Senhor Dugo, ainda de campana, percebeu quando o Rei Albe, o Rico, chegou. Certificou-se apenas de que estava tudo bem e continuou no posto, atento a todos os movimentos dentro e fora do palácio.

O próprio rei, desarreando a besta, recolocou todos os acessórios à estaqueira de onde foram tirados. Soltou a Mula *Tá* no pasto. Dentre os objetos do arreamento só não voltou às estaqueiras o mágico bridão de fios de ouro. Residia nele o secreto e misterioso condão responsável pelo encantamento.

Senhor Dugo, de longe, observara tudo. Quando o Rei Albe se retirou, voltou à baia e foi conferir os objetos do arreamento da mula. Notou falta do bridão de fios de ouro. Inspecionou de bem perto o animal. Não lhe constatou pisaduras, nem marcas que revelassem qualquer espécie de mau trato. Preferiu não fazer conjecturas, nem poderia fazer perguntas. Era melhor que o rei continuasse acreditando que ninguém o espionara. Permaneceu alerta no seu posto, cumprindo dever de sentinela.

A VOLTA DA RAINHA ALZIRA

Seis meses passados a partir daquela noite, Rainha Alzira retornava com sua comitiva da longa viagem ao reinado do Elo Dourado. Trazia a notícia de que a Rainha Olinda, sua querida parenta, havia morrido após as complicações de um parto prematuro do segundo filho, no sexto mês de gestação. Fizera longo relatório de todos os sofridos acontecimentos no Reinado do Elo Dourado: das suspeitas do Rei Pay com relação aos feitiços do Bruxo Neno e de sua mulher, a feiticeira Taruga Quelônia, provavelmente amarrações encomendadas e pagas pelo seu odioso rival, o irascível e invejoso soberano do Reino de Trindade, Rei Barbo.

Rainha Alzira contou, emocionada, que o formoso bebezinho, que se chamaria Príncipe Marmo, nasceu e respirou por algumas horas, sobrevivendo não mais que a própria mãe. Lembrou, chorando, o episódio comovente do sepultamento de ambos. Disse emocionada que o Rei Pay, quando sentiu que a Rainha Olinda já havia exalado o último suspiro, pegou nos braços o pequeno infante, mostrando-o ainda vivo à mãe num derradeiro esforço de trazê-la de volta à vida, como se pudesse buscar sua energia vital já desprendida, obrigando-a a animar a matéria que se recusava a recebê-la. Num desesperado gesto, bradou:

— Aqui está tua cria. Fica pra cuidar dela! — apelou desesperado.

Com as palavras *está tua cria*, a vida também se foi, transformando imediatamente o corpo inerte do recém-nascido numa pedra muito branca e pesada, sob os olhos incrédulos dos que assistiam à cena. O corpo frio do pequeno nascituro logo se transmutou na *estátua* petrificada. Não foi sepultado nem cremado. Permaneceu sobre o túmulo e permaneceu para sempre a pedra *Marmo morre*. Com o passar dos dias, *Marmorre*. *Mármore*.

O relato da Rainha Alzira comoveu o marido e os ouvintes. Enfatizando sempre que, por aquelas e outras razões pessoais, alimentava medo insano de engravidar. Não desejava correr os mesmos riscos que sua parenta, a Rainha Olinda, tão jovem e tão formosa, deixando sozinho seu marido Rei Pay: rei viúvo e o pequeno Príncipe Médium de apenas três aninhos, órfão.

Rainha Alzira não perdia oportunidade de sinalizar ao marido sua perseverança no propósito de reservar-se, negando-se, terminantemente, o cumprimento dos deveres de alcova.

De sua parte, plenamente farto com os resultados extraordinários colhidos dos feitiços miraculosos da *Sacerdotisa das Sombras*, arrebatado pelos secretíssimos encontros com a mulher encantada, nas incursões noite adentro de lua cheia, Rei Albe, o Rico, ouvia tudo alheio, meio desinteressado, ensimesmado, pouco se importando com a veracidade das proposições da Rainha Alzira para esquivar-se às suas prováveis investidas.

Afinal, a Mulata Esmeralda — como denominava secretamente sua mulher encantada —, satisfazia-lhe todos os desejos. Inofensiva, não pronunciava uma palavra sequer, não lhe exigia qualquer coisa em troca dos prazeres que proporcionava; funcionava tão eficazmente que estar com ela três horas a cada período da lua cheia era o bastante para mantê-lo calmo e caprichosamente prazenteiro e realizado por dias seguidos.

Achava mesmo que nem se interessaria mais pela própria ou por qualquer outra mulher, no tocante aos deleites deliberados na horizontal. Herdeiro por herdeiro, já tinha o seu, o belo e saudável filho, Príncipe Calico, que aos dezoito anos se casaria com a Princesa Araci, filha da Rainha Ara e do primo Rei Arnaldo, linda sobrinha da Rainha Tarope, já com dois anos de idade. Certamente teriam filhos igualmente belos e inteligentes que se tornariam bons e poderosos reis e rainhas. Tudo quanto lhe interessava naquela fase da vida: entregar-se incondicionalmente a viver por aquela besteira!

Face ao oportuno desinteresse do marido pelas suas ocupações triviais, Rainha Alzira aproveitava-se das convenientes ausências do Rei Albe, o Rico, para dar vazão à sua arte. Empenhava-se em pintar com tonalidades fortes, em vibrantes azuis, vermelhos, amarelos e verdes, uma impressionante imagem retida na sua memória, pelas excêntricas peculiaridades: a figura de um andarilho de aproximadamente trinta anos, acompanhado de um cão fiel e anônimo, segurando um bastão de madeira na mão direita e um instrumento semelhante a uma flauta sobre o ombro esquerdo, em cuja extremidade conduzia pendurada uma pequena trouxa contendo seus mínimos pertences. Folgazão, durante os três dias dos quinze que duraram a longa e penosa viagem ao Reino do Elo Dourado, aquele homem contara-lhe incríveis experiências de suas jornadas, divertindo toda a comitiva ora com músicas compostas de improviso, ora com trovas e poemas jocosos, mas inocentes, coreografados de cambalhotas e piruetas, à maneira dos palhaços e dos saltimbancos. O homem identificara-se simplesmente pelo apelido de "o Louco".

— Tenho nome, mas não lembro. Chamam-me apenas de "o Louco" — foi como se identificou à comitiva da Rainha Alzira, quando se encontraram no percurso de um trecho do cerrado até o verdejante vale do rio Aguaporé.

Não parecia preocupar-se com o passado, o presente ou o futuro. Apreciava viver tempos numa corte, tempos noutra e assim prosseguia. Onde quer que chegasse, alegrava com sua engraçada presença, reis, rainhas, príncipes, princesas e quem mais o desejasse. Conhecia seus itinerários, embora ainda não os tivesse de todo percorrido: vinha do Reino de Trindade, passando pelo Reinado de Avilhanas, com destino ao Reinado de Caxixi. Encontrara-se, por coincidência, com a comitiva da Rainha Alzira, que se deslocava ao Reino do Elo Dourado. Rainha Alzira tentou persuadi-lo a mudar de trajeto para acompanhá-los. Desejava por companhia alguém com aquela coragem e espontaneidade. Recusou-se, no entanto, aliar-se àquela comitiva. Preferia seguir seu trajeto solitariamente. Caso não encontrasse outros companheiros na jornada, seguiria assim mesmo seu fadário. Dizia-se impelido à solidão, quando se comprazia ouvir cândidas vozes de anjos a partilhar de suas travessuras.

— Anoitecendo, onde te resguardas, se não houver pousada nem abrigo nas proximidades? — indagou-lhe Rainha Alzira, curiosa.

— Trago comigo boa rede e boa faca. Se chove, abrigo-me sob palhas! — respondeu, simplificando em dois objetos a solução despojada para suprir necessidades essenciais além de comer, beber e vestir-se: uma boa rede e uma faca de bom corte.

Rainha Alzira simpatizou-se muito com "o Louco". Convidou-o para seguir viagem junto à sua comitiva até o Elo Dourado, uma vez indiferente ao itinerário traçado. Alegremente, objetou:

— Senhora Rainha, sou totalmente livre. Vou para onde quiser e volto de onde estiverem. Logo não saberás de mim, tampouco saberei de ti. Mas não te esquecerei e certamente não me esquecerás. Qualquer lugar pra mim é ponto de chegada. Qualquer lugar é ponto de partida. Caminho sempre pra frente mesmo que olhando pra trás.

— Não temeis precipitar-te num abismo? — indagou-lhe a Rainha, impressionada com a manifestação de liberdade motivada pela ousadia e pela apaixonante ingenuidade.

— Não mesmo. Se o abismo fizer parte do caminho, não o procurarei, mas dele também não poderei me esquivar! — disse resoluto e audaz.

— Que me aconselhas, então, uma vez que já sabes para onde vou e o que pretendo fazer? — provocou-o para assegurar-se de que não se contradizia.

— Aja sem medo. Sua única busca deve ser a felicidade. Se não der certo na primeira vez, sempre haverá uma segunda. Não se deixe vencer pelo desânimo. Mas tenha cuidado! Sempre!

— Como me aconselhas cuidado, se tu mesmo admites não temer o abismo? — ironizou Rainha Alzira.

— Porque sigo meu caminho pela intuição. Tu pareces segui-lo pela razão. A mim basta apenas viver. A ti bastará não sofrer. Adeus! — despediu-se já pegando rumo à esquerda da estrada, que se bifurcava naquele ponto.

Rainha Alzira respondeu-lhe em despedida. Pensou ainda em oferecer-lhe algumas peças de roupas novas. Notara-lhe na parte traseira das ceroulas um profundo rasgo, mostrando-lhe um naco de nádegas. Desistiu. Ele parecia feliz demais para se preocupar com aparências ou querer transportar mais peso na diminuta bagagem:

— Adeus, Senhor Louco. Visite-nos quando quiser. Certamente, nos divertiremos bastante!

— Adeus, Senhora Rainha! Quando quiser se divertir, basta lembrar-se de mim. Quem sabe, até breve!

A poeira levantada pelo tropel dos cavalos da comitiva da Rainha Alzira impedia que avistassem o excêntrico caminhante e seu cão fiel que seguiram em direção oposta, na outra vertente da estrada. Subitamente, Rainha Alzira ordenou aos seus guardas:

— Por obséquio, preciso que busquem o Louco. Tragam-no. Digam que será bem recompensado por isto. Apenas mais um dia conosco.

Dois de seus escudeiros voltaram em cumprimento à ordem da rainha. Para que não se distanciassem tanto do local onde o anônimo amigo traçara seguir, desviando sua rota do restante da comitiva real, retrocederam até onde a pouco haviam partido. Rainha Alzira ordenou em poucas palavras:

— Voltemos à estaca do Zero!

Tornando ao ponto de onde partiram, encontraram-se todos. A Rainha ficou feliz quando avistou o Louco saltando alegremente, tocando sua flautinha. Com uma sonora gargalhada e uma cambalhota irreverente, postou-se diante da Rainha Alzira, cumprimentando-a:

— Senhora Rainha, quando digo "Até breve!" é deste jeito! Queres que vos fale sobre o "Nada" e o "Tudo", não é mesmo?

— Como sabeis, se "nada" lhe disse? — contrapôs a Rainha.

— Exatamente por "nada" teres me dito que dizeis "tudo"! — retrucou.

— O Senhor é muito bom em trocadilhos! — divertiu-se a Rainha.

— E a Senhora é ótima em persuadir — assentiu o Louco —, mas sei que queres mais do que brincar com palavras... Queres que lhe aponte para um acontecimento futuro?

— Como disseste... O que acontecia antes do Nada e o que acontecerá depois do Tudo? Conheces rumores?

— Antes do Nada aconteceu Tudo, e depois do Tudo acontecerá Nada.

— E tudo voltará ao nada de antes? — indagou com seriedade a Rainha Alzira, deixando os que estavam à sua volta sem compreender o que as enigmáticas palavras significavam.

— Sim, quando compreendermos que o eterno é o Nada e o infinito é o Tudo. Sabeis o que é *quanto*?

— *Quanto* é o vazio que contém todas as possibilidades — respondeu-lhe a Rainha.

— *Quase*. Sabes por ventura o que significa?

— Para salvar vidas, realizar impossibilidades — respondeu a Rainha.

— *Sempre* para que serve? — quis saber o Louco.

— Para voltarmos à estaca do Zero!

— *Quanto* sabes da estaca do Zero?

— Tanto *quanto* nada!

Rainha Alzira titubeou. Sentia-se impelida pela satisfação proporcionada pelo Louco com seu aparente desapego a tudo que era estático, sua inusitada percepção do incomum, sua coragem pueril e ousada irreverência. Mas, ao mesmo tempo, seu coração sinalizava que ele facilmente poderia penetrar-lhe a intimidade, apontando-lhe esquisitices que ela cuidava em ocultar sob os mais finos e indevassáveis véus. Vencendo o medo de seu próprio ego, abriu-se espontaneamente para ouvir, pela boca do Louco, a voz que calava dentro de si:

— Sinto que procurais pelo vosso verdadeiro tesouro — disse o Louco —, não aquele que esconderam fora de ti, mas o que está oculto dentro ti mesma e verdadeiramente te pertence. Não o encontrarás de uma só vez, numa única viagem, certamente. Mas já começas a farejá-lo a partir de agora. Desta estaca do Zero. Todos os revezes, incertezas, sentimentos vis, inseguranças e infidelidades são os monstros que esconderão de ti vosso próprio tesouro...

Rainha Alzira o interrompeu, observando:

— Já não falas como o Louco. Falas como o Mago. Vós o conheceis?

— Mago Natu?

— Exatamente.

— Ainda não nos encontramos, mas o Mago Natu a mim conhece, porque, na verdade, uma parte de mim está no Mago e uma parte do mago está no Louco. O Louco termina onde começa o Mago. Não é possível saber quem é o Mago se não se conhecer o Louco... Tenho ainda a vos dizer: já sabeis sobre o Zero e a mim conheceste. Prossiga tua viagem. Ouvirás rumores. Aprenderás como prosseguir. Quando encontrares o Mago na tua próxima jornada, lembrar-se-á de mim e continuarás descobrindo teu próprio tesouro!

— Estás a se despedir?

— Sim. Mas tornaremos a nos encontrar no teu próprio Palácio. Aguarde-me. Adeus, Senhora Rainha.

— Estás certo de que não desejas mesmo vir conosco? Não queres nossa companhia?

— Tereis minha companhia e terei vossa companhia. Basta apenas que nos lembremos. Adeus!

— A.B.C.D.E. — disse a Rainha Alzira, intencionando confundi-lo.

— Já sei o que dizes: A.*deus, b.om c.ompanheiro d.e e.strada*. — Sorriu e retrucou:

— F.G.H.I.J.L. — respondeu-lhe, deixando-a com a memória presa na sua pronta e igualmente enigmática resposta.

— Ei, por favor, revele-me o que disseste. Não sou assim tão perspicaz! — solicitou a Rainha Alzira.

— Nem tampouco persuasiva... direis. Saberás quando encontrares com o Mago Natu, debaixo da grande figueira-do-inferno, no Vale Apertado, no Bosque do Iludido, no Claro da Gemedeira.

Dito isto, afastou-se, pegando a rota em direção oposta à da comitiva da Rainha Alzira, deixando-a pensativa, meditabunda:

— F.G.H.I.J.L. — falava alto consigo —. Ainda vou encontrar a chave deste mistério!

AS CARICATURAS

Rainha Alzira sabia ler, escrever e fazer cálculos desde criança. Instruída pela Professora Plínia, além das poucas tarefas afeitas às princesas, tais como cantar, bordar, cozer e coser, aprendera ainda técnicas rudimentares de desenho, pintura e o modo de confeccionar suas próprias tinturas com pigmentos extraídos de flores e frutos.

Numa tarde, em que o Rei Albe, o Rico, reuniu seus peões para cortar as crinas das suas éguas de raça, além de tosar-lhes os longos rabichos, pediu que juntassem os fios mais compridos das caudas. Depois de fiá-los, estendendo-os sobre um cavaco de madeira leve, viu que a sonoridade das cordas tangidas mudava de conformidade com a quantidade e a espessura dos fios cardados e esticados. Utilizando-se de seis cordas, deu nome àquele rústico e primitivo instrumento *cavaquinho* e pôs-se a descobrir novos tons, que harmonizou compondo pequenos arranjos para acalentar o filho *Calico*.

Divertia-se não menos elaborando retratos, ainda que toscos, dos parentes, ascendentes ou descendentes reais, dispondo-os pendurados lado a lado num corredor do Palácio das Esmeraldas. Visitar aquela ala do palácio constituía-se prazeroso atrativo para os eventuais hóspedes; mais ainda quando identificavam, entre os figurantes ilustrados naquelas tonalidades muito alegres e coloridas, os próprios rostos estampados nas peças de tecidos de seda emoldurados em formato geométrico: os quadros.

Às vezes, enquanto Rainha Alzira se dedicava à pintura, a Senhora *Babá*, ama do Príncipe *Calico*, interrompia suas atividades, trazendo o pequeno príncipe em prantos, querendo mamar. Rainha Alzira pegava-o carinhosamente, secava suas lágrimas e para distraí-lo mostrava seus quadros, identificando-os em voz alta pelos nomes:

— Olhe, *Calico*, este é o tio Pay, esta é a tia Olinda; aquela é tia Ara. Este o primo do papai, Rei Arnaldo... Aquele é o Rei Ofin... aquela é Rainha Tarope... este é o Sol, esta é a Lua, as estrelas...

O pequeno infante, aos berros, irritava-se cada vez mais com a sequência dos desenhos que sua mãe ia identificando. Até que a ama, a prestativa e bondosa *Senhora Babá*, mulher do Senhor Dugo, impacientando-se, ralhava respeitosamente com a Rainha Alzira:

— Senhora Rainha, *Calico* atura seus quadros, mas não atura a fome. Dá logo de mamar ao menino!

Rainha Alzira ria da favorável intercessão da *Senhora Babá*. Troçando com o filho ao colo, dava-lhe o peito, ironizando:

— *Calico atura... calic'atura*! Ah, essas minhas *calicaturas*!

Pintar o *Louco* para não esquecer-lhe a imagem era para a Rainha Alzira a melhor diversão naqueles dias. Trabalhava na conclusão do desenho, quando ouviu batidas à porta. A tarde já dava lugar ao anoitecer, quando ela se deu conta de que estavam à hora da ceia e que a luminosidade era insuficiente para distinguir tonalidades umas das outras. Guardou seus materiais às caixas e atendeu ao chamado à porta:

— Quem sois?

— Senhora Rainha, o Senhor Rei manda vos avisar que não o esperes para a ceia. Sairá a cavalgar retornando mais tarde — avisou-lhe o Senhor Dugo, o Feitor.

Rainha Alzira dirigiu-se à janela e perguntou ao Feitor:

— Senhor Dugo, parece-me que hoje é noite de lua cheia. Conforme já combinamos, vá imediatamente às baias, oculte-se entre as pilhas de feno e acompanhe todos os movimentos do Rei. Quando sair montado, certifique-se de que não foi visto e siga-o. Descubra qual é o segredo que o Rei está tentando encobrir.

— Senhora Rainha, temo por minha vida. Se for descoberto, o Rei Albe, o Rico, certamente haverá de matar-me. Que garantia terei de que esta deslealdade não me custará o pescoço?

— Dirás que foste cumprir ordem minha, saindo para colher grumixamas à luz do luar, pois que necessito de fazer um bom licor... Aproveite e traga-me as mais maduras que encontrar.

Acordando de madrugada, quando já cantavam os galos, Rainha Alzira ouviu o Rei Albe, o Rico, adentrando seus aposentos, sorrateiramente, pé ante pé. Fingindo dormir profundamente, ela acompanhou-lhe os movimentos e viu quando tirou da bruaca um objeto reluzente semelhante a uma corda, guardando-o no fundo de um grande baú de prata. Depois veio deitar-se. Sequer tocou-a. Virou-se de lado, adormeceu em seguida, tão exausto parecia. Pensamentos disparatados povoaram a cabeça curiosa da rainha:

— Será que *Berico* tem uma amante? Se tem, quem será? Ou foi simplesmente vigiar as esmeraldas que ocultou, para se certificar de que ninguém as furtou? Será que… ?

Mas logo adormeceu também, na certeza de que o mistério haveria de ser desvendado assim que o Senhor Dugo viesse com notícias e, dependendo de quem fosse a amante, ela nem se importaria, desde que o Rei continuasse mantendo o caso no mais recôndito sigilo. Só não estava disposta a tolerar a *infidelidade* se a eleita fosse ninguém menos que a ambiciosa, voluptuosa e peituda Marquesa de Sonça, uma arquirrival que havia tentado algumas vezes envenená-la, para, depois, possivelmente seduzir-lhe o marido e apoderar-se de suas preciosas esmeraldas. Não, não haveria de ser a Marquesa de Sonça. Além do que Berico tinha especial inclinação por mulheres mais maduras, e a jovem marquesa aparentava no máximo vinte anos.

Concluído o retrato que Rainha Alzira fez do Louco e que, à parte sua modéstia, parecera-lhe bem fiel à fisionomia, decidiu-se por pintar o sobrinho-neto, Príncipe Médium, e o Príncipe Calico juntos, registrando, assim, os meses que conviveram durante uma visita à Rainha Olinda e ao Rei Pay, quando os dois eram muito pequenos. Ao rabiscar as primeiras linhas sobre a peça de seda, tocaram à porta. O coração da Rainha inquietou-se, sentiu um calafrio percorrendo lhe o corpo. Respirou fundo e conteve-se, pensando consigo: "*Calma, Alzira. Chegou a hora da verdade!*".

— Entre, Senhor Dugo!

Senhora Rainha — disse, fazendo reverência —, trago-lhe uma notícia tão excepcional e extravagante que certamente não me acreditareis.

— Posso adivinhar… *Berico* tem mesmo uma amante?!

— Tem, Senhora, mas não fazeis ideia de quem seja…

— Não me diga que é a Marquesa de Sonça?

— Não, é alguém que não imaginas…

— Quem? Anda logo, quem é a mulher?

— Não é uma mulher… quero dizer… É uma mulher e não é uma mulher!

— Como assim? Estás divagando?

— Não, Senhora. A amante do Rei é a Mula *Tá*.

— Você disse *mula*?

— Não propriamente a mula. A mula que se encanta numa mulher muito bela.

Tomada de indizível surpresa, por alguns momentos sentiu que teria uma vertigem. Não conseguia imaginar seu leal criado mentindo, nem seu marido seduzido por uma ilusão da feitiçaria. Imediatamente, lembrou-se de que tudo poderia ser resultado da visita da Feiticeira Zuzu ao Palácio das Esmeraldas.

— Senhor Dugo, iremos amanhã bem cedo à casa da Sacerdotisa das Sombras. Quero que apronte minha montaria e a da tua mulher, pois terei de levar *Calico*. Ninguém mais deverá saber onde iremos. Providencie também uma boa vara de gurungumba. Zureta terá que me contar tudo o que sabe e até o que não sabe a respeito desse encantamento… Ah, é o feitiço com as mandrágoras, tenho certeza!

VISITA À FEITICEIRA

Feiticeira Zureta, a Sacerdotisa das Sombras, recebeu atemorizada Rainha Alzira, Príncipe *Calico* e o casal de criados. Em princípio, pela lealdade que jurara ao Rei Albe, o Rico, de manter-se calada, ainda que tivesse motivos de sobra para odiá-lo e expelir toda a verdade, relutou em admitir ter ido ao Palácio das Esmeraldas às escondidas, a chamado do próprio rei.

Impacientando-se com a reticência da Sacerdotisa das Sombras e da sua má vontade de colaborar, posto que respondia monossilabicamente às perguntas que formulava, num conhecido movimento de cabeça combinado anteriormente com o Senhor Dugo, Rainha Alzira autorizou que ele abruptamente a tomasse pelos pulsos, amarrasse ao mastro de sua choupana e lhe aplicasse uma sequência de golpes com a vara de gurungumba. Antes mesmo que desferisse o terceiro golpe, ela rendeu-se, prometendo revelar tudo o que fizera junto com o Rei Albe, o Rico, inclusive detalhes.

Rainha Alzira, aproveitando-se da vulnerabilidade da feiticeira, percebendo seus cabelos tosados à nuca, conseguiu arrancar-lhe exagerada confissão sobre as rituais práticas da baixa magia que protagonizara. A Sacerdotisa das Sombras, todavia, fuzilando de ódio também Rainha Alzira, admitiu-se despojada em grande parte dos poderes mágicos — pelo menos enquanto não lhe crescessem novamente os cabelos — para desfazer o encantamento e mais ainda porque ela mesma não alcançara o resultado final de seu trabalho, interrompido abruptamente pelo comportamento inadequado e pela insubordinação do rei.

— Não preciso que desfaças encantamento algum, porque não aconteceu encantamento — dissimulou a rainha, procedendo com fingimento para encobrir da feiticeira seu amor-próprio ferido, face às espantosas constatações já descritas pelo Senhor Dugo, cujo segredo ela manteria sob qualquer hipótese, até que pudesse ela mesma ver para acreditar.

— Então por que me procurastes? — indagou a feiticeira, com desdém —. Queres tão somente que retire as pragas que roguei ao rufião do teu marido?

Rainha Alzira não suportou a ofensa. Esbofeteou Feiticeira Zuzu, ordenando-lhe que deixasse o Reino de Avilhanas o mais breve possível. Que se mudasse para os domínios do Rei Mor, no Reino da Trindade, ou para o Reino do Caxixi, que era para onde deveria acorrer a ralé, *aquela laia de gentinha*.

Por sua vez, a Feiticeira Zureta, ainda que imobilizada pelo Senhor Dugo, proferiu insolente palavrório, sentenciando e provocando a Rainha Alzira com a maldição de um vaticínio:

— Conceberás de Adul Thero e um filho gerarás desta hedionda infâmia, antes mesmo de ver teu rei pendurado de cabeça pra baixo. O fruto de Adul Thero trará abominação e ruína ao teu reinado!

Ao ouvir tais palavras, o coração do Senhor Dugo quase saltou pela boca. Um grande calafrio lhe percorreu o corpo, turvando-lhe a visão. Perdendo de súbito o ânimo, afrouxou seus punhos, permitindo que a Sacerdotisa das Sombras escapasse por entre as mãos.

— Ela não sabe o que está dizendo, Senhora Rainha —, objetou o feitor.

— Não sabe mesmo. Quem é esse Adul Thero? — inquiriu Rainha Alzira, surpresa.

O Senhor Dugo não respondeu. Manteve-se calado e instantaneamente solicitou à rainha:

— Senhora Rainha, é bom que voltemos. Já ouvistes tudo que pretendias confessado pela feiticeira. Nada mais poderá lhe acrescentar, além de insultos. Quereis que lhe corte o pescoço?

— Não, Senhor Dugo, morrer assim seria muito digno para uma feiticeira. Haverá de sucumbir a seus próprios feitiços, levada pela própria insânia — disse, voltando-se para a ama de seu filho:

— Senhora Babá, traga-me *Calico* para mamar antes de partirmos. É hora de voltarmos.

Feiticeira Zureta virou as costas, soltou uma estridente e sonora gargalhada, levantou as saias, mostrando-lhes despudoradamente o traseiro nu.

Rainha Alzira, o Senhor Dugo e a Senhora Babá pouco se importaram com a insultuosa provocação. Montaram seus fogosos alazões e partiram, deixando uma nuvem de poeira avermelhada acrescida à expedição de uma ordem de despejo a ser cumprida sem prazo determinado, mas com brevidade, pela atrevida feiticeira. Levavam apenas algumas respostas definitivas às dúvidas que Rainha Alzira suscitara sobre a infidelidade do marido e, no bojo da visita, uma maldição que não tardaria a se concretizar.

A MALDIÇÃO DA FEITICEIRA

Nos dias anteriores à fase da lua cheia, Rainha Alzira conclamou o Feitor, Senhor Dugo, e arquitetou seu plano audacioso e derradeiro:

— Preciso ver pra crer — disse irresoluta Rainha Alzira —. Ainda que me custe a própria vida... Prepare-se, não deixando ninguém, nem sua mulher, saber que sairás comigo na próxima noite de lua cheia. Também farei o mesmo. Deixarei *Calico* dois dias antes na casa da ama de leite sob o pretexto de desmamá-lo. Deveremos nos encontrar bem antes da meia-noite no entroncamento da estrada que desce para o Vale Apertado. Tu sairás sob o pretexto de caçar. Eu não preciso justificar ao rei minha ausência porque ele nem perceberá, desde que esteja de volta antes dele.

Na calada da noite da lua cheia, Rainha Alzira compactuara com o Senhor Dugo, o Feitor, que sairiam juntos, pois que também precisava ver de que maneira acontecia, lá na clareira da Figueira-do-inferno, o encantamento da Mula *Tá* na mulher extraordinária.

O Senhor Dugo, por todos os meios, tentou convencê-la a não cometer tal imprudência. Não deveria sujeitar-se a testemunhar aquela visão misteriosa, perturbadora, imprópria a olhos tão pudicos e virtuosos. Julgava que, quando visse o Rei Albe, o Rico, entregue àquela devassidão, àquelas práticas imorais e libertinas, a Rainha certamente não suportaria. Era demais para uma senhora de tão alta honradez e pudicícia.

Desconsiderando toda a argumentação usada para demovê-la da ideia de ir ao local do encantamento, Rainha Alzira mandou que o Senhor Dugo lhe arreasse um outro zaino ágil e discreto, de galope bem cômodo, para que ninguém notasse a ausência nas baias de sua favorita e contumaz montaria. Ao tempo e local combinados, haveriam de se encontrar.

Escolhendo um ponto de observação seguro, Rainha Alzira acomodou-se entre as ramagens de uma moita de sororocas, que lhe permitiram visão direta na extensão da área sombreada pelos galhos da encorpada figueira-do-inferno. Por sua vez, o Senhor Dugo postou-se mais à esquerda, distante suficiente para atendê-la e perceber-lhe os comandos, caso solicitado. Haviam deixado as montarias numa pastagem próxima, estrategicamente preparadas para utilizá-las tão rapidamente conforme necessário.

A lua cheia já ia alta no céu. Quebravam o silêncio que parecia morar naquele santuário natural de pedras, areia e vegetação esparsa, os trinados dos grilos e o coaxar de sapos, numa espécie de monótona e soturna sinfonia de uma nota só. Um ruído rasteiro por entre as folhas secas chamou atenção da rainha. Certificou-se de que à sua volta nenhum animal peçonhento poderia se ocultar. Por entre as ramagens que permitiam o clarão da lua se projetar no solo arenoso e quase limpo, observou uma enorme cascavel serpenteando em sua direção. Imediatamente postou-se imóvel, fixando o olhar nos movimentos sinuosos da serpente. Tirou lenta e vagarosamente de seu alforje um punhal de prata que sempre trazia, e aguardou a aproximação do perigoso réptil. À distância de uma braça, a serpente colocou-se em posição de ataque, enrodilhando-se. Rainha Alzira sentiu um calafrio lhe gelar os ossos, puxou seu manto fechando-o ao colo, conteve a respiração para desacelerar os batimentos cardíacos.

Próximo de seus pés, havia um galho seco no formato de forquilha rasa. Tomou-o e, o mais rápido que pode, imprensou a cabeça da cobra entre a bifurcação do galho, afundando-o com a cabeça do venenoso réptil espremida de encontro ao solo, impossibilitado de projetar o bote. Com o punhal de prata seguro, firme pelo cabo incrustado de pedras verdes, cravou-o num golpe certeiro no meio da cabeça da cobra. Debatendo-se, a serpente agitou uma nuvem de areia e poeira, arrefecendo-se aos poucos, estertorando-se numa derradeira convulsão. Surpresa com o seu próprio desempenho e a facilidade para eliminar a cascavel sem desesperar-se diante do perigo iminente, Rainha Alzira por breves instantes esqueceu-se de que estava naquele local, àquela hora, esperando confirmar as informações de seu vassalo sobre os resultados da magia que transformava a Mula *Tá* numa fascinante mulher que satisfazia os caprichos depravados e a lassidão do Rei Albe, o Rico. Sem se dar conta, chamou seu criado:

— Vem cá. Venha ver, Dugo!

De pronto o Senhor Dugo deslocou-se sorrateiramente de seu esconderijo, indo até o local onde a rainha se encolhia quieta, ao lado de uma grande serpente estirada, cujas escamas negras reluziam à luz prateada do luar. Quando se movimentou na intenção de livrar a rainha da presença daquele réptil sacrificado como tributo à sua curiosidade e astúcia, ouviram um tropel se aproximando. A Rainha Alzira, percebendo o perigo que corriam caso quebrassem o silêncio reinante no local, ordenou em voz baixa:

— Fique e ponha a cobra aí mesmo. Não há mais tempo para voltares.

O coração da Rainha Alzira disparou só de passar pelo pensamento a possibilidade do marido logo, logo mergulhar em devaneios fantasiosos, entregando-se à paixão sensual, tendo como parceira não uma mulher real, de carne e osso, mas um ser produzido pelos encantamentos das mandrágoras, criatura resultante da feitiçaria manipulada pelos poderes ocultos da Sacerdotisa das Sombras, que ela, a Rainha Alzira, sabia ser impossível de desfazer. Só haveria um jeito de acabar com o encantamento: cortar a cabeça da Mula *Tá*.

Ao acolher tal pensamento, Rainha Alzira viu o Rei Albe, o Rico, chegar, apeando-se da Mula *Tá*. Amarrou o animal ao tronco da figueira-do-inferno, soltou a barrigueira, tirou os arreios, desatou as fivelas da cabeçada, livrando-a das rédeas e do cabresto. Juntou todos aqueles acessórios sob o tronco da árvore e iniciou ritual correspondente com seus pertences e indumentárias. Desvencilhou-se da espada — uma Kalibur presenteada pelo seu irmão, Rei Pay, confeccionada na mesma época que a do sobrinho, Rei Médium —, fincando-a no tronco da figueira, descalçando-se por derradeiro. De sua bruaca tirou uma grande manta da Pérsia, estendendo-a sobre o chão, bem no centro da clareira onde a luz da lua iluminava diretamente sem interferência de sombras. Por último, sacou da mesma bolsa uma rédea de fios de ouro trançados. A mesma que a Rainha Alzira percebera guardar no grande baú de prata, uma vez ao chegar, em plena madrugada.

O coração de Alzira batia tão forte e disparado, suas mãos estavam geladas e uma tremedeira arrefeceu-lhe os joelhos. Ela sentia que iria desmaiar, quando um estridente piado de Urutau cortou o silêncio funesto da clareira. Naquele instante, o Rei Albe, o Rico, completamente nu, atirou o bridão sobre o pescoço da Mula *Tá*, sem pronunciar qualquer palavra. Num piscar de olhos, estava enlaçado pelo bridão a encantadora mulher de compridos cabelos negros, olhos verdes e fascinantemente bela.

Senhor Dugo, percebendo que Rainha Alzira parecia fora dos sentidos, apreciando calada, com os olhos fitos no chão sob a figueira, em cuja escabrosa sombra dois corpos dançavam num ritmo compassado, ora um por cima ora outro, estendeu sua capa próxima de onde a serpente jazia com o punhal ainda traspassado à cabeça ensanguentada. Acomodou a Rainha Alzira sobre ela, fitando-lhe o belo rosto, sentindo o perfume do seu harmonioso corpo maduro. Enlevado pelo prazer que sentia ao apreciar de tão perto os movimentos encenados naquele palco onde a natureza permitia o desenrolar do jogo amoroso sem censura, sem reprovações, livre de qualquer reticência moral, tomou-se de incontrolável anseio de também envolvê-la, não obstante mantivesse por ela, até então, respeitoso desejo armazenado secretamente.

Rainha Alzira, despertando, sentou-se rapidamente, recobrando a consciência do que acontecia ao seu redor e, sem que Senhor Dugo pronunciasse qualquer palavra, acomodou-se em seus braços, sentindo-se prontamente acolhida e protegida. Nunca havia reparado nos seus membros musculosos, no tórax rijo e espadaúdo, seu corpo forte, bem constituído e nos seus modos gentis. Por sua vez, Senhor Dugo, relutante em manifestar seu ardente desejo, temendo não ser correspondido pelos sentimentos da Rainha, esperou. Não tardou que ela mesma se livrasse de todas as suas roupas, entregando-se nua, sem objeções, sem bloqueios, sem lembranças dos mesmos traumas que a impediam tanto tempo de doar-se ao marido, nas incontáveis e angustiosas noites em que ele a desejara.

Também os dois espectadores envolvidos pela encenação lasciva do Rei Albe com a mulher encantada estavam irremediavelmente atingidos pelo feitiço da besteira.

As sombras projetadas pela luz do luar na copa da figueira-do-inferno começavam a atingir os dois amantes sobre a manta de lã colorida. A Rainha Alzira e o Senhor Dugo já não enxergavam tão nitidamente os contornos dos dois corpos. Súbito, ouviram o galo cantar. Quando olharam em redor, percebendo-se também nus e abraçados, a rainha removeu o punhal fincado na cabeça da serpente ao seu lado, colocou-o no peito do Senhor Dugo e ordenou-lhe seriamente:

— Vá e mate a mula. Corte-lhe a cabeça. Depois aproveite que o rei está desarmado, xeque e mate-o!

— Não posso matar meu rei, Senhora.

— Mate-o ou ele te matará! A escolha é tua.

Senhor Dugo, vacilante quanto à ordem da rainha, mas ainda sob eflúvios hipnotizantes da paixão que o enfeitiçara, cativo da euforia própria dos enamorados, com sua adaga de prata na mão esquerda e o pesado sabre de ferro à direita, sorrateiro, desferiu um golpe de força e precisão combinadas, decepando a cabeça da Mula *Tá*.

O esguicho do sangue da besta atingiu-o no peito ainda nu, banhando-o daquele caldo viscoso e quente. Rei Albe, o Rico, surpreendido pelo efeito do ataque, ao ver Dugo reconheceu-o e, imediatamente, de espada em riste, iniciou encarniçado combate, cujo desfecho não deixou testemunhas, além do soturno Urutau e o clarão da lua cheia.

O corpo da Mula *Tá* tombara exangue, e sua cabeça fora atirada distante pela brutalidade do sabre do Senhor Dugo. Diante da cena, Rainha Alzira mantinha-se estupefata como observadora, dominada e dividida entre o ódio do marido, prisioneiro de um feitiço, e o arrependimento de haver se entregado ao feitor.

Já decidida a retirar-se daquele aterrorizante cenário antes que o Rei Albe, o Rico, a percebesse, colocando fim ao sentimento de culpa pela sua participação naquela tragédia e se antevendo do final que se desenhava, não conseguia recompor-se rapidamente. Ao sair do esconderijo sem que o rei reparasse, olhou ainda outra vez para certificar-se de que realmente a miragem da mulher encantada esvanecera-se por completo e o corpo do animal que estertorava no solo, em meio a uma grande poça de sangue, era mesmo o da Mula *Tá*.

Horrorizada diante daquela visão macabra, chamou-lhe a atenção algo ainda mais aterrador: a barriga da besta não parava de mexer, como se o animal, mesmo decapitado, mantivesse a respiração ofegante e seu ventre recusasse a morte. A Rainha então esqueceu-se de que também poderia ser atingida pelo furioso tilintar das espadas que se atritavam, numa batalha que certamente resultaria em mortes, travada entre Rei Albe, o Rico, e o Senhor Dugo.

Obstinada, querendo saber que mistério se abrigava nas profundezas do ventre da Mula *Tá*, apertou nas mãos seu punhal de prata e, habilmente, rasgou de um lado ao outro, a barriga estremecente do animal, arrancando-lhe das entranhas, uma criatura viva: uma bela e inexplicável criança, que ao corte do cordão umbilical, chorou como qualquer humano recém-nascido.

Estarrecida, surpresa, desesperada, mas emocionada pelo inusitado e fantástico surgimento, Rainha Alzira envolveu rapidamente a indefesa criatura nas abas de seu rico manto. Deixando de imediato o local, alcançou sua montaria, deixada amarrada logo atrás, e regressou ao Palácio das Esmeraldas o mais rápido que pode, montada no zaino *Ventania*, com a menina recém-nascida nos braços, envolta e escondida como um grande pacote, sob suas vestes.

Como ninguém lhe notara a ausência, tampouco notificaram a chegada. Subiu pelas escadarias secretas até seus aposentos. Diligentemente, cuidou da recém-nascida, envolveu-a em panos velhos, deitando-a numa cesta de cipó forrada de palhas secas. Cautelosamente, esgueirando-se pelos corredores mal iluminados e desertos, desceu até uma das entradas dos fundos do palácio, aninhando a cesta ao rés do portal, onde um sentinela displicentemente cochilava sobre um carroção de feno encostado à muralha.

Tão silenciosamente quanto chegou, Rainha Alzira retornou aos seus aposentos. Da janela da galeria onde pintava seus quadros, podia ver a silhueta da pequena cesta com a criança dormindo, desenhada sob os pálidos resquícios da lua que declinava.

Logo, logo, a aurora chamaria atenção do restante da guarda. Rainha Alzira já se preparava para receber a notória surpresa do achado, como se fosse fruto do abandono de alguma mãe desnaturada, que, na impossibilidade de criar o filho, ou livrá-lo da miséria e de outras desgraças, legara-o à Casa Real, onde haveria de ser criado com dignidade e conforto, ainda que fosse para prestar serviços.

Com o coração constrangido de dor, prevendo o desfecho do embate que não pôde presenciar até o final, Rainha Alzira sabia que um dos dois, o marido ou o seu fiel criado e cúmplice, tombariam pela espada. Àquela hora, um deles estaria morto, certamente. Ou, quem sabe, os dois? Imaginando a dimensão do infortúnio que haveria de suportar, Rainha Alzira não conseguia dormir. O dia anunciava sua luz dourada, quando ela ouviu o distante choramingo faminto da criança recém-nascida. Assim que chegou à janela, presenciou um movimento diferente de criados e guardas em volta da cesta com algo. Do alto de sua janela, perguntou aos criados:

— O que se passa? Por que não cuidam de seus afazeres?

— Senhora Rainha, encontramos uma criança viva, abandonada dentro desta cesta! — responderam mostrando-lhe o objeto de cipó com os panos envolvendo o bebê.

— Levem-no ao quarto de Calico. Já estou indo lá.

Rainha Alzira mandou que buscassem a Senhora Babá, que logo a acompanhou até os aposentos do Príncipe Naldo, há dois dias separado da mãe, sob o pretexto de desmamar-se.

Assim que fitou o rosto da recém-nascida sob a luz clara do dia, Rainha Alzira tomou-se de forte emoção: era a criatura mais encantadora que já vira. Tirou-lhe aqueles panos que, propositadamente havia pego entre os pedaços de tecidos velhos, para que não pairassem dúvidas de que se tratava da filha de pobres camponeses, e mandou que buscassem uma de suas cozinheiras, que também estava amamentando. Pediu-lhe que fizesse a caridade de alimentar aquela criaturinha, pois se não estivesse a desmamar o próprio filho, não recusaria seu sagrado leite materno à desvalida e angelical criatura.

Passadas as primeiras horas de surpresa e acolhimento ao novo habitante do Palácio das Esmeraldas, a Senhora Babá, que também se afeiçoara à recém-nascida, chamou a Rainha Alzira e disse-lhe em tom de segredo:

— Senhora Rainha, meu marido saiu à caça ontem à noite e até agora não voltou. E o vosso rei, ainda está dormindo?

Rainha Alzira sentiu um frio gélido percorrer seu sangue. Seu coração bateu descompassado. Respirou fundo, tentou manter a calma e disse com tom de preocupação:

— Meu rei também não chegou ainda, Senhora Babá. Vejo que tanto meu marido quanto o teu estão a nos causar o mesmo tipo de inquietação...

— Tenho um mau pressentimento, Senhora Rainha — contrapôs a ama do Príncipe Calico, mulher do Senhor Dugo —. Sonhei que um grande animal negro, sem cabeça, soltando labaredas de fogo pelo pescoço, atacava o meu marido, devorando-lhe a cabeça... um sonho medonho. Estou atemorizada pela visão que tive.

— Não se perturbe, Senhora Babá. Também sobressaltou-me uma visão parecida. Mas não acredito nesse tipo de fantasias. Não tardará seu marido e o meu voltarem! Temos agora mais uma criança para cuidar... olhe, que interessante! Ela não tem os dedinhos dos pés! Por este defeito decerto que foi rejeitada pelos pais. Mais uma boa razão para que cuidemos dela com carinho — concluiu a Rainha, externando seu sentimento de piedade maternal, ao mesmo tempo em que arregimentava a guarda palaciana, ordenando-lhe que saísse pelas cercanias de Avilhanas a investigar se alguma camponesa dera à luz recentemente, descobrindo os prováveis pais, ou pelo menos, a mãe daquela criaturinha.

Rainha Alzira solicitou ainda à Senhora Babá que trouxesse seu filho, o pequeno *Calico*, de volta ao palácio. Já passara tempo suficiente para que o menino esquecesse de mamar no peito.

Sozinha em seus aposentos, Rainha Alzira não conseguia se livrar das cenas que repassava na memória — imagens impressionantes da noite anterior haviam fixado como pesadelos. Pior, no entanto, porque ela tinha certeza de que não esteve sonhando. A fim de esquecer tudo o que vivenciara, refugiou-se na galeria de quadros e continuou a pintura do personagem *O Louco*. Aguardava a volta dos seus guardas, que logo trariam as notícias que ela já supunha: por mais que buscassem, não descobririam os *pais* da criança *deixada* nos portões do palácio, mas, por certo, haveriam de encontrar o Rei Albe, o Rico, e o Senhor Dugo mortos, ou um morto e o outro gravemente ferido, junto ao cadáver da Mula *Tá* decapitado e dilacerado.

Como não poderia compartilhar com alguém o que presenciara, tampouco como procedera, decidiu ainda que, caso houvesse alguma testemunha sobrevivente ao tétrico episódio, necessariamente haveria de ser eliminada. O segredo da origem da criança retirada das entranhas da mula, depois de decapitada, jamais seria revelado. Pensou consigo: "*segredo a três, só matando dois*".

Absorta em angustiantes pensamentos, planejando astuciosamente suas próximas ações, no sentido de se livrar de uma só empreitada do sobrevivente da clareira do Bosque do Iludido, mesmo que fosse o próprio marido, Rainha Alzira decidiu que também iria junto com os guardas à procura do marido, que desde a noite anterior se ausentara para *cavalgar* e ainda não regressara. Pediu ao guardião das estrebarias que encilhasse o zaino *Ventania*: desejava cavalgar pelos arredores em busca do Rei Albe, o Rico.

Momentos antes de montar seu cavalo, dois dos quatro emissários que haviam partido em busca da mãe da criança *abandonada* nos portões do Palácio aproximaram-se velozmente, estancando suas cavalgaduras e apeando tão rapidamente que, ao vê-los, Rainha Alzira preveniu-se para suportar a notícia que já aguardava:

— Senhora Rainha, nem sei como vos dizer. Prepare-se para saber da pior notícia que podemos vos dar.

Rainha Alzira fingiu que não estava ligando os fatos do aparecimento da criança à morte do Senhor Dugo ou do próprio rei e antecipou-se:

— Já posso adivinhar. Não conseguiram encontrar a mãe da criança que abandonaram no Palácio...

— Não, Senhora Rainha — disse um dos emissários —. Trata-se de algo terrivelmente trágico. É melhor que a senhora mesma nos acompanhe para ver, antes que anoiteça. Encontramos vosso marido num forcado da galha de uma figueira, pendurado pelo pé, e o Senhor Dugo morto, faltando-lhe a cabeça, junto à Mula *Tá* com a barriga rasgada de um lado a outro, também sem a cabeça. Algo medonho. Coisa de arrepiar.

Sentindo-se desfalecer impactada pela notícia, a Rainha, amparada pelos seus criados, logo que recobrou os sentidos, prontificou-se a acompanhá-los até o local onde já previa o que a esperava. Sem fazer perguntas, nem procurando saber detalhes que lhe denunciassem conhecer de antemão alguma coisa do que pudesse encontrar, ou levantassem suspeitas de que ela própria houvesse concorrido com o desfecho daquela horrenda tragédia, conduziu-se até a clareira, como se desconhecesse ou ignorasse completamente as veredas que levavam ao Vale do Apertado.

Ao se deparar com o trágico cenário, num misto de horror e curiosidade, Rainha Alzira interpretou exatamente o que havia sucedido: examinou o cadáver pendurado pelo pé, com marcas de múltiplos ferimentos pelo corpo nu, o bridão de fios de ouro amarrado à forquilha do galho da figueira-do-inferno, de onde pendia o corpo inerte e escandalosamente despido do Rei Albe, o Rico. Ao lado do animal decapitado, o corpo do Senhor Dugo, semivestido, reconhecido de imediato pelo anel de esmeralda que usava no dedo mínimo da mão esquerda, gravado com seu apelido, posto que seu verdadeiro nome de família apenas o Rei Albe, o Rico, conhecia, desde que o adotara enquanto criança e nunca a ninguém revelara. As cabeças do Senhor Dugo e da Mula *Tá*, não se avistavam pelos arredores, nem tampouco o sabre, que certamente teria provocado os ferimentos no Rei Albe, o Rico, enquanto esgrimia com seu valente e portentoso rival.

Para todos os questionamentos formulados pela guarda palaciana, desde as incontáveis e cruéis hipóteses, até as prováveis razões que teriam levado o rei e seu feitor à sangrenta e sinistra peleja, determinantes da tamanha e imponderável tragédia, Rainha Alzira já encontrara respostas. Mantinha-se, no entanto, no mais absoluto silêncio, porque a única resposta que ela buscava, o rei havia levado para o silêncio perpétuo. Quebrando sua mudez, ordenou:

— Guardas, cavem aqui. Parece-me que esta terra foi revolvida!

Imediatamente, os serviçais iniciaram a retirada de uma terra solta, arenosa, que parecia ter sido remexida há menos de um dia. Quanto mais cavavam, mais facilidade encontravam, abrindo em poucos minutos uma cova com a profundidade de alguns palmos, quando um dos guardas proclamou:

— Achei um objeto metálico. Parece a arma do Senhor Dugo — disse, limpando a terra da lâmina do sabre ainda manchado de sangue e, admirado, acrescentou:

— Tem um nome, aqui, gravado na lâmina...

Leu em voz alta, com um pouco de dificuldade:

— Adul Thero. Humm, acho que era esse o nome verdadeiro do Senhor Dugo!

Ao ouvir aquele nome, Rainha Alzira sentiu um inexplicável mal-estar, sua visão escureceu, sobreveio-lhe ânsia de vômito. Lembrou-se imediatamente da maldição que a Feiticeira Zuzu lhe impusera, e num átimo lhe passaram pela lembrança os fugazes momentos de volúpia intensamente vividos nos braços do Senhor Dugo, que agora faziam sentido: Adul Thero era o seu nome verdadeiro. Contendo sua respiração ofegante, pensou consigo: "*Será que estou grávida? Este deve ser o fruto de Adul Thero que a Sacerdotisa das Sombras vaticinou!*". Quando concluiu o pensamento, um dos guardas anunciou:

— Aqui estão. Encontrei as cabeças da Mula *Tá* e do Senhor Dugo.

Sem se aproximar da cova onde jaziam as cabeças do feitor e da Mula *Tá*, Rainha Alzira dirigiu seu olhar para a árvore da figueira-do-inferno, onde a espada Kalibur do Rei Albe, o Rico, estava fincada no tronco. Era como o registro do último ato praticado por ele, antes de se precipitar no vazio, lançando-se com o pé esquerdo amarrado junto ao forcado do galho da figueira. Aproximando-se do tronco da árvore para retirá-la, Rainha Alzira observou uma inscrição insculpida recentemente na casca, produzida provavelmente com a ponta afiada de uma adaga. Julgou serem aquelas as últimas manifestações da vontade do rei ou algum código que desejou que fosse decifrado por quem o encontrasse. Leu em voz alta: "*F.G.H.I.J.L.*", e abaixo desta sequência de letras, a frase

"*Cada cabeça, uma sentença*".

Sem entender de imediato o significado daquele enigmático recado, sua memória trouxe à lembrança aquela mesma sequência de letras que o Louco lhe dissera quando se despediram no local conhecido como Estaca do Zero. Sem conseguir imaginar um significado que pudesse ligar os dois fatos tão diferentes e desconexos, forçou a retirada da espada Kalibur do Rei Albe, o Rico, do tronco da figueira, dirigindo-se aos guardas:

— Pois que as cabeças continuem aí... neste mesmo buraco — disse a Rainha, determinada a sepultar naquele mesmo lugar todos os incômodos vestígios dos momentos de lascívia e dos tormentos que secretamente vivenciara ali. E continuou mandado:

— Abram mais esta cova e sepultem nela também o corpo do Rei Albe, o Rico. Quanto aos corpos mutilados da Mula *Tá* e do Senhor Dugo, queimem-nos, até que se reduzam a cinzas.

Como se procurasse algo inadvertidamente, a Rainha Alzira começou a andar a esmo pelos arredores, chegando ao local onde cravara seu punhal de prata na cabeça da peçonhenta serpente negra. Num jogo de faz de conta, como se de nada soubesse, emitiu grito assustado, chamando atenção dos guardas, que logo acorreram para livrá-la do perigo.

— Vejam esta cobra horrível! Pensei que estivesse viva. Alguém que esteve antes por aqui a matou. Quem sabe o próprio Rei Albe, o Rico, ou o Senhor Dugo, talvez! Queimem-na com os corpos da mula e do feitor.

Ao retirarem o corpo do Rei Albe, o Rico, pendurado de cabeça para baixo, laçado pelo pé, amarrado no forcado da galha da figueira-do-inferno, exatamente sobre o local onde jaziam sob o solo as cabeças e onde a Rainha Alzira determinara também sepultar o rei, ela pegou o bridão de fios de ouro, desfez o nó que atava o pé do marido suicida, ordenando ao seu criado:

— Peguem-no e levem-no para longe daqui. Vá à casa da Feiticeira Zuzu, a Sacerdotisa das Sombras, entregue-lhe este objeto e diga apenas, sem outras explicações, que o Rei Albe, o Rico, mandou-lhe este presente, como pagamento pelos trabalhos prestados. Ordene-lhe, também em meu nome, que se mude, deixando o mais rápido que puder o Reino de Avilhanas. Quero-a fora destes domínios, sob pena de ser queimada viva.

Preparando-se para deixar aquele cenário funesto, Rainha Alzira ouviu um tropel de cavalos se aproximando. Deu-se por conta, quando identificou entre os quatro cavaleiros visitantes o quinto elemento: Mago Natu.

Parecia avisado da necessidade de sua presença naquele reinado, naquele dia, naquele lugar, àquela hora. Silenciosamente, os cavaleiros logo se prestaram a auxiliar os guardas da rainha a descerem o corpo do Rei Albe, o Rico, já envolto em suas majestosas vestes, até o fundo da sepultura. Mago Natu, após os cumprimentos e reverências de costume, procedeu um ritual de gestos, balbuciando algumas palavras. Fitou Rainha Alzira nos olhos e disse-lhe compungido:

— Não poderia ser diferente. Cada cabeça, uma sentença!

Ouvindo tais palavras, a Rainha Alzira entregou a espada Kalibur do Rei Albe, o Rico, nas mãos do Mago Natu, enquanto segurava, em sua mão esquerda, o sabre desenterrado junto às cabeças do feitor e da mula. Percebendo que o Mago Natu lhe interrogaria a respeito daquela arma, adiantou-se, chamando-o para que visse a inscrição e a frase que estavam gravadas no tronco da figueira, abaixo de onde retirou a espada do Rei Albe, o Rico:

— Mago Natu, por favor, decifra esta inscrição. A frase eu já sei do que se trata... o Senhor mesmo a pronunciou inda agora.

— Sabes também o que significam estas letras. Vou dizer-vos e guardarás este segredo contigo: *F.ilho G.erado H.oje, I.nfame J.az L.iquidado.*

Ao ouvir tais palavras, compreendeu-lhes imediatamente o significado. Apossou-lhe um medo angustiante, tão profundo que sentiu-se desfalecer. Mago Natu a amparou, confortando-a, e indagou-lhe para que voltasse à realidade:

— É esta a arma de Adul Thero, ou do teu feitor, o Senhor Dugo?

— Provavelmente —, disse abrindo os olhos e recobrando os sentidos —. Tem este nome gravado na lâmina, eu mesma não sabia que seu nome verdadeiro era Adul Thero.

— Guardai-a. Não a entregues a ninguém, nem mesmo à sua viúva, a Senhora Babá. Haverá apenas um homem que deverá usá-la: o próprio filho de Adul Thero. Somente vós devereis saber o que aconteceu entre tu e ele.

Rainha Alzira não suportava o sentimento que lhe provocaram todas aquelas palavras, um nó lhe apertava a garganta; desatou a chorar copiosamente, enquanto o corpo do Rei Albe, o Rico, já desaparecia sob as porções de terra e areia. Mago Natu acalentou-a:

— É hora de te acalmares. Voltemos para casa. Deixe que meus cavaleiros terminem o trabalho. Amanhã, ao amanhecer, sereis sagrada

Soberana e recebereis a espada do Rei Albe, para reinares sobre o Trono de Avilhanas. Também daremos nome à criança que acolhestes esta manhã em teu Palácio. Receberá o nome de Alba Esmeralda.

— Como sabeis da criança? Quem lhe contou?

Mago Natu esboçou um sorriso cúmplice, abraçou-a e segurou o loro do estribo para auxiliá-la a se montar. Agilmente, também postou-se ereto e elegante como um jovem cavaleiro no seu corcel impecavelmente branco, dizendo aos seus quatro cavaleiros:

— Concluam a cremação dos corpos, limpem o local e desfaçam todos os vestígios de sangue que ainda sobraram sobre as areais. Depois voltem ao Palácio das Esmeraldas.

Um dos cavaleiros limpando as areias voltou-se ao Mago Natu:

— Mago Natu, encontrei uma pequena adaga de prata. Vão levá-la ou deveremos enterrá-la junto com o corpo do Rei Albe, o Rico?

— De quem é a pequena adaga? — inquiriu o Mago à Rainha Alzira —. Era do vosso marido ou do vosso feitor?

— Era do feitor — respondeu Rainha Alzira.

— Então leve-a e entregue-a à Senhora Babá.

Montada no zaino Ventania, Rainha Alzira retornou com o Mago Natu, enquanto os quatro cavaleiros concluíam a cerimônia fúnebre ordenada pela Rainha e pelo Mago: depois que sepultaram o Rei Albe, o Rico, junto com as cabeças de Adul Thero e da Mula *Tá*, cremaram os corpos decapitados com a negra serpente numa fogueira acesa com lenha das árvores de Carvoeira, até que não restaram sequer vestígios de sua existência, além de uma cinza esbranquiçada que um vento impetuoso de final de tarde prestes a chover se incumbiu de espalhar.

O Sol se despedia atrás de uma nuvem vermelho-escarlate, sanguíneo registro que o tempo fixou naquele crepúsculo aziago, anunciando não o final, mas o começo de outra herança ainda mais trágica — a semente de Adul Thero, o perverso filho que Rainha Alzira já trazia no ventre, ao qual daria à luz nove meses depois, escusando-se da infâmia de infidelidade, pois que ninguém suspeitaria de que o menino gerado naquela trágica noite fosse filho de outro pai que não o Rei Albe, o Rico — segredo que somente a Rainha Alzira e o Mago Natu guardaram dali por diante, por muitos e muitos anos.

A volta da Rainha Alzira ao Palácio das Esmeraldas em companhia do Mago Natu foi cercada de grande curiosidade, com manifestações indiscretas de bisbilhotice entre os criados e o desejo de informar-se sobre os misteriosos acontecimentos que quebraram a rotina de toda a corte e seus vassalos.

A mais aflita de todas as servas, a Senhora Babá, prostrou-se aos pés da Rainha Alzira em prantos, antes de perceber a presença notável do Mago Natu, e desabafou:

— Senhora Rainha, por misericórdia, diga-me a verdade. Quem matou o Senhor Rei Albe, o Rico, foi o infame do meu marido?

— Não, Senhora Babá. Console-se. O Rei é quem parece ter eliminado vosso marido. Acalme-se. Depois o Mago Natu lhes dirá o que precisam saber —. Retirando-se para os seus aposentos, pediu à Senhora Babá

— Por favor, leve Calico e a menina encontrada no portão do Palácio aos meus aposentos. Preciso ficar a sós com eles. Mago Natu, vossos aposentos são os de sempre, peça o que quiser aos criados. Se preferir, instale seus quatro cavaleiros próximos de vós, na mesma ala do Palácio. Ao cair da noite, cearemos juntos. — Subiu as escadarias que levavam ao piso superior, sem responder quaisquer dos questionamentos de seus vassalos.

Antes de chegar aos seus aposentos, Rainha Alzira deteve-se no corredor, olhando a galeria de quadros onde estavam suas *calic'aturas*. Percebeu que faltavam poucas pinceladas para concluir o retrato do derradeiro personagem que desenhara. Pegou um pincel feito por ela mesma, de crina macia dos cavalos, e coloriu de vermelho-vivo o calçado do Louco. Pronto. O desenho estava pronto.

Já não havia muita luz no grande corredor de pedras daquela ala do palácio, quando Rainha Alzira, prestes a entrar em sua alcova, ouviu o clarim do arauto real tocar a toda altura.

— Quem será a esta hora? — admirou-se, indagando a si.

Rainha Alzira foi até a janela para certificar-se de que visitante havia chegado, sem convite e sem prévio aviso, naquele dia trágico e àquela hora do entardecer. Teve uma grande surpresa, alegrando-se: era o Louco. Veio cumprir a visita que lhe prometera.

"Que coincidência — pensou —, bem no dia em que terminei de pintar sua figura... Parece até que o Louco e o Mago andam juntos... Preciso pintar o Mago Natu, desta feita."

Bateram à porta. Antes de abri-la, a Rainha ouviu os choramingos do Príncipe Calico.

— Senhora Rainha, eis os infantes... Precisas de mim para algo? — quis saber a prestimosa ama.

— Por favor, Senhora Babá, fique aqui comigo. Devo lhe contar tudo o que eu mesma vi e o que pude deduzir sobre o terrível acontecimento que enluta o reinado e nos privou dos maridos. Não me faça perguntas além do que lhe disser, porque também desconheço as razões que levaram o teu marido e o Rei a entrarem em combate. Quando cheguei ao Bosque do Iludido, deparei-me com o seguinte cenário...

Após confortar a Senhora Babá, que chorava copiosamente, Rainha Alzira persuadiu-a de que não se sentisse culpada pela tragédia nem julgasse infame seu marido, porque até então não se conheciam os motivos que os levaram àquele lastimável infortúnio. Garantiu-lhe que teria todo o amparo necessário no Palácio das Esmeraldas e confidenciou-lhe, já preparando terreno para que a notícia de uma possível gravidez fosse recebida com naturalidade e tranquilidade:

— Imagine, Senhora Babá, que na noite anterior, passados quase três anos, cedi aos apelos do Rei e consenti que dormíssemos juntos. Parece-me uma predestinação. Foi exatamente aquela a nossa última noite de amor. Custa-me entender por que Berico teria se matado. Já pensou se desta única e última vez eu tiver engravidado?

A Senhora Babá, surpresa com aquele nível de confidência, não censurou a Rainha Alzira, comentando:

— Tomara! Assim seja. Até que enfim Calico terá um irmão pra brincar e dividir toda essa fortuna. Com essa menina que apareceu, como mesmo haverá de se chamar?

— Alba Esmeralda — respondeu Rainha Alzira, sem prestar atenção ao nome que falara.

— Finalmente, teremos crianças brincando nestes jardins. Cuidarei do novo principezinho, ou nova princesinha, quem sabe? Como seu fosse meu próprio filho. Tomara, Senhora Rainha, tomara! — Suspirou com alívio a Senhora Babá, já pressentindo que deveria deixar a rainha com as duas crianças.

— Deixe-nos a sós, agora. Recepcione o visitante que chegou neste momento e o instale no quarto próximo da ala das *Calic'aturas* — pronunciou sorrindo, enfatizando o novo nome que inventara para denominar suas pinturas —. Avise-o de que não me demoro a recebê-lo.

Rainha Alzira, depois de conversar longamente com o Príncipe Calico, explicou-lhe em linguagem infantil toda a desventura ocorrida naqueles trágicos dois dias. O menino de três anos pouco se importava, por não compreender o infortúnio de sua orfandade, festejando a inusitada presença de uma bebezinha muito linda, de olhos verdes bem acesos, que sua mãe apresentou como sua irmãzinha de criação, convencendo-o facilmente a deixar de mamar. Logo, logo, as duas crianças adormeceram. Rainha Alzira acomodou-os em seu próprio leito, aprontou-se e desceu para o salão de jantar, onde os visitantes e os palacianos a aguardavam para a refeição da noite.

Após o jantar, Rainha Alzira, um tanto estremecida pelo pavor que lhe provocara a insidiosa e inexplicável tragédia, solicitou ao Mago Natu que relatasse aos palacianos o que precisavam saber e lhes comunicasse sobre a cerimônia de sua sagração no alvorecer do dia seguinte.

— Amanhã, ao nascer do Sol, na Sala do Trono deste Reino de Avilhanas, Rainha Alzira será sagrada Soberana Rainha Absoluta do Reinado de Avilhanas, Soberana RARA, a Senhora das Pedras Verdes. Boa noite a todos.

Subiu imediatamente aos seus aposentos, deixando o grande salão de refeições imerso em confabulações e burburinhos, até quando o Louco pediu licença à Rainha Alzira para promover alguma diversão, justificando que aos momentos de tristeza devem suceder a alegria que pertence ao mundo dos vivos:

— Rei morto, rei posto. Viva a rainha! Encorajou uma saudação seguida de entusiasmados aplausos, com apresentação de suas danças, trovas improvisadas, mímicas e malabarismos divertidos, parecendo a todos muito conveniente sua presença àquela hora, tão carente de distração e alegria. Rainha Alzira não demonstrava contentamento, além do pouco que lhe permitia a nobre recepção ao Mago Natu, seus quatro distintos e veneráveis cavaleiros e ao Louco. No íntimo, não lhe saíam da memória as letras F.G.H.I.J.L.

— F.G.H.I.J.L. — disse o Louco, decodificando em seguida seu enigma, produzindo um alívio na Rainha Alzira:

— F.ico G.rato H.ospedar I.nsignificante J.ucundo L.acaio! — curvou-se diante de Rainha Alzira, pronunciando a terrível e ambígua sequência de letras, dando-lhe desavisadamente outro significado, o que lhe modificou por completo o humor, fazendo-a descobrir que todos os enigmas da vida podem ser decifrados, no mínimo, de dois modos diferentes.

— A.B.C.D.E. — respondeu ela, revelando também sua enigmática sequência, decodificando-a diversamente da que lhe dissera ao se despediram tempos passados —, A.legria B.em C.abe D.e E.ncontrar-nos.

Riram-se todos. O Mago Natu já não estava no salão. A rainha também despediu-se, desejou uma boa-noite aos palacianos, a seus súditos e aos visitantes. Os quatro cavaleiros também a acompanharam até a ala do Palácio onde se instalariam próximos dos aposentos do Mago Natu. Os palacianos, pouco a pouco buscaram igualmente suas acomodações, preparando-se para a solenidade anunciada ao raiar do dia seguinte.

A MULA SEM CABEÇA

Todos os archotes e as tochas dos corredores e das escadarias do Palácio das Esmeraldas haviam sido apagadas. Além da guarda noturna, nada mais se movimentava em volta do edifício que não fossem pássaros ou insetos. Embora a lua cheia estivesse radiante, o céu aos poucos cumulava nuvens espessas, e as rarefeitas estrelas iam vagarosamente se ocultando. Súbito, uma ventania indomável parecia invadir os pátios, passando com fúria pelos corredores externos, dobrando os arbustos que respondiam à ação do vendaval com assovios semelhantes a pungentes gemidos compridos e clamorosos.

Encostada nas almofadas, à cabeceira de sua cama, Rainha Alzira ainda não havia dormido. Algo a inquietava além do aviso da tempestade próxima. Atraída pelo ruído do vento na cobertura dos seus aposentos, chegou à janela cuja vista permitia vislumbrar qualquer movimentação além do portal de entrada. Uma sombra negra se movimentava rápida, como se fosse um grande animal solto, que por descuido dos tratadores havia fugido dos estábulos. Focalizando melhor sua visão no vulto distante, um temor inesperado abalou seu coração. A menina Alba Esmeralda começou a chorar muito alto, ao mesmo tempo em que um grande burburinho, misturado ao zurrar dos cavalos e das mulas estabuladas despertou, fazendo levantar-se a maioria dos palacianos para saber o que se passava. A guarda anunciou com o toque dos sinos que havia intrusos nas imediações, e um corre-corre inevitável da guarda logo cerrou fileiras, colocando-se em posição de alerta para defender o palácio de qualquer eventualidade.

Agasalhada, com um lume aceso às mãos, a rainha buscou o apoio da Senhora Babá, para que cuidasse da criança que não parava de chorar, e continuou até o final do grande corredor, para saber se o Mago Natu estava desperto. Ao tocar à porta de seus aposentos, ele mesmo a atendeu, enquanto seus quatro cavaleiros saíram, colocando-se ao dispor da rainha para proceder uma ligeira ronda e notificá-la sobre o que acontecia. Mago Natu falou em voz baixa ao seu ouvido, tranquilizando-a:

— Não se assuste. É o fantasma da Mula *Tá*. Veio visitar sua criança. Pegue imediatamente o sabre do Senhor Dugo com que a decapitaram. É o único instrumento capaz de afugentá-la.

— Se o Senhor for ao encontro dela, quero ir também — solicitou Rainha Alzira.

— Acompanhe-me, então. Mas cuide-se para que o fantasma não se aproxime de ti. Poderá feri-la ou até mesmo matá-la.

— Proteja-me, então, Mago Natu.

— Enquanto eu estiver por aqui, estarás segura. Avisaremos aos sentinelas para que não façam qualquer tipo de ataque ao vulto — disse Mago Natu, já abrindo o portal para se direcionar às baias, de onde vinham gritos dos tropeiros, relinchos e zurrados.

A ventania se acalmara. Mago Natu, com o sabre do Senhor Dugo na mão esquerda e sua espada Kalibur na mão direita, guarnecia a rainha que, ainda amedrontada, queria ver a visagem mais de perto. Inesperadamente, uma grande tocha flamejante, irradiando um clarão vermelho-alaranjado, movimentava-se suspensa na altura da cabeça de um animal, permitindo ver atrás de si o vulto da besta negra que lhe seguia como se estivesse ainda viva. Era daquela forma que a Mula Sem Cabeça começava sua sequência assustadora de aparições.

Mago Natu, num ímpeto, apontou para a fantasmagórica aparição o sabre do Senhor Dugo, ordenando-lhe:

— *Vade retro Mula Sem Cabeça*! O que procuras morreu com teu rei. Cada cabeça, uma sentença... F.G.H.I.J.L. F.uja G.alopando H.etera I.lusão J.á L.iquidada!

Com o mago brandindo sua espada e o sabre cruzados à frente da miragem assustadora, ouviram-se estrondos como o estalido de muitas chicotadas, e a incandescente tocha flutuante esvaneceu-se, desintegrando no ar a silhueta do fantasmagórico animal.

— Desta feita, estamos livres. Porém acautele-se. É sujeito que ela ainda apareça nas noites de lua cheia, todas as vezes que a Sacerdotisa das Sombras se utilizar daquele mesmo bridão com que fez o encantamento em alguma outra de suas façanhas — advertiu Mago Natu.

— Devo mandar que busquem o bridão para destruí-lo?

— Jamais. O que está feito, está feito. Voltemos ao nosso repouso.

Rainha Alzira e o Mago Natu acalmaram os palacianos, contando--lhes que era apenas um animal, que fugitivo das estrebarias se assustou e aos demais com objetos que havia atropelado... Uns acreditaram e voltaram a dormir despreocupados. Outros viram a fantasmagórica imagem e sabiam que se tratava de algo sobrenatural. Logo a ventania também passara e uma chuva copiosa abençoou aquela noite com o frescor de uma madrugada calma e promissora.

Não tardou anunciar-se a aurora. Os serviçais do palácio já se movimentavam nos seus postos de trabalho, uma coluna de fumaça logo se erguia do pavilhão da cozinha, e a rotina no Palácio das Esmeraldas parecia a de sempre.

Na cama com a mãe, o Príncipe Calico acordou, sentou-se e perguntou:

— Cadê meu pai?

— Já te falei ontem, teu pai escorregou no galho de uma árvore, ficou pendurado pelo pé e morreu. De agora em diante, só tens mãe. Teu pai nunca mais voltará para casa... Nunca mais!

Bateram à porta dos aposentos da rainha. Era a Senhora Babá que vinha com a ama de leite para amamentar a menina Alba Esmeralda, para auxiliar a Rainha a vestir-se e arrumar o Príncipe *Calico*.

SAGRAÇÃO DA SOBERANA RARA

Na Sala do Trono, os nobres palacianos, os quatro cavaleiros visitantes e o Louco aguardavam a cerimônia solene de sagração da Rainha Alzira, a *Soberana RARA*. A guarda real colocou-se perfilada em duas colunas, trajada com seus fardões de gala e suas espadas reluzentes cruzadas, formando um túnel sob as quais logo adentraria a rainha, vindo à sua frente o Mago Natu e quatro sentinelas, conduzindo a espada, o cetro, a coroa e o manto que pertenceram ao falecido Rei Albe, o Rico, símbolos supremos daquela Casa Real.

Pela janela aberta, o Sol iluminava o trono cravejado de esmeraldas e brilhantes. Mago Natu iniciou o ritual da sagração e juramento colocando, primeiramente, a *Coroa* sobre a cabeça da Rainha Alzira:

— Para que tenhais sabedoria, lembrando-se de que sempre há um Poder Maior, Superior a qualquer Rei ou Rainha que passam sobre este chão. — Entregou-lhe o *Manto* — Para que lembreis dos que dependem de vós, dos que lhe prestam vassalagem e serviços e de tantos outros que, vindo à vossa retaguarda, não sejam pisados. — Entregou-lhe o *Cetro* — Para que lembreis de que o Poder sendo um só, o que está em cima é como o que está embaixo. E, finalmente, entregou-lhe a *Espada* — Para defenderes teu reino com honra, dignidade e Justiça.

— Senhora das Pedras Verdes, Rainha Alzira do Reino de Avilhanas, Eu vos consagro e declaro Soberana RARA. Perante o Sol que a tudo e a todos aquece e clareia, juras que reinarás sobre tudo o que está nos teus domínios, aos fracos e aos fortes, com igualdade, bondade e justiça?

— Sim, perante o Sol, eu juro!

— Assim então será. Daqui a nove luas cheias nascerá de ti o fruto que está sendo gestado. Lamentarás, no futuro, o que no passado plantaste! Teu herdeiro te sucederá, mas sua geração não reinará. Que haja Paz e bonança sobre teus dias!

Houve um silêncio profundo, interrompido pelo tinido das espadas que se entrecruzaram à passagem da Soberana RARA em direção ao trono. Emocionada, compreendia o que as palavras do Mago Natu significavam. Entregou-se às lágrimas. Seu coração não lhe enganava. Sabia perfeitamente o que tinha plantado e qual haveria de ser sua colheita. Recompôs-se de pronto, convidou a todos para uma refeição que já estava servida e pediu ao Louco que cantasse umas trovas bem alegres.

Convocou seu Intendente de Contas e Justiça, Duque de Contagem, bem como seu nobre e honrado corpo de conselheiros para o primeiro de seus atos régios: a inspeção ao cárcere do Reinado. Queria conhecer pessoalmente quais e quantos eram seus súditos prisioneiros.

Os calabouços do Palácio das Esmeraldas não se diferenciavam dos congêneres dos outros palácios, mas apresentavam características que os notabilizavam: em atendimento aos apelos da própria Rainha Alzira, o Rei Albe, o Rico, ordenou que fossem dotados de janelas por onde penetrasse a luz do sol, e que os condenados não ficassem acorrentados. Bastava-lhes a prisão, ainda que hediondos fossem seus delitos.

O período de prosperidade e paz de que o Reino de Avilhanas gozava refletia-se na insignificante estatística do número de encarcerados. Quando a Soberana RARA convocou o Duque de Contagem para acompanhá-la em sua excepcional e inopinada visita, percebeu que seu mais eficiente e competente vassalo empalidecera, aparentando-se intensamente perturbado e receoso. Prontamente, inquiriu:

— O que temes? Há algo nas enxovias que eu não possa conhecer ou ver?

Fiel à verdade e honrado o suficiente para não falsear com a nobreza de seu caráter, o Duque de Contagem humildemente respondeu:

— Senhora Soberana RARA, sou vosso fiel e leal vassalo, mas não me dê às costas vossa benignidade com o que sou sincero revelar-vos: meu bondoso e honrado pai encontra-se entre os vossos desventurados prisioneiros.

— Tens um motivo a mais para acompanhar-me. Vamos sem demora!

Pela primeira vez, desde a época em que foram sentenciados, os prisioneiros puderam olhar para a Rainha Alzira. Rei Albe, o Rico, firmara com força de lei a proibição de a rainha visitar condenados, para não sujeitá-la a ouvir-lhes as infâmias ou testemunhar outras vilezas próprias dos criminosos. Pasmados, surpreendidos pela visita, prostraram-se em reverência diante da Soberana RARA, evitando erguer os olhos para fitá-la diretamente. Uníssono, exclamaram:

— Bendita és tu, Soberana RARA! Tende misericórdia de nós!

Abrindo o grande portão de ferro que os mantinha isolados e imersos naqueles úmidos compartimentos de pedras, o Duque de Contagem, de cabeça baixa, caminhou em direção ao seu pai e, numa reverência respeitosa, beijou-lhe a mão. Rainha Alzira comovida com a inusitada cena, perguntou ao Duque:

— Diga-me, Senhor Duque, que crime cometeu vosso pai?

— Senhora Soberana RARA, o Senhor Rei Albe, o Rico, o condenou ao calabouço por tempo indeterminado porque no período em que estivestes ausente, recusou-se meu honrado pai a fazer o transporte de uma caixa de prata cheia de esmeraldas para vossa inimiga, a Marquesa de Sonça e...

— Basta! Não é preciso que continues. Um homem igual ao vosso pai, que ao filho educou com tanta honra e galhardia, que defendeu com sua liberdade, quiçá a vida, parte da fortuna desta soberana e de seus filhos, está prisioneiro por infortúnio, não por ter cometido crime. Livrai-o imediatamente!

Os outros prisioneiros também se alegraram com a altivez da rainha e pediram:

— Senhora Soberana RARA, perdão, clemência para nossas culpas...

Rainha Alzira indagou-lhes um a um a duração de suas penitências. Quase todos ouviu, à exceção de um que permanecia calado.

À medida que o Duque de Contagem proclamava o prazo de cada sentença e a quantidade de tempo já expiado, caso a caso, a soberana reduzia o tempo de provação à metade, assim, libertando quase todos, pois muitos já haviam cumprido além da metade do tempo de suas condenações. Por fim, ao único condenado que permanecia quieto, a rainha indagou:

— Quanto a ti, por que não rogas a teu favor? Não te sentes digno de minha indulgência?

— Magnânima Senhora Soberana RARA, ao meu caso não há indulgência que baste. Estou condenado até a morte nesta tristonha prisão. Como havereis de reduzir minha penitência ao meio, se não podeis prever com exatidão quantos dias terei a viver?

— Pois farei justiça a ti também. Sairás um dia livre e voltarás preso no outro. No dia de tua liberdade, trabalharás pelo dia que estarás preso, e assim enquanto viveres.

O condenado Barroso ajoelhou-se diante da Rainha Alzira e aos prantos manifestou sua gratidão. Percebendo que se tratava de um homem de boa palavra, inquiriu-lhe sobre os malefícios que o levaram à prisão perpétua.

— Senhora Soberana RARA, não me fez vosso marido injustiça de todo, mas tirando-me a liberdade, condenou também minha inocente mulher e filhos à indigência. Condenou-me por me acusarem os outros comerciantes por auferir lucro excessivo das coisas que comercializava com a morte das pessoas, embolsando grande riqueza provinda da desgraça inevitável aos vivos.

— Tal não julgaria eu, pois não me parece assim equitativo: não há benefício próprio que a outrem não resulte em prejuízo. Lucra o lavrador, se aumenta o preço do trigo; lucra o construtor quando arruína a casa alheia; nenhum médico sobrevive sem que a saúde falte a tantos... Assim nos ensina a natureza: morre o cavalo em benefício do urubu. Preferes teu dia de liberdade ainda hoje ou amanhã?

— Hoje. Agora mesmo, Senhora, porque amanhã... quem me garantirá que estarei vivo?

Abriram-se todos os cárceres. Não houve mais prisioneiros em Avilhanas enquanto durou o reinado da Soberana RARA.

A CORRIDA NUMPÉSÓ

As FESTIVIDADES COMEMORATIVAS ao casamento imperial seriam concluídas com a Corrida Numpésó. A população da cidade do Elo Dourado, agora Império do Elo Dourado, juntamente a seus hóspedes, os convidados do Imperador Médium e da Imperatriz Gônia, estavam se movimentando em torno da organização da esperada *Corrida Numpessó*, anunciada com as outras programações alusivas ao grande evento.

Professora Plínia havia ordenado a limpeza, sinalização e balizamento dos locais por onde os corredores de Numpessó passariam, resultando numa extensa alameda entre árvores de castanheiras (*Bertholletia excelsa*), imburanas-de-cheiro (*Amburana cearensis*), cedros (*Cedrela odorata*), mognos (*Swietenia macrophilla*), pequis (*Caryocar brasiliensis*), manacás-da-serra (*T. mutabilis*) e espirradeiras (*Nerium odoratum*), que exibiam maravilhosa e perfumada floração, transformando a pista da corrida numa *sombrífera* e arejada via florida.

A primeira parte da manhã seguinte ao casamento já findara. A população da cidade do Elo Dourado e seus hóspedes, convidados do Imperador Médium e da Imperatriz Gônia, se movimentavam em torno da organização da *Corrida Numpessó*, anunciada com entusiasmo juntamente às demais comemorações do casamento real. Aquela modalidade esportiva, praticada com exclusividade no Reino do Elo Dourado, só rivalizava em preferência popular com as corridas anuais de cavalos, na Hípica Tenusa, do Reinado de Trindade, nos domínios do Rei Mor. Reis, rainhas e outros descendentes da nobreza viajavam por terra e água, dias e dias seguidos para assistirem ou participarem daqueles disputados eventos.

Alguns corredores de Numpessó acumulavam fama e riqueza pela contagem de vezes que venciam as disputas. Os apostadores porfiavam enormes quantidades de ouro, proporcionais ao peso corporal dos seus corredores favoritos.

Naquele ano, o Príncipe Nico era o franco favorito, pelas vezes que vencera outras corridas Numpessó — O que enchia de orgulho seu usurário pai, o Rei Pindaíba, e sua não menos avarenta mãe, a Rainha Tapera. A ralé, despeitada pelos montes de ouro que o arrogante e exaltado Príncipe Nico havia ganhado com suas bem-sucedidas participações no esporte e pela grande soma em ouro ganho pelo casal sovina, debochavam da família do Rei Pindaíba, que juntava a fome à vontade de comer.

Havia mais dois corredores igualmente calibrados: o filho do Rei Kórnio e da Rainha Bisca, Príncipe Surubim, conhecido pelo apelido de Ur, e o Príncipe Pintado, filho do Rei Boio e da Rainha Ália. Mais de cinquenta corredores estavam inscritos, entre representantes reais, da nobreza e da plebe. A corrida Numpessó tinha regras bem definidas. O corredor podia se utilizar das duas pernas, desde que fosse uma de cada vez. Se colocasse os dois pés ao mesmo tempo no chão, os fiscais da prova — sempre muito atentos, portando bandeiras vermelhas, sinalizavam a esperteza agitando as flâmulas, desclassificando o corredor, o que acabava por se constituir em grande desonra.

Dada a largada, sob os aplausos efusivos e calorosos de grande plateia, os três príncipes favoritos logo abriram vantagem e revezaram, ora um, ora outro, na dianteira da prova, com poucas pernadas de diferença entre eles. A conclusão do percurso exigia grande resistência física e habilidade. Todo o trecho entre as floridas alamedas perfazia um total de dez mil pés, equivalentes a pouco mais de três quilômetros e meio. Cerca de quinze minutos após a largada, o Príncipe Nico vencia novamente a corrida. E na segunda posição ficou o Príncipe Pintado, e em terceira o Príncipe Surubim, o *Ur*.

Devidamente honrados e agraciados respectivamente com as taças de ouro, prata e bronze, o vencedor foi coroado, ainda, com folhas de louro, e todos os três ganharam também algumas amostras perfumadas dos sensacionais sabonetes *Barra Alimpa* das mãos da própria Rainha de Sabom. Ela assistira à corrida tão entusiasticamente que prometera voltar em visita ao Império do Elo Dourado, dali a três anos, para comemorar o nascimento dos príncipes gêmeos Urucumacuã e Kurokuru e assistir novamente à corrida Numpessó.

Ao colocar a coroa de louros sobre a cabeça do Príncipe Nico, a Rainha Gônia, a quem coube tal honraria, lembrou-se de sua desaparecida tiara de camafeus. Enquanto o Grande Rei agraciava indistintamente todos os participantes da corrida, nobres ou plebeus, com um vistoso medalhão de cobre, gravado com as insígnias do Império do Elo Dourado — um escudo composto de um quadrado com os cantos em formato de losango tais como as muralhas do Palácio Fortaleza, com uma espada Kalibur no centro, à direita uma palmeira, à esquerda uma árvore frondosa, um Sol no interior do quadrado e letras escritas numa faixa vermelha sobre a empunhadura da espada: R.M.-R.G.:I.E.D. (Rei Médium-Rainha Gônia: Império Elo Dourado) —, Rainha Gônia achegou-se ao Rei Médium discretamente e perguntou:

— Senhor, tu viste o Príncipe Andy entre os que correram Numpessó?

— Não que eu me lembre. Mas é fácil saber. Já reparaste entre os que estão recebendo as medalhas do Grande Rei? — tranquilizou-a Rei Médium.

— Já reparei. Não o vi — observou Rainha Gônia.

— Vamos perguntar à Professora Plínia. Ela mesma fez as inscrições dos corredores nesta prova.

Mago Natu estava próximo da Professora Plínia e percebeu quando falaram a respeito do Príncipe Andy:

— Querem saber onde está "Y"? — adiantou-se.

— O senhor sabe? — inquiriu Rainha Gônia.

— "Y" está com a tiara — disse Mago Natu, repetindo a mesma frase que pronunciara durante a cerimônia lunar do casamento.

Rei Médium lembrou-se de que teria mesmo ouvido aquela espécie de senha, exatamente como a Rainha Gônia, enquanto estavam ao pé do altar durante a cerimônia. Indagou ao Mago Natu:

— Por que "Y" fez isso?

— Creio que está sendo manipulado por alguém. Certamente colocou-se à disposição do Bruxo Neno, para satisfazer desejos obscuros de alguns. Enquanto assistíamos ontem à tarde à apresentação dos Falcoeiros, percebi quando o Rei Mor, o Príncipe Andy e o Bruxo Neno se ausentaram por uns tempos. É possível que o Bruxo Neno queira não somente se vingar da triste sina da sua mulher, a Tal Taruga, como também se utilizar da joia da Tia Ara, porque agora é da Imperatriz Gônia, para transformá-la em objeto de encantamento, concretizando suas mundrungas para convencer o Rei Mor ou a outros que pretende impressionar com seus pretensos artifícios, usando-a como fetiche.

— Neste caso — disse a imperatriz —, preciso recuperar forçosamente a joia da minha Tia Ara. Basta-me o que fizeram aos meus pés, antes mesmo de eu nascer.

Mago Natu olhou para o Imperador Médium, esboçou um sorriso cúmplice, pensou consigo "farão ainda pior" e perguntou:

— Descobriste o segredo?

A Imperatriz Gônia também sorriu discretamente. Antes que o Imperador Médium se manifestasse, adiantou:

— Prometeu-me belos calçados para as minhas patas.

— Sim, a essas patas! Muitas, belas sapatas — disse o imperador.

Retornando ao assunto do desaparecimento da joia da Tia Ara, presenteada desde quando a princesa se tornou rainha, a Imperatriz Gônia, Mago Natu e o imperador puseram-se a procurar o Príncipe Andy, para se certificar de que o objeto tivesse mesmo com ele. O Imperador Médium, confidenciando suas preocupações com a atitude do jovem Príncipe "Y", filho do Rei Mende e da Rainha Trapa, ouviu do Mago Natu:

— Parece-me razoável que a esta hora o Príncipe Surubim e o Príncipe Pintado estejam se banhando à beira do rio. Pela amizade que têm com o Príncipe Andy devem estar juntos, comemorando a premiação na corrida Numpessó. Vamos primeiramente aos aposentos do Príncipe "Y". É preciso verificar se lá se encontra.

— Quem lá se encontra, o Príncipe "Y" ou a joia da Tia Ara? — indagou o imperador.

— Senhor Imperador, os dois, um dos dois ou nenhum dos dois.

— Assim é muito fácil... — brincou o Imperador Médium. Qualquer prognóstico que dê, Mago Natu acerta sempre!

Riram-se, indo em direção ao Palácio Fortaleza.

Numa das doze casas de hospedagens reais, na Casa de Escorpião, estava a família do Rei Mende e da Rainha Trapa. Príncipe Andy, porém, não se encontrava nos aposentos.

— Julguei certo — comentou Mago Natu —. Estão todos à beira do rio, deliciando-se com os sabonetes. Façamos uma busca. Quem sabe a joia esteja entre seus pertences...

Não encontrando a joia preciosa, Rei Médium sugeriu que esperassem até o dia seguinte, quando a família estivesse se preparando para voltar ao seu distante reinado, próximo de onde o rio da Madeira se juntava ao Grande Rio. A Imperatriz Gônia, decidida a evitar constrangimentos, afinal não se tinha certeza de que fora o Príncipe "Y" quem havia pegado a *tiara*, concordou com o imperador e assentiu que a prudência recomendava melhor investigação.

— Ainda que Andy tenha roubado a joia da Tia Ara, dentro de três anos, todos voltarão para a festa de nascimento dos nossos filhos, Urucumacuã e Kurokuru... Até lá, certamente teremos oportunidade de recuperá-la.

— Por falar em joia — atalhou Mago Natu —, está na hora de encomendarem ao ourives Kalibur as espadas dos seus filhos, os príncipes gêmeos. Devo preveni-los de uma coisa: a Senhora Kalibur também dará à luz um menino no mesmo ano em que a imperatriz terá seus filhos. Encomendem, pois, as espadas, porque talvez não dê tempo de ele atender as duas encomendas.

— Queres dizer que Kalibur vai nos deixar?

— Faça o que lhe digo. O tempo é que dirá!

— Bem lembrado, farei isso o mais breve possível — prometeu o Imperador Médium —. Se até lá a joia da Tia Ara não aparecer, também pedirei que Kalibur confeccione outra, mais bela ainda, com mais esmeraldas e o dobro de brilhantes, especialmente para a minha amada imperatriz, Rainha Gônia.

O FEITIÇO DAS TRANSFORMAÇÕES

Minutos depois que o imperador, a imperatriz e o Mago Natu entraram no grande salão de diversões do Palácio Fortaleza, onde a Rainha Alimpa e o Grande Rei jogavam animada partida de gamão, sobre um luxuoso estojo tabuleiro, ornamentado de madrepérola e jade, ouviu-se um estrondoso burburinho vindo do pátio externo. Rainha Alimpa se desconcentrou e o Grande Rei, num lance magistral, retirou todas as peças do tabuleiro. Inconformada com suas constantes e fragorosas derrotas para o Grande Rei, seu melhor e mais poderoso adversário, levantou-se, inconformada, voltou as costas ao tabuleiro e disse desconcertada:

— Revoltante! Esse jogo sempre conspira contra quem estava com mais sorte!

O Grande Rei sorriu de seu amadorismo, emendando:

— Não é o jogo que conspira contra quem estava com sorte. É a sorte que conspira contra quem estava jogando!

Colocando uma a uma as peças de volta ao estojo, dobrou o tabuleiro, fechou-o e devolveu ao Rei Médium.

O tumulto instantaneamente formado pela aglomeração dos convidados fez com que o Grande Rei, a Rainha Alimpa, o imperador, a imperatriz e o Mago Natu saíssem para saber o que ocorria.

Não se admiraram, porque imaginavam que o burburinho e a desordem aparente fossem remanescentes das comemorações pela vitória dos príncipes da corrida Numpésó. Todavia, em meio à algazarra, alguns reis, rainhas e filhos estavam aos prantos.

O arauto real, abrindo caminho no meio da aglomeração, adiantou-se, chegando aflito e ofegante ao imperador:

— Senhor Imperador, uma desgraça inusitada aconteceu. Peço-vos que convoque Rei Kórnio e Rainha Bisca, Rei Mende e Rainha Trapa, Rei Boio e Rainha Ália, Rei Negro Norato e Rainha Zomba. Eles deverão relatar pessoalmente o ocorrido.

— Assim farei — disse o imperador —, fiquem tranquilos. Grande Rei, Mago Natu, por gentileza, me aguardem na Sala da Rainha.

Dirigindo-se aos hóspedes, o imperador conclamou-os:

— Por gentileza, amigos, acalmem-se.

Depois de mencionar os nomes citados pelo arauto real, chamou-os à Sala da Rainha:

— Acompanhem-me ao Salão da Imperatriz. Precisamos ver Gônia.

No salão da imperatriz, os quatro reis e as quatro rainhas, emudecidos, cabisbaixos, muito aflitos, pareciam desnorteados. O imperador e sua mulher, assistidos pelo Grande Rei e pelo Mago Natu, mantinham-se serenos, até que o Rei Médium perguntou:

— Quem deseja falar primeiro?

— Eu, senhor imperador — pronunciou-se Rei Kórnio.

— O que aconteceu? — quis saber a imperatriz.

— Meu filho, Príncipe Surubim, o Ur, virou um peixe.

— Um peixe? — falaram juntos o imperador e a imperatriz —. Como assim?

— E o meu filho também, senhor imperador — adiantou-se Rei Boio —, meu filho, o Príncipe Pintado, também virou um peixe.

— E também a minha filha, a Princesa Kachara — lamentou-se a Rainha Zomba, banhada de lágrimas.

Perdendo a calma, o Rei Negro Norato, marido da Rainha Zomba, muito enfurecido, acusava o Príncipe Andy, o "Y", por toda aquela tragédia:

— Tudo por causa daquele maldito. Tudo por causa da joia da tua Tia Ara, Rainha Gônia! Foi ele, o "Y" quem roubou aquela maldita joia e levou para o Bruxo Neno enfeitiçar. Tudo por causa também daqueles malditos sabonetes.

Ouvindo as acusações do Rei Negro Norato, a imperatriz interessou-se e pediu que o ele prosseguisse relatando o que sabia.

— Depois que os prêmios foram entregues aos vencedores da Corrida Numpésó — prosseguiu o Rei Negro Norato, suando frio, espumando pelo canto da boca, enquanto os outros ouviam calados —, o Príncipe Surubim, o "Ur", e o Príncipe Pintado chamaram minha filha Kachara para ir ao Poço dos Desejos e das Transformações. Queriam se banhar e usar as *Barra Alimpa* presentadas pela Rainha de Sabom. Princesa Kachara foi com nossa permissão. Mas nós ficamos vigiando e acompanhando de longe o que eles fariam. Vimos quando se molharam e começaram a passar os sabonetes uns nos outros. Começaram a gostar da brincadeira e, inocentemente, tiraram as roupas para esfregar as *Barra Alimpa* no corpo todo... Enquanto se ensaboavam, avistaram Príncipe Andy Suruba, o filho do Rei Mende e da Rainha Trapa, cavando a areia e desenterrando um objeto escondido.

— Era a joia de camafeus? — interrompeu o imperador.

— Era — continuou Rei Negro Norato —, mas ele tentou escondê-la dos três. Por curiosidade, os três foram ao seu encontro. Para disfarçar o que fazia, o Príncipe "Y" propôs-lhes uma brincadeira. A brincadeira do *Suruba*. Pegou a joia da Tia Ara, colocando-a sobre a cabeça deles, cada um de uma vez, pronunciando palavras de magia e esfregando-os ainda mais com os sabonetes. Pareciam praticar um ritual. Até que mandou que rolassem pela areia até chegar dentro d´água, enquanto dizia bem alto: "*Esta é a magia do Suruba. Quem a tiara usou, caiu n'água, sendo gente, peixe virou...*". Assim que os três tocaram na água, transformaram-se imediatamente em peixes. Um, o Príncipe Pintado, ficou cheio de manchas pequenas e pretas por conta das pedrinhas redondas que colaram em seu corpo enquanto rolara na areia. O outro, o Príncipe Surubim, o "Ur", ficou com as marcas dos gravetos secos que colaram na pele ensaboada. E a outra, minha filha Kachara, ficou marcada com as folhas secas que grudaram em sua pele.

Perplexos, os que ouviram o relatório nada disseram. Também não compreendiam como que a brincadeira do Suruba pudesse resultar numa magia daquele porte. Muito sérios, o Grande Rei e o Mago Natu entreolharam-se, como se soubessem de tudo antecipadamente. Rainha Zomba, desesperada, sacodiu Mago Natu pelos ombros, pedindo:

— Mago Natu, eles foram enfeitiçados. Por misericórdia, faça qualquer coisa, uma mágica, um feitiço, um enguiromanço, mas faça minha filha voltar a ser gente!

Rainha Bisca, também descontrolada, puxando os cabelos nervosamente, bradava:

— Eu quero o meu filho *Ur* gente! Eu quero meu Príncipe *Ur* gente!

Rainha Trapa, mãe do Príncipe "Y", presenciando o desespero das outras mães, diante da passividade do Mago Nato e do Grande Rei, arrependida, resolveu confessar parte do seu envolvimento no sumiço e no enfeitiçamento da joia da Tia Ara. Além de mandar o filho furtar a tiara de camafeus que a imperatriz usaria na cerimônia lunar do casamento, também admitiu o furto dos talheres e de uma taça enquanto ceava, para atender ao pedido do Bruxo Neno:

— Eu mesma pedi ao Andy Suruba que levasse a joia de camafeus da noiva para que o Bruxo Neno a enfeitiçasse. Queria entregá-la depois à minha irmã, Rainha Sissu, para que conseguisse engravidar. A joia da Tia Ara estava enfeitiçada para isso... Bastava que minha irmã a colocasse na cabeça por alguns minutos que ela haveria de ter o filho que há tanto tempo desejava. Eu iria devolvê-la secretamente. Não sabia que os meninos iriam usá-la como brinquedo.

Mago Natu, calado até então, pronunciou-se:

— Senhora imperatriz, a joia da Tia Ara está mesmo enfeitiçada! Não a tome de volta. Quanto ao encantamento perpetrado pelo Príncipe Andy Suruba, o "Y", só ele poderá desfazê-lo... Bem, quem sabe... Por favor, chamem o rapaz aqui.

Rei Mende, pai do Príncipe "Y", temeroso pelas consequências do pesadelo provocado inadvertidamente pelo filho, tentando protegê-lo, adiantou-se:

— "Y" não sabe de nada. Não tem conhecimento do que fez. Nem como fez. "Y" não sente. O responsável por tudo isto é o Bruxo Neno. Ele é quem deve desfazer o feitiço. Tragam-no aqui.

Rainha Trapa interveio, desfazendo a esperança de reverter o acontecido:

— Bruxo Neno se foi. Vi quando subiu o rio com o Rei Mor e a Rainha Sissu.

— Alguma coisa está errada — interrompeu o Mago Natu —, Bruxo Neno não mora naquela direção, nem o Rei Mor e a Rainha Sissu foram embora. Seus pertences e acompanhantes ainda estão na casa de hóspedes. Certamente o Príncipe Andy Suruba, o "Y", já lhes entregou a tiara.

O Grande Rei a tudo assistia, sem interferências. Pediu licença, retirou-se discretamente, dirigiu-se aos compartimentos secretos do Palácio Fortaleza, onde se encontrava hospedado, na Câmara do GRAU.

O Imperador Médium, a Imperatriz Gônia e o Mago Natu empenhavam-se juntos, buscando a solução, não para reverter o encantamento dos príncipes, porque sabiam ser impossível, mas para reaver a preciosa joia da Imperatriz Gônia e impedir que fosse utilizada para perpetrar outros encantamentos e malefícios ainda piores.

Da casa de hóspedes onde a Rainha Sissu e o Rei Mor estavam, ouviam-se vozes diversas. Rei Médium e Mago Natu julgaram que fossem os hóspedes procurados. Chamaram à porta. O Príncipe Andy Suruba veio atendê-los. Antes que perguntassem pela Rainha Sissu e o Rei Mor, explicou:

— Minha tia saiu e está com a joia da Tia Ara! Se é isso que os senhores vieram buscar. Rei Mor, Bruxo Neno e ela passeiam rio acima.

— Hum, a situação é pior do que imaginava — resmungou Mago Natu —. E quem está aí, conversando contigo, se não é a Rainha Sissu?

— É o meu amigo, o Príncipe Putho, filho do Rei Inci e da Rainha Régia. Estamos jogando xadrez.

— Venha comigo ao meu Santuário, imediatamente! — decidiu-se Mago Natu, convidando também o Imperador Médium para saírem juntos.

Príncipe Andy Suruba, hesitante, perguntou ao Mago Natu:

— Por que eu teria de ir com o senhor? Não quero sair daqui agora. Peguei a coisa da Tia Ara porque minha mãe mandou e já entreguei à minha tia, a Rainha Sissu. Ela me disse que devolveria hoje ainda!

— Você não sabe, nem faz ideia do que está acontecendo. Você também foi enfeitiçado pela joia da Tia Ara. Por favor, não vá se banhar no rio. Não antes que eu me encontre com o Bruxo Neno — recomendou Mago Natu.

Rainha Zomba, Rei Negro Norato, Rainha Bisca e Rei Boio vieram ao encontro do Mago Natu, exigindo a solução para desfazer o encantamento:

— Não é justo, Mago Natu — ponderou Rei Negro Norato —, que nossos filhos tenham sido encantados em peixes, e ao Príncipe "Y" nada aconteça!

— Queremos que ele seja castigado pelo que fez — assentiu Rainha Zomba.

— Exatamente — disse Rei Boio —, por onde andam Rei Mor e a Rainha Sissu? Cadê o Bruxo Neno?

— Acalmem-se, por favor — solicitou polidamente o Imperador Médium —. Já estávamos de saída para buscá-los. Resolveremos esta situação todos juntos.

Do alto da janela da Câmara do GRAU, o Grande Rei observava a movimentação das pessoas, o burburinho causado pelo despropositado encantamento dos príncipes Surubim, Pintado e Kachara, e pela indiferença do Príncipe Andy Suruba, o "Y", por toda a infelicidade que provocara com sua intemperança.

A Rainha Trapa também não aparentava preocupação com a desventura dos príncipes, porque alimentava a esperança de que a joia da Tia Ara estivesse mesmo enfeitiçada e, finalmente, sua irmã, a Rainha Sissu, poderia se beneficiar com o encantamento para trazer a este mundo o desejado herdeiro do trono de Trindade.

Rei Mende, entretanto, olhou pro alto e viu o Grande Rei à janela. Voltou-lhe contrito o pensamento, formulando o desejo de que o G. R., com todo poder e superioridade, desfizesse aquele terrível feitiço, pondo termo ao horror de que logo alguém pudesse pescar aqueles *peixes* para comê-los, sem jamais desconfiar de que, há menos de um dia, eram belos e garbosos potenciais herdeiros de tronos reais. O Grande Rei haveria certamente de restabelecer tudo à ordem, voltando até o tempo se preciso fosse, assim como era no princípio, agora e para sempre.

Retirando o tecido que cobria o Espelho Universal, o EU, na Câmara do Grande Reflexo Auto Unificado, o Grande Rei viu se projetar uma imagem prevista: Bruxo Neno, Rainha Sissu e o Rei Mor estavam parados à frente do Portal do Santuário do Mago Natu, tentando eliminar o cão Philos, que lhes obstaculizava o ingresso àquele sagrado lugar.

— Estão querendo entrar — pensou o Grande Rei —, para pegar as mandrágoras que entreguei ao Mago Natu. Desta vez, vou impedi-los.

Observado pelo cão Philos, um grande animal negro que ficava em frente à esquerda do misterioso portal, Bruxo Neno já havia pronunciado todas as palavras mágicas que conhecia e, que julgava, serviriam de senha para adentrar o Santuário do Mago Natu. Numa derradeira tentativa, voltou-se ao Rei Mor e pediu:

— Senhor Rei Mor, não estou encontrando o jeito de eliminar o cão... pelo menos por enquanto. Já pronunciei todas as palavras de ação que conheço e nada... está difícil de fazer o cão dormir.

— Você ao menos sabe o nome dele? — perguntou Rei Mor, mostrando interesse e desejando ser útil.

— Acho que é Zilos, Pilos, Milos... sei lá, algo parecido com isto. Não é o nome dele a senha? Tenho certeza, mas já falei e não adiantou... Diga lá, Senhor Rei, alguma coisa. Quem sabe acerte a pronúncia e a gente consiga entrar? Daí usaremos o próprio cão pra pegar pelo menos uma das três mandrágoras.

— Bruxo Neno — disse Rei Mor —, se vós que se dizeis conhecedor de tantos feitiços e magias não estais dando conta, eu que pouco ou quase nada entendo destas ciências, muito menos de palavras secretas com poderes pra encantar cães... mas vamos lá... façamos uma última tentativa, se é que vós ainda não bloqueastes a senha... — riu debochado.

— Hum — titubeou Bruxo Neno. —, 'tava me esquecendo de um detalhe: se a gente conseguir entrar, também precisa da senha pra sair... eu não sei, tampouco vós. Ficar preso lá dentro será a mesma coisa que fazer força sem conseguir cagar... Acho melhor a gente abortar essa parte do plano!

Rainha Sissu não conteve o ataque de riso com a observação pouco conveniente e vulgar do Bruxo Neno. Lembrou-se do quanto a Rainha Zomba ria de tudo e de todos. Conteve-se, entretanto, quando se sentiu vingada sabendo que a filha da Rainha Zomba, a Princesa Kachara, transformara-se para sempre num enorme peixe liso, gosmento e rajado de preto. Dirigindo-se ao marido, o Rei Mor, falou baixinho:

— Penso que conheço a senha... posso tentar?

— Pois fale de uma vez... estamos correndo perigo e perdendo muito tempo neste lugar impenetrável — encorajou-a o marido.

Postando-se de frente ao Portal do Santuário, evitando prudentemente se aproximar, preferindo distância de segurança do indomável cão negro, Philos, que a encarava, Rainha Sissu puxou fôlego. Ao abrir a boca, Bruxo Neno interrompeu-a abruptamente, ordenando:

— Cale-se! Algo me diz que devemos dar o fora logo, imediatamente. Vamos pro barco. As mandrágoras que esperem... daqui a três anos voltarei para apanhá-las. Vamos, rápido!

Deixaram o lugar tão apressadamente que a Rainha Sissu esqueceu-se da joia de camafeus da Tia Ara pendurada na forquilha de um galho de árvore seca. Quis voltar, mas já estavam dentro da embarcação. Bruxo Neno, pressentindo o perigo a que se expunham, disse:

— Deixe que continuem pensando que "Y" 'tá co'a tiara. A gente pode sair daquele Palácio sem ver Gônia!

Chegando ao Palácio Fortaleza, inconformada pelo esquecimento da *tiara* pendurada na forquilha da árvore seca, no portal, fora do Santuário do Mago Natu, Rainha Sissu implorou ao Bruxo Neno que retornasse lá para buscá-la. Percebendo, porém, que seria flagrado com o objeto furtado, caso obedecesse ao desejo da rainha, o Bruxo expôs-lhe os perigos a que se sujeitavam:

— Meu coração não me engana. Sinto que o *Magnético* já sabe que viemos de lá e está procurando pela gente. O Grande Rei, tenho certeza, já avisou pra ele que tentamos nos apoderar de suas mandrágoras. Com o Grande Rei na área, se passar do ponto, o doce azeda!

Convencendo a Rainha Sissu de que esquecesse a tiara de camafeus e rubis e esperasse a oportunidade certa para se concretizar o encantamento com as mandrágoras, Bruxo Neno continuava relatando ao Rei Mor suas aptidões, prometendo-lhe realizar a segunda alternativa das suas receitas:

— Sabe os ovos que Taruga Quelônia enterrou na areia, está lembrado?

— Evidentemente — respondeu Rei Mor.

— Pois é, estão todos prontos pra usar. Posso fazer um excelente feitiço com eles. Garanto ao Senhor Rei engravidar sua rainha logo, logo...

— Com os ovos? — indagou ingenuamente a Rainha Sissu.

— Claro que não, com o instrumento próximo deles... — divertiu-se Bruxo Neno.

Rei Mor não achou a menor graça na piada, porque já havia se submetido a um ritual com aquele propósito, celebrado pela Feiticeira Zuzu, a Sacerdotisa das Sombras, tão logo ela se mudara para o Reinado de Trindade. No entanto o feitiço funcionara em parte: devolveu-lhe a potência, mas não a fertilidade. Trazendo seriedade ao assunto, proclamou:

— Se usares aqueles ovos e, ainda assim, a rainha não engravidar, antes da próxima lua cheia, penduro-te no forcado de uma árvore, tal-qualmente fez Rei Albe, o Rico.

— Juro e esconjuro, Senhor Rei Mor, que não carecerá. Vossa mulher haverá de engravidar. Quem já mostrou capacidade de fazer até gente virar bicho... engravidar vossa rainha vai ser mais fácil do que pensais... pode acreditar!

Raciocinando nestes termos, Rei Mor demonstrava cada vez mais interesse pelas ciências ocultas, notadamente pelas artes da feitiçaria e seus encantamentos, dos quais o Bruxo Neno se vangloriava, não perdendo oportunidade de jactar-se, preconizando suas superlativas qualidades, suas práticas, maestria nos feitiços e os prodigiosos recursos nos mistérios de transformar até gente em bicho.

Para impressionar o Rei Mor ainda mais, Bruxo Neno narrou-lhe particularidades de seu nascimento, dando ênfase ao que aconteceu na noite de sua concepção, por obra das forças ocultas, numa ritualística em que sua avó, a Bruxa Bizarra, celebrava a iniciação de sua mãe, a feiticeira Zureta, a qual recebeu naquela sessão sabática o cognome de Sacerdotisa das Sombras.

Explicou-lhe também que a mãe, Feiticeira Zuzu, a despeito de ser extremamente competente naquelas artes e ofícios, não poderia mais adquirir o superlativo grau de Bruxa, porque não muito remotamente, no entrevero com o Rei Albe, o Rico, naquele momento de vulnerabilidade do qual o rei soube se aproveitar, tosou-lhe os cabelos rentes à nuca com sua adaga de prata, sentenciando-a, destarte, a jamais poder transformar criaturas em outros seres, criar seus próprios gênios ou transportar-se no forcado até os locais para os rituais sabáticos. E, talvez, por aquilo ainda não tivesse conseguido êxito completo na magia para devolver totalmente ao rei suas forças viris e fecundantes.

— E o senhor tem capacidade pra fazer tudo isto? — quis saber o Rei Mor.

— Tudo isso e ainda mais. Sou especialista mesmo é em transformar gente em animais, sejam da água, sejam da terra ou do ar. Mas esta é uma história que eu levaria uma noite inteira pra lhe contar, Senhor Rei Mor! — atalhou o assunto e voltou-se para a Rainha Sissu:

— Posso lhe garantir, Rainha Sissu, que, mais ou menos, no mesmo tempo em que a rainha *Gonha* parir os filhos gêmeos, os tais anunciados pelo *Magnético* durante o casamento, lembra? Um grande pássaro também visitará seus aposentos e a senhora vai parir um filho, ou uma filha... não importa o sexo, não é mesmo? Na noite em que conceberes, sentirás que o vosso rei parecerá diferente. Não se assuste, nem pronuncie uma palavra sequer. Entregue-se a ele totalmente e verá que ele também não pronunciará palavra alguma. Logo então te sentirás grávida. Deverão colocar o nome do que nascer, se for homem, *Marmito*, Príncipe Marmito. Se for mulher, Ana Conda, Princesa Ana Conda!

— Não foi este primeiro nome que a Rainha Olinda e o Rei Pay colocaram no menino deles? — interrogou Rainha Sissu.

— Aquele que viveu só um dia, está lembrada? Afinal, a senhora e o Senhor Rei Mor queriam mesmo que a Rainha Olinda morresse, não é? Atendi-lhes o pedido. Agora, ouçam o que estou lhes dizendo... — continuou o Bruxo Neno.

— Por que teremos que colocar estes nomes horrorosos nos nossos filhos? —

observou, contrariado, Rei Mor.

— O porquê é segredo do Bruxo Neno — desdenhou —. Não posso explicar no momento. Mas se puserem qualquer outro nome no menino, ou na menina, a senhora, Rainha Sissu, também morrerá de parto. Igualzinho ao que sucedeu com a Rainha Olinda, lembra?

Desconfiado, um tanto cético a respeito dos saberes ocultos e da ponderabilidade dos efeitos provocados pelas manipulações das indecifráveis forças secretas subjugadas pelos feiticeiros, bruxos ou magos, Rei

Mor oscilava entre acreditar nas façanhas mágicas do Bruxo Neno ou se render à evidência pura e simples de que a bruxaria constituía-se mesmo num conjunto sistemático de saberes, crenças e práticas que alcançavam resultados independentemente do que a lógica ou a ordem natural das coisas prescrevessem. Abandonando momentaneamente sua racionalidade porque desejava fervorosamente que a Rainha Sissu lhe presenteasse com um ou dois herdeiros, deixou de lado suas inabaláveis convicções racionalistas, calando-se diante da enxurrada de questionamentos que gostaria de dirigir ao Bruxo Neno:

— Essa questão de nome... Rainha Sissu é quem decide — disse Rei Mor, colocando ponto final na questão.

— Prefiro não arriscar — consentiu Rainha Sissu —, a mim, basta que seja um filho ou uma filha... não me importa que nome tenham!

Depois que atracaram a embarcação, subiram as escadarias do porto, rumo ao Palácio Fortaleza, como se voltassem de um agradável e animado passeio vespertino.

Rainha Trapa, avistando primeiro a irmã, por quem já procurava há horas, correu em sua direção e, muito afoita, quis logo saber:

— Cadê a joia da Tia Ara, Sissu? Onde guardaste a peça de camafeus da Imperatriz Gônia?

Surpresa com a afobação e o inesperado questionamento da irmã, Rainha Sissu respondeu sem pensar:

— Não vi, nem sei de Tia Ara de imperatriz nenhuma... Nunca estive com a joia da Tia Ara!

— Como? Não sabes da joia da Tia Ara? Teu sobrinho acaba de nos dizer que te entregou — admirou-se Rainha Zomba —. Disseram-me que o Príncipe Andy só roubou a peça da Tia Ara por tua causa, Rainha Trapa... para tua própria irmã, Rainha Sissu...

— Já disse, repito, não estou com nenhuma joia da Tia Ara. Se "Y" roubou a tiara, ele é que preste contas.

Virou as costas, cinicamente, deixando atordoadas Rainha Trapa, Rainha Zomba, Rainha Bisca e Rainha Ália. Enquanto discutiam entre si, esbravejando, acusando-se mutuamente em altos brados pela maldição do encantamento da tiara, seus maridos, Rei Mende, Rei Negro Norato,

Rei Kórnio e Rei Boio, foram se avistar com o Imperador Médium, que se encontrava com a Imperatriz Gônia, o Mago Natu e o Grande Rei, buscando solucionar o inusitado caso.

— Quero a minha princesa de volta! — gritava e esperneava Rainha Zomba.

— Também quero meu Príncipe Ur de novo virado gente, quero Ur gente, Ur gente, ouviram? — vindicava Rainha Bisca, mãe do Príncipe Surubim.

— Quero meu filho Príncipe Pintado de novo! — esbravejava Rainha Ália.

— Tudo culpa tua, Trapa, megera! — insultava acusando-a, a Rainha Zomba —. E você, Rainha Sissu, fingida, falsa, hipócrita... estou uma arara contigo! Não saio daqui se não for junto com minha Princesa Kachara!

Rainha Trapa não se conteve diante da indiferença da irmã, Rainha Sissu, que parecia alheia àquela mixórdia, sem esboçar qualquer intenção de defendê-la das injúrias da Rainha Zomba ou propor alguma solução ao dilema. Arrebatada pela sensação de ódio e desprezo, atirou-se sobre a Rainha Zomba, agredindo-a e vociferando:

— Agora verás o que é virar uma arara! — disse, agarrando-a pelos cabelos.

Rainha Trapa passou-lhe a perna, derrubando-a. Rolaram no chão, engalfinhando-se, até que Rainha Trapa, no esperneio, conseguiu empurrar Rainha Zomba, que bufava feito um boi raivoso, para dentro do fosso, precipitando-a no canal que contornava o Palácio Fortaleza, ligando-o ao rio Aguaporé.

A Rainha Zomba afundou-se nas águas escuras e profundas do canal. Diante dos olhos estupefatos dos outros reis e rainhas, que não conseguiram evitar o embate, viram um animal no formato de um excêntrico peixe vir à tona, emitindo um sopro muito forte, semelhante a bufados assustadores... Era Rainha Zomba, definitivamente e para sempre transformada no peixe *arara*, a Pirarara.

— Nunca mais, Zomba, ria! — disse pra si Bruxo Neno, assistindo de longe o embate entre as duas rainhas, Trapa e Zomba, satisfazendo-se ao ver o peixe de formato asqueroso, cascudo e da boca enorme, bem do jeito que ele imaginara transformar Rainha Zomba, na Pirarara.

Ao ser avisado de que sua mulher também se transformara no pirarara, e que viesse vê-la, o Rei Negro Norato teve um súbito ataque de ódio. Saiu correndo em direção ao pátio onde estava o Bruxo Neno e, num golpe repentino, atracou-se a ele, enroscando-se, atraindo-o também para próximo do canal. Enquanto os dois rolavam, arrastando-se no chão, Bruxo Neno conseguiu sacar sua adaga de prata escondida sob as vestes, que sempre trazia na bainha, amarrada à cintura, atingindo num golpe certeiro o coração do Rei Negro Norato, atirando-o mortalmente ferido também para dentro do fosso. Nas águas turvas do canal, o sangue do Rei Negro Norato esguichou, contaminando-as, disseminando-se, tornando-as totalmente negras. Seu corpo foi se alongando, espichando-se até se metamorfosear numa imensa cobra negra, de olhos esbugalhados e vermelhos como tochas.

Bruxo Neno, presenciando passivamente a cena, com ares de desprezo, exultou-se pelo resultado de mais uma de suas façanhas. Fez um sinal ao Rei Mor, acenando com um gesto de escárnio, e disse para consigo:

— Isto acontece com quem *cobra* do Bruxo Neno. Pode voltar pro seu reinado, Negro Norato. Aproveita e leva junto sua Rainha Pirarara e sua filha Kaxara!

Mago Natu já estava ao seu lado quando lhe ordenou:

— Bruxo Neno, faça com que as águas negras com que o enfeitiçaste acompanhem a Cobra Norato pra bem longe daqui. Que voltem lá para o distante reinado do Negro. Que elas não se misturem com as outras águas dos rios por onde passarem, principalmente com as do Grande Rio.

Bruxo Neno sabia das sinistras consequências caso não atendesse ao que Mago Natu ordenava. Meio hesitante, mas forçado a obedecer, com alguns gestos e algumas palavras que pronunciou em voz baixa, fez com que a Cobra Norato se afastasse de vez, deixando limpo o canal do Palácio Fortaleza. Movendo-se com a correnteza para o rio Aguaporé, levou consigo a enorme mancha negra das más águas. A Cobra Grande retirou-se lentamente. Retornava e subia em direção ao Norte, para as longínquas terras do Rei Negro Norato, tingindo de negro o imenso rio que cortava aquele reinado para sempre, perpetuando-se a correr até se limpar quando se encontra com o Grande Rio.

Mago Natu disse-lhe no ouvido:

— Resolvido o problema das más águas! Porém o que ficou na história do Negro Norato não são as mágoas, mas a grande Cobra criada.

O Imperador Médium consultou o Mago Natu sobre a possibilidade de reverter toda situação, com seus poderes de Mago.

Mago Natu suspirou profundamente. Com olhar desalentador, desfez-lhe as esperanças:

— Não há como desvirar encantamentos. Eles mesmos se desfarão, mas daqui a muitos, muitos anos, talvez milhares... — conformou-o Mago Natu, convidando-o para acalmar apenas aos reis Kórnio e Boio e às rainhas Bisca e Ália.

— Não me parece prudente fazer qualquer coisa contrária ao movimento — observou Mago Natu.

— Mas podemos minimizar os efeitos, pelo menos? — arguiu o Imperador Médium.

— É melhor falarmos destes acontecimentos pessoalmente ao Grande Rei. Embora não me pareça que Ele se sinta constrangido, incomodado ou atingido por eles. Está acima e além de tudo isto — concluiu Mago Natu.

— O Grande Rei não recrimina atitudes, não discrimina comportamentos ou interfere no que acontece entre as pessoas. Tem uma visão superior porque conhece o coração e a mente de todos. Sabe tudo quanto fazemos no presente, fizemos no passado e faremos no futuro! — conformou-se o Imperador Médium.

— A realidade é esta, apenas esta. Mas vamos ter com Ele — encorajou-o Mago Natu.

Ao encontrarem o Grande Rei na Câmara do GRAU, perceberam que já se preparava para a grande viagem de volta ao seu reinado, nas longínquas terras do outro lado do Oceano, no Reino da Perfeição. O Imperador Médium, algo aflito, perguntou-lhe:

— Grande Rei, estais a organizar Vosso regresso?

— Certamente, respondeu. Iremos ao amanhecer. Zarparemos com as três naus. Já ordenei as providências. As embarcações encontram-se prontas, munidas das provisões a bordo, aguardando o momento de voltarmos.

— Grande Rei, disponha da quantidade de ouro que almejais. Assim como da madeira que precisais... Que levem os vossos navios tudo quanto pudermos vos ofertar como prova de gratidão a Vossa tão excelsa presença — disse o imperador.

— Poderei acompanhar-vos de volta, Grande Rei? — pediu Mago Natu.

— Certamente, sempre haverá lugar reservado para vós em nossas embarcações.

— E quando retornareis? — quis logo saber o imperador.

— Quando vossos príncipes nascerem. Estarei de volta para celebrarmos o nascimento de Urucumacuã e Kurokuru — assegurou Mago Natu.

O Imperador Médium sentiu uma profunda tristeza, como se fosse uma saudade antecipada. Não conseguiu disfarçar os olhos lacrimosos, porque além do regresso do Grande Rei, também sentia pelo Mago Natu anunciando a intenção de se ausentar por algum tempo.

A presença do Grande Rei por aqueles dias no Palácio Fortaleza, no Reino do Elo Dourado, exercera sobre ele um fascínio indescritível. Os incomparáveis eflúvios daquela presença semelhavam-se à inefável, suprema felicidade, talvez se comparassem mesmo à presença de um deus. Tudo nele era perfeito. Seus gestos, movimentos, olhares, palavras, atitudes. Emanava uma vibração tão amorosa, benéfica, pacífica, sábia e poderosa que transpunha os limites da realidade circunstante, arrebatando de sublime afabilidade os que estavam à sua presença. A admirável tonalidade de sua voz, a majestosa humildade, o semblante sereno e a radiosa fisionomia eram marcas inquestionáveis de sua extraordinária sabedoria.

Extremamente grato e feliz por tão excelsa companhia, solicitou:

— Grande Rei, venha também para festejar o nascimento dos meus filhos!

— Não estarei pessoalmente, mas, ainda que não me vejam, saberão da minha presença — garantiu.

— Mago Natu — quis saber o imperador —, como ficarei sem vossa presença no Elo Dourado, durante este tempo?

— Não se inquiete vosso coração pelos acontecimentos passados, nem tampouco pelos vindouros. Confie na excelência da imperatriz. Ela bem o auxiliará. Aos que precisarem, ordene ver Gônia! Se não quiserem, mande-os ver Neno! Ouvistes o Grande Rei: "*não queira mudar o jeito das coisas acontecerem*". Deixe que os rios escavem e desenhem seus próprios cursos, até chegarem ao grande rio e deste ao Oceano. Aos dias de alegria sucederão as aflições e, assim, alternativamente pelos séculos dos séculos...

— Mais aflições do que já presenciamos? — interrompeu, cético, o Imperador Médium.

— Sim, confirmou. Torno a vos dizer: nada jamais aconteceu nem acontecerá por obra do acaso. Há e haverá sempre uma razão para tudo. Para o sábio, o caminho da vida é para cima, onde nenhum caminho parece aberto, mas por ele mesmo assim o descobre. É preciso um ciclo encerrado para que se comece outro. Deixe que as coisas acontecerão como é preciso.

Com o dedo indicador desenhou no ar algumas letras no formato maiúsculo e disse, enquanto sinalizava os monogramas:

— Obedecer. Lembre-se sempre.

O Imperador Médium entendeu ao que se referia o Mago Natu e, antes que os deixasse a sós, fez outra pergunta:

— Mago Natu, o que me aconselhas fazer com o Bruxo Neno? Aprovas o resultado de suas embaraçosas e disparatadas ações?

— Deixem-no partir. Antes de viajar, eu mesmo cuidarei disso. Está quase pronto para se mudar para o Reinado de Trindade. Deseja ser vassalo do Rei Mor. A mãe dele, a Sacerdotisa das Sombras, já habita aquelas terras desde que a Rainha Alzira começou a reinar em Avilhanas e a expulsou, logo depois que o Rei Albe, o Rico, enforcou-se. Os dois, mãe e filho, reunirão forças, em princípio para satisfação do próprio Rei Mor, depois, tentarão destruí-lo. Por fim, destruirão a si mesmos.

O Imperador Médium, interessado na revelação, quis outras informações e indagou:

— Como destruirão a si mesmos?

— De tantas *demonstrações*, acabarão se transformando em monstros.

Mago Natu não acrescentou detalhes, mas antecipou a resposta a uma futura pergunta:

— O Príncipe Urucumacuã, vosso anunciado filho, no tempo certo, haverá de dominá-los. Porém outros monstros surgirão, da mesma forma que surgiu a Mula Sem Cabeça.

O Imperador Médium ficou muito sério, calou-se por um instante e acrescentou um pedido:

— Peço a vós e ao Grande Rei que volteis ao Reino do Elo Dourado antes do nascimento de Urucumacuã e Kurokuru, daqui a três anos, para que festejemos com uma grande celebração.

O Grande Rei abraçou-o amistosamente, assegurando-lhe:

— Não virei pessoalmente, mas sentireis minha presença. Darei sinais de que estarei por aqui.

Mago Natu, sentindo o Imperador Médium aflito ainda com os extravagantes acontecimentos registrados naquele dia, tranquilizou-o, dizendo que ainda tinham tempo para resolver alguns problemas:

— Não vos preocupeis com o que se há de fazer, nem desfazer. O que está feito, está feito. Vou simplesmente advertir o Bruxo Neno para que não cometa outras insanidades, mas tampouco tentarei impedi-lo. É bom que ele se mude deste reinado. No entanto, não o proíbam de vir aqui, quando quiser... ou precisar.

— Mago Natu, se ele voltar aqui, é provável que abuse novamente de suas bizarrices. Suscetível também utilizar-se de recursos piores para nos afrontar ou simplesmente provocar. Devo permitir que venha à festa de nascimento dos meus filhos?

— Se ele quiser, não atalhe seu destino, nem se contraponha à sua vontade — pediu Mago Natu —. Deixe-o livre para decidir. É necessário que alguns acontecimentos mantenham seus fluxos, sem interrupção. Prepare-se. Muitas outras coisas fantásticas haverão de surgir no decurso do tempo... Não se desespere, nem se julgue culpado. Lembre-se: tudo está como que escrito nas estrelas.

Quando Mago Natu concluiu seu diálogo com o Imperador Médium, o Grande Rei pegou um recipiente de prata sobre um móvel de marfim ao lado de sua cama, recomendando:

— Ao Mago Natu presenteei com as três mandrágoras. Ao Imperador Médium entrego estas sementes. Plante-as, pois algo darão. Se preferir, reparta-as com o Marquês de Corumbi, para que também as cultive. Diga-lhe que deverá plantá-las por toda a extensão de suas terras. No lugar onde o Marquês de Corumbi ara.

O Imperador Médium discretamente avisou ao Grande Rei que um banquete suntuoso os aguardava dali a uma hora, na Praia da Lua Clara. Tanto os hóspedes reais quanto os demais súditos convidados teriam, assim, oportunidade de mais uma vez desfrutar da nobre e excelsa companhia, além de poderem despedir-se pessoalmente do Grande Rei.

Deixando-o a sós, desceu os trinta e três degraus da escadaria da Câmara do GRAU, pensando como haveria de ser excepcional a viagem que Mago Natu empreenderia ao Reino da Perfeição com o Grande Rei. Desejou por alguns instantes a liberdade de Mago Natu, que podia ir e vir sem compromissos que o impedissem de realizar sua própria vontade. Conformando-se, no entanto, com sua condição de imperador e homem recém-casado, o Imperador Médium sorriu para o Mago Natu. Antes que falasse o que pretendia, Mago Natu leu seu pensamento, dizendo-lhe: "*É melhor ser amigo do rei do que ser o próprio rei, meu caro amigo imperador*".

Ambos sorriram. Rei Médium pediu licença e saiu:

— Vou chamar Gônia e Alimpa. Creio que Araci já terminou de lhes contar toda a história do tio Albe, o Rico.

— E eu vou investigar o Bruxo Neno — despediu-se Mago Natu, também se retirando.

Mago Natu precisava ouvir o Bruxo Neno a respeito de seus planos, tanto mais para adverti-lo dos seus nefastos e indesejáveis procedimentos. Acertara com o Imperador Médium que aconselharia o bruxo a mudar-se, trocando os domínios do Elo Dourado pelo Reinado de Trindade, do Rei Mor, uma vez que suas atitudes feriam princípios de honra e ética necessários aos praticantes das magias e das ciências ocultas. Trouxera constrangimentos para Mago Natu, aflição para o Imperador Médium e a Imperatriz Gônia e grande sofrimento para os convidados atingidos direta e indiretamente pelos efeitos de sua magia transformista.

Pensando na maneira de como fazer ao Bruxo Neno as advertências e recomendações que prometera ao imperador, Mago Natu defrontou-se com ele enquanto conversava animadamente com o Rei Mor. Ao se aproximar, percebeu que mudaram rapidamente o tom da prosa. Mago Natu sabia exatamente do que tratavam:

"Tanto melhor que ele esteja combinando com o Rei Mor sua mudança de reinado, uma vez que sua mãe, a Feiticeira Zuzu, já está morando naquelas plagas", pensou Mago Natu. *"Estaremos livres de alguns embaraços futuros. Melhor Bruxo Neno ir para as terras do Rei Mor do que a Sacerdotisa das Sombras vir para o Império do Elo Dourado."*

Disfarçando o que havia sondado sobre as intenções do Bruxo Neno, Mago Natu inquiriu:

— O senhor pode, por obséquio, dizer-me onde colocou a joia de camafeus da Tia Ara? Aquela mesma que pertence à Imperatriz Gônia, que por caprichos de tuas amarrações desencadeou tantas excentricidades?

— Dizer eu não preciso, porque sei que o *Magnético* sabe de tudo. Com certeza, logo, logo, vai encontrar, está lembrado? Se é que ainda não achou. Procure-a lá pelas bandas de cima do rio, no mesmo lugar onde minha querida Quelônia foi enfeitiçada naquele bicho asqueroso — respondeu zombeteiro.

Mago Natu sentiu que Bruxo Neno agira motivado por vingança. Indiferente, alheio a todas as aflições que provocara, utilizou-se dos seus poderes malignos para desencadear fenômenos irreversíveis de transformações, retaliando o castigo aplicado à sua companheira, Taruga Quelônia, a Tal Taruga.

— Obrigado. Já sei onde ela está, Bruxo Neno. Vejo a peça da Tia Ara colocada num galho de árvore seca. Ainda hoje irei buscá-la. Obrigado, passem bem!

— Quando encontrar — desafiou-o Bruxo Neno —, duvido que consiga desencantar a joia da Tia Ara! — arrematou, escarnecendo do Mago Natu —. A *tiara* vai ficar enfeitiçada enquanto eu quiser.

Com um aceno de cabeça, Mago Natu não contra-argumentou e gentilmente se despediu. Deixou-os, planejando ir ao Santuário Natu Reza, para estar de volta antes do anoitecer. Precisava retornar com a joia de camafeus da Imperatriz Gônia. Já havia se distanciado do Bruxo Neno e do Rei Mor quando uma ideia lhe ocorreu: Bruxo Neno e o Rei Mor combinavam alguma coisa sigilosamente. Ouviu chamarem seu nome. Volvendo-se, avistou o bruxo que lhe acenava com a mão:

— Mago Natu, Magnético, volte aqui... quero lhe contar uma novidade!

— Não é preciso — retrucou Mago Natu, à distância —, já sei que estás planejando mudança do Elo Dourado para o Reinado de Trindade, onde está tua mãe, a Feiticeira Zuzu. Boa sorte ao Bruxo Neno, vida -onga ao Rei Mor e toda sua Corte!

Intrigado com a antecipada revelação do Mago Natu, a despeito da inveja que lhe devotava, sem querer expor nem demonstrar a extensão de sua incontida rivalidade, Bruxo Neno cochichou nos ouvidos do Rei Mor:

— Esse Mago Natu pensa que sabe de tudo. O Senhor, Rei Mor, já viu do que eu sou capaz, o que ainda não pode dizer dele. Não lhe mostrou nada que comprove ser melhor do que eu, tanto nas ciências ocultas como nas artes da magia, além de umas poucas coisinhas que fala aqui e acolá, está lembrado? Que mais ele fez? Nada. Não sei por que o Rei Médium, agora que é imperador, dá tanto crédito a esse mago, ao ponto de permitir que entre lá naqueles aposentos secretos, onde só ele e o Grande Rei deveriam entrar.

Percebendo que o Rei Mor não estava interessado em ouvir suas lamentações desrespeitosas e descabidas sobre a pessoa irrepreensível do Mago Natu, Bruxo Neno voltou ao assunto que interessava ao rei:

— Continuo prometendo... Vossa Rainha terá o filho, ou a filha, que deseja e vosso reinado vai ser muito, muito mais... maior e melhor do que esse *imperiozinho* de beira de rio — acrescentou, com indisfarçado sarcasmo.

E prometeu mais:

— Qualquer um que tentar vos atrapalhar, eu transformo em bicho, dou sumiço e ponto, resolvo o caso.

Rei Mor, inflado de orgulho, inchado de soberba com a lisonjeira bajulação com que Bruxo Neno gratuitamente o agraciava, prometeu-lhe sob juramento:

— Palavra do Rei Mor: se fizeres mesmo a Rainha Sissu me dar um herdeiro ou herdeiros, ou os dois de uma vez, minhas minas de ouro e prata, dobrarem de produção, como dizes; minhas éguas de corrida aumentarem a fertilidade; sem vos esquecer de fazer progredir também a minha criação de catetos (*Tayassu tajacu*); concederei a mão da minha jovem e mais bela criada, a *Murmur*, para que a desposes, além de facultar-vos outros favores que haverão de ser bem convenientes. Mas, lembrai-vos, deverás me prometer lealdade e fieldade até a própria morte, prestando-me submissão e vassalagem, evidentemente.

— Assim será — jurou-lhe Bruxo Neno.

Imediatamente ajoelhou-se diante do Rei Mor, ferindo a ponta de seu dedo indicador esquerdo com a afiada lâmina de sua adaga de prata. Juntando algumas gotas de seu sangue, permitiu que pingassem aos pés do Rei Mor, comprometendo-se:

— Prometo-vos, por este juramento pactuado de sangue, dar minha própria vida em defesa da vossa e do Reinado de Trindade, se assim for preciso.

Encostou a testa aos pés do Rei Mor e beijou-os, selando, com aquele gesto, o pacto de lealdade. Querendo imitar o Mago Natu, que prestava reverência ao Grande Rei pronunciando uma sequência enigmática de letras cujo significado só ele e o Grande Rei conheciam, pronunciou em voz alta e solene:

— R.M.:T.U.V.X.Z.!

Rei Mor pego de surpresa, não conseguiu decifrar o que a secreta proclamação simbolizava, porque nada entendia de signos, emblemas e enigmas. Não querendo demonstrar sua ignorância, nem humilhar-se perante o Bruxo, perguntando o que este queria dizer com a sequência alfabética, respondeu disparatado, dando a entender que decifrara o segredo:

— B.N.:T.U.V.X.Z.!

O Bruxo Neno, também surpreso com a resposta, pensou:

"Será que o Rei Mor adivinhou o que eu acabei de inventar agora para significar essas letras? Tenho que ser rápido. Se me perguntar, vou dizer que meu enigma é: R.ei M.or: T.erás U.m V.aloroso X.amã Z.oólogo! E se ele quiser que eu decifre o enigma dele, o que vou dizer?"

Continuou pensando e imaginando, ao mesmo tempo em que o Rei Mor também procurava dar significado correspondente às letras do enigma que propusera. Refletiu, conjeturou até que lhe ocorreu a seguinte combinação: "*B.ruxo N.eno: T.erei U.m V.assalo X.amã Z.eloso*".

Receando ambos que pudessem expor suas deficiências e ignorâncias, por não conhecerem em profundidade o que significavam os respectivos enigmas, Rei Mor ordenou que o Bruxo Neno se levantasse e concluiu:

— Aceito vosso juramento. Pertenceis agora ao Reino de Trindade, assim como já pertence aos meus domínios a Feiticeira Zureta. Tempos desses, tua mãe, a Sacerdotisa das Sombras, Feiticeira Zuzu, veio morar no Reino de Trindade. Ela também me jurou lealdade e já lhe devo alguns excelentes favores!

Ao ouvir sobre os préstimos de sua mãe, Bruxo Neno interessou-se por descobrir que favores ou que *trabalhos* seriam aqueles mencionados pelo Rei Mor e de quais *instrumentos* mágicos a Feiticeira Zuzu andava se utilizando. Sucintamente, o rei descreveu um ritual de magia, numa noite de lua cheia, celebrado no Bosque da Solidão, para lhe devolver a virilidade, perdida desde os tempos em que a Rainha Olinda, mulher do Rei Pay, morrera, grávida de sete meses; e Bruxo Neno se lembrou do episódio por ter sido ele mesmo quem fez o encantamento com ovos de lagartixa, para que a rainha perdesse o filho e morresse. Desde então, o Rei Mor não conseguira ereção para acasalar-se com sua mulher, a Rainha Sissu:

— Fizeste o feitiço para Rainha Olinda, mas o efeito contrário também me atingiu. Desde aquele tempo, não consigo nem *tentar* engravidar minha mulher. É certo que até hoje a Rainha Sissu não engravidou, mas a Feiticeira Zuzu me garantiu que, quando ela e seu próprio filho, que és tu, estivessem morando sob os domínios de um mesmo Senhor, que sou eu, minha descendência estaria assegurada! Ah, agora as coisas se encaixam... É isso que ela queria dizer... Tereis mesmo que se mudar para o Reinado de Trindade a fim de que se cumpra o augúrio de tua mãe e a Rainha Sissu me dê herdeiros...

— Perguntei-vos, Senhor meu Rei, que *instrumentos* minha mãe usou? Não vos recordais?

— *Re-cordo*. Corda. Bem, não propriamente uma corda. Parecia um bridão. Isto, um bridão de fios reluzentes! — confidenciou o Rei Mor no ouvido do Bruxo Neno.

— Conheço a história desse bridão poderoso! Ele faz e acontece! Agora é todo nosso. Poderemos encantar gente em bicho, bicho em gente e encontrar tesouros! — exclamou presunçoso, tomado de ambição.

— Encontrar tesouros? — interessou-se Rei Mor.

"*Esta parte muito me interessa*", Rei Mor pensou sem dizer...

— Posso conseguir tudo isto. Só preciso que o Senhor Rei cumpra com o prometido. Dê-me a mão da bela *Murmur* em casamento.

— Palavra de rei é palavra de rei, Bruxo Neno. Cumpra com tua parte então. Não vos esqueçais: ou fazeis por onde, ou mandarei cortar-vos o pescoço!

— Não carecerá, Senhor Rei. Bruxo Neno fala... Bruxo Neno faz!

FINAL DA HISTÓRIA DA MULA *TÁ*

Enquanto o bruxo proclamava suas intenções de fidelidade ao Rei Mor, Mago Natu se afastou para recuperar a joia de camafeus da Rainha Gônia, ao passo que o imperador, Rei Médium, dirigindo-se ao Salão da Rainha, encontrou a mulher e amiga Rainha Alimpa, ouvindo Rainha Araci concluir a história do enforcamento do seu tio-avô, Rei Albe, o Rico. Polidamente, o Imperador Médium interferiu na conversa:

— Desculpai-me se vos interrompo — e justificou-se —, julguei que já tivésseis concluído.

— Não te preocupes — tranquilizou-o a imperatriz —, estávamos mesmo querendo chamar-te para escutar o final do caso. Lembro-me que disseste que ainda não conhecias a história completa...

— Verdade — aquiesceu o imperador.

— Então — atalhou eufórica a Rainha Alimpa —, aproveitemos para ouvir juntos. Continue, Araci... falávamos de quando o Rei Albe surpreendeu-se com a transformação da Mula *Tá* numa mulher encantadora...

— Bem — prosseguiu Rainha Araci —, a Rainha Alzira chegou de viagem mais ou menos um ano após o acontecimento no Bosque do Iludido, lá no Claro da Gemedeira, debaixo da figueira-do-inferno.

— Ah, conta... Conta essa parte. Eu já conheço alguma coisa da história, depois, quando Calico, rapazote, engravidou a moça Alba, filha da criação do Rei Albe, mãe do menino Mulato. É mesmo verdade que ele nasceu com os pés tortos, arredondados, sem dedinhos, iguais aos da mãe Alba, que logo após o parto morreu e se encantou na ave *Albatroz*? — quis saber o imperador, Rei Médium.

— Pra mim, de toda a história, essa parte é a mais dolorosa e comovente — acrescentou a Rainha Araci —. Tenho muito afeto pelo menino Mulato e sinto que ele parece muito feliz e alegre, embora seja mudo também igual à sua mãe. É bem-afeiçoado a mim porque me casei com o Rei Naldo, seu pai. O Rei Naldo também tem por ele muita estima, trata-o como filho legítimo, ainda que a gente desconfie de que talvez ele nem seja filho de Calico, mas do Conde Rasku, por alguns traços de sua fisionomia.

— Quantos anos tem Mulato atualmente? — interrompeu Rainha Alimpa.

— Mulato está agora com sete anos, trabalha como um serviçal qualquer, apesar de garoto. É muito dedicado no cuidado dos animais e parece ter um jeito diferente de entendê-los. A Rainha Alzira também o quer muito bem e sempre o protege. Trata o Mulato como a um neto legítimo, apesar de ele ser mudo ... igualzinho à mãe dele, a Alba, que não conheci pessoalmente. Rainha Alzira pintou um retrato dela que está na galeria do Palácio das Esmeraldas, antes que se transformasse na ave Albatroz.

Rainha Alimpa, não se contendo, implorou:

— Por favor, conte logo o que ainda falta, porque daqui a pouco a Rainha Gônia deverá se preparar para o banquete e nós também. Essa história é realmente extraordinária.

Rainha Araci descreveu ainda tudo o que conhecia da sequência dos fatos. Porém deteve-se na parte do nascimento do Conde Rasku, pois o assunto da segunda gravidez da Rainha Alzira era mais que reservado e ela mesma nunca falava do nascimento do menino, que ocorrera exatamente nove meses após o enforcamento do Rei Albe, o Rico. Circulavam rumores levantando suspeitas de que o menino Rasku, talvez, não fosse filho legítimo. Rei Naldo também questionara a mãe sobre a real paternidade de Rasku. Ela ratificava o que sempre afirmara antes: ele era seu irmão e ponto final.

Desde pequeno, o menino Rasku demonstrava inclinações para a perversidade, muitas vezes comparadas às atrocidades dos algozes. De temperamento odiento, caráter extremamente vaidoso, sórdido e de malíssima índole, despertava, em contrapartida, o muito da admiração que atraía sobre si pela incomparável beleza do rosto e de sua compleição física. Homem de pele amorenada, de grande porte, farta cabeleira de cachos castanho-dourado, penteados para trás, à moda dos heroicos cavaleiros, barba por fazer e bigodes aparados, olhos da cor de mel, amendoados, sob espessas sobrancelhas, era o mais belo exemplar masculino que pontuava pelos salões reais nas habituais festas e comemorações.

Ao lado do Príncipe Naldo, que se destacava pelas virtudes de bom moço, em Rasku era a beleza que se notabilizava, da qual ele galantemente usufruía na conquista fortuita de muitas e nobres damas, a maioria mais velhas que ele, pois as virgens casadouras afastavam-se prudentemente de sua lábia sedutora, advertidas de suas históricas tendências de conquistador incorrigível e das suspeitas de que estuprava donzelas com o mesmo prazer com que caçava coelhos.

Ainda que muitos de seus atos sinistros e criminosos ficassem irremediavelmente impunes pela astúcia e sagacidade com que os encobria, sempre arrumava terceiros a quem impingir a culpa. Sua mais notória e conhecida proeza desde que estuprou a moçoila Alba Esmeralda, criada pela Rainha Alzira cuidadosamente tal como sua irmã, foi simular a autoria do violento abuso ao irmão Calico, porque Alba era muda, não se expressava, e seu irmão, Príncipe Naldo, o Calico, ingenuamente se deixou flagrar deitado nos aposentos junto de Alba, resultando, nove luas após, no nascimento do menino que creditaram a paternidade a Calico, ainda que quem tenha estuprado Alba, em verdade, tenha sido sedutor, sagaz e abominável Rasku.

Atrocidades com animais pequenos, gatos e cães, principalmente, eram suas diversões favoritas. Aos gatos, se comprazia furar-lhes os olhos, e aos cães castrá-los quando os encontrava naturalmente atrelados às cadelas no ato da procriação. Gostava de ele mesmo aplicar os castigos aos serviçais do Palácio, comprazendo-se em açoitá-los por alguma desobediência ou descumprimento às ordens da Rainha Alzira. Não raro era chamado a atenção pela mãe sobre os excessos com que manuseava o látego, ultrapassando os limites da correção prescrita. Ao simples chamado de sua pessoa para aplicar algum corretivo, era motivo suficiente a que o supliciado ao açoite implorasse:

— Por piedade, não venha cá, Rasku!

Sua impiedade alcançava extremos que, à repetida menção de *não venha cá*, Rasku, atribuíram-lhe o epíteto de *Carrasco*.

No dia do casamento do Príncipe Calico, na mesma oportunidade em que a Rainha Alzira abdicou em seu favor o Trono do Reinado de Avilhanas, presenteou o Príncipe Rasku, como herdade, com uma grande extensão de terras, entregando-lhe o título de *Conde*, criando, assim, o Condado de Rasku. Insatisfeito por se achar merecedor de mais do que estava recebendo, pelo ódio que nutria ao irmão e pelo desejo de desonrar sua noiva, a Princesa Araci, futura rainha, antes do cerimonial do casamento, Rasku se ausentou.

Sem que percebessem, escondeu-se nos aposentos da futura rainha. Quando subiu à sua alcova para preparar-se ao cerimonial do casamento, sorrateiramente foi agarrada por Conde Rasku, que tentou estuprá-la, a fim de que, desonrada, fosse rejeitada como esposa pelo irmão Naldo, o futuro rei. A Princesa Araci, moça forte e destemida, aplicou-lhe uma joelhada certeira nas partes baixas, cravando-lhe tão profundamente as unhas nas faces que produziu-lhe uma cicatriz, que o acompanharia até a morte. Maculando a beleza de seu jovem rosto com os vincos perpétuos, ficou com o rosto marcado pela lembrança de sua desumana e cruel lascívia. Foi a única vez em que não conseguiu perpetrar seu intento criminoso, flagrado no quarto pelos gritos desesperados da futura rainha, ficando daí por diante apelidado de *Rasku-unhado*, ou *Ku-unhado* da Rainha Araci, depois, denominado por ela mesma de Conde *Rasku-unho*.

O ENCONTRO DA TIARA

Mago Natu, fiel à palavra empenhada à Imperatriz Gônia de recuperar sua joia de camafeus, dirigiu-se ao porto, desatou as amarras de sua embarcação, manobrou a proa na direção Sul e um vento forte impeliu o barco, que subiu o rio rumo ao seu Santuário. A tarde prenunciava seus últimos momentos, arejados de brisa suave com eflúvios levemente perfumados de nostálgica magia, simultânea ao clima de romantismo proveniente da arrumação na Praia da Lua Clara, que Professora Plínia diligentemente ornamentava para o grande banquete de despedida. Dentro de poucas horas reunir-se-iam ali quase todos os sete mil convidados em despedida aos festejos comemorativos à celebração do casamento imperial.

Nadando paralelamente à embarcação do Mago Natu, que singrava as águas plácidas e cristalinas do rio Aguaporé, quatro peixes, uma enorme Pirarara, uma Cachara, um Pintado e um Surubim, seguiram-no até o Portal do Santuário. Mago Natu desceu da embarcação, olhou adiante, na direção em que o Sol se punha. Avistou um objeto cintilando, reluzindo, dependurado no galho de uma árvore ressequida: era a tiara de camafeus brilhando sob os últimos raios do Sol daquele dia. Estava presa a um galho de uma pequena árvore aparentemente seca. Aproximou-se para pegá-la e constatou que, ao longo da galhada ressequida, nascia uma profusão de brotos novos de folhas tenras. Admirou-se e disse consigo:

— Eis o galho *qui 'tá co'a tiara*! Na árvore, o que Andy rouba…

Nominou, assim, àquela árvore morta que renascia, *Andiroba Suruba*, para rememorar o episódio do furto da tiara, ligando-o ao nome do Príncipe Andy Suruba, o Príncipe "Y". Quis se lembrar do nome do reinado do seu pai, Rei Mende, e da sua mãe, Rainha Trapa, e como não lhe ocorreu de pronto, pensou consigo:

— Fica sendo o Reino de *Ytacoatiara*.

Achou o nome engraçado, e retirou cautelosamente a maravilhosa joia de ouro, pedras preciosas e marfim do galho da Andiroba, lavou-a nas águas límpidas do rio Aguaporé e, colocando-a na posição invertida, pronunciou:

— O que a tiara virou, eu com a tiara desviro. O que é peixe era da terra, o que era gente agora é do rio. Gente é da terra. Peixe é do rio.

Secou toda água da tiara de camafeus, colocando-a sobre o banco do barco. O vento o impeliu no sentido oposto, descendo o rio no rumo Norte. Os mesmos quatro peixes também o acompanharam.

Atracou seu barco junto aos outros no porto da cidade do Elo Dourado e dirigiu-se de imediato à procura da imperatriz para entregar-lhe a tiara.

Encontrando-se com o Grande Rei, que ia à Praia da Lua Clara para o banquete de despedida, Mago Natu mostrou-lhe a joia da Tia Ara, que tencionava devolver à legítima dona, sem demora. Um minuto de argumentação foi suficiente para demovê-lo da ideia e atender à determinação do Grande Rei:

— Explicarei à Imperatriz Gônia que não mais deverá usar esta *tiara*. Ela certamente entenderá as razões. Creio também que não colocará empecilho para doá-la à *mãe do* Y.

A DESPEDIDA

NA PRAIA DA LUA CLARA, UMA MULTIDÃO de convidados ocupava seus lugares às mesas para o monumental banquete de despedida do casamento imperial. Não havia lugares desocupados, à exceção dos cinco assentos marcados com os nomes Rei Negro Norato, Rainha Zomba, Princesa Kachara, Príncipe Surubim e Príncipe Pintado. Nenhum dos convidados próximos daquelas cadeiras teve audácia suficiente para indagar ao Mago Natu porque ainda não havia desfeito o embaraçoso feitiço. Tampouco houve corajoso suficiente para exigir providências quanto à leviana e inconsequente atitude do Bruxo Neno. Os vizinhos das cadeiras vazias guardavam silêncio indicativo de que confiavam que algo ainda pudesse acontecer no sentido de reverter o encantamento dos cinco.

Deslumbrante, vestida de prateado, com um arranjo de mimosas orquídeas lhe adornando os cabelos, na falta da joia da Tia Ara, a Imperatriz Gônia verteu para si todos os fascinados olhares quando chegou envolta numa nuvem de borboletinhas brancas, ao lado do Imperador Médium, não menos garboso, trajado de branco sob uma casaca bordada de ouro. Não havia no local casal mais sobranceiro.

O Grande Rei veio recebê-los; colocando-se entre os dois, conduzia a imperatriz à sua esquerda e o imperador à sua direita. Levou-os até o lugar reservado, preparado adequadamente e ornamentado para o trio mais importante e radioso do banquete, no meio de uma gigantesca mesa, em cujas cabeceiras nenhum convidado ousara se assentar, enquanto uma sinfonia celestial envolveu a todos com os mais harmoniosos e sublimes acordes.

Mago Natu, um pouquinho atrasado, entrou discretamente pela ala lateral das mesas dos reis, rainhas e princesas e viu quando o Conde Rasku acintosamente cortejava a Marquesa de Sonsa, roçando-lhe a perna por debaixo da mesa. Não era preciso dizer nada: os dois estavam enamorados. Mago Natu apenas pensou:

"Conde Rasku é mesmo incorrigível, e a Senhorita Pan Thera, Marquesa de Sonsa, nem faz ideia de que vai entrar numa enrascada. *Era o que faltava: o belo e a fera!"* Fez um muxoxo descontraído, tomando assento ao lado de sua irmã, a Professora Plínia, que, disfarçadamente, secava algumas lágrimas, tão emocionada ficara pela inebriante beleza daquela comemoração.

— Reparaste no Conde Rasku e na Marquesa de Sonsa? — perguntou à irmã, também percebendo que entre os dois havia mais que a afeição desinteressada ou simples sentimento amoroso.

— Sim, visível que o Conde Rasku está interessado em algo mais... posso lhe adiantar, mas guarde em segredo... Ele já está sabendo que o bridão de fios de ouro da Mula *Tá*, aquela peça encantada pela Sacerdotisa das Sombras para o Rei Albe, o Rico, está com a Marquesa de Sonsa... Veremos em que bicho vai dar!

— Por que não entregaste a tiara de Gônia? — perguntou Professora Plínia ao irmão, para disfarçar a comoção.

— Porque resolvemos colocar um ponto final nesta história e presenteá-la de uma vez à Rainha Trapa, a mãe do "Y" — confidenciou-lhe aos ouvidos.

— Depois das artimanhas do Bruxo Neno e das trapalhadas por causa daquela joia, o melhor é livrarmos a imperatriz dos riscos de ser atingida por semelhantes trapaças.

— Daqui a pouco, vou entregá-la... Aguardemos o resultado! — disse enigmático.

— Mas quem está mesmo querendo usar a *tiara* é a Rainha Sissu. Foi por ela que... quando a Rainha Trapa ceava...

— É — interrompeu a frase —, mas quem planejou tudo foi o Bruxo Neno. Aproveitou-se do grande desejo da mãe do "Y" de ver sua irmã, Rainha Sissu, engravidar e também porque ela própria cobiçava aquela joia encantadora.

Em meio à festa e à alegria geral, Mago Natu levantou-se. Solicitou polidamente que fizessem silêncio. Precisava entregar um valioso objeto encantado a uma pessoa. Surpreendendo a todos, conclamou:

— Bruxo Neno, por obséquio, venha cá! Senhora Rainha Trapa, aproxime-se também, até aqui.

Rainha Trapa imediatamente levantou-se, ajeitando os babados e as dobras das mangas bufantes de seu esdrúxulo traje, de ninguém escondendo seu espalhafatoso temperamento para festejar o recebimento daquela panóplia.

Bruxo Neno, ao contrário, esquivando-se entre os arranjos de bambus, relutava a atender ao chamado do Mago Natu.

— Bruxo Neno, por gentileza. Ninguém mais indicado que vós para fazerdes a entrega solene deste objeto que, usando de vossos apropriados conhecimentos nas artes mágicas da feitiçaria, subjugastes aos vossos caprichos, convertendo-o num amuleto de poderes imperscrutáveis.

Ouvindo tão lisonjeira convocação, mas sem compreender exatamente seu irônico significado, consultou-se com o Rei Mor, perguntando:

— O que é *impres.... impescruit... impercut...*

— Imperscrutável — disse-lhe Rei Mor, socorrendo-o.

— Isso. É bom ou é ruim?

— Depende de quem perscruta. Bruxo Neno, é só uma palavra... vá lá e mostre logo seu feitiço imperscrutável.

Apresentando-se diante de Mago Natu, temeroso de que ele pudesse ter desfeito o encantamento da reluzente peça de camafeus com rubis da Tia Ara, indagou na intenção de gracejar:

— Chamaste-me aqui só para pôr aquela coisa na tua cabeça, Magnânimo? — perguntou, apontando para a tiara, que estava dentro de uma caixa almofadada de seda preta sobre uma mesa próxima das águas correntes do rio Aguaporé.

Uns riram, outros discretamente censuraram-lhe a insolência de escarnecer do Mago Natu depois de ter causado tantos malefícios. Sem se abater nem fraquejar diante da provocação, Mago Natu rebateu:

— Seria a mais completa estultícia não vos reconhecer os méritos e a excelência para encantar entes da terra em seres das águas. Ainda não fizestes tudo. Conclui o que começastes. A Imperatriz Gônia e o Imperador Médium vos concedem a grande honra de *pôr aquela coisa* sobre a cabeça da Rainha Trapa, de quem vos transforma *em guia* e, assim, tornar esta joia à mãe do "Y".

Houve aplausos, exclamações, interjeições, entre manifestações de surpresa, inveja, ciúme. Tomada de indizível euforia, Rainha Trapa de pronto curvou-se, postando-se ao lado do Bruxo Neno, que se dirigiu à mesa para pegar a enfeitiçada *tiara*.

Ao tocar na deslumbrante e encantadora joia de camafeus e rubis, num gesto cerimonioso, elevou a tiara sobre a cabeça da Rainha Trapa, que tremia emocionada. Ao contato com a cabeça da rainha, uma forte descarga elétrica percorreu o corpo do Bruxo Neno, estremecendo-o e descarregando-se pelas suas mãos na tiara, eletrizando-a fulminantemente.

O Bruxo soltou-a de imediato, transferindo para o corpo da rainha os inacreditáveis efeitos da energia magnetizante. O objeto faiscante e encantado ajustou-se à cabeça da Rainha, produzindo brutal impacto, jogando-a imediatamente ao chão. Sacudindo-se em convulsões frenéticas, diante dos olhares estupefatos da grande plateia, seu corpo eletrizado, saracoteando na areia, atirou-se dentro d'água.

Tão miraculosamente quanto os outros cinco casos, em poucos segundos, a Rainha Trapa passa a ser uma grande e eletrizada criatura escorregadia, nadando vagarosamente, agitando suas longas nadadeiras sob o alongado corpo, como os babados e as dobras das mangas de seu esdrúxulo vestido acinzentado com manchas amareladas. Atônitos, os espectadores, observando a enorme criatura virada num peixe-elétrico, perguntavam:

— Foi *pôr aque*la coisa na cabeça pra quê?

O Príncipe "Y", tanto menos desesperado pela desventura que atingira sua mãe transformada no *Poraquê*, quanto mais desejoso de se apropriar da tiara, correu a pegar a joia de camafeus e rubis que reluzia na areia. Ao estender cobiçosamente a mão, diante de seus olhos, o objeto encantado afundou-se na areia. Atordoado, fascinado pela beleza da raridade, mais do que afoito, enfiou as duas mãos nas finas areias brancas na tentativa de agarrar a joia antes que afundasse, pois que não poderia desfazer-se assim, feito uma miragem. Ao encontrar e tocar concretamente algo sob as areias, sentiu encher-lhe as mãos uma coisa sólida, retirando-a fora.

Outra grande surpresa e ainda maior decepção: olhou nas suas mãos o que não era mais a tiara. Apenas um punhado de bagas, pequenas vagens semelhantes a caixinhas cilíndricas, na mesma cor que o marfim dos camafeus. Sofregamente, apertou-as entre os dedos, e das cascas quebradiças e crocantes saltaram umas bolinhas vermelhas. No interior daquelas fantásticas *caixinhas de marfim* estavam bem dispostas algumas amêndoas, tais como caroços parecidos com os grandes e preciosos rubis que adornavam os camafeus de marfim da joia da Tia Ara. Boquiaberto, inconformado, com as mãos cheias daquelas bagas desprezíveis, ouvia as pessoas exclamarem admiradas e irônicas:

— Vejam o que virou a joia da mãe do "Y".

Surgiu, assim, naquele instante, da "joia da Tia Ara", o *amendoim*.

O Bruxo Neno incrédulo, exasperado diante daquele imprevisível desfecho, o sumiço da tiara na areia, agachou-se, meteu as duas mãos no mesmo lugar de onde o Príncipe Andy havia retirado apenas um punhado de bagas com as amêndoas vermelhas, cobiçoso na tentativa de resgatar o objeto encantado e se apropriar dele definitivamente. Escavou mais profundamente ainda na areia, nada encontrando além das mesmas vagens cheias de caroços vermelhos. Olhou pro Mago Natu que, de pé, acompanhava se divertindo à inusitada cena. Fuzilando-o de raiva, disse:

— Foi tu que fez isto, né Magnético?

— Não, Bruxo Neno. Foi o imperscrutável! Diga ao teu Rei Mor que, para ele engravidar a Rainha Sissu, basta comer a joia *d'amãe do* "Y". Tome, leve e plante essas sementes. Apenas isto!

Volveu as costas, enquanto o banquete de despedida do casamento continuava com música, diversão e alegria.

Esquecidas a turbulência e a agitação verificadas momentos antes com o desfecho do encantamento da tiara em amendoim, ouviu-se um pedido de silêncio. Sufocando as vozes dos convidados, Conde Rasku anunciou:

— Com Vossa permissão e obséquio, Senhor Imperador, Senhora Imperatriz, anuncio-vos meu noivado com a Marquesa de Sonça, daqui a sete luas cheias. Estais convidados também para a festa de nosso casamento, que ainda não marcamos a data... Tão logo decidirmos, Bruxo Neno, poderás nos honrar com a celebração da cerimônia?

Sem titubear, Bruxo Neno quase pulou de contentamento. Aceitou de imediato, ainda que não soubesse a data. Era o que precisava. Viu ali a oportunidade de se apropriar do mágico bridão de fios de ouro, que sua mãe, a Feiticeira Zureta, por descuido e afobação passara às mãos da agora noiva do Conde Rasku, Senhorita Pan Thera, a Marquesa de Sonsa.

— Dependo apenas de que o nobre Conde Rasku me diga em que lugar e quando será a festa. No vosso condado ou no Solar da Senhorita Pan Thera?

— No Palácio das Esmeraldas, Bruxo Neno. Como convém a um nobre da minha estirpe. Daqui a algumas luas cheias... Faça seus cálculos astrológicos, quando encontrar a conjunção astral perfeita para um casamento bem-sucedido, avise-me. O restante, deixe por minha conta.

— Fechado, Senhor Conde!

Mago Natu olhou seriamente na direção do Imperador Médium e da Imperatriz Gônia. Saíram do local acompanhados pelo Grande Rei, que já pedira licença para se retirar. Despedira-se de todos, augurando-lhes ordem e progresso, prevenindo-os de que ao amanhecer zarparia com suas naus *Patientia*, *Humilitas* e *Sapientia*, de volta ao Reino da Perfeição com sua nobilíssima Corte e seu muito especial convidado e amigo: Mago Natu.

NASCIMENTO DA PRINCESA HÉVEA

Exatamente quarenta e cinco dias haviam se passado, desde que a Professora Plínia iniciara as aulas de leitura de seus manuscritos sobre o casamento do Rei Médium e da Rainha Gônia e de alguns outros episódios envolvendo personagens do mundo em que viviam os dois príncipes gêmeos. Com muita paciência e zelo, explicara alguns trechos que exigiam mais atenção, com palavreado simples e resumindo outros; não ia além do que a compreensão do Príncipe Urucumacuã e do Príncipe Kurokuru suportava, embora os dois meninos possuíssem excepcional capacidade de entendimento.

Nada ainda havia relatado com referência às efemérides do nascimento de Urucumacuã e Kurokuru. Quando Professora Plínia olhou para o céu, avistou um pássaro branco identificado por Albatroz cruzar num voo elegante, de Leste a Oeste e depois de Norte a Sul, sobre o pátio interno do Palácio Fortaleza. Imediatamente, levantou, desculpando-se com os príncipes:

— Queridos Urucumacuã e Kurokuru, hoje não teremos nem mais leitura, nem mais histórias. Preciso preparar o cerimonial para a recepção da Princesa Hévea, que deve estar nascendo. Ela chegou neste momento.

— Princesa Hévea? Nossa irmã? — falaram juntos.

— Sim. Ela mesma. Depois que a Senhora Natividade da Luz trouxer o bebê para mostrá-lo ao Sol, e a Rainha Alzira depositar o óleo de mirra e o sal cor-de-rosa atrás da porta nos aposentos de vossa mãe, podereis entrar para conhecer a princesinha e desejar-lhe boas-vindas!

Fechou os manuscritos dentro de uma caixa dourada, concluindo:

— Não haverá festa no Palácio Fortaleza desta vez, conforme houve quando vós nascestes, mas só voltaremos às nossas histórias de hoje em sete dias...

— Professora Plínia, já entendi o que se passou até o casamento dos meus pais. Hoje está fazendo dez anos que eles se casaram e sete anos que nós nascemos...

O Príncipe Kurokuru, menos paciente que o irmão, manifestou-se:

— Por que não vai haver sete dias de festa se hoje também estamos inteirando sete anos?

— Querem que eu continue contando a história para entenderem por quê? — indagou Professora Plínia, brincando com os dois.

— Por mim a gente continua escutando as histórias, já que não teremos festa —

opinou Urucumacuã.

— Por mim só daqui a sete dias mesmo. Estou com vontade de sair com meu pai para catar folhas — preferiu o Príncipe Kurokuru.

Então continuaremos de hoje a sete dias.

Passados os sete dias do nascimento da Princesa Hévea, a Professora Plínia, depois de cumpridos todos os rituais propiciatórios com os pais da recém-nascida e o Mago Natu, reiniciou a leitura de seus manuscritos aos dois príncipes, voltando à história a partir da época em que os convidados à festa do casamento do Rei Médium com a Rainha Gônia voltaram para os seus reinados, já convidados para um outro casamento no Reino de Trindade — do Bruxo Neno com a serva Murmur, e para os cerimoniais de nascimento do Príncipe Gesu Aldo, filho do Rei Naldo com a Rainha Araci, no Reino de Avilhanas.

Continuando, assim disse Plínia...

LIVRO III

O NASCIMENTO DE OUTROS PRÍNCIPES E PRINCESAS, INCLUINDO URUCUMACUÃ E KUROKURU

Quando os derradeiros hóspedes do Palácio Fortaleza, remanescentes da festa de casamento, regressaram aos seus próprios reinados, o imperador, Rei Médium e a imperatriz, Rainha Gônia, empenharam-se na administração dos interesses de seus vastos domínios, nomeando intendentes nas diversas áreas de interesse do Império do Elo Dourado. Convocaram tantos conselheiros reais quantos necessários, entre os que apresentavam melhor disposição de trabalho e competência para a gestão administrativa, visando restaurar a ordem e o equilíbrio com a manutenção da paz e o contínuo progresso do colossal e recém-formado império.

Restabelecida a rotina no Palácio Fortaleza, o imperador, Rei Médium, pôde voltar às suas observações astrológicas, dando continuidade aos estudos e à prática dos rituais da alta Magia. Sempre que precisava se defender das incessantes interferências de bruxos e feiticeiros que agiam naqueles domínios atendendo desígnios de soberanos rivais, desdenhosos e invejosos da beleza, da exuberância e da incomparável riqueza da cidade do Elo Dourado, recorria à proficiência do Mago Natu. Devido à ausência deste, em viagem demorada para o Reino da Perfeição, interessara-se, ele mesmo, ainda mais, por desvendar os secretos e misteriosos efeitos da baixa magia manipulada pelo Bruxo Neno, que utilizara, sem qualquer escrúpulo, poderes ocultos na transformação de alguns de seus especiais convidados — um rei, duas rainhas, dois príncipes e uma princesa — em horrendas criaturas das águas: o Rei Negro Norato transformara-se na *Cobra Grande* (Cobra Norato); a Rainha Zomba, no peixe arara, a *Pirarara*; a Rainha Trapa, na *Enguia* (Poraquê ou Peixe-Elétrico); o Príncipe Pintado, no peixe *Pintado*; o Príncipe Ur, no peixe *Surubim*; e a Princesa Kachara, no peixe *Cachara*.

Ainda que o objeto utilizado pelo Bruxo Neno para produzir aqueles encantamentos — a joia de camafeus da Tia Ara pertencente à Rainha Gônia — já estivesse neutralizado e desencantado, transformado pelo Mago Natu num inofensivo punhado de amendoins, preocupava-se o Imperador Médium com a possibilidade de vingança do Bruxo Neno. Ao se mudar para o reinado do Rei Mor, no Reino de Trindade, certamente ele acrescentaria outras forças ocultas aliando-se à sua mãe, a Feiticeira Zureta, apelidada Zuzu, a Sacerdotisa das Sombras, igualmente moradora do Reinado de Trindade. Não descartaria a provável conjugação de esforços para desestabilizar a paz e a ordem do Império do Elo Dourado.

O Imperador Médium, informado por seus vassalos das proezas mágicas da Sacerdotisa das Sombras, a Feiticeira Zuzu, temia suas invectivas contra seu império, porque não duvidada da probabilidade de a feiticeira lançar mão das poderosas forças magnetizadas com o encantamento do bridão de ouro que pertencera à Mula *Tá* do seu tio-avô, Rei Albe, o Rico.

Depois dos testemunhos da Rainha Araci e do marido Rei Naldo, o Calico, do Reinado de Avilhanas, sobre os controvertidos acontecimentos decorrentes da utilização daquele bridão de fios de ouro, que se encontrava agora sob a posse da carocha, Rei Médium temia que a feiticeira continuasse usando a seu bel-prazer aquele instrumento para desencadear catástrofes, dizimar plantações, estragar colheitas, encantar pessoas em animais ou produzir outras feras e monstros.

Havia, porém, entre as informações desencontradas, uma que carecia averiguar. Ao mesmo tempo em que circulavam comentários de que o bridão mágico permanecia sob poder e guarda da Feiticeira Zuzu, coisa que o Mago Natu confirmara e o próprio Rei Mor contara ao Bruxo Neno, também chegou-lhe aos ouvidos que o mesmo acessório encantado fora vendido pela feiticeira à Marquesa de Sonça, por boa quantidade de pedras preciosas, antes de se mudar para o Reinado de Trindade. A marquesa mantinha aquela valiosa peça mágica guardada sob chaves, no mais secreto dos secretos esconderijos de sua mansão. Segundo comentavam, maliciosamente, essa seria a razão principal que levara o belíssimo e intrépido sedutor, Conde Rasku, irmão do Rei Naldo, a proclamar seu noivado durante a festa de casamento do imperador, anunciando a intenção de esposar a não menos sedutora e voluptuosa Marquesa de Sonça, a Senhorita Pan Thera.

"Haveria, então, dois bridões encantados?", inquietou-se Rei Médium. *"Ou a Feiticeira Zuzu teria duplicado a peça, falsificando-a e vendendo a cópia? Ou teria ficado com a cópia e, inadvertidamente, vendido o original? Em que mãos estaria o objeto verdadeiro?"* Esquecera-se de questionar sobre o tal dilema, assunto do qual o Mago Natu certamente lhe daria a resposta exata.

Interrompendo os momentos de estudo e meditação do marido em seu claustro, Rainha Gônia adentrou a Câmara do GRAU. Afoita e um tanto ansiosa, desculpou-se pela interferência nos contatos do marido diante do Espelho Universal (EU), com quem ele se consultava sempre que algo o inquietava ou requeria solução urgente. A imperatriz solicitou ao imperador Rei Médium sua pedra redonda, o cabochão de diamante presenteado pelo Grande Rei. Explicou que precisava vê-lo. Antes de entregar-lhe o objeto, o marido, pegando na tal pedra de filosofar, examinou-a atenciosamente, passando às mãos da mulher, observando:

— Gônia, olhe bem dentro do cabochão. Consegues ver algo?

— O que queres que eu veja diz respeito a mim ou a ti?

— Parece com alguém que conheces? — perguntou, mostrando o semblante de uma pessoa que se apresentava no interior da cristalina pedra reluzente.

Colocando o valioso cabochão brilhante na palma aberta da mão esquerda, a imperatriz lembrou-se das recomendações do Grande Rei sobre os poderes mágicos especiais imantizados naquele coruscante diamante. Dirigiu o pensamento ao Grande Rei e viu quando se projetou no centro translúcido, em miniatura, uma pessoa acamada:

— É Gaio, o meu segundo pai. Meu Papai Gaio. Parece-me que está de cama! — surpreendeu-se a imperatriz.

— Exatamente. Penso que deveremos nos ausentar do Palácio Fortaleza por uns tempos. É bom que visitemos o Palácio da Madeira.

— Concordo. Estou mesmo precisando rever meu adorado palácio e sinto que meu Papai Gaio parece adoentado!

A Imperatriz Gônia, saudosa de rever sua antiga Corte, manifestou ao marido o desejo de se ausentar do Palácio Fortaleza, ainda que por breve tempo. Dizendo-se, além de preocupada com o que vira no cabochão de diamante, muito saudosa de sua aprazível e antiga moradia, no Reinado da Madeira, lugar também encantador, onde nascera, crescera e reinara desde a época do misterioso desaparecimento de seus pais, o Rei Ofin e a Rainha Tarope.

Disposto a satisfazer-lhe os desejos para que nenhuma tristeza pudesse abatê-la, turvando-lhe a beleza, o Imperador Médium planejou de pronto a demorada viagem, reunindo e escolhendo dentre seus súditos os que iriam acompanhá-los, arrumando suprimentos nas embarcações, tudo quanto fosse necessário ao conforto e sobrevivência da comitiva real durante o extenso percurso pelas águas do plácido rio Aguaporé.

Entre os mimos e objetos ganhos no seu casamento, um deles, especialmente, pelas características secretas, a Imperatriz Gônia resolvera não deixar exposto à curiosidade da criadagem: a grande caixa preta de madeira que só o tempo haveria de abrir, quando nascessem os filhos gêmeos Urucumacuã e Kurokuru. Pediu ao imperador que guardasse-a na Câmara do GRAU, no compartimento onde a nenhum serviçal era permitido penetrar. O outro, pela afeição e ternura que lhe despertara, conseguiu que o marido providenciasse acomodação especial na embarcação para transportar: o filhote do animalzinho de pelagem branca, presenteado pelo Rei Kornio e pela Rainha Bisca: o fofo e adorável Unikórnio. Levaria consigo também seu cabochão de diamante.

Antes de partirem para demorada jornada até ao Reinado da Madeira, o Imperador Médium lembrou-se do pedido que lhe fizera o amigo Mago Natu: que encomendasse as duas espadas dos filhos gêmeos, cujo nascimento aconteceria dentro dos três anos.

Era preciso tempo o bastante para que o habilidoso ourives e inigualável ferreiro *Kalibur* pudesse aprontá-las com indispensável esmero, requerido pelo Imperador Médium. Seus futuros donos e legítimos senhores, o Príncipe Urucumacuã e o Príncipe Kurokuru, certamente teriam não só as melhores, mas as mais belas espadas que o joalheiro, ourives e ferreiro já fabricara.

Dirigindo-se às forjas de *Kalibur*, o imperador levou uma preciosa quantidade de esmeraldas, rubis e brilhantes, além de ouro fino para modelar as empunhaduras das espadas. O metal das lâminas o próprio Kalibur providenciaria, pois a liga com que as preparava era o seu mais bem guardado e indevassável segredo. Imperador Médium detalhou sua encomenda, fazendo apenas uma recomendação:

— Senhor Kalibur, deverás incrustar os rubis na espada do Príncipe Urucumacuã e as esmeraldas na do Príncipe Kurokuru. Os brilhantes nas duas, conforme teus próprios critérios, lembrando-te de que na espada do Príncipe Urucumacuã deverás insculpir o emblema do Império do Elo Dourado, acrescido de um pássaro adornado de rubis. Na espada do Príncipe Kurokuru, o mesmo emblema, porém, no lugar do pássaro, farás um sapo adornado com as esmeraldas.

— De todas as encomendas que de vós recebi, Senhor Imperador, esta é a mais nobre e a mais honrosa. Permita-me, Senhor, fazer-vos um modesto e singelo comentário. Por que emblemas tão diferentes para uma e outra, se os príncipes serão gêmeos?

— Senhor Kalibur, são mistérios que não nos cabe questionar. Estou vos transmitindo a ordem conforme recomendação do Mago Natu. Deste momento em diante, está dada a *Ordem Imperial da Espada do Pássaro de Fogo* e a *Ordem Imperial da Espada do Sapo Verde*, no Império do Elo Dourado.

O Senhor Kalibur desculpou-se pela ousadia de questionar a imperial ordenação e timidamente pediu ao Imperador Médium:

— Grande Imperador, Senhor do Elo Dourado, dá-me a ordem para fazer uma outra espada, para meu futuro filho?

— Então também esperas por um filho? — surpreendeu-se o imperador.

— Sim — respondeu Kalibur —, antes que o Mago Natu partisse, falou-me e à minha mulher que teremos um filho em breve. Seu nascimento antecederá o de vossos reais príncipes. Ele será chamado pelo nome de *Guará*. Será guardião e companheiro de vossos príncipes.

— Tens, a partir de agora, minha autorização para confeccionar-lhe a espada. Já sabes o emblema que lhe convém?

— Ainda não. Quero ouvir a ordem de Vossa Imperial vontade.

— Faça-lhe a espada com o emblema de um lobo e incruste-lhe nos olhos rubis e brilhantes com uma pedra ônix no centro. Pertencerá à *Ordem Imperial da Espada do Lobo dos Olhos Vermelhos*.

— Assim farei, Senhor Imperador.

Numa reverência respeitosa e amiga, saudou o imperador, que também o abraçou antes de despedir-se, avisando-o de que se ausentaria por algum tempo da cidade do Elo Dourado com a Imperatriz Gônia. Quando voltassem, provavelmente o menino *Guará* já haveria nascido.

Das forjas do Senhor Kalibur, o Imperador Médium dirigiu-se às cavalariças. Levou consigo suas finas lâminas de ouro sobre pranchas de madeira e o pontiagudo estilete para anotações e o assentamento dos potros nascidos naquela semana. Inicialmente, foi à baia da égua *Metida*, registrando o potrinho negro já denominado *Tição*, registrado sob o número 171 de sua lista de corcéis nascidos naquele último ano. Conversou com o palafreneiro, que esfregava a almofaça num jovem e irrequieto corcel branco e perguntou:

— Já iniciastes a doma deste corcel?

— Não é tempo ainda, Senhor Imperador. Ele estará perfeito para montaria daqui uns três anos. Pretendeis que eu o faça logo?

— Sim, iniciai este trabalho. Quero domados alguns dos meus melhores corcéis para quando meus filhos puderem cavalgar, os dois melhores dentre os que já estiverem prontos serão reservados a eles. Quero também que deixes o *Tição*, aquele potrinho negro que nasceu na noite do meu casamento, adequadamente adestrado tão logo atinja a idade própria. Vou entregá-lo como prêmio ao vencedor da grande *Corrida Numpessó*, quando comemorarmos o nascimento dos príncipes Urucumacuã e Kurokuru.

Recomendou ao cavalariço trato diferenciado ao único exemplar negro de sua criação de corcéis, o *Tição*, por isso, separado como prêmio ao ganhador da Corrida de Numpessó. Haveria ainda outras duas premiações que tencionava entregar ao primeiro e ao segundo corredores colocados. Voltou às forjas de Kalibur e fez a encomenda:

— Senhor Kalibur, apronte-me outra encomenda. Faça-me a gentileza de forjar uma taça de ouro, cravejada de brilhantes, no formato deste copo. Assim também outro objeto, todo de prata, no formato desta bacia, só que mais funda, com uma alça em cada lado. Adorne-a com estas pequenas pérolas.

Descreveu os tamanhos e os formatos dos objetos pretendidos e entregou ao Senhor Kalibur os materiais necessários para a confecção das duas peças com as quais honraria os dois melhores corredores de Numpessó, por ocasião do nascimento dos príncipes.

De volta ao Palácio Fortaleza, no grande portal da ala Leste, reservada à entrada dos cavaleiros, o imperador recebeu um aviso de seu emissário:

— Saúdo-vos em Paz, Grande Imperador. Anuncio-vos uma visita que já vos aguarda no Salão de Audiências.

— Quem é, dizei-me...

— O Senhor Frutuoso.

— Diga-lhe que não demoro a atendê-lo.

Imperador Médium desmontou-se, entregou seu corcel para ser levado às baias e dirigiu-se até o salão onde o aguardava o Senhor Frutuoso. Ao ver o imperador, o humilde súdito curvou-se e, sem direcionar os olhos ao soberano, saudou-o:

— Grande Imperador Médium, Paz e Saúde vos abençoem!

— Senhor Frutuoso, o que vos aflige?

— Senhor Imperador, desculpe-me incomodar-vos com assunto de tão pequena importância... Mas, trata-se de algo que Vossa Realeza Imperial deve dizer-me como proceder.

— Sim. Dizei-me do que se cuida.

— Trago-vos este anel. Olhai-o e avaliai. Parece-vos uma joia de real valor ou apenas uma imitação de um adorno vulgar?

Examinando cuidadosamente a peça, o Imperador Médium emitiu sem titubear sua avaliação:

— Trata-se de finíssima e preciosa joia de grande valor. Ainda não vi brilhante mais raro e de tão avantajado quilate. De quem o adquiriste?

— Senhor Imperador, esse é o meu grande dilema. Não descobri ainda de quem é, nem a quem pertence essa maravilhosa joia...

— Isto quer dizer que a encontraste?

— Exatamente, Senhor...

— Dizei-me onde, como e quando?

Senhor Frutuoso, nascido e criado na cidade do Elo Dourado, era descendente de uma tradicional família camponesa que sempre se dedicou exclusivamente a produzir variedades de frutas e verduras. Desde jovem, herdara dos pais o especial pendor para o cultivo de espécies diversas, algumas bem raras, mantendo na chácara em que morava uma extensa área plantada com fruteiras, recanto predileto dos pássaros, borboletas e abelhas. A propriedade do Senhor Frutuoso era uma espécie de paraíso particular de tão bem cuidada. Na cidade do Elo Dourado, numa singela e acolhedora construção de pedras, toda avarandada, comercializava seletas variedades do que cultivava e colhia.

Senhor Frutuoso ficara viúvo há alguns anos, antes de ter tido filhos, na mesma época em que o pai do Rei Médium, Rei Pay, também enviuvara. Acostumara-se tão rápido à viuvez que não mais intenciona casar-se. Vivia exclusivamente dedicado à lida do pomar, na qualidade de homem simples, mas trabalhador, honrado e virtuoso, pelo que granjeava a distinta consideração de toda a nobreza e dos demais moradores do reinado. Por suas qualidades, tinha livre acesso ao Palácio Fortaleza, que mantinha sempre farto e bem provido de todas as delícias que cultivava. O imperador, por isso, tratava-o com requintes de fidalgo. Sua frutaria era frequentada pela alta corte do Elo Dourado e, amiúde, transformava-se em ponto de encontro não só dos nobres, mas também dos populares, que *desfrutavam* aprazíveis momentos, conversando e saboreando os frutos doces e suculentos dos cultivares do Senhor Frutuoso.

À pergunta do imperador, o Senhor Frutuoso respondeu:

— Senhor Imperador, como sabeis, passam pelo meu comércio nobres e súditos não só deste como também de outros reinos que nos visitam. Recebo em estabelecimento desde a Vossa imperial pessoa até o vosso mais humilde serviçal. Logo após a festa de vosso casamento, que a nenhuma outra se poderá comparar, muitos de vossos convidados honraram-me com suas presenças. Depois que quase todos se foram, fiz uma grande conferência nas minhas bancas de frutas, para contar as unidades vendidas e as restantes nas cestas, para calcular meu lucro correspondente às moedas de ouro que recebi. Quando concluía o procedimento, limpando uma das bancas que praticamente estava com os cestos vazios, deparei-me com este precioso anel deixado no fundo de uma delas. Fiquei receoso de sair indagando diretamente aos vossos súditos, ou mesmo aos vossos nobres convidados, a quem deles pertenceria, porque receei que qualquer que não fosse o dono legítimo se passasse por tal, tentando enganar-me.

— Estais certo, Senhor Frutuoso... É evidente que tão valiosa peça pertença a um rei, uma rainha ou algum fidalgo da Corte.

— Decerto, Senhor Imperador. Este é o motivo que me traz até vós. Quero saber se algum dentre os vossos convidados notificou a perda desta preciosidade. E, também, solicito vossa orientação quanto ao que devo fazer com este valiosíssimo objeto. Tenho comigo que deverei entregá-lo a vós para que fique honrosamente depositado e em segurança, até que seu verdadeiro dono o reclame.

— Senhor Frutuoso, muito me alegra vossa conduta fiel e honrada. Todavia, o mais digno depositário desta joia sois vós. Fique com ela e a guarde em sigilo para que malfeitores não venham saber que tens sob vosso poder objeto tão precioso. Espere até que seu dono o reclame. Dentro de algum tempo, haverá a festa de nascimento dos meus filhos e, certamente, os mesmos convidados estarão por aqui, novamente. Assim, poderás devolver o anel pessoalmente, ao legítimo proprietário. Não indagues a ninguém mais sobre este achado. Falastes com alguém mais a respeito deste anel?

— Não propriamente, Senhor Imperador. Lembro-me, no entanto, de que no momento em que o resgatei dentre as frutas, havia um dos vossos convidados, um dos derradeiros a retirar-se naquela tarde da frutaria. Sinto que ele percebeu quando o peguei no fundo da cesta e o coloquei no cofre...

— Tinha aquela pessoa aparência de nobre ou ares de fidalgo? Vós o conheceis?

— Sim, estava ele momentos antes em companhia do Rei Mor, da Rainha Sissu e de um príncipe cujo nome não me lembro... Depois que os outros três saíram... o Bruxo Neno... sim, era ele mesmo, o Bruxo Neno, demorou-se mais um pouco, escolhendo algumas outras frutas para comê-las durante a viagem de mudança para o Reinado de Trindade, segundo me confidenciou... Não perguntei a ele se o anel lhe pertencia, porque não é o tipo de joia que um bruxo poderia ter, nem tampouco haveria de ser do Rei Mor, da Rainha Sissu ou do príncipe porque nenhum deles circulou nas proximidades da cesta em que o anel foi deixado.

— Senhor Frutuoso, não temo que o Bruxo Neno seja motivado a molestá-lo para se apoderar do anel, mas receio que comente o acontecido com pessoas de seu relacionamento, pouco ou nada escrupulosas, na intenção de fazer-se de importante e conhecedor de segredos no intuito de angariar fama e credibilidade. Este me parece o verdadeiro perigo.

— Neste caso, ficai com o anel, Senhor Imperador! É mais seguro pra mim e estarei a salvo de quaisquer contratempos.

— Parece-me razoável, Senhor Frutuoso, a vossa proposta. Mas estou para me ausentar por uma temporada da cidade do Elo Dourado. Estando o dono do anel ainda por aqui, certamente virá procurá-lo nos mesmos lugares por onde passeou. Ficará mais fácil reencontrá-lo se estiver convosco. Fique com a joia. Também estará segura sob sua guarda.

Senhor Frutuoso, com a posse do magnífico anel de brilhante autorizada pelo imperador, despediu-se respeitosa e reverentemente, augurando ao Imperador Médium feliz viagem em companhia de sua adorável Imperatriz Gônia. Entregou uma cesta repleta das mais saborosas ameixas e apetitosos pêssegos, preferências da imperatriz, colhidos especialmente no alvorecer.

A GAIOLA

Chegar com sua nova corte ao Reinado da Madeira foi umas das grandes alegrias que a Imperatriz Gônia compartilhou com o Imperador Médium, ainda que o motivo principal da viagem também lhes causasse mais preocupações que simplesmente deleite.

O Palácio da Madeira, uma portentosa construção de pedras e madeira, rústico, mas luxuosamente confortável, não tinha o mesmo esplendor que o Palácio Fortaleza, no entanto seus bem cuidados jardins, artisticamente projetados, só rivalizavam com os do Palácio das Esmeraldas, cultivados com muito zelo pela própria soberana Rara, Rainha Alzira.

Bem em frente ao palácio, um canteiro de rosadas flores exóticas, muito exuberantes, parecendo de porcelana, chamou atenção do Imperador Médium, que ainda não as conhecia. Encantado com sua beleza, perguntou à Imperatriz Gônia:

— Que maravilhosas. Como se chamam?

— Não têm nome ainda. Nasceram aqui desde que sepultamos o meu pavão cor-de-rosa e branco neste local. Pra mim vão sempre lembrar meu pavão encantado. Dê-lhes o nome que quiser...

— De agora em diante, serão conhecidas como Bastão do Imperador (*Etlingera elater*), em minha homenagem! — disse, gracejando.

A imperatriz sorriu e concordou:

— Assim seja!

Reencontrando nobres amigos, vassalos e serviçais do Palácio da Madeira, atualizaram-se das notícias com os minuciosos relatórios sobre os acontecimentos desde a viagem da Rainha Gônia para o Reinado do Elo Dourado quando da celebração de suas núpcias. A imperatriz e o imperador, recebidos com honrarias e festas, sentiram a ausência do Arauto Real, o Senhor Gaio, que não veio saudá-los em cumprimento ao protocolo da recepção do casal imperial. Cumpridas as formalidades da chegada, logo a imperatriz perguntou onde se encontrava o *Senhor Gaio*, considerado por ela seu *segundo pai*, a quem carinhosamente tratava de *Papai Gaio*, um nobre e honrado cortesão, arauto real do Palácio da Madeira desde tempos imemoriais.

Senhor Gaio desfrutava de grande notoriedade. Informado e bem-falante, era quem se incumbia de levar à Rainha Gônia todas as novidades do reinado, além de dedicar-lhe especial apreço e paternal afeição, merecendo dela, em contrapartida, consideração e devotamento de filha.

— Como está o meu *Papai* Gaio? — perguntou à sua afetuosa ama, Senhora Grã Dona.

— Em situação bem delicada, Senhora. Assim que a imperatriz viajou, entristeceu-se, calou-se e parece descontente de viver...

— Preciso vê-lo agora mesmo.

Pelo janelão dos aposentos do Senhor Gaio, entrava a luz da tarde. A brisa que vinha do rio da Madeira arejava todo o espaçoso cômodo. Ao anúncio da chegada da Imperatriz Gônia com o marido, o Imperador Médium, o Senhor Gaio postou-se de pé com dificuldade e, fraquejando, veio ao seu encontro, abraçando-os saudoso. O coração da imperatriz encheu-se de tristeza, seus olhos marejaram lágrimas. Diferençava bastante no semblante de quando o vira pela derradeira vez, antes de viajar. Reunindo suas derradeiras forças, o Senhor Gaio correspondeu aos abraços da imperatriz e balbuciou trêmulo, com a voz rouca e grave:

— Minha filhinha querida, minha amada rainha... Gônia, minha rainha... Minha... rai... min...

E prostrou-se, desmaiando aos pés da imperatriz que, na tentativa de ampará-lo sustentou-o por debaixo dos braços, e subitamente desapareceu o peso do Senhor Gaio, desfez-se o formato de seu corpo e, ao olhar para suas mãos, a imperatriz segurava um maravilhoso pássaro de penas verdes brilhantes, bico encurvado, lembrando o nariz adunco do Papai Gaio. Transformara-se numa ave diferente de todas as que ela conhecia. O Senhor Gaio havia se encantado.

Surpresa e enternecida, murmurou:

— Meu Papai Gaio, meu Papá Gaio, fique sempre comigo!

A ave subiu-lhe aos ombros e continuou falando:

— Gônia, oh Gônia!... Sou eu... seu *papai Gaio... Sou seu papá, seu papagaio*!

Apenas o imperador e a imperatriz presenciaram o momento daquele encantamento. Dali por diante, a todos os lugares que se dirigiam, o *Papagaio* os acompanhava, despertando admiração pelo seu inusitado jeito de falar, cantando e alegrando o casal imperial como se continuasse exercendo sua honrosa e vitalícia função de arauto real.

A imperatriz tratou de reservar como vivenda à sua encantadora e estimada ave verde uma grande jaula de ouro, residência antiga de uma outra ave que muito estimara: um raro pavão cor-de-rosa, cuja morte, há alguns anos, deixou-a entristecída e consternada. A jaula ornamentada de belas flores de prata, cravejadas de pedras preciosas, com poleiro de marfim, seria então a pousada noturna à sua encantadora e falante ave verde. Todos os dias, ao cair da noite, entregava a ave falante nas mãos do Imperador Médium, solicitando:

— Por favor, leve meu Papai Gaio lá para dormir!

Ao anoitecer, era o Imperador Médium quem carinhosamente cumpria aquele ritual, pegando a ave encantada de plumagem verde brilhante pelos pés, conduzindo-a dos arbustos e arvoredos dos jardins do Palácio, onde passava todo o dia, até a maravilhosa jaula, atendendo ao pedido da imperatriz. Já habituada àquela rotina, a ave falante divertia o imperador, conversando com ele durante o percurso do jardim até sua pousada, imitando a ordem da imperatriz:

— Médium, Médium, leve o papai Gaio lá... leve o papagaio lá!

O hábito de levar o *Papai Gaio lá*, fez com que o imperador denominasse aquela clausura de GAIO LÁ, *Gaiola*.

DEPOIS DO CASAMENTO DO REI

Professora Plínia prosseguia suas narrativas, aguçando a curiosidade do Príncipe Urucumacuã, que se mostrava cada vez mais interessado que ela contasse logo, não deixando para depois, o que havia acontecido nos dias da festa de seu nascimento e de seu irmão, Príncipe Kurokuru.

Com muito tato e paciência, ela explicara que todas aquelas narrativas, ainda que paralelas aos acontecimentos durante e depois do casamento do imperador, Rei Médium, com a imperatriz Rainha Gônia, eram importantes. Precisava conhecer não só o que se passara no reinado de seu pai, como também nos reinados vizinhos.

— Um dia, haverás de exercer também teu direito ao Trono e à Coroa deste fabuloso império.

Príncipe Urucumacuã ouviu quieto, mas de vez em quando interrompia as narrativas, perguntando sobre alguns personagens que já conhecia e por outros cujas histórias despertavam-lhe especial interesse. Queria saber tudo sobre Rainha Alzira, Rei Naldo, Conde Rasku e, principalmente, Rei Mor e Bruxo Neno.

— Calma, Urucum. Temos muita coisa pra lhe revelar. Vou primeiro, falar tudo sobre o que aconteceu antes que tu nascentes... porque sobre o que aconteceu nos primeiros tempos de teu nascimento, saberás mesmo, quando regressares do Santuário do Mago Natu, após as quatro estações de tua iniciação.

— Quanto tempo terei de ficar com o Mago Natu?

— Exatamente quatro estações: um outono, um inverno, uma primavera e um verão.

— Por que meu irmão não irá comigo?

— Por que vossos caminhos são diferentes. Um andará pelo Caminho do Fogo e o outro pelo Caminho da Água.

Ainda sem entender o que aquela profecia significava, o Príncipe Urucumacuã pediu à Professora Plínia:

— Podes me contar a história do encantamento da Marquesa de Sonça na Onça Pintada?

— Primeiramente, vamos concluir alguns acontecimentos de quando nasceu o Príncipe Gesu Aldo, este que deverá se casar com a tua irmã, esta que nasceu na semana passada; depois saberás do casamento do Bruxo Neno com a serva do Rei Mor, a bela Murmur e vamos concluir então com o que estás me pedindo. A história do teu nascimento contarei quando voltares do Santuário do Mago.

NOTÍCIAS DE CASAMENTOS

No Palácio das Esmeraldas, a Rainha Alzira aguardava ansiosa a chegada do filho Calico e da nora, Rainha Araci, para se inteirar das novidades registradas no casamento do Rei Médium com Rainha Gônia, agora o imperador e a imperatriz. Um sonho na noite anterior muito a inquietara. Acordou chorando, porque vira participando de uma outra festa de casamento seu outro filho, o Conde Rasku, e sua odiosa rival, a viúva Pan Thera, Marquesa de Sonça, vizinha das terras do Condado de Rasku, dançando numa frenética orgia ritual, celebrada por sua arqui-inimiga, a Feiticeira das Sombras.

A viúva Pan Thera, subitamente, por artes de encantamentos que a Rainha Alzira sabia como funcionavam, transformava-se numa fera ao mesmo tempo terrível e encantadora, ameaçando devorá-la. As imagens muito vívidas daquele sonho deixaram Rainha Alzira apreensiva, mais ainda que já detestava a Marquesa de Sonça com todas as forças do seu coração, porque em épocas passadas, durante uma festa no solar da marquesa, esta lhe servira intragável bebida que lhe causou grande mal-estar e quase a matara. Julgou que fora vítima de tentativa de envenenamento porque a marquesa não disfarçava sua desmedida cobiça pelas famosas e perfeitas esmeraldas que lhe pertenciam.

Muito mais lhe odiava, ainda, porque soube pelo honrado Intendente das Finanças e Justiça, o Marquês de Contagem, que o pai fora aprisionado porque se escusara de obedecer ordem do Rei Albe, o Rico, para levar um mimo à marquesa, Senhorita Pan Thera, consistente numa caixa de prata cheia de esmeraldas, tão logo Rainha Alzira se ausentara numa demorada viagem em visita à sua já falecida prima, a Rainha Olinda, mãe do Rei Médium.

Rainha Alzira também sabia que, antes de a Feiticeira Zuzu, a Sacerdotisa das Sombras, se mudar para o Reinado de Trindade, negociara por alto preço com a Marquesa de Sonça o maldito bridão encantado, que ela mesma ordenara entregar à feiticeira, logo depois da tragédia que culminou no enforcamento de seu marido, o Rei Albe, o Rico.

Conde Rasku, desde a época do casamento e da coroação do irmão Calico como Rei de Avilhanas, mudou-se para as terras que ganhara de sua mãe, a Rainha Alzira, num jogo de dados, denominando-as de Condado de Rasku, e não mais a visitara. Quase três anos se passaram sem que o Conde Rasku viesse ao Palácio das Esmeraldas. Rainha Alzira sabia notícias esparsas de seu filho porque, além de ser o homem mais belo entre todos os nobres que circulavam por aquelas regiões, tinha fama inigualável de perverso, cruel e sedutor incorrigível. As notícias do filho, geralmente ligadas a acontecimentos pouco edificantes e honrosos, traziam mais desgosto do que alegria à rainha. Para distrair-se e espairecer suas angústias, Rainha Alzira subiu à galeria onde pintava seus quadros — as *calic'aturas*. Ficou olhando, apreciando-os, admirada de como sua coleção aumentara: havia acrescido algumas outras, além de seus antepassados: o Louco, o Mago Natu, o Imperador Médium, a Imperatriz Gônia e o rei enforcado. Do sonho que tivera, sentindo-se saudosa e aflita pelo filho desnaturado, que não via desde o casamento de Calico, pôs-se a pintá-lo, retratando-o como sonhara: vacilante entre a pretensa noiva e ela própria, sua mãe, alvo certeiro da flechada do implacável Cupido. Deu ao quadro o nome *O Enamorado*.

Nas derradeiras pinceladas em recente obra de arte, ouviu o troar da trombeta do Arauto Real. Pelo tropel da Guarda palaciana, deduziu que a comitiva do Rei Naldo chegara. Guardou rapidamente todo o material espalhado sobre mesas e cavaletes, descendo as escadarias com o coração mais tranquilo. Para sua surpresa, não só a carruagem do Rei Naldo com a Rainha Araci adentrava o pátio do Palácio das Esmeraldas como também o garboso alazão negro do filho temperamental e intratável, mas impressionantemente belo, o Conde Rasku.

O primeiro a abraçá-la, desculpando-se pelo longo tempo de ausência, Conde Rasku, de coruscantes olhos azuis, barba crescida e cabeleira selvagemente desalinhada, podia não ser o melhor dos filhos, de caráter dócil e amável igual ao irmão, mas inegavelmente era o homem mais belo que já existira, o mais bonito de todos os outros príncipes daquela época.

Esquecendo-se das amarguras e sofrimentos que o belo filho ao longo da infância até a juventude lhe proporcionara, em razão de seus comportamentos cruéis com os animais, temperamentos irascíveis com os serviçais e atitudes odiosas para com seu único irmão, Rainha Alzira o abraçou ternamente, emocionou-se ao ouvir-lhe as batidas do coração e, num relâmpago de lembranças, o pensamento lhe trouxe à memória o mágico momento e a dramática situação em que ele havia sido concebido. Rasku percebeu a fragilidade emocional de sua mãe, fitando-lhe friamente o rosto já sulcado pelo tempo, mas ainda belo, indagando-lhe:

— Já sabes que estou noivo e pretendo me casar?

— Como saberia, se a notícia ainda não chegou por aqui? — respondeu-lhe a mãe, acrescentando — Mas não me custa adivinhar com quem...

— Ah, duvido que acertarias — interrompeu-a.

— Antes que me possas revelar, asseguro-te que não faço gosto, tampouco teu irmão aprovará — disse com firmeza Rainha Alzira —. Conversaremos depois. Preciso abraçar Calico e Araci. Vamos, entre!

À hora do jantar, sob a luz bruxuleante dos archotes e dos castiçais sobre a mesa, o lugar costumeiro da Rainha Araci permaneceu vazio. Rei Naldo justificara a ausência dela alegando excessivo cansaço pela longa e penosa viagem, agravado pela adiantada gravidez. Conde Rasku, sentado à frente de sua mãe, desdenhou da forma como Calico expressara suas desculpas pela ausência da Rainha Araci e provocou:

— Diga à tua maravilhosa e barriguda rainha que não precisa mais ter medo de mim. Agora sou um homem comprometido. Além do mais, as unhas da marquesa são bem mais afiadas que as dela.

— Rasku, por favor — interrompeu Rainha Alzira —, respeite a mulher do seu irmão e não se esqueça de que estás diante do Rei de Avilhanas!

O menino *Mulato*, filho que Calico teve na sua adolescência com a moça Alba, também se sentava à mesa, ao lado de Rainha Alzira. Ainda que não falasse, Mulato sentia pela expressão do rosto que o conde não lhe dirigia olhares de simpatia, porém, na qualidade de mudo que era, apenas observava o clima de animosidade transparente entre os dois irmãos. Fitando Mulato com severidade e desprezo, Rasku prosseguiu em tom provocativo:

— Mudemos de assunto. Rei Naldo, como permitis que o bastardinho mudo coma à tua mesa? Não seria o estábulo o lugar mais adequado a ele?

Antes que o Rei Naldo abrisse a boca para responder ao insulto, Rainha Alzira adiantou-se e, no rompante, posicionou-se em defesa do *neto*, a quem muito amava:

— Conde Rasku, um bastardo a mais ou a menos nesta mesa, não fará diferença... Também tu poderias ser tratado como tal, não fosse a benevolência do teu irmão Calico.

Houve silêncio. O Senhor Louco, que resolvera morar definitivamente no Palácio das Esmeraldas a convite da Rainha Alzira, desde os tempos da tragédia do enforcamento do Rei Albe, o Rico, distante da cabeceira da mesa onde Rei Naldo e Conde Rasku estavam, até então não prestara atenção no que conversavam porque não ouvia os diálogos, dada a extensão da mesa e a conversa animada dos outros cortesãos. Percebendo que o clima entre eles modificara e a descontração inicial daquele jantar não era a mesma, adiantou-se, levantando-se como de costume, e iniciou um número na tentativa de distraí-los até a hora da sobremesa. Usando um jogo de palavras que lembrava uma brincadeira de crianças, o Louco cumpriu sua tarefa, começando pelo nobre visitante Conde Rasku:

— Meu nobre, o que és? És conde? Onde escondes? Escondes o Conde? Ou és Conde que esconde? Se escondes, não és Conde! Então, nobre Conde, escondes... Se és Conde, não escondes!

A maioria dos comensais se divertia. Conde Rasku apenas esboçou um sorriso pouco à vontade, tentando disfarçar o estranho sentimento que brotara pelas palavras de sua mãe.

Rainha Alzira pouco se importou com a falta de educação e o sarcasmo do filho, gargalhando com a engenhosidade e a malícia interpretada nos trocadilhos do Louco.

— Amigos — dirigiu-se a Rainha Alzira aos cortesãos —, poucos dentre vós sabeis o que o Conde Rasku tem para anunciar. Diga, formoso Conde, qual é a novidade que nos trazes?

Aparentemente desconcertado com a brincadeira do Louco e pensativo sobre o que ouvira de sua própria mãe, para não perder a pose, Conde Rasku manifestou-se arrogantemente:

— Senhoras, senhores, bem sabeis que também tenho um coração, ainda que minha fama de desalmado percorra o mundo. Quero anunciar-vos que pretendo me casar com a Marquesa de Sonça, aqui mesmo, no Palácio das Esmeraldas, ou no Solar da Marquesa. Daqui a sete luas cheias, irei ao casamento do Bruxo Neno, no Palácio de Trindade, e quando voltar, direi a todos qual a data marcada para as minhas bodas. Aguardem, portanto, meu regresso e preparem-se para a maior e melhor festa de casamento de todos os tempos.

— És tu, então, nobre Rasku, quem usará o bridão encantado? — perguntou o Louco, em tom de zombaria.

— Já passas de insolente, amigo Louco. Vou me casar porque estou apaixonado. — justificou-se.

— Contenha-se, Rasku. Ele está apenas brincando. No mais, a história daquele bridão já causou sofrimento bastante a todos nós — ponderou Rainha Alzira —. A mim, custa admitir que alguém tenha interesse na posse de um objeto que serviu de instrumento à morte do próprio pai.

O clima do jantar não se apresentara propriamente festivo pela chegada do Rei Naldo e da Rainha Araci, pois o contraponto do aparecimento do Conde Rasku inquietara a todos, principalmente aos pais das donzelas de Avilhanas. A beleza sedutora de Rasku era perigosamente temperada por suas práticas pervertidas e comportamentos abertamente depravados. Ainda que estivesse comprometido a se casar, era pouco confiável e ardiloso por excelência para seduzir e desonrar mulheres jovens ou matronas, casadas, solteiras ou viúvas.

Causara surpresa o anúncio do casamento do Conde Rasku com a Marquesa de Sonsa porque, embora apetrechada de grande beleza e sensualidade, era o dobro da idade mais velha do que o noivo, e circulavam rumores de que o primeiro marido da marquesa teria morrido com menos de um ano de casado, por esgotamento físico, face às incontroláveis exigências e ao insaciável apetite de alcova da mulher.

Nas conversas entre servos e plebeus, o comportamento indomável da Marquesa de Sonça era assunto pontual. Dizia-se que entre suas predileções sexuais, além de homens jovens e bonitos, também se incluíam algumas belas jovens, e não eram incomuns reuniões em que as orgias duravam dias seguidos, quando a marquesa achava por bem festejar suas datas de aniversário. O próprio Conde Rasku frequentara vez por outra o mal afamado Solar da Marquesa e se jactava de já ter passado por lá semanas na esbórnia, entre efebos e belezuras que se davam aos prazeres sensuais sem limites e sem censuras.

Rainha Alzira sabia de alguns dos desregramentos do filho, mas cultivou por algum tempo a esperança de que Conde Rasku viesse a se casar com uma nobre dama, de fino trato, pudica e prendada para compensar e equilibrar-lhe o temperamento cruel e libertino. Ainda que seu caráter se lhe afigurasse, às vezes, tão sórdido, a beleza do rosto e do corpo eram predicativos que, certamente, serviriam como recompensa ao resgate de alguma nobre virtude que nele ainda estaria incógnita — o que uma mulher verdadeiramente amorosa, virtuosa, fiel e paciente poderia tornar à superfície.

De outra parte, Rainha Alzira reconhecia no caráter do filho o temperamento sagaz e impetuoso, concordando que fosse ele o marido ideal, talhado sob medida, para impingir toda sorte de sofrimentos e provações à despudorada, astuta, ambiciosa e depravada, mas certamente, apaixonada, Marquesa de Sonça. Haveriam de formar um belo par. Ele, belo, sórdido e cruel. Ela, linda, sensual e pervertida. A despeito das insanáveis destemperanças de ambos, ele era o que de melhor poderia ocorrer para transformar a vida da marquesa num inimaginável e prolongado martírio. E ela, astuta e libertina o suficiente para fazê-lo viver um constante inferno.

Algo, no entanto, ocupava mais o pensamento da mãe do que as vicissitudes pessoais do filho e da Marquesa de Sonça naquele momento. Chegara a hora de revelar o segredo ao Conde Rasku de sua misteriosa paternidade. Somente a Rainha Alzira e o Mago Natu compartilhavam tal segredo a todos ocultado: o menino Rasku não era filho legítimo do

Rei Albe, o Rico. Era filho de Adul Thero, conhecido por toda a Corte pelo apelido de *Senhor Dugo* — o dileto e fiel feitor da Rainha Alzira, assassinado pelo Rei Albe, o Rico, sem motivos aparentes, dadas às circunstâncias misteriosas em que foi encontrado, na mesma noite em que o rei também se suicidara.

A dessemelhança entre o Conde Rasku e seu meio-irmão, Rei Naldo, dizia mais respeito ao temperamento do que ao porte físico. Ambos eram notáveis cavaleiros, belos e saudáveis. Rei Naldo, mais introspectivo e sério, pouco conversava, mas, amiúde, dava provas de sua bondade, nobreza e equidade. A beleza do Conde Rasku, todavia, se notabilizava, pois além dos coruscantes olhos azuis e dos anelados cabelos castanho-dourado, seu sorriso perfeito, seduzia e, ao mesmo tempo, ocultava o que possuía de pior no seu caráter: era malicioso e cruel, além de pérfido e egoísta.

Não havia mais razões, porém, para postergar a revelação de sua origem ao Conde Rasku. O Reinado de Avilhanas já tinha seu rei e prosperava em paz. E o anunciado casamento conferia ao conde o direito de conhecer toda sua estirpe, para que pudesse construir a própria árvore genealógica, inaugurando por conseguinte nova linhagem.

Face à maneira sempre correta com que se conduzira e sua devotada fidelidade à memória do marido falecido, Rainha Alzira não dava margem às especulações nem aos mexericos a respeito de sua última gravidez. Pela contagem do tempo desde que Rei Albe, o Rico, fora encontrado enforcado até o nascimento do menino Rasku, passaram-se exatamente as nove luas cheias: para todos os efeitos, a última coisa que Rei Albe, o Rico, teria feito por derradeiro na sua vida, antes do suicídio, fora um filho. E este filho era Rasku.

Disposta a enfrentar o gênio indômito, arrebatado e irascível de Conde Rasku, procurou apoio no filho Calico, o Rei Naldo, de ânimo mais generoso e pacífico, solicitando-lhe o conselho que até então evitara pedir por lhe faltar coragem de compartilhar com ele sua própria infâmia e ignomínia. Não havia alternativas. Chegara a hora, afinal. A sós com Rei Naldo, Rainha Alzira abriu o coração:

— Calico, meu filho, não imaginas quanto me custa confessar-te, neste momento, o segredo mais bem guardado de toda a minha vida.

— Se vais me contar que Rasku não é meu irmão por parte de pai, não te aflijas. Desde que nos disseste sobre o feitiço da besteira e da aparição da Mula Sem Cabeça, já o imaginava.

— E teu irmão, também desconfia? — indagou-lhe preocupada.

— Não que eu saiba. Afinal, somos fisicamente muito parecidos. Nossas principais diferenças residem tão somente no caráter.

— Tanto melhor. Achas que Rasku já pode saber que não é filho do teu pai?

— Minha mãe, ainda que estejas confirmando que Rasku é meio-irmão meu, não revelastes quem é seu pai verdadeiro. Permite-me o atrevimento?

— Evidente. Queres que eu mesma diga ou preferes me dizer?

— Se eu não acertar, confias em me dizer?

— Sim. Quem tu achas que pode ser o pai de Rasku?

— O Senhor Dugo, certamente. E, talvez por isso, meu pai o tenha assassinado.

Rainha Alzira começou chorar. Abraçou-se ao filho, balbuciando, entre soluços, a pergunta cuja resposta precisava ouvir do Rei de Avilhanas:

— Tu me perdoas?

— Ora, minha mãe. Quem sou eu para vos repreender? Nada sinto contra vós e bem compreendo os motivos que vos levaram a tão grave despautério, àquela asneira desmedida.

— Quanto a Rasku, não posso mais ocultar-lhe a verdade, mesmo temendo sua odiosa fúria... Pelo que o conheço, será capaz de matar-me ou me odiar, desejando vingar-se pelo resto dos meus dias.

— Poupe-se, então. Melhor que não saiba. Nem a Araci vou revelar o que a mim confiastes. Guardarei vosso segredo.

— Seria mais confortável... Mas não conseguirei ocultar de Rasku a realidade, porque no dia de seu casamento terei de lhe entregar a arma paterna, o sabre de Adul Thero.

— Nesse caso, todos ficarão sabendo quem é o pai do Conde Rasku — contrapôs o Rei Naldo.

— Ele vai me odiar. Tenho receio de sua impetuosidade. Conheço suas inclinações para a vingança — conjeturou Rainha Alzira —. Achas que Rasku seria capaz de odiar-me ao ponto de querer matar-me?

— Que ele vos odiará, não duvido. Mas não vos mataria antes que descobrisse onde estão os vossos 144 quilos das esmeraldas que meu pai ocultou, enterrando em algum lugar. É melhor que não procureis, nem mesmo encontreis este tesouro... se quereis viver depois de contar a Rasku quem é seu pai — falou Rei Naldo, em tom de brincadeira.

— Estou pensando: Rasku jamais conhecerá seu pai, tampouco a Adul Thero foi dado o direito de conhecer o filho... Estranhas armadilhas do destino. Sinceramente, ainda não decidi. Pensando melhor, já nem sei se devo revelar... Se Mago Natu estivesse aqui, pediria a ele para que contasse.

— Mãe, vós me pedistes um conselho. Na cerimônia, quando Rasku se casar, entregue-lhe o sabre do Senhor Dugo, sem alardes, nem muito palavreado. Simplesmente como tributo póstumo e devida homenagem à memória daquele que foi seu fiel servo. Assim como o Rei Albe, o Rico, morreu levando consigo o segredo de onde enterrou vosso grande e precioso tesouro, assim também morreu com o Senhor Dugo o segredo de Adul Thero, pai do Conde Rasku.

— Faremos então um pacto: quando eu descobrir onde estão minhas esmeraldas, direi ao Conde Rasku de quem ele é filho.

Rainha Alzira saiu do Salão do Trono e, ao abrir a porta, deparou-se com Conde Rasku. Surpresa com a presença do filho naquela hora, passou-lhe pela cabeça a possibilidade de que já estivesse ali há alguns minutos, ouvindo certamente seu diálogo com o Rei Naldo, atrás da porta. Todavia, não percebeu mudanças no seu semblante, e pela forma com que a abraçou, saudando-a, certificou-se de que ele havia chegado naquele momento.

— Salve, salve, Mãe Rainha. Viestes confabular com Calico sobre o meu casamento?

— Não exatamente, meu filho! Conversávamos sobre as minhas esmeraldas que o Rei Albe escondeu... Tens algum palpite a respeito?

— Por que não mandas cavar no local onde ele se enforcou?

— Já o fiz. No exato lugar onde haviam sinais de terra revolvida, acharam enterradas as cabeças do Senhor Dugo e da Mula *Tá*. Ah, e antes de encontrarem as duas cabeças, retiraram da cova um sabre com o nome de Adul Thero gravado na lâmina. Queres portar aquela arma no dia do teu casamento e com ela permanecer, como homenagem ao mais fiel de todos os servos reais?

— É da forja de Kalibur?

— Certamente. Pela têmpera e beleza, não poderia ter sido de outro artífice.

— Então considere-a minha. E do meu pai, o que dar-me-ás?

— A porção de terras que pertenceu ao Senhor Dugo, contíguas às do teu Condado, para que acrescenteis ainda mais às tuas posses algo do teu pai.

Conde Rasku não compreendeu que a porção de terras a que sua mãe se referia, às quais acrescentaria às que já possuía, era, de fato, a herdade de seu legítimo pai. Naturalmente satisfeito pelo quinhão prometido, imaginou que, talvez, pudesse estar escondido naquelas plagas do reinado o tão cobiçado e precioso tesouro da Rainha Alzira: as maravilhosas e valiosíssimas pedras verdes.

Adentrando sem cerimônia o Salão do Trono, Conde Rasku negou-se observar o protocolo para falar com o Rei de Avilhanas. Enquanto Rei Naldo anotava em finas lâminas de ouro mensagens para convidar os reis vizinhos, seus filhos e outros amigos nobres para festejarem o nascimento de seu primogênito, o príncipe herdeiro, prestes a acontecer, o irmão interceptou-o com uma saudação que usavam desde os tempos de adolescentes. Levantando os olhos das folhas de ouro, sem interromper seu trabalho, respondeu à saudação do irmão, perguntando:

— O que desejas, Conde Rasku? — voltando os olhos ao que fazia, continuando a tarefa.

— Vim saudá-lo, primeiramente, majestoso Rei Naldo, Senhor de Avilhanas Na qualidade de vosso irmão, penso que agradaria muito à nossa mãe que tivéssemos um relacionamento mais cordial e amigável.

— Nunca fui teu inimigo, em princípio...

— Mas ainda não me perdoastes pela infelicidade do flagrante na cama com Alba.

— Coisas passadas, meu caro irmão... O amor do meu filho Mulato, hoje, me recompensa da vergonha que me fizestes sofrer; e pela verdadeira paixão de Alba por mim. Não fosse o trágico final que resultou no sutil encantamento dela naquele pássaro, a Albatroz, teria me casado com ela e não com Araci, arcando com o castigo de perder o direito ao trono deste Reinado.

— Neste caso, seria eu o rei de Avilhanas?

— Serias. O que farias, fosses tu rei de Avilhanas? Por ventura encontrarias o tesouro escondido pelo Rei Albe, o Rico?

— Certamente. Não dormiria até descobri-lo. Onde achas que estão as misteriosas pedras verdes? Não tens gana de possuí-las?

— Conde Rasku... como és ingênuo, apesar da tua insidiosa malícia...

— Por que assim me julgas, Rei Naldo? Achas incorreto alguém pretender o que lhe é de direito?

— Nem tanto. Parece-me incorreto, meu nobre irmão, pleitear o que por direito não lhe é pertinente.

— Reputa-me indigno do meu quinhão?

— Em absoluto. Discordo da irrefletida ânsia e desta aflição desvelada por te assenhorear daquele tesouro, cismando em fazer-te rico. Não te esqueças de que antes de nós dois, as preciosas pedras verdes pertencem de fato à nossa mãe, cabendo a ela querer ou não encontrá-las.

— Calico, nossa mãe já desistiu de seus sonhos. Mesmo porque nada lhe interessa mais, nem se ocupa atualmente de outra coisa que não pintar quadros de mau gosto e tocar cavaquinho.

— Rasku, Rainha Alzira é a mulher mais inteligente que conheço. Lutou e continua pelejando com forças potencialmente misteriosas, sem temer nem se dominar pelo medo. Desafia poderes ocultos inferiores, não por abuso, mas por sua superioridade, benevolência e equidade. Nossa mãe fez por merecer seu cognome de soberana RARA, tanto por mérito quanto por honradez.

— Vejo que meu irmão é um ardoroso defensor dos afetos filiais... com justa razão. Afinal da Rainha Alzira recebeste o glorioso trono de um reinado rico e pujante apenas por seres primogênito e beijar-lhe as mãos, submisso e dócil... Quanto a mim, não me aquinhoou o destino com tanta candura e sujeição. Não me deu a natureza ânimo de afetada humildade e servil rebaixamento.

— Conde Rasku, insinuas que recebi o trono de Avilhanas de *mão beijada*? Ofende-me tua insolência e irreconhecida ingratidão. Não somente és ingrato à Rainha Alzira, que te aquinhoou com as belas terras do teu Condado, como o sois à figura da nossa venerada mãe, que desacatais na minha pessoa.

— Desculpe-me, Senhor Rei Naldo, se vos ofendo. Apenas manifesto com sinceridade meu sentimento de que na balança do coração da Rainha Alzira um prato é teu, o outro da Rainha Araci. Sinto que me excluem e que me ocultam alguma verdade inconveniente.

— E tu, também nos oculta algo que teu coração sonega? Por acaso pretendes casar-vos com uma mulher tão mais velha, ainda que bonita, só por amor?

A pergunta deixou Conde Rasku encabulado. Era preciso sair do assunto, sem transparecer que havia algo oculto no interesse repentino do Conde Rasku pela Marquesa de Sonça, a Senhora Pan Thera.

— Rei Naldo, Senhor de Avilhanas, ocupo-me agora exclusivamente do meu casamento. Vou preveni-lo de que, até antes de casar-me, escavarei por todos os locais que suspeito ocultar o tesouro do Rei Albe, o Rico, quer dizer... da Rainha Alzira, a Soberana RARA. Até mais vê-lo. Salve, salve.

— Escave à vontade, Conde Rasku. Dentro dos limites do teu território. Se o fizerdes onde não vos pertence, tenho autoridade o bastante para mandar matar-vos.

Dando de ombros, como se não tivesse ouvido a advertência do Rei Naldo, deixando o Salão do Trono, o belo Conde Rasku, antes de bater a porta atrás de si, ainda falou a ele:

— Estou me preparando para viajar ao Reinado de Trindade. Vou ao casamento do Bruxo Neno. Não irás?

— Estou aguardando o nascimento do meu filho. Aproveite e leve à Corte do Rei Mor o convite para a festa do nascimento de Gesu Aldo. Creio que as datas vão coincidir: a da festa de nascimento com a data do casamento. Apresente minhas desculpas.

Conde Rasku bateu a porta meio irritado, enquanto o rei prosseguiu gravando suas placas de ouro, formulando o restante dos convites para a festa da natividade do esperado Príncipe Gesu Aldo.

Pensando sobre o comportamento astucioso de seu meio-irmão, o rei de Avilhanas concluiu que, por direito, era também honesto revelar a Rasku sua filiação, porém não era prudente intentá-lo naquele momento. A vingança e o ódio de Rasku seriam implacáveis. Não obstante o provável revide, não descartava a possibilidade de ele, por vingança e revolta, tramar a morte não só da rainha-mãe como de sua mulher, Rainha Araci, ou dos filhos que porventura viessem ter.

Que Rasku era perigoso e pérfido não havia dúvidas. Era preciso vigiar-lhe os passos, mantê-lo sob controle e, na medida do possível, evitar contrariá-lo.

O arauto real anunciou com sua trombeta a chegada de um visitante. Rainha Alzira abriu a janela de seus confortáveis aposentos e viu a caravana se aproximando. Além dos fornecedores de provisões para o Palácio das Esmeraldas, junto dos mercadores, uma mulher com suas damas de companhia e servos desceram das carruagens. Facilmente ela identificou a primeira delas: era Professora Plínia. Em meio a uma festiva algazarra, viu também descarregar dos animais uma canastra de cobre e madeira marchetada, com o desenho de um pássaro, trazendo ao bico um bebê: era a bagagem da Senhora Natividade da Luz, a parteira das rainhas.

O coração da Rainha Alzira acelerou-se e ela, por breves instantes, lembrou-se das duas últimas vezes que a parteira veio ao palácio: por ocasião do nascimento do menino Mulato e, anteriormente, no nascimento de seu filho Rasku. Lembranças que lhe traziam secretos sofrimentos, pois evocavam recordações que Rainha Alzira preferia não trazer ao presente. Arrumou-se, penteou sua longa cabeleira já agrisalhada, desceu as escadarias e veio ao pórtico principal receber suas nobres e queridas visitantes. Rainha Araci também estava na recepção, segurando carinhosamente sua barriga com muita expectativa, feliz por saber que teria a assistência da competente profissional, Senhora Natividade da Luz, além da assessoria impecável da Professora Plínia, que entendia como ninguém de todas as arrumações necessárias para uma grande e inesquecível comemoração.

Rei Naldo não economizou gentilezas, providenciando as melhores acomodações, os mais saborosos acepipes, engalanando o Palácio das Esmeraldas com os adornos e emblemas próprios daquela Casa Real, exibidos pela derradeira vez na festa de sua coroação como Soberano de Avilhanas e casamento com a Rainha Araci.

O DILEMA DO BRIDÃO

No Reinado de Trindade, a notícia das bodas do Bruxo Neno com a serva Murmur espalhou-se rapidamente, transformando-se em assunto de todas as conversas.

A exclusividade dos convites para aquele casamento estendia-se aos reis, rainhas, príncipes, princesas e outros nobres, como se o Bruxo Neno fizesse parte da realeza como legítimo fidalgo da Corte do Rei Mor. O empenho do rei em proporcionar ao bruxo e à sua serva cerimônia nupcial com a presença de tão grande número de convidados ilustres não só realçou a soberba do bruxo, como contribuiu para aumentar o prestígio que já conquistara entre os palacianos. A empáfia característica dos oportunistas guindou-o à condição sem paralelos, de primeiro colocado na lista dos aduladores, baba-ovos, cheira-cheiras, escova-botas, lambe-cus, lambe-esporas, louvaminheiros, puxa-sacos, sabujos e xeleléus do Rei Mor.

Com livre acesso a todos os salões e alas do Palácio de Trindade, Bruxo Neno circulava impávido, impressionando a criadagem com seus cabelos totalmente raspados e modos esdrúxulos, desfilando vestes exageradamente ornamentadas, mas de corte vulgar, arremedos de mau gosto, copiados à maneira dos trajes do Rei Mor — tentativa invejosa de apresentar-se semelhantemente ao soberano, favorecido que era pela aparência física de ambos.

Para ostentar prestígio, angariar fama e forçar o reconhecimento de sua superioridade e poder pessoais, baseado no bom êxito de seu desempenho nas práticas de magias e feitiços, Bruxo Neno não poupava inventar novos rituais e celebrações extravagantes com o propósito de ser admitido e admirado não apenas como bruxo, mas como honorável cortesão do Rei Mor. Tornou-se uma eminência parda, obrigatoriamente requisitado para emitir pareceres que abrangiam desde assuntos financeiros aos sentimentais dos palacianos. A maior parte do tempo posava ao lado do Rei Mor, suscitando ciumeiras que facilmente descambavam em obscuras disputas no espaço das considerações reais. Rei Mor não escondia nem disfarçava a precedência do bruxo sobre os demais súditos, distribuindo simpatias e favores à custa da inimizade e do despeito provocados nos desafetos.

Corria à boca miúda que o Rei Mor planejava uma festa como nunca vista no Palácio de Trindade, para celebrar as bodas do Bruxo Neno com sua bela e cândida serva, Murmur. Além de bela, Murmur era trabalhadeira, dedicada e fiel, empenhada nos afazeres que garantiam comodidades não só ao rei como à sua intratável e insatisfeita mulher, a Rainha Sissu. Murmur era uma donzela órfã desde criança, pudica e inefável, diferente de todas as outras servas, amas e mucamas pelos modos gentis, comportamento recatado e submissão total às ordens das governantas, da Rainha Sissu e do Rei Mor.

Quando o burburinho do cogitado casamento alastrou-se pelo Palácio de Trindade, as colegas de Murmur, invejosas da posição a que ela ascenderia no alto escalão da nobreza, inventaram incontáveis lorotas, na tentativa de impedir a consumação daquelas núpcias. Mesmo atacada em sua honra pelas mais torpes e abjetas críticas, a indefesa Murmur calava-se diante dos insidiosos comentários, porque no íntimo, não sentia pelo Bruxo Neno qualquer admiração que lhe motivasse querê-lo por marido. Tampouco lhe agradava o costume imposto pelo Rei Mor, o *jus primae noctis*, consistente no direito do rei deitar-se na primeira noite das núpcias junto à jovem esposa, se ainda virgem, enquanto o marido se mantivesse ausente, ocupando-se de permanecer oculto até a meia-noite, proibido, sob pena de morte, de se aproximar de seu próprio leito nupcial até que se esgotasse o derradeiro minuto do dia do casamento.

O tradicional costume do *jus primae noctis* vigorava apenas no Reinado de Trindade, invenção ímpar de Rei Mor. Não havia se alastrado pelos reinados vizinhos porque a liberalidade imposta sofreu críticas contundentes dos outros soberanos. Havia um perigo iminente de gerar filhos ilegítimos naquelas relações espúrias e licenciosas, cuja ameaça aos direitos sucessórios dos herdeiros reais deixava-os vulneráveis a revoltas e rebeliões dos bastardos. Além do que, configurava-se professo sacrilégio ao ritual da fidelidade sagrada no matrimônio. Reticentes, as esposas pouco se manifestavam a respeito da despudorada libertinagem do Rei Mor, atribuindo como resultado daquela prática abusiva e repugnante o castigo da sua esterilidade crônica.

Aproximando-se a fase da lua propícia à realização de casamentos, Rei Mor tencionava cumprir, de uma vez por todas, o pacto celebrado com o Bruxo Neno, entregando-lhe por esposa a meiga e bela Murmur, para que o encantamento da tiara, pactuado desde o casamento do Rei Médium com a Rainha Gônia, finalmente se concretizasse, resultando na ansiada gravidez da Rainha Sissu. Convocando o Bruxo Neno em audiência, Rei Mor o informaria de suas intenções.

Ao adentrar o Salão do Rei, encenou sua cordial saudação, diferenciada dos outros vassalos, que ajoelhados, tocavam com as mãos postas os joelhos do rei. Bruxo Neno preferia tocar-lhe diretamente nos testículos, pelo que lhe valeu o cognome de Bruxo *Neno, o Puxa-Saco*.

Rei Mor cultivava a esperança, acreditando que os resultados dos feitiços encadeados pelo bruxo estariam prestes a acontecer. Reforçado pela confiança depositada nos poderes extraordinários do bridão encantado, também utilizado nos rituais orquestrados pela Feiticeira Zureta, mãe do Bruxo Neno, moradora do Reinado de Trindade há algum tempo, desta vez, acreditava o Rei Mor, o feitiço haveria de funcionar: conseguiria finalmente engravidar a Rainha Sissu.

À época em que a Feiticeira Zuzu, a *Sacerdotisa das Sombras*, colocou-se à disposição do Rei Mor para formalizar o encantamento que propiciaria a gravidez da Rainha Sissu, concluindo o ritual, ela vaticinou:

"Assim que mãe e filho habitarem num só Reino, duas crianças nascerão. Uma será concebida com fausto e riqueza, no leito da rainha. A outra, em modesto leito de servos. A beleza, a bondade e a formosura apenas a uma delas assistirá. A maldade, a pestilência e a feiura da outra em serpente se converterá, e, antes que se casem, ambas se precipitarão ao encontro de um grande amor, uma na água e outra no fogo."

A derradeira parte daquele presságio deixou Rei Mor confuso, atordoado. Pediu que a Feiticeira Zuzu explicasse-lhe o significado daquele presságio. Todavia, encerrado o ritual, a Sacerdotisa das Sombras não lembrava uma palavra sequer do que havia dito, tampouco saberia decifrar suas próprias previsões. A necessidade de compreender o enigmático vaticínio motivou Rei Mor requisitar Bruxo Neno em audiência especial para que traduzisse aquela sentença. Era conveniente também aproveitar a oportunidade para cientificá-lo dos costumes vigentes naquele reinado, quanto ao direito personalizado pelo soberano de dormir a primeira noite com a nubente de qualquer um dos seus súditos, principalmente sendo o noivo viúvo e a noiva virgem.

Tão logo notificado da convocação do Rei Mor, o bruxo prontificou-se, adentrando o salão de audiências. Prostrou-se em reverência, conforme seu costumeiro modo, tocando-o nas intimidades e saudando-o, à semelhança do Mago Natu quando se dirigia ao Grande Rei:

— T.U.V.X.Z.!

Respondendo à saudação, Rei Mor também repetia a sequência de letras, ainda que não soubesse o que elas significavam para o bruxo, nem o bruxo soubesse o que elas significavam para o rei. Indo diretamente à parte que lhe interessava, Rei Mor indagou:

— Bruxo Neno, já aprendeste sobre as tradições do Reino de Trindade quanto ao direito de o rei deitar-se a primeira noite com as virgens casadouras?

— Ora, ora, Senhor Rei. Não só aprendi como estou de acordo e considero muito justo. Vossa realeza bem sabe o que faz. Em vosso lugar, faria o mesmo.

Rei Mor não manifestou muito interesse pela opinião do Bruxo Neno, esmiuçando a explicação sobre o costume para que ele não incorresse em engano, alegando insatisfação ou contrariedade com a determinação:

— No entardecer do dia da próxima lua nova, tua mãe, a Sacerdotisa das Sombras, estará no Palácio de Trindade para celebrar teu casamento com minha serva Murmur.

— Pelo que muito vos honro e agradeço, obsequiado e submisso a vossa real magnanimidade!

— Hum, vamos ao que nos interessa: após a cerimônia, é prudente que desapareças, sumas do Palácio, porque meus guardas vão se pôr a procurar-te. São oito procuradores que usam na cabeça um capacete de chifres e, por isso, conhecidos como os *Caçadores de Cornos*. Saem aos pares, nas quatro direções do Palácio. Oculte-se muito bem, para que não te encontrem. No teu caso, não será difícil, pois conheces, pelo que me dizes, a arte de ficar invisível. Ainda assim, certifique-se antes de que tens mesmo esse poder. Caso os guardas te encontrem ou descubram onde te metestes, serás passado a fio de espada. Cuide afastar-se para um local onde meus Caçadores de Cornos nem sintam teu cheiro. Para que tua esposa não amargue o infortúnio nem lamente ser abandonada, sentindo a solidão da primeira noite de núpcias. Fique sossegado, pois terá ao seu lado a honrosa companhia de ninguém menos que o próprio Rei de Trindade, mas só, o que é uma pena, até a meia-noite... Depois disso, poderás voltar ao teu leito. Assim reza o nosso costume.

— Assim será, amado Rei Mor.

— Bruxo Neno, melhor que sejas conformado. Já que quanto a isto estamos concordes, há uma questão da qual necessito ouvir teu entendimento e pedir-lhe um palpite: decifra-me o enigma proposto pela Sacerdotisa das Sombras, tua mãe, quando celebrou aquele ritual para engravidar a Rainha Sissu, que já te relatei.

— Repita-me as palavras que ela pronunciou, magnificente e justíssimo Rei Mor.

— Já te disse, não lembras?

— Sim, sim, meu Rei. Apenas desejaria ouvi-las de vossa real boca...

— Diga-me o que significa aquela parte do presságio "*A beleza, a bondade e a formosura apenas uma assistirá. A maldade, a pestilência e a feiura da outra em serpente se converterá, e antes que se casem, ambas se precipitarão ao encontro de um grande amor, uma na água e outra no fogo*".

— Meu Rei, muito fácil entender o que determina este enigma. Diz que vossa filha será a mais bela e formosa dentre todas as mulheres. A outra criança será gerada na cama de servos, então só pode que seja diferente da que vai nascer na cama da rainha; ambas, ambas... bem... hum... hum... Ambas... O que será mesmo ambas? Deixe-me ver.

Rei Mor, ansioso para ouvir o restante da explicação, julgou que o Bruxo Neno tencionava esconder-lhe o verdadeiro sentido da predição.

— Não me poupes a verdade. Ambas quer dizer as duas...

— Ah, sim, sim, as duas... bem... devem ser ambas...

— Vamos, fale de uma vez, o que acontecerá com ambas?

— A que não é a vossa filha se transformará numa grande serpente e se precipitará nas águas e vossa filha se jogará no fogo... sim é isto!

— Não, não é isto! Não pode ser isto! Como condenaria eu minha própria filha à fogueira? Como poderia a filha de um rei desejar se queimar? Também tu tampouco soubestes decifrar este enigma.

— Que vos parece, então, Senhor Rei Mor, esta predição? Julgas que a Sacerdotisa das Sombras mentiu?

— Não, não. Isto é que me intriga. Algo que eu não consigo compreender; no fundo, no meu íntimo, parece-me lógico, muito lógico... Sinto como que serei enganado pelo meu próprio engano.

— Não vos incomodeis, Senhor Rei. Poderei modificar esta predição, com melhor resultado. Se vossa realeza bem recorda, o encantamento que fiz naquela joia da mãe do "Y" há de vos trazer um filho homem em breve, eis que vossa rainha logo, logo se encontrará grávida.

— Assim espero, Bruxo Neno. Então era isto. Prepare-se para desposar Murmur. Terás uma esposa terna, amorosa, fiel, obediente e devotada ao lar. Em troca, já sabes os favores que me deves... Lembre-se: não revele a Murmur vossas feitiçarias. É mais seguro que ela nem desconfie das tuas proezas.

— Senhor Rei Mor, não sou apenas um bruxo. Entendo também das artes do amor. Já fiz pra Murmur belos poemas. Ela nem desconfia que no meu peito de feiticeiro bate acelerado e inteiro um coração apaixonado e verdadeiro.

— Sabes fazer poemas?

— Dos mais belos que Vossa realeza imaginar. Não sei escrever, mas sei declamar!

— Verdade? Então recita-me um deles, pra ver se és talentoso, como dizes, nesta arte.

Bruxo Neno sentiu-se por demais lisonjeado, estufou o peito e para impressionar, como se dirigisse a uma grande plateia, recitou:

"Bela Murmur,
Dos segredos de minh'alma, guardo apenas um na vida:
Ardente paixão, amor sem fim, que num momento em mim nasceu.
Mal sem cura, dor escondida.
E quem me enfeitiçou, nem sabe o que sou eu.

A seu lado sou um nada, sombra perdida
Pobre homem que nem eu reconheci,
pois esse amor hei de tratar como ferida,
Sabedor que tudo dei e nada recebi.

Essa deusa tão pura, terna e distante,
que passa por mim é Murmur, a flor da fonte
do amor que é meu, a acompanhar-lhe constante.

À natureza que a fez assim serena e bela,
Pergunto: Por que a quero, se nem a mim percebe?
Meu coração é quem responde: ame-a apenas e será bastante."

Rei Mor, impressionado com a declamação, não conseguia crer no que ouvira. Bruxo Neno não parecia possuir talento, nem instrução suficiente para ser autor daquela composição. Menos ainda porque o próprio rei havia escrito alguns sonetos inspirados na beleza singela de Murmur, e havia um com aquele título que era semelhante ao que o bruxo declamara. Desconfiou de que ele havia mexido nos seus secretíssimos guardados e... copiado exatamente aquele dentre os papiros que escondia no escritório. Contudo, até onde conhecia de suas habilidades, Bruxo Neno não aprendera a ler, nem a escrever. Convencendo-se de que qualquer coração apaixonado seria capaz de semelhante inspiração romântica, sugeriu ao Bruxo Neno, para disfarçar o ciúme que sentira, que o declamasse a Murmur como confissão de amor, quando terminasse o cerimonial de suas núpcias. O bruxo, com uma pitada de ironia, contra-argumentou, ressentido:

— Não poderei recitá-lo porque sois vós quem tereis o direito de ser o primeiro a se deitar com Murmur...

— É verdade, é verdade... terás tempo de sobra pra lhe dizer quantos poemas quiseres depois... depois, Bruxo Neno.

A inflexibilidade do Rei Mor e sua resoluta firmeza quanto ao cumprimento do costume que havia imposto — o *jus primae noctis* —, deixara o bruxo profundamente insatisfeito, desgostoso e aborrecido. Não podia manifestar seu descontentamento diante do que considerava o maior abuso do poder do rei, nem poderia reclamar para que Rei Mor revogasse a norma, porque ouvira claramente o tipo de punição impiedosa reservada aos insatisfeitos. Era melhor fazer de conta que se sentia honrado com a participação do soberano na sua noite nupcial.

No entendimento do bruxo, a paixão avassaladora que sentira por Murmur, seu devotado e secreto romantismo, poderiam ser levados em consideração, abrindo-se exceção ao costume. Todavia, julgando pelas assertivas do rei, nenhum arrazoado poético, nenhuma paixão febril explícita, seriam capazes de demovê-lo da ideia para revogar a imposição, principalmente porque Murmur além de bela, era casta, obediente e submissa.

Uma gigantesca onda de ciúme brotou no coração do Bruxo Neno e turvou-lhe a razão. Tal como furacão de rancores, planejou sua vindita arquitetando, com velocidade de corisco, sua maligna trama: enquanto o rei estivesse na cama com Murmur, iria, em contrapartida, dar um jeito de meter-se sob os lençóis do próprio rei, na cama da Rainha Sissu. Não poderia se vingar de modo melhor.

Enquanto o rei desfrutasse as primícias com Murmur, ele iria se ocultar dos Caçadores de Cornos nos lençóis macios e cheirosos da Rainha. Não sentia por ela o mesmo desejo que sentia por Murmur, porque era feia e tinha olhos vesgos, mas àquela ocasião não haveria, por certo, local mais seguro a salvo dos sanguinários guardas mascarados com capacetes de chifres. Feliz com a ideia que lhe ocorreu, evitou transparecer ao Rei Mor seu bem planejado contra-ataque. Uma derradeira coisa, entretanto, sentiu vontade de perguntar ao Rei Mor, antes de sair da audiência:

— Bondoso e magnificente Rei Mor, qual foi o derradeiro casamento que vossa realeza celebrou no Reinado de Trindade?

— Por que perguntas? Acaso já soubestes do que aconteceu a Chupinguaia?

— Sim, majestoso rei. Perguntei porque ouvi vossa realeza dizer que, se for encontrado pelos Caçadores de Cornos, serei passado a fio de espada, não é isto?

— Perfeitamente.

— Mas, me desculpando o atrevimento, não foi este o castigo que destes ao derradeiro marido encontrado pelos caçadores de cornos?

— Refere-te ao que se precipitou na cachoeira?

— Esse mesmo. Mudais a sentença de morte conforme vossa volúpia?

— Cabe somente ao rei, Bruxo Neno, decidir o que fazer com o marido apanhado pelos Caçadores de Cornos. No caso que mencionaste, o infeliz Chupinguaia escondeu-se no alto da Cachoeira dos Namorados. Encontrado pelos guardas, antes que o agarrassem, preferiu ele mesmo sentenciar-se à morte, jogando-se penhasco abaixo. Certamente queres chegar no nome que colocaram naquele lugar depois do lamentável episódio.

— Por causa daquele acontecimento é que deram nome ao local de Chupinguaia?

— Exatamente, Bruxo Neno. O idiota do Chupinguaia matou-se jogando-se sobre as pedras, espatifando-se. Tingiu de sangue, então, as águas daquele rio. Por isso é que Chupinguaia virou sinônimo de *rio de sangue*. Também denominaram a Cachoeira dos Namorados de Rio de Chupinguaia... A propósito, estás planejando te meteres lá pras bandas da Cachoeira de Chupinguaia?

O Bruxo Neno deu um sorrisinho irônico e respondeu sarcástico:

— Não, majestoso Rei Mor. Não vou me enfiar em maus lençóis. Tenho lugar melhor pra me meter!

— Sorte tua, Bruxo Neno. Sorte tua e azar o meu se não te pegarem!

— T.U.V.X.Z.! — exclamou o Bruxo, ensaiando uma reverência.

Bruxo Neno saudou-o cortesmente à sua maneira, achando engraçado que na saudação enigmática ao Rei Mor, ele gostaria mesmo de ter dito: *"T.erás U.m V.ingador, X.avecado Z.umbaieiro"*.

Rei Mor respondeu à saudação com trejeitos de desprezo:

— T.U.V.X.Z.!

Também o Rei Mor gostaria de ter dito ao Bruxo Neno: "*T.ua U.biquidade V.ai X.aropar Z.ureta*", porque já se arrependera do que havia pactuado com o bruxo, meses antes, lá no Império do Elo Dourado.

Além de estupidamente vaidoso, gabola, prepotente e invejoso, a mania do bruxo, desde que chegara ao Reinado de Trindade, de imitá-lo no jeito de se trajar, no modo de andar, de falar e de usar a cabeça raspada, que a nenhum outro vassalo o rei permitia, desagradava-o sobremodo, e tanto pior: em qualquer lugar do Palácio de Trindade a que o Rei Mor se dirigia, à exceção de seus próprios aposentos, encontrava sempre o Bruxo Neno fazendo firulas com os subalternos. Parecia que o bruxo estava em todos os lugares ao mesmo tempo. O rei sentia invadida sua privacidade, como se estivesse constantemente vigiado e perseguido pelo bruxo.

Rei Mor estava prestes a arranjar boas desculpas para convencê-lo a se mudar depois do casamento com Murmur para as proximidades do local onde morava a mãe dele, a Feiticeira Zureta. Precisava de muito tato e uma boa quantidade de paciência, porque indispor-se àquela altura, contra a pessoa do Bruxo Neno, era cutucar, sem dúvidas, o diabo com vara curta. Pela demonstração de poderes que o Rei Mor já havia presenciado e pelas abomináveis proezas que o bruxo realizara, era imprudência sem conserto colocar-se no raio da mira de sua vingança maligna. Rei Mor conformando-se, cumprimentou-o respondendo secamente à sua saudação e ponderou sua precedência sobre o presunçoso bruxo, regozijando-se intimamente, pela primeira noite de núpcias que logo, logo haveria de desfrutar com a futura mulher, a bela esposa do inconveniente bruxo!

A CHEGADA DA SACERDOTISA DAS SOMBRAS

Logo que a Feiticeira Zureta chegou ao Palácio de Trindade, recebida com esfuziante alegria e entusiasmo pela Rainha Sissu, que a ela dedicava especial consideração de cortesã, dispensando-lhe tratamento de fidalga, Rei Mor providenciou para que mãe e filho pudessem conversar e combinar os detalhes para a realização da cerimônia nupcial. O encontro do Bruxo Neno com a Feiticeira Zureta foi estrepitoso e emblemático.

No momento em que se abraçaram, mãe e filho emitiram sonora gargalhada, juntaram-se de costas um para o outro, como convinha às suas tradições, depois viraram-se de frente e tocaram as palmas das mãos, invertendo os movimentos sequencialmente de cima para baixo e de baixo para cima. Coincidentemente, um corisco riscou os céus enegrecidos de nuvens carregadas para chover, precipitando-se, com grande estrondo, próximo do pátio onde os dois se confraternizavam.

Alguns cortesãos assustados, outros admirados, com o inusitado daquele encontro, julgaram que os poderes sobrenaturais dos feiticeiros eram manifestos sob a forma de raios e trovoadas que eles próprios desencadeavam. Rainha Sissu logo tratou de convidar a Feiticeira Zuzu para a refeição da tarde, já servida em homenagem à visitante, dando ordens à criadagem para que acomodasse a bagagem da ilustre hóspede dos reis de Trindade nos aposentos localizados numa das quatro Torres de Vigia, na Ala Sul do Palácio.

Ao Bruxo Neno não agradou a maneira festiva pela qual Feiticeira Zuzu foi acolhida no Palácio de Trindade, por ser muito mais eufórica e cerimoniosa do que a ele. O próprio Rei Mor, rotineiramente de modos reservados, glaciais e protocolares, desmanchou-se em rapapés, rasgando escancarados elogios à presença espalhafatosa da Sacerdotisa das Sombras, bajulando-a como se fosse apenas ela dotada de poderes extraordinários, superiores aos que o Bruxo Neno também ousara demonstrar.

Passada a euforia pela recepção da Feiticeira Zuzu, Bruxo Neno solicitou ao Rei Mor que melhor o acomodasse, transferindo seus pertences aos aposentos da Torre de Vigia da Ala Sul do Palácio de Trindade, para que pudesse estar mais próximo de sua mãe e, assim, tratarem dos assuntos de interesse do reinado, sem a importunação da distância entre os locais onde os dois estivessem instalados. Bruxo Neno justificou ainda que havia assuntos de secretíssimo interesse dos bruxos e feiticeiros que somente a eles era pertinente conversar. Além do mais, não se encontrava com a mãe desde o episódio da morte da Bruxa Bizarra, aquela que conforme todos sabiam *morreu no grito*.

Ao Rei Mor, pouco importava que os dois visitantes ficassem naquele ou noutro cômodo do Palácio. Interessava-o somente o desfecho do casamento da serva Murmur com o Bruxo Neno e que, no ensejo da visita da mãe feiticeira ao filho bruxo, conforme o vaticínio da própria carocha, finalmente a Rainha Sissu engravidasse. Rei Mor assentiu com o pedido, mas fez uma exigência:

— Bruxo Neno, sabes que na Ala Sul, próxima à Torre de Vigia do Palácio, há um compartimento reservado à rainha enquanto esperará pelo retorno do rei do leito nupcial de seus súditos? A rainha ali aguardará minha volta, para depois tornarmos aos aposentos reais... O Senhor compreendeu?

— Perfeitamente, majestoso Rei Mor. Já estou ciente das regras do jogo.

— Saiba também que todos os aposentos do Palácio serão vasculhados pelos Caçadores de Cornos, incluindo o vosso e o da vossa mãe.

— Nada mais justo, Senhor Rei, nada mais justo. Senhor, permita-me dirigir-vos um pedido para que me autorizeis proceder uma magia que muito alegrará vossa rainha?

— Convém que estejas bem certo do que quereis, Bruxo Neno. Achas mesmo que a rainha gostará do que intencionas?

— Majestoso Rei Mor, caso não a agrade, possa vossa realeza me aprisionar ou expulsar-me de vossos domínios.

— Se é assim, diga o que pretendeis.

— Senhor Rei, bem sabeis que a Feiticeira Zuzu é possuidora do bridão mágico, que nas nossas mãos converte em realidade todos os nossos desejos, por mais absurdos que pareçam... Pois bem, posso usar o bridão produzindo um encantamento que fará vossa rainha sentir a vossa presença sempre ao lado dela, como se Vossa Realeza não estivesses na cama com vossa serva, quero dizer, com minha esposa...

Os olhos da Rainha Sissu acenderam-se num brilho de satisfação. Desgostava-lhe imensamente o comportamento lúbrico do marido, disfarçado numa tradição imposta por ele mesmo, para satisfazer-lhe a lascívia acobertada pelo manto de suposta honraria. Antes que o Rei Mor entendesse exatamente do que se tratava a magia, a rainha antecipou-se num gritinho de exultação e manifestou-se:

— Ah, que felicidade! Bem que me agrada esta proposta. Que boa sorte este encontro de mãe e filho!

Rei Mor não compreendera exatamente a proposta de Bruxo Neno, mas diante da assertiva da Rainha Sissu, para que ninguém percebesse a lentidão de seu raciocínio, autorizou:

— Bruxo Neno, já te certificastes de que a Feiticeira Zuzu trouxe consigo o bridão encantado?

Antes que dirigisse a palavra à sua mãe, a Sacerdotisa das Sombras, pressentindo a embaraçosa situação que poderia colocar seu filho, caso se negasse a colaborar com ele na concretização de seu plano, adiantou-se, explicando:

— Majestoso Rei Mor, Boníssima Rainha Sissu, para vosso bem, trabalharei junto com meu filho para concretizar o que anda dizendo — olhou para o Bruxo Neno, piscou o olho e compreendeu que o filho arquitetava mais do que uma simples magia ou um inofensivo feitiço.

— Neste caso, asseverou Rei Mor, terás meu inescusável apoio. Como haverás de proceder?

Bruxo Neno, pego de surpresa pela pergunta do Rei Mor, uma vez que ainda não combinara com a Feiticeira Zureta sua vindita contra o direito imposto naquele reinado, em que ao rei somente era dado o privilégio de gozar a primeira noite de núpcias com as jovens esposas ainda virgens, evadiu-se da pergunta, tangenciando:

— Majestoso Rei Mor, preciso que me autorizes celebrar, junto de minha mãe, um novo ritual na hora do meu casamento com Murmur. Não vou, nem ouso, modificar vosso costumeiro direito de primeiramente deitar-se com a noiva, até a meia-noite. Não se trata disso. Ficai tranquilo que trará satisfação à noiva e muito mais a vossa rainha, porquanto durante o tempo em que estiveres em outro leito, não sentirá vossa ausência, como se em vosso leito estivesses!

— Explique-se melhor. Como fará isto, Bruxo Neno?

Senhor Rei Mor, usarei os poderes de encantamento do bridão mágico que está com minha mãe, para que a vossa rainha sinta como se vós estivésseis em carne e osso, ao lado dela, na vossa cama. Ela sequer sentirá sua ausência. E vós sentireis estar somente e apenas com a jovem noiva, Murmur, até que seja a meia-noite. Também não podereis passar deste horário...

— Hummm... saiba que a Rainha Sissu permanecerá fechada em seus aposentos, na Torre de Vigia... Com dois Caçadores de Corno à entrada do quarto, trancada à chave, que levarei comigo!!!

Rei Mor retirou-se para a Hípica Tenusa, onde os coudéis, tratadores e domadores de suas admiráveis éguas organizavam preparativos para o fabuloso turfe, parte da programação comemorativa do casamento do Bruxo Neno com a bela serva Murmur. O próprio rei cuidava daquelas preliminares porque o hipismo era seu mais favorito e predileto lazer. Seu hipódromo era modelar e atraía outros diletantes do mesmo esporte, tanto quanto as Corridas Numpésó fascinavam os habitantes do Elo Dourado. Os grandes rivais nas disputas pelos primeiros lugares na Hípica Tenusa eram os corcéis Água Doce e *Temperado*, de propriedade da criação do Rei Médium, *versus* as éguas *Tempestade* e *Sombreada*, do haras do Rei Mor. Outros animais também pontuavam entre os favoritos, mas estes elevavam as apostas ao paroxismo.

Feiticeira Zuzu e o Bruxo Neno aproveitaram a retirada do Rei Mor e da Rainha Sissu, instalando-se nos aposentos próximos um do outro, na Torre de Vigia da Ala Sul. O aposento no qual a rainha permaneceria até que o marido voltasse do leito nupcial à sua própria cama, após a meia-noite, localizava-se entre o cômodo que a feiticeira ocupara e o outro requisitado pelo bruxo, sob alegação de que convinha aproximar-se de sua mãe para executar melhor as mandingas que necessariamente fariam juntos.

O Bruxo Neno andava pensativo com o desenrolar dos acontecimentos porque recebera do Rei Mor uma advertência seguida de uma sentença. Precisava urgente dos préstimos da Sacerdotisa das Sombras, pois que, se após o encontro dos dois, nada acontecesse com relação à gravidez da Rainha Sissu, não só o Bruxo Neno seria expulso do Reinado de Trindade, como a Feiticeira Zuzu teria também de se mudar de residência. A ineficácia de seu desempenho quanto ao encantamento da tiara preocupava-o. Sua esperança de concretizar o feitiço de engravidar a rainha ganhava reforço no ritual utilizando o bridão encantado. Este sim, haveria de surtir o efeito desejado.

A conversa entre mãe e filho parecia mútua prestação de contas. Feiticeira Zuzu relatava suas proezas, desfiando contas e contas de um colar de inumeráveis feitos mágicos. Por sua vez, Bruxo Neno esmiuçava suas façanhas, contando também as mais ousadas, cujas consequências nem mesmo o Mago Natu, com toda sabedoria e argúcia, impediu. Esqueceu-se de relatar sobre a trágica transformação de Quelônia Taruga na Tal Taruga; o desaparecimento, diante dos seus olhos, da Joia da Tia Ara na areia; e o fantástico surgimento das bagas da "Mãe do 'Y'". Feiticeira Zureta nem parecia satisfeita nem indiferente ao desempenho do filho. Apenas salientou sua capacidade de transformar pessoas em peixes, estando de posse de uma joia que nem chegara a ser propriamente um *instrumento de encantamento*.

— Se é do jeito que me dizes, pra quê queres o meu bridão? — indagou-lhe a Feiticeira Zuzu, ressabiada de entregar seu mais precioso acessório ao bruxo e perdê-lo para sempre, porque o filho, certamente, se lembrava das artimanhas e ardis que ela própria lhe ensinara.

— Minha mãe, preciso do seu bridão porque tu te confundistes quando vendestes a cópia para a Marquesa de Sonça.

— Do que estás me acusando? Que eu entreguei o bridão errado?

— Exatamente, Feiticeira Zuzu. Se o bridão que está contigo fosse o verdadeiro, o ritual de magia que celebraste com o Rei Mor e a Rainha Sissu teria resultado. A rainha, com certeza, já teria engravidado, o filho nascido e eu hoje não estaria tão preocupado...

— Hum, parece que tens razão. Quem mais sabe que eu mandei fazer uma cópia do bridão de ouro para vender?

— Tu, o ourives e eu. Bem... quero dizer, não muito bem. Eu mesmo só desconfio.

— Então só tu e eu sabemos, porque, logo que o ourives me entregou o bridão copiado, eu cuidei de encantá-lo num corvo, para ter certeza de que ele não me lograria, triplicando o bridão me passando o falso como verdadeiro.

— Esperta, tu. Mas acho que a Sonça foi mais esperta ainda.

Feiticeira Zuzu sentiu que o filho falava com alguma razão. Relembrou nebulosos acontecimentos da noite de lua crescente em que celebrou com a Marquesa de Sonça, na clareira do florestal, o ritual para que sua cliente encontrasse a grande paixão de sua vida e afastasse de vez a misteriosa e ignorada rival que ameaçava colocar sua fortuna por água abaixo. Recapitulando o sucedido, reconstituiu na memória todos os ingredientes que usara e o passo a passo para atingir o propiciatório. Começou a falar sozinha, como se fizesse a recomposição da lista de ingredientes que a Marquesa de Sonça levara, a seu pedido, recitando em voz baixa:

— Um dente de alho, um lume branco, uma pedra ônix, uma cumbuca de barro com sal grosso, um incenso de jasmim e um palito de dentes.

Bruxo Neno ouviu e ficou em silêncio. Adivinhava onde sua mãe queria chegar. Indiferente ao que o filho estava pensando, a Sacerdotisa das Sombras continuou falando consigo:

— "Toda inveja que sentem de ti, Eu ordeno que suma daqui!", foi nessa hora, foi nessa hora — disse, soltando uma sonora gargalhada, voltando-se para o Bruxo Neno —

Viste? Tens razão. Eu mesma troquei os bridões. O que vamos fazer agora? — perguntou ao filho.

— Temos uma chance de recuperar o bridão encantado. Vou celebrar, em breve, o casamento do Conde Rasku, o bonitão, com a Marquesa de Sonça, sua amiga. Dê-me o bridão que está contigo que eu dou o jeito de passá-lo pelo verdadeiro.

— E quando a Marquesa de Sonça descobrir que foi lograda e ficou com o bridão falso?

— Não tem problema, ela nem sabe que existe uma cópia do original! — tranquilizou-a.

Feiticeira Zuzu, contudo, não acreditava no Bruxo Neno. Apesar de não manifestar ao filho o que pensava a respeito dele, sua maternal intuição, adicionada à astúcia adquirida com anos de prática nas atividades da feitiçaria, alertavam-na da sagacidade do bruxo e da possibilidade de ser ludibriada facilmente por ele. Ela também sabia que, às vezes, era presa fácil de sua própria desídia. Mais de uma vez, sua desatenção pesou desfavoravelmente, resultando em prejuízo financeiro, e suas mandingas voltaram-se contra si, trazendo-lhe resultados irrecuperáveis à sua capacidade e fama de Sacerdotisa das Sombras. Ponderando sobre o real valor do bridão encantado em contraponto ao acessório falsificado, Feiticeira Zuzu resolveu entregá-lo ao Bruxo Neno. Afinal, se o que tinha era mesmo a réplica, o metal não era ouro puro, as pedras eram contas de vidro coloridas e, até então, não possuía referências que atestassem a validade da peça na consumação dos feitiços intentados. Precisava correr o risco de ter de volta o verdadeiro bridão. Quanto a isso, ela confiava na sagacidade do filho.

AS BODAS DO BRUXO

Às vésperas do casamento, Rei Mor ordenara que todo o Palácio de Trindade fosse ornamentado, nos moldes do que presenciara no casamento do Rei Médium e da Rainha Gônia, no Palácio Fortaleza, no Reino do Elo Dourado. Que não se poupassem trabalho, nem ouro, nem sedas, nem flores, nem os mais finos manjares para celebrar as bodas de sua mais bela serva e de seu mais recente e poderoso vassalo, o intrépido e enigmático Bruxo Neno.

Embora a movimentação no palácio fosse intensa, não havia clima de alegria no ar. Os serviçais amigos de Murmur, notavam sua fisionomia tristonha, melancólica, como se a ela tivesse sido imposto um grande sacrifício ou anunciada uma eminente desgraça. Sua condição de serva não lhe permitia desacatar as ordens do rei, tampouco externar descontentamento, nem revelar que guardava em segredo o verdadeiro amor que nutria pelo jovem cuidador de cavalos, o coudel Jóque, um moço bonito, educado e respeitoso, que a tratava com mimos e atenção nas raras vezes em que fortuitamente se encontravam. Jóque creditava à bela e bondosa Murmur ter escapado dos severos castigos que o Rei Mor aplicava aos criados negligentes, porque, uma vez, esquecera aberto o portão do cercado dos quadrados dos catetos. Os animais invadiram o quadrado da Hípica Tenusa, ocasionando grande dano aos gramados, deixando-os em polvorosa.

Murmur assumiu a culpa do incidente perante o rei e este, pela admirável beleza e lealdade da serva, absolveu-a da falta, mas não isentou de subjugá-la, ficando a seu talante escolher o homem com quem ela deveria se casar...

Ao cair da tarde, dois dias antes da realização do casamento, chegaram grandes comitivas de reis, rainhas, príncipes e princesas, além de muitos nobres convidados. Quase todos haviam participado, recentemente, do casamento do Rei Médium e da Rainha Gônia.

À exceção de uns poucos que não puderam comparecer e daqueles que se transformaram, encantados em seres das águas pelas artimanhas do próprio Bruxo Neno, o imperador, Rei Médium e a imperatriz, Rainha Gônia, enviaram seus mensageiros com luxuosos e valiosos presentes, justificando suas ausências. Rainha Gônia e o Rei Médium passeavam, em temporada, pelo Reino da Madeira, onde aguardariam a chegada do Mago Natu para, então, retornarem ao Reino do Elo Dourado; e Rainha Gônia não se dispunha a viajar tão longas distâncias seguidamente.

Ao abrir a mensagem selada com a marca do Império do Elo Dourado, Rei Mor disfarçou sua ira. Havia despendido grande fortuna para celebrar um casamento com pompa e circunstância, que em nada ficasse devendo ao casamento do seu eleito rival, Rei Médium, para mostrar que no Reino de Trindade também havia luxo e civilidade.

Recepcionadas as comitivas, o Rei Mor ainda aguardava os derradeiros convidados que honrariam aquela Casa Real: Rei Naldo do Reino de Avilhanas e seu belo irmão, o temível sedutor Conde Rasku. Já anoitecendo, movimento incomum nos portões do Palácio de Trindade fez com que o arauto real tocasse mais uma vez sua trombeta. O recepcionista do Palácio, Senhor Domo, acompanhou os recém-chegados à presença do Rei Mor.

O primeiro a ser recebido, o Conde Rasku, com a noiva, a exuberante e fogosa Marquesa de Sonça e suas comitivas, também traziam mensagem do Reino de Avilhanas, muitos presentes e mais uma justificativa: o Reino de Avilhanas igualmente festejava o nascimento recente de seu herdeiro, o Príncipe Gesu Aldo. Desculpando-se pelo não comparecimento, Rei Naldo e sua Rainha Araci sequer mencionaram a indiferença da soberana RARA, Rainha Alzira, àquela pomposa celebração: na qualidade de avó do príncipe recém-nascido não convinha que se ausentasse do Palácio das Esmeraldas. Além do que, somente ela conhecia os esconjuros apropriados para afastar a fantasmagórica Mula Sem Cabeça, caso aparecesse para assustar a parturiente ou causar danos à criança. Não sairia do palácio até o dia em que fosse celebrada a consagração e registro do nome do príncipe infante, assim que o Mago Natu, que estava viajando para além-mar, regressasse. E ainda que não houvessem todas aquelas justificativas, por motivos pessoais, tais como sua figadal inimizade com a Feiticeira Zureta e antipatia incurável pelo Bruxo Neno, jamais se permitiria servir de alvo aos comentários jocosos de ambos ou da curiosidade irônica dos que atribuíam a ela o surgimento do aterrorizante fantasma da Mula Sem Cabeça.

Conde Rasku explicou ainda que o Palácio das Esmeraldas passava por reformas, visando ao embelezamento para a próxima grandiosa comemoração — seu casamento, cuja data ele viria marcar e anunciar aos presentes naquela grande festividade, depois que combinasse com o celebrante, o Bruxo Neno, mesmo a contragosto de sua mãe, que não o abençoava pela escolha a nenhuma das duas coisas: nem a noiva e nem o celebrante do ritual.

Rei Mor ouviu as escusas do Conde Rasku um pouco desgostoso porque, dentre os convidados, ainda que nobres e reis e rainhas e príncipes e princesas, era o comparecimento dos que não vieram, Rei Médium e Rei Naldo, que mais o deixaria lisonjeado pelo grande prestígio de que gozavam os dois mais importantes senhores daqueles esplendorosos reinados.

Para dissimular a contrariedade, vangloriava-se junto aos pares de ter organizado empolgante corrida de cavalos; a melhor, jamais vista. Não perdia oportunidade também de encorajar os reis vizinhos a adotar o *jus primae noctis*, sua inusitada lei e recente distração: o direito de passar as primeiras horas da noite no leito de núpcias das donzelas que se casassem com seus súditos, enquanto estes, os legítimos maridos, obrigavam-se a escafeder-se para não serem passados a fio de espada, coisa que o divertia bastante.

Rei Boio e Rei Kornio, os que mais se interessaram pela *novidade*, haviam perdido seus primogênitos, e futuros herdeiros, durante os festejos do casamento do Rei Médium quando, encantados pelas ações mágicas do Bruxo Neno, ficaram transformados em seres viventes nas águas: os peixes Surubim e Pintado.

Rei Boio, o que mais se mostrou interessado em esmiuçar os procedimentos, parecia simpático à nova lei, inquiriu:

— Quanto aos possíveis filhos, gerados nestas circunstâncias, como sabereis de sua verdadeira paternidade?

— Se os maridos conseguirem se safar da espada dos *Caçadores de Cornos*, haverão de criá-los como legítimos.

— Caso não tenham esta sorte, tal como sucedeu ao infeliz Chupinguaia, quem haverá de assumir a paternidade? O próprio rei?

— Amigo Boio, trata-se de uma lei extravagante. Quem pode o mais, pode o menos. O rei não é obrigado a cumpri-la se não quiser. Além do que, se a donzela não me interessar, nem satisfizer meus próprios caprichos, que o Bruxo Neno jamais ouça isto, revogo o dispositivo ao meu gosto.

— Não é esta a questão, amigo Rei Mor. Quero saber sobre o direito de primogenitura... no vosso caso, por exemplo: não tens filhos ainda. Se a viúva de Chupinguaia, à época, houvesse engravidado, que farias com relação ao filho gerado dela? Poderia ser vosso sucessor, caso vossa rainha não vos desse um herdeiro legítimo?

— Hum, bem... Sabes que não pensei a esse respeito!

— E, suponhamos, se desta vez vossa bela serva Murmur engravidar, como sabereis de quem é o filho ou filha? Tanto pode ser vosso, quanto do Bruxo Neno, concordas?

— Rei Boio, não me agradam suposições. Se até hoje ainda não fiz um filho, não será desta única vez, ainda que logo se concretize o vaticínio da Feiticeira Zuzu.

Rei Kornio ainda não havia se imiscuído no assunto. Apenas prestava atenção às indagações do amigo, Rei Boio. Confuso quanto aos efeitos práticos daquele costume recém-implantado no Reinado de Trindade, Rei Kornio pensava contrário à adoção em seus domínios. Se a lei de Trindade fosse adotada em outros reinados, em pouco mais de quinze anos haveria combates, intrigas e até guerras entre os pretendentes aos tronos.

— Eu não teria tantas certezas. A primeira parte da vossa lei parece razoável... Mas as consequências podem fazer com que se criem nos reinados problemas que ainda não existem.

— Estás a se esquecer de que Rei Naldo fez um filho antes de se casar com Araci e nem por isso o bastardo terá direito ao trono de Avilhanas?

— Sim, mas neste caso o menino Mulato sabe de quem é filho e, quando nasceu, seu pai, *Calico*, ainda não era rei.

— Deveras, Rei Boio. Problemas de outros reinados também não nos interessam, concordas? Quero apenas cumprir uma lei que neste Reinado de Trindade estará em vigor enquanto eu quiser. Que tal irmos andando até a Hípica Tenusa para encontrar com o Conde Rasku e o Bruxo Neno?

— Uma pergunta mais, Rei Mor: como foi o "acerto" que fizestes com Bruxo Neno para deixar o Elo Dourado e vir morar em vosso palácio?

Rei Boio também se interessou por saber outros itens do "acordo". Parecia notório que o Bruxo Neno em qualquer lugar que morasse era passivo de causar problemas ao invés de resolvê-los:

— Aceitei a mudança do bruxo para os meus domínios porque a mãe dele, a Feiticeira Zuzu, já estava morando em minhas terras há alguns anos. Senti que os dois atuando em meu favor poderiam me fazer grandes obséquios e, por enquanto... não tenho motivos para me arrepender. Se me causarem problemas, elimino os dois. Tenho meus próprios recursos para lidar com feiticeiras e xamãs!

— Bem, amigos, vamos para a hípica. Nossos cavalos precisam nos ver e temos também que massagear nossas éguas — brincou Rei Kornio.

Caminhando pelas alamedas floridas e sombreadas, prosseguiram a conversa, os três, até a Hípica Tenusa.

— Onde estão o Conde Rasku e o Bruxo Neno? — quis saber o anfitrião, indagando ao coudel Jóque, que escovava a égua *Tempestade*.

— Saíram agorinha e, pelo rumo que tomaram, foram ao *Bosque da Solidão*.

Os três reis separaram-se e cada um se movimentou em direção às baias onde estavam seus próprios animais. Os coudéis, tratadores e domadores das admiráveis éguas, organizavam os preparativos para o "fabuloso" turfe anunciado como parte da programação comemorativa no dia seguinte ao casamento do Bruxo Neno com a bela criada Murmur.

A VOLTA DO SANTUÁRIO

Desde que voltaram do Santuário do Mago, no primeiro período de sua iniciação nos mistérios e nas ciências naturais, letras e números, Príncipe Urucumacuã e Príncipe Kurokuru manifestavam diferentes formas de compreender fatos e acontecimentos. Um se dedicava com afinco e devoção às elevações espirituais, artísticas e ciências ocultas. Outro importava-se em aplicar métodos práticos na pesquisa de fórmulas com vegetais e receitas perfeitas para conhecer e curar os males do corpo. Mago Natu apreciava as aptidões individuais e gostava de passar grande parte de seu tempo alimentando de desafios a inteligência de ambos, para que desenvolvessem sempre mais seus dons inatos, talentos morais, intelectuais e espirituais.

Surpreendiam, não raro, seus pais com lembranças de episódios passados em épocas de tenra idade, quando nem falavam, nem andavam, mas relatavam com detalhes ocorrências que poucos se davam conta ou recordavam, porque não estavam registradas nos manuscritos da Professora Plínia.

Uma noite, depois de jantarem, Príncipe Urucumacuã aguardou sua vez de animar a conversa que se prolongara até a hora de dormir e perguntou ao pai:

— Meu pai, tivestes notícia do que aconteceu ao Rei Inci depois que se enamorou da Princesa Zônia e a pediu em casamento, tirando-a da Casa da Tolerância?

Rei Médium olhou para o Mago Natu, como se dependesse de seu consentimento para responder à pergunta do filho. Mago Natu, esboçando um sorriso maroto, antecipou a resposta:

— Essa parte não fui eu quem contou. Tampouco consta nos registros da Professora Plínia que leram enquanto internos no Santuário. Todavia, tenho pra mim que ele sabe exatamente tudo o que aconteceu.

— O que te lembras a esse respeito, meu filho? Ou melhor, a pergunta deve ser outra: quem te falou a respeito disso?

— Meu pai, gostaria que me falasse sobre a Casa da Tolerância, porque me vêm à memória recordações dos rostos das quatro damas que por lá permaneceram algum tempo.

— Lembras-te dos nomes delas?

— Penso que sim: Princesa Zônia, Princesa Arraia, Princesa Pir Anhá e Princesa Ariranhá.

— Exatamente. As outras duas, Princesa Putha e Princesa Ti, encantaram-se antes mesmo de ir para a Casa da Tolerância; e as princesas Arraia, Pir Anhá e Ariranhá também se encantaram tempos depois. A única delas que vive atualmente numa região muito distante deste reinado é a Princesa Zônia. Quando Rei Inci declarou amar Zônia, tirou-a daquele lugar e mudou-se com ela para muito longe. Dizem que estão criando cavalos e que têm seis filhas, todas muito valentes, excelentes cavalgadoras, belas como a mãe e bravas como o pai!

— Ufa! — exclamou Kurokuru —. Acho que depois dessa vou dormir. Boa noite a todos.

— Amanhã, então, continuaremos com a história — interveio Mago Natu, para que o Príncipe Kurokuru também pudesse apreciá-la.

A CASA DA TOLERÂNCIA

DESAGRADAVA AO REI MÉDIUM RELEMBRAR os sinistros episódios que por alguns tempos mergulharam a atmosfera do Império do Elo Dourado em nostalgia e pesar. Retomar lembranças da época em que a Casa da Tolerância abrigara as quatro princesas deserdadas e desprezadas, condenadas ao exílio e abandonadas pelas próprias famílias, consternava o imperador e afligia profundamente Rainha Gônia. Ambos preferiam conversar amenidades que não provocavam tanto desalento. Mas entendiam também que, como parte da história daquele reinado, tudo de ruim e de bom que se registrara durante o período das duas maiores festas já comemoradas deveria ser conhecido e apreciado indistintamente pelos membros da família real. Era bom também que se aproveitasse a oportunidade da visita da Rainha Alzira, antes que ela regressasse, dado ao tempo que ficavam sem notícias ou visitantes entre um e outro reinado. Pediram, assim, ao Mago Natu que prosseguisse com o assunto, cuidando que os príncipes não se assustassem, nem se escandalizassem, a despeito de sua pouca idade.

Sem entrelaçar os episódios do sexto dia com os outros, Mago Natu contornou com maestria os aspectos obscenos dos fatos, deixando em segundo plano as intervenções sombrias, provocadas e evidenciadas pelo Bruxo Neno:

— Ao fim do sétimo dia dos festejos, quando fizemos a conferência geral, os pais das princesas Zônia, Pir Anhá e Ariranhá decidiram que não voltariam aos seus reinados com as filhas. A Princesa Arraia já tinha sido abandonada pela mãe, Rainha Tapera, que preferiu retornar ao seu reinado sozinha, na qualidade de pobre viúva. Não restava ao Rei Médium outra opção senão acolher as quatro rejeitadas. Permaneceram, então, sob a responsabilidade do imperador. A rotina deste reinado, então, modificou-se. As princesas ganharam cada uma um corcel branco, e para cumprir tarefas, passavam horas e horas cavalgando durante o dia. Auxiliavam os peões do imperador na lida de juntar o rebanho de búfalos espalhado pelo menino Sacipe Ererê, no dia em que venceu a corrida Numpessó e desapareceu, continuando invisível, até quando não se sabe, galopando seu indomável corcel negro.

— Mago Natu, quanto tempo as quatro princesas moraram na Casa da Tolerância?

— Meu prezado Urucum, das quatro, a única que saiu da Casa da Tolerância para levar a vida igual a nós foi a Princesa Zônia. Rei Inci, que também ficara neste reinado, apaixonou-se por ela irremediavelmente. Ao declarar que amava Zônia, pediu ao Rei Médium licença para levá-la daquele local, indo com ela habitar as terras bem distantes daqui, nos altos montes e prados, propícios à criação de cavalos. Desejava ter muitos filhos, fundar um novo reinado a setentrião, depois da travessia do grande rio. Rei Médium abençoou a união dos dois, porque Rei Inci também não possuía outros herdeiros: seus dois filhos foram encantados; a Princesa Putha transformara-se na mãe d´água, a *sereia Iara*; o Príncipe Putho, no *Botô*; a mulher, Rainha Régia, na flor *Vitória-Régia*; e o neto, filho da Putha, encarnou-se no peixe vermelho que tem esqueleto ósseo, o *Pirarucu*. Rei Médium presenteou o casal, então, com um dos melhores lotes de éguas puro-sangue, dois garanhões de alta linhagem, doando ao casal os búfalos que a própria Princesa Zônia havia auxiliado a recuperar e ajuntar nos campos alagados do reinado. Supriu-lhes de considerável carregamento de ouro e pedras preciosas. Foi muito comovente a festa de casamento dos dois. Até hoje, ouve-se contar esta história, que se espalhou pelas terras longínquas. Sabemos notícias de que já possuem sete filhas, sendo três pares delas gêmeas, e que o Rei Inci, de fato, é tão devotado à esposa Zônia, que denominou toda a extensão de seu novo reinado *Amazônia*.

— E as terras de seu antigo reinado, para quem ficaram?

À pergunta do Príncipe Kurokuru, Mago Natu continuou contando:

— Negociou, trocando-as por ouro e prata com o imperador, vosso pai, para aumentar ainda mais a extensão do Império do Elo Dourado!

— As outras três para onde foram?

— Ah, essa também é uma história interessante. Quando as princesas Pir Anhá, Arraia e Ariranhá ficaram solitárias, depois que cumpriam suas cotidianas tarefas de campear o rebanho de búfalos do imperador, para não se entregar à tristeza e ao desengano, realizavam festinhas com apresentação de músicas, danças e números teatrais, que elas lembravam do tempo em que moravam em seus palácios. Em pouco tempo, os rapazes solteiros do reinado iam às dúzias para a Casa da Tolerância, participar das comemorações das *mera atrizes*. Elas se divertiam e os moços também. Até que numa noite de lua cheia, próximo à meia-noite, quando as *mera atrizes* já se preparavam para fechar a casa, um jovem muito formoso, de roupa cor-de-rosa e um chapéu coco preto, adentrou o salão e causou um frenesi jamais visto no ambiente. As três moçoilas ficaram totalmente fascinadas pelo forasteiro. Sem mais dar atenção aos poucos frequentadores que restavam na casa, desvelaram-se em atenção ao desconhecido, que executava com maestria canções amorosas nunca ouvidas, dedilhando um instrumento desconhecido, dançando extraordinariamente bem. Não levou muito tempo, as beldades entregaram-se a ele sem restrições. Permitiram-se todos os tipos de libertinagem, escandalizando os jovens pudicos que ainda aguardavam receber de alguma delas um olhar mais afetuoso ou a honra de um número de dança. Desalentados pela falta de atenção, os moços contentaram-se em divertir-se com o espetáculo lascivo e voluptuoso que gratuitamente lhes foi oferecido. Até que, abruptamente, ao cantar do primeiro galo, o galanteador licencioso e luxuriante deixou-as sem se despedir e partiu veloz em direção ao rio, deixando para trás suas vestes cor-de-rosa e seu chapeuzinho preto!

— Sim, Mago Natu, mas as princesas...

— Ah, as princesas! Pois bem. Saíram alucinadas, em completo desvario, perseguindo como caçador à caça o cavalheiro galanteador. O guapo mancebo esquivara-se para evitar o frenético assédio das moçoilas e atirou-se nas águas do rio Aguaporé, desparecendo de suas vistas. Inconsoladas, jogaram-se também atrás dele, na esperança de capturar o príncipe encantado. Atraídas pelo jovem enfeitiçado, Arraia e Pir Anhá nunca mais voltaram à terra firme. Continuam vivendo n'água, contaminadas pelo enfeitiçamento com as minhas mandrágoras, furtadas pelo Bruxo Neno e usadas indevidamente em poções e pós na noite do grande baile. Princesa Ariranhá também transformou-se num ser meio aquático, meio terrestre. Vive um pouco na água e um pouco fora, passeando pelas barrancas, onde se alimenta devorando peixes pequenos. O Botô, por sua vez, continua habitando com elas no rio. Quando em vez, dependendo das conjunções astrais, nas noites de plenilúnio, quando o perfume das flores de primavera enche os campos de aromas sutis, Botô sai da água, volta ao seu formato de gente por algumas horas e vem até as barrancas, onde beiradeiros e pescadores costumam fazer festas. Algumas moças ainda se encantam com ele. Não raro, as desavisadas desaparecem para sempre nas águas do rio, na tentativa de segui-lo.

Despertado o interesse da Rainha Alzira em saber como o Bruxo Neno se envolvera em todos aqueles episódios depois que furtou as mandrágoras, perguntou ao Mago Natu:

— O Senhor acredita que, antes da Feiticeira Zureta morrer, ela contou ao Bruxo Neno de quem ele era filho?

— Certamente que não. Se ela tivesse feito isso, ele a teria matado logo em seguida. Não suportaria saber que tanto a mãe quanto a avó ocultaram esse segredo por tanto tempo. Bruxo Neno é filho legítimo do Rei Barbo, irmão gêmeo do Rei Mor, por isso tão semelhantes fisicamente! O que é pior: o herdeiro legítimo do trono de Trindade é o Bruxo, Neno porque foi o que nasceu primeiro! Todavia, o Rei Barbo só concordou em assumir e criar o segundo dos filhos porque aparentemente era mais saudável e graúdo, abandonando o outro com a mãe, a Feiticeira Zureta, sob pena de morte se ela ou a avó, Bruxa Bizarra, revelassem que haviam nascido dois meninos. Nem mesmo o Rei Mor sabe que é filho da Feiticeira Zuzu, neto da Bruxa Bizarra, quem fez o parto e levou pessoalmente o bebê ao palácio de Trindade para ser "adotado" pelo Rei Barbo. Nem Bruxo Neno sabe que é filho de Barbo... Um não conheceu o nome de sua mãe porque, quando Rei Barbo engravidou a Feiticeira Zuzu, já estava viúvo, sua esposa morreu sem deixar herdeiros. O outro não conheceu o pai porque fora gerado num ritual de iniciação em magia sexual. Nesses casos, não se costuma investigar paternidade quando a neófita engravida. Resumindo, nem um, nem outro desconfia que são irmãos e gêmeos.

— Ah, tenho certeza então de que nem Bruxo Neno nem Rei Mor jamais saberão disso — arrematou Rainha Alzira.

— Tia Alzira, um dia alguém terá de contar para eles... — interveio Príncipe Kurokuru.

— É. Tenho certeza de que vai sobrar pra mim — concluiu Príncipe Urucumacuã.

— Exatamente — confirmou Mago Natu —, mas, deixemos que o tempo cuide de tudo isto...

A VIAGEM DO PRÍNCIPE

Havia uma década que o Palácio Fortaleza não se engalanava daquele jeito. A criadagem movimentava-se com inexplicável alegria. Preparar-se para a visita do Grande Rei depois de tantos anos trazia vigor, promessas de evocação dos tempos áureos, quando a prosperidade e a boa fortuna andavam de parelha espargindo felicidade a toda cidadela do Elo Dourado.

Príncipe Urucumacuã e o irmão Kurokuru esperavam ávidos por aquela visita. Quando souberam das inovações que a comitiva do Grande Rei sempre trazia em suas três fabulosas naus, dos exóticos e luxuosos presentes originários de reinados distantes, dos novos instrumentos musicais e das invenções inusitadas capazes de transformar a rotina do Elo Dourado, alimentaram a esperança de que o benfazejo e sábio visitante lhes ensinasse novas ciências e habilidades, além de aprender se expressar em idiomas diferentes. Príncipe Kurokuru não demonstrava o mesmo interesse que o irmão pela aprendizagem de novidades instrumentais: bastavam para ele lições de botânica aliadas ao conhecimento de ervas raras para confecção de chás e infusões capazes de curar enfermidades ainda não relacionadas nos livros de *cata-logo*.

Além do Grande Rei, era aguardada com alarido a volta da Rainha Alimpa, personagem marcante, de traços fisionômicos fortes e exóticos, que deixara impressões inesquecíveis pela habilidade no trato da estética feminina, além de suas amalucadas invenções cosméticas que agradaram em cheio rainhas e princesas. Que traria ela desta vez? Perguntavam curiosas as damas de companhia das rainhas e as criadas das senhoras de prestígio.

Rei Médium e Rainha Gônia haviam mandado, com alguma antecedência, mensageiros aos reinados vizinhos para convidar seus soberanos ao Elo Dourado para prestigiar a visita da nobilíssima Corte. Cuidando de restringir os convites, entretanto, excluíram do rol o soberano do Reino de Trindade, Rei Mor e seus cortesãos, por dois motivos: não desejavam a presença do Bruxo Neno e do próprio Rei Mor no território do Elo Dourado. O primeiro, pelas atitudes insanas, quando utilizou largamente seus conhecimentos de magia e encantamentos, deixando um rastro irreversível de confusão e sofrimento; além disso, recaíam sobre ele suspeitas de furtar não só as mandrágoras do Mago Natu como as misteriosas caixas de metais e os estilhaços do Espelho Universal, desaparecendo sorrateiro, sem se despedir. O segundo porque promovera a circulação de rumores de que andava planejando invadir com seu exército de *Caçadores de Cornos* as terras deixadas pelo falecido Barão de Corumbi, cujos limites confrontavam-se tanto com as terras do Império do Elo Dourado, quanto do Reinado de Avilhanas e de Trindade.

O Barão de Corumbi, falecido há pouco tempo, era dono de uma grande extensão de terras agricultáveis, de excelente qualidade, encravadas na divisa entre os três maiores reinados: Elo Dourado, Avilhanas e Trindade. Anualmente, o barão arava e plantava as fecundas sementes que o Grande Rei outrora lhe presenteara, trazidas das terras longínquas do Baixo Nilo, no Egito, ao tempo de sua primeira viagem àquela região, quando o pai do Rei Médium, Rei Pay, ainda era vivo e o imperador Médium era solteiro. Ao entregar as sementes, o Grande Rei disse ao barão:

— Cultivai estas sementes em vossas terras, Corumbi! Plante, pois, *algo dão*!

Já viúvo, Barão de Corumbi dedicou-se com afinco ao plantio das sementes, colhendo safras e mais safras do *algo dão*, fornecendo para todos os reinados vizinhos matéria-prima à feitura de tecidos e outras serventias. Prosperou e enriqueceu rapidamente, porém se manteve pelo resto de seus dias em celibatária viuvez, tributada ao extremo devotamento à memória de sua fiel e adorável esposa, a quem dedicou incondicional amor pelo curto espaço de tempo em que estiveram casados. A morte de sua jovem companheira, grávida de poucos meses, num acidente de cavalo, causou-lhe tanta dor e tão incurável sofrimento que até o dia de sua própria morte, quase quarenta anos depois, na sepultura da esposa ainda haviam flores frescas trazidas por ele, na visita do dia anterior.

Diariamente, o Barão de Corumbi cumpria religioso e estranho ritual: arava mais e mais terras para o cultivo dos *algo dão* e, ao pôr do sol, antes de escurecer, dirigia-se ao cemitério, onde permanecia por alguns minutos em monótono solilóquio, sentado sobre a lápide do túmulo da mulher. Suspeitavam de sua sanidade mental, mas nenhum outro comportamento extravagante se somava a este, além do hábito rotineiro do trabalho, comandando com generosidade e bondade a dezenas de servos e empregados.

A notícia da morte súbita do barão abalou sobremaneira o Rei Médium e açodou no Rei Mor a ganância pela posse das terras que *Corumbi ara*. Rei Médium esperava entrar em negociações com o Rei Mor, propondo que repartissem toda propriedade entre os leais servidores do barão, dividindo-a em parcelas de iguais tamanhos, por entender que era essa a única medida de justiça, dado ao fato de que ele não havia deixado herdeiros, nem possuía parentes conhecidos. A ambição do Rei Mor impedia que aceitasse a proposta do Rei Médium para concretizar o acordo. Mais de uma vez, os andarilhos de Trindade chegaram ao Palácio Fortaleza com rumores de que o Rei Mor preparava-se para invadir as terras e se apoderar de tudo pela força, porquanto suas forjas funcionavam incessantemente na produção de lanças, espadas e outros instrumentos bélicos.

A visita do Grande Rei, em tão boa ocasião, traria certamente a solução para selar acordo sobre a tempestiva questão e colocar ponto final nos inquietantes rumores. Pela disposição do Rei Médium de orientar-se primeiramente com o Grande Rei, para depois enviar emissários ao reino de Trindade com novas propostas capazes de satisfazer a ambos, desatendeu aos conselhos do Mago Natu, mantendo suspenso o convite aos vizinhos do Reino de Trindade para as festividades do insigne visitante. Tal atitude, no entanto, chegou ao conhecimento do Rei Mor e contribuiu para incitar ainda mais rivalidade ao desafeto e atiçar o ódio do Bruxo Neno ao Mago Natu.

Rei Médium também não se esquecera de que na última vez em que seus cavaleiros foram a Trindade para os torneios na *Hípica Tenusa*, durante as festividades do casamento do Bruxo Neno com a bela serva Murmur, o desfecho da corrida deixou um saldo lastimável, convenientemente não elucidado: seus dois melhores animais de corrida, o cavalo *Temperado* e a égua *Ventania*, assim como a égua do Rei Boio, a *Boa Bisca*, tiveram os olhos perfurados e as patas quebradas, além do coudel Jóke, o tratador dos cavalos estabulados, encontrado morto sem ferimentos aparentes, mas com a língua enegrecida, sintomática de envenenamento por estramônio.

— *Temperado* foi um inigualável vencedor — disse, como se precisasse refazer o episódio para que Mago Natu o compreendesse —. Há quem acredite que um dos motivos que contribuíram para intensificar a rivalidade do Rei Mor comigo reside no fato de ele ter apostado muito ouro e perdido tudo naquela corrida. A égua *Tempestade* derrotada não só por *Temperado*, mas também pela égua *Boa Bisca*, do Rei Kornio, era a favorita da criação do Rei Mor, até eu entrar nas corridas com o corcel *Temperado* e a égua *Ventania*. *Tempestade* foi uma boa corredora, mas naquela oportunidade, em meio à raia, *Temperado* levou de atropelada outros dez rivais e na transposição do disco, abriu 3 1/2 de vantagem sobre *Tempestade*. A égua *Boa Bisca*, do Rei Kornio, chegou em segundo, com desvantagem de 1 ¼.

— Por que *Temperado* não correu mais depois daquela vez, meu pai?

Surpreso com a pergunta, Rei Médium se deu conta de que o Príncipe Urucumacuã estava por perto, enquanto evocava lembranças para justificar sua decisão de não mandar convites ao Rei Mor e a seus vassalos para a temporada da visita do Grande Rei ao Elo Dourado. Entretanto, quem respondeu foi Mago Natu, pois aquele assunto já havia sido falado tanto a um quanto ao outro príncipe no período em que passaram reclusos no Santuário do Mago, na primeira fase de iniciação:

— Porque no dia seguinte à corrida, *Temperado* estava cego, com um olho perfurado, as éguas *Boa Bisca* e *Ventania* com as patas dianteiras quebradas tiveram de ser sacrificadas e o coudel *Jóque*, que montara *Tempestade*, fora morto por envenenamento.

— Rei Mor que mandou fazer aquelas maldades, Mago Natu?

— Não podemos afirmar. Ninguém viu nada. A única pessoa que pode ter visto estava morta.

— Meu pai não se interessou por apurar a verdade?

— Aconselhei-o a não fazer retaliações. Apenas lhe disse que não participasse mais das corridas na Hípica Tenusa, nem fosse ao Reinado de Trindade.

— O Rei Kornio e outros também fizeram a mesma coisa — acrescentou o imperador —. Por isso, até hoje, dos doze reinos que prestigiavam as corridas, somente três ou quatro, os de menor expressão, continuam atendendo aos convites do Rei Mor.

— Eu sinto, Mago Natu, que um dia vou descobrir toda a verdade.

— Verdade, *Urucum*, um dia!

Os três saíram do salão, quando ouviram o tinir de uma sineta. Príncipe Urucumacuã avistou Professora Plínia ensinando algo à sua irmã. Gentilmente convidou-as para que fizessem juntos a refeição da tarde. Príncipe Kurokuru, que há algum tempo não participava das lições com a professora, sem demonstrar muito interesse por todas aquelas histórias, havia saído sob o pretexto de que precisava lavar-se antes de ir ao salão de refeições. Professora Plínia guardou seus preciosos manuscritos, com o zelo de sempre, dizendo:

— *Urucum*, creio que amanhã conversaremos a respeito da festa de casamento do Conde Rasku, o tio da sua futura noiva, para que saibas como a senhorita Pan Thera, a Marquesa de Sonça, transformou-se na fera encantada: aquela que vagueia nas florestas pelas noites de lua cheia, enfeitiçando os homens com sua beleza e ferocidade.

— Professora Plínia, a tia Alzira já me contou algumas coisas. É ela mesma a Sonça Pintada, de olhar agateado, que deixa apaixonado o coração de quem olha em seus olhos?

— Humm, vejo que já te interessastes... mas, cuidado! Além de sedutora, ela é extremamente feroz e vingativa. Um verdadeiro perigo, porque é traiçoeira. Creio que esta história só podereis conhecer depois que voltares da grande viagem.

— Sim, bem sei. Além disso, a senhora também revelará como o menino Sacipe Ererê ficou invisível depois de vencer a maior corrida Numpessó, quando eu e *Kururu* nascemos e ...

Ao ouvir o chamado do irmão, Professora Plínia antecipou-se:

— Sim, *Urucum*, saberás disto e muito mais... peça ao Mago Natu para vos contar o que aconteceu quando o Bruxo Neno se casou com a bela serva Murmur. Ele conhece a história completa.Vamos, penso que vossos pais estão nos aguardando para a ceia.

No dia seguinte, enquanto Príncipe Kurokuru se preparava para sair com o pai à cata de mais folhas, para enriquecer as coleções de *cata-logo*, Príncipe Urucumacuã esperava pelo Mago Natu na sala de reuniões para saber mais histórias do Bruxo Neno. Com muita objetividade, a descrição dos acontecimentos foi assim resumida:

A CHEGADA DOS VISITANTES

O ARAUTO REAL MAIS UMA VEZ ANUNCIAVA, num comprido megafone de chifres de búfalo, a aproximação visível no horizonte da esquadra do Grande Rei. Ao toque das trombetas, os serviçais deixaram seus afazeres, os vigias postaram-se nas torres e baluartes do palácio e a família real ocupou as melhores carruagens que dispunham para descer as rampas até o cais do porto no rio Aguaporé. Tudo estava conforme solicitado pelo Rei Médium e pela Rainha Gônia. Além do casal real e dos três filhos, Mago Natu e sua irmã, Professora Plínia, também iam à frente do cortejo, seguidos dos garbosos cavaleiros da guarda real, montados nos lustrosos corcéis brancos, arreados e ornamentados com finos acessórios azuis e dourados, em homenagem ao honorável visitante. À medida que as três embarcações se aproximavam, crescendo na linha do horizonte, uma quarta nau e depois uma quinta também surgiram. A quarta nau era esperada, pois a Rainha Alimpa havia prometido ao Mago Natu, quando se encontraram na última visita ao Reino da Perfeição, que acompanharia novamente o Grande Rei em sua próxima vinda para as terras do Ocidente. Então era aquela a oportunidade de cumprir o compromisso. A quinta embarcação, no entanto, não era aguardada.

Curiosos de saber quem eram os visitantes da quinta embarcação, alguns lacaios se posicionaram no atracadouro mais distante, ansiosos de recepcionar aqueles que não eram esperados. A quinta e última embarcação a aportar tinha dois mastros com bandeiras que os súditos do Elo Dourado conheciam: um portando uma bandeira com o unicórnio branco sobre fundo verde; e o outro, uma bandeira com a cabeça de um touro vermelho sobre fundo branco. Logo desvendaram o mistério: tratava-se do Rei Kornio e da Rainha Ália. Ele, ex-marido da Rainha Bisca, e ela, ex-mulher do Rei Boio, aquele casal que enfeitiçado pelo Bruxo Neno *copulou* na água e transformou-se ele no *Peixe-boi*, e ela no *Peixe-mulher*.

Passados alguns anos que haviam partido para as terras nórdicas, Kornio e Ália vinham em comitiva visitar os amigos do Elo Dourado e participar dos ritos de passagem dos príncipes Urucumacuã e Kurokuru, que inteiravam 18 anos de idade. Paralelamente à ritualística da maioridade, uma outra cerimônia programada com bastante antecedência estava para acontecer também naquela data: o noivado do Príncipe Urucumacuã com a Princesa Irina e do Príncipe Gesu Aldo com a Princesa Hévea. Gesu Aldo e Irina, filhos do Rei Naldo e da Rainha Araci, eram esperados com muita alegria. Rainha Alzira também viria e, independentemente de convite, o belo e sedutor Conde Rasku.

Os mais ilustres convidados foram os derradeiros a chegar. Depois do Grande Rei e sua majestosa esquadra, Rei Naldo de Avilhanas foi recepcionado com a mãe, mulher e filhos, incluindo o bastardo Mulato, pela primeira vez conhecendo outros territórios, assim como a maioria dos serviçais que os acompanhavam. Alguns lembravam de já ter visto o “Príncipe da Beira do Rio” e sua irmã Hévea, a “Princesa dos Cabelos de Ouro”, quando passeavam visitando parentes e amigos de outros reinados. A formosura dos casais de noivos encantava a todos, ainda que a beleza do Príncipe Urucumacuã, com seus cabelos vermelhos e olhos verdes, e os cabelos dourados e olhos castanhos de sua irmã não passavam despercebidos.

Muitos acontecimentos estranhos foram relatados ao Grande Rei antes das celebrações rituais dos noivados. Em conversa privativa entre o Mago Natu e o digníssimo visitante, Rei Médium descreveu algumas das dificuldades que o Império do Elo Dourado enfrentava pela falta do Espelho Universal — seu mais importante instrumento de consulta e orientação —, destruído num ataque de fúria e quase desespero, no sexto dia das comemorações do nascimento dos príncipes gêmeos.

— Pior que isso, Grande Rei, os fragmentos do Espelho Universal recolhidos e colocados pelo Mago Natu dentro das sete caixas de metal desapareceram. Suspeitei que o Bruxo Neno os tenha furtado e levado consigo para Trindade, onde certamente contou vantagens, proclamando e apregoando algum feito prodigioso sob os auspícios dos estilhaços do espelho.

— Muito provavelmente — interrompeu Mago Natu —, deve ter vendido por bom preço as caixas mágicas de metal ao Rei Mor, sob alguma promessa... Ainda que nem um nem outro saibam para que servirão e qual o destino terrível que a elas se reserva.

Os três ficaram um minuto em silêncio. Rei Médium quebrou o pacto involuntário, continuando o assunto:

— Fiquei sem o Espelho Universal, mas em compensação tenho o Mago Natu, que não me deixa alheio aos acontecimentos futuros, e a Rainha Vidência, que me alerta quanto às providências para melhor administrar meu reinado! Portanto não posso me lastimar. Assim, apesar de tantos entraves e percalços, continuamos relativamente prósperos e felizes!

— Assim é. Assim será, até tudo virar cinzas e as terras do Rei Pay se transformarem em brasa, acabarem num grande *brasil*!

— Grande Rei, se possível, afaste de mim este cálice!

— O que tiver de ser, será! Depois do voo do grande *Pássaro de Fogo*, um outro pássaro voará *com dor*. Muito distante irá, até se encontrar com a *Pata Gônia*! Juntos voarão para mais longe ainda, e no alto das cordilheiras edificarão novo reino encantado de esplendor e beleza. Ninguém jamais lembrará que o Elo Dourado sepultou-se entre cinzas e brasas, até ressurgir em colossal e exuberante floresta e o fabuloso tesouro oculto se desencantar. *Igne Natura Renovarum Integra!*

— *Igne Natura Renovatur Integrat!*

— *Igne Nitrum Roris Invenitur!*

Mago Natu imediatamente curvou-se e recitou:

— M.N.O.P.Q.R.S.!

Rei Médium encheu os olhos de lágrimas, em voz baixa perguntou:

— Que poderei vos dizer?

O Grande Rei respondeu:

— Cálice. Cale-se. Apenas isto!

Príncipe Urucumacuã, mesmo sem convite, bateu à porta da Câmara do GRAU. Seu pai o recebeu e acenou para os dois amigos, solicitando com os olhos autorização para o jovem participar daquele conciliábulo. Dado o sinal com um meneio de cabeça, com a mão direita fechada e o dedo polegar para cima, autorizaram a entrada do jovem. Afinal, no dia anterior ele assumira o compromisso de noivado e passara pelo ritual de jovem-adulto.

— O que o traz aqui, jovem Príncipe da Beira do Rio? — interrogou o Grande Rei.

— Procuras algo, Urucumacuã? — quis saber o pai.

— Posso responder-lhes as perguntas, *Urucum*? — resumiu Mago Natu.

Meio desconcertado com a maneira de recebê-lo, desconfiado que interrompera, talvez, assuntos herméticos sob mistério e segredos, Príncipe Urucumacuã venceu a timidez inicial e explicou:

— Preciso contar-vos algo. Aproveitei a oportunidade de estarem reunidos. Algo que me inquieta e atemoriza...

— Conte-nos, logo, então... quem sabe poderemos amenizar vossa angústia! — confortou-o Mago Natu.

— Do que se trata, *Urucum*? — Rei Médium sentiu que o filho precisava de orientação.

Mago Natu buscou uma cadeira confortável, posicionou-a diante deles, deixando-o mais à vontade:

— Vamos, *Urucum*, conte-nos tudo... com calma e tranquilidade!

— Esta noite tive um sonho confuso e inquietante. Nada me perturba sem que eu busque um meio de conhecer ou entender. Já ouvi todas as histórias fantásticas acontecidas neste reinado, desde o tempo dos meus avós, meu tio-avô, Rei Albe, o Rico, durante o casamento dos meus pais e depois, na festa do nosso nascimento. Mas desta vez, o sonho parecia uma realidade e não apenas efeitos de magia, bruxaria ou feitiçaria. Vi minha noiva, Princesa Irina, assassinada, nos braços do seu meio-irmão, Mulato, e também o Príncipe Gesu Aldo. Toda a corte do primo Rei Naldo em grande sofrimento, lamentando, em desespero, chorando o trágico desfecho de uma festa que não aconteceu... Seria o nosso casamento? Depois vi Rei Naldo e a Rainha Araci mudando-se com a maioria de seus súditos para os distantes territórios sem dono, nas terras Centrais, onde dizem que as esmeraldas são melhores e maiores que as daqui, enquanto a Rainha Alzira zarpava para além-mar, onde atualmente é o próspero Reinado de Kornio e Ália.

— Vistes os assassinos? — inquiriu Mago Natu.

— Não. É bem isso que me deixou aflito...

— *Urucum*, meu filho, não vos preocupeis com perigos imaginários... Estamos em festa, sonhos podem ou não acontecer. Ainda estais sob os efeitos do chá que bebestes ontem durante a celebração de tua maioridade! Aquiete-se. Além desta, tivestes outras visões que vos afligiram?

— Não, exatamente. Tive uma visão interessante, mas não parecia sonho. Aquela não me preocupou porque me pareceu registrada na memória do tempo. Nem sei se consegui compreendê-la... de tão inquietante.

— Diga-nos, o que vistes de tão preocupante?

— Grande Rei, vi um lugar parecido a um paraíso na Terra. Enquanto me encontrava sozinho meditando, sentado sob os freixos à beira do rio Aguaporé, abri os olhos e repentinamente percebi-me noutro local. Tudo mudara à minha volta. Entre os mais belos jardins e encantamentos que nunca pensei existirem, avistei uma morada, única e imponente, em toda a vastidão alcançada pelos meus olhos. Sem mais, nem menos, senti-me dentro daquela mansarda. Eu era um dos sete filhos que lá habitavam com pai e mãe. Chamei-os Grande Pai e Grande Mãe. Posso ainda, se quereis ouvir, descrever-vos com detalhes suas fisionomias. O Grande Pai, de corpo perfeito e alongado, tinha olhos imensos, copiosa barba e onde quer que dirigia seu olhar coruscante, penetrava tão profundamente o âmago essencial das coisas, como se nada pudesse ficar oculto à sua total percepção e sabedoria. Emanava dele tal clareza e amorosidade que sentia-me despido, inteiramente nu, diante de sua aura radiante de virtudes e serenidade. A Grande Mãe possuía cabelos sedosos e brilhantes, como os da Rainha Gônia, e seu olhar era o mais meigo, terno e complacente que jamais verei. Em tudo havia ares de perfeição, harmonia e serenidade, que neste momento lembra-me o santuário do Mago Natu. Nos arredores um amplo e generoso pomar, com frutos de todas as espécies, qualidades e sabores. Daqueles frutos nos fartávamos, felizes e inocentes. Nada nos era proibido, nem restrito. A lei do amor era a única que conhecíamos e não havia maldade, nem malícia em nossos corações.

Príncipe Urucumacuã pigarreou. A voz trêmula impediu por alguns segundos que continuasse seus relatos. Mago Natu buscou um cálice de cristal, encheu-o numa ânfora de ouro com água da Fonte das Transformações, entregou-o ao Grande Rei que, reverentemente, passou-o ao príncipe. Rei Médium, em profundo silêncio, compenetrado, acompanhava com o olhar toda a movimentação que a narrativa do filho suscitava na Câmara do GRAU:

— Beba, meu filho, prossiga vossa visão.

— Num outro tempo — voltou à palavra o Príncipe Urucumacuã —, o Grande Pai e a Grande Mãe reuniram os filhos, e com plena serenidade, pediram que nenhum sequer se aproximasse de uma árvore diferente das que já conheciam, recentemente aparecida nos confins daquele maravilhoso pomar. Explicou que um diabólico ente solitário, sanguinário e odioso habitante de uma enorme caverna escura e fumegante, localizada muitos e muitos pés debaixo do chão, no centro da terra, andara sorrateiramente na parte mais afastada daquele paraíso, no distante Vale da Tristeza, e plantara entre as outras uma perigosa árvore, cuja semente ele mesmo alimentara com as más águas da desobediência, do orgulho, da discórdia e da malícia, para que produzissem frutos atraentes e abundantes, mas perigosos e venenosos, porque quem os comesse estaria para sempre aprisionado às ilusões dos sentidos, escravizado ao vício da concupiscência, danado pela perda da inocência, banido daquele paraíso e condenado à morte.

— Comestes tu também daqueles frutos? — inquiriu Mago Natu, interrompendo de propósito a extensa narrativa.

— Não. Não eu. Mas dois dos irmãos comeram.

— E então, o que lhes aconteceu?

— Algo terrível, muito terrível... mataram um irmão por causa deles...

Certo dia, num dos passeios que rotineiramente faziam pelo pomar, os filhos do Grande Pai e da Grande Mãe seguiram cada um em direção oposta. Tomaram rumos diferentes, sendo que o filho *Kani*, e sua irmã predileta *Ave*, saíram na direção oeste. Divertiram-se, atravessaram córregos de águas cristalinas, pisaram a relva orvalhada e fresca, alimentaram-se de apetitosas frutas maduras e suculentas, brincaram com os pequenos animais que compartilhavam aquele paraíso mágico. Sem se aperceberem, afastaram-se muitos e muitos passos da casa dos pais, até adentrarem no Vale da Tristeza, uma parte escura, erma e quase inacessível. Lugar completamente desterrado, onde nenhum deles jamais tinha ido, cujas árvores não produziam frutos comestíveis, nem as plantas ornamentavam-se de flores. Já cansados, sem ânimo para voltar, caminharam um pouco mais para dentro daquele bosque deserto na expectativa de encontrarem alguma nascente de água cristalina ou algo do qual pudessem se alimentar. Famintos, com sede, *Ave* olhou à sua esquerda e viu uma única árvore coberta de frutas vermelhas, carnudas, cheirosas e aparentemente apetitosas. Não resistindo à tentação de pegá-las, lembrou-se da advertência do Grande Pai e do conselho da Grande Mãe: "*não a comereis, porque primeiro conhecereis o prazer de se deitar e depois de estar de pé com a dor!*". Ainda assim, Ave se aproximou mais ainda da fruteira, assustando-se com a visão de uma serpente enroscada nos galhos carregados de frutas. Num movimento de retrocesso, quis afastar-se, temendo o perigo da serpente. Antes de mostrar a cobra ao irmão, olhou-a nos olhos e ouviu sua voz a encorajá-la: "*Estás com medo? Não temas. Comei desta fruta e sabereis porque vos proibiram. Vamos, pegue-as e coma...*"

Kani, observando o que se passava, chamou a atenção da irmã:

— Esqueceste o que o Grande Pai nos alertou? Não vês que essa serpente é o ser diabólico que o Grande Pai falou e que essa é a árvore má que foi plantada aqui?

— Não. Quem garante que seja esta exatamente a árvore má? Não comerias a fruta da árvore *má*, sendo ela *sã*?

— Fico com fome, mas não como...

— Pois nada me custa prová-la, de vez que parece madura...

— Evita, evita! Acaso quereis morrer?

— O que é morrer? Sabeis? Quem sabe... morrer seja tão bom, que é proibido!

Ainda que o irmão quisesse se afastar daquela árvore e impedir a irmã de comer seu fruto tentador, num bocado ela devorou uma e mais uma fruta da árvore *má sã*. Saboreando-a com sofreguidão, descobriu-lhe o amargo e doce gosto. Ao mesmo tempo em que a engolia, diferente impressão apoderou-se de seus sentidos, dominando-a:

— Hum, que delícia! Acho que agora sei o que é morrer! Que vontade, que desejo delirante começo a sentir... Toma, coma também... nada que conhecemos até aqui é tão arrebatador... sinto um desejo incontinente, indescritível... parece que meu corpo quer que o seu entre nele! Prova, não te arrependerás.

Oferecendo o fruto, com um olhar langoroso, o irmão, também trespassado de fome, não resistiu. Comeu apressadamente. De imediato, um calafrio percorreu suas veias, seguido de uma onda de calor dos pés à cabeça. Todas as sensações que a irmã descrevera também as sentira, até que uma parte de seu corpo reagiu, intumescendo, inchando, aumentado de tamanho e espessura. Observando-se modificar a anatomia, dominado pela força que o inebriava num incontrolável desejo de juntar-se à irmã, abraçou-a, perguntando:

— Sabeis o que é isto?

— Sei. *Eras são.*

Abraçaram-se, rolaram no chão, sem se dar conta do tempo a passar. Permaneceram horas e horas entregues totalmente aos prazeres dos sentidos, despertados pelo efeito excitante do fruto da árvore *má sã*, alheios ao cansaço, à fome e à sede. Até que um grito agudo ecoou pelo Vale da Tristeza. Assustados, imediatamente separaram-se. Calados, buscaram esconderijo sob a árvore *má sã*. Os gritos aumentaram, vindo em sua direção, retumbando por todo o vale. Trêmulos, mas ainda desejosos de continuar, comeram mais dos frutos e novamente entregaram-se ardentemente ao império dos sentidos. A voz que lhes chamava, agora mais perto, pedia que respondessem. As respostas foram gemidos lúbricos, suspiros lascivos e concupiscentes, emitidos de seus corpos que dançavam unidos em movimentos ritmados. O irmão que os procurava, ao se deparar com as cenas, nada entendeu. Sem malícia, sem temor, aproximou-se e tocando-os, percebeu que estavam sob efeitos de alguma poção misteriosa, provavelmente oferecida pelo ente demoníaco que plantara a árvore má. Olhando para cima, avistou as frutas sedutoras que brilhavam sob a opaca luminosidade do bosque. Sem saber o que fazer, o irmão procurador, *Leab*, empenhou-se em separá-los, na intenção de trazê-los de volta à realidade, para que chegassem novamente à casa paterna e recebessem o castigo necessário àquela desobediência. Revoltados, desejosos de obter a cumplicidade do irmão, forçaram-no a comer da mesma fruta. Esquivando-se e repreendendo-os pela atitude violenta, *Leab* conseguiu desvencilhar-se do ataque e abriu carreira em direção à mansão. Como não conseguissem mais alcançá-lo, temendo pelo que relataria quando chegasse diante do Grande Pai e da Grande Mãe, lançaram atrás dele o primeiro objeto que acharam por ali, no formato de um pesado dardo, atingindo-o fatalmente no dorso. Ferido, prostrou-se. Alcançando-o, *Kani* e *Ave* golpearam-no fortemente. Não suportando as pancadas, *Leab* agonizou até morrer.

Imediatamente, escureceu. Nuvens de chuva esconderam o Sol e a Câmara do GRAU foi mergulhada numa atmosfera sombria e taciturna. Raios coruscantes precipitavam-se em todas as direções, seguidos de trovões ameaçadores que ribombavam pelos corredores do Palácio Fortaleza. Concentrados, os quatro homens silentes apenas se olhavam. Príncipe Urucumacuã não aparentava nenhum temor, e quando o clarão momentâneo dos coriscos iluminava seu rosto, sua fisionomia transfigurava-se numa máscara de luz. Mago Natu e o Grande Rei, conhecedores dos profundos mistérios da natureza, mantinham-se quietos em contemplativa observação. Rei Médium quebrou o silêncio respeitoso e com a voz de pai amoroso, complacente solicitou:

— Conclui o que contavas, meu filho... ou teu sonho termina assim?

— Não, meu pai, ainda tenho algo mais a dizer.

— Onde está teu irmão? — interrogou-o Mago Natu.

— Foi exatamente o que o Grande Pai perguntou a *Kani* e a Grande Mãe a *Ave*, quando chegaram em casa, muito tempo depois.

— E o que responderam? — quis saber Rei Médium.

Três dias depois, ao retornarem para casa e se apresentarem diante do Grande Pai, envergonhados, arrependidos pelo que fizeram, não conseguiram explicar. Faltavam-lhes palavras para relatar o que haviam feito. O Grande Pai, com voz de turbilhão e olhar penetrante como raio na rocha, inquiriu pela segunda vez. Eles responderam:

— Nós o abandonamos.

— E por que estais envergonhados?

— Porque comemos do fruto da árvore má que o senhor nos proibiu.

— O que é isto em vossas mãos?

— Derramamos isso de Leab. Não sabemos o que é!

— Malditos sereis... Isto é o sangue, a vida, que derramaram de vosso irmão. Já não tereis parte comigo! Afastai-vos para bem longe daqui!

O Grande Pai os amaldiçoou, ordenando que se retirassem para bem distante, além do Vale da Tristeza nas terras dos abismos, dos montes e das feras. A Grande Mãe igualmente amaldiçoou *Ave*, condenando-a ao sofrimento de sangrar três dias a cada ciclo de trinta dias e parir seus rebentos entre dores e tormentos.

Tocando-os com seu cajado poderoso, Grande Pai transformou os dois em seres completamente peludos, para que ocultassem suas vergonhas. Transformados, expulsos da grande família, retiraram-se.

O ser maligno que se travestira na serpente e tentara Ave a comer a fruta proibida acompanhou de longe quando o Grande Pai os baniu de sua presença. No momento em que foram expulsos daquele paraíso, o tentador, então, transformou-se num furioso monstro alado, diferente dos pássaros que voavam pelo espaço entre os jardins e pomares. De aspecto monstruoso, enorme, o animal voador, com cauda de serpente, garras de tigre e cabeça de crocodilo, revestido de grossa carapaça, expelindo gases que incandesciam em contato com a atmosfera, acolheu e aninhou em seu dorso os dois proscritos, condenados ao degredo, servindo-lhes de montaria. Transportou-os voando para as longínquas terras de trás dos montes, levando-os e deixando-os nos confins do Vale das Lágrimas, onde buscaram abrigo numa caverna para se proteger dos ataques dos animais ferozes que ali existiam. Não encontrando nas adjacências nenhuma fruta ou vegetais para se alimentar, saíram à caça de algo. Deparando-se com um porco gigante e feroz, travaram ferrenha luta com a fera até conseguir abatê-la. Devoraram, então, sua carne crua, passando a sobreviver daí por diante como carnívoros, alimentando-se exclusivamente dos animais que conseguiam predar. O ventre de *Ave* começou a estufar e alguma coisa dentro a se mexer. Nove ciclos depois, atormentada por dores lancinantes, em meio a grande sofrimento, entre gemidos e soluços pungentes, desesperadores, pariu uma criatura semelhante a si mesma à qual deram o nome de *AURA*. Ao primeiro choro de *AURA*, *Ave* instintivamente aninhou-a em seu colo para amamentá-la. O monstruoso animal alado que sempre rondara pelas proximidades, ouvindo os vagidos de *Aura*, enfureceu-se, ainda mais, atacou Ave, arrancou *AURA* de seus braços e tragou-a. Por ter engolido num só trago a recém-nascida de Ave, o monstro até então, sem nome, foi chamado de *Tragão*.

Desesperada por ter sofrido tanto e, no final, ficado sem sua cria, Ave, aos gritos, implorava ao Tragão:

— Tragão, devolve minha *Aura*, seu maldito! Devolve minha *Aura*!

Não demorou muito, também o *Tragão* inquietou-se. Sem sossego, emitindo urros aterradores, contorcendo-se da mesma forma que Ave quando estava em ânsias de parir, já sem forças para movimentar-se, expeliu finalmente pela cloaca um gigantesco ovo redondo. Ave, aproveitando-se da fraqueza e do entorpecimento, fez com o Tragão a mesma coisa que ele havia feito com sua cria: tomou aquele ovo e o levou consigo, escondendo-o no fundo da caverna. Ao despertar e recobrar suas forças, o monstro enfurecido quis de volta seu ovo, forçando a entrada da caverna. Kani, vendo que o Tragão novamente despertara, afugentou o com sua comprida lança e bateu na casca do ovo com uma pedra, até fazê-lo eclodir, libertando de seu interior uma criatura alada, igualmente monstruosa, semelhante ao tragão. Ave acreditou que a criatura saída do ovo era a mesma Aura, sua filha. Admirada, disse:

— Gerou de nossa Aura! Criou *de noss'Aura*!

Kani não duvidou de Ave:

— Essa cria Tragão tirou de nossa Aura. É, *Tirounoss'aura*!

O Tragão, de tempos em tempos, depois daquele episódio, continuou botando ovos e gerando outras criaturas como as *de nossa Aura*. A *Tiranossaura* também começou a botar ovos, proliferando rapidamente, ferozes animais alados que se espalharam sobre a terra. As crias da Tiranossaura voavam, enquanto as crias do Tragão, as Dinossauras, andavam sobre o chão. Todos se alimentavam exclusivamente de carne. Pelo seu porte monstruoso e agressivo, travavam grandes batalhas com a igualmente numerosa e selvagem descendência de Kani e Ave, na concorrência por alimentos, servindo eles mesmos às vezes de presas uns dos outros. Assim aconteceu durante séculos até que um dos descendentes de Kani e Ave, valente guerreiro e destemido caçador, chamado *Jorge*, conseguiu matar o Tragão ancestral, ficando ainda muitos de seus descendentes.

Tempos e tempos depois, uma grande inundação submergiu todas as formas de vida sobre a face da Terra, extinguindo não só a descendência dos dinossauros como também dos tiranossauros, juntamente às populações da Terra, poupando somente alguns exemplares de animais e pássaros, escolhidos por um casal de humanos com seus três filhos e respectivas noras, que se salvaram da catástrofe numa grande embarcação.

Concluindo essa extensa narrativa, Príncipe Urucumacuã, angustiado com as visões desse sonho, que pareciam demais com a realidade para não impressioná-lo, cerrando os olhos, silenciou-se por alguns minutos. Como ninguém ousasse quebrar o silêncio, questionou ao Grande Rei:

— Grande Rei, o que significa este sonho, que faço agora?

— Tudo ao tempo certo. Viajarás comigo, para o Reino da Perfeição, onde serás instruído nas Ciências Sagradas e iniciado nos Mistérios do Fogo, como Cavaleiro do Grande Templo, Príncipe da Beira do Rio!

Rei Médium ouviu, mas não se conteve. Interpelou o Grande Rei:

— Mais uma vez terei de suportar a ausência prolongada dos meus filhos? Acaso não foi suficiente a iniciação no Santuário do Mago?

— Desta vez, apenas o Príncipe Urucumacuã seguirá com o Grande Rei. Príncipe Kurokuru continuará catando folhas junto de vós —, atalhou Mago Natu.

— Exatamente. Prepare-se, *Urucum*, em sete dias partiremos.

O convite e a convocação de viajar à terra do Grande Rei deixaram o Príncipe Urucumacuã pensativo. Era tudo o que mais desejava, mas também o que mais temia. Leal e obediente aos princípios da sagrada ordem à qual fora consagrado naqueles dias, fizera juramento solene de respeito, lealdade e obediência. Inclinando-se humildemente, proclamou:

— Assim seja.

Fechando as cortinas da Câmara do GRAU, Rei Médium e os três homens desceram as escadarias secretas e vieram juntar-se aos demais convidados que festejavam e jogavam na Sala de Visitantes, ouvindo instrumentos que executavam canções alegres e melodiosas. Princesa Irina, sentada numa longa cadeira estofada ao lado da Princesa Hévea, contemplava admirada, com olhar radiante, a bela joia que o Príncipe Urucumacuã havia colocado no dedo anular da sua mão direita, durante a cerimônia do noivado, na noite anterior: o cobiçado anel de pérola negra, o mesmo que a Rainha Gônia recebera do Rei Médium quando também ficaram noivos.

Aproximando-se da jovem noiva, tomou-a pela mão em que estava o precioso anel, beijou-a, dizendo-lhe ao ouvido:

— É esta realmente uma bela joia. Porém não mais valiosa nem mais bela do que tu. Tens as mãos mais belas que já vi.

A princesa enrubesceu, sentindo o coração disparar. Uma emoção confusa e ambígua proporcionou-lhe aflição incomum. Seu coração queria avisá-la de que, embora nutrisse pelo príncipe um amor profundo, não conseguia se imaginar casada com ele, vivendo naquele palácio seu sonho de felicidade. Algo que não compreendia, completamente alheio ao que realmente desejava que acontecesse, parecia prepará-la para a inexplicável tragédia que rondava aqueles maravilhosos reinados e seus habitantes encantadores.

RAINHA ALZIRA REENCONTRA RAINHA ÁLIA

Alguns anos havia que Rainha Alzira e Rainha Ália não se encontravam. A surpresa de ambas ao rever-se foi ainda mais agradável, porque andavam saudosas dos tempos em que, muito jovens, selaram um curioso pacto de amizade. Combinaram, durante a realização de um cerimonial de magia, cuidar uma da outra quando estivessem bem idosas ou quando uma ou outra enviuvasse. Rainha Ália não estava propriamente viúva, mas o episódio do encantamento de seu ex-marido, Rei Boio, no *Peixe-Boio* e de seu novo casamento com o Rei Kórnio, davam à Rainha Alzira o direito de requerer a companhia e os cuidados da amiga quando bem entendesse. Fazia algum tempo que o marido da Rainha Alzira, Rei Albe, o Rico, havia se suicidado, deixando-a com um filho de três anos e grávida de outro, naquele mesmo dia. Ainda que não lhe faltassem nobres pretendentes, inclusive o Barão de Corumbi, que também ficara viúvo mais ou menos àquela época, Rainha Alzira dedicara-se exclusivamente aos dois filhos, aos interesses de seu reinado e à pintura de retratos e caricaturas.

Muito divertidas e risonhas, as duas logo se entrosaram com a Rainha Alimpa, que também viera na comitiva do Grande Rei, desta vez intencionada a estender sua viagem até o Reino de Avilhanas, no intuito de conhecer o propalado e encantado *Reino das Pedras Verdes*. Encontrar-se com Rainha Alzira no Elo Dourado antecipava a realização de seu desejo, descartando, se assim resolvesse, a necessidade de prolongar por mais tempo a jornada por água e terra até aquele distante reinado. De temperamentos parecidos, logo as três rainhas trocavam conhecimentos de magia e espiritualidade, além de produtos de beleza e obras de arte. Rainha Alzira mostrou à Rainha Alimpa alguns de seus mais recentes quadros e retratos, as caricaturas, revelando suas fórmulas secretas de pigmentação para elaborar tintas. Rainha Alimpa possuía um vasto conhecimento de fórmulas químicas, empregadas com muito êxito nos sabonetes, as Barra Alimpa, e não escondeu de Alzira sua mais recente invenção: a *tinta em gel*. Encantada com a variedade de tons e a qualidade dos produtos, Rainha Alzira pediu-lhe delicadamente:

— Alimpa, tu me ensinas a fazer tinta gel?

— Agora mesmo, desde que me apresentes teu formoso filho Rasku.

Ao que a Rainha Ália, pouco mordaz, interpôs:

— É melhor que fiques sem fazer tinta gel, minha cara!

— Por que dizeis isso, Ália? — perguntou Rainha Alimpa.

Pouco desconfortável, mas completamente franca, Rainha Alzira antecipou a resposta:

— É uma longa história, minha amiga. Todavia, Ália tem razão... é melhor para ti que eu fique sem fazer tinta gel.

— Que pode haver de tão perigoso ou ameaçador num homem soberbamente belo e fascinante, Alzira?

— Minha amiga, ensine-me antes a fazer as tintas. Depois falar-te-ei sobre o "belo e fascinante" Conde Rasku... Logo, logo, mudareis de conceito.

— Hum, então vamos... comecemos pelos tons de cinza...

As três sorriram e Rainha Ália, separando-se, deixou-as no laboratório do Palácio Fortaleza, onde encontraram o Príncipe Kurokuru, concentrado e absorto, ligando com fios de ouro as folhas de seu *livro*, anotando num calhamaço de páginas de couro de vitelo, com caprichosas letras ornamentais que aprendera com o primo *Calico*, as *calicografias*, particularidades e desenhos das mais recentes folhas que catara.

Caminhando sozinha para o porto do Elo Dourado, Rainha Ália encontrou-se com o marido, pensativo e cabisbaixo. Ao avistá-la, Rei Kórnio disse melancólico, olhando alguns peixes que se movimentavam lenta e mansamente nas águas límpidas do rio Aguaporé:

— Ália, por acaso lembrais do dia em que nossos filhos se encantaram?

— Parece que foi ontem, sim...

— Não sentis vontade de ver *Ur* gente?

— Quem sabe? Conheceis a magia para desencantá-lo?

— Não, mas conheço quem conhece.

A sombra de uma pessoa projetou-se entre o casal. Rei Kornio imediatamente olhou para trás. Deu de cara com Mago Natu:

— Falavas de mim, Rei Kórnio?

Pasmado com a súbita aparição de Mago Natu, quase gaguejando, explicou:

— Sim, ia mesmo pro-pronunciar vo-vosso nome. Diria a Ália que só vós sabeis as palavras mágicas e poderosas, capazes de desencantar nossos filhos que viraram peixes... não é verdade?

— Ainda que as soubesse, Rei Kórnio, não as pronunciaria. Contudo, vejo que gostaria muito de ter vosso filho *Ur* gente.

— Ah, Mago Natu, é o que eu mais desejo...

— E eu também — Atalhou Rainha Ália.

— Então, aproveitem esta bela noite de lua cheia, enquanto estais a desejar a companhia de filhos e podeis, vós mesmos, praticar a magia de fazer um *Ur gente*... Tenham bons momentos. Até mais tarde!

Os dois entenderam a sugestão do mago e, naquela noite, Rainha Ália sentiu que, apesar da idade, algo maravilhoso haveria de acontecer. A ninguém mencionou seu pressentimento, mas no dia seguinte seu segredo foi proclamado pela Rainha Vidência: Rainha Ália estava grávida. A notícia logo se espalhou. Imperatriz Gônia organizou uma comemoração especial para a novidade, com um ritual próprio, e no mesmo ensejo o imperador anunciou a viagem do Príncipe Urucumacuã ao reinado do Grande Rei, onde passaria três anos se preparando para receber instruções nas ciências sagradas e na prática da alquimia.

A festa ainda não acabara quando Rainha Alzira sentiu a ausência do Conde Rasku. Discretamente, saiu do grande salão e encaminhou-se à ala do palácio onde ficavam os aposentos do filho, esperançosa de encontrá-lo, talvez, se divertindo com alguma moçoila buliçosa e saliente. Encontrou a porta trancada, nenhum ruído que denunciasse a presença de alguém dentro do quarto. Ao final do comprido corredor, avistou um serviçal que trazia uma bandeja com quitutes, ainda fumegando e bebidas. Vindo ao seu encontro, o criado perguntou:

— A quem procurais, nobre senhora?

— Acaso vistes meu filho, Conde Rasku?

— Vi-o há algum tempo. Saiu com alguns alforjes e parecia munido de materiais para caçar...

— Oh, céus! Esqueci-me de que hoje é noite de lua cheia...

— Desculpe-me, nobre senhora, mas que tem a ver a noite de lua cheia com a ausência de vosso filho?

— Não sabeis? Todas as noites de lua cheia, meu filho à meia-noite vira um lobo-homem... feroz e horripilante!

— Não brinques! Sempre achei que essa fosse mais uma esquisitice, uma dessas bobagens que os pais e maridos falam para suas filhas e mulheres no intuito de assustá-las, evitando assim, que se deixem seduzir pelo belo e irresistível conde.

— Vistes em que direção ele saiu?

— Não, senhora. Sei que estava sozinho.

— Desculpe-me, mas para quem levais esses quitutes?

— Perdoe-me, já estou atrasado. São para os vossos netos, Príncipe Gesu Aldo, Princesa Irina e o bastardo Mulato, que estão na outra ala, no salão de jogos.

— Vá, apresse-se. Por favor, vigie para que nenhum dos três saia sozinho por aí. Se puderes, fique de sentinela na porta do quarto do Conde Rasku. Cuide para que ele não o veja. Diga-me, amanhã, a que horas ele chegou e em que condições estava. Não conte a ninguém que me viu por aqui.

— Sim, senhora! Boa noite.

Não tardou e as luminárias do Palácio foram apagadas com os galos cantando. Uma cortina de silêncio desceu sobre a imponente construção de pedras, madeira e ouro. Tudo parecia calmo e tranquilo. Na cama, angustiada e insone, Princesa Irina, noiva do Príncipe Urucumacuã, virava-se para um lado e outro. Não conseguia pensar noutra coisa: algo de muito ruim continuava a lhe afligir. Não era só pela ausência do noivo que se preparava para a grande viagem...

VOLTANDO PARA CASA

Dentro de três dias, a fabulosa comitiva do Grande Rei zarparia para as Terras de Além Mar, rumo ao Reino da Perfeição. Vassalos e serviçais da comitiva do Grande Rei intensificaram os trabalhos a bordo das naus *Patientia*, *Sapientia* e *Humilitas*, abastecendo-as de víveres, limpando e arrumando camarotes e compartimentos visando à grande travessia. Um camarote ao lado do majestoso camarote real era solenemente preparado para o nobre e especial convidado do Grande Rei: o Príncipe Urucumacuã.

A anunciada presença a bordo do jovem fidalgo para a viagem despertou nos serviçais interesse incomum. Todos falavam com entusiasmo e curiosidade a respeito do emblemático *Príncipe da Beira do Rio*, de cabelos vermelhos como fogo e olhos verdes como esmeraldas, tecendo especiais conjecturas a respeito do virtuosismo da ilustre companhia. O imperador cuidou pessoalmente da arrumação da bagagem e dos baús do filho, entregando-lhe uma expressiva quantidade de ouro de sua reserva especial, roupas novas e calçados feitos sob medida, porque também o primeiro dos gêmeos nascera com os pés semelhantes aos da mãe, segredo somente compartilhado entre os membros da família, Mago Natu, Professora Plínia e a parteira, Senhora Natividade da Luz.

Ao receber o baú com o ouro, Príncipe Urucumacuã, sorrindo, confidenciou ao pai:

— Meu querido pai, não necessito de tanto ouro. Preciso mais é do ouro do conhecimento. É este que buscarei tão longe...

— Meu filho, este é o ouro que posso te ofertar. Saiba que ambos são importantes, pois formam juntos o verdadeiro e completo tesouro que um ser humano precisa conquistar. Faça bom uso do ouro material, mas dele não te apegues pela avareza ou cobiça, para que alcances a graça de conquistar também o ouro espiritual, que malfeitores não tomam nem ladrões pilham.

O clima no Palácio Fortaleza era de despedida. Todas as doze casas de hóspedes no pátio interno do palácio apresentavam movimentação de arrumar bagagens; no porto, preparavam-se dezenas de embarcações; nas baias, dezenas de carruagens e nos estábulos, centenas de animais cargueiros. Havia evocações de suave nostalgia e vibrações de saudades antecipadas que irradiavam sobre os que ficariam e mais fortemente sobre os que partiriam. Rainha Alimpa e sua comitiva de navegadores, no entanto, preparavam-se para prosseguir viagem. Ela era a única que não planejava naquela oportunidade retornar ao próprio reinado. Depois que conhecera Rainha Alzira e seus dois netos, decidira estender sua programação a convite da amiga até o fabuloso reino das pedras verdes, o Reinado de Avilhanas, tamanha afeição sentira pela mãe de Rei Naldo, sua nora, a Rainha Araci, e seus netos, Príncipe Gesu Aldo e Princesa Irina.

Rainha Araci ela conhecera grávida do primeiro filho durante a festa de casamento do Rei Médium com a Rainha Gônia. Nem Rei Naldo nem Rainha Araci puderam vir à festa do noivado da filha com o Príncipe Urucumacuã. Mesmo sendo a mãe da noiva, Rainha Araci recuperava-se da queda numa escadaria do palácio das Esmeraldas que resultara na perda de um bebê extemporâneo que esperava há aproximadamente cinco meses. Rei Naldo preferiu mandar a mãe representá-lo com os filhos e ficar em companhia da mulher, que passava por um período delicado de convalescença.

Rainha Alimpa se afeiçoara sobremaneira à Rainha Araci depois que ouviu dela algumas estórias interessantes e fantásticas sobre a origem da Mula Sem Cabeça. Saudosa da amiga, com vontade de revê-la, resolveu colocar-se a caminho, aproveitando a companhia da Rainha Alzira, por quem muito se afeiçoou, e sua comitiva até o Reino de Avilhanas. Era uma longa viagem, mas o percurso incluía a parte maior dos trechos pelo rio Aguaporé e um percurso menor por terra, a partir do Porto de Pimentas, até a sede do reinado, cerca de duzentos quilômetros do exuberante lago de águas verdes cristalinas, em cuja margem se erguia, majestoso e imponente, o Palácio das Esmeraldas.

Rainha Alzira alimentava dois sentimentos opostos: feliz pela companhia da Rainha Alimpa para uma temporada em seu próprio reinado e triste pela prolongada ausência de seu adorado sobrinho-neto, Príncipe Urucumacuã. Rainha Alimpa também tinha um segredo oculto no mais profundo do seu coração, habilmente disfarçado sob o pretexto de se afeiçoar às novas amizades: apaixonara-se irremediavelmente por Conde Rasku, desde a primeira vez que o vira, quando o ouviu anunciar que iria se casar com a Marquesa de Sonça. Alguns anos passados, agora que o Conde Rasku estava desimpedido e solteiro novamente, a despeito de todas as escabrosas histórias de crueldade e perversão que contavam a seu respeito, não conseguia tirá-lo do pensamento nem vê-lo como um exemplar masculino de perfídia e malvadeza, apesar de tão bonito. A força penetrante de seu olhar azul, frio e sedutor, seu porte elegante, adicionado a um quê de maturidade sedutora e apaixonante, deixavam-na com o sangue em efervescência. Daria, se ele quisesse, a metade de seu próprio reinado para tê-lo por marido. Conde Rasku também percebera que Rainha Alimpa correspondia aos seus olhares cúpidos, sequiosos de luxúria e cobiça. Também passara pela sua cabeça o desejo de seduzi-la, fazê-la apaixonar-se por ele desde que a conhecera, à época do casamento do imperador e, depois, apropriar-se de um bom naco de seus tesouros. Depois que conseguisse o que estava querendo, se preciso fosse, livrar-se-ia dela para sempre, sem suspeitas, como já fizera com tantas outras donzelas desaparecidas misteriosamente.

Rainha Alimpa era uma mulher extremamente inteligente e sensual, mas era dada à fraqueza de se apaixonar por homens de péssimo caráter. Lembrava, na aparência, a não menos sensual esposa do Conde Rasku, Senhora Pan Thera, a Marquesa de Sonça, que continuava vivendo nas florestas, encantada numa fera perigosa e indomada. Essa coincidência instigava mais ainda no Conde Rasku o desejo de investir para conquistá-la como mulher, ao mesmo tempo em que suscitava incontrolável sentimento de vingança e ódio profundo pela esposa que o traiu com o Bruxo Neno, no dia do casamento, em seu próprio leito nupcial.

Conde Rasku voltara recentemente do Reinado de Trindade, onde passara uma temporada porque tencionava encontrar-se para um acerto de contas com seu rival e desafeto, Bruxo Neno. No entanto, o bruxo também estivera fora de Trindade, em local que ninguém soubera informar ao certo já há alguns dias. Apesar de hospedado no Palácio do Rei Mor, não chegou a ver nem a esposa, Murmur, nem a filha, Angelin, nas lidas palacianas, deduzindo, assim, que ambas estariam fora com o Bruxo Neno. Não ousou perguntar por elas, pois jamais um nobre poderia manifestar interesse pelo paradeiro de criadas e menos ainda por filho de criadas. Há mais de vinte anos, Bruxo Neno se mudara para aquele reinado, onde casara-se com uma serva do Rei Mor, a cândida Murmur, cuja única filha, a moça Angelin, era considerada a mulher mais bela que já pisara sobre o chão, apesar de ser filha de uma criada com um bruxo. A beleza pura de Angelin era propalada e exaltada por todos os recantos, nos mais distantes reinados. Embora se comentasse sobre a notável graciosidade de outras princesas, a graça e donaire de Angelin não tinham precedentes, nem concorrentes. Todos que a viam, tanto homens quanto mulheres, eram unânimes: não existia naquelas paragens beleza que lhe fizesse sombras ou suplantasse. À parte seu maravilhoso e jovial semblante, Angelin era altiva, mas humilde, recatada, delicada e trabalhadeira. Uma raridade. Quem ia ao reinado do Rei Mor, invariavelmente, comentava suspirando: "*Vi lá a Bela de Trindade*". De tanto repetirem e comentarem, a sede do reinado ficou conhecida de uns tempos em diante como *Vila Bela de Trindade*.

Era por Angelin, portanto, que o coração do sedutor e não menos belo Conde Rasku agora batia. Todavia, era com o pai dela, Bruxo Neno, que haveria de fazer um acerto de contas. Precisava ultrajá-lo, afrontá-lo, desmoralizá-lo, desmascará-lo. Para conseguir tudo isso de uma só vez, demorasse o quanto demorasse, a vingança mais fácil e cruel seria desonrar a bela filha, sem pudor e sem piedade, para que nenhum homem digno jamais a desposasse, apesar de todas as suas incontáveis virtudes e incomparável beleza. Sim, para o Conde Rasku, era esta a melhor forma de saborear a vingança. Precisava arquitetar um plano de ação. Quem sabe, o envolvimento amoroso com a Rainha Alimpa servisse de pano de fundo para dissimular suas intenções, mudar o foco das atenções e, assim, vingar em Angelin o ódio que alimentava por seu pai? Não se constituía em sacrifício conquistar o coração e os favores de uma rainha igualmente sedutora, para depois tomar-lhe a fortuna, fazendo dela sua principal e insuspeitada cúmplice.

A hora da despedida do Príncipe Urucumacuã foi para a Princesa Irina um dos momentos mais tristes que havia vivido até então. Sufocada por uma grande angústia, a jovem princesa vertia lágrimas pungentes e, inconsolável, buscava nos braços da avó e da futura sogra o conforto de que carecia. Rainha Gônia, carinhosa e afetuosa, nutria pela futura nora muito amor e consideração. Também compartilhava de sua tristeza, abraçando-a e amparando-a, pois a separação prolongada de seu próprio filho por um período de, no mínimo, três anos, apertava-lhe igualmente o coração, deixando-a melancólica e abatida. Houve muitas lágrimas naquela despedida. Muitos abraços prolongados, muitos desejos de breves regressos, acompanhados de um discurso emblemático e profético pronunciado com ênfase pelo Mago Natu. Aparentemente deprimido pela longa ausência de seu amado filho, o imperador, após abraçá-lo fortemente, juntou-se ao outro filho, Príncipe Kurokuru, depois de despedir-se do Grande Rei, concluindo sua oratória de anfitrião com uma frase cujo significado oculto permaneceria obscura para a maioria:

— *Sinto que não mais verei alguns de vós, até ganhar asas e com dor voar para as cordilheiras em busca da eterna pata Gônia!*

Mago Natu cruzou seu olhar com o Grande Rei. Os dois igualmente se abraçaram e finalmente, saudaram-se à maneira dos sábios, pronunciando ao mesmo tempo seus enigmáticos códigos: "M.N.O.P.Q.R.S.". O Grande Rei foi o último a embarcar na nau *Sapientia,* das três, a única que ele comandava pessoalmente. Ao entrar na embarcação, o assistente de ordens desatou a corda junto do portaló, ajustou alguns panos de velas à direção do vento e em alguns minutos a grande roda d'água, que também impelia a engenhosa embarcação, começava a girar, sinalizando às outras naus para movimentarem-se no porto. Momentos depois, os que acompanhavam os embarques e as despedidas olhavam distante o mais alto dos mastros de todas as embarcações desaparecer completamente na linha do horizonte, dobrando a curva do rio denominada *Curva do Rei*

Manso. Era a penúltima vez que o Grande Rei navegava naquela região, levando contêineres do fino ouro do Elo Dourado, esmeraldas preciosas e diamantes de Avilhanas, madeiras aromáticas do antigo reino da Madeira, pássaros coloridos e macacos dourados das terras do Barão de Corumbi.

Restabelecida a rotina no Palácio Fortaleza, Mago Natu notou a Rainha Gônia saudosa e tristonha, chorando amiúde as lembranças do filho ausente. Compreendendo a melancolia da virtuosa amiga e amada esposa do Rei Médium, aconselhou que o casal fosse à tardinha até o Poço das Transformações. A bela cascata que descia límpida e borbulhante sobre pedras brancas, revestidas de fino limo nas bordas e a exuberante vegetação de exóticas palmeiras e folhagens tropicais escondiam o local dos curiosos e o preservavam da invasão de estranhos. Além da beleza ímpar do Poço das Transformações, como era chamado, aquela fonte tinha também algumas características que a distinguiam das outras naquelas cercanias. O barulho das águas escorrendo pedra abaixo parecia cantarolar algo como mantras harmoniosos e suaves que facilitavam estados de êxtase ou introspecção.

Era o local predileto do Mago Natu nos longos períodos que se dedicava à meditação depois que o Rei Médium, num momento de descontrole, quando nasceram seus filhos gêmeos, quebrou o Espelho Universal, privando-se daí em diante de seu magno oráculo encantado. Sempre que o imperador, a imperatriz ou o mago sentiam necessidade de desabafar sentimentos inferiores, curar-se de alguma dor emocional ou de algo que os afligisse ou atormentasse espiritualmente iam sozinhos, ou o casal, ao cair da tarde ou nos primeiros alvores, sem que os outros cortesãos percebessem, passear pelas cercanias do palácio, chegando até o Poço das Transformações. Menos de meia hora submersos naquelas águas encantadas parecia bastante para revigorar, restaurar energias e rejuvenescer, trazendo calma, tranquilidade e restabelecendo a harmonia própria.

Atendendo ao pedido do Mago Natu, Rainha Gônia convidou o marido para passear. Seu coração estava profundamente entristecido e conflitado, ainda que compreendesse a necessidade do filho Urucumacuã ausentar-se em busca de conhecimento e sabedoria. Precisava, no entanto, limpar-se daqueles sentimentos, lavando-se nas restauradoras águas frias da sagrada fonte, para que sua saúde não se afetasse pelo desespero e melancolia. O imperador prontamente lhe satisfez o desejo. Descendo às baias, ordenou que encilhassem dois dos mais garbosos e bem adestrados corcéis. Sairia a passear com a imperatriz. Chegando ao Poço das Transformações, Rei Médium despiu-se com a esposa, que ainda conservava alguma resistência a descalçar as sapatas perto do marido:

— Também me sinto com dor, minha querida. Não precisas envergonhar-se de suas patas, Gônia!

Ela enrubesceu, mesmo sabendo que o marido estava a brincar. Deu um mergulho profundo, permaneceu durante alguns minutos sob a superfície do poço cristalino. Rei Médium mergulhou em seguida e alcançou-a, trazendo-a abraçada, à tona:

— Não me fugirás, minha pata Gônia!

Ambos riram, ela sentiu-se melhor. Lembraram algumas das cenas do dia de seu casamento, pareciam se repetir, principalmente quando à noite foram até aquela fonte para selar o compromisso de matrimônio e jurar amor eterno entre si perante a Lua. Choraram, riram e ambos esconderam um do outro o sentimento estranho que os apossou. Estavam certos de que o destino não permitiria que o filho, Príncipe Urucumacuã, casasse-se com a Princesa Irina, conforme ficara marcado para daquela data três anos em diante, quando o príncipe estivesse de volta da grande viagem. Não sabiam o motivo. Mas, com certeza, Mago Natu saberia.

Sem se preocupar, todavia, com as adversidades pressagiadas, o imperador saiu da água e chamou-a:

— Venha, Gônia. Com certeza já estão à nossa procura...

— Sim, também Kururu deve estar à nossa espera para o jantar.

Logo anoiteceu. A lua nova desenhou seu arco de luz como a vela de um barquinho nos céus. Confortados, sentindo-se extremamente bem, voltaram a galope nos corcéis brancos, cujas crinas esvoaçando, muito leves e bem escovadas, roçavam levemente as mãos dos cavaleiros a segurar as rédeas, tal qual propositado gesto de carinho e gratidão por tão belos, alinhados e gentis cavalgadores.

Havia tempos que o imperador e a imperatriz não passavam uma noite tão restauradora. No clarear do dia, levantaram-se dispostos e saíram a apreciar as gotas de orvalho sobre os botões de rosa entreabertos, com os pequenos pingos de cristal reluzente grudados sobre as pétalas tenras e macias. O esvoaçar dos colibris, o canto dos rouxinóis e o alarido dos pintassilgos nas fruteiras tornavam mais encantadores ainda os jardins e o pomar que circundavam o Palácio Fortaleza, seus pátios internos e suas alamedas. As águas plácidas do rio Aguaporé refletiam os primeiros raios do sol e a orla de floresta do outro lado do cais do porto estava tão dourada quanto a ornamentação de ouro que reluzia nas paredes, cúpulas e capitéis do palácio.

No salão de refeições matinais, a família do imperador, à mesa, foi interrompida pelo mensageiro real. As trombetas haviam tocado, a guarda real perfilada abria passagem para adentrar uma centena de cavaleiros vestidos de preto, montando portentosos alazões negros, como se formassem uma única peça o conjunto cavalo e cavaleiro. Outros, portando lanças pontiagudas de estanho reluzente, escudos de latão muito polidos, mostrando as insígnias e emblemas do Reinado de Trindade, com seus elmos de chifres na cabeça, não careciam de identificação. Eram os temíveis soldados, conhecidos como *Caçadores de Cornos*, do Rei Mor. Vinham escoltando a comitiva, trazendo mensagem com proposta de negociação de partilha das terras devolutas do Barão de Corumbi, que morreu sem herdeiros, deixando grandes extensões férteis e aradas para o cultivo dos "*algo dão*": terras onde "*Corumbi ara*".

O imperador, diplomático e pacífico, recebeu-os com honras da realeza, ordenou acomodações compatíveis com seus misteres e fez providenciar farta alimentação matinal de frutas, grãos integrais, quinoa, broas de milho, chocolate e coalhada de leite de búfala. Designou audiência com o chefe da comitiva para depois do meio-dia, quando, descansados da longa viagem, estivessem em condições de conversar e negociar pacificamente, defendendo cada um seus próprios interesses. À hora aprazada, o chefe da comitiva e seis escudeiros de elite da guarda do Rei Mor apresentaram-se à porta do Salão do Trono. Quatro vassalos do Rei Médium abriram a porta, dois de cada lado, sinalizando a entrada dos forasteiros até defronte ao trono, onde o imperador assentado, já os aguardava. Solicitou que também se sentassem, apontando as cadeiras semelhantes ao imponente trono, porém menores no espaldar e estofadas de tecidos em tons pastéis, contrastando vivamente com o tom de púrpura brilhante do trono real.

Cumpridas as saudações e apresentações protocolares, a escriba do imperador, Professora Plínia, leu solenemente a ordem do dia, dirigindo, em seguida, a palavra ao imperador. De posse do rolo de pergaminho em couro de vitelo entregue pelo chefe da comitiva, Senhor Uru, abriu o lacre, iniciando a leitura do documento remetido pelo Rei Mor. À medida que passava os olhos e desenrolava o pergaminho, a fisionomia do imperador agravava-se, modificando-se, franzindo o cenho, tornando indisfarçável seu desagrado ao conteúdo das proposições do Rei Mor.

Concluída a leitura, o imperador fechou os olhos, respirou suave, mas profundo, repassando silencioso às mãos da Professora Plínia a inconveniente e pouco alvissareira missiva. Entre os doze elementos presentes no majestoso Salão do Trono, nenhum ousava quebrar o silêncio. Todos esperavam tensos a manifestação do Rei Médium. Levantando-se do trono, desceu o degrau da plataforma sobre a qual se colocava e, dirigindo-se a um dos seus vassalos solicitou, num tom de voz calmo:

— Por favor, buscai o Mago Natu. Precisamos de sua orientação. Caso não o encontreis, trazei-me a Rainha Vidência.

Voltando-se para os demais, aumentou um pouco a tonalidade da voz e educadamente pronunciou-se:

— Senhor Uru, por gentileza, sem abusar de vossa paciência, aguardemos a chegada do Mago Natu. Preciso que saiba do conteúdo desta mensagem.

Quando o imperador concluiu, Mago Natu entrou com a imperatriz, Rainha Gônia, pela porta oposta à que o vassalo saiu para cumprir a determinação. Pela mesma porta, passados dez minutos, o vassalo entrou com a Rainha Vidência, justificando-se:

— Senhor Imperador, não consegui encontrar Mago Natu...

Antes que falasse mais alguma coisa, o imperador, fazendo ar de riso, desculpou-o:

— Não vos incomodeis!

Todos sorriram. Menos o Senhor Uru, que se mantinha carrancudo, externando impaciência, pouco à vontade com o intervalo criado estrategicamente pelo Rei Médium, tanto para ganhar tempo como para ouvir o conselho do Mago Natu e as dicas da Rainha Vidência, sempre bem-vindos, principalmente quando se tratavam de negócios que afetariam profundamente as relações diplomáticas entre os dois reinados.

Feitas as apresentações e saudações, Rei Médium explanou brevemente as razões pelas quais solicitara a presença dos outros convidados, determinando que Professora Plínia lesse, agora em voz alta para todos o conteúdo da missiva do Rei Mor. Com eloquência e ênfase, ela obedeceu. Quando puxou fôlego para continuar a segunda parte da missiva, tratando das condições propostas para negociar a partilha da vasta extensão das terras deixadas pelo Barão de Corumbi, Mago Natu, educadamente, interrompeu e se manifestou:

— Prezados Senhores, se somente a mim falta dar conhecimento do restante da missiva, peço-vos que passemos adiante. Posso dizer-vos que os seis itens seguintes não precisam ser lidos, pois que tratam das condições impostas pelo Rei Mor para negociar a partilha das terras de Corumbi.

Os sete emissários do Rei Mor olharam-se, mostrando surpresa. O Senhor Uru solicitou a palavra:

— Senhor Imperador, se tanto poder e sabedoria demonstram vosso leal vassalo, solicito que recite pelo menos um dos seis itens alinhados nesta missiva, posto que eu mesmo os ignoro. Tenho certeza de que vos entreguei o pergaminho lacrado. Vós mesmos podeis dar testemunho disto...

O imperador ficou na dúvida se a atitude do Mago Nato se tratava de um ardil ou de simples estratégia. Embora não duvidasse de sua capacidade de decifrar enigmas ou de conhecer coisas ocultas, temendo cair ele mesmo numa armadilha, preferiu falar com Mago Natu:

— Se vos convier, Mago Natu, diga-nos apenas o item de número seis.

Mago Natu abaixou ligeiramente a cabeça, juntou as mãos em frente ao rosto e, pressionando o ponto entre as sobrancelhas com os dois indicadores, declamou:

— *Mor Obriga Responder Toda Epístola.*

Diante da incredulidade dos presentes e da certeza do imperador de que aquele era mesmo o conteúdo do sexto item, pediu à Professora Plínia que o confirmasse, lendo em voz alta, pois que não pairassem dúvidas sobre a capacidade de o mago adivinhar e revelar o que parecia segredo. Sem titubear, ela recitou solene:

— Item seis. *M.O.R.T.E. M.or o.briga r.esponder t.oda e.pístola.*

Rainha Vidência mantinha-se calada, de olhos fechados. Tão logo Professora Plínia repassou o documento às mãos do imperador, Vidência se levantou, virou-se de costas para os expectantes. De frente ao imperador e Mago Natu, proclamou, continuando com os olhos fechados, a seguinte predição:

— *A morte deixará muitas terras indivisas. (Pausa) Quando a lua cheia do quarto ano, coberta por nuvens negras de fumaça, tornar-se em sangue, então o Pássaro de Fogo alçará voo com sua amada. (Pausa) Das cinzas de seu corpo brotará o pau mito, cujos frutos roxos herdarão sua força, sua coragem e seu coração; do seu misterioso pé também nascerá o arbusto de pequenos ouriços vermelhos como sangue e dos seus verdes olhos duas grandes pedras preciosas se encantarão num cobiçado tesouro. (Pausa) A mão da virgem frutificará como fartos seios que alimentarão aves e homens. (Pausa) Sob um grande braseiro tudo findará; encobertas de cinzas, as ruínas de suntuosos palácios permanecerão mais de mil anos ocultas, mas serão desterradas quando a outra árvore der leite para restaurar a glória adormecida debaixo do brasil. Não havendo quem rememore o passado, a rainha das pedras verdes encontrará seu tes… tesou… tesouro… nas folhas de um… um… livro… escr…*

Não concluiu seu presságio, baixou o tom da voz balbuciando outras palavras que ninguém ouviu. Caiu, inerte, estirada no chão. Mago Natu foi o primeiro a socorrê-la. Abrindo-lhe as pálpebras, declarou:

— Morreu. Podemos levá-la para o altar cerimonial de cremação.

— E agora, o que respondo ao Rei Mor, Mago Natu? — o imperador perguntou discretamente, e sem que o emissário do Rei Mor ouvisse tampouco a resposta, segredada no ouvido.

— Responda-lhe a epístola com poucas palavras. Precisamos ganhar tempo. Ordene que a Professora Plínia aproveite o mesmo pergaminho, escrevendo ao final, lacrando-o em seguida, para que o emissário continue sem saber seu conteúdo:

"Soberano Rei Mor, Único Senhor do Grande Reino de Trindade:

Faço resposta sucinta aos seis itens da Vossa Real epístola.

1 – O Príncipe da Beira do Rio, Sua Alteza Urucumacuã, no vindouro ano de 366 dias visitará pessoalmente Vossa Soberaníssima Majestade;

2 – Tratará em nome deste Imperador o que interessar diretamente ao Império do Elo Dourado;

3 – Negociará livremente impostos e divisas sobre as terras onde Corumbi ara;

4 – Reitero, no momento, desinteresse em formar exército para combater convosco;

5 – Considerai-vos convidado juntamente à nobilíssima Corte para o casamento, a contar de hoje exatos três anos, do Príncipe Urucumacuã com a Princesa Irina, bela, virtuosa e digna filha do Rei Naldo de Avilhanas;

6 – VIDA longa ao Rei Mor.

Assina REI MÉDIUM – Elo Dourado Imperator."

Com o pergaminho em mãos, lacrado e selado com a efígie do Imperador do Elo Dourado, o Senhor Uru, visivelmente desconcertado devido ao inusitado da morte da Rainha Vidência, não se sentia à vontade para solicitar esclarecimentos quanto à compreensão de suas emblemáticas palavras. Temendo deixar à mostra sua completa ignorância na interpretação de predições e agouros, para impressionar o imperador, inquiriu:

— Venerável soberano, Imperador do Elo Dourado, é-me permitido transmitir ao meu soberaníssimo rei a nefasta profecia que ouvi neste recinto, para que também se acautele o meu senhor quanto ao calamitoso futuro de seu reinado?

Rei Médium olhou fortuitamente para o Mago Natu que, entendendo o que pensava, fez um leve aceno de cabeça, já sabendo de antemão o que haveria de responder:

— Certamente, Senhor Uru, se conseguires lembrar uma a uma as palavras que ouvistes, alcançando seu profético e enigmático significado, nada impedirá de declará-las ao vosso soberano. Acrescente-vos ainda que não as registrei na missiva, posto confiar na vossa prodigiosa memória e bom discernimento, perfeitamente capazes de notificar com absoluta clareza a agourenta tragédia que nos espera.

Seis elementos, portando uma espécie de maca ornamentada de flores brancas e amarelas, adentraram o Salão do Trono sob o consentimento do imperador. Removendo o corpo inerte da Rainha Vidência, conduziram-no até o altar para dar início ao cerimonial fúnebre que antecedia a cremação dos falecidos. Enquanto se retiravam, Rei Médium convidou os emissários do Rei Mor a participarem das exéquias que sempre aconteciam durante o crepúsculo. Escusando-se sob o pretexto de esgotado o prazo que tinham para retornar a Trindade, lamentaram e despediram-se.

Perfilados em frente ao Palácio Fortaleza, os soldados do Rei Mor, os *Caçadores de Cornos*, esperavam impacientes pelo chefe da comitiva, Senhor Uru e seus guarda-costas, para regressarem levando a missiva de seu soberano com a resposta do imperador. Três grandes balsas e uma barcaça estavam prontas no cais do porto para zarpar com cavalos e cavaleiros.

Uma fumaça branca subiu aos céus dourados pelo pôr do sol. Em poucos minutos, o silêncio e a noite chegavam juntos ao Elo Dourado.

A MORTE DA RAINHA

Passaram-se cem dias desde que saíra a comitiva para levar a mensagem do Rei Mor ao Rei Médium. No Reinado de Trindade, antes do pôr do sol, os Caçadores de Cornos há mais de uma semana montavam sentinelas próximas aos portões para não fechá-los, na expectativa da chegada dos viageiros. No centésimo sétimo dia, à hora do escurecer, as trombetas dos Caçadores de Cornos anunciaram a chegada da grande comitiva. Rei Mor agitou-se. Estava sentado à mesa com sua mulher, Rainha Sissu, e a filha, Princesa Anaconda, enquanto a criada Murmur e sua belíssima filha, Angelin, serviam-lhes o jantar. Percebendo a movimentação no átrio do palácio, Rei Mor levantou-se antes de concluir a refeição, retirou o guardanapo ao redor do pescoço e comentou com a mulher e a filha, propositalmente, para que a humilde Murmur e sua bela filha Angelin pudessem ouvir:

— Desculpem-me, mas vou ainda hoje abrir a resposta da minha epístola ao Rei Médium. Tenho certeza de que o sabichão caiu na minha armadilha. Aposto que vai mandar seu amado filho, o príncipe dos cabelos vermelhos, o Pássaro de Fogo, pessoalmente para pedir-te em casamento, Anaconda! Sabes que não és tão bela tanto assim como Angelin, mas tens precioso sangue real correndo em tuas veias. Isto vale muito mais do que qualquer beleza fugaz!

Anaconda olhou orgulhosamente para Angelin, expressando toda sua malícia e perfídia, plenamente apoiadas pela Rainha Sissu:

— Sei disto muito bem, meu pai. Ainda vou me casar com o Príncipe Urucumacuã para provar que beleza só presta mesmo para servir mesa.

Angelin e Murmur abaixaram a cabeça, sem revidar as provocações da maliciosa Princesa Anaconda. Retiraram depois as ricas travessas e tigelas de ouro com os alimentos que sobraram e recolheram-se na cozinha, onde concluíram a limpeza. Logo em seguida, cuidaram da organização das dependências para servir novamente o jantar, a pedido do próprio rei, ao seu emissário, Senhor Uru, numa sala reservada, para que pudessem conversar sobre as notícias chegadas do Império do Elo Dourado e as respostas que o imperador dera aos seis itens da incisiva missiva.

— Senhor Uru, que me dizes das propostas do Rei Médium às minhas seis exigências? Cadê a resposta da epístola? — Rei Mor perguntou, ansioso e diplomático.

O Senhor Uru, mais com fome do que com vontade de conversar com o rei, entre uma garfada e outra, pouco afeito às boas maneiras e etiquetas, tentou explicar que não chegou a conhecer exatamente o conteúdo da missiva. Lembrava-se apenas de ter escutado a leitura de um único item lido em voz alta e recitado pelo Mago Natu, antes mesmo de ser lido e das proféticas palavras da Rainha Vidência que ele ouvira, mas não compreendera, tampouco lhe fora explicado.

— Então não soubestes o que me responderam? Acaso te trataram com desprezo e descortesia? Não te receberam com as honras da Corte?

À medida que ia fazendo perguntas e recebendo respostas monossilábicas, Rei Mor aumentava sua irritação. Seu tom de voz, descontrolado e nervoso, intimidava o emissário que, interrompendo por alguns momentos sua gulosa refeição, levantou-se, buscou num cabide à porta de entrada do recinto uma bruaca com outros pertences e retirou um canudo grosso, enrolado e lacrado com o selo do Império do Elo Dourado:

— Eis aqui a epístola, meu bondoso e sereníssimo Rei Mor. Aqui está o que me confiaram trazer-vos. Nada sei do que levei, nem do que trouxe. Se quereis que vos diga o que a profetisa falou antes de bater as botas, lembro de pouca coisa, mas é bom que mandeis matar a noiva do príncipe do cabelo de fogo. Caso contrário, não casareis vossa filha com nenhum outro príncipe.

Rei Mor envermelhou-se, desenrolou o pergaminho e mais irritado ainda constatou que sua tão esmerada e caprichosa epístola merecera pouco mais de três frases e nenhuma atenção aos seus principais reclames. Jogando o rolo no chão, pisou-o, dizendo ao Senhor Uru:

— Aquele *imperadorzinho* de merda vai saber exatamente *quem* é a princesa digna, honrada e virtuosa para casar-se com o *cabelo vermelho*! Vou resolver tudo à minha maneira... Preciso ver Neno...

Deixou o recinto enquanto o Senhor Uru mantinha-se ainda atolado num pato selvagem ao molho de tucupi, preparado naquele dia, lambendo os dedos sem nenhuma cerimônia, pouco se importando com o repentino acesso de ira e o tamanho da impetuosidade do Rei Mor.

A SERVENTIA DAS CAIXAS

Embora não se falassem amigavelmente há tempos, desde quando a Feiticeira Zureta fora ao Reino do Elo Dourado e não mais retornara a Trindade, Rei Mor aborrecera-se porque Bruxo Neno parecia esconder a verdade a respeito da morte da amiga, em particular sua protegida, pairando inequívocas suspeitas de que o filho, por ambição, tivesse eliminado a própria mãe. O rei firmava suas desconfianças no sentimento de que Bruxo Neno não disfarçava ciúmes da Feiticeira Zuzu, cujos préstimos eram sempre mais bem aquinhoados que os dele. Ao bruxo talvez desagradasse dividir créditos sobre os mirabolantes resultados de suas proezas. Conversavam amiúde quando o rei precisava de favores específicos. O motivo mais antigo, porém, do estremecimento das relações entre ambos, residia na tentativa indisfarçável do bruxo imitar jeitos e trejeitos do rei, favorecido pela absurda semelhança física entre ambos. Em mais de uma oportunidade Rei Mor pensara mandar o bruxo embora de Trindade, por não suportar que alguém desprovido de refinamento e desfavorecido de linhagem real ousasse imitar-lhe gestos e palavras. Todavia dois outros motivos garantiam a permanência do Bruxo Neno em Trindade: a Princesa Anaconda tinha verdadeira afeição pelo bruxo e a bela criada Angelin, ainda que aparentemente tratada com frieza, despertava no íntimo do rei sentimento de admiração algo filial.

Custava ao Rei Mor deixar de lado o exacerbado orgulho para admitir que precisava dos préstimos do Bruxo Neno. Confidenciaria a contragosto seu plano sórdido de invadir secretamente as terras do Barão de Corumbi para forçar alianças visionárias que culminassem no casamento da feiosa Princesa Anaconda com o admirável, desejado e belo Príncipe da Beira do Rio, herdeiro do encantador Império do Elo Dourado. Mesmo sabendo que, antes de nascer, o Príncipe Urucumacuã já estivesse prometido à Princesa Irina, filha do sortudo rival Rei Naldo de Avilhanas, ao Rei Mor bastavam os fins para justificar os meios. Ciente também de que o Bruxo Neno mantinha em sua guarda sete misteriosas caixas de metal, guardadas com sete chaves dentro de um caixão de madeira preta, adquiridas não se sabia como, junto ao prestigioso Mago Natu, desde a última vez que fora ao Elo Dourado, vencido pela curiosidade e premido pela necessidade, Rei Mor determinou que seu emissário de confiança, Senhor Uru, trouxesse o Bruxo Neno para uma audiência de caráter estritamente sigiloso. Comentava-se na corte que o Bruxo Neno aumentara ainda mais seu poder porque as caixas mágicas serviam para realizar quaisquer objetivos, desde eliminar desafetos até trazer fortuna e amores impossíveis.

De outra parte, Bruxo Neno também andava desejoso de reconquistar espaços há muito interditados no Palácio de Trindade. Desde que se casara com a bela serva Murmur e lhe nascera a menina Angelin, Rainha Sissu igualmente dera à luz a Princesa Anaconda, e o Rei Mor não mais lhe solicitara nenhuma feitiçaria de alta complexidade, nem se interessara por seus gratuitos favores divinatórios. O aparente desprezo do rei pelo bruxo transformara a corte num vasto celeiro de intrigas, inveja e ciúmes, sempre abastecido pelos comentários maliciosos a despeito da beleza humilde da serva Angelin contrapostos à feiura exagerada da maliciosa e pérfida Princesa Anaconda. Ser visto novamente circulando entre nobres cortesãos e ter audiência direta em palácio com o Rei Mor era tudo que Bruxo Neno esperava para alavancar fama e prestígio, trazendo-lhe de volta os áureos tempos de notoriedade e boa fortuna. Não deixaria escapar aquela oportunidade preciosa de atender o que o rei solicitasse fosse o que fosse nas artes da feitiçaria, por mais difícil que parecesse ou o preço que custasse.

Antes da hora combinada, Bruxo Neno se apresentou na antessala do Salão do Trono. Vestido com sua melhor túnica, meio desgastada pelo tempo de uso, barba e cabelos crescidos e desalinhados, aparência completamente modificada, ao entrar na presença do Rei Mor, foi alvo de comentário irônico:

— Dispenso-o de zumbaias e rapapés porque estamos sós e qualquer pessoa que nos visse saberia sem dificuldades quem é o rei.

Bruxo Neno, disfarçando a contrariedade, sem perder a pose, jogou-se aos pés do rei ao estilo de antes, tocando-lhe levemente nas partes íntimas, bajulando-o:

— T.U.V.X.Z., meu senhor e soberano! — recitou sem lembrar exatamente o que significava a enigmática saudação. Para não demonstrar igualmente seu esquecimento, Rei Mor repetiu:

— T.U.V.X.Z., Bruxo Neno! Vou diretamente ao que me interessa, porque não tenho muito tempo a perder com este assunto.

— Sou todo ouvidos, amado rei!

— Bruxo Neno, quem vos parece ter direito às terras que Corumbi ara? Rei Médium ou eu?

— Certamente que vós, ora pois. Rei Médium tem terras em demasia. O Império do Elo Dourado é rico o suficiente para ser dividido entre os três filhos do imperador e continuar maior do que os vizinhos. Com as terras de Corumbi vossa realeza ficará em pé de igualdade com Rei Naldo de Avilhanas.

— Muito bem. Era o que precisava saber de vós. Que vos parece casar a filha do Rei Mor com o filho do Rei Médium?

— Hum, o Príncipe Kurokuru com a Princesa Anaconda?

— Não, Bruxo Neno! Vejo que nada entendeis de casamentos reais... Segundos filhos não precisam se casar com princesas. Quem se casa com filha de rei são os primogênitos dos reis. Quero que o bonitão da Beira do Rio, o tal do cabelo vermelho, Príncipe Urucumacuã, case-se com a minha filha.

— Bem sabeis, meu soberano, que o Príncipe da Beira do Rio, o tal Pássaro de Fogo, já está comprometido, entende? De casamento marcado com Princesa Irina, filha de Rei Naldo de Avilhanas, vosso segundo maior rival.

— Chegastes no ponto que me interessa. Quanto queres e do que precisas para fazer que a tal noiva de Urucumacuã morra ou seja misteriosamente assassinada? Passado um tempo, logo depois, o tal venha a Trindade negociar as terras de Corumbi e se apaixone pela filha do Rei Mor a ponto de pedi-la em casamento?

Bruxo Neno abaixou a cabeça para que o Rei Mor não percebesse sua vontade de rir. Nem o mais feio dos mortais seria capaz de se apaixonar pela Princesa Anaconda, a depender somente de sua beleza, quanto mais o Príncipe Urucumacuã! Só mesmo pelo poder das mais terríveis feitiçarias... Recompondo-se, argumentou, ainda meio sarcástico:

— Meu afável soberano. Faço esse trabalho, mas por alto preço. Sei que se falhar, vou pagar com a minha própria vida, entendes? Mas para o vosso prazer e pelo juramento de lealdade que vos prestei, vou usar sete chaves, sete caixas de metal e um caixão de madeira preta enguiço. Tereis também que providenciar um bode velho, uma cabrita nova, uma cadela no cio, um filhote de gato preto e um casal de pombos brancos. Um pedaço de fita preta e dois pedaços de fita roxa. Uma peça de roupa íntima da vossa filha, uma mecha de cabelo da princesa noiva ou um pedaço de seu vestido... E alguma coisa do príncipe do cabelo vermelho...

— Podeis parar... Como conseguirei algo do príncipe do cabelo vermelho se está tão distante? E de sua noiva ... Como conseguirei? Terei de mandar alguém ao reinado de Avilhanas para conseguir. Como sabeis, demoraria muito tempo até ter as coisas nas mãos.

— Verdade... Bom, tenho as caixas de metal mágicas. As tais que Mago Natu usou pra fazer umas *proezinhas* quando os gêmeos nasceram. Mas nas minhas mãos elas valem muito mais. Consigo o que eu *querer*. Então, acho que é o bastante. Mechas do cabelo da noiva... Hum... eu mesmo posso dar um jeito. Vou fazer uns bonecos de pano com roupas do último defunto sepultado em Trindade, entendes? É só botar nos bonecos os nomes da menina e do noivo dela. Como é mesmo que ela se chama?

— Princesa Irina! Quando e onde faremos o despacho?

— Assim que tiver com todos os materiais na mão e a fase da lua minguante passando do sexto para o sétimo dia e ... não sei... se vossa realeza concorda, mas pra conseguir o efeito cem por cento, preciso despachar no cemitério... É o único lugar que ninguém vai lembrar de procurar pela gente, caso sintam nossa falta.

— N-o-s-s-a falta?

— Claro! Preciso da vossa soberana companhia. Sem vós, amado rei, o despacho não fica completo.

— Neste caso, darei meu jeito...Quanto me custará tudo isto?

— O caixão preto de madeira cheio de moedas de ouro.

— E as sete caixas de metal?

— Serão vossas depois disso. Podereis usar como talismãs, pra fazer o que bem quiseres, entendes?

— Feito isso!

— Feit'isso!

Saindo do Salão do Trono, andando para trás passo a passo, todavia mantendo-se de frente para Rei Mor, porque ninguém que tivesse polimento ficaria de costas para o soberano, Bruxo Neno exagerou nas mesuras e reverências, disfarçando no semblante a afetação e o contentamento de novamente circular entre os cortesãos, recebendo tratamento, distinção e honras privativas da nobreza. Melhor do que esperava, Rei Mor esteve de bom gênio, cordato e submisso. O trabalho desta empreitada exigia concentração, rituais de canalização e magnetismo, com invocações apropriadas no uso das palavras e nas entidades diabólicas chamadas. Coisas corriqueiras para um bruxo sedento de prestígio e dinheiro. Dali em diante, era uma questão de tempo para que as coisas acontecessem.

RAINHA ALIMPA EM AVILHANAS

ASSIM QUE CHEGOU AO REINADO DE AVILHANAS, Rainha Alimpa ficou maravilhada com as pinturas toscas da Rainha Alzira e a beleza do conjunto de edifícios que compunham o Palácio das Esmeraldas. Uma robusta construção em pedra canga, com revestimento interno de blocos especialmente entalhados e incrustados de esmeraldas, em longas faixas que circundavam salões e corredores. Todo o edifício era bem solarizado, muito ventilado, harmonizado com jardins internos e externos, exuberantemente floridos e coloridos. O espaço construído não era maior nem mais imponente que o Palácio Fortaleza, mas apresentava uma simplicidade primorosa no mobiliário e na ornamentação que expressavam bom gosto e requinte de seus moradores.

Rainha Alimpa já conhecia Rei Naldo e sua discreta esposa, Rainha Araci. Estivera com eles, pela primeira vez, no Elo Dourado, quando Rainha Araci, grávida do primeiro filho, durante as comemorações do casamento do Rei Médium com Rainha Gônia, contara-lhe as primeiras histórias de como a Mula Tá se transformara na Mula Sem Cabeça, como essa assombração deixava todos aterrorizados quando aparecia; como nasceu o menino Mulato e como sua mãe, Alba Esmeralda, encantara-se numa ave.

Passados pouco mais de vinte anos, Rei Naldo de Avilhanas conservara-se ainda garboso, gentil e educado. Não era tão belo quanto seu único irmão, Conde Rasku, mas tinha um olhar penetrante e sincero, barba e cabelos pretos bem-arrumados, com alguns fios grisalhos e uma expressão bondosa e altaneira herdada certamente de sua mãe, Rainha Alzira. Rainha Araci também não lhe parecera envelhecida. Conservara-se muito bem ao longo do tempo, engordara alguns quilos, mas possuía um belo porte, harmonizado pela altura e pela simpatia bem-humorada. O Príncipe Gesu Aldo e a Princesa Irina, com três anos de diferença entre eles, adestrados nas diversidades das lições e ensinamentos do mestre-sala Kari Jó, além de formosos e graciosos, reuniam no físico e no intelecto todas as boas virtudes cultivadas em Avilhanas. Eram belos e educados. Uma encantadora família real, foi essa a primeira impressão que Rainha Alimpa recebeu em Avilhanas.

Quando a família real se reuniu para a primeira refeição do dia, Rainha Alimpa não viu o Conde Rasku sentado com os familiares. Observadora, mas discreta, perguntou à Princesa Irina, ao seu lado:

— Onde está seu tio? Ele não mora aqui?

Princesa Irina fez ares de surpresa com a pergunta. Jurava que todos os visitantes de Avilhanas sabiam que seu belo e formoso tio vivia no Solar da Marquesa de Sonça, a ex-mulher, aquela que havia se encantado numa fera pintada, agora chamada de Sonça Pintada, numa propriedade muito aprazível a uma légua e meia a cavalo distante do Palácio das Esmeraldas:

— Meu tio Rasku? Então não sabes que ele mora no Solar da Marquesa de Sonça?

— Sim, conheço alguma coisa que tua avó me contou a respeito dele, mas imaginava que morasse aqui com todos vós.

— Posso acreditar que achastes ele muito belo?

— Ah, minha querida, não me obrigue a dizer a verdade!

— Cuidado, que ele é um homem muito cruel! Não quero que te deixe apaixonada e depois te maltrate.

— Querida, sou madura o suficiente para não me render a paixões perigosas!

— Ainda bem! Temos algumas moças que não resistiram à sedução dele. Hoje choram o desprezo criando filhos sozinhas. Minha avó até criou e mantém um abrigo onde vivem as mães e os filhos do tio Rasku que ele renegou.

— São muitas? Posso conhecer?

— Sim. Iremos lá quando tu quiseres. É bom que veja de perto o tipo de homem que ele é... Afaste-se dele. Mereces um homem com maiores virtudes.

Rainha Alimpa e Princesa Irina ficaram muito amigas. Trocavam confidências, falavam de assuntos secretos e Alimpa contou-lhe desventuras amorosas, vividas e sofridas quando casou-se com um rico mercador de tapetes e especiarias do Oriente, enviuvando logo depois. Em pouco tempo, as duas tinham tanta cumplicidade que Rainha Araci sentia às vezes que a filha manifestava mais afeição por Alimpa do que por ela mesma. Rainha Alzira também se comprazia com a amizade das duas e incentivava a princesa a aprender a ciência dos produtos que ela fabricava com muito esmero e qualidade.

Um dia, durante a refeição matinal, quando toda a família costumava se reunir para desfrutar a alegria das conversas acompanhadas de bons bocados e frutas da estação, Rainha Araci não veio ao salão de refeições. Rei Naldo imediatamente pediu desculpas pela ausência da esposa, que amanhecera indisposta e com enjoos. Duas semanas depois, o mal-estar matinal da rainha foi diagnosticado. Ela estava grávida, apesar da idade mais avançada. Todos ficaram felizes, principalmente o jovem Mulato.

A alegria de Mulato foi percebida pela Rainha Alimpa. Ela demonstrou interesse em conhecer a história daquele belo jovem mestiço, mudo de nascença e aleijado dos pés, porém de belos olhos verdes, pele morena e cabelos levemente crespos. Era ele quem zelava pela tropa de carga do "pai". Era também pajem e cocheiro favorito do Príncipe Gesu Aldo e da Princesa Irina, seus meios-irmãos. Quando Rainha Araci se casou com Rei Naldo, sabia que o menino Mulato, então com sete anos de idade, era registrado como filho bastardo de *Calico*, embora pairassem dúvidas acerca de sua verdadeira paternidade. *Calico* assumiu a paternidade do garoto porque fora flagrado na cama com Alba Esmeralda, a filha de criação da Rainha Alzira. Desconfiava-se, no entanto, que Mulato fosse, na verdade, filho do intrépido e ardiloso Conde Rasku, que deflorou a irmã de criação, armando uma cilada para incriminar Calico, aproveitando-se também da mudez da moça e da sua preferência amorosa por ele.

NA CASA DAS MOÇAS QUE PINTAM E BORDAM

Conforme haviam combinado, as rainhas Alzira, Araci, Alimpa e a Princesa Irina saíram pela manhã num cabriolé guiado por Mulato para visitar a *Casa das moças que pintam e bordam*. Rainha Alzira explicou para a amiga visitante que mandara edificar aquela casa grande para abrigar as moças ingênuas que Conde Rasku seduziu e por infelicidade engravidavam, sendo expulsas do convívio familiar quando descobertas. Para não deixá-las desamparadas, pois dificilmente encontrariam homens honestos para desposá-las, e pela impossibilidade do filho assumi-las em matrimônio, naquela casa encontravam proteção e condições suficientes para criarem os filhos. À época, a casa contava com dezessete delas e dezessete crianças em idades que variavam de meses a sete anos — conhecidos e apelidados pelos moradores da cidade de Avilhanas como os *filhos do lobisomem*. Para sobreviver, as mães faziam trabalhos manuais, costuravam, pintavam e bordavam. Sempre que alguma donzela ficava noiva ou alguma senhora naquele reinado esperava bebê, encomendavam a costura e o bordado das peças do enxoval às *moças que pintam e bordam*.

Rainha Alimpa ficou comovida com a harmonia e a sobriedade com que viviam. A casa era muito limpa, bem cuidada, e as moças se dedicavam a bordados e pinturas, cujos materiais a própria Rainha Alzira cuidava de providenciar. Mas existia um clima de tristeza disfarçada de nostalgia nos olhos das mães e dos filhos, facilmente identificados pelas canções que solfejavam enquanto seus dedos hábeis compunham bordados delicados em variados matizes. Rainha Alimpa perguntou à Rainha Alzira:

— São proibidas de amar novamente?

— Em absoluto. Vez em quando uma ou outra encontra um bom homem que lhe propõe casamento. Já tivemos ao todo vinte e quatro moradoras nesta casa.

— E as que não encontrarem um novo amor?

— Poderão morar aqui pelo tempo que precisarem. Só temos uma lei: não devem engravidar uma segunda vez, seja de quem for, enquanto estiverem aqui, pois perderão o direito não só de morar na casa como o filho será deserdado e quando crescer será escravo no palácio das Esmeraldas.

— Isso já aconteceu?

— Sim, uma única vez. E o pai adivinha quem era? O mau caráter do Rasku, novamente. Todavia, algo muito esquisito sucedeu à mãe: morreu nas dores do parto e a criança também nasceu morta. Deixou sozinho um menino de três anos, chamado Órfão. Os outros avós quiseram criá-lo. Mora com eles atualmente. Já está um rapazote e auxilia os avós nas lidas domésticas. As outras moças ficaram tão apavoradas que nunca mais tivemos casos semelhantes!

— Justiça divina?

— Prefiro acreditar que Conde Rasku andou procurando o Bruxo Neno para alguma feitiçaria. Na época os dois ainda eram amigos…

— E hoje, não são mais?

— Não. Se odeiam mutuamente e ambos sabem o porquê. Sinto que um dia ainda irão se topar num grande acerto de contas. Não me surpreenderá se um matar o outro.

As duas rainhas continuavam a conversa enquanto Rainha Araci e Princesa Irina detalhavam às cosedeiras como queriam as peças do enxoval. Uma entregou um grande rol de roupinhas de bebê, enquanto a outra uma lista inumerável de peças para forro de cama e guarnição de mesa e banho. Resolvidas as encomendas de cada uma, as quatro amigas despediram-se das moças. A visita da Rainha Alzira sempre lhes alegrava, e a notícia da gravidez tardia de Araci surpreendeu e emocionou-as. Rainha Alimpa também fora muito festejada e algumas delas se prontificaram a bordar peças para seu enxoval, antevendo que não demoraria muito e ela também haveria de se casar. Alimpa achou graça da pilhéria, agradeceu com simpatia os préstimos e garantiu que tão logo ficasse noiva, também viria encomendar a costura e o bordado de suas roupas de cama, mesa e banho.

Ao cair da tarde, Rainha Alimpa desceu ao pátio interno do palácio, onde havia uma fonte com um chafariz muito romântico. Sentada num banco de pedra, pôs-se a relembrar a visita que fizera à casa das *moças que pintam e bordam*. Não podia revelar que também estivera apaixonada pelo mesmo homem que a todas fizera as mesmas promessas e depois ignorou-as, como se jamais as tivesse conhecido. Pensando também nos relatos que ouvira sobre o mau-caratismo e a impiedade do sedutor Conde Rasku, aliados à história de que nas noites de lua cheia na sexta-feira ele se transformava no monstro meio lobo, meio homem, ainda que aquilo lhe parecesse lenda, Alimpa reunia elementos, que somados, auxiliavam-na a desfazer o sentimento que até então não tivera oportunidade de externar, mas que ainda lhe acendia por dentro.

Um jovem lacaio, vindo do Condado de Rasku, caminhou em direção à Rainha Alimpa. Muito discretamente, entregou-lhe um pequeno pacote enfeitado com fitas de seda e pediu que abrisse, respondendo a correspondência que o acompanhava para que ele mesmo a levasse ao remetente daquela encomenda. Admirada, pediu licença ao jovem, solicitando que aguardasse seu retorno. Logo, logo ela lhe traria a resposta. Subindo as escadarias com o coração palpitando, Alimpa foi direto aos seus aposentos. Com as mãos trêmulas, entre excitada e temerosa, desembrulhou carinhosamente o belo pacote, e ao abrir a caixa surpreendeu-se com um belo anel e uma gargantilha de rubis e brilhantes, junto de uma carta escrita com boa caligrafia, em fino pergaminho:

"Adorável Rainha Alimpa,

Receba este singelo presente como pedido de vossa mão em noivado. Terás muito mais de mim do que rubis e brilhantes. Terás meu coração que hoje clama por alguém que o conforte e aqueça nas horas de solidão e tédio. Aceite meu pedido e seremos felizes sempre. Aguardo tua resposta e já me coloco aos teus pés para fazê-la a dona deste meu incompreendido coração. Com profunda admiração, ao vosso dispor. Amo-te.

Sinceramente, Conde Rasku."

Uma crise convulsiva deixou-a comovida. Era tudo o que desejava naquele momento e era tudo o que precisava renunciar, pois não desejava para si a inveja e o ódio que as moças enganadas pelo conde haveriam de alimentar por ela. Também não tinha coragem suficiente para casar-se com um homem cujas histórias aterrorizantes de maldade e lascívia eram do conhecimento de todos. Era belo, sedutor, atraente, irresistível, mas não cultivava virtudes nem práticas exemplares de homem de bem, tais como as identificava em seu irmão, o sóbrio, equilibrado e bem centrado Rei Naldo, *o Calico*. Se por um lado estava difícil dizer não ao pedido, por outro, mais complicado ainda, seria sujeitar-se a um casamento que, antes de acontecer, prenunciava desgraça. Resoluta, mas titubeante, reuniu forças que nem sabia conhecer, recolocou as joias na caixa, refez o pacote e escreveu no verso do mesmo pergaminho:

"Adorável Conde Rasku,

Receba de volta os teus rubis e brilhantes. O anel não me entrou nos dedos e a gargantilha quase me enforca. Terás meu coração se os oferecer a qualquer daquelas moças que nos delicados dedos couber o anel e colar ao pescoço a gargantilha. Ficarei aos teus pés se cuidares de chamar de filhos e amar todos os nascidos de vossa semente. Com gratidão e respeito pelo vosso sentimento, sinceramente, Rainha Alimpa."

O lacaio do Conde Rasku recebeu surpreso o mesmo pacote que trouxera para levá-lo de volta ao seu amo. Despediu-se da rainha respeitosamente e deu três passos para trás sem voltar-lhe as costas. Alimpa sentiu um nó na garganta. Tudo o que desejava, na verdade, era ir ela mesma se entregar ao sedutor, tamanho fascínio e desejo ele lhe despertara. Nem quando estivera apaixonada pelo seu falecido marido ficara tão vulnerável em seus sentimentos. Mas conteve-se, pois sabia que tudo não passava de parecido a um vento impetuoso: muito forte, mas destruidor. Reunindo o que pôde do que lhe restava de autocontrole, saiu em direção ao ateliê da Rainha Alzira. Precisava conversar com a amiga, pois seu coração estava em rebuliço. Controlando a respiração, entrou no ateliê como se nada tivesse acontecido e relatou com tranquilidade o que acontecera e como reagira. Alzira admirada exclamou:

— Muito bem, amiga! É bem isso que Rasku precisa! Alguém que não se deixe seduzir pelos seus encantos, nem fique refém de sua sensualidade!

— Posso vos contar um segredo? Redarguiu a amiga.

— Claro, confie em mim!

— Quase fraquejei... Ele é belo demais para ser rejeitado e atraente demais para não ser desejado...

— Mas é o demônio quem mora dentro daquele corpo maravilhoso! — advertiu-a Rainha Alzira.

— Já sei. Por isso mesmo me fechei, para não cair em tentação...

— Ele vai odiá-la de agora em diante. Cuide-se porque é natural de Rasku projetar vinganças cruéis. Jamais saia pelos arredores sozinha nem desprotegida. Ele é mais perigoso do que imaginas.

— Acredito!

Passaram-se três dias e a Rainha Araci não comparecera ao Salão de Jantar para as refeições diárias. Rei Naldo, com semblante triste e preocupado, anunciara que a esposa estava debilitada, precisando de repouso absoluto devido às crises contínuas de vômito e muita sonolência. Já providenciara algumas visitas do curador para consultá-la, mas os chás de ervas que lhe ministrara não foram eficazes. Todos os cortesãos permaneceram silentes, pairando no recinto pressentimento comum. Temiam pela vida da rainha.

Terminada a refeição matinal, Rainha Alimpa quis saber do Rei Naldo se haveria inconveniente visitar a rainha em seus aposentos. Educada e gentilmente, o rei agradeceu a disposição de Alimpa, solicitando que lhe fizesse companhia pelo tempo que ela desejasse e a atendesse em seus desejos. Princesa Irina, com os olhos lacrimosos, também se prontificou a fazer companhia à mãe, que, certamente estava necessitada de carinho e atenção.

Entrando silenciosamente no quarto da rainha, Alimpa e Irina cuidaram não acordá-la. Muito pálida, visivelmente magra, sua energia vital parecia tê-la abandonado. Sem comentar o que sentiam ao vê-la tão abatida, as duas apenas se olharam entristecidas, sentando-se cada uma de um lado da cama. Meia hora depois, como não despertasse do sono,

Princesa Irina tocou-a levemente no rosto, acariciando-a. Araci abriu os olhos, esboçou um sorriso de gratidão e carinho pela presença da filha e da amiga e com um gesto solicitou às duas que se aproximassem. Desejava lhes fazer um pedido:

— Irina, Alimpa, sinto que estou perdendo minhas forças vitais. Não vou resistir a esta gravidez. Por favor, Alimpa, se eu morrer, case-se com Calico e dê a ele um outro filho! Cuide também de Irina e Gesu Aldo até os dois se casarem...

— Mãe, não pense nisso! Haverás de melhorar.

— Araci, Calico te ama muito. Logo te sentirás bem e dareis a todos a alegria de outro herdeiro nesta casa! Força, amiga.

Vagarosamente, a porta do quarto se abriu. Rei Naldo entrou com o Doutor Sararraiva, que chegara naquele momento. Ao vê-lo, Rainha Araci, falando um pouco mais baixo, com a voz muito débil, suando frio, trêmula de febre, balbuciou entre gemidos:

— Doutor Sararraiva, estou morrendo... junto com meu bebê... Calico, case-se com Alimpa... seja feliz... Irina, minha... filha querida... eu te a...mo...

Esforçando-se para dizer mais algumas coisas, a voz foi sumindo, a respiração ofegante. Doutor Sararraiva aplicou-lhe um cataplasma de ervas na fronte, ordenou que somente o marido permanecesse no quarto. Esfregando-lhe os pulsos e massageando seu coração, repetia uma sequência de manobras na tentativa de reanimá-la. Tudo embalde. Rainha Araci fechou os olhos, suspirou exalando o ar pela última vez e serenamente desligou-se da matéria, penetrando o insondável mundo misterioso dos imortais. Na tentativa de animá-la, o marido agarrou-a, puxou-a para junto de si, segurando-a por debaixo dos braços, dizendo incrédulo:

— Araci, isso não é hora de brincadeira... por favor, pare com isso... acorda!

No dia seguinte, ao raiar do sol, todos os estandartes do Reino de Avilhanas foram hasteados junto de flâmulas pretas. O corpo inerte da rainha grávida de seis meses recebeu tratamento de bálsamo e óleo de mirra para aguardar o decurso dos sete dias até a cerimônia de cremação. Mensageiros do rei saíram em seus velozes cavalos para levar a notícia do falecimento aos reinados vizinhos. Rei Naldo vestiu-se todo de preto igualmente aos filhos, fechando-se em pesaroso silêncio, profundamente condoído, disfarçando sob um elmo de metal seus olhos inchados e, sob a pesada vestimenta, a dor que lhe dilacerava o coração. Rainha Alzira recorreu aos calmantes de camomila, erva-doce e capim santo, secando copiosas lágrimas em panos bordados pela saudosa amiga, Rainha Ália.

Súbito, as trombetas e os sinos do Palácio das Esmeraldas anunciaram visitantes. Uma grande comitiva adentrava o pátio principal. Rei Naldo e o Príncipe Gesu Aldo, da janela do aposento onde velavam o corpo da esposa e mãe, reconheceram os estandartes do Elo Dourado. Depois que os cavaleiros da guarda real abriram passagem, saíram da primeira carruagem Mago Natu, Rei Médium e Rainha Gônia, seguidos do Príncipe Kurokuru, Princesa Hévea e Professora Plínia. Não haveria visitantes mais desejados naquele trágico momento, nem hora mais funesta para recebê-los. Saudados e recepcionados pelos guardiães do palácio, não por coincidência, nem por acaso, estavam todos vestidos de cor cinza, a cor das condolências no Elo Dourado. Rei Naldo e o filho vieram pessoalmente abraçá-los, tirando os capacetes, quase sem palavras para recebê-los. Rei Médium quebrou o protocolo:

— Julgamos que encontraríamos Araci viva, ainda que sem o bebê... — disse Rei Médium.

— Vestimos de cinza quando encontramos vosso mensageiro — acrescentou Mago Natu.

— Ela não resistiu. O bebê já havia morrido bem antes — informou Rei Naldo.

— Mago Natu nos avisou de uns pressentimentos. Por isso viemos.

— E como adivinharam, chegando de roupas cinzas?

— Encontramos vosso mensageiro lá na Estaca Zero. Entregou-nos a mensagem e pegou o rumo de Trindade.

Rainha Gônia, Rainha Alzira, Rainha Alimpa, Professora Plínia e Princesa Hévea começaram a arrumar o salão onde o corpo ficaria exposto até o dia da cremação. Observando toda a ritualística própria à celebração das cerimônias mortuárias, encheram o ataúde de flores brancas, e Rainha Alimpa empenhou-se na fabricação de varetas e pelotas de incenso para deixar o ambiente discretamente perfumado. Procuraram pela Princesa

Irina e foram avisadas de que estava muito abatida e desde que soube que a mãe não mais voltaria à vida, saíra às pressas com suas aias em direção à casa das *moças que pintam e bordam*. Queria buscar as peças que por acaso já estivessem prontas, tanto do enxoval do bebê quanto dela mesma. Profundamente consternadas, as moças a receberam e entregaram-lhe uma manta, duas camisinhas de pagão, três cueiros e quatro fraldas. Sem entender o que faria com as peças, uma das moças interpelou-a:

— Por que desejais estas peças, jovem princesa?

— Quero vesti-las numa bebê que farei de pano. Vou denominá-la *Boneca*, que era o nome que minha mãe daria ao bebê que estava esperando, se fosse menina!

— Não desejais guardá-las para usar no bebê que um dia, certamente, terás?

— Ah, pobre de mim... acho que nem casar-me desejo mais, depois disso...

— E vosso noivo, o Príncipe Urucumacuã?

— Que se case com qualquer outra... Não quero mais me casar... nem com ele, nem com ninguém... Minha vida perdeu o sentido. Preferia ter morrido no lugar da minha mãe!

— Não digas assim, formosa princesa. És bela, tens um bom pai, um irmão de verdade, uma avó maravilhosa e uma grande fortuna...além de um belo noivo que muito te ama... O tempo devolverá tua alegria!

Princesa Irina parecia não atinar para a realidade, tão abalada ficara com a morte da mãe, falando palavras soltas, desconectadas de sentido, completamente atribulada. Enquanto as moças preparavam a cesta contendo as peças do enxoval de bebê já prontas, ordenou:

— Por favor, se já coseram também minhas peças de enxoval, me deem. Se ainda não fizeram, nem precisa... Não quero mais me casar e... pronto!

Assim que deixou a casa das moças, uma delas comentou:

— Pobre princesa, parece que a infelicidade a escolheu.

— Pior — acrescentou uma outra — parece também que não ama o suficiente o Príncipe Urucumacuã para se casar!

— Pior — disseram as outras.

E voltaram às suas tarefas.

O CONSELHO DE MAGO NATU

Muitos súditos compareceram à Cerimônia de Adeus à Rainha Araci, que também levava consigo a promessa de um bebê de seis meses, misteriosamente guardado em suas entranhas. Depois dos sete dias do período *purgatório*, o ventre da rainha não apresentava sinal algum de gravidez. Mago Natu explicou a todos o fenômeno, confortando-os com a naturalidade de quem sabe das coisas: a rainha nunca estivera esperando um filho. Tivera, na verdade, uma enfermidade que avolumara suas entranhas, imitando gravidez nos sintomas. Doutor Sararraiva confirmou o diagnóstico, confidenciando ao Rei Naldo que não lhe falara disso antes porque ele mesmo não obtivera êxito no tratamento e julgava inoportuno avisá-lo com antecedência do mal irremediável.

Mago Natu celebrou o ritual de cremação e fez um discurso profundamente confortador aos parentes e amigos saudosos. Havia mais de três mil súditos na solenidade. O único familiar que não esboçava sentimento algum, permanecendo indiferente ao sofrimento externado pela mãe, irmão, sobrinhos, parentes e amigos da cunhada, era o Conde Rasku. Desde que recebera a resposta negativa ao seu pedido de noivado dirigido astuciosamente à Rainha Alimpa e sabiamente rejeitado por ela, juntamente às joias que lhe oferecera, mantinha-se apático às dores que fustigavam todos e não dissimulava no olhar frieza e maldade, aparentemente satisfeito e exultante com o infortúnio da família do Rei Naldo.

Após a celebração da cerimônia crematória, os familiares reais pareciam mais conformados. Rei Naldo, ainda pesaroso, voltara a vestir-se como de hábito. Príncipe Gesu Aldo também estancara o pranto e a Rainha Alimpa ainda não se desfizera das toalhas com que secava as lágrimas, mas já conversava e em alguns momentos fazia alguma graça para descontrair o ambiente. A única que, além de continuar chorando, calada, estava desprezando a companhia dos parentes era a jovem Princesa Irina. Abraçada ao fantoche que confeccionara imitando um bebê de pano, vestido com as roupinhas que serviriam à criança que não nasceria, segurava-o como se fosse de carne e osso, balançando *Boneca* nos braços e cantarolando baixinho, parodiando antigas canções de ninar que ouvira de sua mãe:

— Dorme, neném... neném do coração... Papai quer que eu me case... mas mamãe não deixa, não...

Preocupados com o comportamento da princesa, Mago Natu reuniu-se com Rei Naldo, Rainha Alzira, Rei Médium, Rainha Gônia e Rainha Alimpa. Iniciando a conversa sem rodeios e sem hipocrisias sentimentais, aconselhou Rei Naldo de Avilhanas:

— Amigo, Calico, casai-vos com Alimpa! Não há necessidade de vos guardar em luto fechado, pois devereis atender simplesmente ao último desejo de tua mulher.

— Que dizeis disto? — Rainha Alzira interrogou o mago.

Pasmado, posto que ainda confuso e indeciso quanto ao seu destino, Rei Naldo pela primeira vez dirigiu um olhar de homem à Rainha Alimpa. Seus olhos se encontraram e ele percebeu o quanto era formosa e meiga, apesar de seu jeito meio alvoroçado e exótico. Enrubescido diante do conselho do Mago Natu, pouco à vontade para tomar a decisão, ali, na frente de todos, Rei Naldo pediu que lhe trouxessem à presença os dois filhos. Diante do pai, Príncipe Gesu Aldo, ainda sorumbático, e a Princesa Irina, deprimida e melancólica, miravam-se assustados, aguardando a próxima revelação de alguma outra fatalidade cruel.

— Meus filhos, sabeis o quanto estou sofrendo pela perda de minha querida esposa, vossa adorável mãe! Sabeis também do meu devotado e profundo amor por ela. Porém, diante de tanto sofrimento, quero ouvi-los porque preciso tomar uma decisão. Antes de concretizar meu pedido, quero saber de vós: aceitareis que me case novamente?

Princesa Irina esboçou um sorriso ligeiro e logo se manifestou:

— Só se for para cumprir a vontade de minha mãe. Ouvi quando ela pediu pra Alimpa se casar contigo!

E tu, Gesu Aldo? Que dizeis?

Instalou-se um silêncio pétreo. Todos os olhos se voltaram ao príncipe. Rainha Alimpa, cabisbaixa, pela primeira vez sentia-se um pouco envergonhada de ver devassados e adivinhados seus desejos. Achava Rei Naldo um homem maravilhoso, respeitoso. Não tinha a beleza sedutora do irmão, mas apresentava caráter bom e generoso, virtudes que o faziam mais bonito e desejável até. Nunca antes alimentara por ele sentimento algum além de amizade e respeito, porque também considerava sua mulher uma grande amiga, boa esposa e merecedora daquele marido. Príncipe Gesu Aldo levantou-se, olhou serenamente para pai e disse com voz complacente:

— Meu pai, minha mãe sempre foi e será eternamente a maravilhosa Rainha Araci. Ninguém poderá ocupar o lugar dela nos meus sentimentos. Mas sei que precisas de uma mulher que te cuide e te faça feliz. Sou seu amigo além de filho e tenho profunda admiração pela Rainha Alimpa. Ficarei feliz se aceitar sua proposta.

Houve um clima de descontração total. Rainha Alimpa ficou mais enrubescida ainda. Tinha vontade de jogar-se nos braços do Rei Naldo, ao mesmo tempo que desejava não estar ali, exposta como se fosse objeto em leilão.

Circunspecto, lutando para se mostrar descontraído, Rei Naldo, dirigiu-se à Rainha Alimpa:

— Admirável, Rainha Alimpa, não me resta outra opção: quereis casar-vos comigo?

Os olhos de Alimpa encheram-se de lágrimas. Era muito mais do que ela imaginava. Sentiu que a pergunta direta, sem lirismos, sem floreios, merecia também uma resposta simples e sincera:

— Bondoso, Rei Naldo, não me resta outra opção: aceito!

Abraçaram-se todos, como se uma nova atmosfera de alegria e felicidade voltasse a imperar, tomando conta de todos os palacianos, à exceção do Conde Rasku, que não se sentira muito à vontade. Assim que concluíram a Cerimônia de Adeus da Rainha Araci, retirou-se sem se despedir.

Mago Natu, encerrou a reunião:

— *Calico* e Alimpa, eu vos declaro noivo e noiva! Podem marcar a data do casamento!

— Se não demorarem muito, já ficaremos por aqui até as núpcias — Rei Médium acrescentou feliz. Rainha Gônia também aplaudiu.

No outro dia, Rei Naldo de Avilhanas mandou expedir os convites aos reinados vizinhos, marcando o dia do casamento: quarenta dias a contar daquela data, numa sexta-feira de lua cheia. Tempo necessário para que a mensagem chegasse a todos os reinados vizinhos. Contabilizaram-se centenas de convidados, além dos cortesãos do Elo Dourado, pois o soberano do reinado mais distante de Avilhanas já estava presente com a imperatriz Rainha Gônia, Príncipe Kurokuru e a Princesa Hévea, futura noiva do Príncipe Gesu Aldo.

O CASAMENTO E A TRAGÉDIA

O DIA ESTAVA APENAS COMEÇANDO QUANDO Rainha Alimpa pediu à Princesa Irina que lhe acompanhasse até a *casa das moças que pintam e bordam*. Precisava encomendar algumas peças bordadas para forro de camas e toalhas de banquete com suas iniciais e as de Rei Naldo. Apesar de a princesa ter se afeiçoado bastante à rainha alquimista e gostado também de que seu pai se casasse novamente para não sofrer viuvez prolongada, não lhe aprazia voltar naquele momento àquele lugar, reacendendo lembranças de quando estivera com a mãe para encomendar enxovais de bebê e dela própria:

— Alimpa, vá com a vó Alzira. Ninguém melhor que ela pra te acompanhar...

— Preocupa-me deixar-te sozinha.

— Não ficarei só. Tenho *Boneca* para me fazer companhia. Além das minhas amigas, a prima Hévea e Rainha Gônia...

— Estava pensando em convidá-las para nos acompanharem também.

— Neste caso, irei, então!

Conde Rasku ainda estava à mesa quando um lacaio do Rei Naldo chegou ao Solar da Marquesa em boa montaria, acompanhado de alguns cães de caça galgos, para entregar a correspondência que lhe fora remetida. Vestido bem à vontade, o conde, concluindo sua refeição, ordenou ao visitante que colocasse o pacote sobre a mesa. Sem muitas explicações, o lacaio comentou sucintamente:

— Senhor Conde Rasku, desculpe-me importuná-lo. Mas recebi ordens para aguardar resposta pessoal ao convite que trouxe.

— Convite? Acaso morreu alguém mais de ontem pra hoje no palácio de *Calico*?

— Não, senhor Conde. Estão todos com muita boa saúde, felizmente. Não sei do que trata o conteúdo do convite. Apenas aguardo vossa resposta.

— Pois dê-me aqui o pacote.

Assim que concluiu a leitura, o semblante do conde modificou-se. Seus belos olhos azuis injetaram-se de sangue, envermelhando-se, suas faces enrubesceram e a respiração entrou em descompasso. Percebendo que o conteúdo do convite mexera com os brios do irascível e genioso irmão do Rei Naldo, o lacaio apressou-se em perguntar:

— Então, Senhor, que respostas me dás?

Olhando-o com expressão de odiosidade explícita, num tom de voz pouco cordial, respondeu:

— Diga a Calico que os assados do banquete serão meu presente! Eu mesmo providenciarei e assarei as carnes da festa! Esta é minha resposta.

Rei Naldo recebeu com surpresa a resposta do irmão. Não esperava qualquer gesto de amabilidade vinda de Conde Rasku. Até mesmo a confirmação de sua simples presença ao casamento seria motivo de bastante de admiração. Conhecia Conde Rasku o suficiente para acreditar na incapacidade permanente de demonstrar generosidade. Vindo de Rasku, causava espanto não só que ele confirmasse a participação como também que se prestasse a providenciar iguarias para o banquete das bodas.

A movimentação no Palácio das Esmeraldas estava frenética! Não havia tempo a esperdiçar com lamentações e choradeiras. Os súditos sofriam contidos a ausência da Rainha Araci. Em todos os pátios e salões havia lembranças e homenagens à falecida, mas, em contrapartida, todos se alegravam diante da decisão do Rei Naldo e da Rainha Alimpa de cumprir o último desejo manifestado no leito de morte por Araci. Rapidamente, a notícia se espalhou com aprovação quase unânime em todos os reinados, dos confins de Avilhanas ao interior de Trindade. Somente Conde Rasku não conversava sobre o assunto, afastado de Calico, evitando qualquer tipo de contato com os moradores do Palácio das Esmeraldas.

Rainha Alzira não recriminava a atitude arredia do filho, ainda que o desaprovasse. Conhecia-lhe muito bem os caprichos, seu gênio odioso e o comportamento vingativo e magoado. Além disso, Rainha Alimpa também lhe confidenciara que qualidade de escusas dispensara à proposição de noivado que recebera do Conde Rasku e qual conselho ousara acrescentar para que ele despertasse perante a responsabilidade de pai das dezenas de filhos, cujas mães havia sagazmente seduzido e desonrado. Rainha Alzira avisou:

— Alimpa, querida, cutucastes o diabo com vara curta! Cuida-te, pois haverá revanche...

O sumiço de Conde Rasku preocupava o Rei Naldo sobremaneira. Algumas vezes, à mesa, durante alguma refeição, quando o assunto vinha à tona, com ares ponderados, falava com a noiva:

— Conde Rasku longe me preocupa. Perto me dá trabalho!

A maioria das pessoas achava graça, sem de fato conhecer as artimanhas e crueldades que o belo conde era capaz de perpetrar. Após o furioso e legendário embate entre ele e o Bruxo Neno, à época do seu casamento com a Marquesa de Sonça, os dois se converteram em arqui-inimigos. Por feitiçarias do rival, Conde Rasku recebeu a maldição de se transformar todas as sextas-feiras de lua cheia num lobisomem ameaçador. Daquele tempo em diante, pairava sobre a população do Reinado de Avilhanas alarmante inquietação, resultado dos embates dos dois astutos malfeitores, rivais na velhacaria, mas comparsas da má-fé em vilanias de todos os calibres. A sagacidade do Conde Rasku de produzir e alimentar com êxito incontáveis iniquidades suplantava de longe a justa vaidade de Rei Naldo de encontrá-lo num flagrante ou de amealhar provas suficientemente incriminadoras para indiciá-lo pelos supostos crimes e condená-lo à morte.

Duas semanas após a Cerimônia de Adeus à Rainha Araci, começaram a chegar ao Palácio das Esmeraldas os primeiros presentes de casamento para Rei Naldo e Rainha Alimpa, confirmando também presença à cerimônia do bem quisto enlace. Rainha Alimpa, muito animada, granjeava a simpatia dos serviçais do palácio, seus futuros lacaios e prestadores de serviços, para que desempenhassem com boa vontade todos os pormenores listados e enumerados visando o grande dia. Professora Plínia já entrara em ação e sua presença, além de oportuna, era mais que desejada. Muito prática, articulada com os movimentos de cerimônias e festas pomposas, era rigorosa na escolha dos cardápios, acomodações para os convidados e ornamentação dos ambientes. Quando informada de que o Conde Rasku havia se comprometido a fornecer a carne assada para o banquete, um quê de insegurança induziu-a a procurar o noivo pessoalmente:

— Rei Naldo, que qualidade de carne vosso irmão doará?

— Acredito que seja de alguma caça. Ele é um exímio caçador. E nessa época as corças são abundantes.

— Confias que providenciará quantidade suficiente para todos os convidados?

— Não posso vos garantir. Confiança é uma palavra que não combina com Rasku.

— Podemos, então, elaborar uma segunda opção, caso a quantidade ofertada seja inferior à necessária?

— Certamente, Professora Plínia. Confio plenamente na sua competência.

VISITANDO O VALE DO APERTADO

Mago Natu, Rei Médium, Rainha Gônia, Rainha Alzira e Rei Naldo confabulavam os cinco numa sala secreta do Palácio das Esmeraldas, lembrando acontecimentos que há alguns anos causaram grandes mudanças em todos os doze reinados daquela imensa região, dos mais longínquos aos vizinhos. Rainha Alzira iniciou o assunto, bem-humorada, provocando Mago Natu:

— Mago Natu, por que não devolves meu pote de esmeraldas?

— Quem vos garante que estão comigo?

— Dou-vos a metade delas se me entregares...

— Rainha Alzira, sabeis que comigo elas estão seguras... e tua própria vida a salvo. Se teu filho Rasku ao menos desconfiar de que aquele tesouro está contigo, certamente arrumará meios de subtraí-lo, atentando contra tua vida, se necessário. É melhor que fiquem onde estão.

— Posso ao menos saber onde estão?

— Sim, sabereis. Inclusive, sabereis de onde as retirei, sigilosamente, desde a visita que fiz quando seu neto Gesu Aldo nasceu. Que tal irmos amanhã, bem no raiar do dia, ao lugar onde vosso marido, Rei Albe, o Rico se enforcou?

— Posso convidar Alimpa? — Rei Naldo perguntou, como se devesse satisfação de seus sentimentos e atos aos seus súditos.

Todos concordaram que a futura rainha de Avilhanas também conhecesse o cenário onde se originou a história da Mula Sem Cabeça, e algum tempo depois o atemorizante lobisomem. Pessoalmente, não agradava à Rainha Alzira voltar àquele local, especialmente com plateia. Muitas recordações que preferia esquecer viriam à tona e algum desconforto seria inevitável. No entanto, diante da curiosidade dos amigos em conhecer a grande árvore de figueira-do-inferno... cadafalso onde Rei Albe, o Rico, enforcara-se pelo pé. Mesmo cemitério em que foram sepultados e incinerados os corpos dos protagonistas daquela sangrenta e misteriosa saga. Esforçando-se para não deixar transparecer que aquelas memórias ainda estavam muito vivas e amiúde a incomodavam, Rainha Alzira pedia em pensamento que Mago Natu mantivesse a necessária discrição, sem jamais revelar o segredo guardado por ela e ele: a verdadeira paternidade do Conde Rasku. Outros episódios e detalhes de somenos importância se quisesse revelar, não se importaria.

Já fazia algum tempo que o fantasma da Mula Sem Cabeça descansava em tréguas com o Reinado de Avilhanas! Desde a visita ao Reino do Elo Dourado, quando o Grande Rei determinou que Mago Natu localizasse e desenterrasse o fabuloso pote de esmeraldas que o Rei Albe, o Rico, ocultara, transportando-o secretamente para o seu Santuário no Elo Dourado, ensinando-o a fórmula mágica para afugentar a fantasmagórica visagem da Mula Sem Cabeça, o sentimento geral de medo que assolava a população também arrefecera. Entretanto, a calmaria não permanecera longo tempo.

Não muito depois, voltara o antigo pânico a tomar conta das populações e a andar pelas noites enluaradas. O espectro da Mula Sem Cabeça cedera lugar às aparições do não menos aterrorizante lobisomem. Assunto tabu, igualmente interditado aos visitantes e forasteiros, circulava, no entanto, em formato de rumores. Não haviam tantas testemunhas fidedignas, merecedoras de crédito para certificar a real existência da assombrosa criatura. Porém alguns notívagos que vez por outra atravessavam as ruas da cidade madrugada afora relatavam encontros apavorantes com o avejão.

Devido a boatos recorrentes, a cada vinte e oito dias, na *casa das moças que pintam e bordam*, em noites de lua cheia nas sextas-feiras, portas e janelas eram preventivamente fechadas antes do cair da noite. Atrás de cada uma das portas, reluzentes punhais de prata, pendurados um sobre o outro em formato de "X", garantiam a tranquilidade das moças que juravam ouvir, a partir da meia-noite, uivos e rosnados aterradores de um animal coberto de pelos, com corpo de homem e cabeça de lobo, que rondava insistentemente a casa até a hora em que cantava o primeiro galo da madrugada!

Ainda usando archotes e lamparinas, pois a alvorada parecia não estar com a mesma pressa que os compartes da combinada aventura, pelas quatro horas da manhã estavam todos de pé. A família de Rei Naldo, a família do Rei Médium, Mago Natu, Professora Plínia, o jovem Mulato e o Louco, esse último o primeiro a chegar ao pátio de onde a caravana partiria. Era sempre ele, quando convidado, a animar rodas de conversa, salões de dança, piqueniques e festas populares. Na maioria das vezes, tinha uma novidade para surpreender a plateia. Vestia-se com espalhafato, muitas cores e abandonara, a pedido da Rainha Alzira, suas ceroulas puídas e rasgadas nas nádegas. Todavia, seu figurino estava longe de ser convencional.

Em poucos minutos, reuniram-se todos para iniciar a jornada rumo ao local mais evitado e ao mesmo tempo mais curioso de Avilhanas. A tropa que levaria suprimentos e as carruagens estavam prontas desde a véspera, aguardando seus ocupantes. O jovem Mulato deixara tudo muito bem-arrumado no dia anterior, comandando com maestria os animais cargueiros e os demais cocheiros. Alguns coches, mais confortáveis que os outros, faziam a distinção dos ocupantes pela idade: os mais velhos nos mais estofados e os mais novos nos mais despojados. Mago Natu ainda não decidira quem escolheria como parceiro de viagem. Do Palácio das Esmeraldas, na cidade de Avilhanas, até o Vale do Apertado levariam seguramente duas horas de viagem. Ao final, todas as parcerias estavam feitas e restavam um coche e dois passageiros para embarcar: o Louco e o Mago Natu. Os dois se olharam e, apontando-se mutuamente, com uma risada estridente, o Louco perguntou ao Mago Natu:

— Não te importas de ir comigo?

— Por que me importaria?

— Porque somos muito diferentes...

— Enganas-te. Somos tão iguais que se usasses minhas roupas e eu as tuas, nem eu nem tu saberíamos onde começa o Louco e termina o Mago, nem onde começa o Mago e termina o Louco.

— Gostei da ideia! — disse o Louco sorrindo, dando uma cambalhota no ar, seguida de uma pirueta que terminou por acomodá-lo no assento ao lado esquerdo do coche.

— Veja bem, isso nos faz diferentes! Sou incapaz de tais acrobacias.

— Enganas-te. Se usasses as minhas roupas certamente farias o mesmo.

— Quem sabe?

— Vamos experimentar...

Aproveitando-se de que o cortejo já se pusera a caminho, ficando os dois por derradeiro, combinaram de trocar suas vestes no intuito de chacotear com os amigos, dando-lhes a oportunidade de se divertir. Queriam saber qual dentre eles seria capaz de perceber a troca de vestimentas, antes que eles mesmos revelassem a brincadeira. Assumindo um a personalidade do outro, imitando também seus comportamentos, acomodaram-se na condução, e o Mago Natu, vestido como o Louco, solicitou que o deixasse conduzir a caleça, ao que o outro, vestido como o mago, sentado com ares enigmáticos, sequer objetou.

Antes de chegarem ao Bosque do Iludido, já no Vale do Apertado, o comboio parou para refrescar-se. Havia ali uma Gameleira Branca, árvore gigantesca muito parecida com a Figueira-do-Inferno sob a qual o Rei Albe, o Rico, havia enterrado seu tesouro e se enforcado pendurado pelo pé. Um regato de águas cristalinas serpenteava sob a frondosa árvore, transformando o lugar num aprazível ponto de descanso, recreio e restauração de energia. Rainha Alzira foi a primeira a descer de seu cabriolé. Como se o tempo não tivesse passado, veio-lhe à memória cena por cena do dia em que passara por ali, bem no entardecer, dera de beber ao seu fogoso alazão e, com o coração em sobressalto, acompanhou seu ajudante de ordens, Senhor Dugo, cujo nome verdadeiro desconhecia, até o Claro da Gemedeira, cenário da mais inusitada história que testemunhara e palco de suas desilusões, próximo dali vinte minutos. Refazendo-se ainda do choque das lembranças, arrumou suas vestes, suspendeu a saia para não arrastar no chão meio úmido e gritou para o *Mago Natu* e o *Louco* que vinham mais atrás:

— Ei, parem! Vamos comer alguma coisa e dar água à tropa! Estamos chegando, não precisamos pressa!

No momento em que o Mago parou a carruagem sob a árvore, num ponto distanciado dos outros, lateral às bordas da vegetação alta e cerrada, ouviu-se o som de algo cortando os ares, veloz como um pássaro flechando em voo. No mesmo instante, o ruído de um corpo caindo e o baque seco de algo no chão. Outros dois dardos seguidos cortaram o ar a esmo, sem destinatário escolhido. Enorme pavor tomou conta da caravana. Todos correram assustados ao encontro do corpo que ainda se debatia no chão. Rainha Alimpa foi a que primeiro denunciou desesperada:

— Binah! Chokmah! Flecharam Mago Natu! — exclamou Rainha Alimpa, unindo fervor e pânico.

Percebendo que nenhum deles ainda se dera conta de que o corpo com as vestes do mago era, na verdade, do Louco, Mago Natu, usando da serenidade que o momento exigia, na busca de acalmar os ânimos para que ninguém entrasse em desespero, levantou o rosto da Rainha Alimpa, direcionando o olhar dela para ele, dizendo firme, mas compassivo:

— Rainha Alimpa, Mago Natu sou eu. Mataram o Louco, em vez do mago!

— Oh, Céus! — suspirou aliviada.

— Por Zeus, o que fazes com estas roupas? — observou Rainha Alzira.

— Por que trocaram de vestes? — atalhou Rainha Gônia.

— Explicai o que está acontecendo, Mago Natu — interferiu Rei Médium.

— Tudo tem dois polos; e cada um, seu par de opostos. Somos idênticos em natureza, mas diferentes em grau. Todos os paradoxos tendem a se reconciliar. Nos períodos de avanço, às vezes, é preciso retroceder. Todo movimento é como pêndulo, ora para a direita, ora para a esquerda e a compensação é o ritmo. Rei Naldo, Rainha Alzira, é prudente que voltemos daqui. Sepultemos o Louco sob a Gameleira Branca e ela lhe servirá de morada e abrigo eternamente.

— Mago Natu, quem nos emboscou? — quis saber Príncipe Gesu Aldo.

— Por que preferiu atingir o Louco e não a mim? — Rei Naldo queria ouvir a resposta às suas indagações tanto quanto o Rei Médium.

— Amigo Calico. Não era o Louco o alvo do assassino, na verdade. Era o Mago. Por não conhecer e saber diferenciar um do outro, a não ser por suas vestes e aparência, atingiu o Louco pensando acertar o Mago. Não importa quem matou. Importa quem morreu. Se matares quem matou, não trarás à vida quem morreu.

A conversa entre Rei Naldo, Mago Nato e Rei Médium prosseguia com muitas considerações filosóficas e iniciáticas, até que Rainha Alzira os interrompeu:

— Amigos, tudo me parece lógico: suponho saber quem nos acompanhou e esperou a oportunidade de matar o Louco, pensando que fosse o Mago! É claro que o assassino conhecia o percurso que faríamos. Também sabia que o Mago Natu iria nos conduzir ao local onde estava enterrado o tesouro do Rei Albe, o Rico. Parece lógico que...

Mago Natu não deixou Rainha Alzira concluir o raciocínio. Terminou a frase, ele mesmo:

— ... ele não desejava que fosse revelado para tanta gente, menos para ele, evidente, onde Rei Albe, o Rico, enterrou as esmeraldas e se suicidou pendurado pelo pé, de cabeça para baixo, simplesmente para morrer olhando o local exato onde deixava seu tesouro escondido.

— Ah, que salafrário! — exclamou Rainha Alzira, meio alterada.

— Calma, amiga, teu pote de esmeraldas está em lugar seguro, e ao tempo certo o Príncipe Urucumacuã haverá de entregá-lo a ti.

Feitas as cerimônias fúnebres que antecipavam o sepultamento propriamente, Mago Natu pronunciou a sentença:

— Amigo Louco, voltastes finalmente à estaca zero! Que esta Gameleira Branca te sirva de eterno símbolo e morada. Adeus.

As roupas do Louco ficaram com o Mago Natu, que preferiu não destrocá-las naquele momento. Sepultado o Louco com suas vestes, Mago Natu gracejou:

— Bem-aventurado é aquele que tem um Louco a dar a vida por ele!

O cortejo entristecido, dali mesmo, retornou silencioso e consternado ao Palácio das Esmeraldas.

O FOGO NA CASA DAS MOÇAS

QUANTO MAIS SE APROXIMAVA O DIA DO CASAMENTO, mais Rainha Alimpa se sentia ansiosa. Menos pela saudade de seu reino, pois deixara tudo sob a administração de competentes ministros e bons conselheiros, mas por algo que sua intuição lhe anunciava sob forma de pressentimento de tragédia. Sentia calafrios sem motivos aparentes, como se fossem avisos de imprevistos no percurso. Casar-se uma segunda vez, entretanto, não estava fora dos planos, nem a incomodava tornar-se rainha de outro reinado. Sentia que não se tratava de algo ligado ao seu estado emocional, nem material, mas sombras de preocupação a acompanhavam quando trazia à lembrança o assassinato do irreverente e divertido Louco, providencialmente confundido com o sábio e circunspecto Mago. Interpretava aquele acontecimento criminoso como um aviso agourento de que corriam perigo, mercê que estavam da sanha assassina de algum malfeitor vingativo e odioso.

Apenas os participantes do passeio ao Vale do Apertado notaram que, depois do assassinato do Louco, Mago Natu modificara seu estilo de trajar-se. Deixou as túnicas e as vestes brancas sob o avental bordado com o enigma M.N.O.P.Q.R.S., fazendo uso das indumentárias extravagantes do amigo, comportando-se publicamente com a excentricidade peculiar ao falecido personagem. Avizinhando-se a data de seu casamento e impelida pela curiosidade, Rainha Alimpa criou coragem para interpelá-lo:

— Mago Natu, por que não tens usado tuas próprias roupas, desde que as trocou pelas do Louco?

— Porque minha vida está garantida assim. É mais seguro que o assassino pense que matou o Mago e não o Louco.

— Usarás a roupa do Louco até para celebrar meu casamento?

— Não, no teu casamento, o mago ressurgirá. Importa que saibam, neste dia, que o mago não morreu, quem morreu foi o Louco.

— Mas, então, correrás perigo depois...

— Enganas-te! Depois outros acontecimentos farão com que me esqueçam...

— Podeis me dizer que acontecimentos serão?

— Minha cara amiga, se eu vos disser, a história não será a mesma. Deixa o rio seguir seu curso natural.

Faltando dois dias às vésperas das bodas, o Palácio das Esmeraldas já estava ornamentado. Não havia um só detalhe esquecido ou desapercebido pela laboriosa organização da Professora Plínia. A movimentação dos hóspedes era intensa. O clima de alegria imperante só contrastava levemente com resquícios da nostalgia devido à sentida ausência da Rainha Araci e ao *desaparecimento* inexplicado do Louco, pois o episódio de seu assassinato não mereceu divulgação, atendendo razões de estratégia e segurança aconselhadas pelo Mago Natu, bem compreendidas pelos membros tanto da corte do Rei Médium do Elo Dourado quanto do Rei Naldo de Avilhanas.

Todos os convidados haviam comparecido, inclusive o Rei Mor, do Reinado de Trindade. Desde o casamento do Rei Médium com a Rainha Gônia no Elo Dourado, ele não mais comparecera a festa alguma. Justificava sua ausência designando o Bruxo Neno com outros membros da sua corte para representá-lo. Naquela oportunidade, todavia, viera ele mesmo com a Rainha Sissu e sua única filha, Princesa Anaconda. Foi a última comitiva a chegar e todos os aposentos da ala oeste do palácio estavam reservados para acomodá-los. Rainha Alzira e Rainha Gônia não se sentiam inteiramente à vontade com a presença da corte de Trindade, mas em nome das boas relações e da diplomacia entre os soberanos vizinhos, deram-lhes as boas-vindas no estilo protocolar de Avilhanas. Rei Naldo sabia que a visita do Rei Mor a Avilhanas não se prendia apenas à celebração de seu casamento com a também viúva e jovem Rainha Alimpa.

Era notório e evidente que Rei Mor andava à procura de um fidalgo para desposar sua filha, a horrorosa e desprezível Princesa Anaconda. O único filho homem do Rei Naldo, Príncipe Gesu Aldo, quase tão belo quanto seu tio, Conde Rasku, era sabido de todos, tinha compromisso de noivado firmado com a Princesa Hévea, irmã dos príncipes Urucumacuã e Kurokuru, filhos do Rei Médium, e deveria se casar tão logo o Príncipe Urucumacuã voltasse de sua longa viagem para desposar a Princesa Irina, sua irmã. O único príncipe solteiro, que ainda não tinha compromisso de noivado, era o Príncipe Kurokuru e, por conseguinte, estava disponível, se quisesse, para consignar um contrato nupcial. Havia ainda solteiro o inveterado sedutor, famoso pelas suas incursões amorosas descomprometidas, o Conde Rasku. O perfil do Conde Rasku, no entanto, não se adequava ao desejado pelo Rei Mor para ser admitido na realeza de Trindade. Era bonito demais, mas tinha caráter de menos. A fama de cruel desabonava suas credenciais.

Rei Médium pediu ao Rei Naldo que aproveitassem o ensejo para resolver, de uma vez por todas, as questões ainda pendentes sobre as posses das terras do finado Barão de Corumbi. Era mais que oportuno se reunirem, os três soberanos, pois as terras que *Corumbi ara* confrontavam com os três reinados. O Elo Dourado ainda não havia conseguido consenso quanto à partilha de cada um. Rei Naldo também precisava ter a última palavra de Rei Mor quanto ao acordo que propôs na derradeira vez em que se encontraram para tratar do assunto. Ele só não desejava que Rei Mor usasse mais uma vez de sua astúcia para atrelar a cessão das terras do Barão de Corumbi contíguas ao reino de Trindade e Avilhanas ao casamento de sua filha com o Príncipe Gesu Aldo. Aquele assunto já estava resolvido.

Sem mencionar o nome do Bruxo Neno, Rei Mor, Rei Naldo e Rei Médium conversaram longamente, a respeito de interesses de seus próprios reinados. Conforme suspeitavam, a repartição das terras de Corumbi foi o que motivou Rei Mor a aceitar o convite de vir a Avilhanas para o casamento do viúvo Rei Naldo. Não se supunha, entretanto, que o plano final do Rei Mor era arrumar um casamento para sua filha, Anaconda, com o Príncipe Urucumacuã e não com os príncipes Kurokuru e Gesu Aldo ou o Conde Rasku. Depois de muitos rodeios e indiretas, Rei Mor finalmente se declarou:

— Rei Médium, reconheço vossa preeminência como o mais poderoso soberano de um imenso império. Além das vastidões e das riquezas de vossas terras, tendes ainda o mais rico e encantador reinado. Sois dono de grande tesouro e uma nesga de terra a mais ou a menos não fará diferença na vossa fortuna.

— Tendes razão, Rei Mor. Porém, desde que o Barão de Corumbi começou a plantar os *algo dão*, tivemos uma parceria de muita prosperidade. Toda sua produção era vendida a mim.

— Mas os trabalhadores do barão eram servos cedidos por mim...

— Entendo que tendes também interesse em continuar o cultivo das sementes do *algo dão*.

— Não exatamente. Vou ser bem claro: proponho-lhe casar minha filha Anaconda com o seu filho Urucumacuã e, como dote, dou-lhe toda a parte de terras que a mim certamente faz jus, para incorporar aos vossos domínios.

Rei Naldo, que até então apenas ouvira sem manifestar-se a favor de um ou de outro, esboçou um sorriso irônico e interveio:

— Rei Mor, Príncipe Urucumacuã está noivo de minha filha faz mais de um ano. Tão logo voltar de sua grande viagem, casar-se-á com Irina. Podeis negociar de outra maneira as terras que *Corumbi ara*.

Rei Mor franziu o cenho, enrubesceu e por breves instantes não conseguiu falar... Apercebendo-lhe o desagrado, Rei Médium, com serenidade e paciência, deu novo rumo à conversa:

— Faça-me outra proposta, Rei Mor! Podemos também repartir as terras em proporções às nossas divisas. Traçamos uma linha na metade do terreno. Ficas com a parte esquerda ao Rio da Dúvida e a mim basta a porção contígua às minhas terras, na margem direita.

— Adianto-vos que não é uma justa partilha. Ficarei no prejuízo, porque a maior parte da área já pertence ao reino de Avilhanas. Não posso ficar prejudicado.

— Então o que me propões?

— Que mande seu filho Urucumacuã a Trindade, antes que se case, logo que voltar da viagem, para que façamos um acordo... se não...

— Se não...?

— Usarei meus próprios meios para promover a partilha!

— Concordo mandar Urucumacuã ao vosso reinado, tão logo volte de sua grande viagem. Haveremos de nos entender.

A Lua estava tão clara que parecia um archote entre as nuvens espessas. A noite, porém, não se apresentava completamente iluminada, porque o céu só permitia o vazamento da claridade entre uma e outra nuvem. Ainda assim, um foco de luz prateada projetou-se sobre a Rainha Alimpa. Como se sentisse o peso do clarão sobre seu corpo, acordou, ficando insone por alguns momentos. Aproveitando o silêncio repousante dos seus confortáveis aposentos no Palácio das Esmeraldas, começou a prestar atenção no ruído das aves noturnas que cruzavam o céu refletindo o brilho do luar, no movimento rápido das asas e no quase imperceptível barulho dos pequenos animais roedores que circulavam sorrateiros pelos pátios, entre as fontes de água e os jardins do suntuoso palácio.

De repente, um pensamento de medo lhe ocorreu e começou a se lembrar das inúmeras versões que já tivera oportunidade de ouvir sobre o aparecimento do fantasma da *Mula Sem Cabeça*. Assustou-se com a possibilidade de ouvir os relinchos aterradores da assombração, mas algo mais aterrorizante fez com que se levantasse e viesse até a janela ver o que se passava. Um uivo lôbrego e retumbante ecoou na direção dos fundos do palácio, bem próximo da ala onde ela se hospedava, juntamente aos familiares do Rei Médium.

Rainha Alimpa tinha certeza de que o apavorante lamento, semelhante ao rosnado de um lobo, deveria ter acordado, se não todos, a maioria dos hóspedes e moradores da casa. Amedrontada, mas confiante de que logo teria outras companhias às janelas, abriu as cortinas e olhou para baixo, no local onde lhe parecera ter se originado o bramido. Passados alguns minutos, ninguém mais chegou às janelas; nem a guarda palaciana tocou os sinos para comunicar qualquer imprevisto. Mais amedrontada ainda se sentiu. Agora desconfiava de que somente ela teria acordado com aquele uivo terrível. Para se certificar de que não estivera sonhando simplesmente, escancarou a pesada janela e debruçou-se, inclinando-se ligeiramente sobre o parapeito para melhor observar o que porventura pudesse estar encostado nas paredes de pedras, debaixo uns dez metros de seu quarto. Uma grande sombra escura projetada na parede pelo clarão da lua a fez estremecer. Ao direcionar o foco de sua visão pouco mais adiante, seus olhos se encontraram com os olhos faiscantes de um ser diferente, enorme, equilibrado sobre as pernas, ereto, à semelhança de um homem. O corpo escuro parecia coberto por uma espessa pelagem, e nas extremidades os dedos terminavam em unhas pontiagudas. O olhar coruscante do monstrengo cruzou com a visão amedrontada da rainha. Com o coração acelerado de medo e curiosidade, direcionou seu olhar sobre a criatura e viu quando ela erguendo a cabeça também a olhou. Assustou-se ainda mais porque a cabeça do monstrengo tinha as feições do Conde Rasku. A cara do animal era o rosto de Rasku, com sua beleza cínica, estonteante, sedutora e única. Ao se reconhecerem, o monstro desviou o olhar de imediato, abaixou a cabeça e colocou-se de quatro pés. O encontro dos olhares, todavia, fez com que a aparência de monstro começasse a desvanecer imediatamente.

Como estátua de cera derretendo ao calor do sol, seus pelos desapareceram, formatando-se em feitio humano novamente. Em menos de um minuto, era exatamente o Conde Rasku que estava ali, ainda mais belo do que lhe parecera antes. A certeza de que anteriormente o temível animal a amedrontara, apavorando-a, fê-la recuar, como se evitasse deixar o coração sentir a paixão que a dominara por uns tempos. Afastando-se do raio de observação daquele belo homem, que também, ao perdê-la de vista, emitiu ainda um último rosnado apavorante, percebeu quando se afastou. Bem longe de sua janela, acompanhou-o com o olhar quando caminhou rapidamente e despareceu nas sombras do bosque. Rainha Alimpa não teve dúvida: aquele bicho esquisito com corpo de lobo e cabeça humana era mesmo o Conde Rasku, o assustador *lobisomem* encantado de que tanto comentavam.

O grotesco animal, percebendo que Rainha Alimpa o identificara, no momento em que abaixou-se, colocando-se de quatro pés, rosnando baixo, transmutou-se diante de seus olhos para desaparecer nas sombras do bosque próximo ao palácio. Aterrorizada e estupefata, mas com o pensamento perturbado pela beleza do rosto que enxergara, trancou bem a janela e teve vontade de ir ao quarto da Rainha Alzira acordá-la para contar o que havia presenciado. Ou, quem sabe, de bater à porta do quarto do noivo, Rei Naldo, para compartilhar a visão espantosa do animal com a cara do Conde Rasku. Temendo, em contrapartida, que pudesse ser tida como louca ou desvairada, Rainha Alimpa respirou fundo, tentando controlar-se. Logo, sentiu-se um pouco melhor. Acalmou-se por completo quando viu a lua enorme, bem no alto do zênite, mostrar-se inteira. Achou prudente recolher-se à cama. Precisava repousar bem. Afinal, já passava da meia-noite e naquela manhã começariam as cerimônias de suas bodas com Rei Naldo. Queria estar descansada e bela. E na medida do possível, esquecer tudo o que vira e sentira. Cobriu-se dos pés à cabeça, imaginou-se já na noite seguinte nos braços de Rei Naldo. Então o temor abrandou e conseguiu adormecer serenamente.

Galos cantando avisavam o começo de um novo dia. Lentamente, as janelas do palácio se abriam, cortinas se afastavam e a movimentação de serviçais cruzando os pátios, corredores e salões indicava que a rotina não era a mesma. Não demorou muito, um grupo de camponeses empunhando estandartes vermelhos e pretos batia os sinos no portão secundário, pedindo entrada no Palácio das Esmeraldas. Estavam agitados, afobados, conversando alto e ao mesmo tempo. Os estandartes rubro-negros eram um código particular, usado pelos súditos do Rei Naldo para sinalizar a ocorrência de alguma desgraça ou sinistro nos limites habitados do reinado. Imediatamente, a guarda palaciana os acolheu e conduziu seu líder mais velho até o Salão do Trono, onde Rei Naldo já se encontrava, convenientemente trajado para a primeira cerimônia da manhã. Aguardava a chegada da noiva, dos filhos, da rainha-mãe, dos convidados e do Mago Natu para oficiar as celebrações solares do ritual das bodas. Surpreendido pela entrada do líder da inesperada comitiva, inadequadamente trajado para a ocasião, conduzido pelo Mestre-Sala Kari Jó, Rei Naldo deixou os protocolos de lado, para encontrar-se no meio do salão com seu vassalo, que comunicou diretamente aos seus ouvidos:

— Senhor Rei Naldo de Avilhanas, perdoe-me a inconveniência, mas algo desagradável e nada auspicioso aconteceu esta madrugada. A Casa das Moças incendiou-se, ou foi incendiada, ao que dizem os camponeses, sacrificando todas elas, juntamente aos seus filhos inocentes.

Mantendo a serenidade necessária e própria dos bons soberanos, Rei Naldo interpelou:

— Por que não vieram antes, enquanto havia tempo de impedir o desastre?

O mais idoso, líder dos camponeses, tomou a palavra:

— Perdão, Senhor Rei Naldo, a Casa das Moças fica meia légua afastada de nossas terras, um tanto distante de nossas casas. Sabíamos que nas noites de lua cheia, às sextas-feiras, as moças acendiam fogueiras para cultuar a Lua, dançando nuas ao redor. Vimos o clarão e a fumaça, mas julgamos que fosse resultado do ritual que tantas vezes repetiram.

— Não se atinaram para o aumento da fumaça?

— Sim, Senhor, porém nossas esposas não nos permitiram ir até lá, pois sabíamos que elas poderiam estar dançando peladas à volta da fogueira.

— O que quereis que façamos agora? Alguma das moças por acaso era filha de algum de vós?

— Sim, Senhor, uma era minha filha...

— Igualmente a minha, Senhor...

— Minha também, Senhor Rei Naldo...

— Nenhum dos filhos do Conde Rasku escapou?

— Pelo que sabemos, tem um, Senhor Rei. Aquele rapaz que a mãe morreu no segundo parto e os avós pegaram pra criar... o menino Órfão.

— Pois bem. Senhor Mestre-Sala, traga-me o Cavaleiro da Ordem de Avilhanas. Os senhores, por gentileza, aguardem para ouvir minhas determinações.

Em menos de um minuto, estava à frente do Rei Naldo um jovem homem de compleição física forte, espadaúdo e elegante, em uniforme de gala, pois a cerimônia de casamento real previa revista à Cavalaria da Ordem de Avilhanas, com pompa e fausto somente igualados à Cavalaria do Elo Dourado. Vendo o airoso traje de seu cavaleiro número um, Rei Naldo, em tom coloquial determinou:

— Cavaleiro Serafim, troque de uniforme. Vista-se apropriadamente para trabalhar. Congregue-se aos outros trinta e dois e vá à Casa das Moças que Pintam e Bordam. Salvem o que for possível. Descreva-me minuciosamente o que encontrar e como encontrou. Determino também que meu mensageiro particular dirija-se ao Condado de Rasku, sob o pretexto de buscar a carne de caça que ele se comprometeu a providenciar para o banquete de hoje. Informe-se discretamente sobre o que o Conde Rasku fez da noite de ontem para hoje. Discretamente... Depois, vá à casa dos avós e traga-os com o neto, Órfão, para festejar conosco.

À hora do banquete, ao meio-dia, algumas das compridas mesas que acomodavam os convidados e cortesãos tinham diversos lugares desocupados. Embora circulasse por toda a cidade a notícia do incêndio na casa das moças, nem todos ainda sabiam do desastre. Rei Naldo já havia sido informado pelo Cavaleiro da Ordem, cujo relatório fora minucioso, mas não muito elucidativo, de que não se tratara de um incêndio corriqueiro, acidental. Tudo fazia crer que fosse obra premeditada de algum criminoso, possivelmente praticado sob requintada crueldade.

Pelas descrições do Cavaleiro Serafim, feitas sigilosa e pesarosamente ao Rei Naldo, Rei Médium e Mago Natu, num dos compartimentos da casa, encontravam-se corpos adultos amontoados e carbonizados, levando a crer que na hora do sinistro estivessem todos trancafiados, sem possibilidade de defesa ou fuga. Noutro compartimento mais adiante, os escombros ainda deixavam à vista, carbonizados, corpos menores, possivelmente de crianças, filhos e filhas das moças. Algo terrível chamou mais ainda a atenção do Cavaleiro Serafim: alguns corpos carbonizados estavam inteiros, porém, duas cabeças de criança separadas dos corpos, soltas, levavam a pensar que foram decapitadas antes do incêndio.

Rei Naldo, estarrecido com a narrativa, preferiu não contar à sua mãe, Rainha Alzira, a trágica e funesta descrição do cenário encontrado pelo seu fiel e leal cavaleiro. Mago Natu reservou-se ao mais profundo e pesaroso silêncio e o Rei Médium também fechou-se num sofrimento solidário, camuflado pela alegria que a maioria dos convidados aparentava, dada a festividade das bodas reais.

Sem querer ocupar-se com nomes deste ou daquele suspeito que lhe vinham ao pensamento, Rei Naldo, por mais que procurasse desviar as evidências para outros possíveis criminosos, tinha a mais forte intuição apontando na direção do próprio irmão, Conde Rasku. A única pessoa que poderia se interessar pela destruição da casa e das moças era ele, devido ao comprometimento nunca assumido com as mães de seus prováveis filhos. Mas as informações que o Mensageiro havia trazido, de outro lado, confrontavam-se, fechando-se numa espécie de álibi perfeito. O relatório do Cavaleiro Serafim não parecia conclusivo, porque o conde saíra naquela noite a caçar, chegando ao amanhecer. Trouxera no carroção cinco corças abatidas, além de outras caças já descarnadas, prontas para a confecção dos embutidos que o próprio Conde Rasku gostava de preparar, com as carnes minusculamente picadas e temperadas com ervas aromáticas e condimentos fortes, para serem colocadas dentro das tripas limpas dos animais abatidos. Era uma especialidade gastronômica apreciadíssima pelo conde e por aqueles a quem ele dava a degustar.

Durante o banquete, entre o alarido dos convidados, a execução de boas músicas e a degustação de finos manjares com bebidas suculentas e águas aromáticas, poucos notaram diferença no comportamento do Conde Rasku. Ao contrário de outras ocasiões, quando abusava de sua arrogância e exibia sem modéstia sua galante e sedutora beleza, percorria gentil e sorridente todas as mesas, levando bandejas com as iguarias assadas que ele mesmo preparara, fazendo questão de entregá-las à apreciação dos mais exigentes paladares, esperando os elogios pela sua invenção mais recente no terreno da gastronomia.

Antes de chegar à mesa em que se encontravam os familiares das duas casas reais mais proeminentes, Avilhanas e Elo Dourado, Mago Natu instruiu os comensais discretamente:

— Por favor, não comam os embutidos servidos pelo Conde Rasku. Agradeçam gentilmente, deixando de lado, no prato.

— Por quê, Mago Natu? — quis saber o Príncipe Gesu Aldo.

— Porque aquilo lhe enguiça... lhe enguiça... por mais saboroso que aparenta... tenho certeza de que lhe enguiça... ouça meu conselho.

— Enguiça como, Mago Natu?

— Não vou revelar os porquês, mas todos os que comerem daquelas carnes ficarão contaminados com uma insaciável vontade de comer carne humana... por gerações e gerações... e poucos conseguirão se dominar e extinguir o desejo.

— *Vade retro*, livrai-nos!

— Então, não comam as *lhe enguiças*!

Assim fizeram. E o ódio dissimulado do Conde Rasku pela família de Rei Naldo, só fez aumentar, fermentado pelo ciúme e inveja.

A VOLTA DO PRÍNCIPE URUCUMACUÃ

Um ano depois...

Embora aguardasse a volta do filho no início daquele verão, Rei Médium sonhara com sua festiva chegada naquela semana. Ainda ao amanhecer, assim que a Rainha Gônia despertara, abraçou-a afavelmente e contou-lhe o segredo:

— Sonhei com nosso filho chegando ainda esta semana. O que vos parece?

— Bendito seja, então! Também sonhei festejando sua presença. Estou muito saudosa de Urucum. Afinal, já se passaram quase três anos. Como estará depois de tanto tempo? Mais magro, mais forte, mais ruivo, com barba crescida ou aparada? Ah, como anseio por vê-lo e abraçá-lo...

— Amada minha, vós mulheres é que vos preocupais com isso. Nós, homens, para nós é o bastante que ele esteja saudável, mais forte e devidamente preparado para os deveres e funções que deverá desempenhar como meu sucessor.

— Pretendeis abdicar do trono assim tão cedo?

— Sim, já conversei demoradamente com Mago Natu a esse respeito. Ouvi alguns conselhos, mas fiquei em dúvida quanto a algumas previsões que ele não deixou bem claras.

— O que vos aconselhou?

— Primeiro, que Urucum deve se casar; depois, receber o trono e a coroa do Elo Dourado. Preocupei-me porque Mago Natu pronunciou algumas frases na linguagem que só ele conhece. Não tive coragem de perguntar o que significavam suas palavras, mas senti que soavam como maus presságios, prenúncios agourentos...

— Acalmai-vos, amado! Vivamos o que temos para hoje. Esperemos nosso bem-aventurado Príncipe Urucumacuã!

— Sim, minha rainha. Vivamos o que temos aqui e agora. Ah, sabe o que mais sonhei? Que o Grande Rei chegará com ele.

— Preparemos, então, uma grande festa.

— Mandarei mensageiros agora a Avilhanas. Assim que a Princesa Irina vier, organizaremos a maior festa de casamento jamais vista. Ninguém verá algo mais bonito do que as núpcias de Urucum! Quem sabe o Grande Rei também fique conosco tempo suficiente para oficiar as cerimônias...

— Este é o meu maior desejo — concluiu Rainha Gônia.

Deixou seus aposentos, indo até a ala oposta do Palácio Fortaleza para supervisionar pessoalmente a limpeza das acomodações do amado filho e as casas de hóspedes. Para ornamentar os aposentos destinados a alojar o Grande Rei, Rainha Gônia encomendou ao seu ourives particular uma escultura plana, toda em ouro, no formato de coroa, cravejada de pérolas, brilhantes e esmeraldas e uma estrela de cinco pontas também em ouro maciço, com o monograma "G.R." no pentágono interno, para afixar uma sobre a outra na porta de entrada do quarto principal, em homenagem simbólica ao magnífico rei. Todos os cômodos das outras doze casas de hóspedes estavam limpos e arrumados, prontos para receber dezenas de visitantes.

LEMBRANÇAS DE ALBA ESMERALDA

Em Avilhanas, Rainha Alzira e Rainha Alimpa, sogra e nora, tomavam o chá da tarde. Debaixo de uma frondosa samaúma, completamente cor-de-rosa pela exuberante florada, as duas conversavam demoradamente. A mulher de Calico ouvia atentamente as narrativas da sogra a respeito das memórias de sua filha de criação, Alba Esmeralda, mãe precoce do menino Mulato, cujo destino trágico permanecia encoberto aos súditos e velado à maioria dos palacianos. Sobre a vida de Alba Esmeralda pouco se comentava, pois sua origem misteriosa jamais fora revelada. Como testemunha única de sua aparição, Rainha Alzira confidenciou o episódio com pormenores apenas à nora Araci, que sob juramento, prometeu, e cumpriu, levar o segredo ao túmulo. Depois de rememorar as histórias do Rei Albe, o Rico, e de sua fabulosa Mula "Tá", Alzira também contou à nova nora como foi o nascimento misterioso de Alba Esmeralda, assegurando-lhe que depois da Rainha Araci, ela era a única pessoa, além do Mago Natu, a saber da história completa. A falecida nora também ouvira sob juramento de que jamais contaria a qualquer outra pessoa, incluindo o próprio marido. A parte final da história de Alba Esmeralda deixou a Rainha Alimpa deveras impressionada.

— Por favor, Alzira, conte-me mais detalhes do envolvimento de Calico e Rasku com Alba Esmeralda.

— Ah, sim, coisas de rapazotes! Calico tinha 17 anos e Rasku 14. Mas Rasku parecia mais velho porque era mais encorpado e muito, mas muito, mais malicioso do que o irmão. Até hoje não temos certeza, nem podemos assegurar que Mulato seja filho de um ou de outro. Na época, os dois se aproveitaram igualmente da inocência e da ingenuidade de Alba Esmeralda. Ela tinha uma formosura diferente. Era aleijada dos pés, desde o nascimento. Quando a tive em minhas mãos, reparei que seus pés eram meio redondos, à semelhança de uma pata equina, sem dedos. Fora esse defeito físico que a fazia andar meio trotando, tinha um rosto de extraordinária beleza. Sua longa cabeleira parecia um véu negro a lhe escorrer pelos ombros e seus olhos eram fascinantemente verdes. Foi o rosto feminino mais belo que já vi, porque o masculino, continua sendo o de Rasku, concordas?

— Sim, evidentemente! Até hoje não vi homem de rosto mais belo!

— Então, fiz alguns interrogatórios com Calico jurou-me sempre e nunca se contradisse, que não foi o primeiro a seduzi-la. Rasku jamais admitiu ter sido ele, acusando sempre o irmão... Enfim, Alba Esmeralda era surda-muda de nascença. Nunca se manifestou contra um ou a favor de outro. Certo é que Mulato nasceu e se parece mais com Rasku do que com Calico. Pela responsabilidade que Calico sentia de também ter se abrasado pelos encantos e enlevos amorosos de Alba Esmeralda, assumiu a paternidade do menino.

— Explique-me, Alzira, como foi o encantamento de Alba Esmeralda num pássaro?

— Ah, este episódio apenas a Senhora Natividade da Luz presenciou. Ela, somente ela, estava nos aposentos junto de Alba Esmeralda no momento em que dava à luz. A moça sofreu muito, ficou sete dias inteiros em doloroso trabalho de parto. Pensávamos que fosse morrer junto com a criança. A parteira lembrou que no meio das dores atrozes, na última vez em que ela emitiu um grande gemido e forçou a criança a nascer, deu um suspiro profundo e um gemido prolongado. Na mesma hora, a criança saiu. Quando a Senhora Natividade olhou o recém-nascido para cortar o cordão umbilical, o menino chorou e o corpo de Alba Esmeralda encantou-se, ficando sobre os lençóis apenas sua placenta. Bem naquele momento, ela presenciou uma ave branca saindo de cima da cama e voando pela janela, ganhando o espaço azul do céu naquela tarde quente de verão. Sentindo que a jovem mãe libertara-se daquele tormento e pela dor atroz que a torturou durante sete dias contínuos, denominou aquele pássaro surgido misteriosamente de Alba Atroz.

— Incrível! Calico soube disso?

— Soube. Mas nunca tocou nesse assunto comigo. É melhor que fiques calada também.

— E Rasku? Admite que pode ser ele e não Calico o pai de Mulato?

— Esse assunto já foi encerrado. Calico assumiu a paternidade de Mulato e ponto. Por isso chamam o menino de Calico Filho, o Mulato. Conde Rasku nunca se interessou pelo menino desde quando nasceu. Sempre o desprezou. Parece até que o odeia. Talvez seja porque Mulato tenha o mesmo defeito nos pés que Alba Esmeralda, e seja surdo-mudo de nascença tal qual a mãe. Incomoda a Rasku admitir que além de bastardo, um aleijado seja tratado em nossa corte como fidalgo. Mais de uma vez, tentou imputar a Mulato a autoria de alguns de seus deslizes. Só não conseguiu o intento graças à boa sorte de Mulato. Mais de uma vez, pode contar com o testemunho favorável do Senhor Álibi, que estivera com Mulato nos dias e horários em que Rasku o acusara de furtar alguns de seus animais. Além de premeditado, Rasku é de uma frieza sem precedentes. Não acreditamos na possibilidade de qualquer gesto de amor verdadeiro que possa vir de sua parte.

— Referi-vos ao episódio das "*lhe enguiças*" no nosso casamento?

— Certamente. Todas as pessoas que comeram daquelas carnes adoeceram seriamente, e estão como crianças a choramingar. Ainda bem que o Mago Natu nos preveniu a deixá-las no prato, pois que estavam "*contaminadas*".

— Acaso Mago Natu revelou depois que tipo de contaminação?

— Contou-nos sob juramento algo mais terrível do que qualquer um de nós poderia imaginar...

— Que horror! Podeis me dizer?

— Que jamais saia de sua boca o que ouvireis agora: aqueles embutidos de carne de caça foram preparados com a carne picadinha de alguns dos inocentes, seus próprios filhos, que ele assassinou para depois queimar a casa com as mães e os outros filhos.

Rainha Alimpa ficou lívida. O sangue lhe gelou nas veias e uma sensação de nojo e náuseas quase a fizeram desmaiar. Sem fala por alguns instantes, passou pela lembrança a figura esdrúxula e aterrorizante do enorme animal com a cabeça humana e o rosto do Conde Rasku que ela vira de sua janela na noite anterior ao seu casamento, quando a Casa das Moças que Pintam e Bordam foi incendiada com as mulheres e seus filhos. Ela não queria mais tocar naquele assunto. Era forte ao extremo para sua natureza sensível e humanizada. Rainha Alzira percebendo o choque que a revelação provocara na nora, mudou de assunto, indagando-lhe:

— Tens notado alguma melhora no comportamento de Irina?

— Causa-me preocupação no momento. Calico também percebeu que desde a morte da mãe, ela não sorri, passa a maior parte do tempo brincando com "Boneca"...

— Pois então, aproxima-se o tempo em que o noivo voltará. Tanto mais o dia se avizinha, mais ela demonstra desinteresse pelo casamento. Tenho comigo que o futuro de Irina será uma tragédia... Pressinto que não será feliz.

— Como assim? O Príncipe Urucumacuã é o mais cobiçado entre todos os casadoiros destes reinados. Além de belo, é educado, gentil e herdeiro de um império fabuloso.

— O problema não é com o noivo, Alimpa. O coração de Irina parece que morreu para os prazeres do mundo. Sua ligação com a mãe era mais forte do que imaginávamos. Dói saber que a tristeza e o sofrimento se apoderaram de tão jovem e angelical criatura.

Ao referir-se aos dons e talentos de Urucumacuã, o noivo e futuro esposo da Princesa Irina, enumerando suas incontáveis virtudes, Rainha Alzira foi interrompida pelo toque dos dois sinos de bronze e o soar das trombetas anunciando visitantes. Ao toque dos sinos, as duas amigas se levantaram e atravessando o imenso pátio gramado, com seus magníficos jardins cuidadosamente tratados, foram ao portão principal do Palácio desejar as boas-vindas aos forasteiros. Os estandartes dourados empunhados pelos cavaleiros dos corcéis brancos, eram conhecidos e foram imediatamente identificados naquela Casa Real. Tratavam-se de mensageiros do Imperador do Elo Dourado, Rei Médium. Logo os portões internos do Palácio das Esmeraldas se abriram e a nobre comitiva, agraciada com as civilidades palacianas, era conduzida até o Salão do Trono, onde Rei Naldo despachava com seus tribunos assuntos diversificados, todos do interesse do reinado e de sua população.

Rainha Alzira e Rainha Alimpa gentilmente convidadas pelo Mestre-Sala, Senhor Kari Jó, adentraram o Salão do Trono, juntamente à comitiva do Rei Médium. Reverente e solene, o Mensageiro Real entregou ao Rei Naldo um rolo de pergaminho, lacrado com a efígie do Império do Elo Dourado. De posse do documento, Rei Naldo quebrou o lacre, cortando-o com seu pequeno punhal de prata. Abriu o documento, leu-o primeiro silenciosamente, dando ciência à atenciosa plateia, em alta voz, apenas da conclusão da minuciosa e extensa missiva:

"Com prazer e honra, faço-vos ciente de que a volta do Príncipe Urucumacuã à casa paterna, neste Império do Elo Dourado, será soberanamente festejada com pompa e galhardia, quando Vossa Real Família aqui se encontrar para celebrarmos o casamento dos nossos filhos, Urucumacuã-Irina e Gesu Aldo-Hévea. Aguardaremos Vossa vinda aqui, no tempo em que Vos aprouver, conforme acordo já firmado consoante nossas vontades, quando, então, uniremos nossos filhos e reais herdeiros em sagrado matrimônio, selando destarte o pacto que propusemos desde o tempo de seus nascimentos, para perpetuarmos nossas descendências, em honra e glória de nossos ancestrais. No aguardo da resposta confirmando a data de Vossa vinda já na próxima estação, quando a conjunção da Lua em Gêmeos estiver na Casa Astral de Vênus, saúdo-vos em nome desta Casa Real em Fortuna e Paz. Assina, Rei Médium – Elo Dourado Imperator."

Uma longa sessão de aplausos se ouviu. No rosto da Rainha Alzira, emocionada, copiosas lágrimas rolaram de seus verdes olhos. Disfarçando a comoção, secou-os com toques suaves, exibindo um belo e delicado lenço que usava, lembrança da amiga, Rainha Ália, justificando-se com a nora:

— Não consigo identificar se estou mais alegre ou mais triste!

— Compreendo. Lágrimas de tristeza e de alegria possuem a mesma cor.

Rei Naldo, em seguida, sentou-se numa escrivaninha de ébano, incrustada de florões de ouro, cravejada de esmeraldas, e iniciou a missiva em resposta à longa epístola do Rei Médium. Confirmou sua ida em companhia dos mais proeminentes membros de sua Corte na data que já haviam combinado previamente, marcando também a viagem da Princesa Irina e do Príncipe Gesu Aldo ao Elo Dourado, com antecipação de sessenta dias da data das núpcias, a fim de que se cumprissem os rituais estabelecidos para adaptação dos futuros cônjuges às transformações e mudanças de hábitos e costumes das novas Cortes às quais pertenceriam. Concluindo a escrita, lacrou com o selo do Reinado de Avilhanas o rolo que cuidadosamente colocou num canudo de madeira, e ordenou aos seus arautos que a partir do dia seguinte percorressem todo o reinado para anunciar as núpcias de seus filhos, convidando todos os súditos para a festa do casamento no Elo Dourado e depois no próprio reinado de Avilhanas. Selados os compromissos, dirigiram-se todos ao salão de jantar, onde um lauto banquete já estava à mesa. Na oportunidade, Rei Naldo, sentado à cabeceira da extensa mesa ao lado da mulher, anunciou e apresentou os visitantes, convidando os comensais que ainda não sabiam o motivo de suas visitas a se programarem para a viagem ao Elo Dourado em função das festividades do casamento da Princesa Irina e do Príncipe Gesu Aldo.

Naquela noite, Conde Rasku, de passagem pelo Palácio das Esmeraldas, resolveu esperar o jantar. Conversou com poucas pessoas e à mesa dos familiares comportou-se com mais discrição do que de costume. Retirou-se com seus lacaios tão logo serviram a sobremesa e o chá digestivo, sem se despedir formalmente da mãe, nem do irmão e sua esposa. Chegou em casa quase de madrugada. Não conseguia dormir. Passou o restante daquela noite sem repouso. Todos os seus perversos pensamentos voltavam-se agora ao planejamento para impedir que o casamento dos seus detestados sobrinhos se concretizasse.

PRÍNCIPE URUCUMACUÃ EM CASA

DESDE QUANDO O PRÍNCIPE URUCUMACUÃ chegara em companhia da extraordinária Corte do Grande Rei em três de suas portentosas embarcações — *Patientia, Sapientia* e *Humilitas* —, a vida no Palácio Fortaleza e no reinado do Elo Dourado, em geral, ganhou novos significados. A alegria pelo retorno do amoroso filho, a visita do Grande Rei, sua alegre comitiva e a proximidade da data do casamento do "Príncipe da Beira do Rio" com a "Virgem de Avilhanas" pontuavam entre as mais alvissareiras efemérides das últimas décadas.

Príncipe Urucumacuã havia mudado bastante de fisionomia naqueles três anos de ausência. Sua farta cabeleira ruiva e lustrosa emoldurava um rosto de traços bem angulados, seus olhos verdes adquiriram brilho magnetizante e seu porte físico chegara à plenitude da anatomia masculina. Irradiava uma beleza forte e apaziguadora e sua voz ganhara o timbre de firmeza temperada de gentileza e cortesia em suas palavras. Alguns de seus gestos lembravam os mesmos movimentos do Grande Rei, sem parecer frívola imitação.

Dos mais humildes serviçais aos altos dignitários da corte do Elo Dourado todos queriam ouvi-lo, abraçá-lo e ficar o maior tempo possível perto do jovem príncipe. Muitas perguntas lhe faziam, e a cada resposta mais se maravilhavam do conhecimento e sabedoria adquirida por Urucumacuã, além de sua humildade e simplicidade.

— Parece um deus, dizia a criada que o viu nascer.

— Acaso conheceis algum deus para compará-lo? — debochavam as outras.

— Claro que não, mas continuo achando que ele é um deus, e o irmão gêmeo também.

— Deuses não são de carne e osso...

— Mas podem se fazer humanos para ensinar o amor e a bondade!

— Neste caso, temos alguns deuses aqui, conosco.

— Temos mesmo!

A voz macia e solícita da Professora Plínia ecoou no corredor do Palácio. Estava às voltas com a preparação da Câmara do GRAU para a solenidade de consagração do Príncipe Urucumacuã à Ordem Misteriosa do Pássaro de Fogo. No dia seguinte, começariam os cerimoniais de apresentação oficial de "Urucum" à nobreza da Casa Real do Elo Dourado. Mago Natu recomendara alguns cuidados especiais quanto à arrumação da Câmara do GRAU e solicitara à irmã selecionar as criadas para adentrar com elas naquele sacrário, especialmente reservado. Entre as servas que conversavam no corredor próximo dos aposentos do príncipe, requisitou duas, particularmente, incumbindo-as de limpar com água perfumada de flores de laranjeira todas as peças do mobiliário, varrer o piso com vassouras de tomilho e ornamentar de lírios do campo colhidos antes do sol nascer, na manhã seguinte, em jarras solitárias de cristal e de ouro. Ninguém mais deveria pisar o chão da Câmara do GRAU após a limpeza até o dia seguinte, quando se colocariam as flores nos vasos. Tudo deveria estar providencialmente arrumado para que a seleta plateia que ali viesse fosse honrada com as celebrações pela chegada do príncipe herdeiro. Sua consagração nos antigos e secretos rituais dos Mistérios do Fogo e unção pelo Grande Rei e pelo Mago Natu, testificariam o glorioso final daquele longo círculo de preparações às quais se submetera, seguindo as tradições ancestrais para a formação de sucessores, verdadeiros xamãs, tempos antes de se casarem. Seriam entregues naquela solenidade as honras, galardões e lauréis, símbolos das mais altas comendas do reinado, como salvo-condutos à herança do trono, coroa e cetro reais, legados do pai e legítimo antecessor. Em troca das honrarias, o futuro legatário ganharia também um sem número de tarefas de alta complexidade a executar, subordinando-se ao seu talento invulgar e prestigioso desempenho o sucesso e a vitória em todas elas.

Algo diferente aconteceria naquele dia...

Os rituais de consagração do Príncipe Urucumacuã começaram bem cedo. Penetrando pela primeira vez a Câmara do GRAU, trajando uma comprida túnica preta, de olhos vendados e descalço, entrou no santificado tabernáculo conduzido pelo Mago Natu, postando-se em frente ao altar principal de cedro e olíbano, onde ajoelhou-se para depois deitar-se de bruços, apoiando a testa no dorso das mãos espalmadas, a esquerda sobre a direita. O suave perfume dos lírios colhidos na madrugada e os incensos de mirra e nardo combinavam aromas propícios aos arrebatamentos celestiais. Atenta aos acenos do Mago Natu, Professora Plínia iniciou a execução de harmoniosos acordes no saltério acompanhados pela brandura de um harpista da comitiva do Grande Rei. Em formação lado a lado, respeitosa e reverentemente, postaram-se junto ao Grande Rei o pai e a mãe do príncipe e sete conselheiros reais. Do lado oposto, Mago Natu, Professora Plínia, outros sete conselheiros e o irmão gêmeo, Príncipe Kurokuru. O Grande Rei iniciou a cerimônia salmodiando numa linguagem compreensível apenas aos iniciados. Aspergindo água de essência de rosas sobre o príncipe, entoou o juramento em forma de responsório, com voz afinada e forte:

— *Crês que somos todos irmãos, gerados à imagem e semelhança da Força Máxima Incalculável, partículas e átomos dessa mesma energia?*

Usando da mesma entonação e força na voz, Príncipe Urucumacuã respondeu:

— *Creio!*

— *Juras que dedicarás tua vida a amenizar os sofrimentos de teus próximos?*

— *Juro!— Juras manter-te fiel a esta ordenação por toda tua vida?*

— *Juro!*

— *Juras que não te corromperás nem diante de todo o ouro e toda prata, nem diante da mais valiosa pedra preciosa, nem terá mais valor para ti nenhum objeto do que os dons que recebeis agora?*

— *Juro!*

— *Juras que jamais revelarás o oculto que somente a ti foi revelado?*

— *Juro!*

— E, assim, comprometido estais consigo mesmo porque jurastes o amor. Por mim, por teus pais, por teus vassalos e servos, eu vos consagro, Urucumacuã, Príncipe da Beira do Rio, neto de Pay e Olinda, Ofin e Tarope, primogênito de Médium e Gônia, Grão-Sacerdote da Eterna e Milenar Ordem dos Mistérios do Pássaro de Fogo, sagrado pela manhã, ao Sol; pela noite, à Lua; e por todo o sempre ao Fogo Original, para sujeitar ao teu domínio, a dor, a mentira, a luxúria e a cobiça, enquanto tua mão direita fizer o que tua mão esquerda não souber.

Pedindo que os presentes se ajoelhassem, o Grande Rei pegou um grande círio branco de cera virgem, aceso, enquanto o Mago Natu tirava a venda dos olhos do príncipe, colocando-o em decúbito frontal. Encostando a simbólica vela na cabeça de Urucumacuã, disse:

— Abram-se as janelas e descerrem-se de ti os véus para que recebas pelo Portal da Luz a claridade universal do Poder Infinito da Visão Onipotente, que sempre iluminará tua senda e far-te-á invencível, no Norte, no Sul, no Leste, no Oeste, debaixo do Sol e da Lua, em cima da Terra e dentro da Água.

Em seguida, impôs as duas mãos sobre a cabeça de Urucumacuã, sem tocá-la, dizendo:

— Sejas tu, Pássaro de Fogo, UM com teu corpo e espírito.

De posse de um sudário de linho branco encobriu todo o corpo de Urucumacuã, deixando-lhe apenas a cabeça descoberta:

— Das trevas saíste, à luz tornarás. Descobre a tua cabeça para que se complete tua orientação.

Em seguida imantou uma taça de água, derramando-lhe parte no chacra coronário, concluindo:

— O Fogo morre na água, mas dela é nascente. Purifica-te pela água e pela provação do fogo. *Igne natura Renovatur Integra.*

Pede que todos se levantem. Abraça-os, um por um e na vibração da corrente de energia que começa a circular pela Câmara do GRAU, canta um salmo na mesma língua em que iniciou a celebração.

Erguendo o príncipe do chão, Mago Natu revestiu-o, encobrindo a túnica preta, com um longo manto de pura seda, vermelho brilhante, adornado às costas, por um grande pássaro cor de fogo, bordado com fios de ouro no interior do hexágono formado no espaço interno da estrela de seis pontas, desenhada a partir da superposição de dois triângulos com as bases e vértices opostos.

Após, rompendo o mais completo silêncio, ouviu-se um estalido forte, agudo como o tinir de objeto metálico, ecoando pelo ambiente até desaparecer. Em seguida, um raio de luz formatou-se numa flama vermelho cintilante, qual chama acesa, vinda da direção do Portal Sul, entrando pela janela e posicionando-se sobre a fronte lívida do Príncipe Urucumacuã. Seus cabelos ruivos ficaram como minúsculos raios brilhantes, e todo o seu semblante resplandecia. No mesmo momento em que ergueu as mãos postas para fazer a saudação de gratidão ao Grande Rei, saíram, de seus dedos longos, faíscas de pequenas chamas de fogo azul fluorescente que, num movimento oscilante, circundaram o corpo do príncipe, ritmados numa dança suave, percorrendo-lhe em espiral de baixo a cima, para logo então unir-se numa única flama, igual ao olho poderoso que tudo vê, pairando no topo de sua cabeça por alguns segundos. Enquanto os olhares da plateia, atenciosos e reverentes, observavam a revelação sobrenatural de poder e força cominados ao neófito, aquela chama azul cintilante estilhaçou-se em seu núcleo, fragmentando-se em inúmeras centelhas de luz dourada, semelhantes a partículas de ouro, inundando o ambiente com uma chuva de luz, orbitando em torno do príncipe numa espiral que passou a refletir o espectro das sete cores do arco-íris.

O Grande Rei entoou uma sequência de mantras litúrgicos, com portentosa voz de barítono, e à medida que pronunciava monossílabos sagrados, apontava com os dois dedos, indicador e médio esticados, para o espectro radiante da espiral colorida, direcionando-a aos quatro cantos da Câmara do GRAU. Obedecendo ao comando da divina voz e à direção apontada pelo divino maestro, a espiral dividida em quatro segmentos foi aos poucos desaparecendo, como que sugada pelos vasos solitários de ouro com os lírios do campo.

O semblante do Príncipe Urucumacuã iluminou-se, e uma aura de luz azul-clara brilhante circundou todo seu corpo. Mago Natu então pegou a coroa de folhas de Loureiro sobre o aparador de marfim e, erguendo-a, ajeitou-a sobre sua cabeça, extinguindo assim, a misteriosa chama de energia vermelho coruscante que se apresentava sobre a fronte de Urucumacuã. A luz que irradiava do corpo do príncipe iluminava todo o recinto.

Entregando-lhe também o anel da Ordem e o Colar da Obediência, repassou-lhe a Espada Real com o Pássaro de Fogo, burilado na empunhadura, e as cinco letras de seu enigma pessoal insculpidas sob o símbolo: T.U.V.X.Z., num ritual repetido em outros eventos de sagração real. O Grande Rei o abraçou e concluiu a liturgia, pronunciando em voz alta: Tu, Urucumacuã, vencerás xamãs zombeteiros! Lembre-se sempre de teu juramento.

Ao que ele respondeu:

— Teu único vassalo, xamã zelador. T.U.V.X.Z.

O Grande Rei entoou ainda a liturgia de fechamento, salmodiando em sua língua ancestral. Rei Médium olhou para a esposa e viu quando lágrimas lhe vieram às faces. Dirigindo-se ao iluminado filho, Rainha Gônia entregou-lhe nas mãos o cabochão de diamante, a pedra de filosofar, a mesma que ganhara no dia do seu casamento, obedecendo ao ritual proposto pelo Grande Rei. Em seguida, colocou-lhe no dedo mínimo o anel de pérola negra, que também ganhara do marido quando noivaram, para que pudesse presentear sua noiva, a futura esposa, assim que ela chegasse ao Elo Dourado, dois meses antes do dia do casamento.

Apesar de felizes, fruindo as vibrações positivas e benfazejas daquele momento celestial, pai, mãe e filhos, ao cruzarem seus olhares, abraçaram-se os cinco, e compreenderam que nem tudo, dali por diante, haveria de ser só felicidades, mas viveram intensamente a alegria da oportunidade.

Aquela parte do ritual estava concluída. A cerimônia da Provação do Fogo Sagrado ocorreria mais tarde, à noite, sob a luz da lua, na Praia da Lua Clara, conduzida pelo Mago Natu.

Ao entardecer do mesmo dia, na Praia da Lua Clara, soprava uma brisa agradável, depois de um cálido tempo de céu azul. Alguns serviçais concluíam a instalação de um cenário diferente dos que já haviam sido arrumados naquele local para os casamentos e outras festas de estação. A derradeira vez que aquela extensão de areia branca fora tão cuidadosamente limpa e rastelada remontava ao casamento do Rei Médium com a Rainha Gônia, há vinte e quatro anos passados.

À sexta hora da tarde, a praia das areias brancas e macias lembrava um reduto mágico, prestes a experimentar um grande acontecimento. Arquibancadas escavadas na areia e forradas de alcatifa púrpura emprestavam não só beleza, mas também sobriedade àquela simplicidade.

No espaço central do grande semicírculo de bancadas na areia, um quadrado de vinte e quatro por vinte e quatro metros, meio metro mais alto que o nível dos assentos, isolado por fitas brancas, azuis e douradas — as cores oficiais do Império do Elo Dourado —, permitia a visão de uma armação em formato de pirâmide, estruturada com roliços de madeira aromática, mais grossos na base, afinando-se à medida que ganhavam altura. No cimo da pirâmide, um reluzente cristal em formato piramidal finalizava e rematava o imponente monumento de madeira. Com os quatro vértices na direção dos pontos cardeais, a face norte e a face sul da pirâmide estavam em parte abertos, formando um portal, para permitir que fossem atravessados de uma direção a outra.

Concluído o trabalho, os serviçais entregaram algumas ferramentas especiais ao Mago Natu, que as dispôs em ordem sobre um pequeno tablado à entrada do portal norte da pirâmide de madeira. Professora Plínia veio em seguida, ornamentando de fitas e flores os arcos de palmas verdes, erguidos nas entradas de cada fileira das bancadas na areia.

Rei Médium, com antecedência necessária, anunciou aos súditos e amigos dos reinados vizinhos que todos estavam convidados a assistir àquela cerimônia, ao contrário do ritual de consagração na Câmara do GRAU, dirigido pelo Grande Rei, ao amanhecer, cuja plateia resumiu-se à família real e alguns poucos convidados especiais.

Não tardou e uma grande plateia já se posicionara nas bancadas de areia, iluminadas nos espaços entre uma e outra por archotes e lanternas feitas de ouro, fincadas na areia, abastecidas de óleos vegetais e resinas naturais de breu, alecrim e sândalo. O aroma que se propagava, o vento conduzia até as residências e a fragrância inebriante convidava a população, ainda que pouco entusiasmada, a chegar até o local da cerimônia.

À hora vigésima, surge o Príncipe Urucumacuã, montando um corcel de pelagem láctea reluzente, de par com seu irmão gêmeo, Príncipe Kurokuru, também montando um corcel, de pelagem branca, à frente de um séquito cujo derradeiro elemento era o Mago Natu. Em formação ritual, os dois irmãos apearam das montarias e entraram na pirâmide de madeira, cada um por um portal, enquanto quatro vestais, cavalgando corcéis de cores diferentes — amarelo, vermelho, preto e branco — postaram-se nos quatro vértices indicadores dos pontos cardeais, trazendo às mãos bandejas de prata: A do Leste trouxe o sal; a do Oeste, azeite; a do Norte, enxofre; e a do Sul, o azougue. Mago Natu, o último a tomar posição, numa atitude de humildade e reverência, saudou com um aceno de cabeça toda a plateia, ajoelhando-se diante do Grande Rei, cujo assento estava entre o do Imperador do Elo Dourado, Rei Médium, e da Rainha Gônia. Ainda de joelhos, o mago pronunciou:

— M.N.O.P.Q.R.S.!

O Grande Rei também o cumprimentou e respondeu à saudação:

— M.N.O.P.Q.R.S.!

Desfolhando um antigo alfarrábio nas mãos, Mago Natu iniciou a celebração. Os espectadores, muito atentos, observavam os movimentos dos protagonistas daquele ritual, semelhantes a uma liturgia de teatro sagrado. A partir do momento em que Mago Natu convidou o Príncipe Kurokuru a deixar o interior da pirâmide de madeira pela abertura do Norte, entregando-lhe, além de algumas das ferramentas que estavam colocadas sobre um pequeno tablado ao lado do monumento, um calhamaço no formato de um caderno, aramado de fios de ouro, com toda a sua coleção de folhas curativas, apanhadas nos *cata-logo* para compor o *livro das doenças*, o ritual se transformou. O príncipe gêmeo, coroado com uma guirlanda de folhas de oliveira recebeu também vestes cerimoniais, uma túnica verde-esmeralda, forrada de seda amarela, bordada com pedras preciosas em desenhos de flores e folhas, ouviu uma longa profissão de fé, jurando seus credos e comprometendo-se, sob pena de anátema, a trabalhar pela saúde e bem-estar de todos os desafortunados daquele reinado, sem lhes exigir quaisquer formas de pagamento ou retribuição material. Concluindo os juramentos e recebendo a ordenação de Sacerdote da

Cura, Príncipe Kurokuru retomou sua montaria, circulando quatro vezes pelos quatro lados no cenário isolado de fitas, saindo pelo portal do sul, em suave marcha.

Enquanto isso, Mago Natu solicitou que todos permanecessem em silêncio, enquanto ele cantava hinos de louvor, aguardando o Príncipe Kurokuru retornar. Momentos após, o príncipe regressou andando, vestido com um avental verde sobre uma túnica branca resplandecente, empunhando uma palma verde e uma coroa de ouro branco e esmeraldas na cabeça. Havia entregado as oferendas no oculto altar da Honra Onipresente dos Ancestrais Superiores Consagrados ao Altíssimo.

Príncipe Kurokuru sentou-se ao lado esquerdo do Grande Rei, permanecendo em profundo estado de contemplação, sem pronunciar uma palavra. Mago Natu prosseguiu a liturgia, entregando uma taça de bebida sagrada ao Príncipe Urucumacuã, dizendo-lhe:

— *Oh, Sagrado Pássaro de Fogo, Senhor da Morte e da Vida, resplandecei sobre teu vassalo Urucumacuã, transmutando o sofrimento em gozo e a morte em vida. Fazei-o penetrar nos vossos sacrossantos mistérios e abri-lhe as portas insondáveis da percepção e dos encantos. Que ao seu toque, o metal se dobre e a pedra se quebre e tudo se transforme segundo sua vontade. No Sol se faça a chuva e na Chuva se faça o sol, tudo de conformidade com Vosso imperscrutável domínio e vontade. Tudo de conformidade com a Honra Onipresente dos Ancestrais Superiores Consagrados ao Altíssimo.*

Mago Natu prosseguiu sua santificada homilia, ao tempo em que as quatro vestais que levavam as oferendas dos elementos sal, azeite, enxofre e azougue, em suas salvas de prata, caminharam à frente, lentamente, até os pontos onde se erguiam os quatro vértices da pirâmide de madeira. Mago Natu continuou sua oratória recebendo-lhes as oferendas e depositando-as, uma a uma, na frente, atrás, à esquerda e à direita de Urucumacuã, que se encontrava dentro da pirâmide, sob o prisma de cristal.

Com o cabochão diamante que recebera de sua mãe na cerimônia de consagração ao amanhecer, o príncipe elevou aos céus o precioso presente nas conchas das mãos e viu quando uma chama de fogo azul e vermelha, no formato de um olho, saiu do diamante e veio até a direção dos seus pés. Quase tocando o chão, a chama se dividiu em duas, uma azul e outra vermelha, entrando cada uma por um dos dedões dos pés e percorrendo-lhe vagarosamente as pernas em direção à cabeça. Na altura de seus órgãos sexuais, as duas chamas entrelaçaram-se e seguiram pela sua coluna vertebral, cruzando-se em outros seis pontos distintos coluna acima, até voltar a se unir numa só chama que se colocou no topo de sua cabeça.

Por onde se cruzavam aquelas duas chamas de energia, uma área de luz se projetava do corpo, proporcionando ao príncipe uma visão radiográfica que suas roupas brancas não o impediam perceber. Ele mesmo podia enxergar o funcionamento harmônico de seus órgãos internos, músculos, ossos, nervos, veias azuis e vermelhas, numa maravilhosa radiografia tridimensional de si. Entrou em sublime êxtase e, ao olhar o cabochão diamante em suas mãos, percebeu que ele ganhara uma abertura no centro que correspondia à medida de seu dedo médio. Intuitivamente, colocou-o no dedo, sentindo uma corrente eletrizante percorrer seu corpo, pleno de força.

Poucas pessoas na plateia se davam conta do que estava acontecendo, reparando somente nas palavras e na movimentação que o Mago Natu promovia em redor do príncipe, no centro da pirâmide. Concluída a ritualística de entrega dos quatro elementos, nas salvas com as recomendações quanto ao modo de usá-las e das transformações alquímicas possíveis por intermédio das substâncias, o dirigente da cerimônia derramou sobre a cabeça do Príncipe Urucumacuã uma pequena ânfora de nardo, espalhando-o sobre seus cabelos ruivos. O perfume daquela essência propagou-se pelo ambiente, exalando tão agradável fragrância que todos se inebriaram com o aroma suave e penetrante.

Ouviam-se, das quatro direções, sons harmonioso de harpas e saltérios e, à medida que aumentavam o volume da música, quatro tocadores de tambor em ritmada cadência aproximaram-se da pirâmide, postando-se diante dos vértices do emblemático monumento de costas para o príncipe. Urucumacuã deitou-se no chão sobre um tapete azul ao comando do Mago Natu que, à aproximação dos batedores de tambor, iniciou a leitura das doze tarefas que o Príncipe da Beira do Rio teria de cumprir num curto prazo, até o dia de se casar, para se tornar digno e capaz de receber o trono, a coroa e o cetro do Imperador do Elo Dourado, Rei Médium, para sucedê-lo no poder. Explicando com detalhes cada um dos doze trabalhos, rememorando acontecimentos miraculosos passados naquele reinado e em alguns outros vizinhos, antes, durante e depois de seu nascimento, enumerou-os:

— "Em primeiro lugar, construirás para ti a Torre do Tesouro sete medidas abaixo do chão, onde guardarás, nas entranhas da Terra, em local secretíssimo, todo o ouro e pedras preciosas que amealharás em tua existência.

— Tarefa segunda: Destruirás para sempre a fantasmagórica Mula Sem Cabeça.

— Tarefa terceira: Desencantarás a Cobra Grande, transformando-a novamente no Rei Negro Norato, para que as más águas que descem do rio Negro para o Grande Rio, sendo recebidas, se desfaçam.

— Tarefa quatro: Desencantarás, se assim desejar, a Pirarara e sua filha Kaxara; os príncipes Pintado e Surubim, se quiseres, poderão voltar a ser humanos; Rainha Trapa não deixará de ser enguia, porque sua ambição não permite.

— Tarefa cinco: Expulse para as águas salgadas o irmão que botou na irmã, e que seu filho, Pirarucu, não o acompanhe.

— Tarefa seis: Não permitirás que a Senhora Pan Thera, a Sonça Pintada, continue carregando em seu pescoço o colar de esmeraldas que pertence à Rainha Alzira, nem mantenha sobre a cabeça o diadema de brilhantes que era da Rainha Araci; retirai-os, e a mulher-fera voltará ao seu formato natural."

Ao pronunciar essa ordem, ouviu-se um grande esturro, abafando o rufar dos tambores. A plateia assustada olhou ao mesmo tempo para a direção norte e viu aproximar-se, pela ala entre as bancadas de areia que ligava-se ao vértice norte da pirâmide, um corpo semelhante ao de mulher, trajado de véus transparentes e rendas brancas, muito ornamentada e reluzente. Sua cabeça, porém, era de felino e portava um diadema de muitos brilhantes. A visão despertava medo e fascínio ao mesmo tempo. Uma fera num corpo de mulher. Alheia a toda a ritualística que se desenrolava naquele cenário, aquele ser encantado caminhou até o portal norte, parou diante do príncipe, que continuava deitado sobre o tapete azul-turquesa e, colocando-se sobre as quatro patas, abaixou a cabeça, encostando o nariz na cabeça do príncipe. Erguendo-se, Urucumacuã impôs as duas mãos sobre os olhos da fera, hipnotizando-a. Em total submissão, a fera aquietou-se, permitindo que lhe despojasse do diadema de brilhantes e do colar de esmeraldas. Ao comando de um gesto, na mesma hora, a fera transformou-se num portentoso animal de pelagem dourada brilhante com manchas negras, retornando na direção Sul, desparecendo no florestal de onde viera.

O diadema de brilhantes nas mãos do Príncipe Urucumacuã resplandeceu, irradiando faíscas luminosas que preenchiam todo o espaço interno da pirâmide. Mago Natu, sereno e circunspecto, prosseguiu a ritualística, pedindo que o iniciado se conservasse de pé para ouvir as outras seis tarefas:

— Sétima tarefa: Quebrarás a maldição do Conde Rasku, para que a parte do lobo que ora vive nele não mais se manifeste e que toda sua maldade se desfaça na sexta-feira de lua minguante.

Os tambores aumentaram a cadência das batidas, elevando o som quando essa tarefa foi anunciada. Alguém lá no fundo da plateia levantou-se, subiu na plataforma de areia, atrás da bancada, e gritou:

— Essa tarefa é minha. Não deixarei ninguém meter o bedelho. Essa eu mesmo executo. Tenho um acerto de contas com o maldito do Conde Rasku. Se Bruxo Neno o amaldiçoou. Só Bruxo Neno pode tirar a maldição!

Assim o Bruxo Neno se mostrou. Ninguém, no entanto, prestou atenção àquele elemento alheio ao ritual, nem houve manifestações de apoio ou desagrado à sua indesejável interferência. Até aquele momento, a presença do Bruxo Neno passara despercebida e indiferente aos súditos, embora não se pudesse compará-lo a nenhum deles. Diferia fisicamente dos demais, é verdade, não só pela cabeça raspada, mas também pela longa barba negra que deixara crescer fazia algum tempo. Desde que Rei Mor resolvera adotar um novo figurino, deixando a barba crescer, Bruxo Neno também adotara o mesmo estilo. Mago Natu prosseguiu, então, como se ninguém o houvesse interrompido:

— "Oitava tarefa: Trarás do mundo das fantasias o menino Sacipe Ererê e seu corcel negro, o *Tição*, invisíveis e imortalizados desde o quarto dia do teu nascimento

— Nona tarefa: Recuperarás o bridão de ouro encantado que pertenceu ao teu tio Albe, o Rico, esteja ele com quem estiver e onde estiver."

Bruxo Neno levantou-se de novo. Mesmo sem solicitações, manifestou-se aos brados:

— Isso também é comigo, Mago Natu. O bridão encantado está comigo e ninguém tasca! Mas podemos negociar. Eu o entrego mediante uma condição: se Príncipe Urucumacuã se casar com minha filha Angelin, a moça mais Bela de Trindade! Do contrário, nem bridão encantado, nem casamento com filha de rei.

— Acalme-se, Bruxo Neno. O bridão encantado não é vosso e vós o sabeis. Príncipe Urucumacuã já tem compromisso de casamento desde que nasceu. Sabeis que ele está noivo. Portanto não poderá se casar nem com vossa filha nem com a filha de outro rei.

— Isso é o que veremos, Mago Natu... É o que veremos!

Mago Natu solicitou que as pessoas permanecessem em silêncio, devido ao tumulto ocasionado pelas intervenções do Bruxo Neno. Voltando à enumeração das três últimas tarefas, prosseguiu:

— Tarefa de número dez: Descobrirás quem furtou os pedaços do Espelho Universal que estavam nas sete caixas de metal, para recolocá-los no local de onde não deveriam ter saído.

Esperava-se que Bruxo Neno se manifestasse novamente. Mago Natu estava certo de que fora ele quem furtara os estilhaços do espelho mágico que o Rei Médium quebrou e depois condicionou no fundo das sete caixas de metal, na manhã do sexto dia das festividades comemorativas ao nascimento dos príncipes gêmeos. Dado o silêncio do bruxo, Mago Natu resolveu instigá-lo, provocando-o para que ele confessasse, confirmando publicamente estar de posse dos fragmentos do espelho e das sete caixas de metal:

— Um dentre vós permaneceis com os sete estilhaços do Espelho Universal, colocados no fundo das sete caixas furtadas no sexto dia das festas de nascimento dos príncipes Urucumacuã e Kurokuru. Devereis devolvê-los ao Príncipe Urucumacuã. Do contrário, tereis aflições e embaraços por sete anos seguidos.

Houve um silêncio prolongado. A maioria da plateia olhou na direção do Bruxo Neno, esperando que ele se entregasse. Devido ao comportamento indiferente do bruxo, Mago Natu prosseguiu:

— Vamos à tarefa de número onze: submeterás o Mapinguari à tua vontade, mas não o aniquilarás. É preciso que ele cumpra sua sina.

À menção daquele nome até então desconhecido dos espectadores, Bruxo Neno levantou-se e novamente interpelou Mago Natu:

— Podeis nos explicar quem é este tal de *mapinguari* que dissestes agora mesmo?

— Este é um segredo que não chegareis a conhecer, Bruxo Neno.

— Por acaso estais troçando comigo? Quereis mangar de mim? Existe alguma coisa que Bruxo Neno não conheça?

— Sim, Bruxo Neno. Não conheceis, nem conhecerás a ti mesmo. Este é o segredo do *Mapinguari*!

A plateia toda vaiou Bruxo Neno. Contrariado e raivoso, ele se retirou. Indiferente à atitude do bruxo, Mago Natu concluiu a lista das tarefas:

— E por fim, a última tarefa: Contarás a verdade ao Rei Mor, para que sua geração seja conhecida.

Bruxo Neno já se ausentara, mas não estava distante o suficiente para não ter ouvido a décima segunda tarefa que o Príncipe Urucumacuã teria de cumprir. Ouvindo o nome do Rei Mor, volveu rapidamente, e de frente ao mago, perguntou:

— Que verdade é essa que Rei Mor não conhece? Pensais que não tenho feito previsões e contado ao meu rei segredos que ele não conhecia?

— Também não conheceis a verdade, Bruxo Neno. Tampouco tereis tempo de conhecê-la! Melhor até que não a conheças.

O bruxo, aparentemente contrariado, tentou interromper outra vez o interlocutório, interferindo no ritual da Sagração do Príncipe, mas Mago Natu preveniu a inconveniência e não permitiu que a celebração mudasse de rumo. Volvendo ao cumprimento normal da ritualística, o mago adentrou o interior da pirâmide onde o Príncipe Urucumacuã se mantinha em estado de concentração e meditação, prosseguindo uma cantilena incompreensível à plateia, porém mais audível à medida que aumentava a tonalidade da voz. Invocando forças da natureza e seus elementais, o rito chegou ao ápice quando se ouviu um forte estrondo na direção do horizonte, acompanhado de um clarão originado de um raio precipitado de uma única nuvem azulada que pairava sobre o monumento de madeira, energizando de uma luz vermelha o cristal que pulsava no cume da pirâmide.

Na base inferior do cristal, fagulhas luminosas no formato de salamandras desprendiam-se, saltando e preenchendo todo o espaço interno do monumento, circulando em órbitas nucleares ao redor do corpo iluminado do príncipe, num espetáculo mágico, nunca apreciado até então. A plateia, fascinada, admirada e reverente, aguardava o desfecho da cerimônia para se dirigir ao Palácio Fortaleza, onde um grande banquete esperava pelos convidados. Na oportunidade, o imperador anunciaria a data do casamento do Príncipe Urucumacuã com a Princesa Irina de Avilhanas.

Concluindo o protocolo cerimonial, Mago Natu relembrou ao príncipe as doze tarefas que teria de cumprir, classificando-as pela ordem temporal de execução. Antes de casar-se apenas uma das doze teria de estar totalmente concluída: a edificação da Torre do Tesouro ou a *Grande Obra*.

A misteriosa Grande Obra, a Torre do Tesouro, contrariamente ao imaginado, não seria construída do chão para cima, mas do solo para dentro. Tal edificação tanto serviria de laboratório alquímico, onde o príncipe trabalharia, como também seria o cofre seguro, onde guardaria seu grande tesouro: todo o conhecimento que adquirira, materializado sob a forma de cristais e gemas preciosas, metais raros e puríssimo ouro alquímico. No pavimento mais profundo, onde depositaria a grande pirâmide de cristal, a *flama do Fogo Frio*, juntamente à Pedra de Filosofar, ocultaria ainda seu repositório de rubis, esmeraldas e diamantes. Naquele sagrado lugar, nenhum outro mortal conseguiria chegar sem antes ter se submetido à construção de seu *segundo corpo*.

Mago Natu resumiu sucintamente os detalhes da construção, enumerando os nove pavimentos que deveriam ser edificados em formato de espiral, com degraus de cima para baixo, correspondendo cada um deles às virtudes que o Príncipe Urucumacuã alcançara depois das provações que vencera durante o longo período de tempo em que se ausentara, submetendo-se aos rituais exaustivos da secretíssima Iniciação nos Mistérios do Fogo: no primeiro estágio, no primeiro piso, ficaria o compartimento da *Coragem*; no segundo, a *Disciplina*; no terceiro, a *Laboriosidade*; no quarto, a *Independência*; no quinto, a *Perseverança*; no sexto, a *Generosidade*; no sétimo, a *Fidelidade*; no oitavo, a *Honra*; e no nono e mais profundo de todos, o pavimento da *Verdade*.

Para finalizar a cerimônia, Mago Natu entregou-lhe uma chave de ouro cravejada de brilhantes e a espada que o Rei Médium mandara o ferreiro Kalibur fundir enquanto aguardava seu nascimento. Solenemente, reverenciou o príncipe, tocou a base da pirâmide de cristal com a ponta da espada, desenhando um símbolo no formato de uma ave de asas abertas, cuja marca ficou insculpida no cristal como se uma lâmina de fogo sulcasse o material sem nenhuma resistência. Por fim, disse:

— É possível que tua marca seja ocultada pelas cinzas do tempo. Por milhares de anos, a pedra do fogo frio e teu valioso tesouro serão insistentemente procurados, mas somente o Homem que não cede aos desejos inferiores, aquele cuja capacidade de criar em si mesmo o fogo que transforma seu mundo interior e todos os outros mundos numa integridade única, poderá encontrar a pedra da felicidade eterna. *Visita Interiorem Terrae, Rectificandoque, Invenies Occultum Lapidem*. (Vá às profundezas da terra e reforma-te para que encontres a pedra oculta da felicidade).

A maioria dos espectadores, não compreendendo o significado hermético do que Mago Natu proclamava, aos poucos ausentara-se do local. Permanecia, ao final, um grupo restrito de sábios e intercessores, cortesãos do Grande Rei, do Rei Médium e da Rainha Gônia. Concluindo a celebração, diante da ausência da maioria dos súditos, após o juramento de compromisso do Príncipe Urucumacuã em observar todos os princípios da Antiga e Misteriosa Ordem do Pássaro de Fogo para vencer a obscuridade, recebida a benção, Mago Natu proclamou:

— A ninguém será dado o direito de tocar fisicamente no Príncipe Urucumacuã, até que conclua sua Grande Obra. Muitos virão em seu auxílio, outros o tentarão, mas seu corpo não poderá ser profanado, nem mesmo derramado ao solo o conteúdo de seu vaso sagrado, para que seu despertar consciente permita que se transforme num dominador ou em potência visível e invisível. Esse domínio, verdadeira salvação, será possível somente aos que assim buscarem e desejarem; aos que desafiarem a coragem; aos que se dispuserem lutar para vencer a si mesmos; laborar perseverantemente, a fim de conseguir esse despertar. É necessário destruir os próprios limites e encontrar-se com os sofrimentos interiores fragmentados pelos embates da sobrevivência. A destruição desses limites requer prolongado esforço, até que não haja mais fronteiras entre morrer e viver. Decorre deste estado interior de arrebatamento a criação do único fogo que não queima, mas que funde num só, o conhecimento de todas as experiências vividas até então. *Igne Natura Renovatur Integra. Ite missa est.* (Só o fogo renova toda a Natureza. Ide, a cerimônia acabou.)

O ASSASSINATO DA PRINCESA

No prazo de quarenta e cinco dias contados a partir de sua sagração, Príncipe Urucumacuã declarou concluída a construção da *Torre do Tesouro*, e somente os artífices construtores e seus auxiliares também iniciados no conhecimento secreto das Ciências Sagradas sabiam a exata localização e a senha secreta para adentrar a misteriosa construção.

Aguardava-se com muita expectativa a chegada da Princesa Irina de Avilhanas, a noiva, para que fosse inaugurado o monumento, ainda com a presença do Grande Rei. Da data da inauguração da Grande Obra, também conhecida por *Torre da Sabedoria*, até o dia do casamento do príncipe, seriam contados exatos noventa dias. O Grande Rei havia programado regressar ao seu reinado tão logo o príncipe inaugurasse a Grande Obra, concluindo assim o grande ciclo iniciado, desde que viajara três anos passados para as terras do Oriente, em busca de receber conhecimentos de Alquimia e das Ciências Sagradas.

Rei Médium, Mago Natu e o Grande Rei encontravam-se na Câmara do GRAU em confabulação, cumprindo rotina diária antes do desjejum, quando um pássaro preto, emitindo sons agourentos, cruzou quatro vezes em frente à janela. Sem dizer palavra, os três apenas se entreolharam e compreenderam que estavam prestes a receber mensageiros com notícias desfavoráveis. Lembrando-se de que ainda estavam pendentes as negociações dos limites para a confrontação definitiva das terras do falecido Barão de Corumbi, entre os reinados de Trindade, Avilhanas e Elo Dourado, Rei Médium quebrou o silêncio e prognosticou:

— Certamente Bruxo Neno levou para Trindade notícias do Elo Dourado que desagradaram ao Rei Mor! Preparo-me para receber retaliações mais pesadas que haverão de exigir-me ações também mais decisivas...

— Não se trata apenas disso, Rei Médium... Essa é apenas uma outra parte do problema — acrescentou Mago Natu, com relativa serenidade.

— O que me dizeis, Grande Rei? — quis saber Rei Médium.

— Aguardemos. Não devemos nos preocupar antecipando acontecimentos, ainda que saibamos de antemão sobre todas as probabilidades. Aguardemos com serenidade — desconversou o Grande Rei.

Mago Natu convidou, então, os dois amigos para um passeio matinal pelos bosques floridos, nas cercanias do palácio. Preferiu deixar o Príncipe Urucumacuã às voltas com suas próprias ocupações, respeitando seu período de noventena, pois já passada a quarentena, dali em diante deveria ainda permanecer noventa dias trabalhando na Torre do Tesouro, até se completar o período preparatório ao casamento. Rainha Gônia também não iria com eles, ocupada que estava com a administração dos afazeres palacianos e a atenção aos hóspedes que faziam parte das comitivas do Grande Rei e dos visitantes de alguns outros reinados próximos.

Aproximadamente ao meio-dia, o salão de refeições já arrumado com pratos, copos e talheres dispostos às mesas, revelava a quantidade exata dos comensais esperados para o almoço. A governanta, como de hábito, saiu a tocar o gongo pelos corredores e alas do palácio, enquanto os copeiros ordenadamente traziam aos aparadores os pratos ainda fumegantes, assados e cozidos, a completar os espaços entre as saladeiras de vegetais crus e frutas da época.

Em pouco mais de cinco minutos, toda a família real e a corte do Elo Dourado estavam a postos, recebendo os convidados com as honrarias de praxe para iniciarem a refeição.

Após o almoço, enquanto aguardavam a sobremesa, os homens conversavam alegres sobre banalidades, e as mulheres trocavam opiniões e gostos sobre as receitas dos manjares servidos. Inesperadamente, ouviram-se ao longe as trombetas anunciando visitantes. Rei Médium levantou-se de pronto, pediu licença e saiu para se certificar do que estava acontecendo. Mago Natu o acompanhou e o Grande Rei, no mesmo instante, convidou o Príncipe Urucumacuã e a Rainha Gônia a segui-lo, conduzindo-os até a Câmara do GRAU, onde lhes diria a respeito dos episódios vindouros.

Ainda que atrasados sete dias, esperava-se a chegada da comitiva real procedente de Avilhanas, com a Princesa Irina, Príncipe Gesu Aldo e seu meio-irmão Mulato, cocheiro e pajem dos príncipes, os tripulantes da embarcação, além dos serviçais da caravana, guardiães e os arqueiros reais. Avistando os adventícios no desembarcadouro, Rei Médium não distinguiu entre eles os três filhos de Rei Naldo de Avilhanas e surpreendeu-se porque a bandeira sinalizadora da categoria dos visitantes, hasteada ao lado da bandeira do reinado, era preta e não verde, como diria o costume. O primeiro homem a sair da embarcação adiantou-se aos demais na direção do Rei Médium e do Mago Natu. Saudou-os com as reverências necessárias. Sem muitas explicações, acompanhou o anfitrião e sua assistência. Dentro do Palácio Fortaleza, no Salão do Trono, entregou ao imperador uma pesada caixa de ouro cravejada de esmeraldas com os monogramas R.N.A., de onde o Rei Médium tirou um pergaminho amarrado por duas fitas pretas e selado com o lacre do Rei Naldo de Avilhanas. Mago Natu, presciente das informações contidas naquele documento, percebendo o estado de ansiedade e preocupação que dominavam os presentes, sempre ao lado do imperador, disse-lhe em voz baixa:

— Rei Médium, leia com os olhos. Depois conversaremos sobre as providências que havereis de adotar.

Sem imaginar que conteúdo tão reservado e grave estava contido naquele rolo, o soberano obedeceu. À medida que desenrolou o pergaminho, sua expressão agravou-se, e quanto mais avançava na leitura, mais se transfigurava. Seus olhos marejaram e, suspirando profundo, não conteve a emoção: começou a chorar.

Os mensageiros do Rei Naldo, de cabeça baixa, circunspectos, evitavam dirigir o olhar diretamente ao imperador, porque nenhum deles, até então, presenciara um rei derramar lágrimas diante de seus súditos. Sem perder a serenidade, no entanto, Rei Médium chegou à conclusão da missiva, recompondo-se. No final da mensagem, Rei Naldo de Avilhanas também solicitava ao imperador, não obstante abusar de sua generosidade e franca hospitalidade, que acomodasse todos os componentes daquela comitiva no Palácio Fortaleza por uma curta temporada até que ele, sua esposa, Rainha Alimpa, e sua mãe, Rainha Alzira, se encontrassem ali, no prazo máximo de trinta dias, para decidir que rumos dariam aos seus destinos, depois de ouvidos os sábios conselhos do primo imperador, do Mago Natu e do Grande Rei.

Fechando os olhos, suspirando profundo, Rei Médium guardou o rolo, selando-o novamente, agradeceu aos mensageiros pelo cumprimento de sua missão e determinou aos seus assistentes que os acompanhassem até suas acomodações, depois de instruí-los sobre os tratamentos de hospitalidade e costumes do Palácio Fortaleza.

A sós com o Mago Natu, o imperador fez menção de tirar novamente o pergaminho da caixa, no intuito de dar ciência ao amigo da trágica mensagem que havia recebido:

— Não, não, imperador! Podeis deixá-lo selado e guardado. Deveremos conduzi-lo à Torre do Tesouro, onde ficará depositado, depois que o Príncipe Urucumacuã tomar ciência destes acontecimentos.

— Já sabeis, então, de tudo o que aconteceu?

— Sim, amigo. Tive uma visão terrível, num sonho esta noite... Sei de tudo que se passou. Posso lhe assegurar, antecipadamente, que *Calico* cometeu o maior de todos os equívocos de sua vida: mandou torturar e queimar o filho Mulato por um crime que ele não cometeu!

— Oh, céus! E quem o punirá por isso?

— O tempo, meu caro. O próprio tempo... Vem, vamos encontrar *Urucum* na Torre do Tesouro. Tenho certeza de que o Grande Rei, no momento, está com a Rainha Gônia, *Kururu* e a Princesa Hévea na Câmara do GRAU. Já devem estar cientes ou, no mínimo, preparados para receber as notícias.

Rei Médium admirou-se da tranquilidade do Mago Natu, e desta vez o ouviu referir-se aos príncipes gêmeos pelos apelidos familiares. Sem perguntar as razões, pegou a caixa de ouro com o pergaminho, fechou as janelas do salão e cobriu o majestoso trono com uma manta preta. À saída do aposento, ordenou ao guarda de honra postado à entrada que hasteasse a bandeira de luto no mastro à esquerda da bandeira do Elo Dourado e cobrisse todos os outros símbolos da realeza do império, fixados nos quatro baluartes das muralhas do palácio, com um tecido preto.

Em menos de dez minutos o Elo Dourado estava mergulhado em profundo silêncio, e o Sol encoberto de grossas nuvens. Logo depois, um vendaval assolou a cidadela, forçando os que estavam nos campos voltarem às suas casas e os que estavam às ruas a se abrigarem, resguardando-se do mau tempo, preparando-se para receber más notícias.

NA TORRE DO TESOURO

No percurso compreendido entre o Salão do Trono e a Torre do Tesouro, o imperador recebeu orientação do Mago Natu para que subisse aos seus aposentos e trocasse de vestimentas. Era protocolo no reinado diante das comunicações de morte e de outras calamidades o rei se apresentar aos súditos com indumentária preta, a fim de prepará-los antecipadamente para receber notícias pouco alvissareiras, evitando assim as surpresas negativas. Poucas vezes, depois que recebera o trono do Elo Dourado, Rei Médium tivera que usar roupa preta. Rainha Gônia também já se vestira de preto outras vezes, e nesta acrescentara ao figurino um solidéu colocado sobre a cabeça, cravejado de pedras ônix e bordado com fios de prata e pérolas negras. Embora seu rosto irradiasse tristeza e intenso sofrimento, sua graciosa beleza aumentara, realçada pelo brilho contrastante das pedras e a cor de suas vestes. De igual forma estava vestida a Princesa Hévea, que ainda não compreendera exatamente tudo o que estava se passando. Príncipe Kurokuru, alheio aos pormenores do episódio, mas solidário à consternação de seus familiares, apenas cobrira a cabeça com um turbante de linho preto, adornado de cordões de pérolas e bordado com fios de ouro.

O Grande Rei escusou-se de acompanhar os familiares do Rei Médium à visita ao Príncipe Urucumacuã, conforme explicara ao Mago Natu: melhor que permanecesse na Câmara do GRAU, absorto e contemplativo, vibrando em energia positiva para neutralizar, trazendo conformação a todos pelas aflições que cruzavam.

A chegada súbita do tristonho cortejo à entrada secreta da Torre do Tesouro não pegaria o Príncipe Urucumacuã de surpresa. Desde que iniciara a construção daquele é difícil, sob a orientação do Grande Rei e a supervisão permanente do Mago Natu, sabia que cada um dos nove pavimentos, dispostos em espiral na direção do interior da terra, corresponderiam à efetiva prática das nove virtudes, em diferentes fases de sua vida, a partir de então.

Intuitivamente, saíra naquela manhã do mais profundo e oculto dos compartimentos, onde se encontrava recluso há algum tempo, estudando a *Pedra de Filosofar* e se energizando com os fluidos emanados pela pirâmide de cristal, cujo vértice superior fora instalado voltado ao *Interiorem Terrae*. Subiu à superfície com o objetivo de abrir o portal mágico com a senha numérica e a palavra secreta que havia recebido do Grande Rei: Arrematel-20304.

Assim que o portal se abriu, Mago Natu entrou primeiro e, um por um, pegou nas mãos dos componentes da família real e os conduziu para dentro, transpondo o portão de jade. Admirado, Rei Médium, o primeiro a entrar, perguntou ao mago a razão daquele procedimento:

— Este lugar está completamente magnetizado com forças telúricas de destruição e criação. Se o Príncipe Urucumacuã tocar-vos diretamente, causará extensas e dolorosas queimaduras ou até mesmo poderá matar-vos, não por intenção, mas por condição. Portanto evitai vos encostar às paredes; tampouco tocai diretamente no príncipe, até que ele saia deste local, após cumprir o pentecostes, transpondo o portal de jade para descarregar no solo a energia assimilada enquanto durou o procedimento de construção à conclusão desta Grande Obra.

— Quando poderá transpor o Portal e voltar ao nosso convívio, Mago Natu? — perguntou a Rainha Gônia.

— Três dias depois que souber do conteúdo desta mensagem. Por gentileza, Rei Médium, entregue-lhe a caixa de ouro.

Antes que o imperador passasse o objeto às mãos do filho, Mago Natu pegou-o, envolveu-o numa toalha branca de linho, que trouxera dobrada sobre os ombros. Príncipe Urucumacuã serenamente recebeu a caixa, desdobrou a manta de linho, devolveu-a e esperou a ordem do mago:

— Soberano Príncipe da Beira do Rio, Alteza e Sereno Cavaleiro da Misteriosa Ordem do Pássaro de Fogo, descei às profundezas desta bastilha e, no trajeto, abre esta caixa e conhece cada uma das nove partes de seu conteúdo. Não sairás deste confinamento até que venha o pôr do sol no terceiro dia de vossa dor; até que encontreis o verdadeiro mistério de vossa epifania! Até que sintas o súbito entendimento e a compreensão da essência do divino que habita em Tu. Até que sintas a realização de uma parte do vosso sonho de criança. Até que encontreis finalmente a última peça deste enigma e consigas ver tua imagem completa. Até que se ilumine vosso pensamento, inspirado no divino e único dom de tua essência sobrenatural. Nada direis, nem comentareis com os profanos sobre tudo quanto vos sucedeu, no entanto!

Rainha Gônia passou às mãos do mago a cesta que trouxera consigo, contendo frutas da estação, pães sem fermento, manteiga, mel, chocolate e leite de búfala. Mago Natu também a envolveu na mesma toalha de linho branco, procedendo a entrega da cesta e ordenando:

— Podereis comer de tudo. Todavia, neste primeiro dia, só bebereis o leite. No segundo dia, comereis frutas, pães e manteiga. No terceiro dia, podereis saborear o chocolate e o mel! Antes que o sol se ponha, ao terceiro dia, colocareis todas as lágrimas derramadas dentro desta caixa. Ao anoitecer, lacrai o portal de jade com a senha que recebestes e saí da Torre do Tesouro, fechando a porta exterior com a chave que somente vós sabeis onde se oculta. Terminada vossa missão, depois de passado um tempo, só tornarás à Torre do Tesouro quando as sete caixas e as sete partes quebradas do Espelho Universal, reunindo vossos cinco sentidos, V.oltarem ao I.nterior da T.orre R.evelando o O.culto L.ugar!

Rei Médium, Rainha Gônia, Príncipe Kurokuru e Princesa Hévea não compreenderam totalmente a explicação ordenada pelo Mago Natu, mas sabiamente preferiram não fazer perguntas.

Despediram-se do príncipe, deixando-o a sós no maravilhoso e fantástico edifício da Torre do Tesouro.

No silêncio de seu recolhimento, Príncipe Urucumacuã bebeu três cálices do leite de búfala, depositando a cesta com o restante dos víveres sobre num aparador insculpido na parede revestida de cobre, no primeiro pavimento. Pegou em seguida a caixa de ouro retangular, cuja tampa reluzia e ressaltava a incrustação das três letras R.N.A. em pedras preciosas verdes, abriu-a, retirou o rolo de pergaminho escrito com caracteres pretos e iniciou a descida em espiral, lendo em cada um dos pavimentos, uma das partes correspondente ao número em que a mensagem estava seccionada. A cada patamar descido e a cada parte da missiva lida, o príncipe se consternava e se entristecia mais e mais. No oitavo pavimento, uma dor profunda o arrebatava. Na passagem do oitavo para o nono e último pavimento, completamente tomado por um sofrimento inaudito, o príncipe prostrou-se sobre o último patamar, próximo ao trono que se erguia sobre a pirâmide de cristal. Angustiado, no estertor da aflição que o arrebatava, não conteve a amargura, enquanto lágrimas copiosas saltavam involuntariamente de seus olhos verdes. Sentindo-se no auge da angústia e não conseguindo dominar a tristeza, gritou a plenos pulmões, numa incontrolável explosão de desespero:

— Grande Rei, Grande Rei, por que me abandonastes?

Sua voz ecoou por longo tempo entre as paredes circulares dos nove compartimentos da Torre do Tesouro e, restabelecido o profundo silêncio imperante no mágico edifício, uma claridade portentosa se instalou, impedindo que o príncipe abrisse seus olhos, ainda que suas lágrimas jorrassem sem parar.

Antes que forçasse abrir os olhos, ouviu uma voz nítida e firme, mas calma e pacífica, vinda da direção do lugar onde ficava um trono sobre a pirâmide de cristal:

— Por que te angustias tanto, filho meu, se sabes que jamais te abandonarei? Acaso esquecestes disso?

Sem abrir os olhos ainda, o príncipe permaneceu deitado, sentindo-se confortado ao reconhecer a voz do Grande Rei. No entanto, não conseguia conter as lágrimas que brotavam involuntariamente, ainda que mantivesse os olhos fechados. Diante do seu silêncio, a voz o interrogou:

— Onde está tua determinação? Porventura sois menos valoroso agora, diante do infortúnio, do que antes? Claro que não! És predestinado a deixar uma grande fortuna. Quereis renegar tua própria natureza? Vamos, abre os olhos!

Príncipe Urucumacuã sentiu vontade de atender ao comando daquela voz acalmadoura para abrir os olhos. Mas, no íntimo, experimentava um medo incontido de ver face a face o Grande Rei naquele estado de pusilanimidade em que se deixara fraquejar. Hesitante, mas calado, optou por acatar a repreensão da voz que persistia:

— Fostes escolhido dentre milhares para receber esta missão... Melhor herança não vos caberia! És filho do Pai de toda a Criação e a ti também estão reservados trono e coroa de honra e o cetro de louvor! Alegra-te, pois! Considera teu próprio destino e verás que teu espírito se ufana porque tua glória está próxima!

Enquanto ouvia a voz inconfundível do Grande Rei, Príncipe Urucumacuã entreabriu os olhos e uma luz ainda mais intensa, como o brilho do sol, inundou o ambiente. Certo de que inevitavelmente iria se deparar com a imponente figura do Grande Rei sentado sobre a pirâmide de cristal, esforçou-se para abrir os olhos e erguer-se. Sentando-se, ouviu o barulho de incontáveis pedrinhas caindo sobre o chão. Ao levantar-se, olhou na direção dos seus pés e constatou que estavam entre preciosos diamantes do tamanho dos pingos de suas lágrimas. Em estado de êxtase, dirigiu o foco de seu olhar ao trono de cristal. Surpreendentemente, não avistou o semblante do Grande Rei. No trono sobre a pirâmide de cristal, apenas um feixe de luz azul brilhante entrava resplandecente pela claraboia central da Torre do Tesouro.

Inebriado com o mágico aparecimento das pedras de diamante e a miraculosa dissipação de todo o seu sofrimento e dor, recompôs-se, pronunciando em voz alta um salmo de gratidão que há exatos cinquenta dias não recitava:

— Grato, grato, grato, Grande Reflexo Auto Unificado! Eu sou o Teu G.R.A.U., filho da tua Divina Natureza Absoluta! Sou essência de tua própria essência. Sou o que te acompanha desde o princípio e que te seguirá até o que o primeiro seja o último e o último seja o primeiro. Quero ouvir a Tua voz! Ainda que te desconheça, Tu me reconhecerás, porque És a minha espada e meu escudo! És minha armadura e meu aliado. És minha defesa e fortaleza, minha vitória no combate! Em ti confio, porque és minha esperança e minha força! Oh, Grande Poder! Oh, meu Grande Poder! Três vezes grande, três vezes sábio, três vezes admirável!

O príncipe transfigurou-se, envolvido pela auréola de luz azul clara brilhante espargida no recinto. Compreendendo o significado oculto do que o Mago Natu havia exortado, devolveu à caixa de ouro o pergaminho lido, recobrindo-o com milhares dos mais puros diamantes transformados dos pingos de lágrimas caídas, espalhados pelo chão. Lacrou a tampa da caixa com seu selo e, em seguida, abaixo dos monogramas R.N.A., insculpiu usando a energia ígnea que irradiava de seu dedo indicador as letras do enigma — VITRIOL.

Depositou o tesouro contido naquele cibório sob o trono de cristal, fechando-o dentro da lápide, sepultando, assim, o pergaminho da trágica missiva e os milhares de preciosos diamantes oriundos de sua dolorosa paixão. Situando-se no tempo, percebeu que já haviam se passado dois dias completos, desde a visita de seus familiares. Sentiu fome. Buscou a cesta de alimentos e percebeu que havia comido as frutas e os pães com manteiga. Mas ainda estavam intactos o pote de mel e as barras de chocolate. Saboreou-os com gratidão e alegria. Volvera finalmente à sua natureza terrena, sentindo-se fortalecido e conformado, apesar de toda a tragédia relatada por Rei Naldo de Avilhanas, notificando os cruéis assassinatos de seus filhos, Princesa Irina e Príncipe Gesu Aldo, no percurso da viagem para o Elo Dourado, e o bárbaro martírio imposto ao seu filho bastardo, Mulato, esfolado e queimado vivo, sob a acusação de ter sido o autor dos dois crimes.

TRAÇANDO NOVOS HORIZONTES

Cinquenta dias contados da vinda dos mensageiros de Avilhanas, no Palácio Fortaleza estava tudo preparado para receber o Rei Naldo e o restante de sua corte, conforme anunciado na missiva, que também solicitava ao Rei Médium acolhida e hospedagem para todos por um breve período.

Os infaustos acontecimentos em Avilhanas também motivaram o adiamento do regresso do Grande Rei ao seu reinado, de vez que resolveu aguardar, no Elo Dourado, a chegada de Rei Naldo e esposa, Rainha Alimpa, com a mãe, Rainha Alzira, em vista da trágica situação que cruzavam.

Ao entardecer, quando as brumas do crepúsculo lentamente pousavam sobre o leito do rio Aguaporé, o tinido langoroso de um sino preveniu que chegavam outras companhias para a ceia. Um quarto de hora depois, atracava no monumental porto do Elo Dourado a embarcação cor-de-rosa e prata da Rainha Alimpa, sua tripulação e a outra embarcação exibindo o emblema e a bandeira do reinado de Avilhanas, comandada pela Rainha Alzira.

Após o desembarque, os cento e cinquenta visitantes foram acolhidos afetuosamente pelo anfitrião e sua família. Depois de acomodados, Rei Médium pediu ao primo que descansasse, reconhecendo seu estado físico de visível abatimento. Convocou-o para um encontro no dia seguinte, logo após o desjejum, na Câmara do GRAU para que esclarecesse melhor os acontecimentos, falando também a respeito de seus planos e das providências que ensejavam mudanças tão drásticas na vida de todos os familiares atingidos direta e indiretamente pela sinistra morte de seus filhos.

Na Câmara do GRAU, depois do episódio que levou o Rei Médium a estilhaçar em sete pedaços o Espelho Universal, só se permitia a entrada de convidados alheios à família quando o assunto a ser tratado extrapolava a discussão de acordos e pactos entre soberanos, exigindo ou completo sigilo ou supremo conselho. Para ingressar naquele recinto, passava-se por três antecâmaras que proporcionavam ao ádvena profundo exame de consciência e completa serenidade de ânimo, através da irradiação das cores dos cristais pendurados às janelas, dos perfumes de incensos curativos ou das essências florais que expandiam agradáveis aromas por todo o ambiente. Na maioria das vezes, quem cuidava da ambientação das antecâmaras era o próprio Mago Natu, excepcionalmente auxiliado por sua irmã, Professora Plínia.

Naquela manhã, quando o Mago Natu chegou à terceira antecâmara — do *Silêncio Completo* —, percebeu que alguém antes dele já havia penetrado o ambiente. Não se surpreendeu porque a presença do Grande Rei no Palácio Fortaleza fazia previsíveis as mais inusitadas possibilidades. Entrou na segunda antecâmara — a do *Exame Profundo* —, constatando a mesma arrumação; na primeira antecâmara — do *Reconhecimento Elevado* —, encontrou-se com o Príncipe Urucumacuã. Alegrou-se e o cumprimentou, efusivo:

— Tu, Urucumacuã! Abençoado sejais!

— M.N.O.P.Q.R.S.! — saudou-o o príncipe.

— Entremos. És o primeiro a chegar?

— Penso que sim...

Abriram lentamente a pesada porta de madeira e ouro, recebendo o feixe de luz que vinha da Câmara do GRAU em suas direções. Ao entrarem no ambiente, sentiram um forte cheiro de alecrim e olíbano, e sobre o aparador de marfim, avistaram os dois turíbulos que exalavam, através da fumaça, o perfume curativo de suas resinas. Percorreram com o olhar todo o ambiente. Não avistaram quem entrara antes ali, para acender os incensários e arrumar o ambiente para a reunião agendada. Com respeito, mas bom humor, Mago Natu gracejou:

— Se não fostes tu, nem eu, quem imaginais que pode ter vindo acender os incensos e arrumar as antecâmaras, se a única chave destas portas está comigo?

— O Grande Rei, com certeza!

— Chamaram-me?

Os dois atenderam à direção da voz e olharam para trás ao mesmo tempo.

— M.N.O.P.Q.R.S. — disse Mago Natu ao Grande Rei.

— T.U.V.X.Z. — saudou-o Príncipe Urucumacuã.

Os três se abraçaram, sentaram-se à mesa redonda, aguardando os demais convidados ao conciliábulo matinal. Antes que os outros chegassem, o Grande Rei discorreu sabiamente a respeito das propriedades e serventias da valiosa essência do olíbano, destacando algumas das mais importantes para aquele momento:

— Usa-se essa resina para estimular bons pensamentos e eliminar a negatividade. Pode-se criar um ambiente propício à meditação, cicatrizar feridas emocionais que, se não forem tratadas e curadas, sujeitam-se a se manifestarem sob a forma de doenças físicas dos mais diversos tipos. Diz-se que esse é o óleo essencial do princípio dos tempos, pois favorece a conexão com a energia divina, estimulando o sétimo *chackra*, abrindo a percepção espiritual através da meditação. Como relaxante, beneficia e desperta o espaço energético necessário para o desenvolvimento da fé e da devoção.

Mago Natu ouvia interessado, indagando as formas de uso e a posologia daquela essência tão maravilhosa.

— Quais as formas de uso do Olíbano?

— Para os rituais de mudanças, sessenta gotas do óleo essencial numa medida pequena de água e álcool de cereais em proporções iguais devem ser borrifados por todos os cômodos para limpar as energias estagnadas; e para a realização de ideias ou projetos espirituais, basta aplicar três gotas na própria nuca, durante quarenta dias, logo ao acordar. E para...

Quando o Grande Rei ia discorrer a respeito da terceira serventia do Olíbano, entraram no recinto Rei Médium, Rainha Gônia, Rei Naldo de Avilhanas, Rainha Alimpa e Rainha Alzira. Silentes e compenetrados, cumprimentaram-se amavelmente. Depois que se sentaram, o Grande Rei regulou a entrada da luz do Sol no ambiente, dependurando um grande cristal na janela do lado leste, que projetou o espectro das cores do arco-íris sobre a cabeça de Rei Naldo. Ficaram em silêncio cerca de cinco minutos. Rei Médium esperava que o Grande Rei ou o Mago Natu iniciassem a conversa, pois se sentia consternado e desconfortável para formular questionamentos que, sabia, abririam as feridas ainda não cicatrizadas nos corações ali presentes. Com tato e respeito, o Grande Rei abriu o colóquio:

— Rei Naldo de Avilhanas, o que pretendeis fazer?

Visivelmente fragilizado, Rei Naldo respirou profundo, olhando nos olhos do interlocutor e respondeu:

— Grande Rei, preciso do vosso conselho. O que devo fazer daqui pra frente?

— O que fizestes até aqui?

— Abdiquei do trono de Avilhanas em favor do Conde Rasku, meu único irmão, e o fiz rei. Não conseguiria mais reinar sobre o túmulo dos meus próprios filhos... Mas uma dor pior ainda me atormenta: penso que cometi a maior de todas as injustiças e crueldades com meu filho bastardo, Mulato. Admito agora, sinto que ele era inocente...

— Esse é o vosso maior erro e esta será sempre a vossa maior dor. Sobre as cinzas de Mulato jamais devereis pisar, e o Conde Rasku viverá o suficiente para confessar seus crimes. Viaja com tua mulher e volta com ela ao reino que deixou. Lá encontrareis conforto e sossego para vossa alma. Criareis nova família e um novo reino edificareis.

Rainha Alzira não se conteve e começou a chorar. Rainha Alimpa abraçou-a e, carinhosamente, lhe ofereceu um lenço perfumado da essência do Olíbano, confortando-a e amparando.

— Quanto a mim, Grande Rei, que farei da minha vida? Já não sou tão jovem e não quero contar meus dias a chorar de tristeza e saudades dos meus netos, Mulato, Gesu Aldo e Irina.

Como o Grande Rei ficara impassível, aguardando alguma outra manifestação, Mago Natu entreolhou-o e recebeu também com um olhar o consentimento para orientá-la.

— Amiga Rainha Alzira, finalmente, chegou o momento de receberdes o vosso tesouro, há tanto tempo escondido. Antes que este dia termine, Príncipe Urucumacuã subirá o rio, navegando para o sul, e trará às vossas mãos as preciosas esmeraldas que vosso marido Rei Albe, o Rico, ardilosamente ocultou.

Os olhos da Rainha Alzira brilharam e, num momento de euforia, exclamou:

— Então sabias onde *Berico* as enterrou e não me dissestes até hoje?

— Não, Rainha Alzira, eu não sabia. Eu as descobri e resgatei. Não foi tão fácil quanto parece. Pelejei corpo-a-corpo com a *Mula Sem Cabeça* que mais de sete vezes tentou matar-me. Perdi meus cães, Philos e Sophos. Furtaram-me as mandrágoras que o Grande Rei me ofertou e conspurcaram meu santuário, matando e queimando a feiticeira Zureta sobre o meu altar, entre outras vilanias do Bruxo Neno. Tudo suportei e mantive em segredo, para que pudesses um dia receber de volta o vosso próprio tesouro. Se assim não fizesse, Bruxo Neno e Conde Rasku teriam te matado para se apoderar dele. Tuas amadas pedras verdes estão seguras agora e somente o Príncipe Urucumacuã foi capaz de encontrar o local onde estão depositadas. Ainda hoje as tereis de volta.

— E o que farei então, Mago Natu, quando tiver minhas preciosas pedras verdes de volta?

Mago Natu se calou. Rei Médium aguardou que o Grande Rei desse a resposta, mas ele também permaneceu calado. Rainha Alimpa fez um aceno ao Grande Rei, solicitando licença para se pronunciar, e sugeriu:

— Querida amiga, recordo-me que falastes com teu filho que não pretendeis nos acompanhar até o meu reinado. Recebe, pois, tua fortuna e funda um novo reino. Aporta teu navio na direção das terras dos teus grandes amigos, Kórnio e Ália. Lá podereis pintar quadros e mais quadros além das tuas *calicaturas* com os galões da tinta gel que fizemos...

Rainha Gônia esboçou um sorriso, e mesmo tristonha com a possibilidade da Rainha Alzira partir para as distantes terras do norte, do outro lado do oceano, repetiu baixinho:

— Tinta gel. Tintagel! Hum... nas terras de Kórnio e Ália...

Ao final do encontro, depois de ter relatado com minúcias a respeito do sofrimento e dos horrores que viveu devido ao assassinato dos filhos e a severa punição que infligiu a Mulato, instigado pela crueldade do Conde Rasku, Rei Naldo entregou ao Príncipe Urucumacuã um pergaminho de um mapa. Explicou ao príncipe que naquele mapa estava delimitada a porção de terras que ele anexaria aos seus domínios pelo casamento com a Princesa Irina, correspondentes ao dote.

— Amigo, Rei Naldo — disse Urucumacuã —, nada fiz para merecer tal quinhão. Minha alma ainda está ferida, tanto quanto a vossa, pelo que aconteceu.

— Aceite, Urucumacuã. Do contrário, Conde Rasku haverá de invadir também aquela parte, porque ambiciona anexar territórios, inclusive as terras que Corumbi ara, no intuito de se tornar o mais poderoso dos reis destas paragens.

Príncipe Urucumacuã abriu o mapa, cientificando-se dos limites e confrontações com o Reinado de Avilhanas. Constatou também que a maior extensão das terras divisava-se com o Reino de Trindade. Rei Médium observou o desenho cuidadosamente, dirigindo-se ao Rei Naldo:

— Meu estimado primo, a Princesa Hévea, minha filha, também receberia por dote um considerável quinhão de terras fronteiriças aos vossos domínios. Não me ocorreu, entretanto, fazer-vos donatário de qualquer porção depois que recebi a notícia do infortúnio... Como quereis que proceda, se irás reinar nos domínios tão longínquos da Rainha Alimpa e, de fato, será o vosso irmão o real beneficiário das vantagens da nossa desventura?

— Meu bondoso primo, não me deveis qualquer quinhão, pois meu filho tampouco aproveitará deste dote e vossa filha amargará pelo resto de seus dias a desdita de uma vida solitária. É justo que seja ela mesma agraciada por tal parte na herança que lhe couber.

— Pela vossa generosa liberalidade, em reconhecimento à bondade de vosso coração, valeis o equivalente ao vosso peso em ouro e considero essa a justa medida de nossa troca.

O imperador selou o cumprimento de seu pacto com o primo, fazendo a tradição da porção de ouro combinada e concluindo a reunião na Câmara do GRAU. Antes de saírem do recinto, ordenou ao filho:

— Príncipe Urucumacuã, cumprirás o combinado com a Rainha Alzira ainda hoje. Na próxima lua cheia empreenderás viagem ao Reino de Avilhanas para demarcar as novas fronteiras no reinado. Que os céus nos cubram com a grande ventura.

O Grande Rei já havia traçado a rota de retorno ao seu reinado e desenhado também algumas pranchas com os roteiros de navegação para o galeão da Rainha Alzira até as terras do Norte, onde estavam o Rei Kórnio e a Rainha Ália; e para o Rei Naldo e Rainha Alimpa, que também navegariam com a frota por uma boa parte do percurso, até os domínios de Alimpa, no Reino de Sabom. Partiriam todos ao amanhecer no primeiro dia da próxima lua nova, dentro de sete dias.

Na hora da despedida, entre lágrimas, beijos e abraços, a Rainha Alimpa, muito emocionada, sentiu ânsias de vômito e tontura. Príncipe Kurokuru, sempre atencioso e solícito, logo veio em seu socorro, providenciando um chá de folhas de Capeba, *Pothomorphe peltata*. Depois que bebeu, logo se sentiu melhor, mas não conteve o enjoo e vomitou toda a refeição que havia ingerido. Mago Natu e Professora Plínia sorriram, olharam para a Rainha Gônia, que estava em prantos, e para descontrair, disseram juntos:

— Esse enjoo vai durar nove meses!

Rainha Alimpa com certeza estava grávida…

EM AVILHANAS

A COMITIVA REAL QUE ACOMPANHARIA o Príncipe Urucumacuã até Avilhanas estava a postos. O príncipe preferira substituir toda a parte navegável da viagem pelo percurso terrestre. Queria aproveitar a oportunidade para inspecionar o funcionamento do inovador sistema de comunicação recentemente implantado naquele quadrante do império, objetivando a celeridade das informações e a prontidão do cumprimento das ordens emanadas pelo soberano. Antes de partirem, enviou ao Conde Rasku, agora soberano de Avilhanas, um mensageiro portando a notícia de sua próxima visita, conforme as praxes da realeza.

O novo aparelhamento de comunicação implantado pelo Príncipe Urucumacuã consistia na divisão da distância entre um reinado e outro em trechos de aproximadamente trinta quilômetros, onde edificaram estábulos, baias e casas para residência dos mensageiros reais. Trinta quilômetros também era a distância que os melhores corcéis do Rei Médium suportavam percorrer ininterruptamente, em galope de veloz a moderado, no tempo médio de trinta minutos, sem necessidade de descansar. Da sede do Elo Dourado até a fronteira com o Reinado de Avilhanas construíram-se vinte postos de troca de animais e mensageiros, de forma que cada cavaleiro galopava o equivalente a trinta quilômetros, repassando a mensagem ao cavaleiro do posto seguinte, e sucessivamente, fazendo, assim, a comunicação entre os dois reinados se completar em tempo recorde de um dia solar, o que anteriormente demorava, pelo menos, uma semana.

A chegada do Príncipe Urucumacuã e de sua comitiva em Avilhanas não foi festejada conforme os costumes dos tempos passados. À entrada da cidade, não havia estandartes homenageando o visitante real, tampouco a guarda do Palácio das Esmeraldas fardara-se em sua roupa de gala. Príncipe Urucumacuã não considerou acintosa a recepção, nem se sentiu afrontado, porque já havia se preparado para algo semelhante, porquanto ainda no percurso, muito antes de chegar às terras de Avilhanas, encontrara o mensageiro que voltava portando a resposta de sua missiva:

— Alteza, vossa mensagem foi entregue no tempo previsto. Passo às vossas mãos a resposta que mandaram.

Ao receber o rolo do pergaminho encaminhado da parte do soberano de Avilhanas, o príncipe percebeu que o selo do lacre não continha a efígie real, apenas o monograma V.M., possivelmente o emblema de algum vice-rei. Intrigado, abriu o documento, tomando ciência ali mesmo do conteúdo:

"Vossa Alteza Real, Príncipe da Beira do Rio, Sereno Cavaleiro da Ordem do Pássaro de Fogo, saúdo-vos em nome desta honorífica Corte!Seja bem-vindo com vossa real comitiva aos domínios do Majestoso R.ei R.asku de Avilhanas Informo-vos, porém, que o Magnífico Soberano encontra-se temporariamente ausente deste palácio, posto que empreendeu prolongada expedição ao Reino de Trindade, para onde se dirigiu atendendo chamado do coligado Rei Mor, para tratar de assuntos que somente aos dois reinados diz respeito. Não obstante, não terá sido vã Vossa jornada posto que, qualquer assunto que venhais tratar em Avilhanas, seja do vosso interesse, seja do nosso interesse ou de ambos, não ficará insolúvel pelas prerrogativas e poderes que a este real vassalo foram francamente concedidos.

No vosso aguardo, pelo R.R. de Avilhanas, assino: Visconde de Mauhá".

O conteúdo subliminar da pequena mensagem deixou o Príncipe Urucumacuã em alerta. Por mais que buscasse na lembrança, não conseguia ligar aquele nome e assinatura a nenhum dos conhecidos remanescentes da corte de Rei Naldo. Teve vontade de abortar a expedição, voltando dali mesmo, mandando outra missiva pelo mesmo portador, para dar conta do cancelamento da inspeção. Programaria outra viagem, noutra temporada, quando tivesse certeza de que o indócil Rei Rasku já estivesse em casa. Ao mesmo tempo, ponderou, seria bem oportuno visitar Avilhanas durante a ausência do rei, pois os cidadãos falariam sem medo e sem censura dos fatos que aconteceram, do que estava acontecendo e do que sobreviria pelos subterfúgios daqueles domínios.

Agradeceu os préstimos do servidor, recompensando-o com algumas valiosas moedas de ouro, dirigindo palavras de ordem e incentivo à comitiva.

Prosseguiram a viagem como se lhes esperassem as mais altas honrarias.

O PÉ DE MULATO

No salão do café da manhã, Príncipe Urucumacuã percebeu que havia um clima de visível hostilidade entre os serviçais da corte do Rei Rasku e os serviçais da comitiva do Elo Dourado. O serviço de copeiragem estava displicente e preguiçoso; a diminuta variedade de alimentos dispostos à mesa não impressionava a visão nem o olfato, igualando-se aos mexidos às pressas e aos mingaus malfeitos por cozinheiros indolentes; a alegria das prosas divertidas à mesa, decididamente, mudara-se de endereço.

O Vice-Rei, Visconde de Mauhá, empertigado e arrogante, sentado com a mulher numa das cabeceiras da comprida mesa onde tantas vezes Rei Naldo de Avilhanas confraternizara-se com amigos e negociara bons acordos de paz com inimigos, e comportava-se como se a sucessão de acontecimentos que tanto abalaram os corações dos moradores do reinado significasse uma mera conjunção de resultados em que a justiça dos deuses se manifestara: chegara a hora do belo herdeiro, enjeitado pela mãe e injustiçado pelo irmão, ser amado, reconhecido e recompensado por todas as injúrias, calúnias e maledicências que suportara, indefeso, por tanto tempo.

Antes que o Visconde de Mauhá tentasse falar das "qualidades e virtudes" não reconhecidas do belo e sagaz Conde Rasku, Príncipe Urucumacuã agradeceu a hospedagem e a refeição, enumerando as atividades que agendara para aquele e o dia seguinte:

— Senhor Visconde, se me permitis, quero visitar o patíbulo onde Mulato foi supliciado, o lugar da ara onde foi queimado e onde estão sepultados os corpos do Príncipe Gesu Aldo e da Princesa Irina, minha noiva. Depois disso, vou fincar os quatro marcos nas terras que recebi de Rei Naldo de Avilhanas, correspondente ao dote da Princesa Irina. Talvez me demore dois ou três dias para percorrer toda extensão, e necessito de provisões para o retorno de minha comitiva...

Antes que concluísse sua exposição de planejamentos, o Visconde de Mauhá, descontente, objetou:

— Falais das terras que o Barão de Corumbi deixou devolutas, cuja divisa com este reinado e o de vosso pai confrontam também com as terras do Rei Mor?

— Exatamente. Eis aqui a cartografia da área e o documento comprovando que agora me pertencem...

— Alteza, não ouso contestar, nem decepcionar-vos, mas o rei de Avilhanas viajou para Trindade exatamente para negociar com Rei Mor a posse desta área. Rei Mor ofereceu extensa parcela de suas terras que divisam com Avilhanas como dote, se o Rei Rasku tomar sua filha, a Princesa Anaconda, em casamento... Além desta proposta, fez algumas outras bem mais vantajosas, como por exemplo...

Desta vez, quem interrompeu foi o Príncipe Urucumacuã.

— Desculpe-me, mas estais certo de que o conde... quero dizer, Rei Rasku, aceitará a proposta do Rei Mor?

— Não tenho dúvida, Alteza! É a única maneira possível de ampliar nossas fronteiras para fazer frente a expansão dos domínios de vosso pai!

O Príncipe vislumbrou a intenção oculta nas palavras do visconde e preferiu colocar um ponto final no diálogo para não antecipar conflitos desnecessários, desviando o foco da conversa:

— Permita-me, Senhor Visconde, visitar os locais que mencionei há pouco. Depois, direi quais serão os meus próximos passos em Avilhanas. Com vossa licença...

— *Qualquerum*, acompanhe o Príncipe Urucumacuã — ordenou o Vice-Rei, dando de costas ao insigne visitante.

Sem muitos rapapés, despediram-se cortesmente, seguindo o rumo das tulhas, acompanhados de um lacaio do visconde, que independentemente de perguntas, relatava comovido o trágico evento dos assassinatos dos irmãos e do suplício de Mulato, além do misterioso "aparecimento" de uma árvore desconhecida no mesmo local onde o jovem bastardo foi queimado vivo.

A ÁRVORE MISTERIOSA

— Alteza, digo-vos com franqueza: nunca vi horror maior em toda a minha vida! Depois de tudo passado, uma sombra de tristeza abateu-se sobre Avilhanas. A mudança do Rei Naldo com sua corte transformou essa cidade neste grande cemitério. Não posso propagar o que penso, porque sujeito pagar com minha vida se chegar aos ouvidos do Conde Rasku, quero dizer, Rei Rasku, mas confesso-vos: tenho certeza de que foi o Conde Rasku e seus camaradas, incluindo o Visconde de Mauhá, que tramaram currar a Princesa Irina e assassinar o Príncipe Gesu Aldo. Eles mesmos armaram o cenário para incriminar o inocente Mulato, fazendo ele expiar por um crime que não cometeu. Pobre do infeliz, se ao menos pudesse falar pra se defender...

— Fale baixo, amigo — interrompeu Príncipe Urucumacuã quando notou o assombro de alguns de seus lacaios —. Fale baixo porque todos nós corremos esse mesmo perigo... leve-nos, por gentileza, ao local do sacrifício.

A comitiva prosseguiu silenciosa em dupla fila, pela estreita senda que levava às tulhas. Contornando as edificações dos celeiros, poucos metros à frente das baias, abria-se um largo terreiro de solo batido, onde os camponeses colocavam os frutos de suas colheitas para secagem antes do armazenamento; atravessando-se o espaço do enorme eirado, de onde já não se avistavam as casas nem as outras dependências do palácio, havia um círculo de aproximadamente trinta metros de diâmetro isolado por uma cerca de tabique, em cujo centro, pelo lado de fora, avistava-se uma única árvore de aproximadamente cinco metros de altura. De folhas grandes e caule verde aveludado, destacava-se das outras por essas características.

Todos apearam de suas montarias. Príncipe Urucumacuã pediu que mantivessem silêncio e aguardassem do lado de fora, enquanto abria a portinhola que isolava o espaço. Profundamente comovido, olhou adiante e avistou duas sepulturas, uma ao lado da outra, com algo inscrito em letras de ouro cravejado de esmeraldas nas lápides. Da distância em que estava não conseguia ler. A sombra projetada pela copada da árvore sobre os dois jazigos escurecia as lajes, o que fez o príncipe se aproximar. De pé, entre as duas sepulturas, leu primeiro a de lápide azul:

"Aqui jaz Príncipe Gesu Aldo de Avilhanas,
Herdeiro e sucessor de Rei Naldo de Avilhanas.
Traiçoeira e covardemente assassinado no Bosque da Ilusão."

Em seguida, ajoelhou-se diante da lápide cor-de-rosa e falou baixinho:

"Aqui jaz Princesa Irina de Avilhanas,
Virgem noiva do Príncipe Urucumacuã.
Cruelmente currada e assassinada dias antes de se casar."

A reação do príncipe foi tão comovente que, debruçado sobre a lápide, apoiou a cabeça entre os braços, escondendo a face para que ninguém notasse que não conseguira controlar o pranto. Novamente lágrimas copiosas rolaram de seus olhos sobre a pedra do túmulo, convertendo-se em pingos de diamantes, iguais aos que havia chorado e deixado ocultos na Torre do Tesouro.

Apesar de estar sozinho naquele pequeno cemitério, enquanto seus vassalos esperavam fora do cercado, transfigurado, durante sete minutos, pranteou incessantemente ajoelhado ao rés do túmulo da noiva. Quando ergueu o rosto iluminado por uma luz azul-clara brilhante, havia centenas de diamantes como gotas no espaço delimitado entre seus braços. Cuidando que ninguém testemunhasse a prodigiosa e extraordinária transmutação de suas lágrimas em pedras preciosas, removeu cuidadosamente parte da lápide que permitia acesso ao interior do túmulo e empurrou-as para dentro, falando para si mesmo:

— Aqui também será uma jazida das minhas lágrimas de amante...

Levantando-se, já refeito, chamou pelo servo do vice-rei e solicitou:

— Por favor, conte-me sobre o *pé do Mulato*. Que árvore é esta?

— Alteza, Rei Naldo de Avilhanas já deve ter vos contado sobre isto. Poupe-me de relembrar coisas tão trágicas... mas vou falar dessa árvore misteriosa.

— Sim, apenas isso me basta. O que sabeis?

— Depois que Mulato foi severamente castigado e esfolado vivo, porque o Conde Rasku insistia em torturá-lo, dizendo que o suplício era o único jeito de forçar ele a confessar quem era o assassino da Princesa Irina e do Príncipe Gesu Aldo, como ele nada dissesse e já não reagindo mais ao suplício, o próprio Rei Naldo mandou queimar seu corpo numa ara feita aqui, bem neste lugar, onde já estavam sepultados os dois irmãos. O corpo de Mulato, atirado às chamas, consumiu-se rapidamente. Assim que jogaram o corpo todo esfolado na fogueira, ele se transformou em cinzas no mesmo instante! Nós assistimos a esse sinistro e constatamos que Mulato não chegou a sentir o pavor nem a aflição da morte no fogo... Em menos de minuto seu corpo estava reduzido a cinzas e uma ave branca ergueu-se de dentro das labaredas, encontrando-se com uma outra ave branca que também surgiu não sabemos de onde! As duas voaram juntas até desaparecer no infinito. Algo incrível! Ficamos muito estremecidos e abalados com isso. Logo choveu com muitos raios e trovões, a terra estremeceu e o fogo apagou-se. Voltamos todos para nossas casas, assustados, temerosos e emudecidos. Não conseguíamos falar nada, não comemos nem dormimos porque o forte tropel e o zurrado da Mula Sem Cabeça não davam sossego a ninguém. No dia seguinte, eu e o meu amigo, o *Tantofaz*, combinamos de sair pra caçar e não resistimos à vontade de vir aqui novamente. Tomamos outro susto! Vimos, no meio das poucas cinzas que a chuva não tinha lavado, um pé do Mulato intacto. Pelos céus! Como se não tivesse sido queimado! Ele tinha os pés meio redondos, sem dedos, como os pés dos animais de carga. Eu e *Tantofaz* ficamos sem saber o porquê daquilo. Aí, meu amigo sugeriu que abríssemos uma cova, aqui mesmo neste lugar, e enterrássemos o pé de Mulato. Assim fizemos. Não contamos nada pra ninguém. Esse é o segredo que *Tantofaz* e eu guardamos. Mas nossa surpresa não ficou só nisso. Nos dias seguintes, voltamos aqui. Vimos nascida essa árvore, bem no lugar onde enterramos o pé de

Mulato. E ela cresceu muito mais rápido que todas as outras, sombreando a sepultura dos seus dois meios-irmãos...

— Sim — interrompeu Príncipe Urucumacuã —, este é o pé de Mulato, o muladeiro, filho bastardo de Calico... *Calycophyllum spruceanum*... Por hoje basta. Voltemos ao palácio. Na madrugada de amanhã, sairemos bem cedo para demarcar as terras do imperador Rei Médium.

— Príncipe Urucumacuã, sei que não sou digno de fazer parte da sua comitiva, mas por favor, leve-me com Vossa Alteza para o Elo Dourado?!... Não quero mais morar em Avilhanas. Parece que uma maldição caiu sobre esse reinado. Tenho medo de que Rei Rasku faça comigo o mesmo que fez com Mulato.

— Vai, então, em vossa casa, prepara teus pertences e partirá conosco amanhã no alvorecer. Pretendo voltar pelo mesmo lugar onde mataram a virgem... No lugar que ficou conhecido como *mata a virgem*.

— Alteza, ninguém mais vai naquele lugar... É assustador! A rodagem está abandonada desde quando mataram a virgem. Por certo, teremos que reabrir o caminho porque transformou-se num covil de assombração. Dizem que a Mula Sem Cabeça é vista por lá e ataca a qualquer hora do dia ou da noite, e tem também uma árvore que chora e geme o tempo todo...

— Melhor assim. Não conta a ninguém que voltaremos por lá. Assim nos protegeremos de qualquer traição que o Visconde de Mauhá esteja nos preparando.

De madrugada, a comitiva estava pronta, aguardando a chegada do Príncipe Urucumacuã em frente aos estábulos. Em menos de dez minutos, chegou acompanhado do novo integrante, que alegremente se juntara ao grupo para acompanhá-lo em todas as outras expedições e aventuras. Divertido e bem-humorado, feliz com sua adesão a tão honrado cortejo, festejava a habilidade do príncipe de conseguir libertá-lo do jugo do Visconde para realizar sua mudança.

— Alteza, fico a vos dever lealdade pelo resto dos meus dias.

— Como é o vosso nome, que ainda não nos dissestes?

— Ah, achareis graça do meu nome, certamente!

— Então, diga-nos.

— Meu nome de nascimento é *Qualquerum*.

— Qualquer um?

— Não qualquer um, certo? Mas *Qualquerum*.

— Positivo.

Todos acharam graça e sorriram. O Príncipe Urucumacuã comandou a partida e perguntou ao grupo:

— Quem vai à nossa frente?

Em uníssono responderam:

— *Qualquerum*, Alteza!

Até chegarem ao Bosque da Ilusão, no lugar da *mata virgem*, o Príncipe Urucumacuã inteirou-se de alguns outros detalhes sobre o monstruoso crime, que nem mesmo Rei Naldo de Avilhanas provavelmente soubesse. Ainda abalado pelo sentimento que a visão do túmulo dos dois irmãos e do pé de Mulato proporcionara, não queria nem podia demonstrar qualquer tipo de fragilidade, porque a mais penosa de suas missões estava por efetivar.

Aproximava-se da primeira hora da tarde, quando o príncipe sentiu um arrepio e algo assoprou no seu ouvido. Alertou-se com o aviso. Pressentiu que se aproximavam do local mal-assombrado, que em tempos passados, antes do seu nascimento, seu tio-avô, Rei Albe, o Rico, havia se enforcado de cabeça para baixo, pendurado pelo pé no bridão de ouro encantado de sua Mula *Tá*. Sem que perguntasse, *Qualquerum* avisou:

— Alteza, é bom ficar calado daqui pra frente, porque estamos perto dos dois lugares mais assombrosos deste reinado. Eu mesmo não passaria aqui sozinho nem que fosse pra descobrir onde seu tio-avô enterrou um tesouro.

— Tens razão, meu jovem. Aqui *qualquer um* borra nas calças...

— Alteza, o que é aquilo debaixo daquela árvore?

— Quieto, *Qualquerum*! Fiquem todos aqui. Agora é comigo... Não se arrisquem a olhar para trás!

O príncipe apeou de sua majestosa montaria, desembainhou a outra espada que trazia na aljava e entrou abrindo caminho entre as ramagens com as mãos, numa pequena vereda, até desaparecer da vista de seus sequazes. Passados alguns minutos, um vento impetuoso uivava balançando a copada das árvores. Barulhos de raios e trovões se ouviam, mas não havia nuvens no céu. No meio daquele pandemônio, pegadas como de animais pisando galhos secos aumentavam o reboliço e uma cantilena incompreensível aos poucos se fazia ouvir. Embora não conseguissem entender o significado das palavras, sentiam que o príncipe não estava sozinho e que lutava contra algum inimigo misterioso, porque os golpes de espada tiniam em intervalos regulares. Em dado momento, em meio à quebradeira, um urro estertorante se ouviu. E a voz do Príncipe Urucumacuã ressoou no meio das árvores:

— Três, dois, um... todos para o Buraco Negro Universal!

Fez-se um silêncio absoluto. Nem os grilos, nem os sapos, nem quaisquer outros animais silvestres se manifestaram. A comitiva do príncipe parecia estática. Aguardavam sem se mexer, sobre suas belas montarias, num semicírculo formado naturalmente, de costas para o local onde ocorreu o embate com as forças misteriosas. Até que o príncipe gritou de longe:

— *Qualquerum*, venha cá!

Ainda pasmado com o que havia presenciado, *Qualquerum* respondeu:

— Alteza, quereis a mim ou a qualquer um de nós?

— Por acaso tem mais de um *Qualquerum* conosco?

— Já vou, Alteza. Já vou!

Ao apear de seu cavalo, antes de virar-se para o lado em que a voz o chamara, *Qualquerum* quase caiu de susto. O PríncipeUrucumacuã já estava ali, colocando em seu alforje um bauzinho de ouro com algumas joias de rubis e esmeraldas e, no meio delas, a joia que ninguém sabia onde a princesa teria guardado, pois não a usava quando estava de viagem: o anel de pérola negra que ganhara de Urucumacuã no dia de seu noivado.

— Alteza, de onde tirastes isso, porque nada levastes, que eu visse?

— São as joias da Princesa Irina. Ela carregava consigo quando foram atacados. Estavam dentro do oco, no tronco do pé de Chorão. Provavelmente, Mulato conseguiu escondê-las antes que os assassinos encontrassem.

— Talvez, Alteza. Pode ser também que os assassinos encontraram e eles mesmos esconderam para vir buscar depois do caso passado.

— *Qualquerum*, tens razão! Vamos, então! Por aqui, tudo agora está resolvido!

— E a Mula Sem Cabeça, Alteza? Acabastes com ela?

— A Mula Sem Cabeça, daqui por diante, será apenas uma história. Só vai existir na imaginação de quem não acreditar nela!

— Lascou-se! Agora é que não entendo mais nada!

NOTÍCIAS DE TRINDADE

Conhecer o Palácio Fortaleza para *Qualquerum* foi puro deslumbramento. Embora o palácio das Esmeraldas fosse esplendoroso, nunca antes tivera a oportunidade de penetrar outras dependências além da cozinha, pátios externos, áreas de serviço e os escuros porões onde se encarceravam os malfeitores pegos em flagrante delito, enquanto aguardavam julgamento ou corretivos. Os jardins e os salões do Palácio Fortaleza eram muito mais belos do que conseguira imaginar a partir do relato dos viajantes. Suas fontes e cascatas, plantas exuberantes, flores exóticas, colibris esvoaçando com borboletas de todas as cores...

Antes de apresentá-lo ao imperador, o Príncipe Urucumacuã conduziu-o até o compartimento onde o Mago Natu bebia o chá da tarde, introduzindo-o. Mago Natu manifestou-se com muita afabilidade, cumprimentando-o logo depois que abraçou o príncipe e trocaram seus bordões enigmáticos:

— *Qualquerum*, seja bem-vindo! Já esperávamos por vós!

— Deveras! Como sabeis meu nome, se não me conheceis?

— Segredo, meu jovem... — disse o mago sorridente —. Quereis mudar de nome? Poderemos rebatizá-lo amanhã bem cedo e não serás mais qualquer um.

— Que nome poderei ter, senhor?

— Qualquer um, menos *Qualquerum*! Então, que nome quereis?

— Posso ter o nome do meu melhor amigo?

— Qual é o nome do teu melhor amigo?

— Então, não adivinhais?

— Ah, tanto faz...

— Uau, esse nome mesmo! Posso me chamar *Tantofaz*?

Príncipe Urucumacuã, que observava tudo, bem-humorado, mas quieto, resolveu interceder:

— Mago Natu, como para *Qualquerum* o nome tanto faz, vamos batizá-lo de *Guará*. Que vos parece?

— Excelente, o que achas, *Qualquerum*?

— Tanto faz. Pra mim está bem!

— *Tantofaz* ou *Guará*? Um ou outro?

— *Guará*, quero dizer, *Tantofaz*...

— Vou bater o martelo, ou melhor, batizá-lo *Guará* e ponto, está bem?

Qualquerum deu de ombros, indiferente ao nome que lhe colocassem. Dado por convencido, falou para si:

— Tudo bem. Tanto faz!

Após a breve cerimônia de batismo de *Guará*, ainda havia movimentação no Salão de Refeições do palácio. O imperador e a imperatriz, aparentemente mais felizes com a volta do príncipe e alegres com a amizade que fizera com *Guará*, ouviam com atenção o relato sobre a visita ao cemitério dos irmãos e as proezas do príncipe na peleja contra a Mula Sem Cabeça, para cumprir mais uma das tarefas que lhe incumbiram. Rainha Gônia fazia tempo que não sorria, ainda convalescente da saudade pela partida da comitiva de Rei Naldo de Avilhanas, Rainha Alzira e Rainha Alimpa, parecia melhor de ânimo ouvindo as bravatas do novo membro da comitiva do príncipe.

Enquanto se divertiam com as bravatas contadas por *Guará*, um movimento chamou atenção do Rei Médium, acompanhado do tinir do sino anunciando visitantes. Pouco depois, seu vassalo de ordens veio interrompê-lo, falando discreto em seus ouvidos:

— Senhor imperador, temos uma comitiva chegando de Trindade neste momento. Posso trazê-los aqui ou preferis que vos aguardem na sala de espera?

— Peça que me aguardem, por gentileza. Logo irei recebê-los.

Em poucos minutos, Rei Médium se apresentou aos visitantes, convidando-os a se dirigirem à Sala de Refeições. Reconhecendo alguns membros da comitiva, percebeu que quatro dentre eles eram novatos e, antes que interrogasse sobre suas identidades, o Senhor Uru, emissário oficial do Rei Mor, os apresentou:

— Senhor imperador, esses guapos cavaleiros são os quatro filhos do Bruxo Neno, irmãos da bela jovem de Trindade, a formosa Angelin.

— Sejam bem-vindos ao Elo Dourado. Já ouvimos dizer da incomparável beleza e formosura de vossa irmã! Ficai à vontade, pois tenho assuntos pessoais a tratar com o Senhor Uru.

Príncipe Urucumacuã chegou à porta no mesmo momento. Rei Médium o apresentou aos quatro filhos do Bruxo Neno, ordenando que levasse toda a comitiva a passear pelos jardins do palácio, depois que se alimentassem, ao tempo em que trataria dos assuntos suscitados pela inesperada visita.

Concluída a audiência com o imperador, o Senhor Uru retirou-se do Salão do Trono e juntou-se aos membros de sua comitiva na casa de hóspedes, aguardando a correspondência que deveria levar ao Rei Mor. Rei Médium convocou o Príncipe Urucumacuã e o Mago Natu em reunião urgente, na Câmara do GRAU, para lhes dar ciência das proposições pontuadas pelo soberano de Trindade. Não contaria mais com a presença apaziguadora e prudente do Grande Rei, mas a inteligência e a sabedoria do filho aliadas ao conhecimento do mago e sua experiência de imperador eram o bastante para solucionar as pendências iminentes no império.

Na Câmara do GRAU, o Rei Médium releu o pergaminho encaminhado. Não continha novidades de fato preocupantes, nem dava conta de notícias ruins ou boas, mas manifestava a intenção concreta de invadir as terras do Barão de Corumbi confrontantes com o Elo Dourado, a menos que...

— Que vos parece, Mago Natu? — o imperador consultou primeiramente o amigo.

— Claro está que chegou a hora do Rei Mor conhecer a verdade!

— E tu, Urucumacuã, que vos parece?

— Parece-me que terei de pedir a filha do Rei Mor em casamento.

— Meu filho, prefiro perder até a metade do meu império a vê-lo desposar aquela cobra.

Mago Natu riu da ingenuidade e do desalento de Rei Médium. Tomando fôlego, desculpou-se:

— Prezado amigo, então também chegou a hora de conheceres a verdade!

Rei Médium olhou na direção em que o Espelho Universal estava incrustado e viu apenas um nicho na parede. Aflito por não contar mais como instrumento que lhe permitia antever fatos, rever o passado e perscrutar a realidade, em atitude de profunda humildade, pediu ao Mago Natu:

— Por favor, Mago Natu, conte-me a verdade que desconheço.

Mago Natu dirigiu o olhar ao Príncipe Urucumacuã e este, sentindo-se inquirido, retrucou:

— Também eu poderei saber desta verdade, Mago Natu?

— "Principalmente, tu, amado *Urucum*. Esta verdade vos libertará e cumprireis, assim, vossa missão, mesmo que lhe custe um grande sacrifício...

— O pai do Rei Mor, o sanguinário Rei Barbo, falecido quando tu ainda não havias nascido, Urucum, precisava gerar um herdeiro. A rainha Megera, sua esposa, além de estar debilitada de saúde, passara da idade propícia para engravidar. Conhecedor da fama da Bruxa Bizarra e de sua proficiência nas magias e encantamentos de amor, secretamente deslocou-se de Trindade indo até Avilhanas, onde a carocha morava, para conseguir-lhe as mercês e as magias no sentido de providenciar-lhe um filho, mesmo que fosse adotivo. Era um equinócio de verão e na conjunção astral a lua cheia entrava na Casa de Gêmeos. Coincidiu que, naqueles dias, Bruxa Bizarra preparava um sabá cerimonial, porque sua única filha, ainda donzela, a Zureta, estava inteirando quinze anos e chegara o tempo de iniciá-la nos rituais e profissões de fé da Feitiçaria. Rei Barbo foi muito bem-vindo e aceito na entronização sabática, porque convinha à bruxa entregar as primícias da filha a um cavalheiro de renome e, tanto melhor, ao senhor de um reinado. Pensara em convidar o Rei Albe, o Rico, para o cerimonial, mas temia a reação da Rainha Alzira, que dificilmente concordaria que ele aceitasse o convite. Então o aparecimento do Rei Barbo foi providencial. Depois de acontecido o sabá iniciático, não demorou muito, a jovem Feiticeira Zuzu apresentou-se grávida. No tempo certo, pariu dois filhos meninos, para desespero da jovem mãe e da avó. Na noite ritual, tanto o rei Barbo e o Feiticeiro Núbio, que desposaria a jovem feiticeira, haviam praticado a "conjunção de botante". Por não saberem ao certo, se os dois nascituros eram filhos do mesmo pai, ou cada um de um deles, a criança que apresentasse traços fisionômicos diferentes do Feiticeiro Núbio, dado como esposo oficial da Feiticeira Zuzu, deveria ser sacrificada, segundo rezava a tradição da Bruxaria de Bizarra. O Rei Barbo, então, foi comunicado do episódio e do destino que seria dado a uma das crianças. Tocado pelo desejo que sempre o alimentou de ter um herdeiro, enviou imediatamente a Avilhanas um emissário de sua mais alta confiança, acompanhado de uma ama de leite, chamada Ambrosia, e ordenou que lhe mandassem a criança que intencionavam sacrificar. Assim foi feito. Feiticeira Zuzu criou o menino Neno e o Rei Barbo criou o menino Mor. Algumas semanas depois, tanto a Rainha Megera, mulher do rei Barbo, quanto o Feiticeiro Núbio, marido de Zuzu, morreram misteriosamente. E assim, Mor foi criado sem saber quem era sua mãe e Neno cresceu sem saber quem era seu pai."

Tanto o Príncipe Urucumacuã quanto o Rei Médium pareciam estupefatos com a narrativa. O príncipe rompeu o silêncio e disse para consigo:

— Faz sentido. Por isso os dois são tão parecidos.

Rei Médium por sua vez, meio cético, indagou:

— Como soubestes disso, Mago Natu?

Com um riso levemente irônico, mas simpático, e o brilho de sempre no olhar, cofiando suas longas barbas brancas, o mago replicou:

— Mistério, meu amigo! Mistério...

A revelação do mago não ficou só nisso. O Príncipe Urucumacuã, sentindo que havia mais por conhecer do que fora dito, interrogou:

— Mago Natu, quem verdadeiramente é a filha do Rei Mor?

— A filha legítima do Rei Mor é a que se diz filha do Bruxo Neno, a Bela de Trindade, formosa Angelin. Aquela que dizem ser Princesa Anaconda, na verdade, é a filha do Bruxo Neno...

Rei Médium empalideceu. Não esperava por aquela revelação. Ao mesmo tempo, sentiu-se melhor e mais conformado porque, se tivesse que negociar com o Rei Mor o casamento de seu filho, seria com a bela e formosa Angelin e não com a princesa "Anaconda, a Medonha". Ainda incrédulo, sobrepôs-se ao filho, interrogando:

— Como se deu isso, Mago Natu?

— Quando Bruxo Neno mudou-se do Elo Dourado para o Reinado de Trindade, a convite do próprio Rei Mor, os dois haviam combinado que o bruxo daria jeito para que a Rainha Sissu, mulher do rei, engravidasse. Diante da promessa, Rei Mor prometeu que lhe daria em casamento uma de suas mais formosas servas, a humilde e subserviente Murmur, tão bela quanto é hoje a sua filha Angelin. O bruxo aceitou a proposta entusiasmado. Estava solitário na época, porque sua ex-companheira, a feiticeira Taruga Quelônia, a Tal Taruga, havia sido encantada para sempre na Tal Taruga. Quando estava tudo acertado para celebrar o casamento, Rei Mor, usando de sagacidade contra o bruxo, informou-lhe do costume do direito da primeira noite, o *jus primae noctis*, para poder se deitar com a bela serva e gozar das primícias da noiva. O bruxo sentiu-se logrado, mas desfrutava de algumas vantagens na corte do Rei Mor. Mesmo a contragosto, aceitou conformado a imposição real. No entanto, ele também teria de fugir para escapar da sanha matadora dos "Caçadores de Cornos" até a meia-noite da data do casamento, para não ser passado a fio de espada, caso o encontrassem. Usando de evasivas e contando com a cumplicidade de sua mãe, a Feiticeira Zuzu, na persecução de seu plano mirabolante, porque ela morava em Trindade fazia uns tempos e viera ao Palácio de Trindade celebrar as bodas, o bruxo conseguiu facilmente meter-se sob os lençóis da Rainha Sissu, permanecendo até momentos antes que Rei Mor voltasse dos aposentos nupciais de Murmur. Pela semelhança física entre ambos, aproveitando-se de que a rainha costumava se embriagar momentos antes de dormir, não foi difícil para o Bruxo Neno se passar pelo rei, na própria cama dele. Naquela noite, as duas mulheres engravidaram. Sendo que Murmur engravidou do Rei Mor e Rainha Sissu engravidou do Bruxo Neno. Murmur teve Angelin e a Rainha Sissu teve a Princesa Anaconda. Nos anos seguintes, a mulher do Bruxo engravidou e teve filhos gêmeos nas duas outras gestações. São esses quatro rapazes que vieram na comitiva com o Senhor Uru. Angelin é irmã deles apenas pelo lado materno e Anaconda é irmã pelo lado paterno. Rainha Sissu nunca mais engravidou e odeia Angelin com todas as suas forças. Rei Mor gosta da moça, mas quer que ela permaneça cativa, a serviço da corte junto com sua mãe.

Rei Médium emudeceu. Quando conseguiu ordenar seus pensamentos, fez a mesma pergunta ao Mago Natu:

— Como soubestes disso, Mago Natu?

— Mistério, Rei Médium, mistério!

Príncipe Urucumacuã escrevera uma carta ao Rei Mor, em resposta à mensagem recebida. Notificava ao soberano de Trindade sua recente incursão ao reinado de Avilhanas, onde havia demarcado a área devoluta legada pelo Barão de Corumbi, que a partir de então, divisava com o Império do Elo Dourado. Além de pontuar assuntos de interesse dos dois reinados, mencionava sua próxima viagem àquelas paragens onde tratariam de outras pendências. Não mencionou a possibilidade de pedir a mão da filha do rei em casamento, mas pediu a gentileza de prolongar se possível a estadia do atual rei de Avilhanas, Conde Rasku, até que chegasse a Trindade, para concluírem providências justas e necessárias ao bom relacionamento dos três reinados.

O emissário e mensageiro do Rei Mor, Senhor Uru, estava na antessala do Salão do Trono, esperando receber o documento para voltar a Trindade. Quando o Príncipe Urucumacuã entregou o rolo de pergaminho em suas mãos, selado e lacrado com seu próprio sinete, o mensageiro tranquilizou-se. Esperava mesmo que o príncipe fosse atraído a Trindade, onde certamente seria convencido a casar-se com a "filha" do rei.

Reparando na fisionomia dos filhos gêmeos do Bruxo Neno, o príncipe concluiu que eram muito semelhantes, mas não pareciam tanto o pai. Certamente, haviam herdado a beleza dos traços da mãe, por isso eram rapazes até formosos. Ficou imaginando como seria bela a meia-irmã deles...

Chamando atenção do príncipe que parecia divagar, voando em pensamentos, o Senhor Uru perguntou:

— Alteza, quando pretendeis fazer a viagem a Trindade?

— Ah, sim, a viagem... quando deixastes Trindade, o Conde Rasku já havia chegado lá?

— Quem, Alteza, o Rei Conde Rasku? Não, Senhor. Nem o encontramos pelo caminho.

— Certamente o encontrareis no palácio de Trindade quando voltarem. Pretendo encontrar-me com ele também.

Os quatro rapazes, irmãos da Bela de Trindade, olharam-se apreensivos. Precisavam regressar o mais rápido que pudessem.

O CASTIGO DO CONDE RASKU

RECEBIDO COM HONRARIAS DE REI, Conde Rasku chegou a Trindade pouco antes do sol se por. Rei Mor preparou uma recepção digna, pomposa, repleta de agrados e mesuras. As doze jovens cortesãs, chamadas pelo Rei Mor de "Minhas Doze Garças", em dupla fila, compunham uma ala ao longo de um extenso tapete de peles e penas vermelhas, exibindo seus mais atraentes dotes físicos, em decotes que mostravam não só o vão dos seios, além das costas e umbigos, numa procissão de sensualidade despudorada, bem do agrado àquele que encarnava a supremacia da beleza masculina aliada à preeminência de ardoroso amante.

Aparentemente lisonjeado, galante e sedutor, o novo rei passeava os olhos por todas, deliciado, procurando debalde, entre elas, a verdadeira Bela de Trindade, porque sabia, de ouvir dizer, que nenhuma mulher até então se igualava em formosura à recatada e tímida serva Angelin, a filha do Bruxo Neno. Não vendo a encantadora moça exposta entre as jovens, disfarçando o irresistível desejo de conhecê-la já tencionando seduzi-la, perguntou ao Rei Mor, que o acompanhava apresentando as beldades, dizendo seus números, posto que não tinham nomes, e seus principais atributos:

— Esta é minha Garça número um. Ela sabe como ninguém arrancar-lhe suspiros de puro prazer! Esta é minha Garça número dois... Esta, a número três... conhecem todos os segredos das palavras amorosas... Esta, a número quatro... — e assim por diante, até concluir a apresentação das doze.

Insatisfeito, mas usando de astúcia, Conde Rasku investigou:

— Amigo, não vejo as duas mulheres mais belas deste reinado! Onde estão a Princesa Anaconda e a tua criada Angelin?

Rei Mor surpreendido pela pergunta, buscou uma resposta rápida, desculpando-se do desleixo:

— Amigo, à filha do rei não convém expor-se entre cortesãs; tampouco é conveniente às criadas se avultarem em formosura e donaire às damas às quais servem por obrigação e dever desde o nascimento...

— Releve-me a impertinência, Senhor Rei, mas justifico meu afã: proponho casar-me com vossa filha e, desde já, quero pedi-la em noivado. Portanto, interessa-me, também, conhecer qual das criadas lhe deve lealdade, continuando a seu dispor.

As feições do Rei Mor instantaneamente transformaram-se. Um largo sorriso brotou de seus lábios, acendendo nos olhos um brilho de êxtase. Por pouco não se ajoelhou aos pés do Conde Rasku, beijando-lhe as mãos, em agradecimento comovido pelo gesto de coragem e audácia, implícito no pedido que há muito esperava viesse especialmente da parte de algum nobre ousado. Sonhara, planejara e até conspirara, utilizando de todos os meios, para casar a filha com o príncipe dos príncipes, o herdeiro do Elo Dourado, PríncipeUrucumacuã; mas o rei de Avilhanas, Conde Rasku, a despeito de algumas histórias tenebrosas que pairavam sobre ele, ainda era o mais belo homem de todas as cortes. E beleza para o Rei Mor era fundamental.

Refazendo-se do abalo provocado pela emoção da proposta surpresa, Rei Mor pigarreou, arrumou-se dentro de suas excêntricas e luxuosas vestes, ajeitou a coroa de cem brilhantes e rubis sobre a cabeça, emitindo seu consentimento:

— Fico honrado e agradecido, e adianto-vos: por dote, recebereis todas as terras que de *Corumbi eram* na divisa do meu reinado. Sem prejuízo de herdares os objetos mais preciosos de que disponho: as sete misteriosas caixas de metal que, todas as vezes que preciso, abro alguma delas e se realizam meus pedidos.

Conde Rasku encheu-se de interesse:

— Quem vos entregou essas caixas?

— Negociei-as por um bom preço com o Bruxo Neno... valem bem mais do que paguei. Pertenciam ao Mago Natu que, certo dia, presenteou-as ao Rei Médium.

Ao ouvir o nome do bruxo, o novo rei de Avilhanas desconfortou-se. Por algum tempo, havia esquecido que Bruxo Neno também habitava em Trindade. Nem se atinara para o fato de que a jovem mais bela de todos os reinados era precisamente sua "filha" — a doce e meiga Angelin. Ligeiramente atordoado, mas extremamente argucioso e vingativo, viu apresentar-se a oportunidade de conquistar, de uma só vez, os dotes do Rei Mor, tirando-lhe do poder as sete caixas mágicas. Mais ainda, consumaria seu perverso desagravo contra o bruxo, desonrando sua "filha". Caso preciso, assassinando também. Dissimulando sua perfídia, Conde Rasku ensaiou o sorriso mais irresistível e sedutor, indagando ao Rei Mor:

— Quando poderei conhecer sua encantadora filha para entregar-lhe o anel de noivado?

A DESPEDIDA DE SOLTEIRO

Um grande banquete para toda a corte estava preparado para a noite seguinte, em comemoração oficial à chegada do rei de Avilhanas. O salão de banquetes do palácio de Trindade, muito amplo e enfeitado, só não se comparava em bom gosto e refinamento aos similares do Palácio Fortaleza e do Palácio das Esmeraldas. O estilo de decoração da Rainha Sissu era excessivamente extravagante, misturando no mesmo ambiente elementos díspares, tais como objetos e troféus de caça, dezenas de artefatos de ouro e prata, grandes vasos rústicos de barro apinhados de flores malfeitas de pano colorido, cortinas de tecidos grosseiros, bordadas em fios de ouro e pedrarias: um conjunto discordante, onde o rústico e o suntuoso não se abraçavam com naturalidade. O mobiliário de madeira muito pesada, entalhada grotescamente, assentava melhor aos ambientes dos tropeiros do que aos salões da realeza. Às cabeceiras da mesa de cinquenta lugares, dois imponentes assentos lembravam a importância de seus ocupantes, exibindo no encosto de metro e meio de altura, duas coroas entalhadas e cravejadas de pedras preciosas. Numa sentava-se o Rei Mor, na outra, Rainha Sissu.

Quase todos as cadeiras estavam ocupadas quando o Conde Rasku chegou para ocupar seu lugar. O mestre-sala o acompanhou ao lugar marcado numa plaquinha de ouro com seu nome, acompanhado por um serviçal que encheu seu copo de uma bebida âmbar-esverdeada, enquanto outro lhe colocava no prato uns rolinhos brancos recheados de carne desfiada. Antes de provar a bebida e o antepasto notou que uma cadeira à sua frente ainda estava desocupada. Em frente ao prato, uma plaquinha gravada em ambos os lados exibia o nome: "Princesa Anaconda". "É ela", pensou. Também percebeu que as cabeceiras da mesa estavam vazias, assim como seis lugares à sua esquerda e seis à sua direita. Quando pegou a taça para provar a bebida, viu pelo canto dos olhos que as outras pessoas se levantavam. Eram o Rei Mor, Rainha Sissu, a Princesa Anaconda e as doze cortesãs que entravam. Cada um buscou o próprio lugar à mesa. À aproximação da princesa em sua direção, Conde Rasku, ao sorver a bebida, engasgou-se, para disfarçar o acesso incontrolável de riso. A princesa, muito maquiada, parecia uma matrona. Conseguindo controlar-se, o pretendente começou a examiná-la nos modos e na aparência. Não tinha dúvida, era a moça mais feia que já vira até aquele dia. Tudo nela era desproporcional: nariz adunco, como o da Feiticeira Zuzu; olhos vesgos e sem pupilas, iguais aos da Rainha Sissu; uma boca enorme, com os dois incisivos frontais encavalados e caninos de vampira; a cabeça chata enterrada nos ombros, sem nenhum pescoço; o corpo em nada lembrava as curvas peculiares e os contornos do corpo feminino... Depois de examiná-la menos interessado do que quem fosse comprar um animal de carga, acompanhou-a com o olhar, enquanto ela, desajeitadamente, se livrava da saia pregueada de seu extravagante vestido, levantando-a para sentar-se, deixando à mostra o par de pernas finas que bem poderiam competir com as pernas de uma mesa.

Notando também que, apesar de tudo, não parecia tímida, tampouco acanhada de sua extrema feiura, olhou-a desdenhoso, mas trocista piscou-lhe o olho. Ela se assanhou, fez um trejeito dando de ombros, encolheu a cabeça, inclinando-a levemente para a direita, fazendo "biquinho", franzindo a imensa boca pintada de vermelho sangue, correspondendo ao flerte.

Todos à mesa, Rei Mor acionou uma pequena campainha, sinalizando para servirem os pratos principais. Não demorou muito e um préstito de copeiros e copeiras, trajados uniformemente, segurando bandejas de ouro e prata, aproximavam-se pelas extremidades da mesa, distribuindo pelo lado esquerdo e direito, nos pratos à frente do comensal, porções de iguarias, segundo o gosto e desejo de cada um. Tão impressionado estava o Conde Rasku pela monstruosa feiura de sua futura noiva, não reparou na aproximação de uma das copeiras. Quando se apercebeu, uma voz deliciosamente meiga e educada perguntava ao seu lado:

— Com licença, Senhor Rei. Posso servi-lo?

Direcionando a vista para o rosto da pessoa que o interrogava, emudeceu, paralisado pela instantânea contemplação de sua face. Sentindo-se entorpecido diante de tanta beleza, por alguns segundos ficou sem ação: não sabia se respondia à pergunta, se continuava quieto admirando, ou... se, simplesmente, agarrava a moça, levando-a dali em seu braços para algum lugar onde pudesse satisfazer o incontrolável desejo que ela lhe despertara. Apertando os olhos e piscando como se precisasse acordar para a realidade, respondeu instintivamente:

— Evidente que sim, donzela. Pode servir-me quantas vezes quiser...

Princesa Anaconda prestou atenção ao modo gentil e cobiçoso que Conde Rasku reagiu à beleza incomum de sua criada e viu quando o igualmente belo e garboso rei de Avilhanas levou disfarçadamente a mão no traseiro de Angelin, deixando a moça enrubescida e acanhada. Possessa de ciúme e inveja, levantou-se e falou alto:

— Rei Mor, minha mãe, amigos! Olhem aqui, Conde Rasku, o belo rei de Avilhanas, deseja a atenção dos senhores porque vem pedir, neste momento, minha mão em noivado. Vamos, meu querido, aproveite!

Constrangido diante do cinismo e da insolência da Princesa Anaconda, ainda transtornado pela formosura e meiguice de Angelin, prevendo que a moça fosse capaz de desmascará-lo, expondo-o ainda mais para suscitar a fúria do Rei Mor e a cólera da mãe, levantou-se a contragosto e anunciou:

— Senhor de Trindade, venerável Rei Mor, Senhora de Trindade, veneranda Rainha Sissu, escuso-me de interrompê-los neste deleitoso momento, mas não posso contrariar o desejo de vossa adorável princesa. Tenho a honra de pedir-vos em noivado a mão de vossa encantadora Anaconda!

A maioria dos comensais no Salão de Banquetes ficou estupefata. Houve um burburinho imediato. Todos cochichavam entre si. Não conseguiam acreditar que o Conde Rasku, rei de Avilhanas, o mais belo exemplar masculino encarnado jamais visto, fosse ceder à ousadia e petulância da monstruosa Princesa Anaconda. Duvidavam de que ele estivesse falando sério e que levasse adiante aquele pedido de casamento. Rei Mor e a Rainha Sissu esperavam a atitude do ilustre e nobre visitante real, mas não imaginavam que o fizesse assim, diante de todos, naquele momento. Como o Rei Mor não houvesse comentado a respeito da intenção do Conde Rasku sequer com a mulher, julgou que ele mesmo solicitara naquele momento à princesa que fizesse o anúncio, devido à maneira informal de tomar decisões. Sem delongas, consentiu:

— Honorável Rei de Avilhanas, Senhor Conde Rasku, se a Vossa formosura não constrange a fealdade de Anaconda, concedo-lhe honrado a mão da princesa em noivado. Saibas que tereis, por esse ato de coragem, o alento de fabuloso dote de terras minadas de ouro e ferro, pedras preciosas, além das sete caixas mágicas do Bruxo Neno, que antes pertenceram ao Mago Natu.

Todos aplaudiram e deram vivas em tom de chacota. Rainha Sissu encenou desmaiar de emoção. Princesa Anaconda subiu na cadeira, daí à mesa, atirando-se sobre o noivo, agarrando e beijando-o escandalosamente. Quanto mais Conde Rasku se esquivava, mais ela grudava em seu pescoço, espalhando manchas de batom e contaminando-o com seu mau hálito. Foi preciso o Rei Mor interromper a exagerada manifestação de entusiasmo, ordenando que ela fosse buscar no local secreto as sete caixas de metal para entregá-las como sinal do pagamento antecipado do dote, para assim cumprir parte do compromisso assumido.

Mencionado o nome do Bruxo Neno, Conde Rasku havia se esquecido de que poderia encontrar com o perigoso rival e imaginou, por alguns segundos, o quão embaraçosa seria a situação se eles se defrontassem ali mesmo, no palácio de Trindade. Mas precisava enfrentar o bruxo, nem que fosse arriscando a vida, por uma única e decisiva razão: apaixonara-se por Angelin, e saber de sua residência era o primeiro passo para se aproximar da donzela. Dissimulando sua verdadeira intenção, perguntou ao Rei Mor:

— Senhor Rei, onde posso encontrar-me com Bruxo Neno? Preciso aprender com ele como utilizar corretamente a magia dessas caixas em meu favor!

Sem se dar conta da sagacidade do noivo da Princesa Anaconda, Rei Mor passou-lhe as informações:

— Bruxo Neno encontra-se fora do reinado, assim como seus quatro filhos. Os filhos foram ao Elo Dourado, não tardam a voltar. Bruxo Neno foi ao Reinado do Caxixi celebrar um ritual de bodas, mas volta também em poucos dias...

Princesa Anaconda adentrou o salão trazendo às mãos uma volumosa caixa de ferro, no formato de um baú, colocando-a sobre o aparador mais próximo do noivo. Conde Rasku agradeceu e continuaram o jantar. O conde já havia perdido o apetite. Estava sentado apenas no aguardo de que Angelin se aproximasse uma vez mais para servi-lo. Mas a Bela de Trindade não retornou naquela noite ao Salão do Banquete. Nos dias seguintes, também não. Sua mãe, Murmur, que também era muito bela, a substituía no trabalho de servir as refeições. Conde Rasku estava completamente apaixonado pela formosura de Angelin, disposto a pagar qualquer preço ou cometer qualquer insanidade para vê-la outra vez.

Nas três primeiras noites que passara em Trindade, não conseguira dormir, pensando no rosto de Angelin. Ele ainda não tinha visto um semblante mais notável. Lembrava cada linha de sua face, apesar de ter observado seu rosto por muito pouco tempo. Isso mais o intrigava, pois seu referencial de beleza era a si próprio e, comparando as linhas da face de Angelin com as próprias, parecia-lhe que era ainda mais bela.

Não podia pedir informações sobre a moça ao Rei Mor, porque já havia se comprometido em noivado com a medonha Anaconda e qualquer desvio poderia lhe custar alto preço, pois a fama de sanguinário e odioso do Rei Mor ultrapassava fronteiras. Mas, durante os passeios que faziam pelas cercanias do reinado, poderia conquistar a afeição de algum dos vassalos do rei para discretamente saber onde Angelin residia e quais os lugares que frequentava diariamente. Seu desejo se realizou sem que precisasse se esforçar para tanto:

Numa das visitas que fizeram à tarde a uma antiga mina de ferro do reinado, passaram por uma casa simples, de material popular, mas que chamou a atenção do rei de Avilhanas pela placidez de uma fonte de águas cristalinas próxima da moradia. Rei Mor dirigiu-se ao Conde Rasku:

— Sabes quem mora aqui, Conde Rasku?

— Não, mas não me parece que seja a mansarda de algum nobre. Lembra os casebres encantados do Reino do Elo Dourado.

— Saiba então, meu prezado futuro genro, que nesta casa de aparência simples, mas bem cuidada, moram as duas mulheres mais belas que já conheci. Mãe e filha, Murmur e Angelin.

— Estais a me dizer que aqui vive o Bruxo Neno?

— Exatamente. Por falar no Bruxo Neno, já vos encontrastes com ele depois do vosso casamento com a Marquesa de Sonça?

— Nunca mais. E temo por esses dias. Algo me diz que, se isso acontecer, será o fim de um de nós, ou de nós dois...

— Então mantenha-te afastado deste lugar. O quatro filhos do bruxo vigiam a irmã e a mãe com mais severidade e rigor do que os meus eficientes Caçadores de Cornos.

— Disseste-me que tanto o bruxo quanto os filhos estão ausentes do reinado?

— Sim. Pelo tempo que viajaram, penso que estarão de volta no mais tardar até o final desta semana.

Era tudo que o Conde Rasku precisava saber. Antes do pai e dos irmãos de Angelin retornarem, certamente teria oportunidade de avistar-se com a *Bela de Trindade* da maneira propícia para fazer com ela o que seus instintos lascivos e perversos sugeriam... precisava arquitetar um bom plano, ludibriar a vigilância dos guardas do Rei Mor e, principalmente, manter-se longe da mira de alcance da enfadonha noiva, Princesa Anaconda. Tudo isso não era problema, nem empecilho. Estava mais do que acostumado a tramar estupros, assassinatos, emboscadas, com a maestria de quem age e se protege pela impunidade. Só tinha um grande rival: o tempo. Sua visita a Trindade não poderia passar de três dias. Enfrentar o Bruxo Neno ainda não constava dos seus planos. Mas deixar passar em branco a oportunidade de vingar-se do arqui-inimigo na filha ou na mulher, ou ambas, preferencialmente, também não estava nos seus planos...

NO DIA SEGUINTE

A TARDE DECLINAVA. O Rei Mor, apeando de sua montaria, lembrou ao Conde Rasku que o jantar naquele dia seria servido antecipadamente, porque a sua melhor cozinheira, Murmur, adoecera, e a filha estaria em substituição para preparar o jantar e também precisava voltar para casa mais cedo para cuidar da mãe, devido à ausência de seus irmãos e do seu pai.

"Presente dos céus", pensou Conde Rasku. Nada melhor do que aquela oportunidade. Daria um jeito de passar mal assim que concluísse o jantar. Falaria uma meia dúzia de palavras sem sentido e se retiraria, pedindo que ninguém o aborrecesse, tampouco interrompesse, porque precisava descansar preparando-se para retornar ao seu reinado. Antes, marcaria a data para o casamento. Assim ficaria mais fácil disfarçar sua retirada, contendo a vigilância de cão farejador da Princesa Anaconda, além de desobrigar-se dos indigestos e aborrecedores saraus patrocinados pelas insípidas cortesãs e bobos da corte.

À hora combinada, Conde Rasku estava trajado conforme o costume, muito elegante, pensando na possibilidade de ver Angelin uma vez mais, para depois segui-la e dar cabo às suas maquinações e desejos.

O jantar não foi diferente dos outros. De todas as coisas que já conhecera e visitara na corte do Rei Mor, a que ele mais apreciara, até então, foi a variedade do cardápio. Desconfiara que os dotes culinários de Murmur faziam diferença na preparação das iguarias. Sabendo que a Bela de Trindade seria a cozinheira substituta naquela oportunidade, não esperava que tivesse dons tão especiais para cozinhar. Algumas variedades estavam preparadas com tal requinte que a troca da cozinheira passaria despercebida a quem não fosse avisado do imprevisto.

Angelin não compareceu ao salão de jantar. Mantinha-se distante desde o primeiro dia, quando a audácia do Conde Rasku envergonhou-a, fazendo aumentar mais ainda sua timidez. Servido o jantar, o rei de Avilhanas não esperou pela sobremesa. Levantou-se de sua cadeira, localizada em frente ao assento da Princesa Anaconda. Já estava incomodado demais para suportar a feiura da noiva, sem poder repreendê-la pelos comportamentos escandalosos e cínicos. Tinha ameaça de náuseas só de ver a moça falar com a boca cheia, babar pelos cantos da boca e ainda esfregar os pés de unhas compridas nas suas pernas debaixo da mesa. Aproveitando-se que o Rei Mor se ausentara por uns momentos do salão, desculpou-se, inventou meia dúzia de inverdades, retirando-se, encenando uma terrível enxaqueca.

Princesa Anaconda fez menção de acompanhá-lo, mas ele gentilmente recusou sua companhia sob alegação de que iria ter uma prosa particular com seu pai, para tratar de assuntos de seu casamento e depois iria dormir, pois não estava com muita disposição. A princesa era astuta demais para acreditar nas lorotas do noivo. Ficou espreitando até que despareceu pelo corredor em direção aos seus aposentos, ouvindo-o bater a pesada porta do quarto. De uma das janelas do quarto, Conde Rasku observara que era possível ver de cima a movimentação dos serviçais na cozinha do palácio. Qual não foi sua surpresa ao ver a esguia e perfeita Angelin concluindo os afazeres para se retirar. Quando o ambiente parecia mergulhado na mais completa calma e as últimas tochas e archotes do corredor que levava ao portão dos fundos por onde os serviçais deixavam as dependências do palácio estavam sendo apagadas, entendeu que aquela seria a oportunidade de sair, descendo pela janela, pendurado nos lençóis, para usufruir da escuridão que a sombra da construção projetava na alameda, antes da lua cheia aparecer. Receoso de ser visto, trocou suas roupas claras por vestimentas escuras, colocou um chapéu negro de couro de porco e seguiu de longe, em passo pequeno, o vulto da donzela que ia à sua frente, mais ligeira e apressada. Esgueirando-se entre a vegetação que margeava a alameda, viu quando a moça desceu por um pequeno desvio do caminho que levava em direção à fonte próxima de sua casa. Melhor oportunidade jamais apareceria. Às escondidas, espreitou todos os movimentos de Angelin, exultando quando percebeu que a mulher mais bela que já conhecera começava a tirar a roupa para banhar-se à sombra da noite, pouco antes da lua cheia iluminar o pequeno lago cristalino formado pela cascata borbulhante. O êxtase provocado pela visão de Angelin nua, entrando na fonte, quase o levou à alucinação. Misturou em seus pensamentos o desejo de abraçá-la, como recompensa por ter ficado tantos dias sem vê-la, ao mesmo tempo que o desejo de vingar-se do seu pai começou a incitá-lo a perpetrar a mais cruel e desumana de todas as atrocidades.

Perdendo o controle dos sentimentos, seu caráter lúbrico e sanguinário o impeliu a despojar-se, deixando a poucos metros da fonte suas vestes pretas, chapéu e espada. Num pulo calculado com precisão, atirou-se sobre Angelin, já imobilizando-a. A moça, assustada e aterrorizada diante do ataque inesperado, tentou gritar, mas a voz não lhe saía. Ato contínuo, o bestial celerado dominou-a, fechando sua boca com tal brutalidade que não tinha força para respirar e reagir à investida. Debatendo-se em vão, Conde Rasku agarrou-a pelos cabelos com a outra mão, puxando-a para fora d'água, até colocá-la totalmente fora de ação, sob sua força e violência, deitada sobre suas roupas. Angelin sentiu quando o aço frio da lâmina de sua espada forçou a pele de seu seio direito, bem no lugar de seu coração, enquanto sua voz sedutora e cruel lhe pedia que não resistisse, caso quisesse sair dali viva. Diante da possibilidade de ser abusada, desonrada, violentada e ainda ser assassinada, a pudica e inefável donzela preferia que ele a matasse de uma vez, por isso resistia com todas as forças que ainda lhe restavam. Quando a exaustão estava quase a dominá-la, sem que conseguisse escapar à sanha do maníaco, um barulho de tropel se aproximou rapidamente. Surpreso pelo inusitado aparecimento dos indesejáveis intrusos e interrompido antes de poder perpetrar sua vingança, o agressor deixou-se esmorecer por poucos segundos, afrouxando a mão que lhe apertava a boca. Com o resto das forças que ainda conseguia reunir, Angelin soltou um grito de desespero, tão alto que se sobrepôs ao tropel dos cavalos. Em menos de cinco segundos, seus quatro irmãos e seu pai estavam ao seu lado, Conde Rasku completamente dominado e a indefesa donzela, trêmula e assustada, a salvo da sanguinária concupiscência do belo de Avilhanas. De predador a presa, o corpo nu do rei de Avilhanas, imobilizado e amarrado, já servia de chacota aos heroicos e destemidos irmãos da Bela de Trindade, enquanto o Bruxo Neno preparava a mais bárbara e aterrorizante vingança contra o homem que tentara desonrar sua bela filha:

— Vejam só, o rei está nu!

— Olhem que coisa linda que é seu instrumento!

— Que tal se a gente resolvesse se divertir um pouco, aproveitando que ainda está cedo, antes de ele virar lobisomem?

— E se a gente preferisse comer ele assado?

Circulavam fortes rumores pelo reinado de Trindade que, a partir do evento do segundo casamento do viúvo Rei Naldo de Avilhanas com a também viúva, Rainha Alimpa, os quatro filhos do Bruxo Neno presentes à cerimônia, comeram sozinhos todas as *lhe enguiças* preparadas e servidas pelo Conde Rasku. A partir daquela data, comentava-se ainda que, em determinadas épocas da lua escura, os quatro eram acometidos por um aterrorizante desejo de comer carne humana. Para justificar a hipótese, não raro, algum jovem ou alguma criança desaparecia misteriosamente no reinado. Atribuía-se aos rapazes, filhos do bruxo, mesmo sem provas, a autoria do provável sequestro seguido de presumível androfagia. O mais velho deles, conhecido por Canibal, fora flagrado numa charneca próxima da cidade, logo após o desaparecimento de uma criança, assando e comendo suspeitos pedaços de carne. Não houve jeito de incriminá-lo porque não encontraram vestígios que identificassem o tipo da carne. E ainda mais porque ele apresentou um subterfúgio, exibindo a cabeça e o couro de uma caça abatida no dia.

Bruxo Neno estava um pouco afastado, dentro do bosque, cortando pedaços roliços de madeira, apontando-os nas extremidades, enquanto os quatro filhos dominavam completamente o Conde Rasku, já amarrado e amordaçado. A assustada e pudica Angelin, assim que salvou-se da sanha concupiscente e cruel do agressor, vestiu-se rapidamente, e por orientação dos irmãos refugiou-se em sua residência.

Sem pressa, como se cumprisse um demorado ritual de magia, o Bruxo preparava uma fogueira, cruzando paus secos sobre pedras. Depois que preparou um cenário até então incompreensível para a vítima, mas indicativo de que ali haveria um holocausto, falando baixinho, explicou aos seus filhos e comparsas:

— Antes de comê-lo, vamos fazer ele confessar todos os crimes que praticou.

Amarrado a um grosso tronco de jurema, Conde Rasku não imaginava o suplício a que seria submetido. Inicialmente, tanto o bruxo quanto seus filhos começaram a espetá-lo com as pontas de seus punhais, produzindo cortes pouco profundos, mas suficientemente dolorosos para arrancar da vítima as confissões desejadas. Embora estivesse sob o controle de uma mordaça, às perguntas feitas pelos algozes, seguia-se um aceno de cabeça e um grunhido válido como afirmação. Às inquisições interpostas, todas as respostas foram positivas:

— Foi tu que deflorou Alba Esmeralda?

— Hum, hum, hum!

Uma nova estocada com a ponta do punhal e outra confissão:

— Tentaste violentar a noiva de Calico no dia do casamento?

— Hummm hummmm!

— Quiseste com teus comparsas matar o velho Frutuoso para roubar o anel que ele achou?

— Hummmm, hummmm!

O belo e viril corpo do formoso rei de Avilhanas minava sangue por todos os ferimentos. Exangue, quase sem forças para prosseguir as confissões, Conde Rasku ainda suportava vivo as torturas, porque tinha por confessar os dois mais sórdidos eventos por ele perpetrados, mas ainda controversos:

— Foi tu quem matou o Príncipe Gesu Aldo e a Princesa Irina?

— Hummmm, hummmmmm!

— Foi tu quem acusou Mulato de ter cometido o crime, instigando Calico a martirizar o próprio filho?

— Hummmm, hummmmm!

— Foi tu quem ateou fogo na casa das moças que pintam e bordam, matando todas elas e os filhos delas?

— Humm, hummm.

O mais velho dos filhos do bruxo, Canibal, revoltado com a admissão de tão hediondos crimes pelo Conde Rasku, ainda que sob o efeito de dolorosa tortura, perguntou ao pai o que fariam daquele corpo, considerado o mais belo de todos os seres humanos daqueles territórios.

Bruxo Neno, vendo que seu desafeto sobrevivia, resistindo ao martírio, devendo ser submetido a um ritual ainda mais excruciante para purgar seus incontáveis pecados, acendeu a pira sobre as pedras, aguardando que as chamas crescessem. Depois de bem acessa a fogueira e já formadas as brasas, ajudado pela truculência e a selvageria que aumentava o desejo de vingança em seus filhos, desamarraram do pé de jurema o que restava da massa sangrenta do corpo do Conde Rasku. Numa derradeira sanha de furor, atravessaram-no de baixo para cima num comprido espeto, apontando-lhe na boca, reduzindo aquele corpo a uma peça de carne e sangue para assar sobre as chamas, reproduzindo, assim, uma sequência de terror nunca antes vista, nem feita em qualquer outro reinado.

Em poucos minutos, o cheiro de carne chamuscada se espalhava pelo lugar, traduzindo em holocausto a medonha vingança da família do Bruxo Neno contra seu maior rival. Sem outras testemunhas, os cinco indivíduos mancomunados pelo mesmo ódio não permitiram que o fogo consumisse o corpo até transformá-lo em cinzas, reduzindo apenas a lembranças o mais belo sedutor e assassino cruel de donzelas. Bruxo Neno, instigado por um desejo incontrolável, de posse de seu afiado punhal, cortou pequenas tiras da carne já assada, iniciando um macabro ritual, comendo e dançando em volta do assado. Três dos filhos também fizeram o mesmo, imitando o pai naquele cerimonial de horror. O mais velho, Canibal, não os acompanhou porque resolveu buscar a irmã Angelin para também testemunhar o trágico final do pretenso violador e algoz.

Quando o irmão e a irmã retornaram, o pai e os três outros irmãos pareciam tomados por uma energia diabólica, obsedados por alguma entidade infernal. Emitiam grunhidos como porcos e estraçalhavam a carne assada nos dentes, à semelhança de lobos selvagens e esfomeados, enquanto giravam em frenesi diante do escabroso manjar. Angelin, impressionada com o quadro aterrorizante, mais assustada ainda, fugiu em disparada, voltando para casa. O irmão Canibal, um pouco atemorizado pela manifestação sobrenatural do pai que soluçava em espasmos, recitando algo incompreensível, mas que traduzia, ouvindo dizer: "*Exu Rasco... Exu Rasku... É churrasco*", resolveu espreitar de longe para ver até onde iria aquela celebração demoníaca.

Ao tempo em que pronunciava aquelas palavras, o corpo do Bruxo Neno começou a se transformar. Em poucos instantes, estava coberto de grossos pelos avermelhados; um terceiro olho enorme surgiu na testa; uma grande boca se abriu na direção do estômago, enquanto enormes garras despontaram de seus dedos, transfigurando-se num monstro enorme, com os pés redondos no formato de cascos de burro, de aspecto assustador e feroz. Os outros três irmãos pareciam entorpecidos diante da criatura infernal, fartamente saciados após o tétrico banquete. Mais apavorante ainda a orgia comestível ficou quando o filho mais velho, Canibal, presenciou a investida do monstro sobre os três irmãos, Trancoso, Sete Flechas e Caveira, estrangulando-os com as imensas mãos e garras, estraçalhando-os, reduzindo-os em poucos minutos a diversos pedaços, que devorou vorazmente pela enorme boca do estômago.

Tremendo de medo, transtornado pelo que havia presenciado, o irmão sobrevivente ao massacre correu para casa, atravessando o córrego de água cristalina, onde o monstro se deteve, desistindo de alcançá-lo. Ouviu quando a criatura se afastou, pisando forte de estremecer o chão, emitindo gritos assustadores. Entre um grito e outro, pronunciava sua identificação, que ecoava pela floresta adentro, fazendo estremecer o chão:

— Mapiiiiiinnnnnn... Guariiiiiiii! Mapiiiiiiiiiiiiiiinnnnnn... Guariiiiiiiiiii! Mapiiiiiinnnnnn... Guariiiiiiii!

Lentamente seus gritos retumbantes desaparecerem na floresta escura, deixando para trás, sobre as cinzas da fogueira, uma ossada descarnada com a cabeça do Conde Rasku intacta: prova do macabro final daquele que foi o homem mais belo, sensual e perverso do Reinado de Avilhanas.

PRÍNCIPE URUCUMACUÃ EM TRINDADE

O Reinado de Trindade ressentia-se ainda do forte impacto acontecido ao Conde Rasku, Bruxo Neno e três de seus quatro filhos homens, quando numa tarde de forte vendaval, entre raios, coriscos e trovões, antes de chover, chegou um veloz mensageiro do Império do Elo Dourado anunciando ao Rei Mor a vinda próxima do sublime Príncipe Urucumacuã, seu irmão Príncipe Kurokuru e nobre comitiva.

O anúncio da visita do Príncipe da Beira do Rio, seu irmão gêmeo e demais acompanhantes fora muito aplaudido. Primeiro porque poderia acalmar os ânimos da população que, além de horrorizada pelo sucedido ao rei de Avilhanas, Conde Rasku, vivia agora atemorizada pela ferocidade do monstro em que se convertera o Bruxo Neno, rondando pelas cercanias do Reinado de Trindade. O próprio Rei Mor admitia seu desespero porque, além de naufragar a esperança de casar a Princesa Anaconda com o homem mais belo que já existira, sentia-se impotente para eliminar a mais terrível criatura em que se convertera o Bruxo Neno. Além do que, a ameaça de seu reinado ser perturbado para sempre pelo bestial Mapinguari, fatalmente contribuiria para que a população desertasse, indo viver noutros arrabaldes. O que fatalmente, transformaria o reinado em tapera.

Não mais vislumbravam a possibilidade de aniquilar o monstro, nem cogitavam a esse respeito. Não encontravam entre a população voluntários destemidos e interessados no confronto direto com a feroz e indomável criatura. Nas três vezes que os bravios e destemidos soldados do Rei Mor, os Caçadores de Cornos, intentaram o embate para prender ou exterminar a monstruosa criatura, malograram-se os esforços. De cada expedição com sessenta homens que saíra à caça do monstro, apenas um indivíduo de cada pelotão conseguira escapar vivo, como se houvesse um propósito de deixar somente uma testemunha da ferocidade e invulnerabilidade da criatura às lanças e espadas. Todos os três sobreviventes descreveram horrorizados as mesmas cenas dos massacres, repetindo detalhes idênticos que faziam por aterrorizar ainda mais a população já alarmada:

— Uma maldição irreversível. O monstro tem uma força descomunal. É tremendo! Apavorante! Trucida com as garras qualquer um que encontra pela frente! Em menos de quinze minutos fez picadinho e reduziu cinquenta e nove homens em pedaços, devorando tudo rapidinho. Mais feroz do que um jaguar faminto de quinze dias — diziam arrepiados os sobreviventes.

Enquanto outros acrescentavam:

— Só mesmo o Príncipe Urucumacuã para vencer essa fera, colocando fim a essa maldição!

A fama do Príncipe Urucumacuã para resolver casos misteriosos, tidos por insolúveis, já ultrapassara as fronteiras de seus próprios domínios, alcançando outros reinados. Reavivando a esperança de que a visita do príncipe herdeiro e futuro Imperador do Elo Dourado pudesse acabar com o pesadelo que dominava Trindade, Rei Mor estava disposto a ofertar-lhe de volta, sem quaisquer ônus, as terras que esbulhara de seu pai, o Rei Médium. Inclusive, algumas que anteriormente já lhe pertenciam por direito, de herança ao próprio Rei Médium.

Além desta moeda de troca para negociar a volta da tranquilidade ao reinado, haviam ainda as sete misteriosas caixas de metal que comprara por um bom preço do Bruxo Neno. Por não saber como utilizá-las e mais ainda por não contar com a presença do bruxo para manuseá-las, por correto, deveriam voltar às mãos do Imperador do Elo Dourado. Mais ainda, se tudo isso não bastasse, ofereceria a sua filha em casamento, pelo tamanho do dote que o príncipe exigisse, até o triplo do que realmente convinha. Dispunha-se a pagar qualquer preço a quem tomasse a Princesa Anaconda por esposa.

Passados aproximadamente vinte dias da chegada do mensageiro, a comitiva real do Príncipe Urucumacuã adentrava os portões do Palácio de Trindade, agora trancados com grossos ferrolhos. A situação de temor e sobressalto era tão incontrolável que os cortesãos aboliram os aprazíveis passeios à tardinha pelo Bosque da Solidão. Um dos lugares mais belos e frequentados pelos casais, a Cachoeira dos Namorados, figurava imponente, mas deserta, porque o monstro Mapinguari não tinha hora certa para atacar. Tanto durante o dia quanto à noite, espalhava medo e pavor por onde se ouviam seus gritos assombrosos.

Antes de entrar nos domínios fechados do Palácio de Trindade, Príncipe Urucumacuã e seu escudeiro *Qualquerum*, renomeado *Guará*, ouviram ecoar pelos lados das grutas os estrepitosos gritos, que também apavoravam os pacatos moradores do reinado. Guará ainda não sabia da existência do monstro, e o Príncipe Urucumacuã tinha sido alertado pelo Mago Natu há alguns dias. Antes mesmo de sua existência, já constava do rol de tarefas miraculosas de Urucumacuã submeter Mapinguari e dominá-lo. Aquela era uma das doze grandes tarefas que constavam da sua lista de trabalhos.

Amedrontado com o ribombar dos gritos que mudavam de direção em velocidade espantosa, Guará aproximou sua montaria do Príncipe Urucumacuã e perguntou baixinho:

— Alteza, que bicho apavorante é esse?

— Quieto, Guará. Mais adiante eu te conto a história completa. Atravessemos o riacho. Do outro lado da água estaremos a salvo de suas investidas.

— Sim, Alteza, mas por favor, diga-me, que animal é esse?

— Esse é o *Mapinguari*, Guará... A última invenção e criação do Bruxo Neno! É a transformação do Exu Rasku em ser vivente pela sua própria pessoa. Uma maldição que terei de combater.

— Valha-me, Alteza, meu Príncipe Urucumacuã...

— Fique tranquilo. Enquanto estiveres comigo, mal nenhum vos acontecerá.

Nas proximidades do Palácio de Trindade, um ancião, com vagareza e tranquilidade, cavava para plantar uma árvore. A atitude do velho homem chamou atenção do príncipe e ainda mais dos membros de sua comitiva. O jovem Guará não conseguiu ficar indiferente ao afinco com que aquele senhor de cabeça branca, aparentando mais de noventa anos, arrumava a cova para colocar a pequena muda da árvore que aguardava ao lado do monturo de terra cavada. Sem desejar que os demais ouvissem, comentou discretamente com o príncipe:

— Alteza, veja aquilo. Um homem naquela idade ainda plantando uma árvore! Certeza de que não terá tempo de comer seus frutos... Não vos parece um trabalho inútil, uma ação sem futuro?

Príncipe Urucumacuã perscrutou a maioria dos pensamentos que circulava em relação à observação do jovem Guará, aproveitando a oportunidade para ensinar-lhe uma lição. Com serenidade, dirigiu-se ao velho, indagando:

— Bom homem, quem és tu?

O velho parou de cavar deixando de lado a ferramenta. Olhou os membros daquela importante comitiva, reconhecendo Príncipe Urucumacuã pelas vestes suntuosas. Com uma flexão de joelhos, abaixou a cabeça, identificando-se:

— Salve Alteza Real, Príncipe Urucumacuã, o Príncipe da Beira do Rio. Sou Januário, seu servo, Alteza. Também sou chamado de *Velho Angico*. Sou o avô materno da jovem mais bela de Trindade, a formosa Angelin. Em que posso vos servir?

— Responda-me apenas, *Velho Angico*, por que plantas essa árvore se dela certamente não colherás o fruto?

Emocionado com a pergunta do príncipe, o ancião também aproveitou a oportunidade para demonstrar sua sabedoria:

— Alteza, estou plantando esta árvore porque em todos estes anos de minha vida já comi muitos frutos de árvores que não plantei!

Príncipe Urucumacuã não se surpreendeu com a resposta, pois já a esperava. Mas seus acompanhantes se olharam admirados da presença de espírito e da sabedoria daquele senhor. Guará resmungou entre dentes para o príncipe ouvir:

— Carambola! Bem que eu podia dormir sem essa...

Pegando uma pataca de ouro de dentro de seu alforje, Príncipe Urucumacuã redarguiu:

— Senhor Januário, receba essa moeda de ouro pela resposta inteligente que nos destes.

Em atitude de alegria e gratidão, o velho homem se aproximou reverente e, ao pegar a moeda, exclamou:

— Muito grato, Alteza! Nem cheguei ainda a plantar a árvore e já estou a colher de seus frutos!

Voltando ao seu trabalho, o príncipe ainda lhe fez uma pergunta:

— Não temeis o ataque do Mapinguari que ronda as cercanias do palácio de Trindade?

— Alteza, sou um ancião, nada me atemoriza. Além disso, o Bruxo Neno era meu genro. Sempre o respeitei, ainda que não concordasse com muitas de suas atitudes. Por isso não temo a fera em que se converteu. Mas é bom que não se demorem. À noite ele costuma rondar a casa onde vivo com minha filha, Murmur, e meus dois netos, Angelin e Canibal. Sentimos que ele nos tem protegido. Prossigam, pois, vossa jornada. Já estais próximos dos portões do palácio e vossa visita é aguardada ansiadamente.

A caravana se despediu do senhor Januário, comentando a lição que haviam aprendido nos poucos instantes em que pararam a observar o que o velho fazia. Guará, muito astuto, mas respeitoso, arriscou uma pergunta ao príncipe:

— Alteza, por acaso já conhecestes a Bela de Trindade?

O olhos de Urucumacuã acenderam um brilho coruscante:

— Só em sonhos, Guará! Só em sonhos… vi lá a Bela de Trindade.

O portão principal do palácio de Trindade estava completamente adornado. Apesar do trabalho bem-feito e do volume avantajado dos arranjos, faltava harmonia na seleção das espécies de flores, a maioria delas em tonalidade de roxo e amarelo. Ao se aproximar do pórtico, o escudeiro Guará, sempre o primeiro a emitir sua opinião, detonou a seguinte observação:

— Alteza, não vos parece que estão a esperar por um funeral? Onde já se viu, receber uma comitiva igual a vossa com flores roxas?! Entendi agora porque dizem que a Rainha Sissu tem um mau gosto insuperável…

— Guará, Guará, não critiquemos o que não saberíamos fazer melhor… Por acaso farias melhor que aquilo?

— Claro que não, Alteza! Mas nem por isso posso deixar de dar minha opinião!

— Então, Guará, tenhamos cuidado. Rei Mor está muito embravecido pelo que tem acontecido nestes últimos tempos. Todo cuidado é pouco! Ficai atento aos Caçadores de Cornos. Jamais comenteis algo que possa vos causar problemas se cair nos ouvidos do rei.

— Perdoe-me, Alteza! Farei o possível para não me meter em confusões.

— Muito bem, Guará. Assim é que se fala!

— Alteza, só uma coisinha mais. Perdoe-me a intromissão, mas quando mesmo ireis conhecer a "Bela de Trindade"?

— Ah, meu jovem Guará... Assim que ela quiser se apresentar a mim! Não precisarei sair à sua procura!

— Falais sério?

— Evidentemente!

— Alteza, poderei estar convosco quando isso acontecer?

— Sim, estareis comigo até o fim, Guará.

— Oh, Alteza, então é *Guará na* vossa sombra!

Assim que a comitiva transpôs o grande pórtico, as pesadas bandas do portão foram encostadas. Grossos e fortificados ferrolhos trancaram o portão de madeira fraquejada, isolando completa e seguramente o palácio de Trindade do restante da cidadela. O Palácio de Trindade ficava em terceira colocação se comparado em beleza e esplendor ao Palácio das Esmeraldas de Avilhanas e ao Palácio Fortaleza, do Elo Dourado. Nem por isso era menos imponente. Tinha torres e pontaletes de pedras muito bem assentadas, amplos salões, cúpulas e criptas, numa composição arquitetônica diversificada, porém de gosto duvidoso, corredores extensos e um lago que o circundava refletindo as jardineiras cheias de cravos amarelos. Não exibia jardins tão bem cuidados quanto os de Avilhanas e do Elo Dourado, mas a construção com sacadas em todas as janelas nas quatro alas amenizava a rusticidade, embelezando o conjunto.

Depois de transposta a ponte levadiça, a comitiva do Príncipe Urucumacuã foi recebida mais calorosamente do que fora pelo Vice-Rei, Visconde de Mauhá, no Reino de Avilhanas. A guarda do Rei Mor, perfilada lateralmente no corredor que dava acesso ao extenso pátio interno, saudava os cavaleiros, empunhando bandeiras e estandartes em honra aos príncipes visitantes. Uma plateia entusiasmada os aclamava. O próprio Rei Mor e seu mais fiel cumpridor de ordens, o Senhor Uru, vieram ao encontro dos forasteiros para cumprimentá-los, direcionando-os conforme as acomodações onde seriam hospedados.

Príncipe Urucumacuã observava toda aquela pompa, mas abominava os modos fanfarrões e grosseiros do rei e dos seus asseclas. Faltava refinamento à corte do Rei Mor, além de uma boa dose de humildade e aprimoramento na arte de recepcionar. Todavia, o nobre visitante relevava os deslizes de etiqueta entre os cortesãos do Rei Mor e a inobservância de algumas posturas protocolares, porque Professora Plínia nunca fora antes convidada pela mulher do rei, Rainha Sissu, para ministrar suas preciosas aulas de decoração, etiqueta e cortesia.

De todas as excentricidades do Rei Mor, a que menos agradava ao Príncipe Urucumacuã era a obrigatoriedade de aceitar os favores de alcova das suas Doze *Garças*, as bailarinas-cortesãs. Transformadas em escravas sexuais, ele as oferecia como objetos de desfrute aos visitantes ilustres. As jovens, algumas um pouco mais adultas, sempre colocadas à disposição para o deleite dos visitantes, cumpriam resignadas um roteiro de massagens e libidinagens, conforme o costume e o gosto do cliente. Não lhes era dado o direito de recusar *pretendentes*, tampouco podiam renunciar ao *trabalho*. Quase todas estavam ali para aquele tipo de "cortesia" porque haviam sofrido algum tipo de abuso sexual na adolescência e foram entregues ao rei pelos próprios familiares, uma vez que haviam se tornado indignas de casar-se e constituir família. Rei Mor as recebia com avidez, posto que ele mesmo também lhes desfrutava. A chegada de alguma noviça era muito festejada e havia um remanejamento automático no grupo: a mais velha *Garça* era dispensada, passando a ser aproveitada noutras atividades junto das demais servas e criadas. Poderiam até se casar, mas o próprio rei escolheria seus maridos entre os servos do palácio. Se acontecesse de alguma engravidar no exercício da função, automaticamente desligava-se do grupo, e a prática do aborto era obrigatória, o que, fatalmente, já havia levado algumas delas à morte.

Sabedor de que aquele tipo de *cortesia* era uma espécie de patente registrada dos agrados que Rei Mor oferecia prazenteiramente aos forasteiros em seus domínios e que ele não admitia recusas à oferta daquela *diversão*, principalmente se o visitante fosse solteiro e nobre, Príncipe Urucumacuã já arquitetava um plano, visando a possibilidade de se livrar como também de livrar as Doze *Garças* daquele suplício.

Ciente de que sua recusa às cortesãs criaria dificuldades para negociar alguns assuntos importantes com o Rei Mor, Príncipe Urucumacuã usou de sabedoria para articular um plano sem contrariar o irascível soberano de Trindade, nem renunciar aos seus valores éticos, rompendo os votos de castidade. Se aceitasse dormir as noites que passasse em Trindade acolhendo uma ou mais daquelas moças em seu leito, ficaria vulnerável aos ataques do inimigo, perderia o poder de sua invisibilidade e definitivamente colocar-se-ia em maus lençóis. Além de não concordar com aquele tipo de exploração de sentimentos e escravidão de corpos.

Príncipe Urucumacuã atendeu gentilmente o convite para o jantar, apresentando-se pontualmente à hora combinada no grande salão. O nobre conviva sentiu-se à vontade, e naturalmente, procurou sentar-se de frente à cadeira reservada à Princesa Anaconda. Quase todos os familiares do rei e da rainha haviam chegado ao salão, menos a princesa e suas damas de companhia. O príncipe também não se lembrava de suas feições, pois desde que a menina nascera, Rei Mor e Rainha Sissu não mais visitaram o Reino do Elo Dourado, nem os pais de Urucumacuã vieram passear em Trindade. Todas as referências que tinha sobre a *feia de Trindade* eram repassadas por forasteiros e também pelo Mago Natu, que a conhecia "desde antes do nascimento". Além da feiura física, Princesa Anaconda, dizia o mago, "*era a encarnação da perfídia e da soberba num corpo vazio de beleza*".

Não demorou e a Princesa Anaconda surgiu em companhia de suas damas. Muito adornada, excessivamente maquiada, o impacto causado pela sua deselegante visão provocou risos disfarçados em alguns da comitiva do Elo Dourado. Guará, sentado ao lado de Urucumacuã, pediu licença e saiu momentaneamente do salão para evitar constrangimentos ao seu amo. Ele mesmo usara de autocontrole para não rir porque Anaconda não era só feia. Era hilária.

Muito à vontade e pouco se importando pelas reações à sua presença, sentou-se defronte ao Príncipe Urucumacuã, esboçou um sorriso exibindo a ausência de dois dentes frontais, piscando os olhos vesgos para o nobre fidalgo. Quando se levantou, em respeito à presença da princesa, ela logo ordenou que sentasse, emitindo uma ordem grosseira e imperativa:

— Pode sentar, ô bichão! Nós aqui não temos frescuras, não!

Quando os copeiros começaram a movimentação entre os comensais, trazendo travessas e mais travessas das iguarias típicas daquele reinado, uma voz meiga e educada chamou a atenção do príncipe:

— Alteza, aceitais o que vos trago nesta tigela ou quereis um outro prato?

Ao olhar no rosto da moça que estava de pé ao seu lado, segurando uma bandeja de ouro contendo uma cuia fumegante, Príncipe Urucumacuã admirou-se. Não tinha dúvida. Era aquela a *Bela de Trindade*. Fazia jus ao que comentavam a respeito de sua casta beleza. Ele ainda não tinha visto mulher mais bela. Nem sua própria mãe era tão bonita. A harmonia de seus traços, a proporção de suas formas e a doçura de seu olhar irradiavam perfeição em todos os sentidos. Quando reparou em suas mãos, ficou atônito, pensado consigo: "*Como que uma serva, exercendo aquele tipo de trabalho grosseiro, poderia ter mãos tão belas, ou ainda mais belas do que as das princesas e rainhas?*".

O coração do Príncipe Urucumacuã foi invadido por um sentimento de admiração avassalador. Nem se lembrava do que a moça havia lhe perguntado. Respondeu-lhe com outra pergunta:

— Qual é a tua graça?

Um pouco enrubescida, pois sentira que o olhar do príncipe também lhe penetrara o íntimo, respondeu tímida:

-Angelin, Alteza. Quereis que vos sirva?

— Sim, sim, bela Angelin. Podeis servir-me. Agora e sempre.

A Princesa Anaconda observava atenta todos os movimentos do Príncipe Urucumacuã. Odiosa, tomada de inveja pelo interesse que o formoso nobre direcionara à *pobre e desprezível criada*, na tentativa de mostrar superioridade e lembrar à humilde serva quem dava ordens ali, rudemente mandou em Angelin:

— Ei, ô criada, *taca cá* essa cuia e traz outra p'ro meu príncipe *Cabelo de Fogo*! Vamos, anda, anda, sua lesma...

Angelin retirou-se, cabisbaixa, obedecendo o grosseiro insulto da Princesa Anaconda. O príncipe a acompanhou com o olhar até que ela logo retornou trazendo uma outra cuia fumegante com um tipo de caldo de mandioca, camarões secos e um vegetal escaldado, conhecido por jambu — o *Tacacá*. Todos perceberam que, ao se aproximar de Angelin, os olhos de Urucumacuã adquiriram um brilho nunca visto antes. Ele não conseguia dissimular sua afeição. Havia se enamorado pela serva do Rei Mor, a *Bela de Trindade*.

A atenção do nobre visitante à formosa criada deixou a Princesa Anaconda despeitada e invejosa. Lembrando do ardil que usara para obrigar o rei de Avilhanas, Conde Rasku, pedir-lhe a mão em casamento, levantou-se espalhafatosa e perguntou em voz alta ao seu pai:

— Meu pai, por acaso é este o príncipe que veio aqui para pedir-me em casamento?

Rei Mor admirou-se da interferência inesperada de Anaconda, rebatendo a pergunta:

— Pergunte a ele mesmo, minha filha, e ouvireis de sua própria boca!

O príncipe manteve a elegância, para não parecer descortês, respondendo resumida e sabiamente à Anaconda:

— Tudo a seu tempo, senhorita princesa. Tudo a seu tempo!

Poucas pessoas, além dos integrantes da corte do príncipe, entenderam o que ele quis dizer. A maioria, principalmente o rei, sua mulher e a princesa, contentaram-se com a resposta, achando que o pedido da mão da filha do rei em casamento viria mais adiante, em ocasião propícia e mais faustosa.

Concluído o jantar, Rei Mor levantou-se para iniciar as honras da casa. Saudou festivamente a chegada do nobre visitante, falou das vicissitudes de sua corte, exaltando sem economia de adjetivos, sua pompa e riqueza. Depois de um cansativo e empolado discurso, chegou ao ponto em que o príncipe já esperava.

Enquanto as doze cortesãs se apresentavam, o Príncipe Urucumacuã, desinteressado, prestava atenção nas suas fisionomias. Nenhuma delas despertara nele outro tipo de sentimento diferente de piedade. Seu coração batia forte e ansioso por rever aquele rosto belo e meigo, emoldurado por madeixas de cabelos sedosos e dourados. À custa de muito esforço e disciplina assistia à dancinha mal coreografada das bailarinas-cortesãs. Não eram feias, pois a feiura da Princesa Anaconda fazia qualquer mulher parecer mais bonita. Todas aparentavam ser bem jovens, entre quinze e dezoito anos, mas seus semblantes expressavam algo comum: eram melancólicas e indiferentes, repetindo movimentos mecânicos, exaustivamente ensaiados, aborrecidas e enfadadas pela obrigação que, mais cedo ou mais tarde, teriam de cumprir. Olhando detalhadamente uma a uma, Príncipe Urucumacuã procurava entender suas almas e sentimentos. Parecia que todas, independentemente do tempo em que prestavam aquelas "cortesias", desejavam sinceramente libertar-se do jugo e da tirania do Rei Mor.

Ao final da apresentação, Rei Mor dirigiu-se ao príncipe:

— Então, meu nobre *Cavaleiro da Ordem do Pássaro de Fogo, Príncipe da Beira do Rio*, escolhei com qual das *Garças* quereis passar a noite... A Garça número um? Que tal a número Sete? Que vos parece a Garça número doze? Hein, escolhei, meu nobre, a que desejar. Todas estão ao vosso dispor...

Príncipe Urucumacuã usou de sabedoria para agradar às dançarinas-cortesãs e não desagradar o rei:

— Soberano das terras de Trindade, perdoe-me desapontá-lo neste momento. Se escolher no momento apenas uma de vossas belas Garças-dançarinas para acompanhar-me nesta noite, contemplaria tão somente uma, no máximo duas, pois a despeito de minha juventude e vigor, preciso refazer-me da longa e cansativa viagem. Mas se Vossa Majestade me compreendeis, gostaria de agraciar a todas por uma noite neste vosso esplendoroso palácio. Permita-me deixar para as noites seguintes o desfrute desse prazer que me concedeis...

— Como quiserdes, Alteza! Vejo que és sábio o bastante para aproveitar as delícias da vida... Se assim desejais, tereis todas em vossos aposentos depois de amanhã à noite.

Para dar prosseguimento ao assunto, demonstrando gratidão e apreço pelas mesuras do anfitrião, o Príncipe iniciou um longo relato, relembrando acontecimentos de sua auspiciosa viagem às terras do Oriente e aos diferentes costumes dos povos que conhecera. Narrou visitas às diversas cortes do Oriente, muito ricas e luxuosas, providas de ostentação e ócios; dos haréns exóticos e interessantes, onde os soberanos desposavam tantas mulheres quantas conseguiam manter. Rei Mor e seus familiares ouviam atentos as descrições de Urucumacuã. O rei não só demonstrava interesse em saber como funcionavam aqueles haréns, quanto manifestava seu desejo de adotar o mesmo sistema, pois conforme já havia explicado, a Rainha Sissu, *"a Minha Ra"*, como a chamava, já não se interessava pelos assuntos de alcova. Rei Mor justificou-se, arrematando:

— A Minha Ra não mais se importa com os ofícios de esposa.

Exauridas as explicações a respeito do que sabia sobre os haréns, o príncipe contou ainda algumas histórias de tapetes mágicos, dos mercadores e suas maravilhosas caravanas de camelos cruzando pelos desertos e oásis, dos palácios revestidos de ouro, ainda mais belos do que o Palácio Fortaleza, das pedras preciosas, dos tecidos de seda fina e da gastronomia temperada de ervas aromáticas e especiarias picantes, da riqueza incomparável e da sabedoria do Grande Rei. Todavia, enquanto deixava maravilhados seus ouvintes, o coração do príncipe e seus pensamentos não conseguiam desligar-se do rosto da mulher mais bela que já encontrara. Estava apaixonado. Precisava ver Angelin antes da próxima noite.

Confirmando com o Rei Mor a agenda de visitas e passeios para o dia seguinte, ratificou o desejo de acolher as doze cortesãs noutra noite. Quis saber se todas concordavam, prometendo-lhes uma noite de grande felicidade e alegria.

Diante da promessa do Príncipe Urucumacuã, todas as Garças assentiram com um gesto de cabeça, prontificando-se a acompanhá-lo na noite que desejasse. Algumas, motivadas pela garbosa beleza ruiva do príncipe, seus verdes olhos, sua fama de poderoso e inteligência. Outras porque adivinhavam nele o homem que haveria de libertá-las daquela escravidão.

Ainda que não se agradasse nem quisesse usufruir daquele tipo de *cortesia*, pois se preservava virgem para entregar-se puro à donzela que haveria de desposar, Príncipe Urucumacuã não via necessidade de revelar ao luxurioso Rei Mor seus votos de castidade e sua real intenção para com as Doze Garças.

O ENCONTRO COM ANGELIN

Na madrugada seguinte, antes de clarear o dia, Príncipe Urucumacuã levantou-se, vestiu-se discretamente e dirigiu-se ao portão dos fundos do palácio, por onde entravam os serviçais. Precisava ir *na morada* de Angelin. Já fora instruído por Guará de como chegar até a casa. Em poucas horas no lugar, Guará passou-lhe informações precisas sobre uma porção de coisas, entre as quais, a direção em que a *Bela de Trindade* residia. Era seguro ir sozinho até o local informado, porque a maioria dos palacianos, devido aos ataques noticiados e a possibilidade de cruzar com o *Mapinguari* rondando pelas cercanias do Bosque da Solidão, não arriscava a andar pelo lugar. Com isso, Angelin, seu irmão, Canibal, a mãe Murmur e o avô Januário gozavam agora de uma proteção invulnerável e estavam naturalmente guarnecidos pelo monstro feroz em que se convertera o Bruxo Neno.

O portão de serviços dos fundos do Palácio de Trindade raramente tinha vigilantes. Dois ou três deles vinham abri-lo entre cinco e seis horas da manhã, quando Angelin, Canibal, Murmur e Januário compareciam para começar a jornada de trabalho. As duas mulheres na copa e cozinha e os homens nas forjas e jardins, onde desempenhavam a função de ferreiro e jardineiro, respectivamente.

O Príncipe da Beira do Rio abriu o portão cuidadosamente, saiu e encostou de novo suas bandas, pegando a direção da trilha que levava ao bosque onde, segundo Guará, havia uma fonte — a Fonte de Murmur, em que Angelin buscava água e se banhava todos os dias cedo. Sem dificuldades de encontrar o lugar, Urucumacuã preferiu fazer-se visível, mostrando-se para não surpreender, nem assustar a jovem. Sentou-se sobre seu manto, aberto numa pedra coberta de limo verde que, ao seu comando, logo se transformou numa grande pedra de jade. Em poucos minutos, uma voz muito melodiosa, vinda da direção de uma casa modesta, parecia aumentar de volume, aproximando-se, até que o príncipe conseguiu entender o que cantava repetidamente:

"Nesta rua, nesta rua, tem um bosque,
Que se chama, que se chama solidão.
Dentro dele, dentro dele, mora um anjo,
Que roubou, que roubou meu coração."

Ao concluir o versinho da melodia, Angelin não percebera que o Príncipe Urucumacuã estava sentado sobre a pedra verde, à sua espera. Na sequência, ele também cantou para ela:

"Se eu roubei, se eu roubei teu coração,
Tu também, tu também roubaste o meu.
Se eu roubei, se eu roubei teu coração,
É porque, é porque te quero bem!"

A *Bela de Trindade* surpreendeu-se com a inusitada presença de um homem naquele local, àquela hora, mas não se assustou, nem atemorizou-se, porque reconheceu o Príncipe Urucumacuã, e ele inspirava confiança e bondade. Ao se aproximar da pedra, às margens da fonte, ele a cumprimentou:

— Bom dia, meiga princesa! Que fazeis aqui, agora?

— Oh, bondoso príncipe! Bem sabeis que não sou princesa. Sou apenas humilde criada, serva do Rei Mor!

— Sim, ainda és serva do Rei Mor, mas se me aceitares por esposo, sereis minha rainha para sempre!

— Alteza, estais a brincar comigo. Não sou digna de morar num palácio, nem minha origem o permite.

— Pois saiba, nobre donzela, que és a rainha do meu coração. Se quiseres, amanhã mesmo vou pedir-te em noivado!

— Alteza, é a filha do rei a quem devereis desposar. Sou a filha do Bruxo Neno, jamais poderei renegar minha origem.

— Asseguro-te que para mim és tu a filha do rei… Então, aceitais meu pedido de noivado?

O coração de Angelin estava prestes a saltar do peito. Não conseguia responder à pergunta do Príncipe Urucumacuã. Enchendo sua talha d'água, mirou-se no espelho do pequeno lago da fonte e disse ao príncipe:

— Até amanhã, nobre Cavaleiro da Ordem do Pássaro de Fogo!

Como o dia já viesse clareando e logo ambos teriam que estar no palácio, ela para iniciar seus afazeres e ele antes dos guardas chegarem ao portão para abri-lo, despediram-se. Combinaram de se encontrar no mesmo lugar, à mesma hora, no dia seguinte. Príncipe Urucumacuã aguardava a resposta de Angelin.

A ENTREGA DO BRIDÃO DE OURO ENCANTADO

Sem que o Príncipe Urucumacuã solicitasse, Angelin chegara mais cedo à Fonte de Murmur, trazendo consigo os dois bridões, um falso e outro verdadeiro, o encantado, herança de seu pai. Os objetos faziam parte, entre outros, dos instrumentais utilizados pelo Bruxo Neno em rituais de transformação. Eram guardados secretamente, dentro de uma grande caixa preta de madeira. O bridão falso, tirado de Conde Rasku na mesma noite em que ele havia sido transformado temporariamente em *lobisomem*, estava há algum tempo com o bruxo, sem que ninguém soubesse. Ele mesmo tinha dúvidas acerca de qual era o falso, qual era o verdadeiro. Na dúvida, não o negociara porque temia entregar o bridão verdadeiro, perdendo, assim, o poder de realizar alguns prodígios e transformações. Angelin sabia que o Príncipe Urucumacuã tinha conhecimento suficiente para distinguir um do outro e, portanto, poderia fazer o uso adequado dos dois. Assim que o príncipe chegou, a Bela de Trindade o saudou meigamente:

— Bom dia, Alteza! Trago-vos esses objetos que a mim foram destinados, depois que meu pai...

A moça não conseguiu concluir a frase e começou a chorar. Urucumacuã confortou-a, acariciando seus longos cabelos dourados:

— Não chore, minha bela princesa! Fizestes bem. Em tuas mãos, esses bridões seriam perigosos. Teu rei poderia sacrificá-la para obtê-los. Deixe-os comigo e a protegerei de todos os infortúnios.

— Não vos trouxe a caixa preta que é grande e pesada.

— E as sete caixas de metal que estavam dentro dela, sabeis onde se encontram?

— Sim, lembro-me do dia em que meu pai entregou-as ao Rei Mor. Dentro delas também estavam os pedaços de um espelho.

— Angelin, ouça-me, hoje à noite, libertarei as Doze Garças do Rei Mor e amanhã à noite pedirei tua mão em noivado a ele.

— Enlouquecestes, Alteza? Ele poderá matar-vos. Deveis pedir a mão de sua filha e não a minha...

— Bela de Trindade, preste atenção. És tu a filha do rei. A Princesa Anaconda é filha do vosso pai...

A moça ficou aturdida com aquela revelação, acreditando tratar-se de uma brincadeira. Príncipe Urucumacuã segurou-a pelas mãos, impedindo que fugisse. A moça surpreendeu-se com a resoluta manifestação de amor do príncipe, mas entristeceu-se porque sentia que uma grande tragédia poderia advir daquela revelação.

— Por favor, Alteza, não faça isso. Não sou digna de receber o vosso amor. Só vim ao vosso encontro porque precisava entregar estes objetos. Tomai, são vossos. Esqueça-me, por favor...

Em prantos, a Bela de Trindade passou às mãos do príncipe um alforje de couro grosseiro. Ao receber os bridões, segurou-a ainda mais firme pelas mãos, admirando a beleza e a perfeição de seus dedos, a maciez de sua pele e a harmonia de suas formas. Angelin forçava escapar das mãos do príncipe, mas este também a enfeitiçara. Tirando um anel de ouro e pérola negra do bolso de suas vestes, presente que recebera de sua mãe destinado à mulher com quem iria se casar, colocou-o no dedo anelar da mão direita da moça, dizendo aos ouvidos:

— Minha Bela de Trindade, este anel é prova do meu amor e do compromisso contigo. Usai-o, até quando nos unirmos.

O raiar do dia e o canto de um Corrupião testemunharam o pacto de amor selado entre o Príncipe da Beira do Rio e a Bela de Trindade. Exultante e ao mesmo tempo melancólica, a moça saiu apressada. Não podia se atrasar, nem chegar antes que o príncipe passasse para fechar o portão do palácio de Trindade. Logo os guardas viriam abri-lo. Era necessário que o encontrassem conforme deixaram na noite anterior, jamais desconfiando de que o local estivesse completamente inseguro e vulnerável à entrada e saída de estranhos.

À hora de praxe, toda corte do Rei Mor estava reunida para o desjejum. Dos assentos à mesa, alguns ainda desocupados, a plaquinha de ouro gravada que mais se destacava exibia o nome "Príncipe Urucumacuã". Também estavam vagos os assentos de Guará, o leal escudeiro, e o do Príncipe Kurokuru, o discreto irmão gêmeo de Urucumacuã, solicitado quando alguém da comitiva precisava de seus chás curativos e de outros diligentes cuidados do curandeiro. O Príncipe Kurokuru raramente conversava, sempre compenetrado, absorto em seus estudos e pesquisas das folhas e dos *cata-logo*. Alimentava pelo irmão mais velho um sentimento de profundo amor e respeito e cuidava pessoalmente de todas as bebidas que *Urucum* ingeria. Passava a maior parte de seu tempo, quando não estava pesquisando novas espécies vegetais pelas florestas, atendendo pessoas que confiavam nos seus conhecimentos de ervateiro e curador. Embora fosse gêmeo, não tinha muita semelhança física com o irmão. Urucumacuã possuía barba e cabelos ruivos, muito brilhantes, tez clara, olhos muito verdes, semblante risonho e comunicativo. Príncipe Kurokuru era de tez morena, barba preta sempre bem aparada, olhos escuros e amendoados, gestos contidos, discreto, passava desapercebido entre os demais membros da comitiva. Quem não o conhecia, julgava-o, pela aparência, não como nobre, mas como simples integrante.

A ausência de alguns elementos da Corte do Elo Dourado já causava desconforto aos anfitriões e um abafado burburinho, quando a porta do salão de refeições se abriu. Os três elementos entraram juntos, rapidamente se colocando nos lugares vagos. Príncipe Urucumacuã justificou-se, desculpando-se diplomaticamente perante o rei, explicando que, momentos antes, um dos trabalhadores nas minas de ferro do reinado sofrera uma forte convulsão e o Príncipe Kurokuru foi requisitado a prestar-lhe socorro.

O encaminhamento do doente, efetivado por intermédio de Guará, acionou o Príncipe Urucumacuã, que determinou a presteza do príncipe gêmeo, seu irmão e curador. Rei Mor manifestou reconhecimento pelo gesto de bondade e declarou-se devedor de gratidão aos irmãos gêmeos, filhos do grande Imperador do Elo Dourado, Rei Médium, e da bela e virtuosa Senhora das Contas de Lágrimas, Rainha Gônia.

Terminada a refeição matinal, Rei Mor, amistosamente, chamou os príncipes gêmeos e seus acompanhantes a visitarem suas minas de extração de ferro, para inspecionar o ambiente e diagnosticar o que causara o mal-estar do mineiro, logo no início de sua jornada de trabalho. Príncipe Urucumacuã aceitou o convite, Príncipe Kurokuru sentiu-se gratificado pelo reconhecimento de seus préstimos e Guará ufanou-se de sua onipresença na qualidade de informante e elemento de ligação entre os palacianos e a plebe.

A presença dos nobres forasteiros e do próprio rei de Trindade nas galerias e barrancos da mina de ferro gerou tumulto por onde a comitiva passava, pois a maioria dos mineiros queria queixar-se diretamente ao rei e aos visitantes das precárias condições de trabalho, do sistema escravizante a que estavam submissos e do flagelo imposto pelos feitores que os maltratavam severamente.

Guará, percebendo o perigo que representava a exposição e o contato direto do soberano e dos príncipes com os mineiros, cuidou de colocar-se atrás de Urucumacuã e de Kurokuru, em posição privilegiada que lhe permitia ver e controlar a movimentação das pessoas em redor do soberano. Sua estratégia converteu-se em êxito, resultando na preservação da vida do Rei Mor. Proporcionou a Guará visão adequada e espaço suficiente para impedir a aproximação de um velho mineiro que tentou golpear o Rei Mor com uma faca de carniceiro. A agilidade e a força de Guará, combinadas, rapidamente imobilizaram o agressor, paralisando-o. Rei Mor imediatamente ordenou a seus guardas que o prendessem, condenando-o à morte ali mesmo, para executá-lo ao cair da tarde. Momento em que o Príncipe Urucumacuã interveio a favor do miserável mineiro:

— Senhor rei, não era intenção deste infeliz matar-vos. Sua revolta não é contra a vossa pessoa, mas contra o sistema miserável a que está escravizado. Liberte-o. Deixe que o Príncipe Kurokuru o trate. Pela vossa bondade e misericórdia, caso não o deseje mais entre vossos escravos, vendei-o a mim. Pagarei por ele o preço que pedirdes.

Rei Mor recebeu o pedido do Príncipe Urucumacuã como uma insolência. Seu orgulho não permitia que voltasse atrás nas decisões, considerando que aquele era um assunto privativo, que a ninguém cabia interferir. Levando, porém, em conta que devia sua vida naquela oportunidade à perícia do jovem Guará, leal escudeiro do nobre príncipe, que também solicitava a liberdade do condenado, acedeu ressalvando:

— Jamais voltei uma palavra proferida ou ação planejada! Mas, em consideração à bravura e ao heroísmo deste nobre escudeiro, concedo a vós, Príncipe Urucumacuã, decidir sobre a morte ou a vida deste miserável infeliz!

Príncipe Urucumacuã e Guará olharam-se cúmplices, enquanto o mineiro atirou-se de joelhos em frente aos dois. Mandando que se levantasse, perguntou:

— Como te chamas, bom homem? Por que choras?

— Alteza — disse soluçando —, jamais ouvi dizerem de mim o que vós dissestes agora. Sou Pataxó, seu criado e escravo.

— Considere-se liberto, Pataxó. Deste momento em diante, serás também meu escudeiro.

A LIBERTAÇÃO DAS DOZE GARÇAS

A noite chegara rápida. Logo, logo estariam todos reunidos no grande salão do jantar. A programação prevista não diferençava das anteriores. A expectativa do príncipe, todavia, era imensa, pois ansiava pelo momento em que a bela Angelin viria servi-lo. Teria de ser cauteloso, em contrapartida, pois os olhos maliciosos da Princesa Anaconda perscrutavam atentos seus mínimos movimentos.

Conforme Príncipe Urucumacuã havia empenhado sua palavra ao Rei Mor, naquela oportunidade manifestaria a intenção de aceitar as cortesãs para se divertir. Ficaria com todas, ainda que por uma noite somente. No encontro que tivera bem cedinho com Angelin, quando recebera os bridões encantados, confidenciara à moça que planejava libertar todas as doze, se elas assim quisessem. Angelin manifestou apreensão e temeu pela vida do príncipe, alertando-o:

— Alteza, arriscais vossa vida em vão... Elas já se conformaram e não pretendem mudar. Também não sabem fazer outra coisa. Não conheceis o Rei Mor. Ele é vingativo e sanguinário. Poderá perseguir-vos até a morte. Deixe-as do jeito que estão.

— Minha bela princesa, tenho meu jeito de fazer as coisas. Melhor ainda agora, porque posso utilizar o bridão encantado, que generosamente me doastes.

— Imploro-vos, Príncipe Urucumacuã, não atiçai a ira do Rei Mor...

— Tranquiliza-te, Angelin, saberei o que fazer e como fazer... confia em mim.

Durante todo o jantar, aquele diálogo e as outras coisas que conversaram não saíam da memória do príncipe. À hora da apresentação das doze bailarinas, Angelin, recolhendo os pratos, olhou meigamente para Urucumacuã. Quando seus olhares se cruzaram, Princesa Anaconda, sentada à frente do príncipe, também notara os olhares da Bela de Trindade. Não se contendo, deixou escapar sua invejosa observação:

— Ei, ô, *Urucum*, tira o olho, bichão... ela até que é bonita mesmo, mas é pobre, fedorenta e deve ter a cabeça cheia de piolhos!

O príncipe fez que não ouviu. Quando os músicos pararam de tocar, a apresentação também foi concluída, os comensais aplaudiram sem entusiasmo e as Doze Garças se aproximaram do príncipe, fazendo mesuras. Rei Mor, vendo que o nobre visitante não se manifestava, lembrou o compromisso assumido na noite de sua chegada, dizendo:

— Alteza, Príncipe da Beira do Rio, não estais percebendo que as moças aguardam o convite para acompanhar-vos até os vossos aposentos?

Sem deixar transparecer suas intenções, encenando um entusiasmo fictício, declarou:

— Agradeço-vos, soberano Rei Mor. Estou muito encantado e reafirmo que desejo passar a noite com todas, pois são muito belas. Em troca dos momentos de felicidade que estão dispostas a me oferecer, estou disposto também a oferecer-lhes o que bem desejarem. Desde que me peçam algo que tenha valor, mas não tenha preço...

As doze moças aplaudiram o príncipe, mas o Rei Mor, por não compreender o que significavam suas palavras, sorriu meio sem graça, externando a seguinte ordem:

— São todas vossas, as Doze Garças, nobre príncipe! Fazei delas o que quiserdes!

Sob aplausos e apupos, Príncipe Urucumacuã segurou a mão de uma das jovens, conduzindo-a pelo salão, em direção ao corredor que iria até seus aposentos. As outras onze os acompanharam, formando um cortejo de agradável visão. As doze naquela noite, pela primeira vez, estavam vestidas de branco. Na maioria das suas apresentações, usavam roupas muito decotadas, de cortes vulgares, cores fortes e chamativas. Nesta vez, o figurino apresentava leveza, tanto nos tecidos quanto nos adereços bordados sobre as sedas e cambraias de linho. O cortejo do Príncipe Urucumacuã retirou-se do salão sob aplausos e alguns comentários indiscretos.

A maioria dos homens invejava a condição de reunir e usufruir de todas numa noite só. Rei Mor dava sonoras gargalhadas e comentava, em voz baixa, algumas pilhérias com seus vizinhos à mesa. Princesa Anaconda foi se queixar com a mãe, aborrecida com o atrevimento do príncipe que a desfeiteara diante de Angelin, flertando acintosamente com a criada e, para aumentar a humilhação, assumindo publicamente o comportamento indecoroso, diante de toda a corte de Trindade. Rainha Sissu ouviu a filha sem prestar muita atenção. Era sua rotina embebedar-se durante o jantar para depois dormir profundamente, sem importar-se com as honras e deveres de anfitriã. Guará e o Príncipe Kurokuru sabiam das nobres intenções do Príncipe Urucumacuã, evitavam, pois comentários maliciosos ou zombeteiros, para não desprestigiá-lo perante outros.

Nos aposentos do Príncipe Urucumacuã, as doze cortesãs não encontraram o cenário a que estavam acostumadas. Não havia nenhuma modificação na mobília ou na arrumação que sugerisse que ali haveria um banquete de extravagâncias. A cama, sobriamente composta, ornada apenas de um dossel de rendas; a mobília despojada de revestimentos de ouro transmitia um clima de simplicidade antagônico ao requinte e à classe do nobre príncipe. Diferentemente de todos os outros homens a quem as cortesãs se obrigaram às ofertas de préstimos íntimos, Príncipe Urucumacuã recebeu-as cordial, respeitosa e amavelmente. Solicitou que se sentassem em semicírculo diante de si, compondo a representação de uma lua em fase crescente. As moças esperavam ordens para despir-se ou praticarem alguma acrobacia sensual para seu deleite, quando ouviram do nobre e sereno visitante:

— Quero que me digam seus nomes, primeiramente.

Olharam-se admiradas, pois jamais alguém interessou-se em saber seus nomes. Eram conhecidas simplesmente como as Doze Garças do Rei Mor. Emocionadas, algumas às lágrimas, pela ordem que estavam sentadas, da esquerda para a direita, a primeira delas tomou a palavra:

— Alteza, não temos nome. Perdemos este direito desde que fomos adotadas como cortesãs do Rei Mor. Tínhamos um nome familiar, mas aqui somos apenas as Doze Garças. Nossa individualidade é marcada por números. Ficamos sempre em formação pela ordem numeral. Sou a Garça Um.

— Eu sou a Garça Dois.

— Eu sou a Garça Três.

— Eu, a Garça Quatro.

— Eu, a Garça Cinco.

— Eu a Garça Seis...

... e

— eu a Garça Doze.

E assim, sucessivamente, se identificaram. Todavia, o Príncipe Urucumacuã desejava saber mais a respeito de suas vidas. Respeitando suas vontades de não revelarem os onomásticos de família, acenou-lhes gentil e respeitosamente:

— Bem-amadas do meu coração. Não é meu desejo submeter-vos a qualquer tipo de capricho ou impor-vos qualquer constrangimento. Quero que me contem vossas histórias, se assim desejarem. Que razões vos trouxeram até aqui e por que vos sujeitais a esse tipo de exploração?

Algumas abaixaram as cabeças, outras olharam ternamente para Urucumacuã, vendo nele a possibilidade de libertá-las para sempre daquele jugo, a exemplo do que já conseguira fazer com o jovem Guará e, recentemente, com o mineiro Pataxó. A Garça Um, que liderava o grupo, desenvolta e perspicaz, falou em nome de todas:

— Alteza, estamos aqui por infortúnio. Quase todas nós fomos abusadas e violentadas pelo próprio Rei Mor, que nos comprou de nossas famílias. As duas Garças mais novas foram estupradas pelo Conde Rasku nesta última vez que passou por aqui, porque ele queria se deitar com duas virgens numa mesma noite. A jovem e bela Angelin só escapou de ser transformada em Garça porque o rei temia os poderes do pai dela, Bruxo Neno, e a vingança de seus quatro irmãos, *Canibal e Trancoso, Sete Flechas e Caveira*, todos igualmente sanguinários. Por pouco que o Conde Rasku não conseguiu violentá-la. Ela deu sorte, pois os irmãos acudirem bem na hora em que ele a agarrava... Precisamos vos contar mais alguma coisa? Por ventura sabeis o que aconteceu ao Bruxo Neno, seus três filhos e Conde Rasku?

Príncipe Urucumacuã ficou alguns segundos cabisbaixo, pensativo, imerso em pensamentos, enquanto sua memória circulava pelo reinado de Trindade acompanhando os passos de Angelin. Desfilaram pela sua memória as histórias que o Mago Natu havia contado a respeito da paternidade da Princesa Anaconda e da Bela Angelin; toda a tragédia que abalara aquele reino, com o suplício do Conde Rasku, a carnificina dos três filhos do Bruxo Neno e sua transformação no Mapinguari.

Também vieram à tona recordações do brutal assassinato da Princesa Irina e do Príncipe Gesu Aldo, do sacrifício do jovem Mulato há quase um ano passado e a assombrosa ruína do outrora esplendoroso Reino de Avilhanas. Lembranças vívidas sobrevieram da partida da sua tia-avó, Rainha Alzira, para as longínquas terras de Kórnio e Ália; e da revelação feita pelo Mago Natu de que a Rainha Alimpa e Rei Naldo de Avilhanas empreenderiam a grande travessia para o Oriente, até o Reino de Sabom, com a Rainha Alimpa grávida. Provavelmente àquele tempo já teria dado à luz e o casal estivesse feliz, recomeçando uma outra história.

Um silêncio misterioso se fez naqueles aposentos. Já se aproximava a meia-noite. Viam-se alguns clarões de archotes e tochas espalhadas pelos corredores e pátios do palácio e, de quando em vez, algum vigilante atravessava os espaços dos jardins no cumprimento do dever. As Doze Garças também estavam quietas, acomodadas sobre um grande tapete de lã de carneiro, à espera de que o garboso príncipe as dispensasse, pois não as desejava como mulheres, para que terminassem a noite em seus próprios quartinhos. Ao romper o peso do silêncio que se instalara, Príncipe Urucumacuã consultou-as:

— O que vós mais desejais?

Responderam uníssono:

— Beleza e liberdade, Alteza!

— Então, ficai sentadas e permanecei em silêncio.

Príncipe Urucumacuã levantou-se de seu divã, atravessou o quarto calmamente e retirou de dentro de suas canastras folheadas a ouro um volume cujo formato deixava transparecer uma espécie de pesado cordão dourado dentro de um embornal. Ao tempo em que retirava o objeto de dentro daquele simples alforje, um Urutau pousou à janela, liberando um soturno piado, melancólico e duradouro. Em suas mãos o bridão de ouro verdadeiro logo emitia faíscas douradas, irradiando misteriosas vibrações de calor.

Enquanto se mantinham quietas, de olhos fechados, em profunda concentração, o príncipe lançou o bridão sobre o grupo das doze e, imediatamente, um estrondo semelhante ao rufar de muitas asas encheu todo o ambiente. Uma a uma, as moças se convertiam em aves pernaltas, de plumagem muito branca, alçando voos elegantes pela janela. O príncipe, deslumbrado e ao mesmo tempo feliz com o resultado daquele encantamento, festejou a liberdade das doze cortesãs, que batiam asas e alcançavam altitudes celestes, refulgindo suas plumagens muito brancas, contrastando com o negrume da noite, formando desenhos no espaço escuro no formato das letras do nome de seu benfeitor. Logo, nas alturas, os pontos brancos e brilhantes pareciam estrelas dançando no espaço a mesma coreografia que dançavam nos salões do Rei Mor. Maravilhado com o resultado daquele encantamento, o Príncipe não se conteve:

— Voai, lindas Garças! Voai para o Reino do Elo Dourado, onde um vale encantado vos espera! Voai, pois quem alcança a liberdade uma única vez jamais voltará a ser escravo novamente!

Em poucos minutos, nenhuma das Doze Garças era visível no céu.

Pairava um silêncio misterioso sobre todos os aposentos do Palácio de Trindade. Até que a inusitada tranquilidade foi quebrada subitamente por um grito altíssimo. Logo em seguida por outro; e depois outro e mais outro, apavorantes. Era o Mapinguari urrando alucinado, já forçando a entrada no portão principal do palácio.

Príncipe Urucumacuã ouvia calmamente os estrondosos berros da criatura e, postado à janela por onde as Doze Garças haviam ganhado a liberdade, observava os movimentos do indesejável visitante. Em poucos minutos todos os lampiões, archotes e tochas que iluminavam corredores, salões, saguões e pátios do Palácio de Trindade estavam acessos. A guarda do Rei Mor logo se posicionara reforçando a segurança dos portões, para que o monstro não conseguisse abrir as bandas do portão. Ainda que todo pelotão dos Caçadores de Corno estivesse somando forças para impedir o rompimento dos ferrolhos, o Mapinguari não demorou a quebrar as dobradiças e entortar os ferrolhos como se fossem de brinquedo. As duas pesadas bandas do portão foram bruscamente jogadas ao chão e massacrados os guardiões sob o madeiro e os pés descomunais da criatura. Houve feroz resistência dos soldados à entrada do gigante no pátio principal do palácio, mas a escaramuça entre os guardiães e o Mapinguari resultavam numa carnificina aterrorizante.

Assistindo àquela batalha sangrenta e desigual, de sua janela, Príncipe Urucumacuã pegou as vestes brancas que ficaram espalhadas pelo chão de seus aposentos — última lembrança das Doze Garças antes de se encantarem em aves —, fez com elas uma grande bola de tecido branco e arremessou com força na direção do monstro, atingindo-o na cabeça. O estranho objeto tirou-o de combate por alguns instantes, enquanto tentava se desvencilhar dos tecidos finos que o embaraçaram. Mais furioso ainda, o sanguinário e assombroso homúnculo estraçalhou os tecidos brancos junto aos pedaços das vítimas que alcançava e abatia impiedosamente.

Os últimos combatentes, apavorados, preparavam-se para fugir, deixando descoberta a principal entrada do palácio, ainda que isso lhes custasse severa punição posteriormente, quando o Rei Mor, até então escondido pelos labirintos secretos de sua moradia, tocou na porta dos aposentos do Príncipe Urucumacuã, arfando e desolado:

— Alteza, Alteza, abra a porta! Sou eu, Rei Mor. Por obséquio, livrai--nos desse mal terrível... Alteza, por favor...

O príncipe abriu a porta. Rei Mor estava suando frio, tremendo de medo, com sua mulher e a Princesa Anaconda. Os três entraram, fecharam a porta atrás de si e logo o rei percebeu que o seu nobre hóspede estava sozinho. Esquecendo-se por alguns momentos da gravidade da situação a que estavam sujeitos e da carnificina que acontecia no pátio principal, indagou;

— Onde estão as Doze Garças? O que fizestes com elas?

Sem se perturbar, o Príncipe da Beira do Rio, chamou-o à janela e mostrou-lhe:

— Nobre soberano, vede com vossos próprios olhos. Saíram em busca de liberdade... Veja em que se transformou as roupas que usavam...

Rei Mor ainda viu alguns pedaços de roupa branca ensanguentados nas mãos do monstro, misturados aos despojos dos guardiões. Confundido e atordoado pela visão calamitosa que se desfigurava, abriu-se num choro convulsivo:

— Príncipe Urucumacuã, elas se foram... ofereceram-se em sacrifício?! Oh, céus, oh dor! Livrai-nos desse monstro, Alteza... Peça-me o que quiseres, até a metade do meu reino... O que quiseres, peça-me, mas livre-nos agora deste terror!

O príncipe pegou o alforje que recebera de Angelin na manhã anterior, saiu de seu quarto, desceu as escadas, sem falar nenhuma palavra. Quando se aproximou a uma distância visível da criatura que continuava avançando sobre os que lhe opunham resistência, tirou de dentro do alforje um objeto semelhante a uma corda metálica e reluzente, lançando-a na direção do monstro. O bridão lançado provocou um sibilo no ar, rodopiando como um disco, e laçou o Mapinguari. Paralisado pelo ataque inesperado, emitiu um urro mais forte que os anteriores, ficando inerte, como que tolhido e entrevado para se movimentar.

Na tentativa de se desvencilhar do objeto que o laçara, movimentava apenas a cabeça direcionando seu único olho no meio da testa à procura do autor daquele ousado golpe. Quando a criatura viu o Príncipe Urucumacuã, ainda paralisado, ficou esperando receber o comando do admirável dominador do fogo. O príncipe olhou-o firme no olho, fez um gesto com as mãos como se estivesse captando algo do éter e, direcionando a mão com os dedos voltados para a boca do estômago do Mapinguari, ordenou:

— Já tens o que buscais. Voltai para onde viestes. Vade retro...

Disparando uma sequência de raios de energia azul brilhante na direção da criatura, fê-lo recuar lentamente, ainda embaraçado ao bridão que o entrelaçara. Em poucos minutos, estava fora dos muros do Palácio de Trindade, afastando-se velozmente e emitindo seus brados soluçantes:

— Mapiiiiiiiiinnnnn Guariiiiiiiiii! Mapiiiiiiiiinnnnnnnn Guariiiiiiiiiiiiiiii!

O cheiro acre de sangue e dejetos, misturado aos pedaços de madeira, ossos, carne e vísceras traduziam o clima de horror e espanto que a maioria dos palacianos presenciou, apavorada, do alto de suas janelas. A comitiva do Príncipe Urucumacuã aguardava sua volta aos aposentos para entender o que acontecera. Rei Mor, a Rainha Sissu e a Princesa Anaconda voltaram para seus quartos, à espera de que o dia clareasse para tomar as providências quanto à limpeza e à ordem no Palácio. Depois se contariam os mortos e os vivos. Quem conseguisse dormir, que fizesse bom proveito. Ainda havia noite suficiente para mais algumas horas de sono.

Rei Mor não conseguiu voltar para a cama. Ficou zanzando o resto da noite pelos sombrios corredores de pedra do palácio. A tragédia com suas Doze Garças não lhe saía da cabeça; o pavor do ataque insano do Mapinguari não o deixava em paz e, o que mais o impressionara, causando inveja e ciúme: o poder e o domínio do Príncipe Urucumacuã para resolver problemas impossíveis. Ao mesmo tempo em que aumentava sua dívida de gratidão ao príncipe, cresciam sua admiração pelos poderes secretos do misterioso príncipe e ódio por ele ter permitido que suas Doze Garças *voassem*... para serem cruelmente devoradas pelo monstro. Precisava punir o benfeitor: dar-lhe-ia a mão de sua *filha* em casamento!

À hora do almoço daquele dia fatídico, o príncipe não compareceu ao salão de refeições. Recebeu no quarto mesmo a visita de camareiros e servos, que se dispuseram a levar-lhe a refeição do dia, além de uma provisão variada de frutas frescas da estação. A ausência do nobre visitante ao convívio da corte, ainda abalada com o feroz ataque do monstro macaco, deixou os cortesãos intrigados e o Rei Mor ainda mais preocupado. O rei, ao mesmo tempo em que se sentia beneficiado pela manifestação dos *poderes* do príncipe ao afugentar a criatura, supunha que tivesse escondendo algum segredo, tornando-se, destarte, um visitante indesejado para ficar mais dias em seu reinado.

Desconfiado também de que a simples presença do Príncipe Urucumacuã atraíra a horripilante criatura ao seu palácio, Rei Mor buscou aconselhamento junto de seus acólitos, procurando sugestões lisonjeiras para abreviar o tempo de permanência da comitiva visitante em Trindade. A primeira ideia acolhida resolveria seu dois problemas: acertaria o casamento para sua filha, em troca de um avantajado dote e, assim, dariam por encerradas as pendências de divisas de terras entre os reinados de Trindade, Avilhanas e Elo Dourado, especialmente nas porções limítrofes com as terras que *Corumbi ara*.

Por sua vez, Príncipe Urucumacuã, recluso em seus aposentos, se penitenciava de ter *trapaceado* em relação à liberdade que dera às Doze Garças, encantando-as em aves de plumagens brancas, muito elegantes, criando a ilusão de que o Mapinguari as tivesse devorado. A outra fraude cometida, que aos olhos do Rei Mor surtira o efeito desejado, foi afugentar o monstruoso macaco peludo, de pés redondos, olho na testa e boca na barriga, com o falso bridão encantado. O príncipe fizera o rei acreditar que aquele objeto seria o verdadeiro. Todavia, deixara oculto em seu poder o artefato verdadeiro, capaz de desencadear encantamentos e prodígios inimagináveis, conforme a vontade e o talento de quem o manipulasse.

O isolamento do príncipe forasteiro foi interpretado pela maioria dos cortesãos como demonstração de cansaço e esgotamento. Afinal, justamente naquela noite, o viril príncipe levara para o quarto doze moças. Certamente, quando fugiram do príncipe para se encontrar com o Mapiguari, devem tê-lo deixado exausto e quiçá desacordado. Por sua vez, Príncipe Urucumacuã entrara em profunda introspecção, pressentindo acontecimentos que mudariam não apenas sua própria história, mas também a de todos os que habitavam aquele e os outros reinados vizinhos...

A pergunta que Rei Mor se fazia e ainda não obtivera resposta era como o Príncipe Urucumacuã conseguira o bridão encantado, se quem detinha sua posse era o Bruxo Neno. Além desta, Rei Mor também se indagava como havia conseguido o bridão se não tivera contato com a filha do Bruxo Neno, se ninguém o avistara saindo do palácio para se encontrar com a Bela de Trindade. Seria mesmo verdade que o *príncipe dos cabelos de fogo* se tornava invisível quando desejava? Essas indagações não calavam no pensamento do rei, fazendo crescer seu desejo de vê-lo o mais breve possível longe de seus domínios. No entanto, a possibilidade de casar sua filha com o nobre Urucumacuã servira-lhe de alento e conformação. Ele o odiava, certamente. Mas precisava torná-lo seu genro, por honra de seu reinado!

O PEDIDO DA FILHA DO REI EM CASAMENTO

À HORA DO JANTAR, TODOS OS RESQUÍCIOS DO FURIOSO ataque do Mapinguari jaziam apagados. Contabilizadas as vítimas, o Marquês de Contagem espalhara a informação de que o monstro atacara e devorara, além das Doze Garças, seis guardiães entre os Caçadores de Cornos: três esmagados pelas bandas do pesado portão de madeira e outros três devorados com as bailarinas cortesãs. Nenhuma delas possuía família. Todas solteiras, prestavam serviços voluntários ao Rei Mor, no seu palácio. Melhor assim, pois não haveria quem chorasse pelas vítimas ou quisesse reclamar alguma herança.

Príncipe Urucumacuã foi o último a ocupar seu lugar à mesa. Sentado à frente da Princesa Anaconda, estendeu-lhe a mão, beijando-a cortesmente, reparando na estamparia do tecido de suas vestimentas. A princesa trajava um modelito colado ao seu corpo mal esculpido, à semelhança de pele de cobra. Notou a vulgaridade da veste, mas concordou intimamente que condizia com a personalidade da jovem, posto que já se acostumara à sua irreversível feiura. Dirigiu, em seguida, uma saudação ao rei, à rainha, à corte, seu irmão e comitiva. Rei Mor estava sério, carrancudo, diferente do falastrão dos dias anteriores. Respondeu aos cumprimentos de cenho franzido, deixando transparecer o sentimento de contrariedade e desagrado que o dominavam. O príncipe não se permitiu contaminar pela aparente animosidade do soberano, comportando-se com habitual fineza e educação, enquanto aguardava o melhor momento do jantar: a hora em que Angelin traria as bandejas de iguarias.

O clima reinante durante o jantar era de apreensão e medo. A maioria dos familiares e membros da corte do Rei Mor conheciam suas mudanças de temperamento e temiam por isto. Não compreendiam por que o rei se mostrava aborrecido e contrariado. Afinal, não fossem os poderes do príncipe visitante, o resultado da invasão do Mapinguari ao palácio teria causado consequências inimagináveis.

A comitiva do príncipe mantinha-se alegre e descontraída, indiferente ao comportamento temperamental do soberano de Trindade. Princesa Anaconda, sempre atrevida e indiscreta, procurava chamar atenção, fazendo caras e bocas e pilheriando com os convidados, exibindo ideias fúteis e comentários desairosos a respeito das bailarinas cortesãs, oferecendo-se para dançar na conclusão do jantar, em substituição às Doze Garças, com muito mais "graça e donaire".

Mediante o silêncio de todos às simplórias intervenções da Princesa Anaconda, na tentativa de amenizar o clima e descontrair o ambiente da austeridade e do mau humor imperante, Rei Mor cochichou alguma coisa nos ouvidos da sua mulher, a quem tratava de "Minha Ra", desfez as feições de carranca, aproveitando a oportunidade para manifestar-se, com o propósito de também criar um labirinto sem opções de saída para o incômodo e misterioso príncipe visitante. Dando voz de comando, dirigiu-se primeiramente à princesa:

— Princesa Anaconda, retira-te, por gentileza, deste salão por alguns momentos! Preciso tratar de um assunto que diz respeito à filha do rei, mas tu só saberás depois que tua presença voltar a ser solicitada. Aguarde nos teus aposentos, até mandar chamar-te.

Ninguém adivinhava que espécie de assunto seria tratado, ali, naquela hora, diante de toda a corte e da comitiva convidada, que somente à Princesa Anaconda não era dado o direito de saber. Ao Rei Mor agradava criar expectativas entre os presentes. Um de seus divertimentos prediletos era lançar incógnitas e enigmas para ouvir o buchicho que imediatamente seguia-se aos seus comentários. Entretanto, Príncipe Urucumacuã perscrutara as verdadeiras intenções do soberano e já se preparava para não cair na armadilha que o rei estava prestes a lançar. Como se estivesse lendo os pensamentos do Rei Mor, o príncipe levantou-se, antecipando-se ao prosseguimento da oratória do rei, contrafazendo, com muito bom humor e simpatia, a ordenação do rei. Ao levantar-se, as pessoas que conversavam entre si calaram-se e todos os olhos focaram o belo rosto radiante do nobre Príncipe da Beira do Rio. Rei Mor, pouco mais afável, perguntou-lhe irônico:

— Acaso sabeis do que trataremos, nobre príncipe?

— Posso adivinhar-vos o pensamento, insigne soberano...

— Ah, então quereis dizer-me que já sabeis do que vamos tratar?!

— Certamente, Rei Mor. Também me interessa pedir-vos a mão de vossa verdadeira filha em casamento.

Os rostos congelaram-se de espanto. Algumas damas não se continham e exclamavam "*ohs, uhs*" que ecoavam por alguns segundos no espaçoso salão de refeições. A maioria dos homens ria discreta e zombeteiramente. O escudeiro leal, o jovem Guará, sentado à esquerda do Príncipe Urucumacuã e à direita de seu irmão gêmeo Kurokuru, tomou um susto. Por pouco não se derrubou da cadeira, falando em meia voz ao vizinho de honra: "*Acho que meu amo está com os miolos abalados, depois desta noite de pesadelo aqui em Trindade*".

Príncipe Kurokuru, muito sério, não respondeu ao comentário de Guará, colocando-se em posição ereta, na cadeira, para continuar ouvindo o que seu irmão ainda diria. Guará, indiferente à quietude do Príncipe Kurokuru, deixou escapar uma gargalhada irônica, chamando a atenção de todos. Rei Mor olhou em sua direção, possesso, com as faces rubras e o semblante arreliado.

Desafiado pelo olhar nervoso do Rei Mor, que na ocasião trajava uma capa totalmente preta, forrada de seda vermelha, bordada de contas minúsculas de cristal e esmeraldas, o príncipe continuou dominando o interlocutório:

— Sim, majestade, disse-vos vossa verdadeira filha, porque a Princesa Anaconda não é a vossa filha. Um príncipe precisa preservar sua linhagem, ainda que tal lhe custe a própria vida...

Príncipe Urucumacuã foi interrompido bruscamente pelo rei, já descontrolado emocionalmente pelo ódio que o atormentava:

— Com que autoridade, Príncipe Urucumacuã, dizeis que Anaconda não é minha filha verdadeira? Quem é então, a minha filha que estais a pedir em casamento, se outra filha sabeis que não tenho? Responda-me e comprove o que estais a dizer, se quereis sair vivo deste recinto.

O rei, tremendo descontrolado, sentou-se e segurou a Rainha Sissu pelos ombros, impedindo-a de se retirar do local. A mulher do rei, a *Minha Ra*, dava sinais de que bebera o suficiente para dormir, pouco se importando de testemunhar a comprovação de sua honra ou de seu marido. Mais uma vez, o silêncio dominava o ambiente. Príncipe Urucumacuã levantou-se calmo, dirigiu-se elegantemente até o centro do salão e, olhando de frente, nos olhos do rei, iniciou um extenso relato:

— Rei Mor, mui amado Soberano de Trindade, sabeis que nunca o vi despido, tampouco algum de minha comitiva. Não podeis negar que ocultas uma marca escura sob a axila esquerda. Procurai-a sob o braço esquerdo da Princesa Anaconda e não a encontrareis. Mas eu vos trarei e poderei mostrar uma jovem da mesma idade que vossa princesa, nascida na mesma data. Certamente essa jovem guardará consigo o mesmo sinal oculto naquela parte do corpo. Esta será a prova secreta e decisiva de sua filiação. Se ainda assim não acreditares, posso contar-vos como tudo aconteceu na noite em que o Bruxo Neno e vossa serva, Murmur, se casaram...

O príncipe ficou calado, observando a reação do rei por alguns instantes. Visto que não proibiu nem censurou Urucumacuã, mas consentiu que prosseguisse sua oratória, ouviu, a contragosto, os pormenores do acontecimento do dia em que se casaram Murmur e o Bruxo Neno em que ele ficou no quarto nupcial até a meia-noite, voltando depois para seus aposentos. Quanto mais detalhes eram revelados, mais o rei se encolerizada. Na conclusão da narrativa, a plateia esboçava reações diversas. Uns pilheriavam com os vizinhos. Outros mostravam incredulidade e ainda outros pareciam crer em cada palavra que o narrador corajosamente pronunciava.

Finalmente, Rei Mor não conseguiu conter as lágrimas em suas faces rubras. Sua cor rapidamente esmaeceu, esverdeando-se, resultando num aspecto de palidez mórbida, arroxeando-se os lábios encolerizados. De seus olhos pareciam saltar faíscas. Como nunca antes havia prestado atenção nessa marca hereditária, ordenou que trouxessem a Princesa

Anaconda ao salão. Precisava confrontar as informações. Os cortesãos e os convidados aguardavam boquiabertos o resultado da prova desafiadora. Mais uma vez, Rei Mor ameaçou Príncipe Urucumacuã:

— Meu nobre príncipe, pela vossa audácia e desmedido atrevimento, se o que afirmastes não se confirmar, antes do amanhecer estareis pendurado pelo pescoço e passada a fio de espada toda vossa comitiva... Mas, pela vossa virtuosa conduta e pela paz entre o Reino de Trindade e o império de vosso pai, ainda tereis tempo de compungir-vos. Ou preferis arriscar-vos continuando a desafiar-me?

— Que mandeis vir a princesa, Senhor Rei.

Alheia ao que acontecia, Princesa Anaconda entrou eufórica no salão. Vendo o Príncipe Urucumacuã de pé, como se estivesse à sua espera, aproximou-se mais ainda do belo e poderoso visitante, insinuando-se:

— Aqui estou, ô meu *Cabelo de Fogo*! Diga o que quereis e já vos faço...

— Anaconda! — vociferou o rei, sério e autoritário —. Levante o braço esquerdo. Mostre-me a marca que tens no sovaco, igual a esta aqui, do vosso pai...

A princesa, sem se dar conta do que acontecia, levantou os braços e exibiu seus sovacos peludos. Nenhuma marca se via debaixo da profusão de pelos escuros na área. Acreditando que Anaconda escondia o sinal de sua paternidade, o rei ordenou que viessem suas aias e pelassem os cabelos de suas axilas. Imediatamente, apareceram duas moças portando algumas ferramentas de cutelaria, raspando o local, deixando visível a contraprova do que o príncipe revelara. Ainda exibindo o sovaco pelado, Anaconda rodopiava, mostrando a todos os convidados que não tinha nenhum sinal, supondo tratar-se de um ritual necessário para confirmar o pedido de casamento, feito pelo Príncipe Urucumacuã ao se pai, tradicionalmente celebrado à moda do Reino do Elo Dourado.

Incrédulo, Rei Mor precisava de provas mais incisivas que confirmassem a paternidade de Anaconda. Sentindo-se humilhado, exposto ao escárnio público, continuou ordenando:

— Alteza, trazei, para que eu mesmo constate, a mulher que ostenta a minha marca de paternidade, sob o braço esquerdo. Buscai-a e que seja convincente o que afirmais. Não pretendo voltar atrás na sentença que já pronunciei.

Aparentemente diplomático, Rei Mor esperava pela exposição pública das intimidades da outra jovem, sua suposta filha. No entanto, Príncipe Urucumacuã não antecipou a revelação do nome de quem se tratava, apesar de a maioria dos presentes saber que na noite das bodas do Bruxo Neno com a serva Murmur, Rei Mor passara a metade do tempo em companhia da recém-casada.

Impassível, Príncipe Urucumacuã solicitou ao Ajudante de ordens e mensageiro do rei, Senhor Uru:

— Senhor Uru, por obséquio, trazei-me a jovem que serve as refeições neste salão.

— Quem, Alteza, a criada Angelin?

— Sim, a criada Angelin. Ela é a verdadeira filha do Rei Mor. Apenas ela guarda o sinal da sua paternidade.

Rei Mor, à beira do descontrole total, fez menção de levantar-se com a *Minha Ra*. As damas da corte, parentas da Rainha Sissu, cercaram-se à volta dela e pronunciavam palavras de apoio e compreensão:

— Acalmai-vos, Senhora Rainha, ouvimos que não tivestes culpa.

— Fostes enganada pelo Bruxo Neno!

— Maldito seja para sempre!

Por sua vez, o rei vociferava:

— Tratai de mostrar a marca na tal criada ou mando vos prender neste momento...

Logo, Angelin, muito assustada e tímida, foi apresentada diante da corte para ser examinada. Príncipe Urucumacuã aproximou-se de seus ouvidos, explicando-lhe rapidamente o que estava acontecendo. Quando solicitou que ela mostrasse ao rei a sua axila esquerda, a moça, envergonhada, relutou, mas diante da furiosa ordem do rei, desatou os lacinhos de fita que fechavam seu casaquinho vermelho, usado sobre um vestido xadrezinho de camponesa, retirou trêmula a peça que escondia o segredo e exibiu-se bem próxima dos olhos do rei. Diante de seu olhar incrédulo e da confusa plateia, o Príncipe da Beira do Rio, corajosamente, enfrentou a valentia do Rei Mor:

— Senhor Rei Mor, soberano do Reino de Trindade, absoluta majestade das terras que confrontam os reinados de Avilhanas, a Nordeste, e Elo Dourado, ao Noroeste, apresento-vos neste instante meu pedido da mão de vossa filha, Angelin, a Bela de Trindade, em casamento, segundo o meu desejo e a tradição de nossa linhagem real.

A comitiva do príncipe o aplaudiu de pé, manifestando-se efusivamente. Os cortesãos do Rei Mor pareciam petrificados. Até que o Senhor Uru, principal mensageiro e ajudante de ordens do Reino de Trindade, levantou-se em solidariedade ao rei ofendido e, vilipendiado diante da honrada Casa Real, instigou o soberano a tomar atitude à altura da insolência do jovem príncipe. Instalou-se um clima de animosidade, uns contra os outros, no burburinho entre todos, enquanto o príncipe aguardava a palavra final do Rei Mor. Emudecido de ódio, sem conseguir articular nenhuma ordem, o príncipe resolveu concluir a cerimônia de noivado por conta própria. Tirou do bolso um belíssimo anel de pérola negra que ganhara de sua mãe e o colocou no dedo anelar de Angelin, admirando mais ainda a perfeição de suas mãos delicadas:

— Senhor Rei, Senhora Murmur, pai e mãe desta formosa jovem. Eu vos honro comprometendo-me a desposar, na próxima lua cheia, a vossa encantadora filha! Aceitem meu pedido e logo estarei pronto para celebrar o casamento. Pagarei o dote de Angelin três vezes mais do que vossa majestade me ofertaria pela mão da filha do Bruxo Neno.

A bela Angelin queria desaparecer da frente do rei, da rainha e de todas as outras pessoas da corte de Trindade. Ao fazer menção de se retirar, pois antevia o perigo a que estava exposta, percebeu que um objeto pesado havia sido jogado em sua direção... esquivando-se, olhou para Anaconda, que se agitava, revoltada, enfurecida, à beira de um colapso nervoso. Quando o olhar de Angelin se encontrou ao de Anaconda, ela veio rápida, portando nas mãos um pequeno tridente pontiagudo e afiado, que tirara de dentro de suas vestes, na intenção de agredir e matar a rival. Rei Mor urrava feito um leão, proferindo palavras de maldição e desespero. Na confusão formada entre os cortesãos do Rei Mor que atacaram diretamente o Príncipe Urucumacuã e seus defensores, o Príncipe Kurokuru, vendo o irmão em apuros, propôs em altos brados casar-se com a Princesa Anaconda, se isto servisse para serenar os ânimos e remediar a situação. Anaconda, ao ouvir a proposta do irmão gêmeo, que não era tão formoso quanto o *príncipe dos cabelos de fogo*, deixou Angelin de lado, pois não conseguira atingi-la, devido à proteção que lhe oferecia o noivo, precipitando-se sobre Kurokuru. Aos gritos, parecendo possuída por forças malignas, dizia:

— Eu sabia que meu pai era o Bruxo Neno! Só eu sabia!

Ouvindo isto, Rei Mor transtornou-se, parecendo um celerado. Descontrolado, atirou-se sobre Anaconda:

— Sua víbora! Traidora! Cobra peçonhenta! Por que me escondestes a tua reles origem?

— Porque sei também que meu pai, o Bruxo Neno, era vosso irmão, Rei Mor. Na verdade, sou vossa sobrinha. Meu pai me contou, no mesmo dia do meu último aniversário, quando me presenteou com este tridente, pedindo para vos matar!

Imediatamente as pessoas se calaram. Voltaram a atenção para Anaconda. Pela primeira vez ouviam verdades saindo de sua pérfida boca.

Aos berros, ela continuou, descontrolada:

— Se quereis saber mais, Rei Mor, Conde Rasku me engravidou... estou gerando um filho dele.

— Sua cadela ordinária, cobra sem vergonha! Então estás *enrascada*, hein? Pois no meu palácio não haverá de nascer nenhum filho de serpente com demônio... Tu haverás de vomitar essa maldita cria pela boca...

Apertando-a pelo pescoço, Anaconda oferecia resistência, mostrando uma força descomunal, desvencilhando-se do rei e dizendo bem alto:

— Juro que vou parir esse filho aqui mesmo... debaixo do vosso nariz... Juro parir... Juro parir...

Rei Mor, agarrado à sua garganta tentava estrangulá-la, diante de uma plateia imóvel e estarrecida.

A comitiva do Príncipe Urucumacuã ouvira paralisada a sequência de revelações iniciadas com o pedido em casamento da mão da filha do rei. Os cortesãos do Rei Mor agitavam-se, buscando controlar o próprio rei para impedi-lo de confrontar-se fisicamente com Anaconda. O rei tencionava tomar-lhe a arma. Ele mesmo queria usá-la para acabar de uma vez com a insolente Princesa Anaconda, para depois acertar-se com o petulante e atrevido Príncipe da Beira do Rio.

Em meio à balbúrdia estabelecida, Príncipe Urucumacuã, protegendo a bela Angelin, ordenou que ela fugisse, voltando o mais rápido que pudesse para sua casa, em companhia do irmão, Canibal, e da mãe, Murmur. A retirada da bela jovem sequer foi percebida, tamanha a confusão formada entre os cortesãos de Trindade e do Elo Dourado, além do próprio Rei Mor e da princesa. Rainha Sissu, quando ouviu da filha que seu pai era o Bruxo Neno, sentiu vertigem e ameaçou desfalecer nos braços de sua aia. Tão logo recobrou os sentidos, à custa de um cálice de água fria, *Minha Ra* saiu trôpega, derrubando cadeiras, fugindo para seus aposentos.

Aproveitando-se do embate entre o Rei Mor e a Princesa Anaconda, que agora se engalfinhavam pela posse do perigoso tridente, Príncipe Urucumacuã saiu sorrateiro. Esgueirando-se pelos corredores e desviando a atenção dos soldados Caçadores de Cornos que se aproximavam, chegou ao seu quarto. Tinha ido buscar o bridão encantado, o verdadeiro, que mantinha sob sua guarda. Sentira aproximar-se o momento de valer-se do poderoso instrumento mágico.

De volta ao salão, sem ser percebido, viu que a medonha Anaconda e o colérico Rei Mor ainda pelejavam. Rei Mor a injuriava, mas impedia que seus soldados intervissem na luta, bradando:

— Vou acabar com sua raça, víbora maldita! Traidora, sua cobra peçonhenta! Quero eu mesmo te estrangular...beber o teu sangue!

Ela o afrontava, gritando:

— Juro parir aqui mesmo... juro parir aqui mesmo...

Exibindo uma força e agilidade descomunais, Anaconda enroscava-se no rei, tentando imobilizá-lo. Por sua vez, além de se defender dos golpes e dos apertos da moça, Rei Mor tentava tomar-lhe o afiado tridente. Depois de alguns minutos, o rei conseguiu tirar-lhe a arma das mãos. Antes de entregar-se, dando-se por vencida, a moça contragolpeou numa manobra rápida e astuta, resgatando seu tridente das mãos do rei. Num gesto súbito, inesperado, cravou os afiados dentes da arma em seu próprio peito, estirando-se ao chão, deitando-se pesadamente sobre o afiado punhal de três lâminas.

Diante do olhar estupefato da assistência, o corpo gorducho e disforme da princesa, debatendo-se, contorcia-se e, à vista de todos, começou a esticar, afinando-se, seus membros superiores encolhendo-se, o vestido estampado de pequenas placas marrons e pretas, formando o desenho semelhante a um mosaico, colava-se no corpo, até que se transformou por completo numa assombrosa serpente. Em poucos segundos, a enorme cobra enrodilhou-se, contorcendo-se. Debatendo-se violentamente, levantou a parte da cauda e, numa contração silenciosa, expeliu pela cloaca algo esquisito, envolto numa película semitransparente, no formato de um enorme ovo.

Incrédulo e exausto do embate que travara com Anaconda, Rei Mor pegou o tridente caído ao lado do ovo e, com o restante da força que ainda lhe sobrara, cravou o tridente, rompendo o grosso envoltório. Rompendo-se a casca, saiu de seu interior uma pequena criatura disforme que aumentou de tamanho diante do rei, semelhante ao monstro peludo em que se transformara o Bruxo Neno, o Mapinguari. Sentindo-se acuado diante da horrenda criatura, Rei Mor chamou por socorro do Príncipe Urucumacuã, que imediatamente repeliu a criatura com a força magnética do bridão de ouro encantando. Afugentada a criatura, Rei Mor, confuso, refazendo-se do terror que vivenciara, repetia as palavras que ouvira de Anaconda:

— Jurupari... Jurupari... Jurupari...

Ao mesmo tempo em que o Príncipe Urucumacuã afugentara o *Jurupari* na direção das florestas próximas do palácio, a mãe da horrorosa criatura, projetando um bote preciso, arremessou-se sobre ele. Muito rápido, o príncipe esquivou-se, defendendo-se, utilizando-se ainda do bridão encantado como um escudo invulnerável para impedir o ataque. Ao rodopiar o bridão, lançando-o de encontro à serpente, esta também recuou, mas logo contra-atacou, precipitando-se sobre o pacífico Príncipe Kurokuru. Pego de surpresa, em poucos segundos o indefeso *Kururu* estava enroscado, enrodilhado, esbugalhando os olhos, aprisionado pelo abraço mortífero da furiosa Anaconda.

Mais do que depressa, Príncipe Urucumacuã, manuseando o instrumento poderoso com o qual rechaçara não só o ataque do *Jurupari* à pessoa do Rei Mor, quanto do bote fatal da Anaconda a si mesmo, estendeu-o mais uma vez, enlaçando o irmão, tocando-o com o bridão mágico. Ao contato do utensílio encantado com o corpo do irmão, Príncipe Urucumacuã bradou uma palavra desconhecida, repetindo-a três vezes:

— *Muiraquitã, muiraquitã, muiraquitã*... — e seu irmão gêmeo, apelidado carinhosamente de *Kururu*, transformou-se instantaneamente num pequeno sapo verde, de olhinhos brilhantes, muito ágil e escorregadio.

Em seu novo formato, Príncipe Kurokuru salvou-se da fúria assassina e enlouquecida da serpente Anaconda. O sapinho verde, dando saltos ligeiros, esgueirou-se entre as pernas da tumultuada e incrédula plateia, encontrando facilmente o rumo da saída. Nos momentos seguintes, o Príncipe *Kururu*, metamorfoseado no *Muiraquitã*, refugiava-se, abrigando-se nas pequeninas locas entre as pedras da Cachoeira dos Namorados, onde ficou petrificado sob o olhar vingativo da cobra Anaconda, que o perseguiu e acompanhou até o *local*.

Ante tudo que vira e ouvira, o ódio do Rei Mor multiplicara-se. Mais furioso ainda, de posse do tridente, ajeitando-o em suas mãos, partiu na direção do Príncipe Urucumacuã para assassiná-lo. Ao desferir o golpe, utilizando toda a força que lhe restara no braço, sentiu-se impedido por uma estranha energia que paralisava seu braço, sem concluir o movimento de ataque. O príncipe olhou-o nos olhos, sem manifestar temor, dizendo mansa e calmamente:

— Senhor Rei Mor, nunca impeça a verdade de se apresentar.

Sentindo-se rendido, mas não vingado, Rei Mor, forçando o braço para baixo, pois que ainda o mantinha erguido, segurando o tridente, ordenou aos seus guardas sanguinários:

— Caçadores de Cornos, prendei este demônio! Quero-o morto, queimado, assado! Passai-o ao fio da espada, imediatamente!

E continuava em altos brandos:

— Ouviram, Caçadores de Cornos, eu quero este demônio morto e assado. Prendam-no agora!

Em cumprimento da ordem, oito guardas acercaram-se do Príncipe Urucumacuã desembainhando suas espadas, três à frente e três nos flancos, um à direita e um à esquerda, fechando-o num círculo impossível de safar-se.

Vendo seu amo completamente vulnerável ao ataque dos brutais guardiães do rei, o valente escudeiro e principal guarda-costas do Príncipe Urucumacuã, o jovem Guará, jogou-se de um salto sobre o rei, na tentativa de arrancar-lhe a arma poderosa das mãos. No ímpeto de desviar-se da intervenção do protetor, o rei conseguiu movimentar a mão, atingindo precisamente o rosto de Guará com o tridente, perfurando o meio da testa e arrancando-lhe os olhos de um só golpe. Da chaga aberta no meio das sobrancelhas, imediatamente jorrou um tufo de sangue que projetou-se sobre o bridão de ouro aberto nas mãos do Príncipe Urucumacuã. No contato com o objeto, o sangue condensou-se no ar, dando forma a um pássaro avermelhado que ganhou o espaço, rápido como uma flecha, saindo pela janela aberta do recinto, desaparecendo no negrume da noite.

O mineiro Pataxó, recente integrante da comitiva do Elo Dourado, consternado diante do infortúnio do amigo, desafiou a cólera odiosa do rei e de sua guarda, abaixando-se próximo do corpo estendido ao chão, recolhendo seus dois grandes olhos negros e colocando-os em seu alforje. Enquanto o mineiro Pataxó guardava os olhos do amigo, dois brutamontes investiram contra ele, obrigando novamente o príncipe a utilizar a infalível precisão do bridão de ouro encantado, aberto sobre suas costas, para anular o golpe fatal das espadas que o transpassariam.

No mesmo momento, o corpo de Guará, prostrado aos pés do príncipe, também foi tocado, recebendo o contato miraculoso do objeto mágico. Instantemente o corpo, revitalizando-se, transformou-se num animal peludo, semelhante a um cão de guarda: o *lobo-Guará*. À vista do feroz animal, que já rosnava mostrando os dentes pontiagudos aos dois brutamontes, agora inertes, paralisados de assombro, Príncipe Urucumacuã, inatingível e invulnerável, emitiu um comando:

— Fuja, Pataxó, logo! Leve consigo os olhos do Guará e os enterre na primeira curva do rio.

Posto isso, o lobo-Guará montou guarda ao lado de seu amo, escoltando-o fielmente.

Arrasado, convencido finalmente de que não dispunha das armas mágicas nem dos poderes extraordinárias para fazer frente aos prodígios que o Príncipe Urucumacuã executava com o auxílio do bridão de ouro, Rei Mor afastou-se, lentamente, sinalizando para que seus guardas fizessem o mesmo, retirando-se:

— Saiam todos. Deixem o *invencível demônio* à vontade para fazer o que bem entender...

Os espectadores que ainda permaneciam no recinto, abalados e incrédulos, também foram aos poucos se afastando do salão, permanecendo somente alguns dos serviçais e os integrantes da comitiva do Príncipe Urucumacuã.

Já se aproximava a meia-noite. Ao longe, ouviu-se um pio do Urutau. Príncipe Urucumacuã, envolvendo-se no bridão de ouro, ordenou a sua comitiva se preparar para sair do Reinado de Trindade, se possível naquela noite ainda, posto que estavam todos guarnecidos pela invisibilidade que o bridão garantia. Todavia não se demorassem, pois o *lobo-Guará* os escoltaria até atravessarem o riacho que cortava a floresta do *Bosque da Solidão*. De lá poderiam aguardar tranquilamente, até que ele também se juntasse ao grupo, para regressarem ao Elo Dourado a salvo das investidas do Rei Mor, dos Caçadores de Cornos, do *Mapinguari* e do *Jurupari*:

— Esperem-me do outro lado do regato, no Bosque da Solidão. Sairei daqui assim que a lua cheia aparecer no céu. Levarei Angelin comigo, para nos casarmos no reino do meu pai.

Sem contestar, obedeceram fielmente às determinações do Príncipe Urucumacuã. No raiar da madrugada, quando o canto dos galos sinalizou o final das horas mágicas, neutralizando os poderes mágicos e desfazendo os encantamentos, a comitiva, entristecida e pesarosa, colocou-se em marcha silenciosa pela ausência do Príncipe *Kururu* e do companheiro Guará. Deixava, no entanto, os domínios de Trindade, para nunca mais voltar, sem que ninguém percebesse...

Três horas depois, estavam todos às margens do regato, onde acampariam, esperando o Príncipe Urucumacuã chegar em companhia da noiva Angelin. O mineiro Pataxó, feliz com a promessa de liberdade recentemente conquistada, lembrou-se da ordem que recebera de seu senhor. Abriu o alforje, pegou os dois olhos do fiel escudeiro Guará e saiu em direção à primeira curva do rio para sepultá-los. O lobo-Guará também o acompanhou, sendo a única testemunha da derradeira homenagem e reverência prestada pelo amigo saudoso e companheiro. Abrindo com as mãos uma cova pequena, mas profunda, Pataxó cuidadosamente arrumou os dois olhos de Guará. Regou-os com as águas de suas próprias lágrimas, férteis de reconhecimento e gratidão. Cobriu-os depois com alguns punhados de terra preta e úmida. Feito isso, afastou-se comovido, recitando para consigo:

— Os olhos do *Guará na* planta vão brotar! Os olhos do *Guará na* planta vão brotar!

A AGONIA NO BOSQUE DA SOLIDÃO

Acompanhando da janela dos seus aposentos toda a movimentação dos integrantes de sua comitiva para evadir-se do Palácio de Trindade o mais rápido possível, Príncipe Urucumacuã esperou o derradeiro homem cruzar os pesados portões do fundo, que ainda não estavam sob vigilância, rumo ao Bosque da Solidão, para também providenciar sua retirada. Chegara a hora de deixar aquele reinado, ainda que alguns negócios não tivessem tratados a contento e muitas pendências diplomáticas carecessem de acertos. Nada mais, porém, importava ao príncipe, a não ser tirar Angelin daquele lugar, levá-la consigo para seu fabuloso reinado, onde pudesse casar-se, torná-la sua rainha, ter filhos e ser plenamente feliz ao lado da encantadora mulher de sua vida.

O clima no palácio de Trindade estava pesado e tenso. A maioria dos cortesãos não conseguira dormir, mantendo acesas as lamparinas de óleo nos quartos e os archotes de resina nos corredores. Os truculentos guardiões do Rei Mor cruzavam incessantemente pelos pátios, circulando pelos jardins e arredores. Pareciam destemidos e corajosos, mas se assustavam ao menor sinal de movimento ou ruído ocasionado pelo esvoaçar de alguma ave ou inseto.

Como estivesse sozinho, sem os auxiliares para carregar suas arcas e baús até as baias onde os animais de carga e sua montaria estavam estabulados, o príncipe reduziu ao mínimo necessário os objetos de uso pessoal e vestimentas, abandonando grande parte de seus pertences nos baús que deixou no quarto. Usando um corredor paralelo ao principal, trazia consigo apenas o baú de metal mais leve e o alforje pendurado ao pescoço com o bridão de ouro encantado. Sentiu que precisaria usá-lo algumas vezes ainda, antes de desfazer-se, devolvendo-o à natureza, conforme Mago Natu o orientara. Ao sair do quarto onde deixara a maior parte de suas ricas vestimentas de sedas e linhos bordadas de pedras preciosas, calçados de pele de antílope africano e barretes ornados com penas de pavão, uma criada cruzava o corredor para apagar os archotes. Ouvindo o destrancar dos ferrolhos, se aproximou. Encontrou o Príncipe Urucumacuã sozinho, segurando um pequeno baú pela alça da tampa. Cumprimentou-o prestando-lhe reverência:

— Alteza, precisais do meu auxílio?

— Não, bondosa mulher! Estou tranquilo. Quem és tu? Como te chamas?

— Sou a tia de Angelin, a irmã mais velha de Murmur. Meu nome é Doriana, ao seu dispor...

— Doriana, entrai neste quarto. Estás vendo aqueles dois baús sobre a cama e a arca em cima da mesa?

— Sim, Alteza.

— Pois bem. Agora são teus, levai-os para ti. De agora em diante, te pertencem.

— Alteza, não posso aceitar vosso donativo. Se meu rei e *Minha Rá* ou os outros criados me virem de posse desses objetos magníficos, certamente haverão de acusar-me de furto... não posso, Alteza, definitivamente, não posso... Serei castigada e flagelada.

— Estou vos ofertando, Doriana! Ao anoitecer, quando o palácio já estiver silencioso e vieres acender os lumes, traga convosco outros três criados. Transportai-os pelo portão dos fundos, por onde entram e saem as bestas de carga. Reparte, depois, com teu pai Januário e teus filhos, as roupas que vos dou de presente. Adeus, Doriana. Lembre-se sempre de mim quando quiseres roupa nova e calçados!

O Príncipe fechou a porta dos aposentos e entregou a pesada chave de ferro a Doriana. Favorecido ainda pela pouca claridade nos corredores do palácio, desceu rapidamente a escadaria que dava acesso ao portão sem vigilantes. Passou pelas baias, onde os peões do rei roncavam sonoramente. Haviam dormido há poucas horas. Também acobertaram a *fuga* da comitiva do Elo Dourado, facilitando o mais que puderam na arrumação e arreamento dos animais de carga, demonstrando reconhecimento e gratidão pela liberdade que o mineiro Pataxó conquistara. Um dos peões ouviu o tilintar de um sinete no arreio luxuoso do corcel do príncipe e logo se colocou de pé. Vendo o príncipe lidando desenvolto e selando sua própria montaria, prontificou-se a auxiliar:

— Alteza Real, Príncipe da Beira do Rio, estou às suas ordens. Deixe comigo este trabalho.

— Muito grato, meu amigo. Preciso que coloque aquele outro arreio naquele corcel branco, que era do meu irmão Kururu. Vou precisar dele também.

Em poucos minutos, os dois cavalos de montaria estavam prontos e outros animais de carga disponíveis para obedecer aos comandos do príncipe. Príncipe Urucumacuã montou o cavalo que trouxera seu irmão e, segurando seu próprio animal pela rédea, conduziu o tropel rumo à casa de Angelin.

Conforme havia combinado com os membros de sua comitiva, Príncipe Urucumacuã chegaria ao Bosque da Solidão anoitecendo, quando a lua Cheia despontasse no céu. Era preciso cautela, pois os Caçadores de Cornos circulavam pelas proximidades do palácio de Trindade em violentas patrulhas. Já procuravam pelos forasteiros do Elo Dourado e, talvez, pelo próprio príncipe. Evadir-se das imediações da cidadela de Trindade levando consigo a formosa Angelin, a mais preciosa de todas as mulheres do reinado, pela incomparável beleza e virtude, exigia coragem e talento. O príncipe, no entanto, confiava nos seus próprios poderes e sublimes méritos. Sua desmesurada paixão e amor pela Bela de Trindade ultrapassavam limites que o fariam submeter-se a quaisquer perigos ou sacrifícios.

Na casa modesta de Angelin, sua bondosa mãe já chorava a inevitável ausência da filha. Sentia o coração apertado, sofrendo antecipadamente a dor da separação. Só não impediria a fuga porque sabia que a filha tivera a graça de ser pedida em casamento pelo mais desejado e poderoso herdeiro de um fabuloso império. Angelin, por sua vez, chorava também pelas saudades que sentiria da mãe carinhosa, até chegar o tempo de buscá-la e, assim, viverem definitivamente num maravilhoso reinado, gozando de todas as delícias e prazeres de uma vida confortável e sem privações.

Apesar de todos os acontecimentos da noite anterior, Murmur e Canibal não falharam ao trabalho. No mesmo horário, fazendo o percurso de sempre, apresentaram-se no portão de entrada dos serviçais. O ancião Januário, quase centenário pai de Murmur, tratado pelo apelido de velho *Angico*, abalara-se e enfraquecera ao saber dos recentes acontecimentos no palácio do Rei Mor. Não conseguira repousar, passando insone o resto da noite. Amanhecera fraco e prostrado. Lembrava pesaroso do jovem e audaz escudeiro dos príncipes gêmeos, o Guará, o mesmo que, por imaturidade, o censurara por plantar a árvore cujos frutos não comeria. Não desejava para si o mesmo fadário de Guará, porém reconhecia ser um privilégio que o jovem alcançara de ter sido encantado em corpo e alma. Seria lembrado eternamente no pássaro vermelho encantador a colorir o azul do céu bordando-o com sua plumagem cor de sangue e no lobo solitário a dominar as vastidões dos cerrados. Um destino que ele talvez invejasse e, quiçá, desejasse algo parecido para si.

Abrir o portão de sua modesta moradia ao Príncipe Urucumacuã era para o *Velho Angico* a consagração de toda uma vida. Jamais pensara, durante quase cem anos de serviços prestados a uma casa real, desde os festivos tempos do Rei Barbo e de sua mulher, Rainha Megera, que um dia pudesse ter a honra de, com aqueles mesmos olhos, um príncipe real adentrar seu jardim e sentar-se numa cadeira de cipó à sombra de uma frondosa Castanheira, plantada por ele. Mais honrado ainda se sentia pela notícia do pedido da mão de Angelin ao Rei Mor e à Murmur, revelada a paternidade real de sua amada e formosa neta. Ainda que não estivesse de acordo com a forma encontrada pelo príncipe para levar Angelin embora de Trindade, livrando-a da sanha assassina do rei, afastando-a também da perigosa Rainha Sissu, o velho Januário rendia-se à necessidade de voltar o mais rápido que pudesse para sua terra.

Quando o Príncipe Urucumacuã chegou na morada de Angelin, sua mãe e seu irmão já haviam saído para o trabalho, de onde regressariam no cair da noite, após servido o jantar. Encontrando o velho Angico deitado, muito fraco e indisposto, Urucumacuã perguntou-lhe se desejava algo que pudesse devolver-lhe a vitalidade para continuar plantando suas árvores, conforme gostava de fazer:

— Alteza, não tenho mais ilusões, nem sonhos. Vivo cada momento como se fosse minha última e única oportunidade de enxergar a beleza, seja de uma pessoa, seja de uma flor, de uma fruta ou de um pássaro.

— A morte não vos amedronta? — indagou o príncipe, admirado.

— E por que me amedrontaria, se é nesta direção que caminhamos todos os dias!?

— Que me direis da velhice, Januário?

— Alteza, envelhecer é privilégio, mas pode também ser castigo. A longevidade é maldição ou benção. Depende do modo que escolhermos viver.

Príncipe Urucumacuã permaneceu sentado por longo tempo ao lado do velho Angico, ouvindo histórias e conselhos. Angelin já concluíra a arrumação de seus pertences. Preparava pães e outros alimentos duráveis para a longa travessia pelas estradas e rios do reinado de Trindade até o Elo Dourado. As horas pareciam estacionadas. Aguardava ansiosa o cair da noite para despedir-se de seu avô, sua mãe e seu irmão. O gato *Maracajá* não saía de seus pés, acompanhando-a por onde fosse. Doía no coração desfazer-se da companhia de seu particular amigo, deixando-o à mercê dos cuidados de outras pessoas que não lhe devotavam muita afeição. O mesmo ela sentia em relação ao seu cachorro *Maracaju*. Será que seu noivo permitiria incluí-los na caravana rumo ao Elo Dourado?

Percebendo a aflição que a noiva não sabia dissimular, Príncipe Urucumacuã chamou-a:

— Angelin, minha amada noiva, que se passa contigo? Não estás feliz em acompanhar-me?

Muito recatada e tímida, a moça veio até a porta da sala de sua casa modesta, mas perfeitamente ornamentada por um belo jardim de cravos e rosas, e explicou-se:

— Alteza, meu coração está alegre, mas também destroçado. Tive pesadelos horríveis esta noite. Minha amargura aumenta mais ainda, quando sinto que deixarei aqui os únicos bens que possuo: meu avô, minha mãe, meu irmão, meu gato e meu cachorro.

— Minha amada Angelin, não vos basta o meu amor e a promessa de que serás rainha de todo o meu reinado para vos deixar feliz?

— Como poderia estar completamente feliz se terei que deixar aqui o que cativei e amei por toda minha vida?

— Amada do meu coração, quando celebrarmos nosso casamento, sua mãe também estará conosco. Quanto ao seu velho gato *Maracajá* e o cãozinho *Maracaju* levemo-los. Poderão nos acompanhar nessa longa viagem.

Os olhos azuis de Angelin brilharam de alegria, mas, ainda assim, lágrimas minaram, transformando sua fisionomia num semblante triste e melancólico. Mesmo tristonha, contrariando o desejo do noivo que tudo fazia para vê-la sorrir, ela abraçou-se ao avô que, sem dizer nada, apenas acolheu-a em seu peito afetuoso, acariciando lhe os macios cabelos dourados. Angelin, em lágrimas, fez-lhe um último pedido:

— Meu avô, cuide das minhas roseiras... e cuide dos meus passarinhos...

— Fique tranquila, minha flor! Cuidarei de todos... não se preocupe!

No palácio de Trindade amanhecera cinzento. Nuvens baixas indicavam que haveria chuva próxima, mas era comum o dia amanhecer assim e, mais tarde, o tempo abrir para um dia de sol radiante e quente. O ambiente para o desjejum preparado naquele dia, no grande salão de refeições, estava diferente dos dias anteriores. Sobravam lugares às mesas, a maioria das pessoas estava vestida de preto e roxo. Não se ouvia o *converseiro* característico do encontro das dezenas de mulheres logo pela manhã, trocando informações sobre sonhos e impressões a respeito do clima.

Rei Mor e Rainha Sissu foram os últimos a chegar. Visivelmente mal-humorados, o rei exibia um par de olheiras que teria feito qualquer dos seus súditos suspeitar que houvesse levado dois socos. Se aquelas marcas estivessem sob os olhos da *Minha Ra*, certamente teria apanhado do marido, às escondidas. Por sua vez, a rainha, um tanto descabelada, vestida com um pesado figurino de cor roxo forte, muito pálida, com os olhos mortiços e cansados, lembrava personagens de contos de terror. Era costume do rei, pelas manhãs, sempre apresentar uma saudação aos cortesãos e, quando amanhecia de excelente humor, homenagear uma entre as tantas damas do palácio, sentando-se ao seu lado, presenteando-a com alguma peça valiosa de ourivesaria, encomendada ao seu melhor joalheiro.

Antes dos criados e criadas iniciarem a movimentação para servir os comensais, trazendo-lhes as bandejas repletas de frutas frescas, compotas, cremes, geleias e variados tipos de pães e bolos, Rei Mor quebrou o pesado silêncio no salão:

— Meus prezados súditos e cortesãos, em nome desta casa real de Trindade, desejo-vos um dia bom! Um dia bom de esquecer os truques, as mandracas, as mágicas e os bruxedos que presenciamos ontem à noite neste recinto! Um dia bom de lembrarmos que o reinado de Trindade não irá se rebaixar perante a insolência de um príncipe embusteiro, golpista e trapaceiro. Um dia bom para lembrarmos que somos os melhores nas corridas de cavalos, na fabricação de armas e no desfrute dos prazeres da vida!

Em breve pausa, o rei foi entusiasticamente aplaudido. Rapidamente, o ânimo dos cortesãos se refez e o burburinho próprio dos encontros matinais se ouvia de longe. O rei, ainda de pé na cabeceira da mesa maior, ao lado da *Minha Ra*, voltou ao seu discurso, interrompido pelos aplausos e manifestações de apoio:

— Trindadenses, pensais, por acaso, que vosso rei ficará abatido diante dos insultos e ultrajes do tapeador do Elo Dourado?

Depois de lançar o questionamento, sem esperar que respondessem, Rei Mor resolveu continuar sua preleção. A seleta plateia prestava atenção a cada palavra pronunciada, deixando-se insuflar pelo sentimento realista de orgulho e altanaria de pertencer ao reinado cujas edificações de pedra granitada, ornamentadas de muitos capiteis e colunas, eram um marco diferencial. Podiam não ser os mais refinados, nem os mais cultos, nem os mais luxuosos, mas, com certeza, eram tidos como os mais liberais e hedonistas, amantes de todos os prazeres sensuais entre os doze reinados adjacentes. Rei Mor, além da entusiástica índole voluptuosa, considerava que toda bem-aventurança humana se resumia no prazer, fosse à mesa ou à cama, ou vice-versa.

— Pois bem, meus nobres súditos, vamos reagir. Pensei nesta manhã em convidar a Condessa de Jade para sentar-se ao meu lado, conforme era meu costume, e faz alguns dias que não tenho presenteado nenhuma de nossas belas damas. Porém, senhoras e senhoras, hoje serei diferente...

À menção da palavra "diferente", todas as mulheres se interessaram, pois a última vez que o Rei Mor explicou que seria diferente, distribuiu peças valiosas de ouro e pedras preciosas a todas as damas, senhoras e senhoritas de sua corte. Porém, daquela vez seria de fato diferente.

— Antes que comecem a servir-nos, quero que a Bela de Trindade venha sentar-se ao meu lado. Afinal, se é verdade que sou seu pai, não mais convém à filha de um rei trabalhar como escrava no palácio. Tragam-me Angelin, aqui e agora. De hoje em diante, ela ocupará o lugar que lhe pertence, ao lado de seu pai. Tragam-me Angelin, ouviram! Quero-a do meu lado, sentada nesta cadeira...

Alguns servos saíram apressadamente, falando baixinho uns com os outros. Em alguns minutos, a criada Murmur apresentou-se diante do Rei Mor, explicando-se:

— Senhor Rei, digo-vos a verdade: Angelin hoje não veio trabalhar. Ficou em casa. Meu pai não passava bem e ela está a lhe fazer companhia...

O Rei Mor empalideceu. Ainda estava abatido pelos acontecimentos da noite anterior. Desconfiava que Murmur estava mentindo. Por sua vez, Murmur conhecia o rei suficientemente para não mentir. De fato, o velho *Angico* há alguns dias dava sinais de cansaço e fraqueza. Na parte da manhã, custava levantar-se, necessitando de alguém que lhe trouxesse a primeira refeição na cama. Murmur, por outro lado, temia que o rei não se conformasse, mandado que seus guardas fossem até sua casa buscar a filha. Adiantando-se às ordens do rei, falou nos ouvidos de um colega de trabalho que corresse até as oficinas e pedisse a Canibal para ir o mais rápido que pudesse para casa. Avisasse Angelin que o rei, certamente, mandaria trazê-la. Não aconteceu diferente.

Sem se importar com as justificativas de Murmur, Rei Mor decretou que seu ajudante de ordens arregimentasse alguns Caçadores de Cornos para buscar a bela Angelin e trazê-la, independentemente de sua vontade, até a mesa em que o rei iria aguardá-la. Embora a atitude do Rei Mor parecesse correta perante a maioria dos integrantes da corte de Trindade, porque uma vez reconhecida sua paternidade, deveria honrá-la na qualidade de filha, exaltando ainda mais sua beleza como indicativo do sangue real, e por isso mesmo herdeira legítima, havia um intuito secreto na aparente bondade do rei. Talvez Murmur fosse a única pessoa que adivinhava as intenções ocultas do luxurioso soberano, temendo pelo futuro e pela vida de Angelin.

Controlando sua aflição para não ser objeto das atenções da Rainha Sissu, que perscrutava seus menores movimentos e atitudes, Murmur evitou transitar pelo grande salão, pois o rei ordenara que a refeição fosse servida assim que Angelin tomasse assento à mesa, ao seu lado. Essa atitude gerou descontentamento nos que apenas cumpriam aquele ritual ordinário e enfadonho diariamente para matar a fome, mas também criou a expectativa de olhar para a Bela de Trindade não mais uma jovem e bonita criada, mas uma formosa e recatada princesa.

Passaram-se quarenta minutos e os guardas não haviam retornado. O rei, já impaciente, pois não mais do que vinte minutos era o tempo suficiente para ir e voltar da casa de Angelin, temendo que seus ordenanças haviam sofrido algum contratempo no percurso, ordenou que um segundo pelotão fosse ao encontro do primeiro e retornasse no máximo em vinte minutos, independentemente do que houvesse acontecido.

Não foi preciso esperar o tempo estipulado pelo rei. Tão logo seguiram a estrada rumo à casa de Murmur, próximos da margem direita do rio Furado, encontraram os Caçadores de Cornos voltando. Sem a companhia da filha do rei, a Princesa Angelin, porém. Frustrados e passíveis de punição, pois sabiam que Rei Mor não admitia falhas no cumprimento de suas determinações, juntaram-se ao restante dos colegas para apresentar suas justificativas. Alguns do grupo estavam sujos de sangue, outros um pouco feridos, mas todos igualmente se sentindo derrotados.

Antes de se lavar, trocar de roupas e se recompor, o emissário líder dos Caçadores de Cornos, entrou pisando forte no salão, fazendo ruídos com as esporas de prata que calçava sobre as botas guarnecidas de caneleira de metal, chamando atenção das pessoas mais educadas. Diante da mesa do rei, que já voltara à cor rubra de raiva, justificou-se:

— Majestade, trago más notícias. Vossa filha fugiu. Fizemos buscas pelos arredores em vão. Achamos que alguém se antecipou à nossa ida. Temos certeza de que um dos que aqui estavam foi antes de nós à casa dela e avisou da nossa chegada, porque vimos rastros de mais do que dois ou três cavalos na areia da estrada. Procuramos também pelo príncipe do cabelo de fogo e sua comitiva, mas não encontramos ninguém... Devem estar escondidos mais longe... pros lados do Bosque da Solidão... Se vossa majestade permitir, sairemos em busca agora mesmo, estejam onde estiverem...

O emissário foi decisivamente interrompido pelo Rei Mor, encolerizado:

— Copeiros, sirvam já a refeição. Eu mesmo cuidarei disto. Quero que providenciem uma fogueira bem grande no pátio Norte, próxima do tronco onde costumo castrar meus cavalos. Teremos uma festa ao anoitecer... Todos estão convidados. Preparem-se. *Minha Ra*, espere-me vestida de peles, porque a noite será fria e longa! Caçadores de Cornos, vamos juntos!

Rei Mor reuniu-se com alguns de seus guardas mais eficientes. Pediu que relatassem o que havia acontecido, principalmente se houve confronto e com quem, pois alguns deles exibiam marcas de luta e quiçá de algum assassinato. Estava visível também que algo inusitado ocorrera.

O líder do pelotão pediu a palavra e discorreu sobre a pequena, mas fracassada empreita que intentaram cumprir:

— Senhor Rei Mor, fomos o mais rápido que pudemos. Chegamos à casa e ela parecia deserta. Fizemos um círculo em volta da cerca, pra garantir que ninguém fugisse por nenhum dos portões que a casa tem nos quatro lados. Depois que esperamos o suficiente para que alguém da casa pudesse nos atender ou abrisse as janelas, pedi ao mais rápido dos nossos que forçasse o portal principal para entrar pelo jardim. Havia uma cadeira de cipó sob uma árvore que aparentava ter sido usada naquela manhã, pois a areia tinha rastros de calçados de homem e o lugar estava bastante pisoteado. Rastreamos pegadas de cavalos rápidos e de cascos maiores do que os nossos. Supomos que o príncipe do cabelo de fogo tenha passado por lá e raptado a Bela de Trindade. Quando nosso homem entrou no quintal, a porta da frente se abriu e o velho Angico apareceu e ficou na soleira da porta. Perguntou-nos o que queríamos. Dissemos que cumpríamos vossa ordem. Queríamos levar conosco Angelin para sentar-se à mesa do Senhor seu pai, o Rei Mor.

O velho riu-se e deu ordens para que voltássemos, pois a filha do rei não morava naquela casa. Insistimos com ele que nos deixasse falar com a moça. Explicamos que tínhamos pressa, mas nem assim o velho Angico permitiu que entrássemos. Falou-nos que Angelin havia saído cedo para se banhar na fonte e que depois disso, ele mesmo não a vira mais. Que a mãe dela e o irmão também saíram cedo para trabalhar e provavelmente,a neta estivesse com eles. Como não acreditamos na história do velho, autorizei nosso homem a entrar, independentemente da permissão do velho. Quando ele viu nosso guarda apear do cavalo e, já empunhando a espada, de um golpe abrir o portão e entrar, Angico, como um velho espadachim, veio ao seu encontro e começaram a esgrimir. Notamos que sua arma não era uma espada, mas um cajado com as duas extremidades muito pontiagudas. Aquela arma intrigou-nos. Angico parecia invencível. Já estávamos em quatro lutando contra ele. Nossos golpes atingiam o cajado, que parecia de ferro. Quebramos nossas espadas e assim continuamos o embate, até que o quinto elemento veio em nosso socorro, pois já estávamos feridos, e, então, um dos nossos, que conseguiu alcançar a espada em pleno ar, deu-lhe um único golpe tão preciso e certeiro que decepou sua cabeça.

A cabeça do velho Angico caiu, mas por incrível que pareça seu corpo permaneceu de pé. Ficamos observando o sangue esguichando e escorrendo pelo corpo abaixo. Mas ele parecia imóvel, como uma estátua. Nisso, alguns dos nossos deram uma busca rápida na casa, para certificar-nos de que a vossa filha não estava mais lá. Quando saíram da casa, o pé de Angico estava seguro no chão feito raízes e seu corpo parecia transformado em madeira. Nunca vimos nada parecido. Do local dos braços saíam dois galhos e brotos novos se espalhavam pelo corpo que já pegava formato de árvore, transformado a partir do pé de Angico. Ficamos assustados e voltamos. A cabeça ficou lá, ao lado do pé de Angico. Fizemos uma busca rápida pelos arredores, mas o rastro dos cavalos se apagou às margens do rio Furado. Por isso voltamos.

O rei ouviu quieto, sem interromper para perguntas ou admoestações. Intrigado também com o relato da morte incomum do velho Angico, empertigou-se e disse resoluto:

— Vamos começar as buscas pelo mesmo lugar. Quero ver o pé do Angico!

A CAPTURA DE ANGELIM E DO PRÍNCIPE URUCUMACUÃ

Os Caçadores de Cornos do Rei Mor eram exímios cavaleiros, não obstante o temperamento audaz e cruel. Tinham a intimidade de guerreiros bem adestrados sobre arreios, e tanto manejavam espadas ou lanças, arcos e flechas, com maestria e perfeição. Somava-se à fama de audaciosos e ferozes a precisão de suas pontarias e exatidão dos golpes desferidos nos combates ou no simples cumprimento de ordens do seu rei. Rei Mor formava seus guerreiros desde crianças. Normalmente escolhia os filhos de mães solteiras ou órfãos, pois tomava para si a guarda e a criação dos meninos, às expensas do rei. Mantinha-os em treinamento constante e, enquanto ainda eram infantes, os pavilhões em que se alojavam eram denominados de Infantaria. Destarte, o rei acompanhava pessoalmente o desenvolvimento dos seus infantes, conhecendo bem o caráter e os atributos de cada um. Quando estavam prontos, recebiam os capacetes e passavam a integrar a guarda dos Caçadores de Cornos.

Naquele dia, especificamente, para desempenhar uma missão especial, escolheu a dedo os homens de sua confiança entre os mais destemidos e velozes. Sentiu a ausência de um dos seus melhores, incomparável no manejo do arco e flecha, um dos filhos do Bruxo Neno, o *Sete Flechas*. Seu nome, diziam, fazia jus à sua habilidade. Contavam que desde jovem era capaz de atirar sete flechas de uma vez atingindo sete alvos diferentes... o que lhe rendeu a fama de ser o melhor entre os caçadores de aves em bandos.

Em pouco tempo, dezenas de homens estavam prontos, paramentados segundo os costumes daquela infantaria, portando grossos escudos que lembravam enormes cascos de tartarugas e seus peculiares capacetes de chifres pontudos e polidos. Rei Mor, movido pelo sentimento de ódio e vingança, instruía os guerreiros, traçando o itinerário e a estratégia que os levaria mais rápido ao Bosque da Solidão, único lugar onde provavelmente o Príncipe Urucumacuã se detinha preparando-se para navegar de volta ao seu reinado, subindo pelo rio Aguaporé e levando consigo a Bela de Trindade para desposá-la.

Recentemente, os guardas do rei haviam aberto novas picadas que ligavam a cidade de Trindade ao Bosque da Solidão. A distância havia encurtado e oferecia diversas alternativas de roteiros. Embora as estradas não fossem tão largas, permitiam aos cavaleiros mais rápidos economizar mais que a metade do tempo gasto no percurso antigo e mais conhecido. Pouca gente além dos Caçadores de Cornos andava naquelas trilhas. As novas estradas, além de atenderem finalidades estratégicas, facilitavam o acesso dos pescadores e caçadores aos pontos privilegiados do reinado para caçar e pescar.

Antes de se colocarem em marcha, Rei Mor explicou que passariam pela casa de Murmur. Queria certificar-se de que ela não voltara para lá depois do acontecido a seu pai, afastando de uma vez a possibilidade de Angelin ter regressado à casa também. Além disso, desejava ver pessoalmente o que seu escudeiro de confiança havia relatado.

Próximo da fonte de Murmur já se avistava uma estranha árvore ao lado do portão da morada. De seu tronco saíam dois galhos compridos como braços, que se abriam nas extremidades em cinco galhos menores lembrando dedos, cobertos por folhinhas pequenas e tenras. Curioso, Rei Mor aproximou-se e constatou que a cabeça decepada de Angico continuava no mesmo lugar, mantendo os olhos abertos, aparentando um semblante sereno, mas ameaçador. Junto aos pés do *velho Angico*, cujos dedos entravam pelo solo, transformados em tendões que pareciam raízes fincadas no chão, em atitude de reverência e pesar, duas solitárias criaturas velavam tristonhas as reminiscências do velho amigo: o gato *Maracajá* e o cachorro *Maracaju*. No mais, do interior da casa movimento algum se ouvia. Tudo era silêncio, abandono e assombro.

O rei, indiferente ao insólito cenário, disse consigo, raivoso e vingativo, voltando-se para o rumo do Bosque da Solidão:

— Por mim, que apodreçam por aí mesmo!

Virando-se de costa para seguir na direção oposta à casa, Rei Mor, em tom de escárnio, comandou:

— Caçadores de Cornos, flechem também o cão e o gato! Quero ver no que eles vão se virar!

Dada a ordem, duas flechas certeiras, disparadas ao mesmo tempo, trespassaram o peito de *Maracajá* e de *Maracaju*, deixando-os postados ao lado da cabeça de seu avô Januário, à sombra do pé do velho Angico.

A estratégia do Rei Mor para alcançar a comitiva do Príncipe Urucumacuã e a Bela de Trindade compreendia distribuir os guerreiros em grupos menores para vasculharem uma enorme extensão pelas novas trilhas até o Bosque da Solidão. Determinados ficaram de se encontrarem numa das principais clareiras, onde em tempos passados o rei e o Bruxo Neno, quando dependiam de favores mútuos, vinham ao lugar para celebrar os sabás e outros rituais de magia. O lugar denominado Cruz das Almas era bucólico e destacava-se dos outros pelas formações de rochas sedimentares que imitavam altares naturais, esculpidos pelos fragmentos de rochas transportados pelos ventos ou pela água da chuva e depositados em camadas, ao longo de milhares e milhares de anos.

Não havia cenário mais perfeito para as celebrações de rituais de lua cheia ou às oferendas de sangue às entidades sobrenaturais. Não raro, Cruz das Almas também era utilizado por caravanas de viajantes em pernoites propícios à caça e à pesca, dada a privilegiada localização na confluência do rio Furado com o rio Aguaporé, de onde se originava uma densa floresta às margens. Havia também um grande ancoradouro, um porto natural, de onde partiam e chegavam as embarcações maiores que vinham ao Reinado de Trindade ou iam para os fabulosos reinados de Avilhanas e Elo Dourado.

Já começava a entardecer quando um dos grupos dos Caçadores de Cornos veio ao encontro dos liderados pelo próprio rei. Ao se avistarem, Rei Mor sentiu-se motivado a continuar a empreitada, pois havia indicadores de que os homens do Elo Dourado, seu príncipe comandante, Urucumacuã, e certamente a moça raptada, a bela Angelin, estariam em Cruz das Almas para pernoitarem e de onde partiriam no amanhecer do dia seguinte. Haviam encontrado rastros de cavalos diferentes na trilha antiga e marcas de sangue ainda fresco de alguma caça abatida para garantir as refeições seguintes...

Rapidamente, Rei Mor redesenhou no chão os labirintos por onde passariam para fechar o cerco e pegar as vítimas de surpresa. Não poderia dar tempo ao Príncipe Urucumacuã de utilizar o instrumento de magia que possuía, porque a posse do bridão de ouro encantado tornava-o invulnerável às investidas e às armas.

Concluídas as explicações e asseguradas as estratégias que garantiriam o sucesso do ataque, o rei ainda fez a mais importante de todas as recomendações:

— Angelin é comigo! Não toquem na minha filha. Quero eu mesmo ter o prazer de encontrá-la. O Príncipe Urucumacuã é convosco! Peguem-no vivo! Se é que tem jeito de matar aquele demônio... Entenderam? Quero os dois capturados vivos.

Um dos Caçadores de Cornos perguntou:

— Senhor rei, e se tivermos que abater os homens do príncipe para conseguir pegá-lo?

— Matem todos, se for preciso... Matem todos. Só preciso de Urucumacuã e Angelin vivos. Agora, vamos que nossa festa vai começar. Deixemos os cavalos por aqui.

Menos de meia hora depois, o acampamento da comitiva do Elo Dourado estava cercado pelos Caçadores de Cornos. Disfarçado no meio da vegetação mais densa, em redor da clareira Cruz das Almas, Rei Mor, conhecedor de todos os pequenos esconderijos e labirintos existentes entre as rochas, colocou-se de atalaia atrás de uma formação rochosa à margem de uma pequena enseada, num igarapé cristalino. Tinha pressentimento de que naquele lugar provavelmente a bela Angelin haveria de vir para se banhar.

Enquanto os homens da comitiva do Príncipe Urucumacuã acendiam fogo para chamuscar as caças abatidas, facilitando o trabalho de limpá-las, outros preparavam as forquilhas e os espetos onde seriam colocadas para assá-las. Aproveitando que todos se ocupavam de alguma tarefa, a Bela de Trindade dirigiu-se ao regato que ela conhecera de outras vezes que estivera ali em companhia de seu pai. Despindo as roupas mais pesadas, deixou-as sobre uma pedra e atirou-se na água para lavar-se e refrescar-se da cansativa vinda até ali. Sentia uma profunda tristeza de ter deixado em Trindade sua mãe, seu irmão, avô e seus amados Maracajá e Maracaju, mas compensava-se pelo amor que o príncipe lhe devotava.

Observando extasiado a formosura de Angelin ao vê-la molhada, coberta sua nudez apenas de uma combinação transparente a modelar o corpo, Rei Mor esperava que a bela saísse da água para se vestir. A oportunidade exata de capturá-la, laçando-a primeiramente, seria quando vestisse a derradeira peça de roupa — um vestido de camponesa mais pesado, comprido e fechado, de mangas longas, que obrigatoriamente teria que passar pela cabeça, da mesma forma que o despiu. Ao vesti-lo, ficaria por breve momento com a visão encoberta, envolta, sem se dar conta do que estaria acontecendo, podendo até supor que o próprio noivo ou qualquer de seus homens estivessem ali para molestá-la. Assim, foi.

O grito assustado de Angelin, ao sentir-se laçada e bruscamente puxada para trás, imediatamente reuniu em redor de onde estava toda a comitiva, além do Príncipe Urucumacuã. Quando chegaram próximos da moça, perceberam que estavam cercados pelos Caçadores de Cornos, armados de espadas, lanças, arco e flechas.

Rei Mor ordenou o ataque e retirou Angelin do cerco, puxando-a grosseiramente pelo laço. A moça, caída no chão, arrastada, esforçava-se para resistir à captura. Muito rapidamente, a ação ensaiada e planejada dos Caçadores de Cornos de Trindade convertera-se numa escaramuça sanguinária. Alguns homens do Príncipe Urucumacuã já estavam aniquilados. O mineiro Pataxó foi um dos primeiros alvos das flechas venenosas e certeiras dos ferozes guerreiros. Foi abatido quando percebeu que um dos inimigos, trepado numa árvore, estava prestes a disparar na direção do príncipe, então adiantou-se de um salto. Um dardo preciso trespassou-lhe o coração, acertando-o mortalmente.

No afã de livrar sua noiva donzela da armadilha do próprio pai, Príncipe Urucumacuã, desembainhando a espada Kalibur que ganhara de seu pai, desde o tempo de seu nascimento, conseguira abater sozinho mais inimigos do que todos os seus homens. Esquivando-se dos golpes das espadas e das flechas que vinham de dentro da floresta, em todas as direções, enquanto atraía os guerreiros para seu lado, tentava alcançar o alforje em que ocultava o bridão de ouro encantado para poder valer-se na oportunidade, paralisando os ataques, afugentando os inimigos com visões fantasmagóricas aterrorizantes ou transformando-os em inofensivos animais de caça.

Antes, porém, que conseguisse chegar até o local onde ocultara o alforje com o objeto encantado, os gritos de Angelin, cada vez mais altos e desesperados, atraíram a presença do monstro Mapinguari, que circulava há dias por aquelas redondezas. No meio do combate, havia mortos de ambos lados. Alguns escudeiros davam cobertura ao Rei Mor, impedindo a aproximação de qualquer agressor, usando os escudos e as lanças. Os poucos homens da comitiva de Urucumacuã, alguns gravemente feridos, arriscavam ainda suas vidas resistindo heroicamente para impedir ataques diretos à pessoa de seu extraordinário príncipe.

Misturando-se aos gritos de Angelin, um urro mais aterrorizante, e outro, e outros mais ouviram-se aproximar velozmente. A espantosa aparição do Mapinguari no local modificou imediatamente a ação dos ferozes guerreiros. Muitos deles já haviam se defrontado em outros embates com o monstro e só escaparam porque conseguiram cruzar um pequeno igarapé, deixando-o incapaz de alcançá-los. Alguns dos homens da comitiva do príncipe cercaram-se à volta de Urucumacuã, pois confiavam nos poderes supremos de seu amo e senhor para defendê-los do gigante.

O Mapinguari, em poucos instantes agarrara alguns dos homens do Rei Mor que avançavam sobre o príncipe e trucidara-os como se fossem miniaturas. Diante da criatura monstruosa, a maioria dos homens ficara paralisada, vulneráveis ao ataque. Os guerreiros mais corajosos logo isolaram num círculo o Rei Mor e Angelin, que se debatia no chão e já não tinha mais forças para gritar, tentando escapar dos laços que a prendiam. Até os mais corajosos já se afastavam, para proteger-se atravessando o riacho, porque sabiam que a fera não atravessava água corrente, seguidos pelo Rei Mor e a moça Angelin, envolta em cordas de fibras de bananeiras.

Enquanto o Mapinguari investia na direção do Príncipe Urucumacuã, que já estava quase alcançando o alforje de couro, onde estava o bridão de ouro encantado, sem demonstrar fragilidade e consciente de sua força para provocar descargas elétricas pelas pontas dos dedos, o príncipe esticou seus braços, estendendo as mãos e dedos abertos, pronunciando palavras do Poder Oculto, na intenção de repelir e safar-se do ataque.

Ganhando tempo, os Caçadores de Cornos do Rei Mor, que ainda estavam em maior vantagem sobre os pouco mais de quinze homens da caravana do Príncipe Urucumacuã, aproveitaram a oportunidade de fuga, levando Angelin capturada e já amordaçada floresta adentro, rumo à cidadela de Trindade. Rei Mor, no entanto, parecia ter rejeitado a ideia de prender o príncipe. Todavia sua intuição de combatente alimentada pelos sentimentos de ódio e vingança, avisava que Urucumacuã não desistiria de pelejar para libertar a noiva, vindo ao seu encontro tão logo se desembaraçasse da ofensiva do Mapinguari. Assim que alcançaram distância suficiente da clareira de Cruz das Almas, ordenou que seus cinquenta Caçadores de Cornos remanescentes e em condições de guerrear ficassem emboscados ao longo da trilha. Propositadamente deixavam pelo trajeto marcas de sua passagem como iscas, na intenção de atrair tanto seu alvo principal, quanto os poucos homens que lhe restavam na guarda.

De posse de seu bridão encantado, Príncipe Urucumacuã fez o Mapinguari, que ainda estraçalhava nos dentes alguns pedaços de sua vítima mais recente, aproximar-se. Mostrando-lhe o objeto verdadeiro, pois que havia lhe enganado na derradeira vez que se defrontaram, no Palácio de Trindade, atirando o falso bridão na intenção de que ele se afastasse, olhou-o no grande olho no meio da testa, perguntando:

— É isto que buscais?

O monstro peludo assentiu com a cabeça, vindo na direção do príncipe. Antes que estivesse mais próximo, Urucumacuã gritou:

— Fica aí! Pegai o bridão no galho daquele Apuí, se podeis!

Apontando os galhos da árvore mais alta, robusta e envolvente, de folhas grossas e verde intenso, cujas raízes vorazes cresciam de cima para baixo, multiplicando-se rumo ao solo até tocá-lo durante muitos anos, após ter envolvido completamente o tronco da árvore menor, ganhando força para sugar a hospedeira e seus tentáculos, continuavam a exterminá-la, o príncipe atirou o bridão no ar. Como um disco girando, desenhando no trajeto um círculo dourado, reluzente e resplandecendo a luz da tarde que findava, o bridão de ouro encantado pousou suavemente no galho do Apuí.

O Mapinguari parecia encandeado pelo brilho que irradiava do objeto no galho do apuizeiro. Direcionando sua visão de um olho só para o alto da árvore, tomou impulso, dando dois passos largos para trás e depois para frente, lançando-se de um salto ao topo da árvore para alcançar seu cobiçado objeto mágico. Ao toque de suas garras, para arrancá-lo sobre o galho, a criatura estremeceu, emitindo um grito estrondoso. O bridão perdera o brilho, transformando-se numa rama verde, de caule longo, pendurada para baixo, escandescente, em forma de gavinhas lenhosas, como uma escadinha. Transtornado, mais irritado ainda pela ilusão que Príncipe Urucumacuã desfizera, o Mapinguari deu um grito estridente, sentindo-se aprisionado sobre a árvore. Como não conseguisse se desprender de onde estava, começou atirar sobre ele os pedaços macerados do bridão transformado em cipó-escada, guinchando em desespero:

— Bauhiniaaaaaaaaaaaaaaaaaa!

Antes que a feroz criatura conseguisse descer da árvore, Príncipe Urucumacuã recolheu as lascas do cipó escada, conclamando seus homens a acompanhá-lo. Alguns estavam muito feridos. Outros pareciam mortos. Colocando as tiras maceradas do cipó-escada numa terrina com água pura do igarapé, o príncipe limpava os ferimentos dos seus homens, enquanto pronunciava palavras que nenhum deles conhecia. Um por um curou-os, cicatrizando milagrosamente suas chagas. Os que pareciam mortos, lavou-os usando algumas gotas da infusão. Forçando-os a abrir a boca, verteu pequena quantidade daquela água em suas gargantas. Logo voltaram a respirar e colocaram-se de pé, prontos a acompanhá-lo na missão.

Enquanto aspergia em seus guardiães o líquido preparado do cipó-escada, curando-lhes as feridas e reanimando os que pareciam mortos, ouviam-se gemidos agonizantes entre os guerreiros inimigos. Príncipe Urucumacuã localizou-os e, numa demonstração de amor, também curou seus ferimentos e revitalizou-os. Maravilhados com o poder manifestado e a bondade demonstrada pelo príncipe, muito agradecidos juraram lealdade e juntaram-se ao pequeno exército dos ressuscitados.

O primeiro a voltar à vida foi seu escudeiro mais devotado, o mineiro Pataxó. Levantou-se espreguiçando-se, como se estivesse acordando de um sono pesado e profundo. Comentou os sonhos que tivera:

— Estava numa batalha sangrenta. Matei alguns Caçadores de Cornos. Um deles me alvejou com sua flecha envenenada! Mas ainda bem que foi apenas um pesadelo...

Príncipe Urucumacuã, olhando-o enternecido, comentou:

— Não foi sonho, Pataxó! Olhe à sua volta. Veja quantos mortos estão ao nosso redor... Fomos pegos de surpresa e tivemos uma peleja sangrenta com os Caçadores de Cornos do Rei Mor. Emboscaram-nos e traiçoeiramente capturaram e levaram a minha bela Angelin de volta a Trindade. Preparemo-nos agora para ir atrás deles. São muitos ainda, mas nada temeremos. Darei minha vida, se preciso for, pela vida de Angelin. Vamos, busquemos nossos cavalos na pradaria onde estão pastando.

Contando suas impressões sobre o sonho que tiveram, os homens da comitiva do Príncipe Urucumacuã saíram para buscar os cavalos e atender ao comado de seu amado governante. Quando se aproximaram dos animais que pastavam, perceberam que os dois cavalos mais robustos da tropa estavam estirados na relva. Examinando-os mais de perto, constataram que o maravilhoso corcel branco, montaria exclusiva de Urucumacuã, e o outro igualmente garboso pertencente ao seu irmão gêmeo, Kurokuru, que servira a Angeli, jaziam com as jugulares seccionadas. Lágrimas de comoção e dor brotaram dos olhos do príncipe, pranteando os dois melhores exemplares dentre os animais de cavalgadura, parceiros imbatíveis de muitas aventuras e viagens fabulosas pelo seu reinado. Sequer teriam tempo de enterrá-los. Um dos homens guerreiros do Rei Mor, cuja função era remanejar os animais nos longos percursos que faziam, cujas feridas o príncipe acabara de curar, propôs, agradecido, a solução mais eficaz:

— Alteza, lance mão da minha montaria. Meu cavalo está pastando junto com os vossos. Montarei qualquer um da reserva.

Precisavam deixar aquele local o mais rápido que pudessem. Até porque o monstruoso Mapinguari aumentava sua fúria, ainda preso pelo cipó-escada ao galho do Apuí. Sairiam da clareira de Cruz das Almas pela hora do crepúsculo. O tristonho cenário da batalha travada entre dezenas de guerreiros do Rei Mor e seus poucos, mas leais e honrados guardiães, Cruz das Almas, emanava funestas vibrações. Dezenas de corpos dos guerreiros de Trindade jaziam mutilados e estendidos pelo chão. Juntava-se ao aterrorizante panorama o cheiro de sangue fresco, escorrido sobre os altares de pedras. Evocavam também os resquícios deixados pelas celebrações de rituais propiciatórios ou lascivos, tantas vezes celebrados pelo Rei Mor e o Bruxo Neno, quando imolavam animais, em oferendas às forças ocultas nas noites de lua cheia, para recebimento de graças e favores sobrenaturais.

Escoltado por um pequeno exército de *ressuscitados*, a maioria de sua própria comitiva milagrosamente recomposta, incluindo seu fiel amigo e companheiro, o encantado lobo-Guará, que já os acompanhava desde a saída na calada da noite, do palácio de Trindade, Príncipe Urucumacuã dispusera-se a cavalgar pela mesma trilha em que o Rei Mor desaparecera levando sua amada Angelin. Em busca de libertá-la, enfrentaria quantas vezes fosse preciso os cruéis guerreiros ou quaisquer outros perigos e armadilhas que fossem capazes de inventar. Nada, porém, o deteria, nem o demoveria da vontade de unir-se a Angelin de corpo e alma.

Na travessia do regato, quando a pequena tropa cruzava o igarapé estreito, mas profundo, o cavalo montado pelo príncipe, estranhando o cavaleiro, falseou sobre uma pedra solta, assustando-se. Numa manobra brusca, esquivou-se lateralmente, derrubando n'água o nobre príncipe, que ainda observava na árvore de Apuí o Mapinguari preso ao galho pelo cipó mágico. No susto da queda e no inesperado contato da água gelada, Príncipe Urucumacuã sentiu que algo se modificara nele mesmo. Imediatamente, vieram-lhe à memória as palavras de sua saudosa mãe, Rainha Gônia, quando ao sair de casa, aconselhou-o:

— Meu querido *Urucum*, cuide para não molhares teu pé esquerdo em alguma travessia. Nem permita que descubram o segredo do teu pé.

No mesmo momento em que cuidava para que seu calçado molhado não soltasse do pé esquerdo, tentava montar o mais rápido possível para continuarem o trajeto, o Mapinguari desprendeu-se da árvore e veio como uma flecha em direção aos cavaleiros que ainda cruzavam o igarapé. À ordem do príncipe, todos passaram velozmente, ganhando a outra margem, deixando pra trás o cenário macabro de Cruz das Almas. A furiosa criatura, que urrava, andando de cima para baixo, impedida de cruzar a margem oposta do riozinho:

— Bauhiniaaaaaaaaaa! Bauhiniaaaaaaaaaaaa! Bauhiniaaaaaaaaaaaaa!

O Príncipe Urucumacuã preferiu ir no meio da comitiva, escoltado à frente e às costas. lobo-Guará, adiantado aos cavaleiros, abria caminho, uivando para sinalizar que a trilha estava desimpedida, quase parelha ao guerreiro que se juntara aos súditos do Elo Dourado. Meia hora que já cavalgavam velozmente, lobo-Guará saiu da trilha e adentrou a floresta, aumentando a frequência com que uivava. Os cavaleiros pararam porque entenderam que havia perigo por perto. Antes que pudessem verificar do que se tratava, uma saraivada de flechas atingiu diversos homens do príncipe. Os *ressuscitados*, invulneráveis, que estavam à frente, não foram atingidos, mas os que não haviam sofrido a *primeira morte* tombaram fulminados pelas flechas envenenadas. Um grande laço e uma flecha atirados simultaneamente na direção do Príncipe Urucumacuã alcançaram-no. A flecha alojou-se em sua perna esquerda, pouco abaixo do joelho, rompendo o couro da perneira de sua bota, atingindo os tendões que movimentavam o pé. O laço imobilizou-o, derrubando-o pela segunda vez da montaria. Os guerreiros adotados e aceitos pela *Comitiva da Ordem do Pássaro de Fogo*, que vinham mais atrás, gritaram em plenos pulmões para que os da frente esperassem, mas seus cavalos dispararam, não obedecendo ao comando das rédeas de seus condutores.

— O Príncipe Urucumacuã caiu do cavalo! Parem, parem! O príncipe caiu pela segunda vez!

— Voltem que o Príncipe Urucumacuã foi capturado!!!

Pouco adiantavam as tentativas dos guardiães do Príncipe Urucumacuã de protegê-lo. Ao redor choviam flechas envenenadas, e os que pareciam invulneráveis às flechadas logo estavam imobilizados e impotentes, presos pelos laços de fibra de bananeiras, manejados com exatidão infalível pelos Caçadores de Cornos. Quando toda a comitiva do Elo Dourado percebeu, estava cercada e laçada. Só lhes restava uma única alternativa: acompanhar o príncipe capturado onde quer que o levassem. Se preciso fosse, entregariam, de novo, a vida por ele.

Sem manifestar resistência, Príncipe Urucumacuã obstou todas as tentativas de seus leais guardiães e escudeiros de livrá-lo da sanha perversa dos inimigos. Sentindo-se aprisionado e despojado de parte de sua invulnerabilidade, além de não mais contar com a magia salvadora e invencível do bridão de ouro encantado, deu um último comando aos seus subordinados:

— Apenas fiquem comigo. Não me abandonem. Façam o que for preciso fazer, mas não se sacrifiquem no meu lugar! Só eu poderei libertar o Pássaro de Fogo, zelador de Angelin.

Nenhum deles compreendia todo o significado daquelas palavras. Mas estariam ao seu lado, até o fim...

COMEÇAM OS "MISTÉRIOS DOLOROSOS"

A LUA CHEIA RESPLANDECIA UMA SERENA CLARIDADE, prateando tímida, ainda, os terraços e os pátios do palácio de Trindade. Em cumprimento às ordens emanadas pelo Rei Mor ao amanhecer, uma fogueira bem alta, de troncos grossos entrelaçados e dispostos uns sobre os outros em formato de pirâmide, fora acesa desde o crepúsculo.

Com labaredas altas dançando ao sopro da brisa vespertina sobre o topo da armação incandescente, a pira em chamas acrescentava à claridade lunar uma luminosidade vermelho-alaranjada, tornando cor de cobre reluzente os pontaletes metálicos dos alambrados dos alpendres contíguos às janelas e portas dos cômodos do andar superior do palácio. Pouco a pouco, as pessoas se agrupavam nos arredores do pátio norte, o maior dos quatro existentes nas extremidades exteriores do conjunto arquitetônico do palácio de Trindade. Não se sabia exatamente que tipo de comemoração ou celebração haveria aquela noite, mas pelo tamanho da fogueira e pela quantidade de súditos e cortesãos que se aproximavam, formando grupos distintos em volta do gigantesco lume, imaginava-se que o rei brindaria a todos, patrocinando diversão gratuita e ao gosto dos moradores do reinado.

Quando o pátio já estava repleto, tomados todos os assentos ao redor da fogueira, os corneteiros reais, perfilados, abriram alas entre os presentes e, pelo toque característico de seus instrumentos, anunciavam a chegada do soberano de Trindade e de sua mulher: Rei Mor e Rainha Sissu. Os súditos e cortesãos, em atitude de reverência, abaixaram as cabeças e dobraram levemente os joelhos em cumprimento, saudando a entrada do casal real. O rei trajava um figurino pouco comum em suas eventuais aparições públicas, coberto por uma capa de capuz totalmente negra. A Rainha Sissu fazia contraste, vestindo um modelo de pele acinzentada, propícia ao vento frio que soprava ao cair da noite.

Pelo lugar arrumado para o rei e a rainha se acomodarem — de frente à resistente cruzeta de madeira de um metro e meio de altura por três de comprimento, construída de dois grossos troncos de jatobá, um vertical, fincado profundamente ao solo, e outro horizontal, encaixado sobre este, lembrando a letra "T" —, alguns palacianos supunham que Rei Mor fosse lhes proporcionar um espetáculo que, amiúde, acontecia no local. O rei não só apreciava como também surpreendia seus cortesãos e súditos igualmente aficionados pela divertida tradição: as mostras públicas dos procedimentos de castração de algum tordilho na idade adequada para o adestramento ou a excitante cobertura de uma ou mais potrancas no primeiro cio, prontas para emprenharem dos seus melhores garanhões. Havia naqueles espetáculos uma predileção reservada aos adultos. Os aficionados, homens e mulheres adultos de todas as idades, tanto se compraziam assistindo o sofrimento do animal submisso à cruel e rudimentar cirurgia das castrações quanto deleitavam-se em êxtase, quando o garanhão, preso apenas por um cabresto comprido, sentia o cheiro da fêmea no cio, já imobilizada no tronco, e indiferente às manifestações de delírio da plateia cumpria à vista de todos seu despudorado e prazeroso trabalho de reprodutor.

A noite já se estabelecera. A fogueira, em plena capacidade, clareava e aquecia o ambiente de todo o pátio, projetando nas alturas fagulhas que se apagavam depois de desenhar rabiscos acesos no espaço, cruzando seus delicados rastros luminosos. Todos os habituais frequentadores daqueles espetáculos aguardavam em alarido o comando do rei, que ordenava aos castradores e domadores de cavalos trazerem as vítimas ou os protagonistas da exibição. A um gesto do Rei Mor, o Senhor Uru, que cumpria fervorosamente aquele protocolo com seriedade de funcionário experiente, ausentou-se como de costume, para voltar conduzindo os atores principais da noite. Rei Mor, parecendo entusiasmado antes do início das atividades, amenizou a expectativa de uns e a curiosidade de outros:

— Súditos e cortesãos de Trindade, nosso espetáculo hoje será bem mais divertido e excitante. Primeiro vamos castrar um animal mais velho. Depois vamos celebrar um casamento de fogo... Podem trazer os animais...

A plateia veio ao delírio. Eram aqueles os termos que o rei frequentemente usava para anunciar que haveria os dois espetáculos naquela mesma noite: primeiro a castração e depois a cobertura do garanhão à potranca. Os trombeteiros do rei novamente abriram alas entre a plateia, tocando a música de poucas e repetidas notas à guisa de fundo musical para a entrada do cortejo.

Para surpresa de uns e desapontamento de outros, os atores, caminhando lentamente, entravam no ritmo das notas expelidas das trombetas, sendo aos poucos identificados: o Senhor Uru, os habituais castrador e domador de cavalos, seus auxiliares, um homem e uma mulher encapuzados, de mãos atadas às costas, e um pequeno grupo de seguidores também amarrados e encapuzados, todos escoltados pelos Caçadores de Cornos, à proporção de quatro homens para cada um dos encapuzados. Ao derradeiro homem encapuzado, seguiam-se quatro outros vassalos do rei, trazendo num pequeno andor uma caixa grande de madeira preta, cuja tampa exibia a inscrição em letras douradas, M.N.O.P.Q.R.S., e uma bandeja de prata cheia de tenazes, torqueses, alicates, canivetes, além de outros instrumentos utilizados na castração dos animais.

Quando o insólito cortejo chegou diante do tronco de madeira, as trombetas se calaram. Fez-se, então, silêncio profundo no local. Rei Mor, enfurecido pela demonstração de desagrado e decepção traduzida pelo silêncio dos súditos, iniciou uma preleção nos moldes das solenidades públicas que presidia, advertindo a plateia de que não seria tolerada qualquer manifestação de repúdio, descontentamento, desagrado ou insolência no decorrer daquela celebração.

A um aceno de cabeça do Rei Mor, seus truculentos guerreiros acorrentaram os braços do homem encapuzado, que se mantinha sereno, sem opor resistência, prendendo as pulseiras soldadas às correntes no *tesão*, denominação irônica e vulgar do tronco de madeira que servia para imobilizar os cavalos. Fizeram o mesmo com seus pés, prendendo-os ao madeiro por grossas correntes. Sem retirar o capuz que lhe cobria a cabeça e o rosto, Rei Mor perguntou à plateia:

— Adivinhais quem está por debaixo desta carapuça? Hein? Quem souber terá direito a arrancar-lhe o primeiro pedaço... Algum se habilita? Ah, vós não quereis diversão? Então vou eu mesmo começar a brincadeira!

Aproximando-se do corpo imobilizado no tronco, Rei Mor retirou o capuz do prisioneiro, mostrando sua face aos espectadores, proclamando em tom de deboche e zombaria:

— Eis aqui o homem! Vossa Alteza Real, o Príncipe da Beira do Rio, nobre Cavaleiro da Ordem do Pássaro de Fogo! O Príncipe Urucumacuã em pessoa... Mostre agora um dos seus truques, hannn! Vai, solta-te, se é que consegues rebentar estas correntes...

A visão do rosto do Príncipe Urucumacuã arrancou suspiros de admiração e comoção. Seus olhos intensamente brilhantes e verdes irradiavam doçura e serenidade. O rosto de traços angulosos e perfeitos, coberto de uma barba castanho acobreada e emoldurada pelos sedosos cabelos da cor de fogo, não aparentava qualquer sinal de indignação ou revolta. Tampouco exibia desespero, raiva ou angústia. Apenas o Rei Mor e a Rainha Sissu tinham naquele momento razões para odiá-lo. Os Caçadores de Cornos do rei, tampouco. Eram brutamontes treinados para não expressar sentimentos, quaisquer que fossem, nem de simpatia, nem de antipatia. Eram indiferentes. Executavam apenas as ordens do rei, nada mais.

Rei Mor comandou, então, uma sequência de ações cruéis, diante de uma plateia estarrecida e paralisada, dando início à mais repugnante e desumana concretização de ódio e vingança. Justificando sua ira nos fatos de que o Príncipe Urucumacuã teria lhe raptado a filha, a mulher mais bela que existia, antes de receber o consentimento de seu verdadeiro pai para desposá-la; de tê-lo exposto à vergonhosa desonra de revelar diante dos criados, expondo-o e humilhando-o perante seus cortesãos; de ter sido traído e enganado pelo Bruxo Neno, de quem jamais gostaria de ouvir pronunciar o nome; de não ter impedido que o monstro Mapinguari *devorasse* suas Doze Garças; de ter comprado a liberdade do mineiro Pataxó para vangloriar-se de sua falsa bondade e de ter usado e abusado de seus truques diabólicos para transformar sua amada Anaconda numa ameaçadora serpente.

— Por todos estes crimes, ousado príncipe, filho do demônio, eu, Rei *Mor, te* condeno a ser supliciado para que te arrependas. *Mor te* condena também a queimar nesta fogueira. Quero ver se és capaz de fazer tua semente brotar das cinzas!

Depois de pronunciar a condenação, tomado de ira, escarrou no rosto do Príncipe Urucumacuã. Mandou que o Senhor Uru, seu principal ajudante de ordens, trouxesse até ele a caixa preta conduzida no andor, e juntamente à bandeja de prata cheia de instrumentos. Abrindo a tampa da caixa, retirou dela o primeiro contêiner de ferro e, na sequência, destampou cada uma das caixas de metal, colocando-as em ordem decrescente sobre o travessão do tronco onde o príncipe estava acorrentado, conforme estavam encaixadas: a de ferro, a de estanho, a de chumbo, a de cobre, a de bronze, a de prata e a de ouro. Arrumadas as caixas sobre o braço do *tesão*, sarcasticamente, Rei Mor iniciou um interrogatório ao príncipe:

— Tu sabes que caixas são estas, Urucumacuã?

Diante do silêncio do prisioneiro, o rei, mais enfurecido, respondeu e perguntou novamente:

— São as caixas mágicas que vosso pai ganhou no dia do casamento e só abriu três anos depois, quanto tu nascestes. Sabes para que servem?

Nenhuma resposta se ouviu. Mais indignado ainda, respondeu à própria pergunta:

— Servem para realizar desejos, *filho do demônio*! E sabes qual é o meu desejo? Diga, vaticine se és capaz...

A placidez e serenidade do Príncipe Urucumacuã, tomadas por indiferença, contribuíam para aumentar a irritação do Rei Mor. A plateia, ligeiramente curiosa, porém perplexa diante da demonstração de ódio e vingança do rei, assistia passiva o desenrolar daquele teatro burlesco, onde nem todos *atores* haviam entrado em cena, e o trágico destino do protagonista já fora antecipadamente proclamado.

Rei Mor não respondeu ao seu último questionamento. Movimentou-se na direção da mulher que ainda estava encapuzada, mas deixava-se saber quem era pelos dourados cabelos compridos que lhe cobriam as costas. Sua silhueta esbelta e altiva era inconfundível. Num gesto brusco e grosseiro, Rei Mor arrancou-lhe o capuz, passou a mão em seu belo rosto iluminado pela claridade da lua e escarneceu:

— Vejam que belezura! A filha do bruxo que é a filha do rei! Quem diria! Bela como uma princesa, mas rebelde como uma má criada. Por que não obedecestes às ordens de teu pai e viestes ao meu convite, tomar o assento à mesa de teu pai? Também serás castigada por este ultraje! Condeno-te também a presenciar a sentença que dei ao teu *noivo* de mentira.

Ao contrário do Príncipe Urucumacuã, no belo rosto de Angelin transparecia inevitável pavor. Seus olhos azuis arregalados, brilhavam na claridade resplandecente da lua, aterrorizados. Seu corpo trêmulo adivinhava os momentos excruciantes que se aproximavam. Não podia gritar porque uma faixa de tecido grosso amarrado à sua boca impedia-a de dar vazão ao seu estado de pânico. Percebendo a fraqueza da bela jovem, o rei aterrorizou-a mais ainda:

— Deixe-me ver suas mãos, minha adorada filha! Afinal, ficastes noiva e recebestes um valioso anel de compromisso. O anel de pérola negra cobiçado por todas as princesas casadouras!

Ele mesmo desatou as cordas que prendiam as mãos invejáveis de Angelin, enquanto dois brutamontes continuavam segurando-a pelos braços. Esquivando-se, contorcendo-se, debatia-se em vão na tentativa de se libertar e fugir daquele palco de horrores. O rei aparentemente se divertia com os inúteis esperneios da filha. Segurando a mão direita da moça, Rei Mor admirou a valiosa joia que ela ostentava no dedo anular, e disse à Rainha Sissu:

— Minha Ra, veja isto... aprecie a beleza deste conjunto; uma mão impecável e um adorno digno de rainha!

Deixando Angelin segura pelos dois Caçadores de Cornos, Rei Mor dirigiu-se aos brutamontes que escoltavam o pequeno *exército de ressuscitados* do Príncipe Urucumacuã, ainda encapuzados, ordenando-lhes que tirassem as carapuças para que os *mortos-vivos* também pudessem apreciar o grande espetáculo que já começava. Rei Mor, então, pediu que o Senhor Uru se aproximasse, trazendo a bandeja com as ferramentas utilizadas pelos castradores de cavalo. Ele mesmo iniciou um zombeteiro ritual de desnudamento, despojando o príncipe de suas preciosas vestes. As peças de seu vestuário, que não podiam ser despidas porque o príncipe estava acorrentado ao tronco, retalhava-as, utilizando os canivetes. Depois de cortadas e rasgadas, atirava seus pedaços ao público.

As ricas vestimentas do príncipe, bordadas com fios de ouro e incrustadas de pedras preciosas, logo eram disputadas pela parte mais pobre da plateia. Havia grande algazarra e o Rei Mor se regozijava do tumulto criado, acreditando que conseguira finalmente oferecer diversão gratuita aos seus súditos. Desnudo e exposto publicamente, calçado apenas do par de botas que não expunha seu esdrúxulo pé esquerdo, Príncipe Urucumacuã, ainda assim, mantinha-se sereno, alheio à execração promovida pelo rei enfurecido.

A camareira Doriana, aquela a quem o príncipe havia entregue seus valiosos pertences na madrugada em que ele saíra do palácio, incluindo um manto vermelho-fogo semelhante a uma capa, toda incrustada de brilhantes, muito parecida com a que Rei Mor retalhara e jogara os pedaços aos plebeus, apiedou-se do escárnio a que submetera o bondoso príncipe. Corajosamente abriu espaço entre os que pelejavam pela posse de alguma das tiras das suntuosas vestes, indo rapidamente pegar, entre os objetos que ganhara, ainda escondidos numa pequena despensa de utensílios imprestáveis próxima do pátio norte, uma capa semelhante à que o rei tirara do Príncipe Urucumacuã, ainda mais preciosa pela quantidade de brilhantes pregados em seus bordados. Trazendo a preciosa veste oculta num surrado embornal de tecido grosseiro, desafiou a truculência dos guerreiros e a fúria do rei, levando prontamente até o príncipe a esplêndida peça inteira, cobrindo sua casta nudez e devolvendo-lhe a dignidade real. O manto valioso colou ao corpo do martirizado príncipe e, sem conseguir retalhá-lo, Rei Mor despejou sobre a indefesa mulher a carga de ódio que trazia consigo.

Diante da ousadia de Doriana — cujo marido estava com os encapuzados do *exército de ressuscitados*, porque fora curado pelo Príncipe Urucumacuã e aderira à sua honrosa comitiva, Rei Mor ficou por alguns instantes boquiaberto. Além de se sentir impedido de continuar expondo a nudez do condenado, tinha certeza de que ele mesmo rasgara aquele manto em diversas tiras momentos antes e espalhara seus pedaços sobre a plateia. Como que, logo depois, as partes do precioso manto do *filho do demônio* apareceriam de posse daquela mulher completamente restaurados, sem emendas, sem costuras, mais belo do que era antes? Atordoado diante do acontecimento, mas odioso pela audácia daquela mulher, antes de compreender o milagre extraordinário acontecido ali diante de seus olhos, o rei sentiu-se outra vez achincalhado, caçoado perante seus cortesãos e humilhado em sua prepotência por um indefeso condenado à morte.

Num repente, sem reconhecer que a mulher corajosa e audaz era uma de suas camareiras mais eficientes, desembainhou a espada e, num golpe fatal, decapitou-a. A cabeça de Doriana rolou, aninhando-se aos pés do príncipe. O rei pegou-a, exibiu-a para que todos entendessem o resultado daquela aleivosia. Sinalizando a um dos seus, entregou-a indicando que jogasse nas labaredas. Enquanto isso, dois guerreiros carregaram o corpo, atirando-o num fosso próximo para que os familiares cuidassem depois de seu sepultamento. A carga de ódio do Rei Mor aumentara ainda mais. Chamando para perto de si os castradores de cavalos, pediu ao Senhor Uru que segurasse a bandeja com as ferramentas, ordenando-lhes:

— Com ou sem capa, cortem-lhe o pau!

Exibindo o membro decepado do príncipe na ponta de uma torquês, rodopiando, em êxtase, mitigando seu desejo de vingança, Rei Mor proclamou fascinado:

— Eis o pau do mito! Rei Mor também sabe fazer mágicas! Tirou o pau mito debaixo da capa!

Sem a correspondência alucinada da plateia, que permanecia completamente estarrecida, depositou os testículos dentro da caixa de ouro, a menor das sete, fechando-a. E o restante do membro, atirou-o à fogueira, escarnecendo:

— Era uma vez um pau mito!

Todavia, o escabroso ritual de mutilação e martírio estava apenas começando. Dado ao relativo silêncio da plateia, cujas manifestações não passavam de abafados sussurros, cochichos de censura ou desaprovação à insana crueldade do rei, Rei Mor esperava ouvir gritos e estertores do supliciado, para comprovar sua condição de humanidade igual a todos os outros. Todavia, as feições do martirizado não revelavam sofrimento, tampouco externava dor física.

Da ferida provocada pela excisão do membro virgem jorraram gotejantes pingos de sangue que, ao juntar-se ao sangue derramado da cabeça decapitada da bondosa e pudica Doriana entre os pés do príncipe, cristalizaram-se em iridescentes pedrinhas escarlates. Em pouco tempo, os pés do príncipe estavam cobertos por um amontoado das mais belas e puras pedras, como preciosos rubis.

Outra vez pasmado diante daquele *truque*, o ódio do rei se multiplicou. Quando a Rainha Sissu apercebeu-se da preciosidade dos rubis aglomerados entre os pés do Príncipe Urucumacuã, compartilhando a cobiça e a ambição por riquezas do marido, instigou o rei para que continuasse o ritual sangrento, pois o *filho do demônio* reservava ainda uma boa quantidade de sangue para verter. Levantando-se do trono onde se sentara, falou imperativa:

— Meu rei, corte-lhe mais pedaços... Ele pode derramar mais sangue para transformar em rubis, porque ainda tem orelhas, nariz e língua!

Incentivado pelos perversos desejos da *Minha Ra*, possuído de ódio, sedento de mais sangue e cobiçoso das misteriosas pedras preciosas em que o sangue do supliciado se transformara, Rei Mor delegou ao Senhor Uru que prosseguisse o martírio. Senhor Uru, pomposamente trajado, exibindo soberbo uma sobrecasaca de tecido negro brilhante que lhe cobria até os joelhos, estufou o peito e escolheu entre as ferramentas da bandeja de prata uma lâmina semelhante a navalha. Fazendo pose de cirurgião, segurou com uma das mãos a orelha esquerda de Urucumacuã, esticando-a. Num movimento rápido e preciso, com a outra mão amputou o pavilhão auricular, vangloriando-se de sua expertise. Exibindo ao público mais um pedaço do condenado, entregou-o ao rei. Segurando-o, mostrou-o ao público como um troféu e comentou:

— Isto, Príncipe Urucumacuã, é para que jamais possas ouvir a voz da tua doce amada!

Logo depois colocou aquela parte na segunda caixa, fechando-a. A caixa de prata.

A rainha, muito interessada em ver o sangue do Príncipe Urucumacuã se converter nos preciosos rubis, olhava para o ferimento deixado pela lâmina, mas não via sangue algum escorrendo. Frustrada, dirigiu-se ao marido e requereu:

— Meu rei, teremos que cortar outro pedaço, porque pela orelha o *cabeça de fogo* não sangrou... Que achas de lhe deceparmos o nariz?

O rei concordou na hora, encontrando justificativa para endossar sua ordem:

— Sim, Minha Rá, vamos cortar-lhe o nariz. Quem sabe ele aprende a não meter o nariz onde não devia!? Senhor Uru, arranque-lhe o nariz...

Usando da mesma destreza que exibira para decepar de um só corte a orelha esquerda do nobre supliciado, o Senhor Uru repetiu o golpe infalível, e exibiu, exultante, à apreciação de todos, o nariz perfeito que compunha a bela face do príncipe. O rosto desfigurado de Urucumacuã tomou aspecto assustador. Não fosse a placidez que seu cândido olhar irradiava, a fisionomia deformada extinguira a suavidade varonil de suas nobres feições. Impávido, mantinha-se altivo, aparentemente invulnerável ao sofrimento que o submetiam. Completamente passivo, nem parecia estar vivo. Mas também não parecia morto. Respirava ofegante, movimentava a cabeça, os olhos e pequenas contrações musculares verificavam-se em suas rosadas faces quando desferidos os golpes que o mutilavam.

Rei Mor, de posse do nariz de Urucumacuã, também mostrou-o à plateia. Algumas mulheres desmaiaram quando a claridade da lua, combinada à luz avermelhada da fogueira, transformaram o semblante do príncipe numa horripilante fantasmagoria. Todavia, ao contrário do que a Rainha Sissu esperava, nenhuma gota de sangue porejava da ferida aberta. Mais desapontado ainda, encafifado com a inexplicável façanha, o rei já pensava em colocar fim àquela malsucedida tentativa de vingança e diversão. A indiferença do público, que parecia mais consternado e desgostoso pelo infortúnio do príncipe do que entretido, e a frustração do rei pela aparente dormência do martirizado eram motivos suficientes para abreviar aquele espetáculo de horror e atrocidades.

Colocado o nariz do Príncipe Urucumacuã na caixa de bronze, Rei Mor estava decidido a ordenar o golpe fatal para aniquilar o *filho do de-*

mônio de uma vez por todas, para em seguida jogar seu copo na fogueira. Precisava também destinar boas chibatadas açoitando Angelin e, por fim, mandar o pequeno *exército dos ressuscitados* de volta ao Elo Dourado. Queria também despachar as sete caixas misteriosas para seu legítimo dono, o Rei Médium, com as provas do destino que seu dileto herdeiro encontrou no Reinado de Trindade, por querer ser *mais realista do que o rei*. Porém, o ódio do Rei Mor obrigava-o a seguir adiante. Precisava preencher todas as sete caixas com despojos do príncipe, para que não pairassem dúvidas de que se tratavam mesmo do filho do Rei Médium, o futuro herdeiro do fabuloso Império do Elo Dourado, que nunca chegaria a ser rei, tampouco imperador.

Quatro das caixas de metal ainda estavam vazias, e na caixa grande que cabia todas as outras sete, haviam os pedaços do Espelho Universal, o espelho mágico que Rei Mor nunca havia usado, nem sabia o que fazer com eles. Então haviam ainda quatro pendências a resolver...

Outra vez interrompido pela Minha Ra, que lhe atazanava querendo que mais rubis fossem produzidos, além de cobiçar o magnífico anel exibido no dedo de Angelin, Rei Mor de novo atendeu às vontades da Rainha Sissu:

— Meu rei, ainda falta colocar nas caixas a coisa que o *cabelo de fogo* tem maior que ele — dizendo isso, Rainha Sissu levantou-se e foi até o tronco do *tesão* e solicitou ao marido — Meu rei, deixe-me cortar a língua dele. Só assim ele nunca mais vai falar o que não deve...

Rei Mor não só concordou com a mulher imediatamente, como ofereceu-lhe uma tenaz e uma lâmina, acrescentando:

— Isso mesmo, Minha Rá, corte a língua dele, para que saiba de uma vez por todas que verdades têm hora e lugar para serem ditas!

O Senhor Uru e o castrador de animais, usando outros instrumentos da bandeja de prata, forçaram o príncipe a abrir a boca. Rainha Sissu puxou a língua do príncipe para fora da boca, cortando-a, e entregou-a ao rei. Sem repetir o ritual de apresentação das outras partes amputadas, colocou a língua de Urucumacuã na caixa de cobre, fechando-a rapidamente.

Na expectativa de que um rio de sangue fosse cuspido da boca de Urucumacuã, a rainha aparou as mãos sobre o seu queixo, esperando enchê-la de pingos de rubis... Para seu desespero, nada além de uma baba espessa fluía em profusão pelos cantos da boca ferida. Ao contato com as mãos cruentas da Minha Rá, uma saliva viscosa e ácida escorria pelos dedos cheios de anéis de ouro, queimando e impregnando sua pele. Desolada, querendo se livrar daquele *maldito feitiço*, Rainha Sissu sacudia e agitava as mãos, tentando limpá-las na majestosa capa do nobre prisioneiro. Ao tocar-lhe o manto, os metais dos anéis se dissolveram, escorrendo pelos dedos em que estavam, dissolvendo-os, pingando e desparecendo no chão. As mãos da rainha ficaram sem os dedos e os anéis, semelhantemente às mãos dos animais roedores.

Urrando de dor, maldizendo o *cabelo de fogo*, o *filho do demônio*, Rainha Sissu, também possessa de odiosidade, atazanava o marido, berrando em seus ouvidos:

— Meu rei, arranque-lhe os olhos! Não quero que me veja com estas mãos horrorosas! Olhe o horror que me causou... arranque-lhes os olhos... depois, mate-o, acabe com esse demônio de uma vez...

Rei Mor atendeu prontamente ao pedido de *Minha Rá*. Ele mesmo pegou na bandeja de prata uma tenaz de pontas arredondadas em forma de globo, extremamente afiada, própria para extrair os testículos dos animais, enterrando cruelmente o instrumento em cada uma das órbitas dos verdes olhos do príncipe, puxando-os para fora. Primeiro o esquerdo, depois o direito. Sem repetir o enfadonho, mas cruel ritual de exibição das partes mutiladas de Urucumacuã, segurando na tenaz cada um dos olhos extraídos, em meio a imprecações, colocou-os na quinta caixa de chumbo e fechou-a.

Apesar do suplício e do aspecto horripilante de sua aparência conspurcada e irreconhecível, Príncipe Urucumacuã irradiava ainda uma luminosidade esplendorosa, imaculada. O brilho radioso de seu manto vermelho, bordado com acabamentos de centenas de brilhantes, refletindo a luz prateada da lua cheia que se aproximava do zênite, causava admiração e louvor. Angelin assistia todo aquele espetáculo de selvageria horrorizada, mas resignada, no entanto, pela postura aparentemente impecável do príncipe, invulnerável e blindado ao sofrimento físico e moral que tentavam lhe infligir.

Perguntando à rainha o que ela queria que fizesse agora do corpo, já suficientemente desfigurado, castrado, sem orelhas, nariz, olhos e língua, completamente irreconhecível, coberto apenas pela esplendorosa capa que não desgrudava do corpo e os pés atolados num amontoado de magníficos rubis, Rei Mor fez uma ressalva:

— Não esqueça que também quero exemplar, minha bela filha! Afinal, é por ela que isso está acontecendo!

A mãe de Angelin assistia tudo de longe, sofrendo calada o martírio do belo príncipe. Por causa do grande amor que sentia por sua filha, o aflito coração de Murmur também sinalizava que dificilmente Angelin sobreviveria à sanha odiosa da Rainha Sissu e do Rei Mor.

Por sua vez, o irmão de Angelin, Canibal, até então não considerava que a punição do Príncipe Urucumacuã fosse injusta. Preocupado com o que poderia suceder de pior à sua bela irmã, aguardaria ali, no pátio, o desfecho daquele espetáculo de terror, independentemente da hora que tudo acabasse. Já estava sedento, faminto, incrédulo diante da passividade do martirizado e invejoso de sua tranquilidade para suportar os rigores da flagelação que, noutra pessoa, seriam o bastante para provocar convulsões e levá-la à morte pelas dores excruciantes. Um sentimento de inveja e raiva do príncipe começava a fomentar pensamentos de vingança em Canibal. Se o Príncipe Urucumacuã não tivesse aparecido em Trindade, nada daquilo estaria acontecendo. Sua irmã e sua mãe continuariam suas vidas simples de serviçais, ele continuaria prestando os trabalhos de ferreiro como fazia desde menino e Angelin não saberia jamais que seu pai era o próprio rei.

Canibal entendia que toda aquela infelicidade poderia ser creditada ao inconveniente príncipe. Ninguém em Trindade precisava saber da verdade para continuar vivendo. A revelação trouxera tragédia e sofrimento. Não lhe agradava ver a irmã amordaçada, presa entre dois brutamontes nojentos, de mãos sujas, segurando-a, fazendo-a prisioneira, sem que ninguém pudesse acusá-la de alguma falta. Tampouco cometera pecado algum. Ninguém era capaz de prever o que o Rei Mor faria também para se vingar de Angelin.

Alimentado de rancor, Canibal, assim como o rei, achava que o castigo de Urucumacuã era pouco. Considerava-o inimigo a partir daquela hora e já se arrependera de ter se antecipado aos Caçadores de Cornos, correndo para avisá-lo que fugisse levando sua bela irmã. Poderia ele mesmo ter revelado o plano secreto do príncipe de raptar Angelin para casar-se no suntuoso Palácio Fortaleza, no Reino do Elo Dourado. Canibal cada vez mais odiava Urucumacuã, considerando-o abominável desafeto. Se pudesse e tivesse oportunidade, comeria seu fígado temperado com muito gosto e apetite.

O rei, pretendendo colocar ponto final à sessão de suplício, ordenou o golpe fatal para acabar de vez com a vida do supliciado. Rendera-se à evidência de que parecia impossível provocar-lhe dor. Chamou o Senhor Uru, seu algoz preferido, dizendo-lhe:

— Abra o peito dele com a lança e retire-lhe o coração! Quero ver o que ele tem por dentro!

Muitos dos que vieram ao pátio na expectativa de assistir aos costumeiros espetáculos que o rei amiúde proporcionava nas épocas de reprodução de seus admiráveis equinos já haviam se retirado. Alguns por desinteresse, outros por compaixão. A maioria não suportava compartilhar o cardápio de brutalidade e selvageria oferecido naquela noite pelos cortesãos de Trindade. Era a primeira vez que assistiam a tantas atrocidades contra um jovem indefeso, belo, nobre e culto, cujo único crime se resumia em dizer a verdade. E seu único pecado confessado era ter se apaixonado *perdidamente* pela bela e meiga senhorita, nascida e criada para o serviço do rei.

OS MARIMBONDOS DE FOGO

ANTES QUE O SENHOR URU LANCETASSE o peito do príncipe para arrancar-lhe o coração, o ferreiro Canibal, indiferente às consequências de seu ato, gritou no meio da pequena multidão:

— Arranquem o fígado dele antes. Quero comer seu fígado!

Rei Mor, reconhecendo a voz e identificando o irmão de Angelin, surpreso, mas entusiasmado pela atitude de mais um entre os desafetos do Príncipe Urucumacuã, convidou-o a se aproximar. Diante dos olhares incrédulos e desesperados de sua mãe, Murmur, e da irmã, pegou da bandeja de prata oferecida pelo Senhor Uru uma das lâminas mais amoladas, rasgando no mesmo golpe a capa e o ventre do lado direito, bem abaixo das costelas, retirando a víscera e exibindo-a conforme Rei Mor fizera com as outras partes. Apenas a vesícula cheia de fel, junto ao fígado do martirizado, derramava-se pingando os humores esverdeados ao solo.

Para alegria da Rainha Sissu, sequiosa dos *milagres* que já presenciara, cada pingo de bílis desprendido caía como uma grande esmeralda no chão, aos pés de Canibal. Pouco se importando com a *mágica* das transformações do fel nas pedras verdes reluzentes, continuou seguindo seu caminho, satisfeito com o fruto da vingança nas mãos, deixando cobertos pelas esmeraldas os rastros por onde caminhava, segurando nas mãos o órgão fresco, arrancado das entranhas de Urucumacuã. Ninguém do público tinha coragem de se apropriar ou desejo de tocar naquelas pedras reluzentes. Temiam que a energia nelas contida pudesse causar algum ferimento ou mutilação, semelhante ao que ocorrera à Minha Rá, quando tocara na saliva do inocente condenado. O mesmo acontecia em relação aos rubis acumulados aos pés do príncipe.

Dado o estado de desfalecimento do indefeso torturado e de sua manifestada insensibilidade à dor, aproximando-se a meia-noite, Rei Mor, sentindo-se vingado com relação ao Príncipe Urucumacuã, mandou que o Senhor Uru desferisse o golpe fatal.

Sob a claridade mortiça da Lua, que se transformara num disco sanguíneo, ora descoberto, ora coberto entre as grossas nuvens que se aglomeravam na direção de Trindade, Senhor Uru pegou sua comprida lança pontiaguda e reluzente, cravando-a no peito do corpo extenuado. Ao retirar a lança do corte aberto no peito do príncipe, como não jorrasse nenhum sangue, Senhor Uru meteu a mão na ferida e arrancou o coração ainda pulsando. Ao exibi-lo, transmutou-se numa chama flamejante, carbonizando o algoz da cabeça aos pés, reduzindo-o a um corpo semelhante a uma ave grande, totalmente preta, que levantou-se do chão levando o órgão coruscante nos pés e soltando-o na sexta caixa de estanho. Pousou em seguida sobre o galho de uma Gameleira que havia no pátio, diante do público que exclamava:

— Senhor Uru virou Urubu! Virou *Urubu*!

Convencido de que o corpo exangue do Príncipe Urucumacuã finalmente parecia morto, pois exalara o derradeiro suspiro somente quando o coração fora retirado, Rei Mor, ainda assim, estava temeroso de tocá-lo devido às sequências de manifestações sobrenaturais de bruxaria que assistira. Deixou-o sossegado. Abandonando-o por alguns momentos. Mas chegara a hora de Angelin. Bem à meia-noite, o horário apropriado para os rituais de feitiçaria tão apreciados por ele e Bruxo Neno, que criara Angelin como se fora sua filha, resolveu açoitá-la. Ele mesmo mandou que a amarrassem também ao *Tesão*, pegou o azorrague do adestrador de cavalos, aplicando-lhe a quantidade de chibatadas correspondentes aos seus vinte e três anos de idade.

Minha *Rá atazanava*, insatisfeita, ao marido. Esperava que o castigo fosse mais cruel. Afinal, fora ela a causadora de toda aquela tragédia que ainda não chegara ao fim. Querendo satisfazê-la, para se ver livre de suas importunações, Rei Mor tentou arrancar o anel de pérola negra do delicado dedo de Angelin, para entregar à mulher. Embora o anel estivesse na medida exata, mesmo dispendendo toda força que tinha, não conseguia tirá-lo, para despojar a filha da joia nupcial. Enfurecido, mais encolerizado ainda, esbraveja forçando para extrair o maravilhoso anel. Acompanhando o esforço do marido e a resistência de Angelin para dificultar a entrega da joia, a rainha sugeriu:

— Arranque-lhe o dedo, ou melhor, cortem-lhe a mão!

No intuito de atender o pedido insano da rainha, cujas mãos estavam enegrecidas e mutiladas, à semelhança dos dedos dos animais roedores, Rei Mor desembainhou sua espada e desferiu o golpe que decepou a mão direita de Angelin, atirando-a pelos ares. A bela mão da formosa moça rodopiou no ar e se projetou na direção da rainha, precipitando-se sobre ela. Caindo em cima da Minha Rá, a mão de dedos e unhas perfeitos agarrou-se sozinha ao seu pescoço, apertando-o tanto que, quase sufocando, ela tentava desvencilhar-se, mas não desistia de puxar o anel do dedo que quase a estrangulava. Sem conseguir falar, mas balbuciando alguma coisa, o rei viu que a mão de Angelin exercia uma pressão extraordinária no pescoço da mulher, impedindo-a de respirar. O mais forte de seus Caçadores de Cornos prontificou-se a livrar a rainha do macabro incômodo. Inútil. Força alguma soltava a mão grudada, sufocando Minha Rá.

Angelin, presa pelo outro punho amarrado ao cepo, arregalava os olhos de pavor, contorcia-se na tentativa de livrar-se do suplício. Com muito esforço, o rei conseguiu ouvir o que a mulher tentava lhe dizer:

— S-o-l-t-a a d-e-m-ô-n-i-a, s-o-l-t-a a f-i-l-h-a d-o d-e-m-ô-n-i-o ...

Rendendo-se, humilhado, mas ainda odioso, Rei Mor decidiu pôr fim ao espetáculo da noite. Chegara a hora de executar a última sentença que pronunciara, condenando o Príncipe Urucumacuã, cujo corpo estropiado e irreconhecível, mantinha-se de pé, seguro pelos pulsos, atados às correntes que o prendiam ao tronco. Ordenou ao castrador de cavalos que abrisse os cadeados das correntes. Soltos os punhos do martirizado, o corpo escorregou, estendendo-se no chão, sobre o monte de rubis. No mesmo instante, a mão que ainda asfixiava o pescoço da rainha desprendeu-se, livrando-a do sufocamento. Aliviada pela trégua que a misteriosa mão lhe concedia, sem desistir de pegar os brilhantes da capa que envolvia o cadáver mutilado e os rubis amontoados entre seus pés, "Minha *Ra*" *atazana* uma vez mais Rei Mor:

— Antes de queimá-lo, tire as botas dele... dizem que ele tem *pé de* pássaro! Quero ver qual deles...

Receoso de tocar no corpo inanimado do misterioso príncipe, o rei mandou que um dos homens do *exército de ressuscitados* da comitiva do Elo Dourado atendesse ao pedido da rainha.

Descalçando-o, uma pequena multidão curiosa aproximou-se dos despojos e do corpo mutilado para constatar se a rainha dissera a verdade. Admirados, mas reverentes e respeitosos, sem comentários escarnecedores, olharam o pé esquerdo do príncipe, abismados daquela exclusiva singularidade. Acreditavam que, naquela alteração emblemática, estava encantamento que distinguia o adorável príncipe do restante dos mortais. Certeza que era esse o segredo que o misterioso Príncipe Urucumacuã mantinha oculto à bisbilhotice e indiscrição pública. Por isso nunca se descalçara na presença de outros, nem jamais molhara os pés em água corrente, até o dia em que caiu do cavalo tordilho no igarapé de Cruz das Almas, no Bosque da Solidão. Com a queda, provavelmente perdera o poder da invisibilidade e da invencibilidade, ficando vulnerável aos ataques da maldade e do ódio insano do Rei Mor.

Ao perceber que o *pé de* pássaro, bem como os outros despojos do príncipe colocados nas caixas de metal, estavam se transformando em objetos de culto, adoração e reverência pela maioria dos súditos e plebeus que, ao tocarem no manto esplendoroso imediatamente sentiam-se curados de suas dores, queixumes e tristezas, o rei cuidou de apressar o final da cerimônia fúnebre. Ele mesmo desembainhou sua espada e decepou o pé milagroso, enchendo a sétima e última caixa, que ainda estava vazia. Antes de tampar a caixa de metal, percebeu que a mão direita decepada de Angelin estava no chão, sobre um amontoado de pedras negras, cristalizadas do sangue que escorrera enquanto a mão estrangulava o pescoço da Minha Rá. Sem coragem de tocá-la, desistindo de roubar-lhe o magnífico anel de pérola negra que o adornava, espetou-a com a ponta da espada e colocou-a dentro da sétima caixa de ferro, junto do enigmático pé. Lacrando a caixa, chamou seus próceres e ordenou:

— Arrumem as sete caixas de metal dentro do caixão de madeira preta de modo que tudo se encaixe!

Enquanto os próceres do rei cumpriam rigorosamente sua determinação, arranjando dentro da grande caixa de madeira as outras menores, as mulheres, compadecidas do infortúnio da Bela de Trindade, ainda presa por um braço ao cepo e amordaçada, já trespassada de sofrimento e paixão, lamentavam e pranteavam e, compadecidas, furtivamente, num gesto de bondade, passavam a mão em seus cabelos, ou tocavam-lhe levemente as vestes, esperando que o milagre de sua beleza e formosura também se irradiasse, contagiando-as pelo compartilhamento de sua desventura, tornando-as também mais belas.

Minha Ra, observando que a pequena procissão formada ao redor da mortificada Angelin parecia iluminar-se ao contato com a bela virgem, também se aproximou da moça, puxando-lhe os cabelos dourados, reluzentes à luz acobreada da fogueira quase extinta. À aproximação da rainha, as outras mulheres se afastaram, receosas de que alguma desgraça repentina se abatesse sobre todas. Segurando os cabelos de Angelin com suas mãos enegrecidas e deformadas, o corpo da Rainha Sissu começou a se modificar e, imediatamente, transformou-se numa enorme *Ratazana*, asquerosa e repulsiva, circulando esfaimada sobre as pedras preciosas que jaziam intocáveis no chão.

Perplexo diante do que se convertera a Minha Ra, o rei resolveu voltar atrás sua palavra, solicitando aos seus asseclas que abrissem o caixão preto. Precisava tirar de dentro dele a mão de Angelin, na esperança de que, devolvendo-a à jovem, ela pudesse voltar ao seu punho e restaurar a pessoa da rainha. Antes, o rei tirou-lhe a mordaça, sob a promessa de que iria libertá-la, colocando fim ao seu suplício, foi até a caixa e tentou pegar a mão para recolocá-la no lugar, certo de que o milagre aconteceria. Ao abrir a caixa preta, a mão saltou ligeira e, num movimento abrupto, desferiu uma bofetada na cara do rei, que o deixou atordoado, de queixo caído, estirado ao chão. Cumprido este último ato, a mão voltou por si ao recipiente onde estava, a tampa da caixa de ferro fechou-se sozinha, e o caixão de madeira preta lacrou definitivamente seu tampo, exibindo a inscrição que brilhava à luz da lua cheia, no zênite: M.N.O.P.Q.R.S. – I.N.R.I.

Estonteado de dor e ódio, Rei Mor levantou-se, gemendo, blasfemando contra a natureza, dirigiu-se até onde estava o caixão preto e riscou com a ponta de sua espada sobre as inscrições douradas e reluzentes: M.O.R.T.E. Em seguida, usando a própria espada, cortou as cordas que atavam Angelin e disse indiferente:

— *Angelin, saia daí...*

Os próceres do Rei Mor, cumpridas as suas ordens quanto à arrumação das caixas, colocaram-nas sobre o mesmo andor em que foram trazidas e as entregaram à comitiva do Príncipe Urucumacuã, que ainda estava amordaçada e de mãos atadas às costas. O rei pessoalmente liberou-os das amarras e ordenou odioso:

— Sumam daqui! Carreguem daqui esse caixão e voltem para seu reinado, antes que o Rei Mor tenha outra ideia. Entreguem este presente ao Rei Médium, com as honras e recomendações do Rei Mor!

O pequeno Exército de Ressuscitados do Príncipe Urucumacuã, desejoso de deixar aquele local o mais rápido possível, reiniciando, assim, a longa jornada de regresso ao Elo Dourado, era atalhado pela asquerosa Ratazana, que circulava entre suas pernas, importunando-lhes, impedindo-os de sair do lugar, como se quisesse comunicar algo que não entendessem. O rei, já atordoado, sofrendo as dores excruciantes da bofetada que lhe quebrara o queixo, esquecera-se por alguns instantes de ordenar o desfecho daquela tragédia. Como não havia mais nada a cumprir, tudo estava encerrado, exatamente no ponto da meia-noite, seu castrador de cavalos perguntou:

— O que faremos com corpo do *filho do demônio*?

Sentado num trono, de frente para o tronco do *Tesão*, onde todos os horrores a que submetera o Príncipe Urucumacuã ficaram gravados, apontando a fogueira que ainda ardia em labaredas, emitiu a ordem terminante:

— *Assa aí! Assa aí!*

Dois Caçadores de Cornos levantaram o que sobrara do corpo disforme e mutilado e, balançando-o para impulsioná-lo, atiçaram-no às chamas. Do manto precioso que envolvia o flagelado e que ninguém conseguira arrancar-lhe, os muitos brilhantes se desprenderam, transformando-se em centenas de agressivos marimbondos de fogo esvoaçando em enxames, ferroando os que haviam concorrido de alguma forma para o aprisionamento e da flagelação do príncipe. As aguilhoadas mortíferas abatiam instantaneamente todos os que sujaram suas mãos no martírio. A Minha Rá, virada numa enorme e repugnante ratazana, pulava e saracoteava, guinchando de desespero, porém não fenecia aos terríveis insetos. Rei Mor, da mesma forma, maldizia-se gritando, sem conseguir sair do local, cercado pelos enxames que o afligiam.

Angelin, liberta das amarras, vendo o final trágico de seu grande amor, saiu correndo de encontro à fogueira. Sua mãe, Murmur, compreendendo a intenção da filha, gritou desesperada:

— *Angelin, saia daí... saia daí, Angelin!!!* — indo ao seu encontro, para segurá-la, impedi-la de se lançar às labaredas. Quando Murmur conseguiu alcançá-la, já não conseguiu agarrá-la. Apenas chamuscara suas mãos, porém não lhe causara queimadura colocar a mão no fogo pela filha.

Angelin se atirara à fogueira, num mergulho decisivo, abraçando-se ao corpo do bem-amado. No instante em que se uniram, os corpos fundiram-se numa única chama. Um forte trovão ecoou pelos ares, fazendo o chão estremecer. Temerosos, os que não foram abatidos pelos marimbondos mortíferos, inclusive o incrédulo e sanguinário Rei Mor, viram erguer-se da fogueira, esplêndido e inigualável, um grande pássaro de fogo. Elevando-se às alturas, o fantástico espectro ígneo, movimentando suas majestosas asas, chegou às nuvens negras que pairavam sobre Trindade e ocultou-se. Naquele momento, ouviu-se um outro estrondo mais forte que o anterior, seguido de um raio de alta voltagem que, precipitando-se, calcinou Rei Mor, transformando-o num amontoado de pó esbranquiçado, a cal. Os espectadores daquela visão emblemática admiraram-se de sua trágica sina: cal-sina, virar cal. Do amontado do pó branco, um espectro preto ergueu-se também no formato de um animal voador, de aspecto repulsivo e aterrorizante. Estupefato com a visão, um dos homens do exército dos ressuscitados, o mineiro Pataxó, proclamou:

— É o espírito do Rei *Mor, cego* de ódio! *Mor cego* de ódio!

O enorme animal voador logo se afastou daquele cenário num voo raso e desordenado, atraindo sua companheira ratazana na mesma direção das cavernas de Trindade, para onde já estava parida a cobra Anaconda.

Pataxó, sentindo que estavam desimpedidos de prosseguir a missão, deu um comando ao grupo, para que pegassem o caminho de regresso ao reinado do Elo Dourado, levando os consagrados despojos do Príncipe Urucumacuã junto com a mão da donzela, Bela de Trindade, para testificar os vaticínios do Mago Natu, alguns anos passados. Ao proferir as palavras de incentivo a se colocarem em movimento, quando acomodaram no andor o caixão de madeira preta, um pequeno sapinho verde apareceu sobre a funesta caixa. No céu, em formação de seta, apontando na direção em que deveriam seguir viagem, doze garças brancas belas e elegantes acompanharam o insólito cortejo. Já marchando rumo ao porto onde estavam ancoradas as embarcações do Príncipe Urucumacuã, um outro elemento voador juntou-se ao funeral: o pássaro preto em que se convertera o Senhor Uru, voando mais baixo, sob as garças, para acompanhá-los até seu destino final, no império do Rei Médium.

Uma chuva benéfica começou sobre o local onde toda a tragédia acontecera, lavando e levando para as entranhas da terra fendida, em decorrência do grande abalo, os misteriosos rubis, esmeraldas e intocáveis brilhantes, gerados pelo martírio do *Pássaro de Fogo*.

A PLANTA DO PÉ DE URUCUM E DE UMA MÃO

Antes do clarear do dia, Rei Médium se levantou. Cumpriu suas rotinas e devoções habituais em silêncio para não acordar Rainha Gônia. Subiu as escadas que davam acesso dos seus aposentos à Câmara do GRAU. Desde que os dois filhos gêmeos saíram em missão para o Reino de Trindade, não frequentara mais o local secreto com assiduidade. Naquela noite, especialmente, tivera sonhos desagradáveis e sua inquietação apontava no sentido de que um inexplicável sofrimento se aproximava, trazendo consigo consequências de calamitosa tragédia. Precisava entrar em recolhimento total, reencontrar seu eixo de equilíbrio, preparando-se espiritualmente para o que viria.

Ao abrir a pesada porta do recinto, notou que ela já estava destrancada. Seu coração sobressaltou-se, pois a única pessoa que possuía a chave para adentrar a Câmara do GRAU, além dele, era Mago Natu. E àquela hora, Mago Natu também se encontrar ali, sem que houvessem combinado anteriormente, significava que seus pressentimentos não falhavam. Discretamente, entrou, passando pelos portais e compartimentos de louvor, encontrando o amigo sentado sobre as pernas cruzadas, num tapete, concentrado e entregue à mais profunda meditação. Evitando ruídos para não desfazer o clima de absoluta paz e tranquilidade, Rei Médium também se sentou sobre o tapete, na mesma posição.

Sem abrir os olhos, num tom de voz sereno, Mago Natu quebrou o silêncio:

— O que o trouxe aqui, amigo imperador? Acaso tivestes algum sonho profético?

— Sim, Mago Natu, tive visões aterrorizantes esta noite. Vi que uma calamidade se abaterá sobre os doze reinados, desde as terras do Rei Negro Norato até os domínios de Trindade.

— Podeis detalhar-me vosso sonho? E quanto ao Príncipe Urucumacuã, o que vistes?

Sem omitir detalhes, Rei Médium contou todo o sonho ao Mago Natu. Ao final de seu relatório, Mago Natu, mantendo a tranquilidade que nunca o abandonava, alertou o amigo:

— Assim será. Ainda hoje, ao cair da tarde, doze garças brancas cruzarão os céus em direção ao poente. Atrás delas, um grande pássaro negro voará na mesma direção, sinalizando que se aproxima o momento do inevitável sofrimento. Preparai-vos para também cruzares o céu, dilacerado com dor. Um incêndio catastrófico devastará todas as regiões onde em outros tempos floresceu o reino do Pay. Não vos inquieteis. Tudo será como tem de ser. Igne Natura Renovarum Integra...

Mago Natu ainda fez outras previsões, explicando em minúcias o que o imperador não havia decifrado. Depois de compreender o significado de todo o seu sonho, perguntou ao amigo:

— Ficarás comigo até o fim?

— Sim, meu caro amigo. Estarei ao seu lado até que tudo seja consumado.

— E depois, o que fareis?

— Antes que comece o grande incêndio, viajarei para as terras de Kórnio e Ália, visitar a minha amiga, Rainha Alzira. Preciso contar a ela a história completa.

Rei Médium sentiu-se mais confortado, voltou a fazer silêncio e permaneceu mais de hora na Câmara do GRAU recebendo conformação e se preparando para o que viria...

À hora prevista pelo Mago Natu, Rei Médium descera as escadarias do porto do Elo Dourado. Viu quando, ao longe, no horizonte, se aproximavam pontos brancos brilhantes, cruzando os céus em formação de sete e indicando a direção do poente. Concentrou-se, sentado sobre um banco de pedras debaixo de uma frondosa árvore de Mulembá, esperando pacientemente que o fluxo do rio e os ventos que sopravam a favor daquela direção trouxessem o presente do Rei Mor. Não tardara avistar a ave negra sobrevoando a embarcação que vinha aumentando de tamanho, deslizando mansa e tristemente sobre as águas ligeiras do rio Aguaporé, exibindo uma bandeira negra, ao lado do pavilhão dourado e azul resplandecente do Elo Dourado. Tudo conforme Mago Natu o prevenira.

O Palácio Fortaleza também acompanhava o clima lúgubre e tristonho que se abatera sobre aquela Casa Real. Rainha Gônia, totalmente vestida de branco, chorava a aflição de não poder evitar a infausta hora de receber partes do amado filho dentro do caixão de madeira, presente que ganhara com as sete chaves, no dia do seu casamento. E não se continha diante da dor que amargava ao saber que seu inofensivo e sábio filho curador, Príncipe Kurokuru, encantara-se definitivamente num sapinho verde para sobreviver à nefasta maldade do Rei Mor.

Finalmente, a suntuosa embarcação atracou no cais do porto. Desolado porque não via o Mago Natu ao seu lado, Rei Médium, destroçado pela dor desesperadora, invocou em altos brados a assistência do amigo:

— Mago Natu, Mago Natu, não abandone o Rei Médium...

Ouviu um momento atrás de si. Ao virar-se, constatou que o amigo estava ao seu lado.

Os nobres cortesãos do Rei Médium vieram em comitiva receber os amigos e companheiros de missões, extenuados e consternados com toda a tragédia que vivenciaram. Cumprindo todos os proclamas do ritual dos mortos, aguardaram o rei e o mago conduzirem o caixão de madeira preta ao local preparado para fazer o *Cerimonial do A-Deus*.

Na abertura da caixa preta, Mago Natu cantou cânticos de louvor e gratidão, aspergiu com finos extratos de nardo e olíbano os depositórios onde estavam os restos mortais e, sem abri-los na presença dos cortesãos, cuidou de velar os últimos testamentos do corpo sacrificado à ambição e ao ódio. Em notável oratória, convidou os amigos e familiares do Príncipe Urucumacuã para que participassem da cremação do conteúdo depositado nas caixas de metal, à exceção da caixa de ferro.

Antes do completo anoitecer, a pira acesa para as cerimônias de cremação expelia uma fumaça branca, elevando aos céus a quintessência dos sentidos dotados aos seres humanos. Concluído o ritual, Mago Natu conclamou apenas a Rainha Gônia, trespassada de dor, e o imperador para abrirem a caixa de ferro, longe dos outros olhares.

Certificando-se de que dentro da caixa estavam o pé de pássaro de Urucumacuã e a mão da Bela de Trindade, Mago Natu ordenou:

— Amanhã cedo, ao alvorecer, devolveremos à terra o que a ela pertence.

Passaram a noite em vigília, chorando a dor da ausência e da saudade do filho adorado.

Ao raiar do Sol, Mago Natu, vestido de suas resplandecentes roupas brancas, com seu avental iniciático, em companhia da Rainha Gônia e do Rei Médium, dirigiu-se rio acima até o seu Santuário. Fazia mais de vinte anos que não iam ao local. Num canteiro ornado de flores singelas, duas covas pequenas estavam abertas. Mago Natu pediu ao imperador que depositasse numa o pé do Príncipe Urucumacuã:

— Plante aqui o *pé de Urucum*, Rei Médium! — ordenou. Voltando-se para a Rainha Gônia, autorizou — e ali, plante *uma mão* de Angelin!

Concluídos os ritos segundo a tradição da Antiga e Misteriosa Ordem Real — AMOR —, os três regressaram ao Palácio Fortaleza. Ao chegarem, uma outra tragédia lhes fora anunciada. A Princesa Hévea, que não estancava as lágrimas por um momento sequer, desde que soubera dos acontecimentos, morrera de tristeza e saudade. Por um mistério insondável, as lágrimas da virginal princesa eram como leite a escorrer pelas suas faces. No dia seguinte, bem cedo, todos os cortesãos e plebeus do Império do Elo Dourado participaram de seu sepultamento, no Santuário do Mago, numa outra cova aberta entre as duas, do *pé de Urucum* e de *uma mão* de Angelin.

Para amenizar seu sofrimento e lavar-se de todo o sofrimento que a chegada dos despojos do filho lhe causara, somada à dor da perda inexplicável de sua única e adorada filha, Rainha Gônia ausentou-se do Palácio Fortaleza secretamente, para banhar-se na Fonte da Lua, no Poço das Transformações. O lugar mágico irradiava uma energia vitalizante que curava as feridas da alma, trazendo alívio e bem-estar às dores dos sentimentos. Não raro a Rainha Gônia ia ao lugar secretamente, para desfazer-se de inquietações que perturbavam seu sono ou descarregar-se do cansaço e da irritação provocados pela fadiga do cotidiano.

Espreitando-a, sem que ela percebesse, uma de suas maldosas servas resolveu segui-la, pois há tempos buscava a oportunidade de constatar se também a Rainha Gônia, conforme comentavam nas conversas entre criadas, tinha os pés semelhantes aos pés de uma pata. Na Fonte da Lua, a rainha cuidadosamente tirou suas imaculadas vestes brancas e seus suntuosos calçados, deixando-os sobre uma pedra de jaspe. Completamente à vontade, mergulhou nas águas cristalinas e profundas, colhendo algas curativas e restauradoras no fundo do poço. A criada, que chegara ao local depois que a rainha já havia mergulhado, viu de longe que seus trajes estavam sobre a pedra, à margem do poço, com os calçados ao lado. Aproveitando-se do tempo em que a rainha mergulhara, tirou furtivamente as roupas e os calçados do lugar, ocultando-se.

Passado o tempo necessário, sentindo-se completamente restabelecida e restaurada em suas energias, Rainha Gônia veio à superfície para vestir-se. Não avistando suas roupas no local onde deixara, percebeu que estava sendo secretamente observada. No mesmo instante, para não ser vista em sua nudez e descoberto seu segredo, mergulhou novamente nas profundezas do poço das transformações. Ao emergir, uma esplendorosa ave branca, a Pata Gônia, voou de dentro das límpidas águas e ganhou o espaço sem fim, voando para as terras muito distantes, onde a grande catástrofe de fogo não chegaria.

Passada a hora da imperatriz voltar, o imperador preocupou-se pela sua demora e saiu à sua procura. Sabedor de seu hábito de banhar-se na fonte cristalina do Poço das Transformações, na Fonte da Lua, dirigiu-se para lá. Ao chegar no local, encontrou as vestes da Rainha Gônia e seus calçados sobre a pedra. Ela mesma não estava mais ali. Rei Médium, desesperado de dor, subiu por uma escada que havia na rocha, na esperança de encontrá-la sobre o plano mais alto, de onde caía a água como um véu diáfano e refrescante. No auge de seu desespero, dilacerado pela dor da perda de todos os seus entes queridos, o imperador desejou morrer. Precipitando-se do alto do rochedo, o imperador, com dor, em queda livre, ganhou asas e transformou-se no pássaro *Condor*, voando para as terras distantes, onde encontraria a sua Pata Gônia.

CASO EM CERRADO

De posse da caixa preta de madeira, Mago Natu verificou que os sete fragmentos do Espelho Universal estavam colocados no fundo, reconstituindo o formato original do instrumento mágico. Preparando-se para deixar o Reino do Elo Dourado, levaria consigo a caixa preta e a espada Kalibur do Príncipe Urucumacuã, entregue pelo mineiro Pataxó, juntamente a outros pertences do Príncipe Kurokuru.

Antes de embarcar, levando em sua companhia a adorada irmã, Professora Plínia, e os mais devotados assistentes e serviçais do Palácio Fortaleza, Mago Natu foi até a inexpugnável Torre do Tesouro, a Grande Obra edificada no interior da Terra pelo Príncipe Urucumacuã, e, numa cerimônia solitária de Fechamento dos Portais, lacrou sua entrada e vaticinou de si para consigo:

— Mão alguma, movida por orgulho, inveja e ciúme se apossará deste tesouro, até chegar o tempo certo.

Pegando os sete fragmentos do Espelho Universal, lançou-os com muita força para os céus. Um a um os pequenos pedaços brilhantes de espelho ganharam órbita e se transformaram em meteoros — os *Com Azares*.

Quarenta dias depois da partida do Mago Natu e da evasão da maioria dos habitantes do Elo Dourado, orientados pelo Mago a deixarem o local para se preservarem da catástrofe que estava por vir, refugiando-se nas terras dos Altos das Cordilheiras, onde um novo reino com mais esplendor e glória seria edificado, os *Com Azares* precipitaram-se sobre as regiões dos Doze Reinados, causando uma catástrofe milenar, com terremotos arrasadores. Um colossal incêndio grassou por toda a região, destruindo as cidades e as florestas, convertendo em escombros o que restara dos belos e suntuosos palácios de pedras preciosas e ouro.

Séculos e séculos depois...

O imperador e a imperatriz, encantados em pássaros quando assim desejavam, sentiram saudades de voltar ao Elo Dourado, onde há centenas e centenas de anos edificaram um reinado de glória e suntuosidade, abandonado às feras e outros seres gerados pela magia e pelos mistérios da natureza.

Pousando no que outrora sediara um dos mais esplendorosos e opulentos impérios encantados, ao tocarem o solo, voltaram às suas antigas e ancestrais feições, admirando-se da paisagem completamente modificada, primeiro pela ação do grande incêndio, depois pelas incessantes chuvas que fizeram renascer toda a exuberante floresta, modificando o curso dos rios, formando novos lagos e outras nascentes. De volta ao mesmo local onde deixaram os despojos do filho sepultado, ao lado da filha Hévea e da Princesa Angelin, o imperador constatou admirado que haviam três árvores nascidas, cada uma delas com características distintas:

— Nestas terras do Pay, que viraram o grande braseiro, um enorme brasil, aqui nasceu o pé de *Urucum*.

A imperatriz, também admirada, exclamou:

— Neste mesmo lugar, nasceu *uma mão*. Aqui está o *mamão*, esta fruta como um seio de mulher, com as sementes que lembram o anel de pérola negra da mão de Angelin.

Olhando para a árvore entre o pé de Urucum e o de Mamão, o imperador riscou seu caule e imediatamente escorreu um líquido viscoso e branco.

— As lágrimas da Princesa Hévea! *Hevea brasiliensis*.

Emocionados, revivendo todos os momentos de glória e sofrimento, novamente alçaram um longo voo, chegando às terras de Trindade, onde acontecera o sacrifício do Príncipe Urucumacuã. Em meio a suas ruínas, encontraram nascidos, ao lado do tronco secular, o *Tesão*, instrumento que testemunhara o suplício do filho amado, uma palmeira muito exuberante e altiva, de folhas intensamente verdes, carregada de cachos de coquinhos polpudos e roxos. O imperador não teve dúvida:

— Aqui está o pau do mito. Palmito do *assa aí*... Açaí...

Por sua vez, a imperatriz, admirada, contemplando a beleza de uma frondosa árvore, de folhas bem-arrumadas, esteticamente linda e perfeita, acrescentou:

— Aqui está a árvore de Angelin... Angelin, saia daí...

— Tudo está encerrado...

Num abraço cósmico, eletrizante e envolvente, os dois corpos retomaram suas formas encantadas e voaram para o Alto das Cordilheiras.

E tudo o mais está *em cerrado*.

27 de Dezembro.
Quinta-feira, verão de 2012.